Pferd ohne Reiter

Die Handlung dieses Romans ist frei erfunden. Jede Ähnlichkeit zwischen den Figuren dieses Buches und lebenden oder toten Personen ist Zufall und nicht beabsichtigt.

Zur Autorin:
Ursula Meyer, geboren in Königstein/Taunus, aufgewachsen in Köln, Studium der Romanistik, Geographie und Philosophie in Köln und Wien, lebt mit ihrem Mann und ihren zwei Töchtern in Wien und Münster. Nach ihrer Dissertation über die Gefängnisschriftstellerin Albertine Sarrazin schreibt sie nun Kriminalromane. Mit Hauptkommissarin Sieglinde Züricher sind bisher Endstation Aasee, Münster – Weimar und zurück, Rosen aus Münster, Auf der Promenade wartet der Tod, Das Haus am Maikottenweg, … brenne auf mein Licht, Der Tod kennt keinen Stundenplan, Tod im Spieker und Die Tote vom Hörster Friedhof erschienen.

Ursula Meyer

Pferd ohne Reiter

Max Lückmann ermittelt

Waxmann
Münster / New York / München / Berlin

Bibliografische Informationen der Deutschen Nationalbibliothek
Die Deutsche Nationalbibliothek verzeichnet diese Publikation in der Deutschen Nationalbibliografie; detaillierte bibliografische Daten sind im Internet über http://dnb.d-nb.de abrufbar.

ISBN 978-3-8309-2455-5

Postfach 8603, 48046 Münster
www.waxmann.com
info@waxmann.com
Umschlaggestaltung: Pleßmann Design, Ascheberg
Titelfoto: © habmann_18 – istockphoto.com
Druck: Buschmann GmbH, Münster
Gedruckt auf alterungsbeständigem Papier, DIN 6738

Printed in Germany

1

Anton Schiebach stand an seiner Pferdekoppel. Er horchte dem rhythmischen Trappeln der Hufe nach, die sich über das Kopfsteinpflaster seiner Hofeinfahrt entfernten.

Er hätte sich auf die Schulter schlagen können nach diesem erfolgreichen Handel mit seinem sparsamen und misstrauischen Freund. Jens war ein richtiger Geldsack, lebte von der Hand in den Mund, nicht im sprichwörtlichen Sinne, sondern als Zahnarzt. Der alte Knacker, Schiebach grinste hämisch, hatte sich gerade eine neue Freundin zugelegt, eine „Liebschaft“. Doch dieses fade Betthäschen würde ihn erst recht zu einem treuen Kunden des Nachtclubs machen, den er hier auf seinem Hof plante. Und nicht nur ihn. Scharenweise würden die Männer aus Münster kommen, raus aus ihren einfallslosen Massagesalons und schäbigen Rammelbuden. In Münster kam man ja nicht mal hinterm Bahnhof auf seine Kosten. Mochten die Städter sich auch noch so viel einbilden auf ihre Hochschulen und Museen, ihre Klamottengeschäfte und Restaurants – wo man Schlachtabfälle als Delikatesse servierte –, vom ältesten und amüsantesten Gewerbe der Menschheit verstanden sie nichts.

Schweißtropfen kitzelten ihn im Nacken, kalt und klebrig. Die Sonne sticht, dachte er verdrossen und wischte sich mit seinem dunkelblauen Taschentuch den Hals. Am Horizont plusterten sich Haufenwolken wie steif geschlagene Sahne auf, mit scharf abgegrenzten, schwefelgelben Rändern. Schon seit Tagen wurden Unwetter vorhergesagt.

Auch der Pferdehandel hatte Anton ordentlich unter Dampf gesetzt. Bei der Vorstellung, für die „alte Mähre“ auch nur einen Bruchteil der geforderten Summe zu berappen, hatte Jens anfangs schallend gelacht. Aber Schiebach wusste, dass er Äquinox unbedingt haben wollte, weil er ein schöner Lichtfuchs-Wallach war, dem man seine sechzehn Jahre nicht ansah. Außerdem brauchte er ihn nicht zum Reiten, sondern als Dekorationsstück. Erst als Anton Anstalten machte, das Tier mit einem Klaps aufs Hinterteil zurück zur Koppel zu schicken, hatte Jens eingelenkt.

Nachdem er dem Zahnarzt den Führstrick übergeben hatte, war er ins Haus gegangen, um den Kaufvertrag in Sicherheit zu bringen; schnell, bevor Jens es sich anders überlegte. Auf einem Vertrag hatte er bestanden, der Text enthielt nämlich die Klausel „Gekauft wie gesehen“. Das kannte er aus Verträgen über Autoverkäufe. Und er legte großen Wert auf diesen Zusatz, damit ihm Jens später nicht mit Reklamationen kam. Äquinox verließ den Hof kerngesund, er war geimpft und entwurmt, und sein glänzendes Fell beruhte nicht auf Doping.

Er verzichtete darauf zuzusehen, wie Jens sein Anhängergespann aus der Hofeinfahrt manövrierte. Nicht mal sein Maul hatte sich der undankbare Zossen zum Abschied streicheln lassen, dabei fraß er längst sein Gnadenbrot. In seiner frühen Kindheit, so erinnerte sich Anton, hatten Pferde noch hart arbeiten müssen, draußen auf dem Feld vor Pflug und Heuwagen gespannt oder vor den Leiterwagen, wenn es etwas zu transportieren gab. Doch schon Bella, die Mutter von Äquinox, hatte ein sorgloses Leben gehabt, eine große Koppel, immer frisches Heu und genug Streicheleinheiten.

Als der angeberische Landrover mit quietschenden Reifen startete, kniff Anton die Augen zusammen. Nie in seinem langen Leben war Äquinox transportiert worden, die Rempelei würde ihn völlig durcheinander bringen. Niemand hatte ihn je zu Höchstleistungen angestachelt oder mit der Peitsche gestraft. Bei Jens – jetzt schüttelte ihn das Lachen so, dass sein Doppelkinn vibrierte – würde Äquinox zum Malermodell aufsteigen. Na ja, nackt war der Gaul ja sowieso. Und er selbst, Anton Schiebach, würde demnächst hier ganz andere Pferdchen laufen lassen, auch nicht viel bekleideter. Doch an diesem lukrativen Geschäft bekäme Jens keinen Anteil. Auch wenn er eine Andeutung gemacht hatte, dass er den hohen Kaufpreis für den Wallach mit einer Beteiligung an Antons Gewinn wieder ausgleichen wolle. Das Geld sei als Starthilfe für sein Projekt gedacht. Und wenn das Geschäft erst einmal laufe, was auch immer es sei … Er lachte noch herzhafter, als er an die Beharrlichkeit dachte, mit der sein Freund ihm sein Vorhaben zu entlocken versucht hatte. Aber da war er auf Granit gestoßen. Man war ja nicht blöd!

Jetzt, da der Transporter endlich weg war, fühlte er sich erleichtert. Die Gefahr, dass nicht nur sein Freund den Kauf bereute, sondern er selbst die Weggabe des Tiers, war groß. Er ließ den Blick über die verwaiste Koppel gleiten. Ziemlich ungewohnt, dieses Panorama ohne Pferd. Äquinox im Schutz der hohen Eiche, wenn der Regen pladderte; sein weiches Maul, das sich gegen die Klöntür des Wohnhauses drückte, weil das Wasser in der Tränke verdunstet war, sein rechter Hinterhuf, der der Sache energisch Nachdruck verlieh, wenn man nicht sofort reagierte – das waren schon starke Erinnerungen. Er schluckte in einer plötzlichen Mischung aus Selbstmitleid und Abschiedsschmerz; Gefühle, die ihm bisher fremd gewesen waren.

Was seinen Nachtclub betraf, brauchte er weder Unternehmensberater noch Architekten, durfte sie gar nicht um Rat fragen, weil sonst das ganze Dorf von seinen Plänen erfahren hätte. Die Nachricht wäre nicht durchgesickert, sondern in alle Richtungen gespritzt, wie Holunderbeersaft durch ein Küchenhandtuch. Dann hätte er eine Baugenehmigung beantragen und seine Pläne einreichen müssen. Dabei würde sich am äußeren Bild seiner Scheune gar nichts ändern und auch ihr Innenleben ein absoluter Geheimtipp bleiben. Nur die rote Neonarabeske in Form eines Hahns über dem Eingang des Bauernhauses wäre ein diskreter Hinweis auf die Bar. Ganz konkret stand ihm die Sache bereits vor Augen, brachte den Abenteuergeist in seinem Dickschädel zum Funkeln und Blitzen. Wie ein Dompteur würde er sich fühlen, mit dem Unterschied, dass er es nicht mit Tigern zu tun hatte, sondern mit anschmiegsamen Kätzchen, die ihre Krallen nur dann ausfuhren, wenn die Freier nicht bezahlten.

Die Luft hing wie ein dickes, feuchtes Tuch. Erst jetzt merkte er, dass es ringsum völlig still war. Als hätte man das ganze Dorf evakuiert. Nicht mal ein Hahn krähte. Die spannungsgeladene Wärme ballte sich rund um ihn, fast erstickte er daran. Sein Blick war verschwommen von der flirrenden Hitze, die Ohren wie mit Wachs verschlossen. Waren das etwa die Vorboten des Herzinfarkts, vor dem ihn sein Hausarzt seit Jahren warnte?

Alles Unsinn, kam die Rückmeldung aus seinem Hirn. Du brauchst Schatten, Anton!

In der Scheune herrschten Dämmerlicht und stickige, fast faulige Luft, wie an einem schattigen Teich mit Entengrütze. Der abrupte Kontrast von Licht und Dunkelheit raubte ihm sekundenlang die Sicht. Helligkeit sickerte nur durch die Holzschindeln der Giebelseite, leider mehr, als er vermutet hatte. Ein saures Lächeln verzog seine Lippen, als er an die alten Höfe in der Umgebung dachte, die Zuschüsse vom Denkmalamt bezogen. Aber das waren noble Anwesen mit einem aus Sandstein gehauenen Wappen über dem Portal und imposanten Ecktürmen. Sie wurden in den Reiseführern erwähnt, obwohl man oft nicht einmal den Park besichtigen durfte. So wie drüben, in dem ausgedehnten Waldgebiet, der ehemalige Ahnsitz der Droste-Schürhoffs … Er verscheuchte den Gedanken und stellte sich stattdessen einen Touristenführer für Nachtclubs vor. Ob es so etwas gab? Wenn es ihn gäbe, würde seine Bar garantiert darin aufgenommen. Und wenn erst mal die Mercedescabrios und Porsches am Straßenrand parkten oder schräg gegenüber, unter der alten Linde …

Doch bis dahin gab es noch jede Menge zu tun. Er überlegte kurz, ob es sinnvoll wäre, den drohenden Wolkenbruch abzuwarten, um zu sehen, wo genau der Regen durchschlug, dann verwarf er die Idee. Bis das Unwetter kam, konnten noch Stunden vergehen, sein Magen knurrte und zumindest das Scheunendach war heil. Die Solarzellen, die er im Frühjahr hatte montieren lassen, mit einem kräftigen Zuschuss vom Land, würden der Kundschaft ordentlich einheizen. Überhaupt das Dach! Doppelmuldenziegel, da hatte sein Schwiegervater keine Kosten gescheut. Als hätte der Alte damals ähnlich krumme Gedanken gehabt wie jetzt ich, witzelte er, und in diesem Moment hörte er das erste Donnergrollen.

Aber noch war das Unwetter weit weg, irgendwo über den Niederlanden. Noch blieb ihm Zeit, seine Pläne zu ventilieren, wie er es gern nannte. Allerdings war das Kapital nicht alles, auch die Statik musste stimmen. Konnte man eine Scheune überhaupt zum Bordell umbauen? Wie würde man die Mädchen ruhig halten? Brauchte ein Barbetrieb nicht auch Musik?

Viele ländliche Nachtclubs, das hatte er irgendwo gelesen, liefen über eine Diskothek, die ihren Lärm jedes Mal zur Tür rausbrüllte, sobald ein Kunde das Etablissement verließ. Früher oder später riefen die Anrainer die Polizei und es gab lästige Kontrollen. Was die Geräuschkulisse anging, musste sein Betrieb schaumgebremst laufen. Der Begriff schaumgebremst entlockte ihm ein Lachen, das seinen schwabbeligen Bauch in Konvulsionen versetzte. Wobei ihm klar war, dass er selbst für seine Mädels keine Option mehr darstellte. Da half auch kein Viagra. Mischte sich der Chef überhaupt ins Geschäft? Leider gab es für die Art von Betrieb, wie er ihn plante, keine Fachzeitschrift; so wie vielleicht die ADAC Motorwelt, die Paul, sein Jüngster, ihm gelegentlich auf die unterste

Treppenstufe legte, als wollte er signalisieren: Papa, fahr mal wieder.

Kurz nach dem Fall des Eisernen Vorhangs hatte er an einem Busausflug durch den Bayrischen Wald teilgenommen. Je näher die tschechische Grenze rückte, desto mehr Mädels hatten an der Straße gewartet, in Jeans wie mit dem Schuhlöffel angepasst, oder im rattenscharfen Röckchen zu Lackstiefeln, die bis zum Oberschenkel reichten. Wie hatte es ihn da gepackt! Seine gottesfürchtige Karla und ihre Kirchenweiber waren ja weit weg. Drei Kinder seien genug, hatte sie genörgelt, und sie habe doch immer nur Töchter gewollt. Danach war endgültig Sense. Wenn er jetzt an Karla dachte, erschien sie ihm wie eine jener von Batterie betriebenen Lourdes-Madonnen, die in manchen Bauernhäusern neben dem Hauseingang flimmerten.

Die Busgesellschaft hatte auf die Nutten mit Pfiffen reagiert, und als dann die Kaschemmen auftauchten, in denen der Sex verkauft wurde, hatte es Hohngelächter gehagelt. „Warum nicht gleich im Hühnerstall?“, hatte jemand gebrüllt und eine weitere Lachsalve geerntet. Daran musste er später denken, als ihm die Idee mit der Scheune kam. Hüttenromantik war kein leerer Begriff.

Im vergangenen Spätwinter, anderthalb Jahre nach Karlas Tod, als ein heftiges Schneetreiben das Hofgelände unter sich begrub, hatte er seine Entwürfe zu Papier gebracht. Jetzt waren die drei Schnellhefter genial versteckt und seine Nachbarin nicht weniger raffiniert hinters Licht geführt. Sein Vorhaben, Wohnzimmer und Diele zu einem Gastraum zusammenzulegen, – zur Tarnung des Nachtclubs, auf den ganz diskret ein Stapel Streichholzheftchen in der Herrentoilette im Keller hinweisen würde –, eine kleine Speisekarte für durchziehende Radfahrer oder Wanderer, vervollständigt durch einen Straßenverkauf mit Grillhähnchen, das alles hatte Feuer und Flamme bei Tilde Steer geweckt. Eier, Käse, selbstgebackenes Brot; alles, was in ihrem Hofladen nicht „ging“, weil es dort keine Kühlvorrichtung gab, könne sie ihm günstig überlassen. Und wenn sie ihr eigener Hof nicht so in Schach hielte, hätte sie sich auch gerne als Bedienung zur Verfügung gestellt. Doch da hatte Anton gleich abgewinkt. Lieber drei von der Frittenbude neben dem Bahnhof als eine aus dem eigenen Dorf!

Ein Rascheln vor der offenen Scheunentür ließ ihn aufhorchen. Wahrscheinlich eine Windböe, das Laub war extrem trocken in diesem Spätsommer. Jetzt knackten Zweige, aber er schenkte dem Geräusch keine Beachtung. Ächzend ging er in die Hocke, um die Fugen in der Giebelwand vom Boden an aufwärts abzutasten. Ein Hitzeschwall jagte ihm über den Rücken, der nicht von der Wärme stammte, sondern finanzielle Ursachen hatte. Mit der Abdichtung der Wand allein wäre es nicht getan, er musste sie auch mit Dämmwolle isolieren und Holzpaneele davor nageln, und das hatte er nicht bedacht. Sein Kopf war stets voll von den schönen Dingen für die Inneneinrichtung gewesen, von pompösen Sofas, großen Spiegeln und stimmungsvoller Beleuchtung. Im Erdgeschoss waren links die Bar und in der Mitte eine Tanzbühne geplant, um die herum sich die Tische für die Zuschauer gruppierten. Damit die Mädels von allen Seiten zu sehen waren. Das Obergeschoss würde vier Séparées und zwei Massageräume bereithalten, mit verspiegelter Decke und effektvollen Spots. Richtig vital fühlte sich Schiebach, wenn er sich den quirligen Betrieb auch nur ansatzweise vorstellte. Doch wenn sich die Scheune als zugig und feucht herausstellte, war es schnell vorbei mit der Libido. Statt Champagner würde man einen steifen Grog verlangen und dumme Witze reißen.

Er zog sich einen Splitter in den rechten Zeigefinger und fluchte. Im selben Moment fiel die Scheunentür ins Schloss. Oder war es der nächste Donnerschlag? Er wollte sich hochrappeln, weil die Tür nicht von allein zugefallen sein konnte, doch da half ihm jemand auf die Beine, blitzschnell und sehr unsanft. Er hörte eine Art Seufzen, als wenn jemand stark ausatmete, dann traf ihn ein Schlag auf den Hinterkopf. Die Druckwelle, die sich in seinem Schädel ausbreitete, war so schmerzhaft, dass ihm übel wurde. Ein saurer Brei schoss in seine Speiseröhre, während es ihm warm und klebrig in den Nacken sickerte. Dann gaben seine Knie nach.

2

Münster war nicht ihre Stadt! Im Winter vermisste Natascha Lumarenko den Schnee, der die goldenen Zwiebeltürme von Kiew zu einem Funkeln brachte, das alles Schäbige, Billige, Hinfällige vergessen ließ. Im Sommer fehlten ihr die Zikaden. Wie Babyrasseln, hatte sie scherzhaft zu Andrej gesagt, damals als sie gerade schwanger mit ihren Zwillingen geworden war. Da hatten sie schon gewusst, dass sie nach Deutschland ziehen würden; der große Wunsch ihrer Eltern. Aussiedler waren in der Bundesrepublik hochwillkommen. So hieß es!

Die Urlaubswoche auf der Krim, die Andrej ihr zur Hochzeit versprochen, aber dann ständig verschoben hatte, war damit hinfällig. Wahrscheinlich war er froh, das Geld nicht ausgeben zu müssen. Dabei war sie es, die in Kiew ihrem Mann und ihren Eltern ein wenig Luxus verschafft hatte. Mit gutem, solidem Geld.

Und nun also Putzfrau – seit fast sechs Jahren.

Münster hatte schöne Geschäftsauslagen, aber die Preise waren hoch und die Restaurants teuer. Die Kirchen trugen keine glänzenden Kuppeln, sondern ragten in patiniertem Grün oder verschmutztem Sandstein wie düstere Stümpfe über die Dächer. In den kühlen Sommern zirpten ein paar mickrige Grillen, doch das südländische Orchester der Zikaden konnten sie ihr nicht ersetzen.

Trotzdem durchquerte sie jeden Abend nach Schichtende den Wienburgpark, um wenigstens einen Abklatsch des Kiewer „Kurkonzerts" zu genießen. Außerdem war es der schnellste Weg zu ihrer Wohnung an der Grevener Straße. Der stramme Marsch tat ihrem ramponierten Rücken gut, reinigte den Kopf von Frust und Sorgen, als würde sie einen Mülleimer ausleeren. Ihr grauste vor der Wohnung mit ihrem Gestank nach Zigarettenasche und dem miefigen Kohlgeruch, der die Wände imprägniert hatte wie eine wasserfeste Tapete. Und wie sie das idiotische Plärren des Fernsehers verachtete, den die beiden Alten anstarrten, ohne ein Wort zu verstehen. Aber meine beiden Täubchen werden noch wach sein, dachte sie zärtlich. Die Zwillinge warteten immer, bis sie nach Hause kam und ihnen Gute Nacht sagte, bevor sie in ihrem viel zu kleinen Zimmer in die Stockbetten krochen. Wenn dieser neue lukrative Auftrag, den sie heute Abend abschließen wollte, ins

Rollen kam, würden sie sich endlich eine größere Wohnung leisten können, mit Spülmaschine, DVD-Player und großzügiger Küche.

Ihre Eltern hockten auf ihrer Rente wie der Teufel auf einem Sack glühender Kohlen. Als sparten sie für ihr Mausoleum. Andrej finanzierte vom Arbeitslosengeld seine Zigarettensucht und besaß auch noch die Unverfrorenheit zu behaupten, er lege regelmäßig Geld für ein Auto zurück. Dass er in Münster zum Nichtstun verdammt sei, läge nicht an ihm. Er wollte ihr die Bank, die seine Ersparnisse verwaltete, nicht nennen, daher spekulierte sie auf eins der verbotenen Glücksspiele, die schon ganze Existenzen ruiniert hatten.

So musste sie allein den Lebensunterhalt für drei Generationen sichern, indem sie an vier Abenden pro Woche Büros reinigte und zweimal im Monat in einer Parterrewohnung die Fenster putzte, die Lamellen, die vor unerwünschten Einblicken schützten, mit einer Spezialbürste abstaubte, die Wohnungstür auf Hochglanz polierte und Bettlaken oder Tischwäsche bügelte. Das Geld reichte trotzdem nicht. Die Zwillinge meldeten immer größere Ansprüche an, und sie wäre eine Rabenmutter, wenn sie nicht wenigstens ab und zu nachgäbe. Und so achtete sie regelmäßig auf Angebote für Nebenjobs. In den Büros stapelten sich abends die Tageszeitungen in den Papierkörben. Sie mitzunehmen, war natürlich nicht erlaubt, deshalb riss sie die entsprechenden Seiten heraus und las sie noch lange nach Mitternacht am Küchentisch, während das Schnarchen ihres Vaters und Andrejs rasselnder Husten die enge Wohnung erschütterten. Die meisten Angebote erledigten sich sofort. Doch vor etwa drei Monaten hatte sie eine Anzeige entdeckt, die viel versprechend klang.

Eine Galeristin in der münsterschen Innenstadt suchte eine Buchhalterin mit kunsthistorischem Sachverstand. Gleich am nächsten Vormittag war sie hingefahren, um sich zu bewerben. Probeweise solle sie mal drei Wochen kommen, hatte die schon ältere, matronenhafte Dame mit herablassender Miene entschieden. Ein endgültiger Vertrag hinge von wichtigen Voraussetzungen ab – noch ein abschätzender Blick, der Natascha traf wie eine kalte Dusche. Und ihre böse Vorahnung sollte sie nicht täuschen. Alles anfängliche Lob über ihr Organisationstalent, die Komplimente für ihr fließendes Deutsch und den freundlichen Umgang mit den Kunden, hatten nicht verhindern können, dass sie nach drei Wochen Probezeit wieder auf der Straße stand. Niemand in Münster war an ihr interessiert, an ihren Erfahrungen als Mitarbeiterin eines Kiewer Museums und als Fremdenführerin durch ihre Heimatstadt. Niemand konnte nachempfinden, wie sie aufgelebt war in der fast klösterlich wirkenden Galerie am Rosenplatz, mit ihrem hellen Licht, ihrem ausgewählten Sortiment an Aquarellen und modernen Arbeiten in Öl und Acryl. Es ist, als hätte man kurz ins Paradies schauen dürfen, hatte sie bitter gedacht und schnell die Straßenseite gewechselt, damit die grauhaarige, fette Kröte, der die Galerie gehörte, ihre Tränen nicht sah. Warum war sie so abgeblitzt? Als Kunsthistorikerin mit guten Deutsch- und Englischkenntnissen und einem angenehmen Äußeren?

Als Nächstes dann, vor zwei Wochen, die Zeitungsanzeige eines Bauern draußen auf dem Land. Er suchte eine Haushälterin zur Betreuung seiner Gäste, mittags zwischen zwölf und drei, abends von sechs bis zwei Uhr morgens; Osteuropäerinnen bevorzugt, keine Bedingungen, was Ausbildung und Alter betraf. Wahrscheinlich bot der Mann Fremdenzimmer an und suchte ein Multitalent aus Köchin, Zimmermädchen und Kellnerin.

Wieder fuhr Natascha sofort hin, ohne sich anzumelden. Überraschungsbesuche waren wirkungsvoller als alles schriftliche Hin und Her. Als auf ihr Schellen niemand öffnete, erfuhr sie von der Nachbarin, dass der Bauer kurz ins Dorf gegangen war. Ob sie vielleicht auf ihrer Terrasse warten wolle, bis er zurückkäme?, hatte die Frau gefragt. So waren sie ins Gespräch gekommen: über das Gasthaus, das Herr Schiebach nebenan eröffnen wollte, über Nataschas Abstammung aus der Ukraine, ihre Arbeit bei der Firma Pflegeleicht und in der Wohnung im Kreuzviertel, wo es ihr immer so unheimlich zumute war. Nie fand sich dort ein Hinweis, dass die Wohnung benutzt wurde. Sämtliche Schränke waren verschlossen, den Schlüssel für die Eingangstür erhielt sie in der Kneipe nebenan, das Geld lag auf dem Küchentresen. So hielt sie, während sie putzte oder bügelte, einsame Monologe mit den Bildern an den Wänden. Es handelte sich um die großformatigen Kunstdrucke berühmter Frauenporträts und sie hingen schief, aber es waren wenigstens Menschengesichter. Dass sie immer wieder anders schief hingen, war der einzige Beweis, dass gelegentlich jemand in diese Wohnung kam. Aus der Kneipe nebenan drangen Stimmen und Essensgerüche, so dass sie sich im Grunde nicht einsam fühlen musste.

Fast schämte sie sich wegen ihrer Furchtsamkeit, doch die Nachbarin brachte ihr viel Verständnis entgegen. Ihre drei Kinder seien den ganzen Vormittag in der Schule und das Haus so leer und still, nachdem der Hund gestorben war. Dass ihr eins der Bilder, als sie es gerade hängen wollte, aus der Hand gerutscht war und sie es zum Glaser bringen musste, erzählte Natascha der Frau natürlich nicht. Die tratschte womöglich und der Bauer bekäme den Eindruck, sie besäße zwei linke Hände. Und wenn sie ehrlich gewesen wäre, hätte sie ihr auch von dem kleinen Briefumschlag erzählen müssen, der hinter dem Bild steckte und den sie behalten hatte, als sie das Bild zum Rahmen gab. Schließlich konnte sie ihn schlecht in der Wohnung liegen lassen, während das Bild beim Glaser war. In dem Umschlag hatten nicht etwa Geldscheine gesteckt wie bei ihrer Großmutter, die ihre eiserne Reserve hinter den Familienporträts verschwinden ließ, damit Großvater Wassilij sie nicht für Schnaps verpulverte. Ein Tütchen mit weißem, grobkörnigem Pulver war darin, das nach nichts roch. Auf Grund seines raffinierten Verstecks handelte es sich wohl entweder um Rattengift oder um Kokain. Da Natascha keine Erfahrung mit Drogen besaß, hatte sie das Tütchen Oleg anvertraut, damit er es identifizierte und gegebenenfalls für sie verkaufte. Bis heute hatte er sich noch nicht wieder gemeldet, war überhaupt auffallend lange nicht mehr aufgetaucht. Sie verzog das Gesicht in einer Mischung aus Verachtung und Enttäuschung. Oleg stammte ebenfalls aus Kiew, hatte sich vor einem halben Jahr in Münster niedergelassen und sofort Freundschaft mit Andrej geschlossen. Die beiden hatten sich im „Feuervogel" kennen gelernt, wo Andrej einmal pro Monat Landsleute traf. Natascha empfand eine instinktive Abneigung gegen Oleg. Wie neugierig er sich immer in ihrer Wohnung umsah. Nicht nur in der Küche hatte sie ihn überrascht, als er seine Teetasse in die Spüle stellte und die Geschirrborde inspizierte, sondern auch im Zimmer der Mädchen, wobei er sich damit herausredete, ihn interessiere die Bauweise der Etagenbetten. Was für ein blanker Unsinn. Alle Etagenbetten waren gleich konstruiert. Warum sagte er nicht offen, wonach er suchte? Er war Chemiker, doch nie redete er über seinen Beruf.

Dann war endlich der Bauer aufgetaucht, hatte Nataschas Lebenslauf in seine ungepflegten Pranken genommen und ihr Foto angeglotzt, als wäre sie Pamela Anderson. Sein Haus wirkte unordentlich, er selbst brummig und schmuddelig. Offensichtlich lebte er allein, und womöglich machte er sich an sie heran, wenn sie bei ihm arbeitete. Ob sie ihm Mädchen besorgen könne, hatte er gefragt, und weil sie ein ungutes Gefühl beschlich, hakte sie schnell nach: „Küchenhilfen, Bedienungspersonal?" Der Bauer hatte den Kopf geschüttelt und frech gegrinst: Sie wisse doch schon. Sie sei doch Osteuropäerin. „Deshalb bin ich noch lange keine Puffmutter", hatte sie gefaucht, und damit war das Vorstellungsgespräch zu Ende. Als sie zur Bushaltestelle ging, hatte die Nachbarin ihr zugezwinkert und Natascha hatte kurz überlegt, ob sie ihr von den Absichten dieses geilen Sacks erzählen sollte. Doch dann ließ sie es, weil sie vor Ekel und Empörung gar nicht hätte reden können. Wahrscheinlich wusste die Frau ohnehin, was von dem alten Knacker zu halten war.

Von dem Treffen heute Abend versprach sie sich mehr. Da der Dienstag ihr freier Tag bei Pflegeleicht war, hatte sie eine Ausrede gegenüber Andrej gebraucht, warum sie trotzdem zur Arbeit ging. Da war ihr die Kollegin, die zu einer Beerdigung nach Sofia fahren musste, gerade recht gekommen. Ein Notfall, in dem sie einspringen konnte.

Das Jobangebot klang verlockend, obwohl Natascha vorsichtig reagiert hatte, als am vergangenen Mittwoch, während des Heimwegs, ihr Handy läutete. Ob sie Interesse an einem Nebenverdienst habe? Fünfhundert Euro im Monat. Sie könne doch sicher Auto fahren? Sie hatte gezögert, weil sie zwar einen Führerschein besaß, aber wenig Übung. Die Anruferin deutete ihr Schweigen richtig, indem sie erklärte, es seien immer nur kurze Strecken zu fahren, und man würde ihr einen guten Wagen zur Verfügung stellen.

Der Auftrag bestand darin, dreimal pro Woche Ware in die Niederlande zu bringen. „Nichts Schweres, Gefährliches oder Zerbrechliches", beteuerte die Frau. „Und Sie können fahren, wann Sie wollen. Zum Beispiel nachts. Dann sind die Straßen leer, und Sie müssen sich in Ihrer Arbeitstelle nicht freinehmen."

„Warum fragen Sie gerade mich?"

„Wir arbeiten häufig mit Ihrer Firma zusammen, Sie gelten als vertrauenswürdig."

Aber andere Menschen waren nicht vertrauenswürdig. In Kiew hatte sie Betrüger und Fälscher erlebt, Schwindler und Halsabschneider. Ihr machte so leicht keiner was vor. Und so hatte sie beschlossen, sich die Sache einen Tag lang zu überlegen. Nein, nicht mit Andrej! Der wusste von ihrem Nebenjob im Kreuzviertel schon zu viel, prahlte und protzte, wie gefragt seine Frau als Reinigungskraft sei. Paah! Als wenn sie nichts anderes könnte.

Als sie am folgenden Tag zusagte, erfuhr sie, dass für den Firmenwagen eine Kaution zu bezahlen war. Dreihundert Euro, das sei Bedingung, für den Fall, dass der Wagen gestohlen würde oder ein Unfall passierte.

Fast die Hälfte ihres Monatsgehalts! Dabei gab es Autoversicherungen. Wahrscheinlich, dachte sie, traut man mir nicht und kassiert das Geld, für den Fall, dass ich mit dem Wagen durchbrenne. Dann ist er nicht mehr wert als dreihundert Euro und folglich kein gutes Auto.

Als die Anruferin dann auch noch bat, über diesen Job mit niemandem zu reden, weil sie sich sonst vor Bewerbungen nicht retten könne, hatte sie überlegt, ob es sich vielleicht um illegale Ware handelte: um Hehlergut oder Drogen. Doch selbst dieses Risiko wog gering gegen die gute Bezahlung. Wenn Andrejs Raucherhusten schlimmer würde oder ihre Mutter wieder Gallenkoliken bekam und ins Krankenhaus musste, würde sie mehr Geld auf den Tisch blättern müssen, als sie derzeit verdiente.

Um die Kaution zahlen zu können, hatte sie ihre Ikone verkauft. Nicht jenes Madonnenbild im Wohnzimmer, das noch immer auf seine Besitzerin wartete. Natascha hatte den Zettel mit ihrer Adresse verloren und vergeblich gehofft, die Frau würde sich bei ihr melden. Seine Nichte Anna lebe in Münster, hatte ihr der Pope in Kiew gesagt. Ob sie die Ikone nicht mitnehmen könne. Im Grunde sei sie nicht viel wert, mit ihren Rußflecken und dem schadhaften Firnis. Er hatte sie aus einer brennenden Kirche gerettet und zum Dank von der Diözese geschenkt bekommen, nach Rücksprache mit der Abteilung für Kirchenfragen im Ministerium für Kultur. Es habe alles seine Richtigkeit, hatte er beteuert. Doch nach ihrer Ankunft in Münster konnte Natascha seinen Brief nicht wiederfinden, war sich nicht einmal sicher, ob sie ihn überhaupt erhalten hatte, schließlich war der Pope schwer krank und nicht mehr ganz richtig im Kopf. Niemand konnte verlangen, dass sie wegen einer angekokelten Ikone das münstersche Telefonbuch auf slawisch klingende Namen durchforstete, wo sie schon die schwere Holztafel hatte mitschleppen müssen. Und wo doch viele ehemalige Sowjetbürger in Münster deutsche Wurzeln hatten und ihre Familiennamen deshalb nicht slawisch klangen. Außerdem war ihre Mutter direkt vernarrt in das Bild und bekreuzigte sich jeden Morgen davor. Nur eine Kerze davor anzuzünden, hatte Natascha ihr strikt verboten. Dafür war der Firnis zu rissig. Falls die Nichte des Popen irgendwann doch noch vor der Tür stände und nach ihrer Ikone fragte, gäbe es einen großen Erklärungsbedarf.

Die Ikone, die sie verkauft hatte, um die Kaution zu bezahlen, war ein Erbstück von Nataschas Großtante und stammte aus den späten zwanziger Jahren; die Kopie eines Stücks im Nazarener Stil. Natascha hatte sie einem Antiquitätenhändler in der Frauenstraße angeboten, zusammen mit einer von ihr selbst verfassten Expertise in Englisch, in der als Entstehungszeit das frühe neunzehnte Jahrhundert und als Herkunftsort ein vor zwanzig Jahren aufgelöstes Kloster in der südlichen Ukraine genannt wurden. Was niemand nachprüfen konnte. Fast blind vor Gier hatte der Händler zugegriffen und die geforderten sechshundert Euro ohne zu feilschen bezahlt. Er führte keine weiteren Ikonen im Sortiment, war demnach kein Experte. Allerdings hatte er nach ihrer Telefonnummer gefragt, für den Fall, dass interessierte Kunden mehr wissen wollten. Auch da hatte sie klug reagiert, indem sie die Festnetznummer des unbewohnten Apartments im Kreuzviertel nannte. Die Nummer stand seitlich an der Ladestation; Natascha hatte sie über ihr Handy ausprobiert. Einen Anrufbeantworter gab es nicht, und wenn der Händler oder seine Kundschaft ein paar Mal vergeblich dort anriefe, würden sie die lästigen Kontaktversuche bald einstellen.

Aus dem weitläufigen Feuchtgebiet hinter ihr drang das verschlafene Quaken einer Ente, und im Gras tackerten federleicht die Grillen. Die Luft roch nach Moder, und in der Dämmerung zeichnete sich das Gebüsch nur noch undeutlich ab. Schlimmer als völlige Dunkelheit. Andererseits waren in der Dämmerung manchmal noch Jogger unterwegs oder Hundehalter. Wie gut wäre es zu wissen, dass andere Menschen in der Nähe waren. Dass manche Menschen weder Laufschuhe an den Füßen noch einen Hund an der Leine hatten und nicht aus Freude am Sport oder aus Tierliebe unterwegs waren, daran dachte sie lieber nicht.

Rechts tauchte das Hotel Wienburg auf, goldgelbes Licht, das Klappen von Autotüren, Stimmen und Gelächter. Einen Moment dort sitzen können, dachte sie, bei einem Tee oder einer Cola.

Doch was nützte ihr das? Jemand wartete auf die Kaution, und sie brauchte den Vertrag und den Wagenschlüssel.

Wenn mir im Anschluss an diese Teepause etwas zustieße, überlegte sie, würde man sich im Hotel an mich erinnern. Der Kellner könnte mich auf dem Zeitungsfoto identifizieren. Nur: Was würde man in der Zeitung über sie berichten? Adrenalin schoss durch ihre Adern, als sie an die Möglichkeit eines Überfalls dachte. Wie leichtsinnig, mit so viel Geld durch diese einsame Gegend zu gehen. Warum hatte die Frau am Telefon sie nicht nach ihrem Wunsch bezüglich Treffpunkt und Uhrzeit gefragt, sondern gleich den Holzpavillon im Wienburgpark um halb zehn vorgeschlagen? Wer kannte ihre Angewohnheiten? Wer beobachtete und verfolgte sie?

Völlig zu Recht erinnerte sie ihre innere Stimme, dass sie den Treffpunkt akzeptiert hatte, weil sie um diese Zeit regelmäßig durch den Park ging. Ein Café in der Innenstadt wäre weniger riskant gewesen, hätte aber eine Stunde Verspätung und lästige Fragen zu Hause bedeutet, während die Zwillinge längst schliefen, so dass sie ihnen keine Gute Nacht mehr wünschen konnte. Warum sollte der Park heute gefährlicher sein als gestern oder morgen?

Hinter der Wegbiegung lag etwas. Groß, dunkel, quer zur Laufrichtung: eine Katze oder ein Fuchs. Sofort dachte sie an ihre Katze in Kiew, die Andrej an einem Schuppen erschlagen hatte, weil die Verwandtschaft sie nicht nehmen wollte. Wie lang es gedauert hatte, bis sie verendet war, und all die Lügen, die sie später den Zwillingen erzählen musste … Wer in Münster wusste davon? Die Menschen im Westen wurden sentimental, wenn es um die Natur ging. Klimaschutz, Tierschutz, Pflanzenschutz. Wer schützte eigentlich ihre Kinder, wenn sie zur Schule gingen?

Hatte die Erbin der Ikone sie ausgekundschaftet und lauerte ihr auf? Aber der Pope hatte ihr doch versichert, das Bild habe nur Erinnerungswert. Ein Beweisstück für seinen Heldenmut in der brennenden Kirche und den unerschütterlichen Glauben an die Wundertaten der Gottesmutter.

Im diesem Moment sprang sie jemand von hinten an, lautlos wie ein Raubtier. Nataschas Schrei wurde von einer Hand erstickt, die ihr die Kehle zudrückte, während die andere ihren Kopf an den Haaren in den Nacken zog. Der sternenübersäte Himmel schwamm vor ihren Augen, Lichtpunkte zuckten hindurch, dann verwischten

Tränen ihren Blick. Sie versuchte, nach ihrem Angreifer zu treten, doch ihr Jeansrock war zu eng, sie hörte die Nähte krachen. Und die weichen Slipper trafen, aber sie verletzten nicht. Als ihre Kehle frei wurde, versuchte sie mit einer ruckartigen Bewegung von Schultern und Armen den Angreifer abzuwehren. Doch die Hand kehrte sofort zurück, um sich wieder in ihrem dichten Haarschopf zu verkrallen, dann schnürte ihr ein schmales, hartes Band den Hals zu. Natascha hörte sich keuchen und würgen, der Druck im Kopf explodierte in einem entsetzlichen Schmerz. Ihre Augen schienen aus den Höhlen zu platzen. Dann wurde der Himmel über ihr schwarz, als hätte man ihn mit einem Tuch verhüllt. Merkwürdig, dachte sie noch, die Fotografen haben sich früher hinter einem schwarzen Tuch verkrochen. Das Letzte, was sie spürte, war der harte Asphalt, als sie mit dem Hinterkopf aufschlug.

3

Strohwitwer für drei Wochen! Nachdenklich zog Oberkommissar Max Lückmann mit dem Zeigefinger die Daten im Kalender nach. Es würden einsame Wochen werden, obwohl ihn zwei äußerst brutale Verbrechen in Atem hielten und er die einsamen Abende brauchte, um die untertags eingefahrenen Informationen in Berechnungen, Schlussfolgerungen und Strategien umzusetzen.

Die häusliche Stimmung war in letzter Zeit gereizt und Sabine völlig überfordert von ihren Plänen für ein eigenes Kosmetikstudio. So überfordert, dass Max ihr mit immer massiveren Argumenten ihr Vorhaben auszureden versuchte. Sie besaß weder die Führungsqualitäten noch die Belastbarkeit einer erfolgreichen Unternehmerin. Sabine revanchierte sich, indem sie ihn bei den geringfügigsten Gelegenheiten anzickte. Sein neuer Sakko, zum Beispiel …

In ihrer Abwesenheit hätte die Jacke, beigefarbenes Minikaro auf blassblauem Grund, ihren ersten glanzvollen Auftritt im Parkett der Städtischen Bühnen haben können. Sabine mochte keine Opern. Zu artifiziell das Singen um Liebe und Tod, und vom Inhalt her zu schnulzig. Die Sache mit dem „eiskalten Händchen“, zum Beispiel. Ihm dagegen gefiel das Musiktheater. Doch mit gleich zwei Mordakten auf dem Schreibtisch und einer Kollegin, die gerade in Wiesbaden ihre berufliche Qualifikation auf Weltklasseniveau polierte, konnte er seinen Feierabend getrost vergessen.

Sabines Freundin Franziska Sturm arbeitete als Reiseredakteurin einer Frauenzeitschrift. Die Direktion einer Wellnessklinik im Weserbergland hatte sie eingeladen, eine Schnupperwoche in ihrem frisch eröffneten Haus zu verbringen – zu zweit, wie es ja wohl selbstverständlich sei. Da Franziska derzeit als Single lebte, hatte sie ihre Heterofreundin Sabine zur Begleiterin auserkoren und das einwöchige Angebot auf zwanzig Tage ausgeweitet.

„Wenn Franziska die Klinik nicht gefällt, werden die drei Wochen ganz schön mühsam“, hatte Max eingewandt.

„Das Management wird sich auch drei Wochen lang von seiner Schokoladenseite zeigen“, hatte Sabine gekontert, „weil Franziska den Artikel erst nach ihrer Heimreise schreibt.“

Bei dem Gedanken an die Massagen und Moorbäder, die in dem Schnupperangebot enthalten waren, drehten Lückmanns Gedanken ein paar hektische Pirouetten. Asiatische Schönlinge tauchten vor seinem inneren Auge auf, glutäugige Osteuropäer mit sehnigen, schwarz behaarten Händen, und auf einmal war er froh, dass Sabine mit ihrer lesbischen Freundin reiste. Franziska würde nicht nur sich selbst die Männer vom Hals halten. Masseure hatten gefälligst starke, sensible Finger aufzuweisen, geduldige Ohren, freundliche Augen – und sonst nichts.

Er betrachtete das Kalendermotiv für den zu Ende gehenden August, das eine knackig braune Bikinischönheit vor quietschgrünen Palmen zeigte, und versuchte sich vorzustellen, wie es sein würde, zwanzig Mal ohne Sabine aufzuwachen und zu Bett zu gehen. Andererseits waren drei Wochen nicht zu lang, um sie ernsthaft zu vermissen, vielleicht aber lang genug, um die beiden Mordfälle abzuschließen. Eine Tausendseelengemeinde auf Zeugen und Mitwisser eines Mords abzuklopfen, konnte bei aller Wortkargheit der Einwohner doch nicht so schwierig sein.

Während in dem zweiten Fall die Verhältnisse komplizierter lagen. Hier hatten sie es nicht mit einer übersichtlichen Dorfgemeinschaft zu tun, sondern mit einer isoliert lebenden Aussiedlerfamilie, deren einziges fließend Deutsch sprechendes Mitglied dummerweise das Opfer war. Die beiden sechsjährigen Töchter der Toten litten unter einem Schock und mussten von einer Psychologin betreut werden, bevor sie vernehmungsfähig waren. Das konnte Tage dauern, auch wenn die Mädchen die fremde Frau akzeptierten wie eine nahe Verwandte, anstatt sich in die Arme von Vater und Großeltern zu flüchten.

Die beiden Verbrechen waren am vergangenen Samstagmittag beziehungsweise vor zwei Tagen, am Dienstagabend, verübt worden. Übereinstimmungen im Tatmuster oder auffällige Parallelen im Lebenslauf der Opfer hatten sich bisher nicht gezeigt. Lediglich drei Fakten verbanden die Fälle miteinander: Die Tatwaffen fehlten, es gab keine Abwehr- oder Kampfesspuren und die Attacke war jeweils aus dem Hinterhalt erfolgt. Anton Schiebach war in seiner Scheune erschlagen worden, kurz nachdem er auf der angrenzenden Koppel seinen Gaul verkauft hatte. Noch am Abend zuvor hatte er der Bäuerin vom Nachbarhof über diesen „todsicheren" Deal berichtet. Leider konnte sie den Käufer nicht beschreiben.

Natascha Lumarenko, die in den Büros auf Gut Nevinghoff als Reinigungskraft gearbeitet hatte, war nach Schichtende offenbar einem Raubmörder über den Weg gelaufen. Er hatte sie, von hinten kommend, mit einem Lederriemen erdrosselt. Es gab eine klare Strangfolge und mehrere Hämatome auf der Höhe des gebrochenen Zungenbeins. Ein Sexualdelikt lag nicht vor, doch waren Portemonnaie und Handy verschwunden. Beides, das bestätigten Frau Lumarenkos Kolleginnen, hatte die Tote an diesem Tag in der Tasche gehabt. Bei Bauer Schiebach fehlte nichts. Der Neunundfünfzigjährige hatte drei Söhne zwischen Ende zwanzig und Mitte dreißig, die Frau aus Kiew, die gerade ihren Vierzigsten gefeiert hatte, hinterließ außer ihren Zwillingen einen beschäftigungslosen Ehemann und ihre Eltern.

Niemand aus dem engeren Umfeld der beiden Opfer war bei der Polizei aktenkundig oder gar vorbestraft, leider zeigte sich bisher auch niemand besonders mitteilungsfreudig. Das machte die Recherchen zähflüssig und kompliziert. Bei solch verworrenen Verhältnissen musste man mit verdammt engen Zinken kämmen.

Schiebachs Söhne, die Max am Nachmittag nach dem Mord befragt hatte, gaben sich, in der aufsteigenden Reihenfolge ihres Alters, aggressiv, ratlos, beziehungsweise verschlossen. Ihre Alibis waren nicht wasserdicht. Und was sollte man von ihrer Aussage halten, ihr Vater habe zurückgezogener gelebt als ein Eremit? Das schien Max nicht nur eine sehr eigenwillige Metapher zu sein, er nahm sie ihnen auch nicht ab! Die Nachbarin, Tilde Steer, wusste jedenfalls mehr über Schiebach, als Nachbarinnen normalerweise wussten. Sein Hof lag am Rand einer pulsierenden Ortschaft mit Schützenverein, Fußballmannschaft und freiwilliger Feuerwehr. Im Schützenverein war Schiebach seit ewigen Zeiten Mitglied, den Fußballverein sponserte er, nur mit der Feuerwehr lag er seit längerem kross. Den Anlass dieses Streits hatte man vergessen, doch ganz bestimmt, so wurde Max im Spritzenhaus versichert, habe die Sache bautechnische Gründe gehabt. Schiebach sei ein verdammter Schlendrian gewesen, der seinen Hof verkommen ließ.

Das Gespräch mit Natascha Lumarenkos Familie am Mittwochvormittag war noch mühsamer verlaufen, was nicht zuletzt am Kommunikationsproblem lag. Nataschas Eltern erstickten fast an haltlosem Weinen oder bekreuzigten sich unentwegt mit flatternden Händen. Und immer sahen sie dabei auf eine von Brandschäden ziemlich verunstaltete Ikone am Fenster, vor der eine Kerze flackerte. Obwohl die Holztafel an den Rändern begradigt worden war, sah man, dass sich der gelbe Farbuntergrund rundum zackenartig gelöst hatte. Schmauchspuren und die teilweise Verschmelzung von Firnis und Farbschichten hatten der Madonna ihr liebliches Lächeln geraubt, ihrem Kind fehlte die rechte Seite des Heiligenscheins.

Nachdem das Gespräch also nur schleppend in Gang gekommen war, musste sich Max gedulden, bis die Dolmetscherin des Polizeipräsidiums aus ihrem Urlaub zurückkehrte, denn auch Nataschas Mann war keine große Hilfe. Wenn ihm nicht gerade ein rasselnder Husten die Luft abschnitt – er rauchte Kette –, starrte er auf die Wände des stickigen Wohnzimmers, als wären dort Myriaden von Ameisen auf der Wanderschaft. Natürlich hatte Max Verständnis dafür, dass Angehörige und Freunde eines Mordopfers wortkarg, ratlos, manchmal sogar aggressiv reagierten. Darauf wurden Kriminalbeamte in ihrer Ausbildung vorbereitet, und in besonders subtilen Fällen erhielten sie Verstärkung durch einen Psychologen. Doch es wollte ihm nicht in den Kopf, warum der Ehemann die einfachen Fragen zum Tagesablauf seiner Frau nicht einmal rudimentär beantworten konnte.

„War Ihre Frau viel unterwegs, wenn sie nicht arbeitete?" – Schweigen.

„Aber sie musste doch einkaufen. Oder macht das Ihre Schwiegermutter?" – Kopfschütteln.

„Hat sie oft telefoniert, wenn sie zu Hause war?" – Schulterzucken.

Als Max wissen wollte, ob es in letzter Zeit Konflikte, unbeantwortete Fragen oder akute Geldnöte gegeben habe, blickte Lumarenko durch ihn hindurch, als besäße er einen Astralkörper. Es war zum Verzweifeln, und doch musste er, so unglaubwürdig das schien, fürs Erste voraussetzen, dass beide Opfer keine nachweisbaren Feinde hatten. Plausibler erschien es ihm da schon, dass niemand neidisch auf ihre spärlichen Besitztümer gewesen war. Familie Lumarenko lebte in einer engen Mietwohnung, und der Drinkeler Bauernhof war zwar nicht verschuldet, aber auch kein Spekulationsobjekt. Lückmann hatte sich umgesehen: ein baufälliger Hühnerstall ohne Federvieh und eine Remise mit einem Traktor, der ins Museum gepasst hätte. Erst beim Hinausgehen war ihm das barbarisch zerstörte Vorhängeschloss aufgefallen. Ein vom Wahnsinn getriebener Oldtimersammler, hatte er sich gefragt, der auf frischer Tat erwischt wurde und sich gerächt hat? Stand vielleicht der Verkauf des Wallachs mit dem Mord in Verbindung? Äquinox – ein ausgefallener Name für einen Ackergaul.

Hatte Frau Lumarenko irgendetwas bei sich gehabt, das den Täter anlockte? Die Frau sah jünger aus als vierzig, ihr Gesicht war nicht unattraktiv, aber teigig vom vielen Schminken, ihre Figur wirkte eckig, beinahe derb. Je länger Max über die beiden Fälle nachdachte, umso weiter drifteten die Fakten auseinander. Die Alibis der Schiebach-Söhne hatte er überprüfen lassen, doch keiner der von ihnen genannten Zeugen konnte sich erinnern. Auch für Lumarenko sah es schlecht aus. Während seine Schwiegereltern mit einer Nachbarin, deren Gerät kaputt war, vorm Fernseher saßen, war er in der fraglichen Zeit zum Zigarettenautomaten gegangen, um Nachschub zu holen.

Als Max ihn darauf hinwies, dass man dafür keine Dreiviertelstunde brauchte, zuckte Lumarenko die Schultern. „Draußen geraucht."

Aber war dem Mann ein Mord zuzutrauen? Nach kurzer Überlegung entschied Max, dass eine kräftige Frau wie Natascha dieses von Husten geschüttelte Wrack mit einem müden Kick aus dem Weg geräumt hätte.

Mit Familienfehden ist trotzdem nicht zu spaßen!, dachte er. Laut Schiebachs Testament ging die gesamte Hofstätte an die Drinkeler Kirchengemeinde. Seinen Söhnen schien das egal zu sein. Der Bauer hatte auch etwas auf der hohen Kante liegen. Aber schlug jemand wegen dreißig Hektar Rübenacker und einem Sparbuch mit knapp fünftausend Euro dem eigenen Vater den Schädel ein?

Nataschas Konto reichte nicht mal für ein Last-Minute-Angebot am Schwarzen Meer.

Nachdem ein Jogger Frau Lumarenko mittwochfrüh im Wienburgpark gefunden hatte, war Max bis Mitternacht unterwegs gewesen, um Kolleginnen und Nachbarn der Ukrainerin zu befragen und nach möglichen Zeugen zu suchen – ohne Ergebnis. Als er hungrig und frustriert nach Hause kam, hatte Sabine wieder von ihrem Schnupperaufenthalt in der Wellnessklinik zu reden begonnen. Vielleicht hoffte sie, ihn dadurch aufzumuntern, doch wenn er brutal ehrlich war, hatte er in diesem Moment ihrer Abreise mit Erleichterung entgegengesehen. Jetzt, da der Termin unmittelbar bevorstand, bewegte ihn ein ständiges Wechselbad der Gefühle. Mal beruhigte ihn die Aussicht auf ein konzentriertes Brainstorming am heimischen Schreibtisch, dann wieder legte sich ihm der Gedanke an die bevorstehende Einsamkeit aufs Gemüt wie ein Mehlsack. Nie waren sie bisher so lange getrennt gewesen, doch es war auch das erste Mal, dass er die Ermittlungen in gleich zwei Mordsachen leitete. Sekundenlang streifte ihn ein schlechtes Gewissen, weil er Sabine vielleicht einen Mangel an Führungsqualitäten vorwarf, die er selbst nicht besaß, doch er wischte den Gedanken beiseite. Diesen Vorwurf würde er sich für jene Abende aufbewahren, an denen er völlig demoralisiert und von Selbstzweifeln gepeinigt, ihre Gegenwart herbeiwünschte wie ein Ausgehungerter einen Kanten Brot. Noch war sie nicht einmal abgereist.

Thomas Kettling, mit dem zusammen er im Frühjahr den Mord an einem Studenten aufgeklärt hatte, verbrachte seine Ferien auf Usedom. Allerdings rechtfertigte die Dringlichkeit der Lage wohl, dass der Junge schleunigst seinen Koffer packte und die restlichen freien Tage auf den Herbst verschob.

„Für drei Wochen vorzukochen, wäre absolut kein Problem“, hatte Sabine verkündet, als das Thema Wellnessklinik vor einem Monat zum ersten Mal auf den Tisch kam. „Franziska und ich fahren ja erst sonntags. Da habe ich den ganzen Samstagnachmittag Zeit, und in der Tiefkühltruhe ist Platz genug. Bei der Mikrowelle arbeitet zwar seit neuestem nur noch die Grillfunktion, keine Ahnung, warum sie solche Zicken macht, aber bis zum Abend ist deine Wunschmahlzeit locker aufgetaut.“

Die Erfahrungen zehnjährigen Zusammenlebens hatten Max gelehrt, dass es zwecklos war, gegen ihren Gluckentrieb zu protestieren. Liebe geht durch den Magen!, war für Sabine kein hohles Sprichwort. Dabei brachte ihn allein die Vorstellung schon auf die Palme. Jeden Morgen – womöglich noch im Pyjama, damit er es nicht vergaß – einen erniedrigenden Kniefall vor dem Tiefkühler absolvieren? Die Schubladen bis zum Anschlag offen, weil das Kellerlicht so miserabel war? Stressige Wühlaktionen, bis der Alarm des Thermostats ihm das Trommelfell zerriss und seine Finger abstarben? Sabine mit ihrer unleserlichen Klaue! Doch wenn er die morgendliche Suchaktion verduselte, blieben abends nur die Pommesbude am Bahnhof oder ein trockenes Käsebrötchen. Denn ein Dienstschluss vor zweiundzwanzig Uhr war vorläufig nicht in Sicht, in diesem Punkt prostete Max sämtlichen Fernsehkommissaren zu: Jawohl, Kollegen, so ist das Leben! Der eine Fall noch brandheiß, da schneit schon die nächste Todesmeldung ins Haus. Nur die Abende an den Wochenenden würde er sich nicht nehmen lassen. Kurz kam ihm der Gedanke, er könne sie dazu nutzen, das Haus ein wenig umzugestalten. Vielleicht die Essgruppe gegen die Sitzgarnitur vertauschen und zusehen, wie sich dieser Wechsel auswirkte.

Er überlegte, ob ihm ein „Tatort"-Ermittler einfiel, der sich ganz ungezwungen einem Opernbesuch hingab, während ihm ein Kapitalverbrechen buchstäblich den Schreibtisch versengte. Doch er erinnerte sich nur an jenen Fall, in dem in Hamburg der Tod eines Tenors aufgeklärt werden musste. Die Kamera schwenkte über chaotische Künstlergarderoben und wuselte sich durch unübersichtliche Kulissen, zwischen denen verheulte Chormitglieder oder völlig ahnungslose Bühnenarbeiter vernommen wurden.

Sabines Abreise war für den späten Sonntagnachmittag geplant, jetzt war es Freitagabend kurz vor sieben, und so wie Max die heimische Lage kannte, erstellte seine Lebensgefährtin gerade an ihrem liebevoll bestückten und phantasiereich behängten Biedermeier-Sekretär im Schlafzimmer ihre persönliche, sehr komplizierte Bilanz der vergangenen Woche: Kalorien versus Ballaststoffe und die abgeleisteten Bewegungseinheiten auf dem Ergometer im Verhältnis zu den Couch-Potatoe-Stunden vorm Fernseher. Die Ergebnisse wurden mit blauer und roter Kugelschreibermine auf Millimeterpapier eingetragen, formierten sich zu Kurven und machten Sabine entweder sehr glücklich oder völlig mies. Morgen würde sie den Wochenmarkt auf dem Domplatz plündern, und Max hoffte inbrünstig, sie möge ihm zum Abschied keine meterhohen Sonnenblumen ins Haus schleppen und auch keinen Rosenstrauß, der in wenigen Tagen zu stinken begann. Nicht zu verhindern war dagegen, dass sie das Sortiment an Duftölen aufstockte und das Badezimmer damit einnebelte.

Eigenartig, dass er sich bei dieser düsteren Vision wieder an die Ikone der ukrainischen Familie erinnerte. Als er sich das Madonnenbild noch deutlicher vors geistige Auge zog, fielen ihm die Risse und Sprünge im Firnis ein. Vertrug eine derart stark beschädigte Holzmalerei überhaupt Kerzenruß? Ein plötzlich aufkeimendes Misstrauen riet ihm, die Holztafel bei der nächsten Gelegenheit herunterzunehmen, um auf die Rückseite zu sehen. War das Brett nicht ungewöhnlich dick? Und warum diese groben Begradigungen am Rand? Doch um eine Antwort zu finden, musste er mehr über Ikonen erfahren.

Am Samstagmorgen, während Sabine die Versorgung ihres Liebsten mit Vitaminen und Mineralstoffen gewährleistete, streifte Max durch Buchhandlungen und Antiquariate, um geeignetes Lesefutter zu finden. Er zeigte ihr seine Schätze gleich im Auto, nachdem sie ihre prall gefüllten Stofftaschen im Kofferraum abgesetzt hatte. Sie betrachtete die reich bebilderten Ikonenbände und meinte lachend, in dieser frommen und züchtigen Gesellschaft lasse sie ihn gern zurück. „Wenn ich mir überlege, dass du mir genauso gut harte Pornos vor die Nase halten könntest!“

Darauf konterte Max, über Kinobesuche hätten sie ja noch nicht geredet, und er überlege sehr genau, ob er dieses Thema anschneiden solle. Obwohl es ihr letzter gemeinsamer Nachmittag war, fuhr er zum Tennisplatz, um sich mit Uwe Hölters ein Stündchen fit zu spielen. Sabine war mit Bügeln, Packen und Kochen beschäftigt und würde ihn nicht vermissen. Die schnellen Sprints auf dem Quarzplatz taten ihm gut und ließen ihn sogar die Fälle Schiebach und Lumarenko vergessen. Er machte noch den Umweg zum Stadttheater, besorgte sich das Programm der neuen Spielzeit und blätterte es, hinter dem Lenkrad sitzend, schnell durch. Bei der Ankündigung der „Bohème“ dachte er an die Arie „Wie eiskalt ist dies Händchen“ und kicherte in sich hinein, weil er sich vorstellte, wie Sabine demnächst unter den frostigen Pfoten eines Masseurs bibberte.

Sie telefonierte im Wohnzimmer, wahrscheinlich mit Franziska. Von der Diele aus hörte er ihr leises, glucksendes Lachen. Durch die offene Küchentür drang das behagliche Surren des Umluftbackofens. Die leicht beschlagene Scheibe gab den Blick auf zwei Auflaufformen frei, gefüllt mit blubberndem Kartoffelgratin. Die Fensterbank und die Arbeitsplatte davor dekorierten zehn Tupperwaredosen, die Deckel beschriftet.

Sie machte Ernst.

Zum letzten gemeinsamen Abendessen gab es Gnocchi mit Lachs in Sahnesauce, zu denen Max einen Grünen Veltliner aus dem Kühlregal holte. Später sahen sie fern, kommentarlos, ausschließlich der Lösung des Krimis entgegenfiebernd. Max kam zu dem Ergebnis, dass dies die einzig angemessene Art war, Abschied für länger zu feiern: ganz so, als fände Sabines Abreise gar nicht statt. Und so liebten sie sich auch später im Schlafzimmer so ausdauernd und variantenreich, als hätten sie alle Zeit dieser Welt.

Franziska rauschte am Sonntag mit zwei Stunden Verspätung herein, erzählte als Entschuldigung etwas von verkramten Gummistiefeln, und dann ging alles ganz schnell. Den Koffer ins Auto, Umhängetasche und Blazer über den Arm, einen Kuss, der bei Max zwischen Mund und Ohr verrutschte, ein kurzes Abschiedshupen, das den Nachbardackel in Raserei versetzte, dann war Max allein. Der Motor verstummte, als wäre Franziskas Wagen in eine Erdspalte gerutscht, dafür tickte die Uhr in der Küche umso lauter, der Regen pladderte gegen die Scheiben, im Fernsehen gab es nur Murks. Und so verzog sich Max ins Obergeschoss, übersah krampfhaft das breite französische Bett, das noch am vergangenen Abend als Spielwiese gedient hatte, und setzte sich an seinen Schreibtisch im angrenzenden Arbeitszimmer. Es war ein kleines Karree mit nur einem Fenster, das gerade Platz für eine Glasplatte auf Malerböcken und die übliche Computer-Drucker-Kombination samt Rollwagen bot. An der linken Wand reihten sich drei schmale, heillos überfüllte Bücherregale, während der Platz am Fenster von einem alten Ohrensessel aus verknautschtem, hellbraunem Leder beansprucht wurde, der Lückmanns Vater gehört hatte. Bei aller Enge war ihm dies der liebste Raum. Wie das Gehäuse eines Einsiedlerkrebses, dachte er und schlug sein Notizbuch auf. Es war brandneu und trug noch nicht viele Bemerkungen. Und da es als Register für gleich zwei Fälle diente, hatte er es von beiden Seiten begonnen. Nach dem abgedroschenen Grundsatz „Ladies first“ gehörte Natascha Lumarenko die „richtige“ Hälfte des Büchleins, während man es umdrehen und von hinten aufblättern musste, wenn man die ebenfalls noch sehr schütteren Informationen über Anton Schiebach lesen wollte. Ein schwarzes Lesebändchen markierte die Mitte. Max fragte sich, ob seine Aufzeichnungen jemals aufeinander treffen würden und was er in diesem Fall tun sollte.

Irgendwann drückte die Stille ihm so in den Ohren, dass er den Plattenspieler anstellte und seine neueste CD einlegte: orchestrale Highlights aus Opern von Richard Wagner. Wie erhofft, wirkte Wagner beunruhigend und Kritik schärfend. Nicht lange, und Max bemerkte, dass ihn die Halbierung des Notizbuchs daran hinderte, mögliche Gemeinsamkeiten zwischen den Mordopfern festzustellen, so unrealistisch ihm das zu diesem Zeitpunkt auch erscheinen mochte. Zu schnell vergaß man das eine oder andere Detail, sobald man sich an der jeweils „anderen“ Front bewegte. Hatte er Kiew vor Augen, stand Drinkel auf dem Kopf und umgekehrt. Er nahm ein Blatt Papier und zog einen senkrechten Strich, um eine zweizeilige Synopse zu erstellen.

Als Erstes notierte er die Geburtsdaten des Bauern und der Putzfrau, wobei er auch ihre Sternzeichen mit einem Gedanken streifte. Sabine hätte ihnen garantiert mehr Augenmerk geschenkt, er selbst mochte nicht so recht daran glauben. Andererseits gab es mehr abergläubische Täter als gemeinhin angenommen, so dass man diesen Aspekt nicht völlig übergehen konnte. Schiebach war Stier, hing also, wenn man den Astrologen glaubte, an seiner Scholle, war sturköpfig, traditionsbewusst, verschlossen. Wie man sich einen westfälischen Bauern klischeehaft vorstellte. Die Ukrainerin gehörte zu den Krebsen, die als überempfindlich, nachtragend, aber auch sehr fürsorglich galten. Sie eigneten sich für soziale Berufe, zu denen sich auch das Reinemachen rechnen ließ. Das war nicht unbedingt ein Mordmotiv! Er verglich die Adressen der beiden Opfer, ohne etwas Symbolträchtiges zu entdecken, trug auch den jeweiligen Zeitpunkt der Bluttat und die vermutlichen Tatwaffen nebeneinander ein. Zwischen den beiden Tatorten lagen vierundachtzig Stunden und etwa sieben Kilometer. Weder hier noch dort gab es Zeugen; niemand hatte etwas gehört oder gesehen. Schiebachs Leiche wurde um siebzehn Uhr, etwa fünf Stunden nach seinem Tod, von zwei Spaziergängern entdeckt, die in Gimbte Urlaub machten, die Ukrainerin fand gegen sechs Uhr morgens ein Jogger, unterm Laub verborgen im dichten Gebüsch, tot seit etwa sieben bis acht Stunden. Nur ihre Schuhe hatten die beiden Opfer verraten, grüne Gummistiefel hier, weinrote Kunstlederslipper dort.

Als Max feststellte, dass er mit seiner Synopse nicht zurande kam und Mitternacht vorbei war, ging er in den Keller und entkorkte eine Flasche Chardonnay. Den ersten Schluck trank er andächtig, den zweiten durstig, obwohl er einen teuren Wein ausgesucht hatte. Ein Geschenk von Sabine für eine ganz besondere Stunde, woran auch immer sie dabei gedacht hatte. Nach einer halben Stunde war die Flasche fast leer und Max entsprechend müde. Enttäuscht über die Fruchtlosigkeit seiner Überlegungen, schob er das Notizbuch in seinen Rucksack und legte sich ins Bett, wobei er die Tagesdecke nur zur Hälfte entfernte. Um schneller einschlafen zu können, überflog er, wie vor jedem Wochenbeginn, die anstehenden Besuchstermine, Telefonanrufe und die Leitlinien der montäglichen Lagebesprechung mit Abteilungsleiter Dr. Sonnhagen.

Ganz oben auf dieser Liste stand ein neuerliches Gespräch mit Schiebachs Nachbarin Tilde Steer, um mehr über die Rasse und das Alter des verkauften Wallachs zu erfahren und sich mit dieser Information bei Rennstallbesitzern und Buchmachern klug zu fragen. Obwohl Max sich nur schwer vorstellen konnte, dass jemand auf einem so ungepflegt wirkenden Grundstück ein kostbares Rennpferd hielt, klammerte sich ein Hoffnungsschimmer in seinem Hinterkopf fest, winzig, aber hartnäckig wie eine Kinderfaust an einer Schiffschaukelkette. Warum hatte Schiebach bei Tilde Steer so viel Aufsehen um diesen Pferdehandel gemacht? Die Frau hatte nicht nur drei Kinder zu versorgen, sondern betrieb auch einen Hofladen mit Produkten aus eigener Biolandwirtschaft, handgestrickten Socken und dem Töpfereisortiment ihres geistig verwirrten Bruders. Sie hatte andere Probleme als Schiebachs Geschäftsabschlüsse zu verfolgen.

Für den Nachmittag waren die drei Söhne von Anton Schiebach noch einmal zum Hof bestellt, um ihnen wegen ihrer Alibis auf den Zahn zu fühlen. Obwohl Max nicht sehr zuversichtlich war, schloss er eine Verwechslung, sowohl bei den Zeugen als auch seitens der Schiebach-Brüder, nicht aus. Wie auch immer ihr Verhältnis zum Vater gewesen war, seine brutale Ermordung hatte sie aus ihrer Bahn geworfen, und davon war zwangsläufig auch das Erinnerungsvermögen betroffen. Was die Zeugen anging, wusste Max aus langjähriger Berufserfahrung, dass sogar selbstbewussten, nervenstarken Menschen ihre Sicherheit abhanden kam, weil sie automatisch an die Folgen dachten, die eine irrtümliche Aussage mit sich brachte. Schweißnasse Hände, eine verkrampfte Körperhaltung, Stottern waren keine seltene Begleiterscheinung, wenn jemand eine Person beschreiben, eine Stimme wieder erkennen oder ein verdächtiges Geräusch identifizieren sollte.

Um einundzwanzig Uhr, wenn die Putzfrauen in Gut Nevinghoff ihre Arbeit getan hatten, wollte er noch einmal mit Lydia reden, jener jungen Serbin, die am Dienstag mit Natascha die Spätschicht geteilt hatte. Sie hatte bei ihrer Vernehmung eine kurzfristige Änderung im Dienstplan erwähnt. Demnach war Frau Lumarenko ursprünglich für den Montag eingeteilt. War sie dem Täter zufällig in die Hände geraten oder Opfer einer Verwechslung geworden? Hatte sie selbst den Dienstplan geändert, weil sie sich im Wienburgpark mit jemandem treffen wollte und ihre Familie davon nichts erfahren durfte? Natürlich wollte Max wissen, mit wem sie die Schicht getauscht hatte, doch Lydia kannte den Namen dieser Frau nicht. Erst von der Vorarbeiterin Edda Olpe erfuhr er, dass es sich um eine Bulgarin handelte, die zu einer Beerdigung nach Sofia reisen musste.

Die ungeliebte Lagebesprechung mit Lothar Sonnhagen, die Max nur höchst ungern ohne seine Kollegin Sieglinde absolvierte, registrierte er nur noch schemenhaft im Hinterkopf. Der strenge Chef erschien ihm auch nicht im Traum, sondern ließ ihn ohne jegliches Aufschrecken fest durchschlafen.

Am folgenden Morgen hatte der Regen aufgehört, doch der Himmel war mit schweren Wolken beladen, die an schmuddelige Plumeaus erinnerten. Max bereitete sich in der Mikrowelle einen Becher Ovomaltine zu, wobei er es schaffte, ihre Funktionen wieder zu vollem Leben zu erwecken, bestrich zwei ebenfalls aufgebackene Brötchen mit Butter und klopfte sich angesichts seiner technischen Fähigkeiten stolz auf die Schulter. Doch als er feststellte, dass der Honig verbraucht war und die noch von Sabine bereitgestellte Marmelade erbärmlich tropfte, blätterte er schnell die Zeitung durch und ging dann ins Schlafzimmer, um nach einer Krawatte zu suchen.

Er schob gerade den Schlips in die Jackentasche, als sein Handy klingelte. Sabine!, war sein spontaner Gedanke. Zwar hatten sie ausgemacht, dass sie nach ihrer Ankunft vorläufig nicht anrufen würde, nach dem Motto: Keine Nachricht ist eine gute Nachricht. Aber vielleicht war gerade ihre erste Massage zu Ende, und die Glutaugen des thailändischen Streichlers hatten sie lebhaft an ihr Herzblatt erinnert. Vielleicht wollte sie auch nur nachfragen, ob er seine erste Kniebeuge vor dem Tiefkühler absolviert und für welches „Wunschgericht“ er sich entschieden habe. Als Alternative zum Gratin gab es Emmentaler Spätzle und zum Nachtisch eine Drei-Liter-Box Caipirinhasorbet.

Mit mildem Lächeln griff er zum Handy, doch nicht Sabines Name tauchte auf dem Display auf, sondern die Nummer des Dauerdienstes. Max befürchtete schon, dass der Anruf nichts Gutes bedeutete, aber Brunner hatte eine erfreuliche Nachricht. Dem Ehepaar Schrader aus Düsseldorf, das Schiebachs Leiche gefunden hatte und an diesem Montag seinen Urlaub beendete, sei noch eine möglicherweise wichtige Beobachtung eingefallen. Während ihres letzten Frühstücks seien sie gern zu einem Gespräch bereit. Vielleicht so gegen neun?

So kam es, dass Lückmann statt nach Münster nur das kurze Stück von Greven nach Gimbte fuhr und eine Viertelstunde später am Tisch der Schraders Platz nahm. Das Ehepaar wirkte auch vor seiner Rückreise ins mondäne Düsseldorf sehr salopp: Jeanskleidung und ein unkomplizierter Haarschnitt. Über Siegfried Schraders Schädel verteilten sich die schütteren Strähnen willkürlich, während die Frisur seiner Frau an einen gezackten Eisenhelm erinnerte. Sie bestellte für Max ein Kännchen Kaffee, und er trank in geduldigen, kleinen Schlucken, während Eva Schrader zu reden begann. Doch zunächst zog sie etwas aus ihrer Tasche und legte es mit betretener Miene vor ihr Gedeck. Humusklümpchen sammelten sich auf dem blütenweißen Tischtuch.

„Jetzt machen Sie mir bitte keine Schwierigkeiten wegen Diebstahl und so …“ Der Blick, den sie Max zuwarf, schien so betreten, dass er gar nicht anders konnte, als gnädig zu nicken. Dann sah er sich das Corpus Delicti genauer an. Frau Schraders Diebesbeute war ein billiges Hufeisen aus goldfarbenem Messing, und ihre Reue wirkte fast lächerlich, aber eben nur fast, denn als Max einen Latexhandschuh überstreifte und das Eisen umdrehte, sah er, dass anstelle der Nägel blutrote Steinchen eingelassen waren, vier auf der einen, drei auf der anderen Seite. Dort fehlte ein Stein. Hufeisen schenkte man Kindern zur Geburt, mit eingraviertem Namen und Geburtsdatum. Dieses trug keine Gravur.

Seine Vorsicht im Umgang mit dem merkwürdigen Fundstück verfehlte ihre Wirkung nicht. Eva Schrader holte tief Luft und sagte: „Ich weiß, ich hätte es nicht nehmen und schon gar nicht behalten dürfen, nachdem wir festgestellt hatten, dass ganz in der Nähe ein Verbrechen verübt worden war. Aber als ich es entdeckte, wusste ich noch nichts von dem toten Bauern.“ Sie zerrte ein Papiertaschentuch aus ihrer Jeansjacke und schnupfte hinein. „Ich sammle Hufeisen und bisher haben sie mir immer Glück gebracht. Nur diesmal …“

„Ohne das Dings da hätten wir die Leiche nicht entdeckt“, ergänzte ihr Mann ohne jede Reumütigkeit.

„Wie das?“, wollte Max kurz angebunden wissen.

„Natürlich wollte ich mich vergewissern, dass mich niemand beobachtet“, fuhr sie in einem so klagenden Tonfall fort, als hätte nicht sie das Hufeisen entwendet, sondern wäre selbst die Geschädigte. „Wie ich den Blick so über die Koppel schweifen lasse, sehe ich die grünen Stiefel, die aus der Scheune ragen. Und dann …“ Ihr gequälter Blick streifte den Ehemann.

„Wie haben Sie es denn geschafft, auf die Koppel zu kommen?“, wunderte sich Max.

Jetzt wurde sie sogar rot. „Ich bin über das Weidetor geklettert.“

„Wo genau haben Sie es gefunden?“

„Etwa fünf Meter hinter dem Tor, einen Meter links vom Pfosten. Ursprünglich interessierte mich nur der Huflattich. Ich habe früher in einer Apotheke gearbeitet, die ihren eigenen Hustensaft herstellte. Im Sommer haben wir regelmäßig die Blätter gesammelt, daher kenn ich mich so gut aus.“

„Und weiter?“, fragte Max schnell, um sie an einer überbordenden Schilderung ihrer Lebensgeschichte zu hindern. Sonnhagen erwartete ihn gegen zehn im Präsidium, und er wartete nicht gern.

„Nichts weiter. Ich sehe das Eisen zwischen den Huflattichblättern blinken, klettere über das Tor und stecke es ein. Als ich kurz das Gelände überblicke, ob mir nicht irgendso ein Hofköter den Garaus machen will, fallen mir die Gummistiefel in der Scheunentür auf. Ich gebe meinem Mann ein Zeichen, er solle mitkommen, und so haben wir das Desaster entdeckt.“

Max drehte den Plastikbeutel, in den er das Hufeisen geschoben hatte, hin und her und versuchte abzuschätzen, wie lange es auf Schiebachs Koppel gelegen haben mochte. Es wirkte sehr sauber. Doch war es nicht wichtiger, Wert und Symbolik der Steine zu prüfen? Da die Schraders weder die eine noch die andere Frage beantworten konnten, trank Max seinen Kaffee aus und drückte dem Ehemann noch einmal seine Visitenkarte in die Hand, mit dem Ergebnis, dass auch Schrader wieder sein kleines Silberetui zückte. Ein pensionierter Staatsanwalt, wohnhaft in Kaiserswerth, dessen Frau heimlich Hufeisen klaute.

Max war schon an der Tür, als er sich umwandte und Frau Schrader um ihre Telefonnummer bat. Sie nahm seinen Kugelschreiber, notierte gewissenhaft, sah sogar noch einmal in ihrem Adressbuch nach und bemerkte dabei sichtbar erleichtert, weil die unerlaubte Mitnahme des Hufeisens offenbar keine rechtlichen Folgen hatte, sondern womöglich die Ermittlungen beschleunigte, dass sie sich auf ihrem Handy niemals anriefe, und so hinterließ sie auf dem extra breiten Stift so viele Fingerabdrücke, dass Max große Hoffnungen in die Kollegen vom Labor setzte. Womöglich gab es auf dem Hufeisen mehr Fingerprints als nur die von Frau Schrader. Als könnte sie Gedanken lesen, sagte sie: „Vielleicht ist das Eisen eine Botschaft des Mörders. Diese abartigen Menschen haben oft ganz merkwürdige Einfälle."

Am Ortsrand von Greven hielt Max vor einer Buchhandlung und bat um einen Botanik-Ratgeber. Der Huflattich war eine markante Pflanze mit runden, gelben Blüten und stark geschuppten, bräunlichen Stängeln. Da die Blütezeit auf die Monate März und April fiel, prägte Max sich vor allem die Form der Blätter ein: hufeisenförmig, auf der Unterseite weiß-pelzig und behaart. Er gab das Buch zurück, fuhr zu Schiebachs Hof und nahm auf der Koppel eine kräftige Pflanzenprobe. Auf der Weiterfahrt fiel ihm eine Freundin seiner Kollegin Sieglinde ein, die am Rosenplatz eine Kunstgalerie besaß und auch Silberschmuck im Sortiment führte, vorzugsweise mit Steinbesatz. Obwohl Sieglinde es niemals zugegeben hätte, zweifelte Max nicht daran, dass sie die alte Dame gelegentlich in ihren Mordfällen um Rat fragte. Er war neugierig und optimistisch, was ihr Urteil über die roten Steinchen betraf.

Auf der Höhe von Gut Kinderhaus meldete sich die Freisprechanlage. Die ungeduldige Stimme von Dr. Lothar Sonnhagen schnarrte ihm entgegen. Max berichtete ihm von dem Fund der Schraders, den er ins Labor bringen und auf Spuren untersuchen lassen müsse. Nach der Freigabe durch die Techniker wolle er damit zu der Galeristin gehen.

„Unsere Techniker wissen nicht, was das für Steine sind?", polterte Sonnhagen.

„Ich kann die Kollegen gern fragen", konterte Max kühl, „aber eine Schmuckexpertin ist nicht zu unterschätzen. Und da es sich um eine enge Freundin von Frau Züricher handelt, liefert sie ihr Gutachten wahrscheinlich kostenfrei."

„Machen Sie, was Sie wollen“, löste Sonnhagen das Problem auf seine grantige Art. „Aber bevor Sie zum Mittagstisch gehen, erwartete ich Sie zur Berichterstattung.“

„Ich kann schon um halb zwölf bei Ihnen sein“, schlug Max versöhnlich vor. Entweder hatte die Lady vom Rosenplatz den Goldenen Blick, oder sie hatte ihn nicht. Und was die Mittagspause betraf, konnte er getrost auf Kantinenkost verzichten, weil er abends gut versorgt war. Allerdings war ihm an diesem Morgen angesichts der zwanzig eingefrorenen Kunststoffdosen der Hals spiralig eng geworden. Sah womöglich so die Tiefkühltruhe eines Menschenfressers aus? Halbtransparente Boxen, im einheitlichen Format von zwölf mal sechzehn Zentimetern mit klumpig-bleichem Inhalt und fast unleserlicher Bezeichnung? Genauso gut hätte Sabine Stierhoden einfrieren können. Noch bei der Erinnerung an das gewöhnungsbedürftige Stillleben schüttelte es ihn, und er überlegte ernsthaft, ob er diese ganze geschmackliche Fremdbestimmung nicht einfach ihrem Schicksal überlassen und im Dezember für die Weihnachtsparty des Präsidiums stiften sollte.

Im Labor konnte er auf das Ergebnis warten. Bei Fingerabdrücken war Ansgar Schüller schnell, während die Frage nach der Liegezeit des Hufeisens bedauerndes Schulternzucken auslöste. „Steinzeit-Lucy wird es schon nicht verloren haben, und wenn du eine Fachfrau für den eingelegten Klunker kennst, dann nur zu!“ Weiterer Kaffee wurde ihm angeboten, diesmal sogar aus einer Espressomaschine, was Max ein bisschen bedauerte, weil das der Kaffee war, den er mochte. Dennoch lehnte er mit Rücksicht auf seinen Blutdruck ab. Die kurze Unterhaltung mit Schüller, bis die Fingerabdrücke gesichert waren, wirkte genauso anregend. Wie stark Männerprobleme sich doch manchmal ähneln, dachte er. Ansgars Frau Shahida war mit einer Freundin auf Urlaub in der Karibik, die Tochter studierte seit dem Frühjahr in München Kunstgeschichte. Reichlich teuer das Ganze! Schüllers Lächeln wirkte bemüht. Daraufhin verschwieg Max, dass Sabine als nicht zahlender Gast ins Weserbergland gereist war. Womöglich gehörte Shahida zu Franziskas Stammleserinnen, dann wüsste es bald das ganze Präsidium. Es war nicht das erste Mal, dass er den Wunsch hegte, das Haus am Friesenring wäre von den Mauern eines mittelalterlichen Kastells umgeben und durch eine pechbewehrte Zugbrücke geschützt.

Das Laborergebnis besagte, dass außer Eva Schrader noch jemand das Hufeisen berührt hatte. Pferdeurin war dagegen nicht festzustellen.

„Lässt sich auf den Huflattichblättern Urin nachweisen?"

„Natürlich", nickte Ansgar, „die Blätter stammen doch von einer Pferdekoppel. Oder etwa nicht?"

„Aber wenn das Hufeisen keinen Urin aufweist, bedeutet das: Es ist erst zwischen die Blätter gefallen, nachdem das Pferd abgeholt worden war. Schiebach besaß nur den einen Wallach, und er hat ihn am Samstagvormittag verkauft."

„Verstehe", nickte Ansgar. „Das Gewitter, das für Samstag angekündigt wurde, hat sich verzogen, und an den Tagen vorher gab es auch keinen Regen."

Das Laborergebnis im Notizbuch, das Hufeisen wieder in seiner Asservatentüte, wollte Max sich verabschieden, als er in Schüllers Blick den Wunsch nach ausführlicheren Gesprächen zu entdecken glaubte, von Mann zu Mann. Der geplante Opernabend fiel ihm wieder ein. Ansgar mochte Opern, litt jedoch unter ähnlichen familiären Vorurteilen wie er selbst. Und dann funkten die Kurzbegriffe „Klar doch" und „Abgemacht" durch den Raum wie Morsezeichen. Und nachher noch anständig gehen!

Wir haben hier auch unsere Schicksale, dachte Lückmann, während er vom fünften Stock nach unten hechtete. Jeden Tag landen Psychogramme und Leidensgeschichten auf unseren Tischen, an denen sich renommierte Gutachter die Zähne ausbeißen. Wir müssen mit all diesem verdammten Seelenmüll fertig werden, bis die Gerichtsexperten uns irgendwann weiszumachen versuchen, dass wir alles falsch verstanden haben. Doch bis dahin liegt dieser Baukasten menschlicher Abartigkeiten offen vor uns.

Und den vergess ich jetzt mal schleunigst!, spann er seine Gedanken weiter, holte das Fahrrad aus dem Ständer und machte sich auf den Weg zur Galerie. Hatte er nicht erst kürzlich überlegt, dort ein Bild zu kaufen?

Beim Öffnen der Glastür geriet mit dem Lufthauch, der Max ins Innere begleitete, eine ganze Schwadron unter der Decke hängender Mobilés in Turbulenzen. Wie ein hungriger Vogelschwarm schwirrten sie durcheinander und sekundenlang fühlte er sich an Hitchcock erinnert. Als er die Frau hinter dem Schreibtisch erblickte, tat sie ihm beinahe Leid, nicht nur weil sie dieses Schwindel erregende, schwarz-rote Flattern ständig vor Augen hatte, sondern weil sie in ihrem Alter noch immer arbeitete. Doch dann traf ihn ihr heiterer und motivierter Blick, und er konnte sein Mitleid nicht mehr nachvollziehen. Diese Frau, übergewichtig und von Rückenproblemen geplagt, arbeitete, weil sie ihre Galerie liebte und ohne sie nicht leben konnte. Wenn es sie nicht mehr gäbe, gäbe es auch keinen Nachfolger, hatte Sieglinde einmal gesagt. Wie in einem Handwerksbetrieb, fuhr es Max durch den Kopf. Er kannte diese Verhältnisse von seinem Großonkel in Rheine. Dessen alteingesessene Polstererfirma hätte es mit den Lieferanten für Ludwig den Fünfzehnten aufnehmen können. Perfekte Technik und absolutes Stilgefühl, doch Onkel Alberts Leistungen waren für den Durchschnittskunden zu kostspielig, so dass er sein Angebot auf Restaurierungen generell ausgeweitet hatte. Wertvolle Bilderrahmen, Bleiglasfenster, alte Türgriffe – in allem kannte er sich aus, und war selbst auch schon achtzig.

Die Galeristin hatte sich aus ihrem Sessel erhoben.

„Bleiben Sie doch bitte sitzen. Ich bin ein Kollege von Sieglinde, das heißt, jener Kollege, der …“

„Ich weiß“, entgegnete sie freundlich, und zu Lückmanns Erleichterung ließ sie sich tatsächlich wieder in ihren Sessel sinken. „Ich kenne Ihr Gesicht aus der Zeitung. Was führt Sie zu mir, außer dass Sie mir Grüße von Sieglinde bestellen sollen? Ich habe ja ewig nichts von ihr gehört.“

Er registrierte den Vorwurf sehr genau. „Man hat sie zur Fortbildung nach Wiesbaden geschickt; ein großartiges Angebot, das sie sicher zu nutzen weiß.“

Rasch blickte er sich um, und was er sah, gefiel ihm größtenteils: Abstraktes in kräftigen Farben, zarte Aquarelle und zwei moderne Frauenporträts, von denen das eine ihn entfernt an Sabine erinnerte. Sein Blick wanderte weiter zu den schmalen Buchenholzgestellen, die er von Ikea als CD-Regale kannte, doch der dort ausgestellte Schmuck aus Edelstahl und Aluminium war nicht nach seinem Geschmack. Es handelte sich um klotzige Ringe, einen Kettenhänger in der Form einer Hundemarke und mehrere Handschellen nachempfundene Armbänder.

Frau Vondembusche war seinem Blick gefolgt. „Wenn Sie ein Schmuckstück für eine Frau suchen, sehen Sie sich besser das Sideboard dort drüben an. Mit diesen martialischen Entwürfen unterstütze ich ein Projekt zur Betreuung alkoholisierter Verkehrssünder. Leider laufen die Sachen grottenschlecht. Zu destruktiv das Ganze."

„Hmm", nickte Max geistesabwesend. In der äußersten linken Ecke der Galerie, auf dem Boden unter dem tief abgesenkten Kreuzrippengewölbe, hatte er ein eigenartiges Bild entdeckt: ein rechteckiger, dunkler Hintergrund, in dessen oberem Drittel, leicht nach rechts versetzt, ein runder weißer Fleck leuchte. Am ehesten ähnelte er einem Auge, einem sehr aggressiv blickenden Auge mit dunkler Pupille. Längst vergessen geglaubte Kinderängste wurden in ihm wach. Als würde in seinem Gehirn ein Vorhang weggezogen, sah er wieder den Treppenaufgang im Haus seines Schulkameraden, bei dem er die Hausaufgaben machen musste, wenn seine Mutter arbeitete. Im dritten Stock – Rudi wohnte eine Etage höher – gab es eine Wohnungstür aus schwarzem Eisen mit einem kreisrunden, weiß umrandeten Spion. Dort wohne ein heimlicher Kinderfresser, hatte Rudi ihm erzählt, der die Kinder durch den Kellereingang herein locke. Max hatte ihm geglaubt, vor allem da es im Treppenhaus nach billiger Leberwurst und Bohnerwachs roch. Vielleicht kochte der Kinderfresser seine Opfer und beseitigte die Flecken auf dem Boden mit der Bohnermaschine.

Rudis Mutter stellte immer einen Teller mit Marmeladenbroten auf den Tisch, gelb und rot. Der gelbe Aufstrich stammte laut Rudi von der Hirnflüssigkeit der gefressenen Kinder, der rote von ihrem Blut. Irgendwie gebe es ja immer Überbleibsel, und selbst Kapitalverbrecher dächten wirtschaftlich. Erst später begriff Max, dass der miese, armselige Rudi seine Märchen nur verbreitet hatte, um die Marmeladenbrote nicht mit ihm teilen zu müssen.

Jetzt, da er diesen kindlichen, durch bedeutend realitätsnähere menschliche Abgründe vielfach gefilterten Horror wieder verspürte, machte ihn das Bild in der Galerieecke neugierig. Warum sich nicht einen Kinderalptraum an die Wand hängen? Als tiefenpsychologische Therapie mit Langzeitwirkung? Er bückte sich und zog das Gemälde ans Tageslicht. Es besaß das Format von etwa dreißig mal vierzig Zentimetern und zeigte, von der Seite gesehen, einen Lichtfuchshengst, der sich mit angstvoll rollenden Augen aufbäumte. Der Rahmen aus Ebenholz war verstaubt und voller Spinnweben. Eine Signatur konnte Max nicht erkennen, doch als er das Bild umdrehte, fand er einen Aufkleber mit dem handschriftlichen Vermerk: „Gekauft im September 1925 in Plymouth. Scott-Gallery. Maler unbek. Vermutlich 18.J." Vielleicht das Auftragswerk eines Landadeligen oder Pferdezüchters, überlegte Max. „Was würde es kosten?"

Marion Vondembusche griff nach ihrer Brille, die an einer silberfarbenen Kette vor dem mächtigen Busen baumelte, und erhob sich ein weiteres Mal, mühsam wie eine Geburtshelferkröte. Auch ihre grau-braune, lebhaft getupfte Tunika erinnerte Max an diese Amphibie. Sie schüttelte den Kopf, als traute sie ihren Augen nicht. „Wo kommt das denn her? Das muss ich total vergessen haben. Es gehört wohl zum Bestand meiner früheren Galerie. Als ich hierher zog, hatte ich bedeutend weniger Platz und musste einige Bilder in den Ecken stapeln." Sie zerrte eine Lupe aus der Schreibtischschublade und suchte den unteren Bildrand nach einer Signatur ab. „Hmm. Nicht mal der Schatten eines Buchstabens. Oder sehen Sie etwas? Sie haben jüngere Augen."

Auch Lückmann musste passen. Es gab im Vordergrund ein paar Schattierungen, die Wurzeln darstellen konnten oder steinigen Untergrund. Rechts unten waren sie besonders ausgeprägt. „Vielleicht hat der Maler Runen verwendet, um eine Botschaft zu hinterlassen."

Sie lachte. „Sein Name wäre mir lieber. Kann ich Ihnen übrigens einen Kaffee anbieten?"

„Nein, danke!" Er war selbst überrascht, wie panisch das klang. Als hielte man einem Zahnarzt Türkischen Honig vor die Nase. Aber sein Blutdruck hätte garantiert nicht mehr mitgemacht.

Sie drehte das Bild um und entdeckte ebenfalls den Aufkleber. „Scott-Gallery? Nie gehört. Wir waren auch nie in Plymouth. Aber sehen Sie mal hier: September 1925, das ist der Geburtsmonat meines Mannes. Vielleicht hat es ihm deshalb jemand geschenkt. Mein Mann liebte Geschenke mit Symbolcharakter, der materielle Wert war ihm nicht wichtig. Das durfte ruhig auch mal etwas Zweideutiges sein. Er war nicht zimperlich … Aber warum setzen wir uns nicht? Oder haben Sie keine Zeit?"

Nein, Max hatte keine Zeit, doch diese freundliche alte Dame besaß seine volle Sympathie, außerdem wollte er sie für eine Gefälligkeit gewinnen. Also nahm er auf dem angebotenen Sessel vor ihrem Schreibtisch Platz.

„Wir hatten", begann sie, „bis vor sechzehn Jahren unser Geschäft an der Warendorfer Straße. Mein Mann arbeitete als Bildhauer, leider ist er an Krebs gestorben. Friedrich Vondembusche – vielleicht sagt Ihnen der Name etwas. Doch er war nicht nur Bildhauer, er war auch ein Schatzgräber, immer von der Idee getrieben, irgendwo einen unbekannten Rembrandt zu entdecken. Auf einem Dachboden, in einer Gartenlaube, im Keller. Er hängte sich den Entrümpelungsdiensten an die Fersen und kämmte die Zeitungsanzeigen auf Nachlassverkäufe durch, die mehr versprachen als fleckige Spitzennachthemden oder eine Schlagerplattensammlung." Sie lächelte wehmütig, während sie fortfuhr: „Auch Kaufhofschinken interessierten ihn nicht, der röhrende Hirsch, die tanzende Zigeunerin, so was war ihm ein Gräuel. Außerdem kaufte er nicht für den Eigenbedarf, sondern um Gewinn daraus zu schlagen. Wenn dieses Bild hier wertvoll wäre, hätte er es sicher nicht weggestellt. Falls Sie interessiert sind, lasse ich eine Expertise machen. Allerdings warne ich Sie: Ich mache keine Sonderpreise, auch nicht für die Polizei."

„So eilig habe ich es mit dem Kaufen nicht", entgegnete Max mit einem schnellen Blick auf seine Uhr.

Sie drehte das Bild zum Licht. „Auf jeden Fall werde ich den Rahmen entfernen. Manchmal findet sich ein Hinweis zum Datum und zur Herkunft auf dem Malgrund. Rufen Sie mich in den nächsten Tagen mal an." Er versprach es und zog das Hufeisen hervor. „Sind Sie in der Lage, diese Steinchen zu bestimmen?"

Sie legte das Bild auf der Schreibplatte ab und nahm das Eisen. Dabei fielen Max ihre kräftigen Finger auf. Die Nägel kurz geschnitten und blutrot gelackt, als Schmuck ein doppelter Trauring und ein breiter Silberring mit einem ovalen Amethyst.

„Also, so klein, wie die sind, dürfte das schwierig sein. Geschliffene Steine sind ohnehin schwerer zu schätzen als ungeschliffene, weil beim Schleifen manche Merkmale, wie die Kristallform und die Begleitmaterialien, verloren gehen. Hier haben wir es sogar nur mit Splittern zu tun. Rein theoretisch könnte man Rubine vermuten, aber ich denke eher an Granat, noch wahrscheinlicher ist simples Glas." Ein bedauerndes Lächeln erschien auf ihrem Gesicht. „Das Material des Eisens ist garantiert nicht viel wert. Wollen Sie es verkaufen?"

„Dazu müsste es mir erst mal gehören", konterte er und schob es zurück in die Plastiktüte, während ihm noch eine Frage kam.

„Könnten Sie sich einen symbolischen Wert vorstellen?“

„Sie meinen die Kombination von Edel- oder Schmucksteinen mit einem Hufeisen? Ich kann gerne eine Freundin fragen, die etwas von Esoterik versteht. Habe ich Ihnen damit geholfen?“

„Kennen Sie sich vielleicht auch bei Ikonen aus?“

„Auch da kann ich mich gern erkundigen. Nur müssten Sie mir erklären, um was genau es bei der Auskunft gehen soll.“

„Warum?“, fragte er, unsicher geworden.

„Ikonen sind für christlich-orthodoxe Gläubige kein Kunstobjekt, sondern ein Medium, um mit Gott in Verbindung zu treten. Meistens setzen sie in der Beurteilung der Qualität andere Maßstäbe als die Kunsthistoriker und Sammler. Deshalb ist es nicht gleichgültig, wen ich frage.“

„Es geht um eine Mariendarstellung mit stark beschädigtem Craquelé. Trotzdem brennt davor eine offene Kerze. Als wollte man das Bild weiter ruinieren.“

Sie runzelte die Stirn. „Hängt das Bild in einer Kirche?“

„Nein, in einem Privathaushalt.“

„Möglicherweise hat es einen großen Erinnerungswert, oder die Kerze soll für einen Verstorbenen leuchten.“

„Dann könnte man Blumen davor stellen. Warum beschädigt man das Bild?“

„Warum fragen Sie nicht die Familie?“

Er seufzte. „Selbst wenn sie besser Deutsch könnten, fürchte ich, dass sie nicht reden würden.“

„Hört sich schwierig an. Wenn Sie der Sache auf den Grund gegangen sind, erfahre ich es dann?“

„Falls!“, präzisierte Lückmann weniger optimistisch. Marion Vondembusche begleitete ihn zur Tür und bemerkte wie beiläufig: „Kommen Sie demnächst doch mal mit Sieglinde vorbei. Ich habe noch einige Bilder im Depot, die Sie vielleicht interessieren. Und wir könnten gemeinsam essen gehen.“

4

Für Lothar Sonnhagen gab es keine Partnerin, die ihm Abend für Abend sein Lieblingsessen servierte, geschweige denn das entsprechende Quantum für drei Wochen im Voraus einfror, falls sie für länger verreiste. Er war seiner noch in Düsseldorf erfolgten Scheidung zumindest am Herd mit bemerkenswertem Selbstbewusstsein begegnet, indem er kochen gelernt und aus seiner Überlebensstrategie eine allabendliche Liebhaberei gemacht hatte. Entsprechend frugal fielen seine Mittagssnacks aus. Als fühlte er sich von Max ertappt, kegelte er den leer gegessenen Joghurtbecher in den Papierkorb, obwohl er dort nicht hingehörte, und schob den Löffel dezent in die Schublade, wo er Notizblöcke und Kugelschreiber verklebte. Er zerknüllte auch die Brötchentüte, forderte seinen Mitarbeiter auf, sich zu setzen, und war „ganz Ohr.“ Doch da Lückmanns Gespräch mit der Galeristin Vondembusche in reine Versprechungen gemündet war – sehr hilfreiche Versprechungen, wie Max sich beeilte zu versichern –, und weil für diesen Nachmittag eine weitere Unterredung mit Schiebachs Söhnen in seinem Terminkalender stand, entließ Sonnhagen ihn schon bald mit gnädigem Nicken. Die Woche finge ja gerade erst an. Und sie begänne viel versprechend.

In der Einfahrt des Bauernhofs stand ein blauer Lieferwagen mit Steinfurter Nummer und dem Logo der Anstreicherfirma, die Eric Schiebach gehörte. Prompt kroch Frust in Lückmann hoch. War etwa nur der älteste Sohn seiner Aufforderung gefolgt? Doch ein Blick durchs Fenster belehrte ihn, dass alle drei Brüder gekommen waren. Sie saßen am Küchentisch und steckten die Köpfe zusammen. So uneins sich die drei bei den ersten Befragungen auch gegeben hatten, jetzt befanden sie sich offenbar auf Verschwörungskurs. Das würde ihnen wenig nützen. Die bisherigen Fakten sprachen gegen sie.

Doch sofort wurde Max dieses Quäntchen Triumph durch einen vagen Verdruss verdorben, den er nur damit erklären konnte, dass seine Teamkollegen so schleppend vorankamen. Kettling war zwar informiert, dummerweise hatte er sich bei der letzten Dünenwanderung den Knöchel gebrochen und wartete jetzt auf seinen Gehgips.

Und die Fahrt von Usedom nach Rostock, wo er ein Flugzeug bekäme, musste auch erst geregelt werden.

Jenseits des Gartenzauns hängte Tilde Steer Männerunterhosen auf die Leine. Ihr tizianroter Schopf leuchtete in der Sonne, und wieder einmal fragte sich Max, ob diese Farbintensität ohne Chemikalien entstanden war. Frau Steer winkte freundlich und nahm die Wäscheklammer aus dem Mund. Max trat näher.

„Wie lange sind die Schiebach-Söhne schon da?"

„Keine Ahnung. Als ich mit der Wäsche rauskam, stand der Wagen da. Er gehört Eric, dem Ältesten."

„Ist Ihnen noch irgendwas eingefallen?"

Sie schüttelte so energisch den Kopf, als hätte sie sich diese Frage schon seit Stunden gestellt.

„Auch nicht zum Verkauf des Pferdes?"

„Sie meinen Äquinox? Nein, ebenfalls totale Fehlanzeige. Schiebach hat mir freitags abends erzählt, dass der Käufer am nächsten Morgen um elf kommen wolle. Das ist alles."

„Müsste nicht ein Kaufvertrag existieren?"

Sie blies die Backen auf. „Keine Ahnung. Vielleicht wurde der lahme Zossen unter der Hand verscherbelt."

„Waren die Söhne letzte Woche schon mal hier?"

„Natürlich", sagte sie, „sobald das Siegel von der Haustür entfernt wurde, ist zumindest der Älteste mehrmals hier gewesen. Beim ersten Mal habe ich am Fenster geguckt, als sein Auto vorfuhr. Man weiß ja nie! Es kommen auch immer wieder Reporter und machen Fotos, aber wer garantiert mir, dass sich nicht auch Gesindel hier herumtreibt? Ich habe kleine Kinder."

„Aber am vorletzten Samstagmittag, als Herr Schiebach starb, war alles ruhig?"

„Genau!"

„Was haben Sie um diese Zeit gemacht?"

„Fenster geputzt. Sagte ich doch bereits." Sekundenlang glaubte er einen kleinen Kobold in ihrer grüngrauen Iris tanzen zu sehen. Sie hatte ein hübsches Gesicht mit hohen Backenknochen und einer schmalen, sehr geraden Nase. „Leider nicht die Scheiben auf der Gartenseite, sonst hätte ich vielleicht etwas bemerkt. Aber die waren schon am Freitag an der Reihe. Als ich vorn zur Straße fertig war, habe ich in der Küche Kirschmarmelade eingekocht."

„Haben Sie den Pferdekäufer gesehen?"

„Nur bei seiner Ankunft. Da bekamen meine Fenster gerade den letzten Schliff. Wollen Sie wissen, wie?"

„Eigentlich nicht."

„Ich sag es Ihnen trotzdem: mit einem Schuss Essig aufs Trockentuch. Und ich verwende zum Trockenreiben nur ganz weiche Geschirrtücher."

„Klingt einleuchtend! Kannten Sie den Mann?"

„Er kam mir bekannt vor, aber mir fällt sein Name nicht ein. Hier zum Dorf gehört er nicht."

„Was für eine Sorte Kirschen wächst denn jetzt noch in Ihrem Garten?"

Wieder funkelte das Teufelchen in ihren Augen. „Glauben Sie mir nicht? Ich habe nur Schattenmorellen, aber ganz besonders süße. Hab sie nach der Ernte erst mal eingefroren, meine Kinder hatten Schulferien, da musste die Marmelade warten. Wenn Sie Schiebachs Mörder gefunden haben, schenke ich Ihnen ein Glas."

Max grinste. „Ich nehme auch jetzt schon eins."

„Ist das nicht Beamtenbestechung?" Sie schob die Wäscheklammer wieder zwischen die Lippen und bückte sich nach der nächsten Unterhose. Max schellte am Nachbarhaus.

Eric öffnete ihm und drehte ohne Begrüßung ab in Richtung Wohnzimmer. Schon bei seinem ersten Gespräch mit ihm und seinen Brüdern am Nachmittag nach Schiebachs Ermordung war Max aufgefallen, wie unbeteiligt die drei wirkten. Damals hatte er diesen Umstand auf den Schock über die Brutalität des Verbrechens geschoben, auf das Unvermögen, den Tod ihres Vaters zu realisieren. Doch inzwischen war mehr als eine Woche vergangen, das Institut für Rechtsmedizin hatte den Leichnam freigegeben, der Beisetzung stand nichts mehr im Wege. Und so war die wortkarge Art der Söhne wohl nur noch als Gleichgültigkeit zu verstehen.

Auf dem Weg durch die lang gestreckte Diele registrierte er noch einmal das Ambiente: vergilbte Tapeten und bräunliches Linoleum, das sich an den Fußleisten wölbte, mehrere Sammelrahmen mit Fotos, ein präparierter Wildschweinkopf neben den Garderobenhaken. Nichts schien verändert, auch nicht im Wohnzimmer, wo Erics jüngere Brüder jetzt in der schweren Sofagarnitur mit geblümtem Veloursbezug saßen und ihm gelangweilt entgegenblickten. Was sie zu dem Ortswechsel von der Küche in den Wohnraum bewogen hatte, blieb unklar, Max vermutete, dass ihnen die Küche zu wenig repräsentativ für einen Polizistenbesuch erschien. Er setzte sich auf den angebotenen Einzelsessel. Sein freundliches „Guten Tag!“ blieb unbeantwortet. Da die Stimmung angespannt wirkte, beschloss er, gleich zur Sache zu kommen. Schließlich war dies kein Treffen unter Kegelbrüdern.

„Konnten Sie weitere Zeugen für Ihren jeweiligen Aufenthalt am Mittag des 22. August finden?“

„Wollen Sie damit behaupten …?“ Ludger, der Mittlere der drei, warf das Streichholz, auf dem er gekaut hatte, genervt in den Aschenbecher. Max zog sein Notizbuch aus dem Rucksack. „Ich habe die Namen und Adressen überprüft. Leider erinnert sich niemand an Sie. Können Sie sich das erklären?“

„Das begreif ich nicht!“, polterte Eric. „Die Frau auf dem Spielplatz hat mich sogar angesprochen. Ihre Tochter besucht denselben Kindergarten wie mein Jüngster. Ich kenne sie nur vom Sehen, aber ihre Personalien waren ohne weiteres von der Kindergärtnerin zu bekommen. Was hat sie Ihnen denn gesagt?“

„Dass ihre Tochter am 22. August nicht auf dem Spielplatz gewesen ist. Den ganzen Tag nicht.“

„Ich versteh das nicht. Ich habe mit dieser Frau doch geredet!“

„Okay“, sagte Max. „Dann lassen wir es auf eine Gegenüberstellung ankommen. Vielleicht haben Sie sie mit jemandem verwechselt.“ Sein Blick richtete sich auf den Mittleren des Trios.

„Ich war für meine Firma unterwegs“, erklärte Ludger achselzuckend. „Das habe ich ja schon ausgesagt. Zur fraglichen Zeit war ich bei einem Außentermin in Reken. Der Kunde hat mir einen Kaffee serviert. Dass er sich daran nicht mehr erinnert …“

„Am Samstag?“ Lückmann zog die Stirn in Falten.

„Am Samstag!“, blaffte Schiebach. „Wir Privatunternehmer haben es nicht so gemütlich wie die Beamten. Unser Wochenende ist verdammt kurz, wenn wir unseren Schnitt machen wollen.“

„Ein Stammkunde?“, vergewisserte sich Max, wobei ihm ein Zentner-Typ mit bulligem Kahlkopf, stark gesprenkelten Wangen und Schweinsäugelchen vor Augen stand. Vergebens war dessen dicker Zeigefinger im Terminkalender herumgefahren. „Herr Schiebach soll bei mir gewesen sein?“

„Wir kennen uns seit fünf Jahren“, beteuerte Ludger.

Paul, mit achtundzwanzig der Jüngste, hatte sich am Samstag von zwölf bis eins eine Rückenmassage gegönnt. Seine Freundin

Sonja Föhr führte am Ludgeriplatz eine Praxis als Physiotherapeutin und machte ihm Extratermine. Das hatte sie gegenüber Max bestätigt. Die weibliche Auszubildende, die ebenfalls da gewesen war, konnte sich an Herrn Schiebach dagegen nicht erinnern. Um die fragliche Zeit, so erklärte die Fünfzehnjährige, sei sie zum Einkaufen weggeschickt worden.

„Tja, meine Herren!“, Max legte das Lesebändchen ins Notizbuch und klappte es zu. „Wir kommen an einer Gegenüberstellung mit diesen drei Zeugen nicht vorbei. Das habe ich mit den Herrschaften auch schon geklärt. Wir sehen uns morgen um elf Uhr im Präsidium. Das ist eine offizielle Vorladung, damit wir uns recht verstehen. Und es gilt auch weiter die Vorschrift, dass Sie Ihren Wohnort nicht verlassen dürfen, ohne uns zu benachrichtigen.“

Die drei nickten synchron. Wie aufgedrehte Blechhündchen, dachte Max. Laut sagte er: „Ihr Vater hat sein Vermögen einschließlich des Grundstücks der Pfarrei vermacht?“

Auch diesmal wirkte ihr Nicken bemüht, Dann redete Eric. Während seine Worte unaufgeregt klangen, kreisten seine Daumen nervös umeinander. „Dieses Versprechen hat ihm unsere Mutter auf dem Sterbebett abgenommen. Unser Vater ist ... war nicht religiös. Daher ihr Ratschlag, er solle sich sein Seelenheil mit einem solchen Vermächtnis sichern.“ Ein verächtliches Lächeln spielte in seinen Mundwinkeln.

„Ihre Mutter hat Sie enterbt? Wie lange ist das her?“

„Zwei Jahre. Aber was heißt hier, enterbt? Auf das Grundstück hätten wir lange warten können. Bei den Schiebachs wird man alt. Mein Großvater hat fast die Hundert erreicht, und unser Vater rechnete fest damit, noch schöne dreißig, vierzig Jährchen vor sich zu haben. Sprach ja nichts dagegen …“

„Ihr Vater war nicht krank“, bestätigte Max, der den Bericht der Rechtsmediziner natürlich gelesen hatte. „Er ist nachweislich nicht gestürzt, sondern hinterrücks mit einem kleinformatigen, stumpfen Gegenstand erschlagen worden. Aber das wissen Sie ja bereits.“ Als die Brüder stumm nickten, fuhr er fort: „Ihr Vater war doch sicher in dem einen oder anderen Ortsverein oder Verband?“

„Seit dem Tod unserer Mutter ging er nicht mehr viel raus. Machte lieber mal eine Radtour oder verbrachte ein, zwei Stündchen vor der Flimmerkiste. Das Haus versorgte er ganz allein, er wollte keine Putzfrau. Schon früher, sobald sich herausstellte, dass von uns dreien keiner den Hof übernehmen würde, hatte er die Landwirtschaft nach und nach aufgegeben. Ist heutzutage kein Zuckerschlecken mehr. Und der Vater …“ Eric geriet ins Stocken, und Max fragte sich, ob die Trauer sich nicht doch noch ihren Weg suchte. Sobald er selbst sich auch nur ansatzweise die Ermordung seines eigenen Vaters vorstellte, befiel ihn blankes Entsetzen. Sein Vater war an einem angeborenen Herzfehler gestorben. Der Tod hatte ihn im Schlaf überrascht; das gnädige Ende eines Daseins voller Ängste und Einschränkungen.

„Tatsache ist“, mischte sich jetzt Ludger in lockerem, fast heiterem Tonfall ein, „dass wir drei unseren Weg längst gemacht hatten, als der Vater sein Testament aufsetzte. Was wir ausschließlich unserer Mutter verdanken. Sie hat uns quasi zur Schule geknüppelt, uns blieb nichts erspart. Schulaufgaben, Sportnachmittage, Schullandwochen – es gab kein Entrinnen.“

Lückmann nickte. Dass die Schiebach-Söhne ihr solides Auskommen fanden, wusste er bereits. Der Älteste leitete einen Anstreicherbetrieb, der Mittlere arbeitete als Vertreter für eine Softwarefirma, der Jüngste als Koch in einem Restaurant am Stadtrand von Münster. Alle drei lebten in schuldenfreien, geordneten Verhältnissen. Eric hatte Ehefrau und drei Söhne, Ludger eine Lebensgefährtin, die beim Finanzamt beschäftigt war, Pauls Freundin führte ihre eigene Praxis. War es da verwunderlich, dass sie keinen Einwand erhoben hatten, als der letzte Wunsch ihrer Mutter erfüllt wurde?

Und doch erschien Max an der großzügigen Regelung, die die Schiebachs getroffen hatten, irgendetwas eigenartig. Als müsste eine alte Schuld beglichen werden. Was bedeutete die Formulierung im Testament, das gesamte Erbe solle an die Kirchengemeinde gehen? Der Pflichtteil musste in jedem Fall ausgezahlt werden. Gab es keine Erbstücke, auf die die Söhne Wert legten? Erinnerungen an ihre Mutter? Dokumente, Fotos, Bilder, die im Familienbesitz bleiben sollten? Als ihm der Wildschweinkopf neben der Garderobe einfiel, konnte er nur mit Mühe ein Lachen unterdrücken. Es verging ihm sofort, weil er wieder an den merkwürdigen Pferdehandel denken musste, den Schiebach etwa eine Stunde vor seinem Tod abgeschlossen hatte. Als Schüller den Schreibtisch des Bauern durchsuchte, war kein Kaufvertrag aufgetaucht.

„Wie würden Sie das Verhältnis zwischen Ihnen und Ihrem Vater in letzter Zeit beschreiben?“

„Genauso, wie wir es vor zehn Tagen beschrieben haben“, versetzte Ludger mit plötzlicher Kälte in der Stimme. Max schluckte. Nun gut, er hatte diese drei Herren gerade eben mit energischer Stimme ins Präsidium vorgeladen, weil er ihren Alibis nicht traute. Da durfte man keine übertriebene Höflichkeit erwarten. Andererseits war eine Wiederholung dieser Frage durchaus statthaft. Schließlich hatten die Brüder zehn Tage Zeit gehabt, ihr Verhältnis zum Vater zu überdenken.

„Gab es vielleicht Differenzen um den Verkauf des Pferdes?“

War es eine Täuschung, oder mahlten Erics Kieferknochen nervös? Und traten Ludgers Fingerknöchel nicht weiß hervor, so heftig rieb er sich die Hände?

„Nicht, dass ich wüsste“, auch Pauls Stimme klang schroff. „Vater brauchte den Gaul nicht mehr. Nur um die Nachbarskinder mal zu einer Runde einzuladen, war er ihm zu kostspielig.“

„Also ein wertvolles Tier?“

„Keine Ahnung. Seine Mutter war eine feurige Stute. Außerdem hatten wir das Reitfieber schnell hinter uns. Jockey wollte sowieso keiner werden. Viel zu gefährlich.“ Er grinste gequält.

„Wann ist Äquinox zur Welt gekommen?“, fragte Max, in der Hoffnung, wenigstens das Alter des Wallachs zu erfahren.

„Ich war zwölf“, erinnerte sich Paul.

„Hat Ihr Vater Ihnen den Verkauf angekündigt?“

„Möglich, dass er mal davon geredet hat. Erinnern kann ich mich nicht.“ Ludger sah demonstrativ auf die große Standuhr in der Ecke.

Wie Seifenblasen!, fuhr es Max durch den Kopf. Unser Gespräch ist ein simpler Austausch von Seifenblasen. Er schob sein Notizbuch in den Rucksack und stand auf. „Ich würde mir gern noch einmal den Sekretär Ihres Vaters ansehen. Wenn wir den Namen des Pferdekäufers ausfindig machen könnten, kämen wir ein Stück weiter.“

Sein Anliegen löste nicht den geringsten Protest aus. Vielmehr erhob sich das Brüdertrio ebenfalls und Paul sagte freundlich: „Aber selbstverständlich. Uns brauchen Sie ja wohl nicht dabei.“

„Gibt es mehrere Schlüssel für den Schreibtisch?“

Die drei schüttelten einmütig die Köpfe. „Nur den am Schlüsselbund unseres Vaters. Ihr Kollege von der Spurensicherung hat ihn mitgenommen.“

Max lächelte wissend. Er würde leicht feststellen können, ob sich jemand nach der Sicherung des Tatorts am Sekretär zu schaffen gemacht hatte. Ansgar hatte beim Schließen der Schreibplatte ein winziges Stück durchsichtige Folie eingezwängt.

Er lauschte ihren Schritten, bis die Haustür hinter ihnen zufiel, hörte den Lieferwagen anspringen, erst dann ging er ins Obergeschoss. Der Sekretär, ein einfaches Möbel aus Fichtenholz, stand im Schlafzimmer. Hier hatte Schüller das Testament gefunden und die restlichen Dokumente auf Drohbriefe, Rechnungsmahnungen oder amtliche Schreiben durchgesehen. Das Folienstückchen steckte noch in der Schreibtischplatte.

Zunächst ging Max behutsam und systematisch ans Werk, versuchte ein gewisses Aufbewahrungsschema zu entdecken. Schüller hatte an der Lage der einzelnen Papiere nichts geändert, sondern alles lose durchgefingert. Und schon bald stellte sich heraus: Schiebach hätte als Messie jedes Lehrbuch bereichert. Es nützte alles nichts. Wenn seine Schürfarbeit ein Ergebnis bringen sollte, musste Max jedes Papierstück durchlesen und dem passenden Stapel zuordnen. Das konnte Stunden dauern, und ein weiteres Mal war er über Sabines Abwesenheit erleichtert. Obwohl die Einsamkeit und die Sehnsucht nach ihr mit der Zielstrebigkeit eines Bumerangs zurückkehren würden.

Irgendwann fand er sich vor sieben inhaltlich sortierten Papierstapeln wieder, die er jetzt chronologisch zu ordnen begann. Doch das Einzige, was er sehr bald herausfand, war die nicht gerade Bahn brechende Tatsache, dass Schiebach seinen Traktor seit zwei Jahren nicht mehr betankt hatte – etwa um die Zeit, als seine Frau starb. Max hatte nicht nur die säuberlich abgehefteten Tankstellenrechnungen gefunden, sondern auch den Totenzettel von Karla Schiebach. Das Foto zeigte eine recht jugendlich aussehende Frau, die mit einundfünfzig an Krebs gestorben war. In diesem erbarmungslosen Todeskampf hatte sie ihrem Mann das Versprechen abgenötigt, die Pfarrei zu beschenken? Was um alles in der Welt hatte er verbrochen, um dermaßen unter Druck zu geraten? Der Begleittext für Karla Schiebach klang nach aufrichtiger Trauer, alle drei Söhne waren aufgeführt, dazu nicht nur die Schwiegertochter, sondern auch die Freundinnen von Ludger und Paul.

War's das? Ernüchtert löste Max sich aus seiner gebückten Haltung. Einen Stuhl gab es im Schlafzimmer nicht, und auf das Bett mochte er sich nicht setzen. Jetzt spürte er seine Wirbelsäule, als steckte sie in einem Schraubstock.

Nur einen kurzen Blick wollte er noch in das untere Fach des Sekretärs werfen, das sich hinter zwei Klapptüren verbarg. Es beherbergte zwei Schuhkartons: der eine randvoll mit Fotos, der andere mit Kontoauszügen. Er nahm sie etwas schwungvoller heraus als beabsichtigt, so dass die Flügeltüren heftig zuschlugen. Dabei fiel ein dünnes Brett herunter, das zwischen Ober- und Unterteil des Möbels eingeklemmt war. Max wollte es hastig zurückschieben, als seine Hand eine dünne Lage Papier berührte. Es war ein Fernsehprogramm von Anfang April dieses Jahres. Ungeduldig schlug er es auf und entdeckte, was er die ganze Zeit gesucht hatte.

Äquinox war für fünftausend Euro verkauft worden. Allein dies war eine wertvolle Information, noch hilfreicher war der Name des Käufers, denn ob nun Schiebach von seiner manischen Sammelsucht getrieben worden war oder von übergroßer Korrektheit gegenüber dem Finanzamt – es gab einen ordnungsgemäßen Vertrag. Der Käufer des Pferdes führte einen Doktortitel, was natürlich einen Tierarzt nicht ausschloss. Die eigentliche Frage lautete jedoch: War Äquinox diesen Preis wert? Nachdem Schiebach die Nachbarskinder darauf reiten ließ, hätte Max eher auf einen friedlichen Ackerzossen getippt als auf ein feuriges Reittier. Und wenn Paul bei der Geburt von Äquinox zwölf gewesen war, dann hatte das Tier inzwischen sechzehn Jahre auf dem Buckel. Wer zahlte fünftausend Euro für ein Pferd, das sein Leben auf einer Bauernhofkoppel verbracht hatte?

Er sah die Kontoauszüge durch, stellte fest, dass für den gerade zu Ende gegangenen August jegliche Dokumentation fehlte, konnte aber im Übrigen keine Ungereimtheiten feststellen. Es gab die üblichen regelmäßigen Abbuchungen für Versicherungen, Gas und Strom, die für ein so großes, altes Haus natürlich nicht gerade gering waren. Der Drinkeler Fußballverein erhielt monatlich zehn Euro, für die laufenden Lebenskosten hatte der Bauer pro Woche fünfzig Euro abgehoben. Auf der Habenseite schlug nur seine Rente zu Buche.

Ganz zuunterst im Karton fand Lückmann auch das Sparbuch, das sich auf knapp fünftausend Euro belief. Er blätterte zurück und stellte fest, dass Schiebach seit dem Tod seiner Frau jedes halbe Jahr – zum letzten Mal im vergangenen Juli – einen Betrag von zwölfhundert Euro eingezahlt hatte. Auf die einzelnen Monate umgerechnet, ergab sich so ein Betrag von zweihundert Euro, die Schiebach aus einer bisher noch unbekannten Quelle erhalten hatte. Aus seinen Barmitteln konnte das Geld nicht stammen, dagegen sprach der Lebensunterhalt, der die Rente ziemlich verbrauchte. Vergeblich fragte sich Max, welche Leistung auf dem Land so gut honoriert wurde, vorausgesetzt, Schiebach hatte das Geld tatsächlich monatlich bekommen und in der sprichwörtlichen Zuckerdose aufbewahrt, weil regelmäßige Einzahlungen aufs Sparbuch zu auffällig gewesen wären. Es könnte, so überlegte er, die Miete für eine Wohnung sein, die Schiebach gehörte und die im Testament nicht aufgeführt ist. Oder der Lohn für eine Arbeit, die der Bauer regelmäßig leistete, und von der niemand außer dem Auftraggeber etwas wusste.

Er suchte auch nach den Bankunterlagen zu Karla Schiebachs Todesjahr und fand heraus, dass der Bauer zwei Monate, bevor seine Frau starb, dreihundertsiebenundfünfzig Euro an ein münstersches Krankenhaus gezahlt hatte. Als Begründung war ein Selbstbehalt der Patientin für Behandlung und Pflege angegeben. Eine Woche, bevor Schiebach das Geld überwies, hatte Eric die gleiche Summe auf das Konto seines Vaters eingezahlt. Hatten sich die Brüder von allen Pflichten freigekauft und ihrem Vater die häusliche Pflege überlassen?

In diesem Zusammenhang erinnerte sich Max, bei den Dokumenten im Sekretär die Namen mehrerer „Schwestern“ gelesen zu haben. Da Karla Schiebach sehr aktiv am Leben der Pfarrgemeinde teilgenommen hatte, hatte er der Sache keine größere Bedeutung eingeräumt. In jeder Pfarrei waren Nonnen aktiv, arbeiteten in Kindergärten oder Altersheimen. Als er jedoch in dem entsprechenden Papierstapel nach der Namensliste suchte, ergab sich, dass Schiebach für die Monate Juni und Juli zwei ambulante Pflegerinnen eingestellt hatte, die sich am Bett seiner Frau abwechselten. In den letzten Wochen vor ihrem Tod waren sie von einer dritten Schwester abgelöst worden. Daran ist nichts Ungewöhnliches, dachte Max, obwohl diese Frauen wahrscheinlich schwarzgearbeitet hatten. Dafür sprachen die Tatsache, dass es sich bei der „Anstellung“ um eine handschriftliche Abmachung handelte, und der niedrige Stundentarif von sechs Euro. Er steckte den Zettel mit ihren Handynummern ein. Nur die Vornamen waren aufgeführt:

Johanna, Inga und Ricarda.

Anschließend leerte er den Fotokarton aus und sah die Aufnahmen durch. Es waren hauptsächlich Dokumente aus den Siebzigern und Achtzigern, als die Söhne noch klein waren, Bilder von Äquinox und seiner Mutter Bella, außerdem Besucher, die die wohl sonntägliche Kaffeetafel komplettierten. Freundliche Gesichter, entspannte Stimmung, Schönwetter – typische Gelegenheiten, bei denen sehr bald jemand den Fotoapparat holte und zum „cheese!" aufforderte, weil man schließlich so jung nicht wieder zusammenkäme. Die Fotos schienen von Schiebach selbst zu stammen, denn zwischen den aufgenommenen Personen konnte Max niemanden entdecken, der ihm ähnlich sah.

Zwei Stunden lang arbeitete er wie eine Wühlmaus. Als er feststellte, dass es auf die sieben Uhr zuging und die erhoffte Sensation nicht mehr eintreten würde, beschloss er, den Hausschlüssel zu behalten und am nächsten Tag wiederzukommen. Er lechzte nach einem anständigen Mokka und war hungrig wie ein Wolf.

Um noch einen kurzen Blick von oben auf die Scheune zu werfen, trat er an die Fledermausgaube, die irgendjemand dem alten Backsteinhaus ohne jedes Stilbewusstsein aufgesetzt hatte. Im Gemüsegarten nebenan bückte sich Tilde Steer nach tiefgründigen Produkten; Radieschen, Karotten, an irgendetwas rüttelte sie herum. Erst jetzt fiel Lückmann auf, wie durchsichtig ihre weiße Hose war. Hatte auch Schiebach hier oben gestanden und die Frau beobachtet? Jetzt blickte sie nach oben, in seine Richtung, und zupfte wie zufällig am V-Ausschnitt ihres Shirts, als würde ihr bewusst, wie offenherzig sie unterwegs war. Sie gab ihm Rätsel auf, obwohl ihr Lebenslauf unauffällig klang. Sie war sechsundvierzig und die Erbtochter des Hofs. Ihr Mann Hendrik Steer arbeitete bei einer holländischen Softwarefirma nahe der Grenze und verbrachte nur die Wochenenden zu Hause. Ihr behinderter Bruder fiel ihm wieder ein und die Töpferware, die sie in ihrem Hofladen verkaufte. Dazu drei Kinder; kein Zweifel, diese Frau war mehr als ausgelastet und hatte trotzdem ihr Leben im Griff. Obwohl er natürlich keine Ahnung hatte, wie gut ihre Ehe funktionierte. Als er sich darüber klar wurde, dass Sabine auch nichts anderes verlangte, als eigene Wege zu gehen, schämte er sich. Er sah sie vor sich, mit ihren schwarzen Locken, ihren wasserblauen Augen und ihrem zähen Kampf gegen überflüssige Pfunde. War er nicht eine echte Dumpfbacke, wenn er ihren Karrieresprung zum eigenen Studio torpedierte? Wer konnte denn beurteilen, ob sie zu wenig belastbar war? Hatte er in Sieglindes Abwesenheit etwa mit Führungsqualitäten geglänzt? Er machte seinen Job, nicht mehr und nicht weniger. Er schloss das Bauernhaus sorgfältig ab, fuhr ins Büro und identifizierte den Mann, der Äquinox gekauft hatte, mit Hilfe von Stadtplan und Telefonbuch. Dr. Jens Daring war Zahnarzt, sein Wohnhaus befand sich am nördlichen Rand von Wolbeck, seine Praxis im Herz-Jesu-Viertel. Als er feststellte, dass er dienstags nachmittags keine Sprechstunde hielt, plante Max für den folgenden Nachmittag einen Besuch bei ihm zu Hause.

Am nächsten Vormittag flachten die Wogen, mit denen die unbestätigten Alibis der Schiebach-Brüder die Ermittlungen aufgewühlt hatten, zu kleinen, krausen Wellen ab. Flaute statt Sturm, und drei Verdächtige weniger. Die Zeugen, die sich noch in der vergangenen Woche an nichts erinnern konnten, identifizierten unter den sechs Männern, die sich, die Gesichter dem verspiegelten Fenster zugewandt und Nummerntafeln vor dem Bauch, im Präsidium aufgereiht hatten, die drei Schiebach-Brüder ohne langes Zögern. Die Mutter aus dem Kindergarten kannte den Mann ganz rechts, „den mit der Nummer 6“, vom Parkplatz an der Hohen Schule in Steinfurt. Sie lächelte nachsichtig. Der Spielgrund sei vom Parkplatz nicht weit entfernt, da habe der Herr offenbar etwas verwechselt. Und Schiebach heiße er also, das hatte sie gar nicht gewusst. Ein Jochen Schiebach war in derselben Kindergartengruppe wie ihre Tochter Anne-Kathrin. Allerdings leide Herr Schiebach offenbar unter Gedächtnislücken, denn nicht *sie* habe mit ihm geredet, sondern eine Autofahrerin von auswärts, die mit dem Parkscheinautomaten nicht zurechtkam. Doch ließ sie keinen Zweifel daran, dass dieser Mann sich am Samstagmittag auf diesem Parkplatz aufgehalten hatte, und zwar um halb eins.

Auch der Kunde in Reken, den Ludger am Vormittag des 22. August besucht haben wollte, war sich jetzt absolut sicher. Natürlich sei Herr Schiebach bei ihm im Büro gewesen. Dass er das so verdrängt habe! Der Kunde lächelte nicht entschuldigend, sondern nervös. Es sei ein hektischer Tag gewesen und das Gespräch nur sehr kurz.

„Sie haben Herrn Schiebach einen Kaffee angeboten“, erinnerte

Max, „bis man den ausgetrunken hat, vergeht einige Zeit.“ Und jetzt lachte der Kunde herzlich und erwiderte: „Mag sein, dass meine Sekretärin ihm einen Fingerhut voll Espresso gebracht hat. Sie freut sich immer, wenn sie die neue Maschine anwerfen kann. Ich selbst trinke nämlich keinen.“

„Sogar Ihre Sekretärin war am Samstag dort?“

„Auch meine Sekretärin.“ Jetzt zog Schiebachs Kunde ein süffisantes Lächeln aus seinem Zauberhut. „Wir betreiben Geschäfte mit Übersee. Da muss man flexibel sein. Bei uns gibt es sogar Nachtschichten.“

Die Auszubildende aus der physiotherapeutischen Praxis brauchte ebenfalls nicht lange. Ja doch, dieser Herr komme gelegentlich als Patient, sagte sie und zeigte auf das Pappschild Nummer Zwei. Sie selbst werde dann regelmäßig zum Einkaufen weggeschickt, wohl deshalb sei ihr sein Gesicht anfangs so fremd gewesen. „Als ich am Samstagmittag die Praxis zum Einkaufen verließ, habe ich den Mann gar nicht richtig gesehen. Erst als ich zurückkam, erkannte ich ihn. Deshalb war ich neulich so unschlüssig.“

Umsonst redete Max sich ein, dass Sabine sogar nach abgeschlossenem Peeling noch genau wusste, wen sie vor sich hatte, und da gab es radikalere Veränderungen … Nein, nicht schon wieder Sabine! Die Erinnerung an sie war ein permanenter Angelhaken in seiner Seele, ein Schistosomawurm in seiner Leber.

Vielleicht ist diese Azubi total von der Rolle und lügt, weil rund um sie Uniformierte herumwuseln, dachte er. Vielleicht hat sie Angst, dass man sie einsperrt, bis eine brauchbare Auskunft im Protokoll steht.

„Hat Ihre Chefin den Mann beim Namen genannt?“

„Sie sagte: Na endlich, Paul!“

„Sie kennen den Terminkalender. Kam er wirklich zu spät?“

„Im Grunde konnte er kommen, wann er wollte. Er war samstags der einzige Patient. Meine Chefin schloss extra wegen ihm auf.“

„Wann haben Sie die Praxis zum Einkaufen verlassen?“

„Weiß ich nicht mehr, um ein Uhr musste ich zurück sein.“

„War Herr Schiebach noch da?“

Sie nickte. „Die Chefin und er tranken Sekt im Office. Ich habe die Tramezzini in die Küche gestellt und bin dann gegangen.“

Da konnte Max noch so knapp kalkulieren, der Beweis, dass die Chefin an jenem Mittag Paul Schiebach zu Besuch gehabt hatte, war hiermit erbracht. Er schickte die Zeugen nach Hause, doch der überraschende Schwenk in seinen Befragungen ließ ihn unbefriedigt zurück.

Natürlich hatte er auch mit der Physiotherapeutin Sonja Föhr selbst geredet. Sie war zehn Jahre älter als Paul Schiebach, eine hochgewachsene Blondine mit Igelhaarschnitt und der Stimme einer Kettenraucherin. Die ließ sich nicht ans Bein pinkeln. An ihrer Aussage, so erklärte sie, sei nicht zu rütteln. Max allerdings ging mit den Informationen enger Freunde oder Verwandter von Verdächtigen etwa so um, wie seine Großmutter eine Meissner Tasse behandelt hätte: nur als letzte Reserve benutzen und nicht zu stark strapazieren.

Dr. Daring bewohnte einen zweistöckigen, weiß gekälkten, von einem großzügigen Garten umgebenen Klinkerbau. Das Kobaltblau von Fensterrahmen und Haustür tat Max in den Augen weh, aber vielleicht waren sie auch nur überbeansprucht durch die Lektüre der Schiebach'schen Zettelwirtschaft. Hinter zwei straßenseitigen Bockfenstern schienen ihn weiße Keramikgänse mit offenen Schnäbeln anzufauchen. Immer noch angenehmer, dachte er, als ein Köter, der mir seine Eckzähne präsentiert.

Auf sein Läuten erschien ein Mann um die sechzig in gelbem Polohemd und taupefarbener Bermuda. Der Dienstausweis lotste Max gleich weiter in ein von der Nachmittagssonne effektvoll durchflutetes Wohnzimmer. Während er auf einem resedagrünen Wildseidensofa Platz nahm, wurde die Dame des Hauses, schätzungsweise dreißig Jahre jünger als Daring und im gelb-taupefarbenen Partnerlook, an die Kaffeemaschine beordert. Eine leichte Ähnlichkeit zwischen ihr und Daring, was die Mundpartie betraf, ließ Max an ein verwandtschaftliches Verhältnis denken, doch dann sagte Daring wie beiläufig: „Nora und ich sind erst seit kurzem zusammen. Sie kennt sich noch nicht aus. Ich hoffe, sie macht alles richtig." Seine Beflissenheit, für das leibliche Wohl des so überraschend aufgekreuzten Oberkommissars zu sorgen, wirkte seltsam rührend. Offenbar fühlte er sich verpflichtet, seine Skepsis mit einer plausiblen Begründung zu untermauern, denn er fügte hinzu: „Meine Lebensgefährtin ist eine große Teeexpertin. Zusammen mit einer Freundin führt sie an der Aegidiistraße einen Laden mit angeschlossenem Café, spezialisiert auf die russische Zubereitungsart. Mit Samowar und Lomonosov-Geschirr, wie es am Zarenhof üblich war."

„Gibt es einen persönlichen Grund für diese Spezialisierung?" Max stellte seine Frage aus reiner Höflichkeit, um die Unterredung aufzulockern. Genauso gut hätte Nora ein Wiener Kaffeehaus betreiben können oder eine Nürnberger Wurstbraterei – kulinarische Adressen, zu denen ihm ebenfalls jegliche Antenne fehlte. Ob es an dem großen Altersunterschied lag oder nicht: Daring und seine jugendliche Partnerin erschienen ihm eigenartig betulich. Wahrscheinlich trug er ihr beim Spazierengehen die Handtasche, während sie seine Pyjamas bügelte.

„Noras Freundin hat Slawistik studiert", klärte Daring ihn auf. „Aber wie so viele Akademiker heutzutage bekam sie keinen Job. Der Laden läuft überraschend gut." Er fischte vom benachbarten Stutzflügel eine Visitenkarte. „Anna reist regelmäßig nach Moskau und stockt ihre Vorräte auf. Die Mädels bieten auch original russisches Gebäck an, Pralinen, Konfitüre und natürlich das eine oder andere Hochprozentige. Aber", er machte eine energische Handbewegung, als wollte er sich gegen seinen eigenen Redeschwall zur Wehr setzen, „deswegen sind Sie nicht hergekommen."

Max antwortete nicht sofort. Ihm war ein Foto auf dem Flügel aufgefallen, das Daring vor einem Bootshaus zeigte. Im Wasser lag ein Paddelboot. Das Foto war offenbar erst kürzlich aufgenommen worden, denn der Zahnarzt trug dasselbe taupe-gelbe Outfit wie an diesem Nachmittag. „Sie treiben viel Sport!", sagte Max anerkennend. „Reiten, Paddeln …"

„Wenn mir mein Beruf die Zeit dazu lässt", wehrte Daring geschmeichelt ab. „Ich brauche den Ausgleich für das stundenlange Stehen am Behandlungsstuhl. Aber das Paddeln habe ich aufgegeben. Jedes Mal zum Bootshaus zu fahren, ist mir zu aufwändig. Früher haben meine Kumpel und ich nach dem Training im Hof zur Linde gegessen, aber jetzt verbringe ich die Abende lieber mit meiner …"

Er wurde von Nora unterbrochen, die ziemlich überfordert von dem Tablett in ihren Händen wirkte: drei hoch gefüllte Cappuccinobecher mit Liotards Schokoladenmädchen als Dekor, eine Zuckerschale aus Bleikristall und genau jenes silberne Schildkrötendöschen, aus dem auch Lückmanns Erbtante ihr Natreen gepickt hatte.

„Sie kannten Anton Schiebach?“, fragte Max seinen Gastgeber.

„Ich kenne ihn seit ewigen Zeiten, weil seine Frau Karla und meine Mutter Marita in der Drinkeler Pfarrgemeinde aktiv waren. Wir bildeten fast eine Familie.“

„Sie wissen, dass er in seiner Scheune erschlagen wurde?“

Daring nickte ohne erkennbare Gefühlsäußerung. „Stand ja heute in der Zeitung. Scheußliche Geschichte. Sind Sie sicher, dass der Mord draußen verübt wurde und nicht etwa im Haus? Ich meine, man könnte ihn ja nachträglich in die Scheune geschleift haben.“

„Warum fragen Sie?“

Er lächelte mühsam. „Ich habe einfach Probleme mit dem Gedanken. Schließlich waren Anton und ich noch kurz vorher an der Koppel, das heißt, direkt vor der Scheune.“

„Wann haben Sie sich am Samstag von Herrn Schiebach verabschiedet?“

„Oh, das kann ich Ihnen ganz genau sagen. Um halb eins war ich wieder hier. Von Drinkel hierher brauche ich eine Dreiviertelstunde. Na ja, mit dem Pferd im Anhänger kann es auch wohl eine Stunde geworden sein. Demnach war es halb zwölf, als ich wegfuhr. Fragen Sie Nora.“

„Du hast mich sogar vom Handy aus angerufen, dass du dich jetzt auf den Weg machst“, erinnerte sie sanft und präzisierte, zu Max hingewandt: „Das war um halb zwölf. Fast eine Stunde habe ich an der Haustür gewartet. Ich war so neugierig auf unser Pferdchen. Schließlich hatte ich es noch nie gesehen. Aber es war Liebe auf den ersten Blick.“ Sie führte ihren Becher mit abgespreiztem kleinem Finger zum Mund.

Ob Schiebach allein im Haus gewesen war, konnte Daring nicht entscheiden. Der Bauer habe ihn vom Küchenfenster aus erkannt und sei gleich aus der Tür gekommen. Gemeinsam waren sie dann zur Koppel gegangen. An ein Auto, bei Schiebach oder nebenan bei Steers, konnte er sich nicht erinnern.

„Ist Ihnen sonst etwas aufgefallen? Wirkte Herr Schiebach irgendwie verändert?“

„Schiebach? Der wirkte eigentlich wie immer. War kein Mensch von Gefühlsduseleien, eher so ein Schulterklopfer.“

„Und wie hat sich der Verkauf abgewickelt?“

„Wie am Schnürchen. Den Vertrag hatte Anton schon aufgesetzt, es fehlten nur noch die Unterschriften, Schiebachs Kontonummer kannte ich sowieso. Also habe ich den Klepper am Strick genommen und in den Anhänger verfrachtet. Der wackelte nicht mal mit den Ohren, so kalt ließ ihn der Abschied. Am Nachmittag habe ich das Geld überwiesen."

„Wo steht das Pferd?"

„Gleich hinter dem Haus. Möchten Sie es sehen?"

„Später", sagte Max und notierte sich, dass Daring Anton Schiebachs Kontonummer aus dem Kopf wusste. Nicht ganz ungewöhnlich bei Freunden, aber doch bedenkenswert.

Seine erstaunte Frage nach dem ungewöhnlich hohen Kaufpreis löste bei Daring ein so herzliches Lachen aus, dass sich der Milchschaum in seinem Schnauzbärtchen verfing. „Anton brauchte Geld, viel Geld, aber er besaß nur noch das eine Pferd, weil er Haus und Hof der Pfarrei vermacht hatte. Und falls Sie wissen möchten, wofür er das Geld brauchte: Er wollte einen Landgasthof einrichten. Seine Nachbarin sollte ihn beliefern. Mit Käse, Eiern, Milch, dazu backt sie ein ganz vorzügliches Brot. Laut Schiebach war sie sehr froh über diese zusätzliche Einnahmequelle."

„Frau Steer?"

„Genau", er grinste schief. „Aber diese Dame war natürlich nicht der große Kostenfaktor. Die Umbaupläne lagen Anton schwer auf der Tasche. Deshalb musste das Pferd weg."

„Für fünftausend Euro!"

„Ein Freundschaftspreis!", dröhnte Daring. „Der Alte tat mir Leid mit seinen senilen Phantastereien. Er wollte einen Kredit aufnehmen, doch mehr als sechzigtausend hätte er niemals tilgen können."

Der Alte?, dachte Max. Sein Gesprächspartner war kaum jünger als Schiebach. Obwohl man bei ihm, vom Hormonstatus aus betrachtet, wahrscheinlich ein gutes Jahrzehnt abziehen konnte. Er dachte an die Bekleidung des Opfers: sackartige Hose in verwaschenem Grau, Hosenträger und ein labbriges Oberhemd, an dem mehrere Knöpfe fehlten. Die laubfroschgrünen Stiefel an seinen Füßen hätte Max nicht mal beim Autowaschen getragen. Umsonst versuchte er sich den schmerbäuchigen Mann als Gastwirt vorzustellen, der fachkundig Bier zapfte und die Kundschaft bei der Speisenauswahl beriet. „Hätte er denn Gäste bekochen können?"

„Fragen Sie mich was Leichteres. Ich habe nie beim ihm gegessen. Andererseits ist die westfälische Küche nicht sehr kompliziert. Reibekuchen, Blutwurst mit Himmel und Erde, Pfefferpotthast. Die Radtouris, die bei ihm vorbeikommen, lieben das Deftige, und so eine alte Bauernhofdeele hat was Gemütliches."

Habe ich bei Schiebach einen Raum übersehen?, wunderte sich Max im Stillen. In dem schlauchartigen Flur konnte er sich jedenfalls keine Gästetische vorstellen. Und das Wohnzimmer war zwar quadratisch, aber viel zu klein. Gut, dass er den Schlüsselbund behalten hatte.

Er notierte sich auch die Frage, warum Schiebach keine Hypothek auf seinen Hof beantragt hatte, und beschloss in den nächsten Tagen mit der zuständigen Bankfiliale zu reden. Hatte womöglich die Kirchengemeinde schon ihren Fuß in der Tür?

Er wartete, bis Nora aus der Küche zurückkehrte, wohin sie sich für ein kurzes Telefonat zurückgezogen hatte, dann berichtete er von dem Hufeisen, das die Schraders gefunden hatten. Der Wert der Steine war noch nicht geklärt. Daring und seine Freundin zeigten sich interessiert an dem seltsamen Fundstück, doch dann hatte Nora eine einfache Erklärung. Wahrscheinlich sei das Eisen ein Kinderspielzeug. Lückmann solle Frau Steer befragen.

Auf der Apfelbaumwiese hinter dem Haus graste Äquinox. Er war ein überraschend schöner Lichtfuchs mit schlanken Fesseln und seidiger Mähne, seine sechzehn Jahre sah man ihm nicht an.

„Was wird aus ihm?"

„Ein Modell." Zum ersten Mal erreichte Darings Lächeln auch die Augen.

Daraufhin gingen sie noch einmal zurück ins Haus, denn natürlich interessierte sich Max für die Pferdebilder, die der Zahnarzt in seiner Freizeit malte. Aber was Daring ihm zeigte, waren extrem minimalistische Darstellungen, die an die ausgemergelte Rosinante des Don Quijote erinnerten. Kein Vergleich zu dem stolzen Lichtfuchs im Wetterleuchten, den er in Frau Vondembusches Galerie bewundert hatte.

„Sammeln Sie auch die Werke anderer Pferdemaler?"

„Mein Vater besaß eine großartige Sammlung. Leider hat meine Mutter sie nach seinem Tod verhökert. Sie hatte Angst vor Pferden."

Dazu gab es nicht viel zu sagen, und so machte sich Lückmann auf den Weg ins Präsidium. Katja, die Dolmetscherin für Russisch, Weißrussisch und Ukrainisch, war ab Mittwoch wieder im Dienst. Er hinterließ ihr eine Nachricht, sie möge ihn am Nachmittag zu Nataschas Familie begleiten.

In seiner Mailbox fand er eine Nachricht von Kettling: Bis er in Usedom seinen Gehgips bekäme, könnten noch Tage vergehen. Wie in alten Zeiten, dachte Max grimmig, wenn der VEB Hochbau mal wieder sämtliche Gipsvorräte an den großen Bruder Sowjetunion abliefern musste. Er fuhr in die Innenstadt, aß einen Hamburger mit Pommes frites, und als er feststellte, dass es fast halb neun war, fuhr er zum Gut Nevinghoff, wo Lydia, Nataschas Kollegin vom vergangenen Dienstagabend, gegen neun Uhr ihre Schicht beendete. Nur sehr widerstrebend hatte sie ihm bei ihrer ersten Befragung ihre Handynummer gegeben und ihn gebeten, nicht vor Dienstschluss an ihrer Arbeitsstelle aufzukreuzen.

Als sie ihn kommen sah, stellte sie den Staubsauger ab und warf einen schnellen Blick auf die Uhr an ihrem Handgelenk. Max wusste, dass den Frauen pro Büroraum nur wenige Minuten zugestanden wurden. Jeder Handgriff musste fast roboterhaft ausgeführt werden, schon die kleinste Abweichung brachte das enge Zeitkonzept durcheinander. Überstunden wurden nicht bezahlt. Also gab Max ihr ein Zeichen, sie solle ruhig zu Ende arbeiten, und wartete in einem der bereits geputzten Büros. Irgendwann zog sie den Stecker aus der Dose, ließ das Kabel ins Innere des Gehäuses rollen und entfernte sich mit der schweren Maschine. Max lehnte sich gegen die Wand, schloss die Augen und versuchte sich auf die Fragen zu konzentrieren, die er ihr stellen musste – abgearbeitet, wie sie war, müde, wie er selbst sich fühlte, nach diesem verdammt langen Dienstag. Er gehörte zu jenen, die im Stehen schlafen konnten, doch diesmal kam er nicht dazu. Ein nur mühsam unterdrückter Schrei ließ ihn auffahren. Etwas, das wie ein heftiges Handgemenge klang, und das Rascheln von billiger Kleidung drangen an sein Ohr, jemand schluchzte, dann klatschte eine Ohrfeige. Der Nylonkittel der jungen Serbin fiel ihm ein.

„Lydia?“ Er rannte den Gang hinunter, sah, wie sich die automatischen Lifttüren schlossen, und fand die junge Frau neben der Abstellkammer. Sie zitterte. „Er macht es immer wieder.“

„Wer?“

Sie schüttelte sich vor Abscheu. „Ich weiß nicht, wie er heißt.

Sie sagen, er ist ein hohes Tier aus der Vorstandsetage. Immer um kurz vor neun lauert er an der Ecke zu den Lifts, und wenn ich den Staubsauger in die Abstellkammer bringen will, steht er hinter mir und begrapscht mich."

„Wo ist sein Büro?"

„Nicht hier. Ich weiß nicht, wo er arbeitet. Alle nennen ihn nur das Phantom. Sie behaupten, dass er sich bis spät in die Nacht an seinem Computer Pornos ansieht. Dabei frisst er Hähnchenschenkel und schmeißt die Knochen in die Papierkörbe der Nachbarbüros."

„Dann weiß man doch, auf welcher Etage dieser Mann arbeitet."

„Irgendjemand weiß es natürlich, weil auch dort sauber gemacht wird. Aber dort geht er niemandem an die Wäsche, das wäre zu riskant. Dass er sich spätabends Pornos ansieht, kann ihm niemand verbieten. Und das mit den Hühnerknochen ist zwar eine Schweinerei, aber auch kein Verbrechen. Was glauben Sie, was wir manchmal in den Papierkörben finden. Manche kotzen sogar rein." Als sie vergeblich in ihren Kitteltaschen wühlte, gab er ihr sein frisches Stofftaschentuch. „Haben Sie Ihre Sachen beisammen? Gut, dann gehen wir zum Parkplatz und reden im Auto, okay? Und falls Sie eine Anzeige gegen diesen Mann erheben wollen, sage ich Ihnen, wie das geht."

„Kann ich mich noch schnell zurechtmachen?" Ihr Blick streifte die Tür zur Damentoilette, die dem Abstellraum gegenüberlag. „Ich sehe bestimmt völlig verheult aus."

„Ja, natürlich. Ich warte hier, keine Sorge."

Er wusste selbst, wie aussichtslos eine Anzeige gegen ein „hohes Tier" war, sie konnte Lydia sogar ihren Job kosten. Warum erinnerte er sich nicht an ihren Nachnamen? Eigentlich peinlich, aber der Name klang so kompliziert, dass er ihn nicht behalten konnte, und das Mädchen war noch so jung. Sie hätte seine Tochter sein können – na ja, als Produkt eines frühreifen Urlaubsflirts vielleicht.

Es war eine Schande, dass eine junge, hübsche Frau Abend für Abend entscheiden musste, was verheerender für sie war: die ermüdende, aber unverfängliche Auseinandersetzung mit voll gekotzten Papierkörben oder der beängstigende Nahkampf gegen einen Grapscher. Wie gut hatte es da Sabine in ihrer rosa Badeperlenwelt … Nein, er war ungerecht! Wie vielen Frauen hatte sie schon auf ihre heitere, sehr kompetente Art neues Selbstbewusstsein geschenkt, sie zum radikalen Umdenken bewegt. Das hatte schon fast etwas Therapeutisches. Und liebe Güte, sie ging doch in ihrem Beruf genau so auf wie er in seinem! Nur dass sie ihren Job in Münster zum ersten November gekündigt hatte, und, anstatt über die Zukunft nachzudenken, mit diesem Flintenweib Franziska drei Wochen lang im Weserbergland kurte – das war die Krux. Das machte ihn rasend!

Er fegte den Gedanken weg. In Sabines Abwesenheit wollte er nicht darüber grübeln. Er hatte eine Informantin vor sich, die sensibel behandelt werden musste, weil sie am Mordabend mit dem Opfer den Dienst geteilt hatte. Wenn Lydia an jenem Abend etwas gesehen, gehört, erfahren hatte, das seine Ermittlungen weiterbrachte, dann musste er sich den Zugang zu diesem Etwas behutsam verschaffen, mit einer Treffgenauigkeit, als würde er eine Pinzette handhaben.

Als sie wieder auftauchte, wirkte Lydia nicht mehr, als müsste sie mit Glaceehandschuhen behandelt werden. Unwillkürlich zog Max den Bauch ein. Sie rollte den Nylonkittel, dessen Farbe ihn unangenehm an die Kacheln in alten Bahnhofstoiletten erinnerte, eng zusammen und verstaute ihn in einer ähnlichen Umhängetasche, wie Frau Lumarenko sie besessen hatte. Unten auf dem Parkplatz schloss Max ihr die Beifahrertür auf, doch zu seiner Überraschung wich sie zurück. „Kann ich eigentlich mal Ihren Dienstausweis sehen?“

„Oh, natürlich!“ Dass er daran nicht gleich gedacht hatte. Das Mädchen sah jeden Tag so viele Gesichter, kein Wunder, dass sie sich weigerte, in ein fremdes Auto einzusteigen. Nachdem er selbst Platz genommen hatte, fragte er: „Haben Sie nie mit Frau Olpe über diese Belästigungen geredet? Wenn Sie und Ihre Kolleginnen massiv genug auftreten …“

„Ja, haben wir. Sie sagt, wir sollen den Mund halten. Wenn überhaupt jemand dagegen einschreiten kann, dann nur die Leitung unserer Firma. Und die von Pflegeleicht werden garantiert nichts tun, allein schon um ihren Auftrag nicht zu verlieren. Uns sagen sie dann, dass sie um unsere Arbeitsplätze kämpfen.“

„Gehörte Frau Lumarenko auch zu den Betroffenen?“

„Natascha?“ Sie lachte schrill. „Die hätte diesem Typen eins in die Eier gedonnert, dass er tagelang nicht mehr sitzen könnte.“

„Sie sprechen gut Deutsch.“

Im dunklen Wageninnern konnte er ihr Gesicht nicht sehen, aber er hörte an ihrer Stimme, dass sie puterrot geworden war. „Als Ausländer lernt man zuerst das Fluchen und die, wie sagt man?, unfertigen Ausdrücke.“

„Sie meinen unflätige Ausdrücke“, korrigierte er. „Aber noch mal zurück zu diesem Phantom. Wie weit treibt es dieser Mann, wenn Ihnen niemand zur Hilfe kommt? Sie arbeiten doch zu zweit. Wo war heute Abend Ihre Kollegin?“

„Nach Hause gegangen. Sie arbeitet viel schneller als ich, aber sie wurde auch schon belästigt. Der Mann klemmt die Lifttüren fest, damit er schnell entkommen kann, falls zufällig jemand auftaucht.“

„Wann haben Sie ihn zum vorletzen Mal gesehen?“

„Ich sehe ihn nie, die Lampe in der Abstellkammer ist sehr schwach, und er löscht das Licht auf dem Gang, wenn er kommt.“

„War er letzten Dienstag da?“

Sie schüttelte den Kopf und betrachtete ihre im Schoß verschränkten Hände. „Wenn Natascha Schicht hat, kommt er nicht. Sie ist … sie war die Älteste in unserem Team. Unser Flaggschiff.“

„Flaggschiff?“ Er startete den Motor und ließ den Wagen vom Parkplatz rollen. „Können Sie das näher erklären?“ Bei der kriegerischen Wortwahl, die die junge Dame im Munde führte, waren Missverständnisse nicht ausgeschlossen. Als sie auf seine Frage nicht einging, fuhr er fort: „Ich dachte, Frau Lumarenko hätte ihre Schicht mit einer Kollegin getauscht, die zu einer Beerdigung nach Sofia reisen musste.“

„Ja, ja, stimmt!“, korrigierte sie sich schnell. „Aber letzten Dienstag ist das Phantom auf unserem Korridor nicht aufgetaucht. Das Bürogebäude hat viele Flure, und er kann nicht überall sein.“

„Also kein erkennbares Konzept?“

„Nein, außer dass er Natascha aus dem Weg ging. Aber das ist leicht zu erklären. Sie wäre keine leichte Beute gewesen.“

Für einen billigen Bürograpscher nicht, dachte Max. Für einen Mörder schon. Frau Lumarenko hatte sich weder mit den Fingernägeln noch mit ihren Zähnen zur Wehr gesetzt. Wie sollte sie auch, wenn sie von hinten überfallen wurde? Wahrscheinlich hatte sie um sich getreten, aber weiche Kunststoffslipper waren nicht mit harten Stiefeln zu vergleichen. Und der enge Jeansrock hatte ihr kaum Beinfreiheit gelassen. Der Tierkadaver auf der Wegmitte fiel ihm wieder ein. Stand er in irgendeiner Beziehung zu der Tat? Die Katze war etwa eine halbe Stunde vor Nataschas Tod an einem Baumstamm ganz in der Nähe erschlagen worden.

„Hatte Frau Lumarenko irgendeine Beziehung zu Haustieren?"

„Keine Ahnung", sagte Lydia. „Vielleicht in Kiew? Da hat sie am Stadtrand gewohnt. Hier in Münster lebte sie wohl in sehr beengten Verhältnissen. Na ja, bei den Mieten. Und die Eltern kriegen auch nur eine kleine Unterstützung."

Das war nicht unbedingt ein Diskussionspunkt, auf den sich Max zu so später Stunde einlassen wollte. „In welche Richtung soll ich Sie fahren? Zur Innenstadt oder nach draußen?"

„Innenstadt ist okay."

„Mit Flaggschiff", begann sie nach einer Weile wieder, „meine ich, dass Natascha fand, wir sollten uns diese Belästigungen nicht gefallen lassen. Wenn Frau Olpe nicht aktiv werde, müssten wir uns selbst helfen."

„Hatte sie einen Vorschlag?"

„Den Spieß umdrehen. Ihm auflauern und dann eins in die Eier ballern, als gemeinsame Aktion. Aber die meisten meiner Kolleginnen wollten da nicht mittun; Angst um den Job oder das Problem, abends nach sechs noch mal zum Arbeitsplatz zu müssen. Manche Kolleginnen haben kleine Kinder." Sie wandte den Blick zum Seitenfenster, in die diffuse Dämmerung des Wienburgparks, an dem entlang sie jetzt stadteinwärts fuhren. Max verspürte einen leichten Schauder. Als Frau um diese Zeit die weitläufige Anlage zu durchqueren, dazu gehörte Mut. Oder Phantasielosigkeit.

Lydia unterbrach seine Spekulationen. „Dieser Mann wusste genau, wann Natascha Dienst hatte. Er sucht sich nur die Jungen aus."

Und die Hübschen!, fügte Max grimmig hinzu. Lydias Frisur erinnerte ihn an Sabine, das gleiche stark gewellte, dunkle Haar, dazu haselnussbraune Augen, ein fein gezeichnetes Gesicht. Und die Arme einer Zwölfjährigen! Er dachte an den schweren Staubsauger, mit dem sie sich abgerackert hatte.

Mit ihrem Drei-Stunden-Job kam sie garantiert nicht über die Runden, es sei denn, sie wurde von Pflegeleicht auch in anderen Bürogebäuden eingesetzt. Ging ihn das etwas an? Andererseits: von morgens bis abends putzen? Wie schaffte das ein solches Leichtgewicht? Eine Mischung aus Verdruss und Ratlosigkeit überfiel ihn, als er an sein Haus in Greven dachte. Wie teuer käme ihn eine ordnungsgemäß angemeldete Haushaltshilfe? Denn an Schwarzarbeit war auf Grund seines Beamtenstatus' nicht mal ansatzweise zu denken. Aber den ganzen Kram allein machen wollte er auch nicht. Seine Kollegin Sieglinde konnte seit ewigen Zeiten auf ihre treue Thea Hilbich zurückgreifen. Doch die Frau war mittlerweile fünfundsechzig, wohnte in Mariendorf und würde den weiten Weg nach Greven entrüstet von sich weisen. Er fragte sich, wo Lydia wohl lebte. In einer Wohngemeinschaft mit Landsleuten? Bei Verwandten? Direkt fragen mochte er sie nicht.

„Wohin kann ich Sie bringen?"

„Ludgerikreisel wäre gut."

Auf dem Weg dorthin klärten sie die restlichen Fragen. Die Frauen von Pflegeleicht arbeiteten nicht in festen Teams. Doch immer wenn der Plan sie und Frau Lumarenko zusammenwürfelte, hatte Lydia sich gefreut. Natascha war nervenstark, humorvoll und sie packte das Arbeitspensum weg wie ein Bulldozer. Eine Traumkollegin! Lydia seufzte. Mit ihr war sie immer pünktlich fertig geworden, und vor allem: Der Grapscher hielt sich fern.

Als Max wissen wollte, ob ihr zum vergangenen Dienstagabend etwas Bemerkenswertes einfalle, musste sie lange nachdenken, bevor sie schließlich sagte: „Natascha hatte an jenem Abend viel Geld bei sich. Ich habe es gesehen, als sie ihr Portemonnaie öffnete, um Münzen für den Getränkeautomaten herauszunehmen. Das Fach für die Scheine war gepolstert wie eine Steppdecke. Lauter orange gemusterte Scheine."

Orange war die Farbe der Fünfzigeuronote. Eine „Steppdecke" aus Fünfzigern ergab ein ordentliches Sümmchen.

5

Am Mittwochmittag war Kettling überraschend zurück. Erst jetzt erfuhr Max, dass er den Urlaub mit einer neuen Freundin verbrachte hatte, die seinen Wagen von Usedom nach Münster gefahren hatte. Muss ein tüchtiges Mädel sein!, dachte er anerkennend. Was sein Cabrio betraf, war Kettling ein richtiger Piesepampel.

Thomas bettete seinen eingegipsten Fuß auf den Besuchersessel, als handelte es sich um ein in Seidenpapier gewickeltes rohes Ei, und auch wenn Max dieses Gehabe albern fand, war er unendlich froh. Ab sofort war sein Brainstorming am Schreibtisch kein düsteres, eindimensionales Grübeln mehr, sondern ein anregendes Pingpongspiel aus hitzigen Dialogen und Überlegungen, die sich ineinander verzahnen und verschachteln ließen, bis sich eine brauchbare Strategie ergab, die man Sonnhagen präsentieren konnte. Die Meetings wurden ab sofort von gleich zwei Seiten befeuert und das Zeit raubende Aktenstudium halbiert. Thomas hatte sich das Warten auf seinen Gehgips am Laptop vertrieben und kannte die wesentlichen Fakten bereits. Nur die Fotos von den beiden Tatorten hatte Lückmann ihm nicht ins Hotel gemailt. Thomas betrachtete sie mit angewidertem Kopfschütteln.

Leider hatte er sich noch nie mit Ikonen beschäftigt, und seine neue Flamme Constanze legte zwar Patiencen und glaubte fest ans Horoskop, doch mit Hufeisen und ihrer symbolischen Bedeutung konnte auch sie nichts anfangen. Thomas überlegte kurz, bevor er fortfuhr: „Wenn ich mich recht erinnere, ist deine Sabine zur Schnupperkur weg. Wie wär's, wenn wir uns morgen Abend bei mir zusammensetzten? Heute muss ich auspacken und später dann Costi im Bett mit meinem Gehgips bekannt machen. Wirkt wahrscheinlich wie ein brutaler Poststempel auf eine Sonderbriefmarke. In Usedom hatten wir Twinbeds." Er grinste, und Lückmann dachte genervt: Du wirst sie ja wohl nicht mit deinem Fußknöchel bumsen. Doch ging ihn das etwas an? Außerdem redete Thomas schon weiter: „Morgen Abend kocht sie für uns ihr fantastisches Schweinegulasch. Ich wette, du hast den Mikrowellenkram aus dem Supermarkt längst über."

Natürlich musste Max prompt an die bleichen Menschenfresserboxen in seiner Tiefkühltruhe denken. Nicht mal ein Drittel würde er bis zu Sabines Rückkehr bewältigt haben. Schon bei den ersten Portionen Kartoffelgratin hatte ihn das Gefühl überfallen, seine Zähne würden beim Kauen immer länger. Irgendetwas mit dem Käse stimmte nicht. Wahrscheinlich hatte sie eine fettarme Sorte verwendet, die sich nicht zum Überbacken eignete. Gut gemeint, aber nicht sehr fachkundig. Zu seiner Überraschung brachte die Erinnerung an Sabine ihn auf eine Idee.

„Wie gut ist deine Freundin über unsere beiden Fälle informiert?“ Das Teilen von Tisch und Bett war nicht der einzige Indikator für eine vertrauenswürdige Beziehung. Wenn Thomas und Constanze sich schon bald wieder trennten, nahm sie möglicherweise Ermittlungsinterna mit.

„Frauen gehören an den Herd!“, verkündete Kettling großspurig. „Keine Sorge, bis das Abendessen auf dem Tisch steht, können wir ungestört fachsimpeln, und während wir essen, lassen wir uns von Costi in die Geheimnisse der Wahrsagerei einweihen.“

„Dann hol schon mal die Kristallkugel aus dem Schrank.“ Max stand auf. „Ich bin gleich mit Katja verabredet. Da sich Familie Lumarenko weiter hinter ihren mageren Deutschkenntnissen verschanzt, muss unsere Dolmetscherin ran.“

Die Ikone war dem Rauch einer neuen, extradicken, extralangen Kerze ausgeliefert, und wenn Lückmann nicht alles täuschte, war ein leichtes Knarzen zu hören, das nur von dem ramponierten Holz stammen konnte. Nataschas Mutter hatte ihn und Katja ins Wohnzimmer geführt, sie beide auf das enge Blumensofa komplimentiert, wo sie sich gegenseitig die Oberschenkel wärmten, und für sich und ihren Mann zwei Stühle vom Esstisch herangezogen. Jetzt huschte sie mit einer Kanne Tee herbei und nahm Tassen aus dem Wandschränkchen über dem Tisch. Andrej kauerte in seinem abgewetzten Ohrensessel am Fenster und paffte. Er hatte die Ankömmlinge keines Blickes gewürdigt. Auch Nataschas Vater starrte vor sich hin, als könnte er nicht begreifen, weshalb die Kripo auf seiner Couch saß.

Auf dem kurzen Weg zur Grevener Straße hatte Lückmann Katja erzählt, was er von der Familie wusste. Sein Teamkollege Schuster hatte Kontakt mit dem Museum in Kiew aufgenommen und auch das Tourismusbüro befragt, in dem Natascha gearbeitet hatte, bevor sie und ihre Familie nach Münster zogen. Sehr wortreich waren die Antworten ausgefallen, auch wenn sie nicht viel Verwertbares enthielten, dafür waren die Eindrücke der ukrainischen Freunde oder Kollegen zu emotional und zu persönlich gefärbt. Und immer wieder war das Entsetzen über ihre brutale Ermordung durchgeschlagen. In Moskau müsse man solche Verbrechen ja leider hinnehmen, aber doch nicht in Deutschland! Auch Kiew sei längst ein total sicheres Pflaster geworden.

Natascha Lumarenko, geborene Waldmann, hatte mit dreiunddreißig geheiratet. Bis dahin war sie eine unabhängige, offenbar sehr lebenstüchtige Frau gewesen, erfolgreich und beliebt. Im Grunde hatte es ihr an nichts gefehlt; eine passable Wohnung, groß genug für sie und ihre Eltern, hübsche Kleidung – das war erforderlich, wenn man als Fremdenführerin arbeitete –, ein paar lockere Männerbekanntschaften. Bis Andrej auftauchte. Bevor seine Firma Pleite ging, hatte er als Informatiker gearbeitet und danach Gelegenheitsarbeiten am heimischen Computer übernommen. Er war für Natascha der ideale Hausmann, hatte die Einkäufe und kleinere Reparaturen erledigt.

So viel zu Kiew.

Hier in Münster war sein Tabakbedarf rasant gestiegen, während sich sein Gesundheitszustand verschlechterte. Das wusste Max bereits von Lydia. Der Mann war im Grunde ein Wrack, kam kaum mehr vor die Tür und wurde jähzornig, wenn man ihn auf seine Unbeweglichkeit ansprach.

„Kannten Sie Herrn Lumarenko persönlich?“, hatte Max Lydia gefragt.

„Nein. Ich hatte auch keine Lust, ihn kennen zu lernen. Er muss ein ziemliches Ekel sein.“

„Hat Natascha über ihn geredet?“

„Geredet, wäre zu viel. Manchmal rutschte ihr die eine oder andere Bemerkung heraus. Sie hoffte, dass ihre Töchter nicht mit dem Rauchen anfingen. Aber auch mit ihren Eltern verstand sie sich nicht gut.“ Es fiel Max nicht schwer, sich Nataschas Leben auszumalen. Obwohl sie die Unzufriedenheit ihres Mannes und die Leere seines langen, beschäftigungslosen Tages wahrscheinlich nachvollziehen konnte, änderte das nichts an der Tatsache, dass sein Zigarettenkonsum das schmale Familienbudget belastete und seine Hustenanfälle ihr den Schlaf raubten. Wie oft mochte sie über die nächsten zehn, fünfzehn Jahre nachgedacht haben, ohne von Angst und Ärger gepackt zu werden? Ein Altersheim für ihre Eltern wäre bei ihrer Einkommenslage illusorisch, ihr Mann hätte sich bis dahin komplett ruiniert, während die Töchter wahrscheinlich eigene Wege gingen, sobald sie finanziell unabhängig waren. Junge Frauen lebten heutzutage nicht mehr bei den Eltern und hatten es mit dem Heiraten nicht eilig, weil sie auch so eine Wohnung bekamen. Lisa und Sonja waren in Münster zur Welt gekommen, sechs Monate nach dem Umzug von Kiew. Im Kindergarten hatten sie Deutsch gelernt und waren vor einem Monat in die Eingangsstufe der Dreifaltigkeitsschule aufgenommen worden.

Die Großeltern hießen Igor und Tatjana Waldmann und verstanden Deutsch nur ansatzweise. Ihre Vorfahren stammten angeblich aus dem Kreis Höxter, aber wer wusste das schon so genau? Zarin Katharina die Große hatte so manchen Deutschen an die Wolga geholt, wo sich seine Spuren dann im Sand verloren.

Igor hatte in Kiew bis zum Schluss als Ingenieur gearbeitet. Das betonte er mit gestrafftem Rücken und einem giftigen Seitenblick zum Schwiegersohn. Wie gut, dass ihre Tochter so schnell bei der Firma Pflegeleicht eingestellt worden war. In Kiew, so erfuhr Max dank Katjas Übersetzung, hatte sie einen sehr schönen Posten im Museum bekleidet. Diesmal unterstrich Waldmann seine Worte mit einem vorwurfsvollen Nicken. Die Aussiedlung in die Bundesrepublik sei ihnen in so prächtigen Farben schmackhaft gemacht worden, dass die Realität umso schwerer zu schlucken sei; eine bittere Pille.

In Münster gab es eine orthodoxe Gemeinde, doch sie verfügte nicht über einen eigenen Kirchenraum. Der Gottesdienst fand einmal im Monat in der Kapelle des Collegium Marianum in der Frauenstraße statt. Das konnte für die ältere Generation recht mühsam sein. War der Besitz einer Ikone Ersatz für einen Gebetsraum? Darauf wusste Katja keine Antwort. Kiew besaß zauberhafte Kirchen, die sie mit eigenen Augen gesehen hatte. Doch über Glaubensdinge hatte man wenig geredet, obwohl die Einwohner gesprächig gewesen waren, damals nach der Öffnung der Grenzen. Das Religiöse handelte wohl jeder mit sich allein ab.

Bevor er das Gespräch wieder auf Natascha lenkte, sah Max sich die Ikone aus der Nähe an. Er ließ durch Katja fragen, ob er sie in die Hand nehmen dürfe, und als er ein knappes Kopfnicken erntete, drehte er die Holztafel um. Sie war eigenartig dick, die Rückseite mit grauem Rupfen bespannt. Zwischen Sackleinen und Holz ertastete Max einen Hohlraum, der etwa einen Zentimeter tief war und mit Stoff gefüllt zu sein schien. Dahinter verborgene papierne Dokumente hätten geknistert. „Frag sie, ob ich das Bild für ein paar Tage mitnehmen darf", bat er Katja. Die Antwort der Waldmanns bestand aus einem kategorischen Nein!

„Es passiert garantiert nichts damit", beschwichtigte er, worauf Tatjana Waldmann sich hastig bekreuzigte und leise vor sich hin murmelte.

„Sie sagt, wenn die Ikone dieses Haus verlässt, passiert noch mehr Unglück. Und sie sagt auch, du hättest nicht das Recht, sie mitzunehmen."

„Weiß sie, womit der Hohlraum zwischen Holz und Rupfen gefüllt ist?"

Jetzt war Frau Waldmanns Antwort ein hilfloses Achselzucken.

„Frag sie, woher die Ikone stammt. Wer sie in die Familie gebracht hat."

Diesmal fiel die Auskunft überraschend wortreich aus, von vielen Seufzern unterbrochen, aber immerhin eindeutig. Natascha hatte die Ikone kurz vor ihrer Ausreise von einem Popen übernommen, um sie seiner in Münster ansässigen Nichte zu überbringen. Doch deren Adresse war auf der langen Reise verloren gegangen; eine tragische Geschichte, denn der Pope war todkrank und hatte sich zum Sterben in ein Kloster in Kiew zurückgezogen, so dass man ihn nicht mehr fragen konnte. Er hatte seiner überaus geliebten Nichte ein Stück religiöse Heimat nach Münster mitgeben wollen, und diese letzte Bitte konnte man ihm nicht erfüllen. Nach diesem Sturzbach an Informationen weinte Frau Waldmann heftig, und Max blieb nichts anderes übrig, als die Holztafel wieder auf ihren Nagel zu hängen.

Ein neuerlicher klagender Wortschwall begleitete seine reumütige Geste, und als er Katjas Übersetzung hörte, wurde ihm unbehaglich zumute. In der Nacht nach Nataschas Ermordung war die Ikone von der Wand gefallen. Der Nagel blieb stecken, doch die Öse, an der sie hing, hatte sich gelockert. Niemand wusste eine Erklärung dafür. Von diesem Sturz stammten die Risse im Lack, und seitdem brannte ständig eine Kerze davor.

Max glaubte Frau Waldmann kein Wort. Ein Sturz hätte die

Ränder der Ikone beschädigt oder das Holz zerbrochen. Die rissige Oberfläche deutete auf ein hohes Alter oder eine extrem schlechte Lagerung hin. Misstrauisch geworden, fragte er sich, ob sie nicht einfach Unfug erzählte, zumal der brutale Mord an ihrer Tochter sie schwer mitgenommen hatte. „Und die Rupfenverkleidung?“, wollte er wissen.

„Die existierte angeblich schon immer“, übersetzte Katja.

Als Nataschas Mutter sie zur Wohnungstür begleitete, kam Max noch ein Gedanke. Das Schlafzimmer der Lumarenkos war natürlich durchsucht worden, doch hatte man in dem kargen Inventar aus Ehebett, Kleiderschrank und Frisierkommode nichts gefunden, das Einblick in das Mordmotiv oder den Tathergang gebracht hätte. Jetzt fielen Max die Zwillinge des Ehepaares wieder ein. Ihr Gespräch mit der Psychologin hatte keine Hinweise ergeben, und so hatte er zugestimmt, dass die beiden zu einer gemeinsamen Freundin ziehen durften. Der Verdacht, dass sie die elterliche Wohnung mieden, als herrschte dort die Pest, ließ ihn nicht los. Hatte man die Kinder aus einer tödlichen Familienfehde herauszuhalten versucht? Er dachte an die Ehrenmorde in fundamentalistischen muslimischen Kreisen und fragte Frau Waldmann, ob er sich das Kinderzimmer ansehen könne.

Es war ihr nicht recht. Sie huschte mit eiserner Miene zurück in den Wohnraum, wo es heftiges Getuschel gab, so leise und aufgeregt, dass Katja die Ohren spitzte. „Sie fragt ihren Mann um Erlaubnis“, berichtete sie, „aber es sieht nicht gut aus. Warum haben eure Spurenermittler nicht gleich dort gesucht?“ Das hätte Max auch gern gewusst. Angestrengt überlegte er, welchen Trick er anwenden konnte, falls die Waldmanns sich quer stellten. Doch dann erschien Andrej im Flur, drückte die Klinke herunter und sagte demonstrativ: „Bittä schön!“

Das Zimmer war nur klein, führte jedoch auf einen begrünten Hinterhof, in dem, ganz nah beim Fenster, eine große Kastanie stand. Das satte Gelbbraun der Blätter schuf die dämmrige Atmosphäre eines Terrariums. Die beiden Mädchen benutzten Stockbetten und zwei schmale, an der gegenüberliegenden Längswand aufgestellte Arbeitstische. Das offene Regal neben der Tür schien das Raumangebot bereits zu überfordern, und auch die Fensterbank musste als Ablage herhalten. Die Tiegelchen, Tuben, Fläschchen und Pinsel, die dort aufgereiht waren, erinnerten Max an Sabines

Sortiment auf ihrem Schminkplatz am Schlafzimmerfenster. Natürlich ging es bei Sabine großzügiger und kostspieliger zu. Umso mehr rührte ihn dieses Sammelsurium aus Discounterartikeln. Wie bei einem billigen Wanderzirkus!, dachte er. Doch machte Nataschas Töchtern die Maskierung offensichtlich viel Spaß.

Auch ihre Mutter war am Abend ihrer Ermordung stark geschminkt gewesen. Max hatte ihr vergleichsweise unscheinbares Foto auf dem Dienstausweis gesehen. Es zeigte ein gleichgültig blickendes, blasses Konterfei, in dem die Nase über den schmalen, grimmig zusammengepressten Lippen fast klobig wirkte. Ihre Augenbrauen waren nur lichte Schatten. Wenn er ein totes Gesicht mit auffälligem Make-up vor sich hatte, griff er gerne auf Sabines Erfahrungen zurück, um diese Maskerade zu deuten. Dann nahm er sie mit ins Institut für Rechtsmedizin, und nicht nur er, auch Professor Kerner bewunderte sie, weil sie so emotionslos an die Leiche heranging, nur daran interessiert, ob die Schminke vom Opfer stammte oder vom Täter. War der Täter am Werk gewesen, konnte Sabine manchmal sogar erkennen, ob im wahrsten Sinne des Wortes Tatsachen verwischt werden sollten oder sich vielleicht ein Mensch mit nekrophilen Neigungen ausgetobt hatte. Was wiederum aussagekräftig für den Zeitrahmen der Tat und das stabile Nervenkostüm des Mörders war. Da war zum Beispiel der Lippenstift, der den Toten zumindest auf den zweiten Blick als Transvestiten entlarvte. Der beigefarbene Abdeckstift, der die feinen, roten Striemen am Hals übertünchte. Die perfekt sitzende Naturhaarperücke, die die nach innen ausgebluteten Schädelfrakturen verbarg, bevor der Gerichtsmediziner sie entdeckte. Bis man diese Details durchschaut hatte, konnte wertvolle Zeit verstrichen sein.

Und nun hatte er also mit einer Frau zu tun, die in ihren Arbeitspapieren bieder und farblos wirkte, als Mordopfer dagegen aussah, als hätte sie einen ganzen Wasserfarbkasten durchprobiert. War das die Arbeit ihres Mörders oder ihr eigenes Outfit? Angenommen, sie war im Wienburgpark mit jemandem verabredet gewesen und hatte sich selbst so zurechtgemacht, dann war die Kontaktperson mit einiger Sicherheit keine Frau. „Sex doesn't sell", hatte er erst kürzlich irgendwo gelesen. Auffallend attraktive oder sehr aufwändig zurechtgemachte Frauen hatten nur selten Erfolg mit ihren Geschäftsabsichten, sofern sie Geschlechtsgenossinnen vor sich hatten. Das galt für die Firmenchefin genauso wie für die Verkäuferin, weil Neid und Minderwertigkeitskomplexe bei den Kundinnen jede Kauflust unterhöhlten und die übrigen Mitarbeiterinnen aufsässig machten.

Dann war der Täter also ein Mann?

Im Treppenhaus des Präsidiums rief er Lydia an. Seine Frage, ob Natascha während ihrer Arbeitszeit stark geschminkt gewesen sei, verneinte sie, das Make-up habe sie immer erst nach Schichtende aufgetragen, in der Damentoilette gegenüber der Abstellkammer. „Frau Olpe sah so etwas nicht gern. Sie fand es nuttig. Sie verbot uns auch, Parfum zu benutzen."

„Und am vergangenen Dienstag?"

„Das weiß ich nicht. Ich habe mich nach Schichtende, wie immer, im Waschraum frisch gemacht. Ohne Make-up", sie kicherte nervös, „fühle ich mich wie ohne Unterhose. Außerdem war ich ziemlich spät dran und mein Freund wartete. Da war Natascha schon lange weg."

„Wenn Ihr Freund auf Sie wartete, verstehe ich, dass Sie sich hübsch machen wollten. Hat Frau Lumarenko nie durchblicken lassen, dass sie mit jemandem verabredet war?"

„Mir gegenüber nicht."

„Und sie schminkte sich jeden Abend?"

„Herr Kommissar, ich habe nicht jeden Abend mit Natascha gearbeitet. Während der Schicht trug sie kein Make-up. Und letzten Dienstag war sie verschwunden, bevor ich mich von ihr verabschieden konnte." Sie schluckte hart. „Das tut mir so … unendlich Leid. Wenn ich gewusst hätte, dass ich sie nie wieder sehen würde." Sie begann zu weinen.

„Ich kann nachempfinden, dass Sie das bedrückt. Könnte es vielleicht sein, dass Frau Lumarenko sich früher als sonst auf den Heimweg gemacht hat?"

„Ich habe keine Ahnung. Als ich feststellte, dass es neun war und ich noch drei Büros machen musste, habe ich mich nur noch um meine Arbeit gekümmert."

„Wäre es nicht kollegial von Frau Lumarenko gewesen, Ihnen zu helfen?"

„Nein, das hätte ich nie verlangt. Natascha hatte es immer sehr eilig, nach Hause zu kommen. Ihre Eltern, die Kinder, der Mann, alle warteten auf sie. Die Ärmste musste die ganze Familie versorgen, ihr Mann tut nichts, wissen Sie?“

„Und wenn am Dienstagabend jemand anderer auf sie wartete?“

Sie zog scharf die Luft ein. „Haben Sie Hinweise auf einen …, ich meine, einen Liebhaber?“ Nicht mal ein Anflug von Schlüpfrigkeit klang in ihrer Stimme mit, dafür aber eine gehörige Portion Angst. Auf dem Weg zum Rendezvous ermordet? Da kam vielleicht nicht nur ein Verdächtiger in Frage.

„Nein, wir haben keine Hinweise“, beschwichtigte er sie schnell, während Nataschas Gesicht wieder vor seinem inneren Auge erschien. Gebrochener Blick unter dick getuschten Wimpern, die vertikal, wie starre Fliegenbeine, weg standen, taubenblauer Lidschatten, tomatenrotes Rouge. Auch an pudrig ungesunden Teint erinnerte er sich, an nachgezogene Augenbrauen und eine Schicht aus fettigem Lippenstift. All diese Einzelheiten sollten ihr, falls der Täter am Werk gewesen war, einen Stich ins Unseriöse verleihen. Aber vielleicht war es ja ihre eigene Wahl. Er beendete das Gespräch mit Lydia und überlegte noch einmal, welches Notenbündel der jungen Serbin als „viel Geld“ erscheinen mochte. Ein fingerdicker Packen Fünfzigeuroscheine machte schnell einen Tausender. Netto hatte Frau Lumarenko sechshundert verdient, die, durch ihren Nebenjob und die Rente ihrer Eltern leidlich aufgepolstert, für die Miete und den Unterhalt einer sechsköpfigen Familie reichen mussten. Zum Sparen blieb da nicht viel.

Am Donnerstagabend gegen acht Uhr machten sich Thomas und Max auf den Weg in Richtung Nordviertel, wo Thomas eine weitläufige Dachetage besaß. Da sein Gehalt eine solche Nobeladresse nicht mal in den kühnsten Träumen genehmigt hätte, hatte er wohl auf wesentliche Anteile der elterlichen Firma verzichtet. Die Kettling-Dynastie betrieb in Münsters Süden eine florierende Brauerei.

In seinem eigenen Haus in Greven vorbeizuschauen, hatte Max sich verkniffen. Nach einem nebeligen Tagesanbruch waren Himmel und Temperaturen bedeckt geblieben, die Kübelpflanzen in seinem Gartenhof kamen auch ohne Gießkanne aus. Doch er nahm nicht den direkten Weg ins Nordviertel, sondern fuhr bis zur Gartenstraße und am Mauritztor vorbei, um am Bahnhof einen Blumentopf für die Gastgeberin zu kaufen. Während die Floristin eine Schale mit Herbstzeitlosen in Cellophan einwickelte, stand Thomas mit gequältem Grinsen dabei. Max wusste nicht, ob ihm das Stehen lästiger war oder der Gedanke, dass er seiner Freundin ein Geschenk mitbrachte.

„Herbstzeitlose?“, raunzte Thomas dann auch prompt. „Da wird sich mein Herzblatt aber freuen! Costi ist erst einundzwanzig.“

Max schluckte den Protest. Die zartlila Blütenkelche erinnerten ihn an überdimensionierte Krokusse und damit an den Frühling; seine Lieblingsjahreszeit, die in den vergangenen Jahren jedoch kaum mehr stattgefunden hatte. Entweder nahm der Winter überhaupt kein Ende und ließ sich erst vom Hochsommer vertreiben, oder der Februar wartete schon mit Bikinitemperaturen auf. Wo blieben die unvergleichlichen Tage, an denen der Schnee in der kräftig gewordenen Sonne vom Dach tropfte, die ersten Triebe aus der Erde drängten und die Meisen in den Hecken flöteten? Genauso energisch, wie er die Pflanze auswählte, beschloss er auch, Kettlings Freundin bei ihrem vollen Namen zu nennen. Er hasste Abkürzungen. Sollte er sein eigenes Herzblatt etwa mit „Sabi“ anreden?

Das Haus, in dem Thomas lebte, war ein Jugendstiltraum. Max hätte schon der Fahrradkeller als Bleibe gereicht. Sogar Kettling schien seinen Gipsfuß nicht mehr zu spüren, sondern bewältigte die Stufen, als hätte Rapunzel ihren Zopf durchs Treppenhaus gehängt. In der Diele staunte Max weiter. Parkett aus Wengéholz, überglänzt von Deckenspots, ein venezianischer Spiegel, ein abstraktes Riesengemälde, das ihm den köstlichen Geschmack von Erdbeereis auf die Zunge zauberte. Und jede Menge Türen. Die drei im weißen Hochglanz-Look waren diskret zugezogen, von jenen beiden, die Einsätze aus aufwändig geätztem Glas besaßen, führte die linke ins Wohnzimmer, die rechte in die Küche. Dort wartete Constanze, klein, mollig, sehr attraktiv. Dunkle Rosinenaugen und ein voller, hübsch geschwungener Mund.

Und wie gut es roch! Schade, dass die Abzughaube das meiste wegsaugte. Sabine schaltete ihre Anlage nur ein, wenn sie den „Armeleutegeruch“ von Kohl oder Zwiebeln vertreiben wollte.

Auch Constanze roch gut; Sabine hätte auf Anhieb gewusst, wonach. Sie nahm extra ihre modische Brille ab, um Max die Wange zum Kuss zu reichen, wickelte die Blumenschale aus dem knisternden Cellophan und begann im Sideboard nach einem Unterteller zu kramen. Fast befürchtete Max, sie würde jetzt einen

Vortrag über die Wirkung des tödlichen Gifts der Herbstzeitlose auf die Psyche von Schenkendem und Beschenktem vom Stapel lassen. Doch sie schlängelte sich lediglich mit einem wissenden Lächeln an den beiden Männern vorbei und stellte die Schale samt ausladendem Zinnteller auf den Esstisch. Das zarte Lila der Blüten passte perfekt zum tiefen Violett des Geschirrs. Wie zur Bestätigung strahlte Constanze Lückmann noch einmal an, wieselte wieder in die Küche und machte dem Getöse der Abzughaube ein Ende. Das Gulasch war fertig und Lückmanns Magen nur noch ein knurrender Hohlraum. Bis die Suppe auf dem Tisch stand, prosteten sich die beiden „Jungs", wie Constanze sie nannte, mit einem gut gekühlten Kaiserstühler zu, der das Essen begleiten würde. „Oder magst du lieber ein Bier?"

„Nein, der Wein ist perfekt."

Kettling grinste. „Hättse nich gedacht, dat so'nen verknöcherten Bierheini auch wat von Weine versteht, oder?", wollte er in bestem Ruhrpottdeutsch wissen. Max winkte ab. „Is das getz hier'n Arbeitsessen oder nich? Machen wer doch, dass wer inne Pötte kommen." Während die beiden ihre Notizbücher herauszogen, röhrte in der Küche der Pürierstab. Dann trug Constanze die Kürbissuppe auf. Sie schmeckte ausgezeichnet. Das Gulasch war mit getrockneten Tomaten und schwarzen Oliven verfeinert, dazu gab es Schupfnudeln, die Max noch nicht kannte, weil diese Spezialität, ebenso wie Constanze selbst, aus dem Schwarzwald stammte. Bei jedem Besuch zu Hause nahm sie drei Kilotüten mit vorgegarten Nudeln mit, um sie im Tiefkühler für besondere Abende zu reservieren. „Für Abende wie diesen", sagte sie kokett, und Max konnte ihre Neugier, die beiden Mordfälle betreffend, förmlich spüren. Da sie ihrerseits aber jeden Einblick in ihr Esoterikwissen mit der Begründung ablehnte, das führe zu weit und dann säßen sie noch morgen früh hier am Tisch, drehte sich die Unterhaltung um alles Mögliche, nur nicht um Mord und Meditation. Lediglich das Hufeisen mit den roten Steinchen beherrschte für kurze Zeit ihre Unterhaltung, doch leider hatte auch Constanze keine andere Erklärung, als dass es sich um das Tauf- oder Geburtstagsgeschenk für kleine Mädchen handelte, deren Interesse an Pferden geweckt werden sollte. Dieses Ziel war im Münsterland auch ohne dekoratives Zubehör leicht zu erreichen.

Constanze studierte im fünften Semester Publizistik, und daran lag es wohl, dass Thomas seine Lippen versiegelte, sobald seine Freundin das Gespräch auf seine Ermittlungen zu lenken versuchte. Als sie auch den Nachtisch, Zitronencreme unter einer Schicht aus zerbröselten Mandelbaisers, verdrückt hatten, musste Max sich beherrschen, um nicht nach den Zutaten zu fragen. Nachdem Sabine in den ersten Jahren ihrer Beziehung Kochbücher gelesen hatte wie andere Leute Liebesromane, war sie jetzt eine leidenschaftliche Sammlerin von Privatrezepten, wobei sie genauso gerne selbst austeilte, wie sie einkassierte.

Den Mokka nahmen er und Thomas in der Sofaecke ein, während Constanze sich um den Abwasch kümmerte. Max verdrängte seine besorgte Frage, ob man ihr nicht helfen könne; es wäre womöglich als Anmache fehlinterpretiert worden. Thomas holte ihn aus seinen Überlegungen zurück, indem er nach der Unterredung mit Familie Lumarenko fragte. Doch leider hatten auch Katjas Vermittlungsversuche keinen Durchbruch gebracht. Als Max feststellte, dass er eine Spur zu viel getrunken hatte und der Mokka diesen Überschuss auf unschöne Weise verstärkte, beschloss er, das Auto am Präsidium stehen zu lassen und den letzten Nachtbus nach Greven zu nehmen. An der Wohnungstür sahen seine Gastgeber ihn erwartungsvoll an, und er wusste, was sie dachten: Wie gut sich Constanze und Sabine garantiert verständen und wie erstrebenswert dauerhafte Kontakte wären. Doch er bedankte sich ohne die Ankündigung einer Gegeneinladung, stolperte müde durch das schöne Jugendstiltreppenhaus und verdrängte jeden Gedanken ans Weserbergland, indem er sich auf seinen Heimweg konzentrierte.

6

Nachdem sie mit Oberkommissar Lückmann noch bis zur Eingangstür ihrer Galerie gegangen war, hatte Marion das wieder gefundene Pferdegemälde auf die Staffelei rechts neben ihrem Schreibtisch gestellt. Eigentlich unbegreiflich, dachte sie, dass ich ein Bild nicht nur völlig vergessen konnte, sondern nicht mal weiß, wie es in meinen Besitz gekommen ist.

Es erschien ihr jetzt doch mehr als zweifelhaft, dass es sich um ein Geschenk für Friedrich handelte. Auch ein Tauschhandel mit einer seiner Skulpturen kam nicht in Frage, Friedrich hatte stets auf Bargeld bestanden. Er musste von seinen Arbeiten leben, und Bilder konnte man nicht essen. So blieb als einzige Lösung, dass er es in irgendeinem Nachlass gefunden und nicht verkauft hatte.

Vielleicht, überlegte sie amüsiert, hat es ein nächtlicher Besucher hier abgestellt, weil es eine Fälschung oder Hehlerware ist, und der Besitzer sich verdächtig machen würde. Doch was nächtliche Besucher betraf, war eher das Gegenteil zu befürchten. In letzter Zeit hatte sie Kratzspuren, wie von einem Schraubenzieher, an der Eingangstür entdeckt, ohne dass die Alarmanlage losgegangen war. Wahrscheinlich das Gesellenstück eines jugendlichen Automatenknackers. Kein Grund, sich mit der Polizei in Verbindung zu setzen, denn wie es schien, war der Täter an der Widerstandsfähigkeit des Materials gescheitert und würde keinen weiteren Versuch unternehmen. Beunruhigender wäre eine Aktion professioneller Banden, die vorwiegend aus Osteuropa zu Besuch kamen und sich in der Innenstadt schon bei mehreren Juwelieren bedient hatten. Auch wenn Marion sich wesentlich sicherer fühlte, seitdem sie ihre ukrainische Bürokraft am Ende der Probezeit wieder nach Hause geschickt hatte, spürte sie seit neuestem einen Schauer im Nacken, wenn sie ihr Geschäft zu später Stunde abschloss. Im Sommer blieb es lange hell, doch der Sommer war fast vorbei, und an die langen, dunklen Winterabende mochte sie nicht mal denken. Die Ukrainerin war vor einer knappen Woche im Wienburgpark ermordet worden, und obwohl Marion ein vages Mitgefühl nicht völlig verdrängen konnte, empfand sie auch eine Art Genugtuung. Als hätte sie es geahnt, dass diese angebliche Kunsthistorikerin aus Kiew in dubiosen Kreisen verkehrte. Wie leicht hätte das auf sie selbst und ihre Galerie übergreifen können, wenn die Frau nicht sogar von vornherein zum Auskundschaften losgeschickt worden war. Selber schuld!, maßregelte sie sich. Warum hatte sie sich keine Diplome und Empfehlungsschreiben zeigen lassen? Bei einer deutschen Bewerberin hätte sie garantiert daran gedacht, doch wenn man es mit Immigranten zu tun bekam, geriet man automatisch in ein Mahlwerk sentimentaler Aufnahmebereitschaft und damit in Teufels Küche. Allein wie diese Frau sich zwischen all den Bildern umgesehen hatte, dabei war sie doch in einem Museum beschäftigt gewesen und an Kostbarkeiten gewöhnt. Auch ihre Handygespräche auf Ukrainisch hatten dubios gewirkt. Und überhaupt: Wer ging denn abends um halb zehn freiwillig durch den Wienburgpark? Marion war von großer, kräftiger Statur, hatte ihre fünf Sinne noch gut beieinander, das alles änderte nichts an der Tatsache, dass sie im Januar zweiundsiebzig geworden war und bei einbrechender Dunkelheit sogar die Promenade mied.

Tod durch Erdrosseln, kein Sexualdelikt! Das Tatwerkzeug fehlte, Portemonnaie und Handy waren weg, doch der Dienstausweis steckte noch. Der Täter legte also Wert darauf, dass die Tote schnell identifiziert wurde. Laut Auskunft einer Arbeitskollegin hatte die Frau eine größere Geldsumme bei sich gehabt. Das roch zehn Meter gegen den Wind nach Familienfehde, Neid oder Eifersucht. Nein, es war goldrichtig, dass sie das Arbeitsverhältnis mit der Probezeit beendet und auch keine neue Anzeige mehr ausgeschrieben hatte. Lieber allein unvollkommen als unter Stress perfekt – dieser Spruch stammte von ihrem unvergesslichen Friedrich.

Energisch wandte sie sich wieder dem Gemälde zu, das der geübt wachsame Blick eines Kriminalbeamten vor einer halben Stunde ans Tageslicht befördert hatte. Obwohl es sie verlegen machte, einem Kunden die Antwort auf seine Frage schuldig zu bleiben – eine Galeristin durfte niemals den Überblick über ihren Bestand verlieren –, war sie Lückmann dankbar. Selbst wenn sie bei ihrer Stammkundschaft keine Begehrlichkeit für das Bild wecken konnte, sondern nur Interesse, würde sie vielleicht schon bald mehr über Alter, Wert und Maler erfahren.

Als ein älteres Paar vor der Auslage stehen blieb, drehte sie die Staffelei um neunzig Grad. Es machte sich nicht gut, wenn eine Galeristin ihre eigenen Bilder so offensichtlich unter die Lupe nahm! Und wie sich herausstellte, bekam der größere Abstand ihrer

Kritikfähigkeit sehr gut. Das Pferd war naturgetreu getroffen. Sein erschrocken vorquellender Augapfel versprühte Panik, das Fell wirkte so echt, dass man die leicht borstige Struktur unter der Hand zu spüren glaubte, und der Farbwechsel zwischen Glanz und Schatten auf seinen Flanken war kraftvoll herausgearbeitet. Doch woher stammte das Licht, das sich auf diesen Flanken sammelte? Von einem Blitz? Dann müsste der Himmel hinter dem Tier erleuchtet sein, doch statt Unwetterwolken zeigte er nur pastose Tintenschwärze. Die honiggelbe Mähne und der wie gepeitscht wirkende Schweif bildeten einen dynamischen Kontrast zu dem starren Rumpf, während die Landschaft vernachlässigt wirkte. Flüchtige Pinselstriche, unter denen stellenweise die Grundierung durchschimmerte, verwischte Baumsilhouetten, ein seltsam fleckiger Vordergrund – irgendwie unfertig, das Ganze. Ein angefangenes Meisterstück, vom Lehrling zu Ende geführt? Ein Maler, der sich mit der Darstellung des Pferdes verausgabt, oder ein Auftraggeber, der das Interesse verloren hatte? Vielleicht war das Pferd gestorben, und der Besitzer hatte seinen Auftrag zurückgezogen, obwohl man eher das Gegenteil erwarten würde. Marion klickte sich ins Internet und stieß nach kurzem Suchen auf eine Reihe von Malern, die im achtzehnten Jahrhundert mit Pferdebildern bekannt geworden waren. Sie druckte ein paar Arbeiten aus, die ein Pferd im Profil und in offener Landschaft zeigten, und legte sie neben das unbekannte Werk. Der Unterschied war krass, und doch gewann der „Gewittergaul", wie sie das Bild der Einfachheit halber nannte, an Faszination. Vielleicht, weil es so unfertig wirkte. In Gedanken hängte sie es in den Flur ihrer Wohnung, als Gegenstück zu dem neuen Bronzespiegel. Ob das Pferdeauge im Dunkeln reflektierte? Was für ein Gag, abends nach Hause zu kommen und von zwei Irrlichtern begrüßt zu werden, das eine an der Wand, das andere im Spiegel gegenüber. Die Vorstellung, jeden Morgen an der Garderobe eine Schweigeminute für Friedrich einzulegen, während der surreale Blick des Pferdes ihr im Spiegel begegnete, brachte sie sogar zum Lachen. Das würde die Erinnerung an ihren Mann jedenfalls lebendiger halten als jeden zweiten Sonntag eine Kerze auf seinem Grab. Andere Witwen staubten regelmäßig die Modelleisenbahn des verstorbenen Gatten ab oder polierten seine Münzensammlung. Sie würde das Pferdebild mit einem neuen Rahmen aufpeppen. Das Ebenholz war stumpf geworden und die Gehrung schadhaft.

Sie zog Friedrichs Telefonregister aus der Schublade und suchte die Nummer eines seiner Freunde heraus; ein Hobbymaler, der Friedrich in den letzten Jahren vor seinem Tod oft in der Werkstatt besucht hatte. Bei der Erinnerung an Bodo klopfte ihr Herz plötzlich wie bei einer Achtzehnjährigen vorm ersten Date. Der Mann war so häufig bei ihnen aufgekreuzt, dass sie den Verdacht gehegt hatte, er käme allein wegen ihr. Er musste inzwischen um die sechzig sein, die Zeit war auch an ihm nicht spurlos vorübergegangen, trotzdem sah er bestimmt noch blendend aus; der personifizierte Anspruch jeder Frau auf einen jüngeren Liebhaber, eine nie zu Ende geträumte Option, über deren Realisierung man besser nicht nachdachte. Nicht nur, weil sie ein Altersunterschied von mindestens zwölf Jahren trennte. Gelegentlich hatte sie, wenn sein Name fiel, bei Friedrich eine leichte Irritation herausgehört, die sie als Eifersucht interpretiert und damit verdrängt hatte, dass ihr Mann, während er seine erotischen Skulpturen entwarf, schließlich auch real existierende Vorbilder im Kopf hatte. Nach Friedrichs Tod vor sechzehn Jahren hatte sie sich von seiner Freundesclique getrennt: sie, die einzige Frau in einer Gruppe von acht Künstlern, Sammlern, Mäzenen. Und als sie feststellte, dass der „personifizierte Seitensprung" ihre Gefühle nicht länger besetzt hielt, war es wie eine Befreiung gewesen. Dabei hätte sie sich für ihre Zuneigung – sie Witwe, er nie verheiratet – nicht schämen müssen. Psychologisch versierte Freunde hätten ihr wahrscheinlich erklärt, dass sie mit ihrem bewältigten Beziehungskonflikt eine wichtige Entwicklungsphase durchgemacht habe, und wahrscheinlich hatten sie Recht. Denn so sehr sie Friedrich auch vermisste, irgendwann hatte sie ihre Unabhängigkeit in den Griff bekommen.

Um sicherzugehen, dass sie Bodo zu Hause antraf, wartete sie bis zum Abend. Zu ihrer Überraschung wurde ihr Anruf von einer jung wirkenden weiblichen Stimme entgegengenommen. Die Art, wie die Frau auf Marions Bitte, den Hausherrn ans Telefon zu holen, reagierte, verriet eine sehr persönliche Beziehung.

Auch er klang jugendlich, und als er sich mit seinem Spitznamen „Bodo" meldete, freute sie sich über die so spontan entstandene Vertrautheit. Auf ihre Frage, wie es ihm gehe, entgegnete er launig, sein Haar sei dünn und der Arbeitstag kurz geworden, aber den Beruf an den Nagel hängen wolle er noch nicht. Dass er die Gegenfrage nach ihrem Befinden nicht stellte, versetzte ihr einen leichten Dämpfer, doch der Grund ihres Anrufs war schließlich nicht der Wunsch nach Smalltalk, und so beschrieb sie ihm das Pferdebild, das wohl noch aus der alten Galerie an der Warendorfer Straße stammte und zwischen dem Umzugskram in Vergessenheit geraten war.

„Ist es denn nicht signiert?“, fragte Bodo verwundert. Er war nicht nur ein talentierter Hobbymaler, sondern auch ein gut betuchter Kunstsammler; Schwerpunkt Landschaftsmalerei und Stillleben des achtzehnten Jahrhunderts. Seine Gemälde waren signiert!

„Nein. Es gibt auch keine Datierung, nur ein Label auf der Rückseite: September 1925, Scott-Gallery, Plymouth. Das zufällige Interesse eines münsterschen Polizeikommissars hat es wieder ans Licht gebracht.“

Offenbar hatte Bodo den Raum gewechselt, seine Stimme hallte plötzlich, als stände er auf nacktem Estrich. „Was macht ein Polizeibeamter in deiner Galerie?“

„Er brauchte meinen Rat zu einem Hufeisen mit roten Steinchen, und ich verkaufe auch Schmuckstücke. Aber während unseres Gesprächs“, sie versuchte ihre Verlegenheit hinter einem Lachen zu verbergen, „fiel sein Blick in die hinterste und dunkelste Ecke meines Ladens. Dabei entdeckte er das Bild. Entweder hat der Mann schärfere Augen, als die Polizei erlaubt, oder ich brauche eine neue Brille.“

Auch Bodo lachte. „Und jetzt möchtest du den Gaul schätzen lassen. Wie groß ist das Bild?“ Er brach ab, und sie fragte sich schon, ob die Leitung gestört war, dann sagte er: „Ich könnte einen Freund fragen. Er kennt sich bei den Briten besser aus als ich.“

„Danke, nicht nötig. Es hat die Maße dreiundvierzig zu zweiunddreißig einschließlich des Rahmens, und ich halte es für eine Rarität: technisch perfekt, gleichzeitig unfertig. Da kann man über den materiellen Wert streiten. Ich werde es grundlegend reinigen lassen. Mal sehen, was sich unter den Farben des Hintergrunds verbirgt. Und einen neuen Rahmen bekommt es auch. Der Grund, weshalb ich dich anrufe, ist die Frage: Kannst du dich zufällig erinnern, ob Friedrich es geschenkt bekommen hat? Schließlich fällt das Datum auf dem Label mit seinem Geburtstag zusammen.“

„Warum zeigst du es nicht meinem Freund?“, insistierte er. „Oder, noch besser: Zeig es mir. Ich komme morgen Abend vorbei. Bestimmt erinnere ich mich wieder, wenn ich das Bild vor mir habe. Friedrich hat mir so manches gezeigt, er legte Wert auf mein Urteil. Und es würde mich sehr freuen, dich zu sehen. Warum nicht alte Freundschaften wiederbeleben?“

Seine redselige Hilfsbereitschaft irritierte sie. Jahrelang nichts voneinander gehört und jetzt dies? Nein, sie wollte ihn nicht wieder sehen, nicht an alten Wunden kratzen. Sie und er ein Liebespaar? Von einem erloschenen Vulkan erwartete man keine Hitze mehr. Über ein paar abgedroschene Erinnerungen kämen sie nicht hinaus: seine penetrante Fotografiersucht, zum Beispiel, die die Clique genervt hatte. Ihre eigene Lust auf Saures und Salziges, als ständiger Anlass für anzügliche Witze. Friedrich hatte keine Kinder haben wollen.

Bei dem Thema Kinder fiel ihr ein, dass sie genauso gut einen Studenten des Leonardo-Campus’ um eine Expertise bitten konnte. Sobald sie bezahlt hätte, hingen keine lästigen Verpflichtungen, keine überflüssigen Kontakte mehr in der Luft. Sie ignorierte das schmerzhafte Ziehen in der Herzgegend und das Klopfen bis hinauf zur Kehle; sie würde ein Wiedersehen mit Bodo auf jeden Fall verhindern. Es machte keinen Sinn.

Sie lehnte mit der Begründung ab, dass sie am nächsten Abend ihre Finissage vorbereiten müsse, die am Mittwoch stattfinden sollte. Am Donnerstag wolle sie in die Oper gehen und in der folgenden Woche zu gleich zwei Ausstellungseröffnungen reisen.

Er ließ nicht locker. „Dann stell das Bild in die Auslage. Ich schicke meinen Freund vorbei, und er macht dir eine grobe Schätzung. Doch wenn du dir vor deinem Opernbesuch eine halbe Stunde Zeit nimmst, erfährst du das Ergebnis gleich vor Ort. Am Freitag fährt er für drei Wochen nach London, dann kannst du lange warten.“

Auch dieser Vorschlag gefiel ihr zunächst nicht, weil sie an die Kratzspuren am Türschloss denken musste. Manche Bilder wurden streng unter der Hand weitergereicht, weil sie retuschiert oder übermalt worden waren und deshalb eine Seltenheit darstellten. Es gab genügend Kunstdiebe, die sich auf solche Schätze spezialisierten und auch vor Gewalt nicht zurückschreckten. Andererseits klang Bodos Angebot unverbindlich. Und war sie es denn nicht, die ihn wegen des Bildes angerufen hatte? „Gut“, sagte sie, „ich werde am Donnerstag bis halb sieben in der Galerie bleiben. Die Oper beginnt erst um halb acht. Ich zeige deinem Freund das Bild lieber im Geschäft.“ Sie wollte ihm noch danken und nach der Handynummer seines Freundes fragen, doch Bodo hatte aufgelegt.

Mit einem Mal kam sie sich undankbar und auf geradezu kindische Weise misstrauisch vor. Früher, dachte sie verwundert, hätte ich mich gefreut, Menschen wiederzusehen oder kennen zu lernen. Warum habe ich kein Vertrauen mehr? Es muss am Alter liegen, ich werde senil und umständlich. Noch einmal streiften ihre Gedanken die Möglichkeit, eine Bürokraft zu engagieren. Gerade jetzt, nachdem die Ukrainerin tot war und ihr lichtscheuer Bekanntenkreis garantiert über die Probezeit in der Galerie Bescheid wusste, musste sie sich schützen lassen. Doch von wem? Ich bin schrullig geworden, dachte sie verbittert, ich wäre es nicht, wenn Friedrich noch lebte.

September 1925, Plymouth. Ein Taufgeschenk? Nein, Friedrichs agnostische Eltern hatten ihn nicht taufen lassen. Eine Anspielung auf das amerikanische Automodell? Auch das ergab keinen Sinn, denn Friedrich war kein Autonarr gewesen. Und er war auch nicht sentimental genug, um das Bild allein wegen des Kaufdatums in seinen Besitz zu bringen.

Als sie es wieder zur Hand nahm, fiel ihr auf, dass der Rahmen auf der Rückseite mit selbstklebendem Krepppapier befestigt war. Hatte es das in den zwanziger Jahren schon gegeben? In der Hoffnung, dass die Rückseite des Malgrundes eine Signatur trug, zog sie den Klebestreifen vorsichtig ab und löste den Rahmen.

Unter dem Karton steckten mehrere Fotos. Sie segelten zu Boden, und als Marion sie auf den Tisch legte, wäre ihr beinahe alles, Rahmen, Glas und Leinwand, aus der Hand gerutscht.

Die Schwarz-Weiß-Aufnahmen waren in ihrer Botschaft unmissverständlich: ein auf dem Rücken liegendes junges Mädchen und vor ihr in eindeutiger Haltung ein Mann mit heruntergelassener Hose. Er war groß und mager und trug einen etwa schulterlangen, dunklen Pferdeschwanz. Der Mann verdeckte die vor ihm ausgestreckte Person, doch ihre dünnen Beine und kindlichen Arme deuteten auf ein junges Alter, ein Kind noch. Entsetzt betrachtete Marion das nächste Foto: das Mädchen von der Seite, zerzauste dunkle Haare, die Augen verbunden, der Mund zum Schrei aufgerissen, der Kopf dem Fotografen zugewandt, als wollte sie ihn um Hilfe bitten. Die Szene sah nicht gestellt aus. Auf den nächsten Aufnahmen dann: dasselbe Opfer, von einem anderen jungen Mann gewaltsam festgehalten, auf dessen Unterarm eine Schlange oder ein Drachen eintätowiert war. Dieser Mann wirkte kräftig und gedrungen … Dann ein blondes Mädchen, ebenfalls mit Augenbinde und in ähnlich verzweifelter Abwehr. Der Sexualtäter war ebenfalls blond und kleiner als der Pferdeschwanzträger, trug das krause Haar zum Nackenzöpfchen. Er stand aufrecht, mit dem Rücken zur Kamera, und man sah, dass er Schlaghosen trug, demnach mussten die Fotos schon älter sein. Auch T-Shirts im Batiklook waren bei jungen Leuten längst nicht mehr in. Marion verdrängte ihren Ekel und griff zur Lupe, um den Schauplatz, offenbar zwei verschiedene Zimmer, deutlicher zu sehen. Hier der Ausschnitt einer Zimmerdecke, dort der äußerste Rand der Fensterbank, an der ein Stück fehlte. Es gab weder Tapeten noch Vorhänge oder Bilder, nur eine waagrechte Jalousie, kahles Parkett mit einem ovalen Brandfleck und weiße Wände. Wahrscheinlich war der Ort einer dieser anonymen Wohnsilos oder ein entlegenes Einfamilienhaus, wo niemand die Schreie hörte. Die Fotos trugen kein Datum, doch die langen Haare und die Kleidung der drei Männer schienen Marion typisch für die Mitte der siebziger oder die frühen achtziger Jahre. Drei Jahrzehnte her, dachte sie, verjährt, aber nicht vergessen! Noch einmal betrachtete sie den aufgerissenen Mund und die Abwehrhaltung der Opfer. Die Männer hatten einander bei ihrem widerlichen Tun abgewechselt, und einer der Vorbesitzer des Pferdebildes oder jemand in seinem Umkreis hatte es vertuscht. Zu dumm, dass sie sich nicht erinnern konnte, von wem Friedrich dieses Gemälde erworben hatte.

In einem Einbauschrank bewahrte sie Verpackungsmaterial auf. Sie zerrte einen flachen Karton hervor und schob die auf Pappe aufgezogene Leinwand, den Bilderrahmen und die Glasabdeckung mitsamt dem brisanten Anhang hinein. Bevor die Herkunft dieser Fotos nicht geklärt war, hätte sie den „Gewittergaul“ in ihrer Wohnung nicht ertragen. Am Freitag würde sie Kommissar Lückmann anrufen und sich von ihm weiter durchstellen lassen zur Abteilung für Sexualdelikte. Sie legte den Karton in jenes Versteck, das sie immer für ihre wertvollsten Bilder benutzte, wenn ein Event bevorstand. Seitdem ein Vernissagebesucher mal eine teure Aquarell-Miniatur hatte mitgehen lassen – wahrscheinlich unter seinem Mantel –, war sie vorsichtig geworden. Zwar war ihr das Pferdebild, nachdem sie sein bestürzendes Geheimnis aufgedeckt hatte, gründlich verleidet, dennoch musste sie es vor dreisten Fingern sichern. Es war ein Beweisstück für die Polizei.

Gegen Mitternacht zerstreuten sich die letzten Gäste der Finissage. Nur Winnie Zeisig hockte wie festgeleimt an einem der Tischchen, sprach dem übrig gebliebenen Sekt stärker zu, als gut für sie war, und hobelte an den Resten der Käseplatte herum. Sie war sechzig; eine große, dürre Frau mit kurzem, hellgrauem Haar, harten Augen und einem permanent unzufriedenen Zug um den Mund.

„Du hättest mehr Werbung machen können, Marion. Das ist deine Aufgabe als Galeristin."

Geduldig zog Marion den Nachbarhocker heran. Mit diesem Vorwurf hatte sie gerechnet. „Winnie, Münster ist nicht New York oder London, der Markt ist begrenzt. Du hast dir mit deinen Mobilés einen Namen gemacht, jetzt nutze deinen Bekanntheitsgrad und sattle um. Ein Lyriker, der ein Theaterstück schreibt, gewinnt auch ein neues Publikum."

„Ein Theaterstück muss erst mal einen Regisseur gewinnen, um seinen Verfasser bekannt zu machen", widersprach Winnie weinerlich.

„Die lokale Presse heute Abend …"

„Ist nur wegen dir gekommen." Winnie leerte ihr Glas in einem Zug, zündete sich eine Zigarette an und zog für die Asche eine benutzte Mokkatasse näher. Hätte Marion nicht gewusst, wie mühsam es war, mit Kunstobjekten seinen Lebensunterhalt zu verdienen, wäre Winnies Launenhaftigkeit eine ernste Belastung für ihre Freundschaft gewesen. Wie das Leben manchmal Freunde zusammenbringt, dachte sie resigniert. Ihre eigenen Mittel waren begrenzt, und Winnie eignete sich nicht für die Rolle der „armen Verwandten", dafür war sie zu stolz. Doch warum fabrizierte sie immer nur Mobilés, die allenfalls in Kinderzimmern hingen? Außerdem war sie nun mal kein Alexander Calder. Ihre Objekte verrieten Einfallsreichtum, aber keine Genialität.

Sie beschloss nicht mehr zuzuhören und stellte sich stattdessen die beunruhigende Frage, ob sich Bodo unter die Gäste gemischt hatte. Ganz kurz hatte sie geglaubt, sein Gesicht zu erkennen, zumindest in jener Version, die sie sich spontan, nach sechzehn Jahren des nicht wieder Sehens, zurechtgelegt hatte. Im nächsten Moment hatte ihr jemand auf die Schulter geklopft, um sie zu begrüßen, und als sie wieder dorthin blickte, wo sie Bodo gesehen hatte, war er verschwunden. Doch warum hätte er ihr Event inkognito besuchen sollen? Wozu dieser plötzliche Wunsch nach Anonymität, der nicht zu ihm passte? Falls er sich das Pferdebild ungestört ansehen wollte, hätte er es nicht gefunden.

Da Winnie mit schläfrigem Blick weiter an ihrer Zigarette zog, nahm Marion sich die Pantryküche vor, um nachzusehen, was kühl gestellt oder entsorgt werden musste. Vom Büffet war nicht mehr übrig geblieben als die eingesunkenen Reste der Birnen-Sahne-Torte, deren Beseitigung sie auf den folgenden Tag verschob, und jene Käsestücke, in die Winnies Frust gerade seine Kerben schlug. Die beiden jungen Frauen vom Cateringservice hatten den Müllbeutel entsorgt, das Geschirr abgewaschen und Teller, Gläser und Besteck zurück in ihre Kartons gepackt, um sie am nächsten Morgen abzuholen. Auf der Arbeitsplatte lagen nur noch die unvermeidlichen Kostproben einiger Stammkunden, ihr persönlich zugedacht und meist mit makabren Sprüchen etikettiert: Aus meiner Hexenküche, Todsicher lecker oder Gift am Abend – erfrischend und labend. Die Falafel mit der ungewöhnlichen Zimtnote stammten garantiert von Susanne, das Rahat-Lokum von David, der sich gerade das Rauchen abgewöhnt hatte und nicht begriff, dass seine neue Sucht nach gummiartigen Süßigkeiten längst nicht von jedem geteilt wurde. Sie lächelte nachsichtig und wickelte die restlichen Alufolienpäckchen aus: dreimal Jacobsmuscheln auf Weißbrot, mit Salatblättern und Mayonnaise. Das sah ganz nach Deborah aus, einer Malerin von der amerikanischen Ostküste, die seit ein paar Jahren in Schöppingen arbeitete. Auch auf kulinarischer Ebene schuf sie ansprechende Stillleben. Die Muscheln in ihrer feucht glänzenden, perlmuttfarbenen Prallheit wirkten herrlich obszön. Friedrich hätte diesen Anblick sofort in eine neue Skulptur umgesetzt, einen Kobold mit großen, weißen Brüsten. Sie schnupperte, wobei sich ihr leerer Magen zusammenzog wie eine Qualle im Aufwärtstrip. Eine leichte Note Seetang? Eine Spur Fischiges? Nun ja, diese Canapés hatten stundenlang in der Wärme gestanden, doch sie wegzuwerfen, wäre ein Jammer. Speichel sammelte sich in ihrem ungeduldigen Mund, während sie nach einem Schnittchen griff. Die Mayonnaise schmeckte ein wenig metallisch; wahrscheinlich selbst gemacht. Ostküsten-Amerikaner verwendeten mitunter bizarre Gewürze. Die restlichen Schnittchen packte sie ein.

Die Falafel würde sie als Mittagessen mit einer Joghurt-Koriander-Soße komplettieren und das Lokum an die Tauben verfüttern, die ihr zunehmend den Balkon verdreckten. Das würde ihnen die Schnäbel zukleistern.

Zufrieden über den gelungenen Abend, spülte sie Winnies Kippe durch die Toilette, wusch ihr Sektglas, die Mokkatasse und die Käseplatte ab und drückte dem Taxifahrer, der ihre Freundin nach Hause bringen sollte, zwanzig Euro in die Hand. Sie genoss den Fußmarsch über den Spiekerhof und fühlte sich beschwingt wie auf einem Bergrücken mit Blick in ein fruchtbares Tal. Mehr als fünfzig Besucher! Darunter Prominenz, Journalisten und viel versprechende neue Visitenkarten! Da sollte die Jugend mal behaupten, die Siebzigjährigen gehörten auf die Parkbank. Und sollte Winnie, dieses Sumpfhuhn, doch jammern. Sie kicherte wie ein beschwipster Teenager, und als sie ihre Wohnung erreicht hatte, fiel sie wie ein Stein ins Bett.

Dabei habe ich doch gar nicht viel getrunken!, wunderte sie sich am nächsten Morgen. Ihr Mund war trocken und die Zunge brannte, als gehörte sie einem Feuerschlucker. Ihre Speiseröhre versperrte ein undefinierbarer, kratziger Brocken und in den Eingeweiden kollerte ein handfester Kater. Noch im Pyjama schlich sie in die Küche, um die Espressomaschine in Gang zu setzen. Als sie den bitteren Kaffee roch, rebellierte ihr Magen erneut und ihr Herz begann zu rasen. Irgendetwas war am vergangenen Abend aus den Angeln geraten. Am Essen lag es nicht, sie konnte an Jakobsmuscheln und Mayonnaise denken, ohne dass sich der Brechreiz entlud. Aber ein tückisches Darmvirus hatte zwischen dicht gedrängt stehenden Menschen leichtes Spiel. Allein dieses sentimentale Händeschütteln! Da waren die Briten cleverer, die fragten „How do you do?“ und erwarteten nicht mal eine Antwort. Sie überlegte, ob sie Winnie anrufen sollte, doch die Vorstellung, ihre weinerliche Stimme zu hören, brachte sie schnell davon ab. Ob Virus oder Alkoholpegel, Winnie ging es garantiert noch schlechter.

Den Vormittag verbrachte sie zwischen Sofa und Bad, zwang sich, schluckweise Gunpowdertee zu trinken, der durch ihre Eingeweide sickerte wie flüssiges Blei, aber die Kopfschmerzen vertrieb. Um sich abzulenken, schleppte sie sich an ihren Computer und sah die neuesten E-Mails durch. Eine im Veneto lebende Münsterländerin, die sich mit Lithographien von Andrea Palladios

Renaissancevillen einen Namen gemacht hatte, lud sie für November ein. Doch Marion hasste diese Jahreszeit, selbst im Veneto, sah die nebeligen Wälder vor sich, mit ihrem absterbenden Laub, roch den feuchten Moder und dachte: Bis dahin bin ich längst tot. Dabei fiel ihr die Bohème wieder ein: halb acht im Stadttheater. Und vorher die verflixte Verabredung mit Bodos Experten! Was gab es überhaupt noch zu bereden, wo sie das Bild doch weggeschlossen hatte? Sie wollte diesen Mann nicht sehen, konfus und schwer krank, wie sie sich fühlte, ohne zu wissen, warum. Sie hatte die vergangene Nacht nicht neben einem eifersüchtigen Lover verbracht, kannte keine mordlüsternen Feinde, war nicht die Erbtante eines raffgierigen Clans. Sie überlegte kurz, ob während der Finissage ihr Glas irgendwann außer Reichweite gestanden hatte, dann fiel ihr ein, dass sie es, wie immer, in der Küche abgesetzt hatte, nach dem obligaten Begrüßungsschluck. Zutritt zur Küche gewährte sie nur ihren besten Freunden, außerdem hatte dort den ganzen Abend lang das Team von Schlemmer & Co gearbeitet. Trotzdem saß ihr die Angst im Nacken wie ein hässlicher Wasserspeier, fraß ihre Gedanken, fesselte ihre Bewegungen. Der einzige Mensch, den sie hautnah hatte sterben sehen, war ihr Friedrich. Seine Hand, in ihrer fest verankert und so erschreckend schnell kalt geworden; eine Empfindung, die sich immer wieder aufdrängte, wenn sie von einem Todesfall erfuhr. Konnte ihr Unwohlsein irgendetwas mit ihm zu tun haben? Wollte sich jemand rächen? Doch so angestrengt sie auch nachdachte, sie fand keinen Zusammenhang. Friedrich hatte in der Galerie am Rosenplatz nicht mehr gearbeitet, sie seine Freunde nach der Beerdigung nie wieder kontaktiert. Bis auf das Telefongespräch mit Bodo am Montag. Sie würde ihm aus dem Weg gehen. Jetzt erst recht.

Am Nachmittag raffte sie sich zu einem kurzen Spaziergang durch die nahe gelegene Promenade auf und stellte erleichtert fest, dass ihr Kopf frei wurde. Sie zog die kühle, klare Luft in ihre Lungen, konnte sich sogar an den Pastellfarben des Himmels freuen, in dem ein fast runder, gläserner Mond hing und dem mittelalterlichen Zwinger etwas von seiner bedrückenden Massigkeit nahm. Die andere Seite des Mondes kennen lernen, so hatte Friedrich das Sterben genannt.

Als sie um sechs ihr bordeauxrotes Seidenkostüm anzog, jagten sie plötzlich Hitzewellen, die sie sonst nur von einem niedrigen

Blutzucker her kannte. Kein Wunder: Außer Tee hatte sie den ganzen Tag lang nichts zu sich genommen. Die übrig gebliebenen Muschelschnittchen fielen ihr wieder ein. Eine Kleinigkeit zu essen, wäre nicht schlecht, sonst übertönte sie mit ihrem Magenknurren noch das Orchester. Deborahs Canapés waren astrein, dafür besaß Marion eine sichere Nase. Hausgemachte Mayonnaise schmeckte eben anders als Fabrikware. Trotzdem kratzte sie den Belag ab, so gut es ging, und verschlang den Rest im Stehen. Zehn Minuten später machte sie sich auf den Weg zur Galerie.

Sie hatte ein neues Gesichtswasser verwendet, das den Brechreiz wieder verstärkte – Rosen und Lavendel, wie dumm, dass sie über dem hübschen Etikett nicht auf die Duftnote geachtet hatte. Sie beschloss kurz vor Aufführungsbeginn im Da Salvatore an der Hörster Straße einen doppelten Cognac zu trinken. Eine Rosskur auf den Gewittergaul!

Vor der Auslage der Galerie stand ein Mann, Anfang fünfzig und mittelgroß, anthrazitfarbener Trenchcoat, randlose Brille. Als Marion näher kam, wandte er sich ab und ging weiter, als fühlte er sich bei schlechten Gedanken ertappt. Nervös zerrte sie ihren Schlüssel aus der Tasche. Nichts sprach dafür, dass Bodos Freund hier gewesen war; kein Zettel an der Tür, keine Visitenkarte darunter her geschoben. Dass sich das Treffen wunschgemäß erledigt hatte, war zwar angenehm, dennoch fühlte sie sich wie im falschen Film.

Das Salvatore, mit seinen in rostroter Wischtechnik gehaltenen Wänden und den hellgrauen Lampenschirmchen sonst immer so behaglich, verbreitete eine stickige Schummrigkeit. Der Kellner fuhr sich verstohlen über die Stirn, als wäre ihm ebenfalls zu warm. Marion schenkte ihm ein ermutigendes Lächeln, das eigentlich ihr selbst galt. „Bringen Sie mir bitte einen doppelten Cognac."

„Gern, Frau Vondembusche. Vielleicht auch eine Kleinigkeit zu essen?" Täuschte sie sich, oder streifte sie ein besorgter Blick? Sah man ihr etwas an? Der Spiegel im Flur fehlt mir, dachte sie, ich muss das Pferdebild verkaufen, um mir den Spiegel leisten zu können. Aber vorher muss ich das Bild ins Schaufenster hängen, damit der Experte sein Gutachten abgeben kann. Aber nein, sie wollte das Bild doch behalten und nur seinen Wert schätzen lassen. Vor allem wegen der Versicherung, falls es mal aus ihrer Wohnung gestohlen würde. Wo hatte sie das verdammte Ding gestern Abend eigentlich versteckt? Mühsam ging sie die verschiedenen Möglichkeiten in ihrer Galerie durch, und als sie die Antwort nicht fand, geriet sie in Panik. „Der Küchenchef", unterbrach der Kellner ihren Gedankenwirrwarr, „empfiehlt die Bruschetta mit Vongole und gegrillten Zucchini."

„Nein!", wehrte sie panisch ab. „Ich möchte nichts essen. Nur den Cognac bitte." Die Muschelschnittchen drückten im Magen wie Beton. Sie leerte den großzügig gefüllten Schwenker in drei Schlucken und aß die mitgelieferten Grissini, um die "Fahne" zu vertreiben. Als sie zahlte und aufstand, hatte sie den Eindruck, dass der Kellner sie verwundert ansah. Zu ihrem Ärger verfing sie sich auch noch in der Kokosmatte vor der Eingangstür. Die müssen ja denken, ich bin betrunken!, fuhr es ihr durch den Kopf, und fast hätte sie gelacht. Die renommierte Galeristin Marion Vondembusche stolpert über eine Schwelle und bricht sich das Genick.

Der Mann, der an der Theatergarderobe vor ihr stand, blickte sich indigniert um. Er riecht den Cognac, dachte sie verstört, hoffentlich sitzt er nicht neben mir. Er hat so etwas ... Missionarisches. Ich sollte ihm sagen, dass ich niemals trinke, wenn ich allein bin. Aber mein Mann ist seit sechzehn Jahren tot, ich war damals erst sechsundfünfzig. Und heute sollte ich mich mit einem Menschen treffen, der einfach nicht gekommen ist … Erst jetzt fiel ihr ein, dass sie keinen Mantel abgeben musste, und sie stahl sich verlegen aus der wartenden Schlange. Die Woge der Opernbesucher spülte sie hinauf zum Ersten Rang. Auf dem Weg zu ihrem Platz mied sie krampfhaft den Blick in die Schwindel erregende Tiefe des Parketts rechts unter ihr, wo sich das kakophonische Stimmen der Instrumente mit dem Gemurmel des Publikums zu einem gefährlichen Strudel mischte. Jemand drückte einen aggressiv leiernden Handyanruf weg, irgendwo fiel etwas klimpernd zu Boden und löste eine hektische Suchaktion aus, die jedoch sofort abgebrochen wurde, als man die Lichter herunterfuhr. Der Dirigent, mit frenetischem Applaus begrüßt, hüpfte dynamisch aufs Podest und hob den Taktstock.

Mein Gott, dachte sie, ich sterbe!

Als Sabine sich bis Donnerstagabend nicht gemeldet hatte, war es Max auch wieder nicht recht. Hatte er zu nachdrücklich betont, keine Nachricht sei eine gute Nachricht? Er überlegte, wie lange eine Karte aus dem Weserbergland brauchte, um in seinem Briefkasten zu landen. Machte ihr Handy vielleicht Zicken, oder war sie im Tal der Ahnungslosen gelandet, wo es keinen Kontakt mit der Außenwelt gab? Doch wie hätten diese steinzeitlichen Verhältnisse zu einer hoch technisierten Klinik gepasst? Er grübelte eine Weile über der Frage, was eine Achtundzwanzigjährige ihrem Partner wohl zu berichten hatte, wenn sie plötzlich in ein enges Korsett aus Massagen, Hautanalysen und Gymnastik gesteckt wurde, anstatt selbst Haut- und Figurprobleme in die Hand zu nehmen. Mühsam verdrängte er die Vorstellung von Sabine und Franziska beim Candlelightdinner, verzaubert von den Klangkaskaden eines Barpianisten, umschwirrt von beflissenen Kellnern. Franziska war eine attraktive Frau, die Männern mehr versprach, als sie zu geben bereit war. Sie besaß gut geformte Beine und schmückte ihre schlanken Finger mit extravaganten Ringen. War ihre letzte Lebensgefährtin nicht als Musicalsängerin im Ruhrgebiet engagiert? Wenn Max ehrlich war, musste er zugeben, dass ihr Charisma auf ihn nicht ohne Nachhall geblieben war, da konnte er sich noch so oft vor Augen halten, dass sie auf Frauen stand. Es musste nicht Erotik im Spiel sein, wenn Sabine von Franziska fasziniert war. Würde sie es ihm erzählen, wenn sie die drei Wochen genossen hatte wie ein Vollbad in Champagner?

Aber vielleicht lief die Sache ja auch ganz anders. Vielleicht erlebte sie eine Enttäuschung nach der anderen: fades Essen, schlampige Bedienung, gähnende Langeweile. Vielleicht hatte sie sich mit Franziska total zerstritten und zählte die Tage bis zur Abreise. Fürchtete sie seinen hämischen Kommentar, wenn sie vorzeitig zurückkehrte? Er wäre der Letzte, der ihr einen Abbruch übel nähme. Qualitätsbewusstsein nannten das die Experten.

Kurzerhand beschloss er, seiner Ungewissheit ein Ende zu machen und sie anzurufen. Kurz vor zweiundzwanzig Uhr? Das war eine gute Zeit. Das Dinner war vorbei, der Rotwein hatte die Geschmacksnerven zufrieden gestellt und alle fünf Sinne auf Schonprogramm gedimmt. Man lehnte sich zurück, dachte über ein Dessert nach oder einen Digestif. Vielleicht war ein Kräutertee vorgeschrieben, um die Darmflora milde zu stimmen. Max griff zum Festnetzapparat, doch sein Handy kam ihm zuvor. Leider zeigte das Display nicht Sabines Namen, auch nicht den Anschluss von Schüller, der ja ebenfalls allein zu Hause hockte. Es war die Wache

Nord im Präsidium. „N'Abend", sagte der Kollege Schramm mit seinem trockenen, etwas kehligen Bass. „Wie schnell können Sie im Stadttheater sein? Ein ungeklärter Todesfall. Mitten in der Aufführung!"

„Bin schon unterwegs! Muss noch jemand benachrichtigt werden?"

„Alle schon informiert, einschließlich des Gerichtsmediziners. Professor Kerner musste sich von einem Geburtstagsessen loseisen. Der Tatort ist gesichert, alle Ausgänge des Gebäudes sind gesperrt, die Vorstellung wurde abgebrochen."

„Ist jemand auf der Bühne gestorben?" So oft Max auch später über diese Frage nachdachte, er konnte nicht erklären, warum sie ihm auf Anhieb als das einzig plausible Szenario erschienen war. Vielleicht weil auf den Bühnen dieser Erde ununterbrochen gestorben wurde. Oder weil ihn Sabines Abneigung gegen waidwunde Opernhelden nachhaltiger beeinflusst hatte, als er sich eingestehen mochte. Auch hatte er sich prompt wieder an den Beinahetod eines Schauspielers am Wiener Burgtheater erinnert, der in „Maria Stuart" seinem Bühnenselbstmord um ein Haar eine makaber-realistische Note verliehen hätte. Etwas fester an die Kehle gedrückt, hätte die scharfe Klinge den Darsteller des Mortimer vor den entsetzten Theaterbesuchern ins Jenseits befördert. In der Zeitung war damals von einem tragischen Irrtum die Rede gewesen. Die ursprüngliche Requisite war kaputt, das Klappmesser, das als Ersatz diente, nicht entschärft worden.

„Die Tote ist eine Zuschauerin", dröhnte Schramm ihm ins Ohr. „Mehr kann ich Ihnen leider nicht sagen."

Max stellte den Wagen neben den aufgeregt blinkenden Einsatzfahrzeugen an der Neubrückenstraße ab. Auf dem gegenüberliegenden Trottoir hatten sich Neugierige versammelt. Ihre im Licht der Straßenlaternen bleich wirkenden Gesichter bildeten eine fast waagerechte Linie, die Max an den Chor griechischer Tragödien denken ließ. Der uniformierte Kollege, der den Haupteingang kontrollierte, war neu, Max kannte ihn nicht. Er zeigte seinen Dienstausweis vor, worauf der junge Mann ihm zunickte. „Ihre Kollegen sind im Zuschauerraum, Erster Rang rechts."

Im Eingangsbereich und vor den Garderoben drängte sich das Premierenpublikum. Münster war ein Dorf. Ganz gleich, ob sie es bei der Toten mit einer Einwohnerin zu tun hatten, einer Touristin oder einer Opernliebhaberin auf Dienstreise, eine groß angelegte Umhöraktion machte Sinn. Und als wortkarg erschien Max das Publikum nicht, im Gegenteil, ein aufgeregtes Brodeln erfüllte die Luft. Er wand sich unter dem rot-weißen Band, mit dem der Treppenaufgang gesperrt war, durch und ging nach oben. Sämtliche Türen zum Saal standen weit offen, drinnen brannten die Deckenbeleuchtung und mehrere Scheinwerfer, die das Tatortteam aufgestellt hatte.

Die beiden Sanitäter, die bei plötzlichen Erkrankungen oder Unfällen während einer Aufführung Hilfe leisteten, standen am unteren Ende der steil aufsteigenden, fliederfarbenen Sitzreihen. Ernst Brunner von der Schutzpolizei wartete bei ihnen. Sie unterbrachen ihr leises Gespräch und sahen Max erwartungsvoll entgegen. In der Mitte der ersten Sitzreihe hockte Schüller, während seine Kollegen systematisch die höher gelegenen Reihen absuchten. Als sich Ansgar aus seiner Hocke löste, wurde für Max der Blick frei. Seine Augen richteten sich auf die leblose Gestalt im Klappsitz, und sekundenlang glaubte er an eine Täuschung. Er schloss die Augen, um sie im nächsten Moment wieder auf die Frau zu richten, dann wusste er, dass er keinem Irrtum verfallen war. Ihr Gesicht war fahl und durch eine leichte Schwellung verzerrt. Die Augen starrten unter schweren Lidern auf den Boden, doch ihre eigenwillige, ein wenig struppige Frisur und die kräftigen Hände mit dem breiten Amethystring und dem doppelten Trauring hatten sich ihm im Lauf ihres Gesprächs in der Galerie deutlich genug eingeprägt, um sie sofort wieder zu erkennen.

„Haben wir die Personalien?"

Ansgar nickte. „In ihrer Handtasche steckt ein Portemonnaie mit mehreren Kreditkarten. Sie heißt Marion Vondembusche."

Wissen wir schon Genaueres über ihren Tod?, wollte Lückmann fragen, dann sah er es selbst. Die Frau hatte sich übergeben. Ihr hochgeschlossenes Kostüm aus weinroter Wildseide war mit einer breiten, dunklen Spur befleckt, die vom Kinn die Kehle hinunter und bis auf die Höhe des Magens herabgesickert war. Ein paar große Spritzer hatten den Saum erreicht. Max beugte sich vor und zog die Luft ein. Was er roch war, teilweise überdeckt von einem herben, fast männlichen Parfum, nicht nur jene Mischung aus Bitter und Sauer, die für Erbrochenes kennzeichnend war, sondern hatte auch eine metallisch-süßliche Spur. Wie Blut!, dachte er verwundert. Allerdings war auch eine kräftige Note Alkohol dabei. Nicht so flüchtig wie bei einem Glas Wein oder Sekt, eher wie nach dem Genuss von Cognacbohnen.

„Wann wurde sie gefunden? Und von wem?“

Brunner blätterte in seinem Notizbuch eine Seite zurück. „Die Platznachbarinnen haben unabhängig voneinander ausgesagt, dass die Frau während der Vorstellung plötzlich aufgestöhnt, die Hand vor den Mund geschlagen und einen glucksenden Laut ausgestoßen hat. Selbstverständlich haben die beiden Zeuginnen nicht auf die Uhr gesehen – wäre ja auch viel zu dunkel gewesen –, doch sie erinnerten sich nachträglich an die Arie, die gerade gesungen worden war. Es gab Szenenapplaus und dadurch eine kurze Verzögerung. In diese Stille, bevor das Orchester wieder einsetzte, platzte die Frau mit ihrem Erbrechen.“

„Und dann?“

Brunner zuckte die Schultern. „Nichts. Was hätten die beiden Frauen tun sollen? Nicht gerade angenehm das Ganze, aber kann ja passieren. Wahrscheinlich, so haben sie sich gedacht, hat die Ärmste etwas Falsches gegessen. Wenig später war dann Pause. Der Vorhang fiel, das Licht ging an, man erhob sich. Die Frau blieb sitzen, in sich zusammengesunken, das Kleid voller Flecken. Die Nachbarin rechts von ihr hat sofort an der Bar nach den Sanitätern gefragt. Als einer von ihnen mitkam … “, er machte eine vieldeutige Handbewegung, „kein Puls mehr, und dann diese verdächtige Blässe. Der Mann hat die Einsatzzentrale verständigt. Der Notarzt glaubte an einen Herzinfarkt, dann fiel ihm der Geruch auf.“

„Ein Geruch, wonach?“

„Das Blut haben Sie wahrscheinlich selbst bemerkt. Wenn man nur wüsste, woher das andere stammt … Irgendwie fischig. Aber die Rechtsmediziner werden es schon herausfinden.“

Fischiges hatte Max nicht bemerkt, also strapazierte er seine Geruchsnerven noch einmal – ohne Ergebnis. Allerdings aß er selten Fisch. Der Mageninhalt würde ohnehin ein wichtiges Kapitel im Obduktionsbefund einnehmen.

„Haben Sie die Arie notiert, auf die der Zwischenapplaus folgte?“, fragte er, erleichtert, das Erbrechen der Toten etwas appetitlicher umschreiben zu können. Wieder raschelten Brunners Notizblätter. „Der Walzer der Musette!“, verkündete er, es klang makabrerweise wie die Ansage einer Benefizveranstaltung. „Danach hat es den Extrabeifall gegeben und die kurze Verzögerung. Wenig später war der Zweite Akt zu Ende und die Lichter gingen zur Pause an. Einer der Platzanweiser erinnert sich, dass die Pause um einundzwanzig Uhr zehn begann."

„Also ist der Tod um kurz vor neun eingetreten", rechnete Lückmann nach. Begonnen hatte die Vorstellung um halb acht. Er dachte darüber nach, dass der Mageninhalt der Toten Aufschluss über den Zeitpunkt ihrer letzten Mahlzeit geben konnte. Bis zu sechs Stunden hielt sich der Speisebrei, bevor er den Dünndarm erreichte. Hatte Frau Vondembusche während der Aufführung etwas zu sich genommen? Heimlich einen Kräuterschnaps getrunken oder eine Cognacbohne aus ihrem Stanniol gewickelt? Routinierte Theaterbesucher mit speziellen Neigungen hatten ihre Strategien. In diesem Zusammenhang fiel ihm ein, dass die Galeristin vielleicht ein Abonnement besaß, und man über diese Schiene etwas von möglichen regelmäßigen Gesprächspartnern in den Pausen erfuhr. Ihre Platznachbarinnen hatten kein Abonnement gebucht. Sie hatten auch nichts von Stanniol oder dem durchdringenden Geruch eines Kräuterlikörs bemerkt. Blieb immer noch die leichte Fischnote, die Brunner registriert hatte. Vielleicht das Relikt eines Heringsbrötchens aus der „Nordsee". Viele Opernbesucher gingen kurz vor der Aufführung noch schnell ein Häppchen essen.

Der Inspizient hatte die Pause verlängert, damit der Notarzt seine Untersuchungen diskret abwickeln konnte. Als dieser feststellte, dass die Frau tot war, beschloss er, die Aufführung abzubrechen und die Polizei zu rufen. Brunner klappte sein Büchlein wieder zu, und Max dachte: Wo nur der Professor bleibt?

Da hörte er auch schon Kerners Stimme. Der Arzt hatte seinen weißen Mantel bereits übergestreift und öffnete den Instrumentenkoffer. Da er es nicht schätzte, wenn jemand bei seiner Arbeit direkt neben ihm stand, trat Max in den seitlichen Aufgang zu den Sitzreihen und blickte sich um. Er mochte dieses rund zehn Jahre nach Kriegsende errichtete, sehr extravagante Theater. Die Architekten hatten einen Fassadenrest des zerbombten Romberger Hofs in den Innenhof einbezogen, auch die beiden alten Platanen erhalten und so ein beeindruckendes Kriegsmahnmal geschaffen. Das Schwarz der kannelierten Wände im Zuschauerraum erinnerte Max an die eleganten Chansonbühnen des französischen Existenzialismus', während die Sitzreihen in ihrem morbiden Blau-Violett einen markanten Kontrast zu der Deckenbeleuchtung aus tausend gelblichen Lampen bildeten, von denen manche an Bowlingpins ohne Kopf erinnerten, während andere wie Kürbisse oder winzige umgedrehte Heißluftballons geformt waren. Jede Leuchte für sich genommen hätte hoffnungslos spießig gewirkt, in ihrer dichten Gedrängtheit schufen sie eine optische Gratwanderung zwischen ironischer Übertreibung und federleichter Festlichkeit. Auch wenn Kritiker gelegentlich das Wort „Lampengeschäft" im Munde führten.

Dass sich an diesem Ort, der seine Daseinsberechtigung aus virtuellem Leiden, Kämpfen und Sterben bezog, der reale Tod gezeigt hatte, löste bei Max nicht nur Bestürzung aus, auch die räumlichen Elemente verloren ihr gewohntes Bild. Die schwarzen Wände wirkten nicht mehr elegant, sondern eigenartig abweisend wie eine Schweigemauer. Als hätten sie wichtige Beweisstücke zu verbergen. Die knapp tausend verlassenen Sitze und Logenplätze zogen in ihrer eintönigen Wiederholung die ausgedehnte Fläche ins Endlose, und die Deckenleuchten hatten neben dem gleißenden Scheinwerferlicht ihre Wärme verloren. Von all den Veränderungen, die sie doch selbst hervorgerufen hatte, unberührt, kauerte die Tote in ihrem Sitz, in ihrer fahlen Blässe unbarmherzig ausgeleuchtet, als wäre sie eine prominente Wachsfigur. Max verscheuchte den Gedanken, auch das Bild des scharfen Lichtkegels, der sich nach Vorstellungsende auf den geschlossenen Vorhang richtet, um die Stars des Abends anzukündigen, erschien ihm in seiner Parallelität absurd. Die vor der Stierkampfarena erstochene Carmen, die von der Engelsburg gestürzte Tosca konnten sich glaubwürdig vor dem Publikum verneigen. Der gebündelte Lichtstrahl ließ schon bald von ihnen ab, damit sich das gesamte Ensemble präsentieren konnte. Die einsame Tote im Zuschauerraum würde ihm dagegen ausgesetzt bleiben, bis Schüllers Team auch die letzte Sitzreihe abgesucht hatte.

Aber wer sagte denn, dass ein Mord vorlag? Max ging hinüber zu Heinrich. „Irgendwas Auffälliges?"

Der Fotograf schürzte die Lippen. „Könnte rein theoretisch auch ein tragisches Versehen sein. Oder ein Selbstmord."

„Im Theater?"

„Warum nicht?“ Heinrich inspizierte noch einmal die zuletzt gemachten Fotos und schob die Kamera dann in ihre Hülle.

„Angenommen, jemand ist fest entschlossen, Schluss zu machen, möchte aber nicht allein im Bett sterben oder in der Badewanne. Also kauft er sich eine Theaterkarte und …“

„… nimmt auf dem Weg ein vergiftetes Heringsbrötchen zu sich und einen kräftigen Schluck aus seinem Flachmann“, ergänzte Max. „Deine Theorie hat einen Schönheitsfehler. Frau Vondembusche ist nicht nur beruflich sehr erfolgreich, sie besitzt auch eine ordentliche Portion Humor und Selbstbewusstsein. Am Montag habe ich noch mit ihr geredet. Sie ist nicht der Typ, der schnell die Freude am Leben verliert. Sie ist zwar zweiundsiebzig, aber absolut nicht einsam. Frag Sieglinde. Die beiden sind seit Jahren eng befreundet.“

7

Gegen Mitternacht, als die Befragungen im Publikum abgeschlossen und die Spurensuche beendet waren, nahm sich Max die Wohnung der Toten vor. Sie befand sich, keine dreihundert Meter vom Stadttheater entfernt, in der Stiftsherrenstraße. Obwohl er nicht wusste, ob Frau Vondemusche direkt von ihrer Galerie ins Theater gegangen oder vorher noch zu Hause gewesen war, schien ihm diese Reihenfolge sinnvoll, weil er vermutete, dass private Dokumente, Briefe, Notizbücher, Freizeittermine sich eher an ihrer Privatadresse finden ließen als am Arbeitsplatz. Am nächsten Tag würde er zu klären versuchen, von wo aus sie zum Theater gegangen war, indem er Kunden und Nachbarn am Rosenplatz fragte, wann sie ihr Geschäft verlassen hatte. Diese Frage schien ihm wichtig, weil jeder, der zuletzt mit ihr zusammen gewesen war, mit ihrem Tod zu tun haben konnte. Dennoch befürchtete er, dass die Auflistung der Kunden mehrere Tage dauern würde. Von Sieglinde wusste er, dass sie eine große Klientel betreut hatte, und nichts deutete darauf hin, dass sie jemanden beschäftigte, der ihm weiterhelfen konnte.

Die Wohnung lag im dritten Stock. Bevor er seinen Rundgang aufnahm, musste Max sich wieder gegen jenes Unbehagen zur Wehr setzen, das ihn jedes Mal befiel, wenn er in die Privatsphäre eines Opfers eindrang. Vergeblich hielt er sich vor Augen, dass dies seine Pflicht war, um dem schlimmsten Feind dieses Menschen das Handwerk zu legen, trotzdem kam er sich selbst wie ein Krimineller vor. Und dieses Gefühl wurde noch stärker, als er sich dabei ertappte, wie er seine Schuhe auszog und auf Socken lief.

Er begann mit der Küche und beschloss, Bad und Schlafzimmer als Letztes zu betreten, wenn er etwas mehr über die verstorbene Besitzerin erfahren hatte. Küchen zogen häufig Gäste an, die gern bei den Essensvorbereitungen halfen oder ganz einfach Verständnis dafür aufbrachten, dass die Gastgeberin nicht allein vor sich hinwerkeln, sondern unterhalten werden wollte. Hinweise auf Gäste waren in Küchen öfter zu finden als in anderen Räumen.

Doch er entdeckte nichts, was ihn weiterbrachte. Diese Küche war ein schmuckloser Arbeitsraum, ohne Kräutersträußchen, Poster oder Nippes, was allerdings nichts über Motivation und Fähigkeiten ihrer Benutzerin verriet. Er warf einen Blick in den Abfalleimer und anschließend auf das Pinnbord neben der Tür. Was er dort fand, waren die Ablesedaten vom Schornsteinfeger und den Stadtwerken, die Ankündigung eines Straßenfestes Anfang September am Rosenplatz und längst abgelaufene Arzttermine. Demnach hatte sie in letzter Zeit keinen Arzt oder Therapeuten konsultiert, was ihn ein wenig wunderte, denn obwohl sie viel geistige Energie versprühte, machten Übergewicht und steifer Rücken ihr offensichtlich zu schaffen. Er sah sich die abgelaufenen Termine an – Zahnarzt, Internist, Orthopäde, alle drei in Münster ansässig – und nahm die Zettel herunter, als mögliche Anlaufstellen für weitere Informationen.

Auf dem Arbeitstresen fand er ein zerknülltes Stück Alufolie, offenbar unter Zeitdruck liegen gelassen. Das sah nach einem schnellen Imbiss aus, bevor jemand das Haus verließ. Max faltete es vorsichtig auseinander und entdeckte Weißbrotkrümel und helle Schlieren von cremeartiger Beschaffenheit. Margarine, Mayonnaise, ein Brotaufstrich? Er hielt die Nase darüber, die Schlieren rochen nach Fisch oder Muscheln. Er schob die Alufolie in eine Plastiktüte und beschriftete sie mit den Angaben zu Ort und Zeitpunkt.

Danach sah er in den Kühlschrank. Das Sortiment hätte zu Sabine gepasst, schon wegen der unverkennbaren Liebe zur mediterranen Küche. Ein ebenfalls in Alufolie gewickeltes Päckchen förderte bräunliche Kugeln zutage, die Max an jene „Kamelküttel" erinnerten, die Sabine gelegentlich fabrizierte, wenn sie die Experimentierlust packte. Immer bestand die Basis aus irgendwelchen pürierten Hülsenfrüchten, Maismehl und Gemüsebrühe, nur die Gewürze variierten. Die Klöße in Frau Vondembusches Kühlschrank verbreiteten eine kräftige Zimtnote; eine Entdeckung, die er verstohlen am Rand seines Notizbuchs vermerkte. Sabine interessierte sich für die Essgewohnheiten von Mordopfern. Sie hatte sogar angedroht, ein entsprechendes Kochbuch unter dem Titel „Henkersmahlzeit" zu veröffentlichen.

In einem zweiten Folienpäckchen lagen sechs pastellfarbene Lokumwürfel, die einen starken Rosenduft verbreiteten. Geöffnete Flaschen oder Tetrapaks gab es nicht, doch im Auffangkorb der Espressomaschine fand er eine Kapsel, die er ebenfalls einsteckte. Auch den Teebeutel aus der Porzellankanne nahm er mit.

Nachdem er Proben von dem gesamten Kühlschrankinhalt gezogen und auch die Essensreste eingepackt hatte, nahm er sich das Wohnzimmer vor, das über einen Balkon mit Blick auf den Martinihof verfügte. An der rechten Begrenzungswand lehnten vier Klappstühle, der wetterfeste Tisch stand noch vor der Brüstung. Der Wohnraum war klein und besaß nur eine Geschirrvitrine, ein Sideboard, auf dem der Fernseher stand, und ein geblümtes Zweiersofa. Demnach hatte Frau Vondembusche größere Einladungen in ihre Galerie verlegt. Als Max seinen Block aus der Tasche zog, um diese Frage zu notieren, fiel ihm die Kladde ein, die er für die Fälle Schiebach und Lumarenko angelegt hatte. Würde sich die Synopse um eine dritte Schiene erweitern? Nein, daran glaubte er vorläufig nicht. Heinrich hatte vielleicht doch Recht. Ein Selbstmord im voll besetzten Stadttheater hatte das Kaliber zum handfesten Skandal. Auch wenn ein gehöriges Maß an Hemmungslosigkeit nötig war, um einen Opernabend mit einem solchen Knalleffekt platzen zu lassen. Er kannte Frau Vondembusche zu wenig, um diese Facette ihrer Persönlichkeit ganz auszuschließen, erinnerte sich jedoch, dass Sieglinde in letzter Zeit den Kopf über die Schrullen ihrer Freundin geschüttelt hatte.

Als er die Klinke der Schlafzimmertür drückte, zog er unwillkürlich die Schultern zusammen. Im Schlafbereich wurde die polizeiliche Durchsuchung in der Regel nicht nur unangenehm bis peinlich, sondern gleichzeitig auch aufschlussreich. Das Bett eines Verstorbenen aufzudecken, im Kleiderschrank oder im Nachttisch zu stöbern, war mit einiger Überwindung verbunden, und doch fanden sich oft gerade hier die wichtigsten Hinweise.

Die Tür öffnete sich zu einem überraschend großen Raum. Frau Vondembusche hatte einen Futon benutzt, wahrscheinlich ein Zugeständnis an ihre ramponierte Wirbelsäule. Darüber hing ein schmales Glasbord mit einem Wecker, einer Pillendose und einem Set aus Wasserkaraffe und Glas, beides mit den Initialen FV graviert. Max zog die Tagesdecke, die ein farbenfrohes Paisleymuster trug, ab und betrachtete kurz das Bettzeug. Es war nur flüchtig zusammengelegt worden, der Pyjama unter dem Kopfkissen bildete ein klumpiges Knäuel. Der Wecker war auf halb sieben gestellt, und in der Pillendose lagen zwei Tabletten, die er dank des aufgeprägten Namens als Schlafmittel identifizierte.

Die Frage, weshalb sie diesen großzügigen Raum nicht als Wohnzimmer genutzt hatte, ging ihn nichts an, beschäftigte ihn aber trotzdem, vor allem wegen der Unmenge an Büchern und Bildern. Sogar über dem Türsturz und unter den Fenstersimsen zogen sich die voll gestopften Regale entlang, drängten sich die Rahmen. Die Bilder folgten keiner erkennbaren Ordnung, sondern schienen sowohl vom Motiv als auch von der Technik her willkürlich arrangiert. Und doch hatte Max den Eindruck, dass jedes einzelne, das man entfernte, eine auffällige Lücke hinterließe. War dies das Depot, von dem sie ihm erzählt hatte und das sie ihm zeigen wollte? Kurzerhand beschloss er, dass diese Vermutung stimmte, einfach, um seine Anwesenheit in diesem Raum noch besser zu rechtfertigen. Er öffnete die Tür des hohen Einbauschranks an der Wand, die den beiden Fenstern gegenüberlag, doch was er für einen Kleiderschrank gehalten hatte, erwies sich als Arbeitsplatz; ein Raum im Raum, mit einer Tiefe, die vom Nachbarzimmer abgezweigt worden war. Auf der wegschließbaren Arbeitsfläche waren ein Computer mit Flachbildschirm, ein Faxgerät mit Kopier- und Druckfunktion und eine Telefonanlage wie in einem Chefbüro untergebracht. Das Fach darüber war abgeschlossen, ebenso der Unterschrank. Die Schiebetür rechts daneben führte in eine fensterlose, begehbare Garderobe, in der ein Bügelbrett und eine schmale Pritsche standen. Unter einer ziemlich schäbigen Vliesdecke fand er akkurat zusammengelegtes, kariertes Bettzeug, aber weder Nachthemd noch Pyjama. Wahrscheinlich diente das Kabuff gelegentlich als Gästezimmer. Linkerhand, auf der Fläche, die der Einbauschrank des Schlafzimmers übrig ließ, reihten sich zwei dicht behängte Kleiderständer auf Rollen und ein offener Schrank mit Wäsche und Pullovern. An den Wänden entdeckte Max weitere Bilder, dazu Fotos und Briefe, die, zum Teil mit getrockneten Blüten und Zeichnungen geschmückt, einfach angepinnt waren. Oberhalb der Pritsche, über ihrer gesamten Längsseite, war ein Regal angebracht, das auf drei Borden kleine Skulpturen aus Bronze, Holz und Marmor trug. Es waren erotische Darstellungen, auch die Zeichnungen waren nicht unbedingt für Schulklassen geeignet, was vielleicht erklärte, warum Frau Vondembusche sie aus dem Gesichtsfeld zufälliger Besucher verbannt hatte. Max gefielen die rundbäuchigen, Sinnlichkeit und Vitalität versprühenden Figuren, die zum Teil etwas Faunisches besaßen.

Hatte sie ihm nicht erzählt, ihr verstorbener Mann sei Bildhauer gewesen? Dann stammten all diese verschrobenen Kobolde, diese prallen Weiber und wollüstigen Muskelpakete von ihm und gehörten ihr? Garantiert hatte sie ein Testament hinterlassen. Auch wenn manches Stück reine Geschmackssache war, stand für Max fest, dass jedes seinen Preis hatte. Er musste sich möglichst schnell die Schlüssel für das obere Fach und den Unterschrank ihres Arbeitsplatzes verschaffen. Wo sollte sie ihren letzten Willen aufbewahren, wenn nicht dort?

Als er an das Pensum dachte, das in der Galerie am Rosenplatz noch auf ihn wartete, wurde ihm flau und sekundenlang regte sich in ihm die aberwitzige Hoffnung, Sieglinde könnte von ihrem Weiterbildungskurs in Wiesbaden abgezogen werden, um ihm zu helfen. Doch sein Optimismus schmolz wie Butter in der Pfanne, als ihm einfiel, dass sie eine gute, wenn nicht die beste Freundin der Galeristin war. Sonnhagen würde Befangenheit ins Feld führen.

Er warf noch einen kurzen Blick ins Bad, der ihm jedoch nicht mehr enthüllte als die unspektakuläre Tatsache, dass jemand vor kurzem eine Nylonstrumpfhose ausgewaschen hatte. Leicht feucht hing sie über dem Trockengestell in der Dusche. Im Übrigen identifizierte er nur jene herbe Duftnote, die er als Frau Vondembusches Parfum wieder erkannte. Im Treppenhaus sah er auf die Uhr: fast zwei. Der Wunsch, ein kühles Bier zu trinken und dann ins Bett zu fallen, trieb ihn beinahe blindlings nach Hause. Nur die Schnellstraße nach Greven hielt ihn einigermaßen wach.

Und dann konnte er doch nicht schlafen. Als er um fünf die Zeitung aus dem Briefkasten holte, entdeckte er die Postkarte. Der Kasten bestand aus Plexiglas, daher identifizierte er schon bald Sabines Handschrift. Als er am vergangenen Abend vom Büro heimgekommen war, hatte er keine Post vorgefunden, und so nahm er an, dass die Karte zunächst im Nachbarhaus gelandet war und die junge Frau, die dort wohnte, den Irrtum korrigiert hatte.

Während er darauf wartete, dass seine Ovomaltine heiß wurde, versuchte er die schräg gestellten, wie mit Mausepfoten gekritzelten Buchstaben, die schon so oft seinen Geduldsfaden zum Reißen gebracht hatten, zu entziffern. Es dauerte ein wenig, bis er die Tragweite der Worte begriff, doch dann überschüttete ihn die Nachricht wie mit einer scharfen Säure. Die Schranker-Klinik machte Sabine das Angebot, den hauseigenen Kosmetiksalon zu übernehmen. „Und das muss ich mir gründlich überlegen. Sie zahlen topp, und das Arbeitsklima ist überwältigend nett.“ War es ein Wunder, dass ihn das Wort „überwältigend“ mehr zur Verzweiflung brachte als die brisante Botschaft? Seine früheren Freundinnen hatten alles Mögliche „traumhaft“ gefunden, später dann auch „geil“ oder „fetzig.“ Der Begriff „überwältigend“ gab Sabines Mitteilung eine dramatische Note. Sie meinte es ernst! Er drehte die Karte um und betrachtete das rosa gestrichene, schlösschenartige Gebäude, hinter dem sich eine dunkle Waldfront staute. Der halbkreisförmige Eingang wurde von kannelierten Säulen gestützt, die frontseitigen Gästezimmer besaßen bodentiefe Fenster mit kleinen Balkons, und der Rasen im Vordergrund sah aus, als würde er täglich mit der Papierschere gestutzt.

Er zitierte den restlichen Wortlaut ihrer Nachricht aus dem Gedächtnis und eine unendliche Traurigkeit überschwemmte ihn. Natürlich, schrieb Sabine, könne sie nicht täglich hin- und herfahren, aber es blieben ihnen ja die gemeinsamen Wochenenden, die Feiertage und der Urlaub. Sollte das ein Witz sein? Die Wochenenden hatten Sabine und er in letzter Zeit dazu genutzt, ihren jeweils eigenen Interessen nachzugehen, weil es für Gemeinsames schließlich die Abende unter der Woche gab. Mit Feiertagen war es vorerst Sense, bis Allerheiligen nichts in Sicht, und ihren Urlaub verplemperte sie gerade mit Franziska und dem perfiden Abwerbungsmanöver einer Klinik, die sich ihren guten Ruf erst noch verdienen musste. Er ließ die Karte auf den Tisch segeln, leerte den kalt gewordenen Becherinhalt in einem Zug und setzte den Becher in die Spüle. Dann stutzte er. Warum hatte Sabine kein Wort auf Franziska verschwendet? Platz genug hätte sie gehabt. Die angeberisch große Karte war nur zu drei Vierteln beschrieben.

Hatte man Franziska Sturm gleichzeitig zur Hausredakteurin der Klinik ernannt? Bestimmt gab es dort eine Zeitschrift, die als „Ihr persönliches Exemplar“ den Nachttisch der Patientinnen dekorierte. Mit Hochglanzfotos aus dem Veranstaltungsprogramm, Lobesreden auf die technische Ausrüstung in den Behandlungsräumen und die Kreationen des begnadeten Küchenchefs. Zahlten sie auch bei Franziska topp?

Verdammt: Hatte er es hier mit einem abgekarteten Spiel der beiden Frauen zu tun? Ein Schnupperangebot von sieben Tagen war verräterisch üppig. Wenn überhaupt, wurde man für ein Wochenende eingeladen. Dass ihm das nicht sofort aufgefallen war!

Stand Sabine vielleicht schon länger in Verhandlungen mit der Klinik, ohne ihn informiert zu haben? Nachdenklich fuhr sein Finger über den fleckigen Becherrand. Zehn Jahre war er jetzt mit ihr zusammen, hatte Sonnenschein erlebt und eisigen Gegenwind, witzige Wortgefechte und zermürbendes Schweigen. Er schlich hinauf ins Bad, knipste die Spots über dem Waschbecken an und drehte den Schminkspiegel auf die „unbarmherzige Seite", mit deren Hilfe Sabine Mitesser und aufkeimende Äderchen in ihrem sonst so makellosen Teint lokalisieren konnte. Fand sie etwas Gravierendes, musste Max sie fest im Arm halten und ihr beteuern, dass sie noch immer die Schönste im Lande war.

Schneewittchenquark! Er betrachtete sein eigenes, ins Riesige vergrößertes Gesicht und wunderte sich über die Unmenge an Fältchen, die seine Stirn und die Mundpartie zerpflügten. Graue Haare am Schläfenansatz waren auch keine Entdeckung, die seine Laune hob. Er musste an Gerhard Schröder denken, an sein gefärbtes Haar und den Dickmacher Currywurst, den seine Hillu ihm ausgeredet hatte, bis die Folgen des erbarmungslosen Diätprogramms in der *Bild* zu lesen waren.

Und wenn Sabine demnächst wirklich nur noch am Wochenende kam? Das Alleinsein hatte ihm bisher gut getan, jeder Mann brauchte mal eine Auszeit. Doch Abend für Abend? Ihr harmonisches, quirliges Zusammenleben nur noch einmal pro Woche in achtundvierzig Stunden gepresst wie ein großer, bunter Regenschirm in eine enge Hülle? Obwohl Sabine sich noch gar nicht entschieden hatte, tat Max sich in seinem potenziellen Verlassenwerden unendlich leid. Trotzig trank er noch einen starken Kaffee, der fast an Selbstzerstörung grenzte, weil er seinen Puls in eine Achterbahn verwandelte, danach bretterte er über die gähnend leere Straße nach Münster. Sein Ziel war die Galerie. Nachdem ihre Wohnung keinen Hinweis darauf geliefert hatte, wo sich Frau Vondembusche vor der Opernpremiere aufgehalten hatte, galt seine Hoffnung jetzt ihrem Arbeitsplatz.

Der Himmel war genauso diffus wie sein Innenleben: nicht ohne letzte Hoffnung auf eine positive Wende, doch alarmiert genug, um mit dem Schlimmsten zu rechnen, was für den Himmel nur ein Gewitter bedeuten konnte. In Lückmanns Fall drohte ein Anruf von Sabine, sie habe sich schnell entscheiden müssen, und sie habe sich entschieden. Falls sich das Warten jedoch hinzog, würde ihn das noch mehr belasten. Konnte sie aus der elenden Zwickmühle zwischen einem eigenen Studio in Münster und dem Angebot der Klinik überhaupt heraus? Gott, wie er das Wort Weserbergland jetzt schon hasste! Das eigene Studio würde ihre Finanzen durcheinander bringen, der Klinikjob ihre Beziehung kaputt machen.

Er dachte wieder an die gelegentlichen Fachsimpeleien, die er mit Sabine über Todesopfer mit auffälligem Make-up geführt hatte. Bei dem Mord an einem Transvestiten hatte sie ihm wertvolle Hinweise geliefert, indem sie herausfand, dass derjenige, der die Schminke aufgetragen hatte, Linkshänder sein musste. Das hatte den Kreis der Verdächtigen entscheidend verkleinert. Sabine! Vergeblich versuchte er sie sich in einer durchgestylten Hotelkluft vorzustellen. Wenn er sie gelegentlich abends von ihrer Arbeitsstelle abholte, hatte er sie immer in einem schilfgrünen Kittel angetroffen, der ihn unangenehm an seine frühkindliche Blinddarmoperation erinnerte und stark nach Aceton roch. Im Weserbergland würde sie wahrscheinlich mehr verdienen als er und schnell andere Standards entwickeln, was ihren Lebensstil betraf.

Links von ihm hing die aufgehende Sonne über den Feldern, in einem Farbton, der ihn an Schiebachs zerschlagenen Schädel erinnerte. Gehirnflüssigkeit und Blut hatten sich vermengt und eine kränkliche, orangerote Nuance erzeugt. Er scheuchte einen verschlafenen Eichelhäher vom Weidezaun auf und musste scharf bremsen, um einem Eichhörnchen das Leben zu retten. Dabei trieb ihn niemand zur Eile an, nur sein verlassenes Schlafzimmer drängte ihn vor die Tür und seinen Fuß aufs Gaspedal. Das nächste Gespräch mit Abteilungsleiter Sonnhagen war auf morgen, Samstag, siebzehn Uhr verlegt worden, bei ihm zu Hause im Stadtteil Mauritz, und nur unter der Bedingung, dass Max Ergebnisse von der Rechtsmedizin mitbrächte. Daraufhin hatte Professor Kerner versprochen, die Analyse des Mageninhalts der Toten sofort in Auftrag zu geben und ihm die Ergebnisse am Samstagmorgen auszuhändigen. Er sei ohnehin ab halb neun im Büro.

Max stellte das Auto vor der Galerie ab und löste das Siegel an der Eingangstür. Den Laptop der Galeristin hatte Schüller noch am vergangenen Abend ins Präsidium gebracht, jetzt suchten er und sein Team ihre Wohnung auf Spuren ab. Er streifte Latexhandschuhe über, sah sich in dem großen Raum um und dachte kurz darüber nach, wie gut es war, dass Augen keine Spuren verwischen konnten. Irgendjemand hatte mal die Theorie aufgebracht, dass Museumsbilder von ihren Betrachtern abgenutzt würden – erst der Firnis, dann die Farbe, schließlich die Leinwand. Er persönlich hielt das für unwahrscheinlich. Eigenartig nur, dass sich in diese Überlegung auch wieder das Bild der Ikone in Nataschas Wohnung mischte. Wer konnte ihm die Frage beantworten, ob Kerzenwärme und Ruß dem halb verbrannten Bild noch weiter zusetzten? Und ob jemand dieses Risiko bewusst in Kauf nahm, weil er einen bestimmten Zweck verfolgte? Um eine Farbschicht zu lösen, ohne dass es auffiel? Bei einem frommen alten Ehepaar aus dem ehemaligen Ostblock hielt man Kerzen für ebenso selbstverständlich wie bei Asiaten die Räucherstäbchen. Ihm fiel ein, dass er Kettling auf diese Frage ansetzen konnte. Ein wenig Internetforschung und ein paar aufschlussreiche Telefongespräche wären von einem aufstrebenden Polizeibeamten mit Gipsfuß sicher nicht zu viel verlangt.

Natascha hatte mit Religion nicht viel im Sinn gehabt. Das wusste Max von ihrer Kollegin Lydia. Noch im Sozialismus groß geworden, hatte sie sich nicht um die verhuschte Frömmigkeit ihrer Eltern geschert. Ihre Vorliebe für Kirchen nährte sich allein aus kunsthistorischen Interessen. Trotzdem oder gerade deshalb hatte ihr bei der Ausreise ein Pope ein Erbstück für seine Nichte anvertraut. Der Hohlraum zwischen der Holztafel und der Rupfenrückwand fiel ihm wieder ein, und jetzt ärgerte er sich umso mehr, dass er das Madonnenbild nicht einfach konfisziert hatte. Doch was nicht war, konnte ja noch werden.

Er setzte sich an den Schreibtisch der Galeristin und ließ seinen Blick schweifen. Die Mobilés, die unter der Decke gehangen hatten, waren nicht mehr da. Die Bilder rundum hingen gerade, es schien keins zu fehlen, nichts deutete darauf hin, dass ein Unbefugter hier gewesen war, um etwas zu überprüfen oder mitzunehmen. Allerdings war seit seinem Besuch am Montag eine größere Personengruppe hier gewesen. Auf dem Eichentisch am rechten Schaufenster waren, wenn auch nur schwach, so als hätte jemand flüchtig darüber gewischt, Glasringe und Fingerabdrücke zu erkennen. Max erinnerte sich, den Tisch schon am Montag gesehen zu haben, allerdings mit sauberer Platte und zwei Stapeln aus Prospekten und Handzetteln, die verschwunden waren. Jetzt wurmte es ihn, dass ihm dieser „Werbekram“ nicht wenigstens einen kurzen Blick wert gewesen war. Die Stehtischchen und Barhocker vor der linken

Auslage hatte es am Montag nicht gegeben, auch auf ihnen glänzten ein paar Ringe. Max ging nach draußen und entdeckte ein zusammengerolltes Poster in einem Straßenpapierkorb, nur wenige Schritte entfernt. Es kündigte eine Finissage für den vergangenen Mittwochabend in der Galerie an. Das Motto lautete „Die Scharlatane sind unter uns." Das Logo stellte ein Mobilé aus schwarzen und roten Ovalen dar; ein Künstlername fehlte. Demnach hatte sich vielleicht eine Gruppe von Künstlern zusammengetan.

Er kehrte in die Galerie zurück und dachte: Irgendetwas ist doch anders, irgendwas fehlt. Sein Blick suchte die dunklen Ecken unter dem tief herabgezogenen Kreuzrippengewölbe ab, die die Morgensonne noch nicht erreichte. Das Pferdebild war weg; der Lichtfuchs vor dem tiefschwarzen Gewitterhimmel.

Vielleicht hat sie es verkauft, fuhr es ihm durch den Kopf, doch sehr plausibel erschien ihm dieser Gedanke nicht. Zu deutlich erinnerte er sich an ihre Worte, dass sie weder über den Maler noch über die Entstehungszeit Näheres wisse und sein Preis seit 1925 durchaus drastisch gestiegen sein könne. Andererseits schien sie grundsätzlich bereit, sich von dem bemerkenswerten Stück zu trennen. Er schätzte auch die Möglichkeit ab, dass sie das Bild jemandem anvertraut hatte, der ihr mehr über Herkunft und Wert sagen konnte. Aber gab eine erfahrene Galeristin ein Gemälde aus der Hand, ohne eine Quittung auszustellen?

Er schlug ihren Terminkalender in der Hoffnung auf, einen Eintrag aus den letzten Tagen zu finden, der ihn auf die Fährte des verschwundenen Gemäldes brachte. Die Finissage am Mittwoch war notiert, doch da Max das Poster gefunden hatte, brachte dieser kommentarlose Vermerk ihn nicht weiter. Für Donnerstag gab es überhaupt keine Termine. Vermutlich hatten der oder die Künstler die Exponate eingepackt und die Leute vom Catering-Service, falls Frau Vondembusche so etwas in Anspruch nahm, ihre Platten und Schüsseln abgeholt. Das waren Tagesordnungspunkte, die sich eine routinierte Galeriebesitzerin nicht ans Pinnbrett hängte. Ernüchtert klappte er ihren Planer wieder zu. Er musste abwarten, bis anhand der Namen und Telefonnummern Menschen identifiziert waren. Ob deren Verbindungen zu der Toten ein engmaschiges Netz aus Freundschaften oder Feindseligkeiten, Zuneigung oder Antipathie ergaben, würde sich zeigen. Als er auch das Fehlen des Bildes in seinem Notizbuch vermerkte, ging ihm die langjährige Erfahrung durch den Kopf, dass die unauffälligsten Spuren sich im Nachhinein oft als die aufschlussreichsten herausstellten, ganz einfach, weil der Täter sie übersehen hatte.

Frau Vondembusches Arbeitsplatz bestand aus einer großen Glasplatte, die auf zwei Holzböcken ruhte, ähnlich jener simplen Konstruktion, an der Max seine Büroarbeit zu Hause erledigte. Ein leicht auf- und abzubauendes, wenig Platz raubendes Modell bei großzügigem Flächenangebot. Die Galeristin baute ihren Schreibtisch wohl nur selten ab, dafür sprach der Wust von abgelegten Schriftstücken. Manches war ins Rutschen geraten, anderes wiederum auf bündige Linie geschichtet. Max fingerte die zuoberst liegenden Papiere durch, doch schon bald kam ihm seine Schürfaktion vor wie die Suche nach einer Blauen Mauritius. Viel sinnvoller wäre es, auch hier den in seinem Bewegungsradius eingeschränkten Kollegen Kettling einzusetzen, damit er, jetzt nachdem das Team der Spurensicherung das Feld geräumt hatte, sich bei hochgelegtem Fußknöchel durch dieses Schlachtfeld ackerte. Ein heiterer Zug umspielte Lückmanns Mund, als er an Kettlings „Poststempel“ auf Costis „Sondermarke“ in den vergangenen Nächten dachte, doch er rief sich schnell zur Ordnung; die Rolle des Voyeurs lag ihm fern.

Vorläufig genügte es, wenn er den Terminkalender, die Kundenkartei und das private Telefonbuch mitnahm. Er zog auch die kleine Schublade heraus, die das Regal mit den Schmucksachen der rückfälligen Alkolenker, die Frau Vondembusche so großzügig unterstützt hatte, genau in seiner Mitte unterteilte. Wie erhofft, waren dort die Personalien der Künstler aufgelistet, sogar mit Foto. Nachdem er die Liste ebenfalls eingesteckt hatte, nahm er sich die Miniküche vor, die weniger durch ihre technische Ausstattung beeindruckte als durch den deckenhohen Schrank mit Gläsern und Geschirr. Hatte die Galeristin bei ihren Veranstaltungen die Gäste selbst versorgt, anstatt einen Partydienst zu beauftragen? Im Falle einer Vergiftung wog diese Frage schwer, auch da würde Sieglinde ihm weiterhelfen können, wenn sie endlich wieder im Lande war. Wie oft hatte er abends länger Dienst schieben müssen, weil sie unbedingt an einem von Marions Events teilnehmen wollte? Damals hatte er darüber gemault. Jetzt kam ihm ihr Insiderwissen zugute. Er musste sie dringend informieren, falls Sonnhagen es noch nicht getan hatte. Im Kühlschrank fand er die unansehnlichen

Reste einer Obsttorte und etwas Käse. Auf dem Boden daneben stand eine leere Sektflasche. In der sicheren Überzeugung, dass Schüller von allen Resten eine Probe gezogen hatte, und weil er auch in den Schubladen nichts Ungewöhnliches entdecken konnte, verließ er das Klaustrophobie erzeugende Räumchen und setzte sich wieder an den Schreibtisch. Er fixierte die gegenüberliegende Eingangstür, sah sich hereinkommen und Frau Vondembusche hinter der Glasplatte sitzen, wie sie ihm am Montag entgegengeblickt hatte, freundlich und motiviert …

Und jetzt ist sie tot, dachte er bestürzt. Sein Blick streifte wieder die Stelle unter dem tief herabreichenden Gewölbe, wo das Pferdebild gestanden hatte. Dabei fiel ihm eine eng gefaltete Lage Küchenkrepp auf. Wie verschämt in die äußerste Ecke gedrückt. Ansgar und seine Mannschaft hatten sie offenbar übersehen. Das Tuch trug rote Flecken, die eher von Wein stammten als von Lippenstift. Essensreste oder Zigarettenasche fand er nicht. Er packte das Küchenpapier ein, versiegelte die Eingangstür aufs Neue und fuhr ins Präsidium. Ansgar war nirgendwo zu finden, nur sein Radio spielte Antenne Münster. Und so legte Max ihm seinen Fund auf den Tisch.

Professor Kerner kam selbst zur Tür und schlappte vor Max her ins Obergeschoss, wo sich sein Büro befand. An diesem Samstagmorgen lag das Institut in tiefer Stille, vielleicht war das der Grund, warum der Geruch nach Formaldehyd noch penetranter wirkte als sonst. Auch Kerners würziges Eau de Toilette konnte wenig dagegen ausrichten. Er trug ein blau-weiß gestreiftes Hemd und ein blaues Jackett mit Goldknöpfen zur dunkelgrauen Hose und sah darin aus wie der Kapitän einer Vergnügungsyacht.

„Schon gefrühstückt?“, fragte er gut gelaunt, und Max fiel ein, dass er sich eigentlich in der Innenstadt hatte stärken wollen, bevor er bei den Brüdern von der Leichensägerei erschien. Seine Mikrowelle hatte ihren Dienst endgültig aufgekündigt, so dass er sich mit einem Glas Orangensaft hatte zufrieden geben müssen. Dennoch zögerte er mit seiner Antwort, weil Kerners kulinarisches Angebot ihm auf den Magen schlug – zumindest optisch. Durch die chaotisch voll gepackte Schreibtischplatte war eine breite Schneise gezogen, auf der sich neben einem Kaffeebereiter und einem Brötchenkorb zwei Eierbecher unter blutroten Wollmützchen, ein

Marmeladenglas mit orangerotem Inhalt und ein Teller mit belegten Brötchenhälften drängten: zweimal Mett, zweimal Käse. Das fahle Gelb der Goudascheiben rief in Max die Gesichtshaut der toten Marion Vondembusche wach. Nie zuvor war ihm bewusst geworden, wie stark spezielle Farben an Kapitalverbrechen erinnerten: So wie das Grün für den Jäger stand, das Blau für den Matrosen und das Weiß für den Arzt.

„Vor einer Sektion bekomme ich keinen Bissen herunter", verkündete Kerner ohne jede Spur von Selbstmitleid, „aber heute findet keine Sektion statt. Greifen Sie zu."

„Vielen Dank", Max schluckte gegen einen Schuss Orangensaft an, der ihm in die Kehle schwappte. „Ich habe bereits gefrühstückt. Aber lassen Sie sich bitte nicht stören. Was hat die Analyse des erbrochenen Mageninhalts ergeben?"

„Aber lieber Herr Lückmann!" Kerner hatte es sich hinter seinem Schreibtisch bequem gemacht. „Verderben Sie mir doch nicht den Appetit. Ich bin ja gleich so weit. Und jetzt auch von Ihnen mal frisch zugelangt! Ihr Frühstück liegt mindestens zwei Stunden zurück. Sie wohnen draußen, auf dem Lande, stimmt's?"

Lag es daran, dass Max den renommierten Rechtsmediziner noch nie privat erlebt hatte, jedenfalls ließ er sich überreden und griff nach einem Croissant. Doch als Kerner das Marmeladenglas aufschraubte und ihn aufforderte, er solle unbedingt den von seiner Frau selbst eingekochten Sharon-Tomaten-Spread probieren, streikte sein ästhetisches Warnsystem endgültig. Schon wieder das Hellrot vom Hinterhaupt des erschlagenen Bauern! Mussten einen die Dämonen überall heimsuchen? Genügte es denn nicht, dass die Nahaufnahmen eines zertrümmerten Schädels und einer Kehle mit blutroter Strangfolge ihn jeden Morgen im Büro bis ins Mark trafen? Andererseits hatten sie das bisher noch nie gehabt: drei Leichen zum Frühstück. Schweigend kämpfte er sich durch das buttrige Gebäck, während Kerner herumfuchtelte wie ein Fernsehkoch. Der Käse stamme von „seinem" Lieferanten auf dem Wochenmarkt, und solch ein „klasse Mett" schaffe nur sein Metzger um die Ecke.

Unterdessen klebte der Croissantbissen an Lückmanns Gaumen rettungslos fest, unauffällig versuchte er ihn mit der Zungenspitze zu lösen. Umsonst. Als er Kerner fragte, wie lange Frau Vondembusche bei der vorläufigen Leichenschau schon tot gewesen sei, klang er wie ein Stimmakrobat.

„Etwa anderthalb Stunden, das heißt, der Tod trat gegen einundzwanzig Uhr ein.“ Das deckte sich mit der Aussage der beiden Platznachbarinnen. Die Pause hatte um zehn nach neun begonnen. Max überdachte kurz den Handlungsablauf der Oper und fragte sich, ob die Galeristin möglicherweise einem symbolischen Anschlag zum Opfer gefallen war. La Bohème handelte von armen Künstlern. Vielleicht hatte sich Frau Vondembusche eins ihrer Jungtalente zum Todfeind gemacht.

Während Kerner sich einem Käsebrötchen widmete, fasste Max das Ergebnis der Lebensmittelproben aus dem Kühlschrank in Frau Vondembusches Wohnung zusammen. Der Labortest war negativ verlaufen; nicht das geringste Anzeichen für verdorbenes Eiweiß, Pilzgift oder den Botulinusbazillus. Die Schlieren in der zerdrückten Alufolie auf der Küchentheke stammten von Mayonnaise, auch sie unverdächtig.

„Der Zustand des Mageninhalts gäbe darüber Aufschluss, wann sie vor der Opernaufführung noch etwas zu sich genommen hat. Einige giftige Wirkstoffe haben eine sehr kurze Latenzzeit.“

Kerner nickte. „Natürlich liegt die Analyse des Erbrochenen vor.“ Während er zwischen seinen Akten herumsuchte, ließ Max die Hand mit dem restlichen Stück Croissant sinken. Längst hatte er den Papierkorb aus Lochblech entdeckt. Zwischen dem überquellenden Inhalt konnte er das Blätterteigmonster unauffällig entsorgen, bevor es ihm den Magen verklebte. Kerners lakonische Aussage ließ nichts Appetitliches erwarten.

„Der Mageninhalt besteht aus Weißbrot, Salat, Mayonnaise und seltsamerweise … Muschelfleisch. Das Ganze gleichmäßig durchfeuchtet von einem kräftigen Schuss Cognac. Da sich auch Gallensäure darunter befand, gehen wir davon aus, dass das Opfer seinen Mageninhalt komplett wiedergegeben hat.“

„Muscheln! Was ist daran so seltsam?“ Mindestens dreißig Prozent aller Finger-Food-Rezepte enthielten Meeresfrüchte; das wusste Max von Sabines gelegentlichen Partyvorbereitungen. Seine Erinnerung brachte ihn auf den Gedanken, dass Frau Vondembusches Finissagegäste ihr gelegentlich etwas mitgebracht hatten.

„Herr Lückmann, nicht nur Sie sind offenbar ein Experte, auch ich kenne mich aus. Muscheln in Monaten ohne R sind schon lange kein Thema mehr. Meine Frau serviert Paella selbst bei größter

Hitze. Außerdem haben wir September. Aber vergessen Sie nicht: Frau Vondembusche ist tot!"

„Um welche Sorte Muscheln handelt es sich?"

„Um Jakobsmuscheln, im unverdauten Zustand etwa zwanzig Gramm, und nicht verdorben, wohlgemerkt! Das Fleisch an sich war einwandfrei. Doch ein tödlicher Wirkstoff lässt sich nicht immer herausschmecken. Nachweisen lässt er sich noch viel schwerer. Wäre die Muschel verdorben gewesen, hätte Frau Vondembusche das Sandwich weggeworfen. Liebhaber von Meeresfrüchten sind superkritisch und qualitätsbewusst. Wenn die Mahlzeit allerdings, wie Sie selbst gerade andeuteten, von guten Freunden stammt oder von Leuten, die man bis dahin für gute Freunde gehalten hat …" Aus seiner Mimik schloss Max, dass Kerner weder Muscheln mochte noch vertrauenswürdige Freunde besaß. Aber woher wusste er über Frau Vondembusches private Neigungen so gut Bescheid?

„Frau Züricher konnte mir weiterhelfen. Ich habe sie in Wiesbaden angerufen, nachdem Dr. Sonnhagen mir ihre Handynummer gegeben hat." Offenbar las der Rechtsmediziner in den Köpfen seiner Gesprächspartner wie in einer Zeitung.

„Mehr hatte Frau Vondembusche also nicht im Magen?"

Kerner lächelte sarkastisch. „Reicht Ihnen das nicht?"

„Ich frage deshalb, weil man bei einem so geringen Mageninhalt auf eine vorher ausgebrochene, schwere Magen-Darmstörung schließen kann. Erbrechen und Durchfall als Symptome engen den Kreis möglicher giftiger Wirkstoffe ein. Und wenn man bedenkt, dass manche Giftstoffe auch eine Latenzzeit von mehr als vierundzwanzig Stunden haben …" Er lehnte sich zurück und dachte über diese neue Perspektive nach. Kerner nickte. „Richtig. Doch dass Frau Vondembusche etwa drei Stunden vor ihrem Tod ein Muschelsandwich gegessen hat, steht außer Frage. Alles andere hatte ihren Magen-Darm-Trakt verlassen. Wo und mit wem sie es gegessen hat, müssen Sie herausfinden. Wobei Ihnen mit Frau Züricher ja eine echte Insiderin zur Seite steht."

Max verzog das Gesicht. „Ich wette, unser Chef lässt Befangenheit gelten und hält sie aus den Ermittlungen heraus, was für sie natürlich sehr problematisch wäre. Ich meine, den Mord an der besten Freundin nicht aufklären zu dürfen …" Sieglinde als Undercover-Beamtin lag einfach außerhalb seiner Vorstellungskraft, was er Kerner natürlich nicht erzählte, zumal ihm eine weitere Möglichkeit durch den Kopf fuhr, die die Lösung dieses Falls sehr kompliziert machen konnte. „Wenn ein Teilnehmer Frau Vondembusche tatsächlich zu ihrem Event eine Kostprobe aus seiner Küche mitgebracht hat, handelte es sich vielleicht nicht nur um *ein* Muschelschnittchen, Frau Vondembusche hat die Dinger im versetzten Zeitabstand gegessen, oder jemand hat das Gift erst am Donnerstag eingebracht. Setzen wir einen Gast voraus, der sie etwa drei Stunden vor der Opernaufführung besucht hat; in ihrer Wohnung oder in der Galerie. Die Reste der Finissage-Bewirtung stehen auf dem Tisch, und der Besucher kontaminiert das Sandwich auf ihrem Teller, als sie den Raum für kurze Zeit verlässt. Dabei haben wir die Wahl: Entweder stammte das Sandwich von ihm selbst oder er hat versucht, den Verdacht von sich abzulenken."

„Das ist natürlich nur eine Hypothese", stimmte Kerner ihm zu, „die sich darauf stützt, dass auf Frau Vondembusches Finissage gegessen und getrunken wurde, und wir davon ausgehen können, dass von der Bewirtung etwas übrig blieb. Doch auch andere Erfahrungswerte müssen berücksichtigt werden. Die physische Konstitution des Opfers, die mir, abgesehen vom Gewicht, recht gut erscheint, dazu Lebensgewohnheiten und gesundheitliche Risikofaktoren, die ich noch nicht kenne. Ich erhoffe mir einiges von der Obduktion am Montagmorgen. Der Zustand des Herzmuskels, der Blick ins Gehirn, in Lunge und Leber haben uns schon oft einen Weg gewiesen, den wir vorher nicht einkalkuliert hatten."

„Das Erbrochene roch nicht nur nach Alkohol, sondern auch nach Blut", erinnerte sich Max. Kerner nickte. „Woher es stammt, kann ich Ihnen wahrscheinlich ebenfalls nach der Autopsie sagen. Ich tippe auf ein Magengeschwür. Die Beschwerden sind diffus und meist nicht so gravierend, dass man zum Arzt geht."

Max stand auf. Er hatte genug erfahren, um seine bisherigen Informationen aus einem neuen Blickwinkel betrachten zu können. Er kehrte zum Auto zurück und dachte nach. Doch die Ergebnisse seines Gesprächs mit Kerner brummten durch sein Hirn, so dass er sich wie eine Fliege an einer geschlossenen Scheibe fühlte. Erst langsam kehrte Ordnung ein.

Frau Vondembusche war am Donnerstagabend gestorben, nachdem sie gegen achtzehn Uhr ein Muschelsandwich gegessen hatte. Ob zu Hause oder in der Galerie, das beantwortete die mayonnaisefleckige Alufolie auf ihrer Küchentheke nicht. Auch wusste bisher niemand, ob sie von jemandem in die Oper begleitet worden war, der an einem anderen Platz gesessen hatte. Und wer, überlegte Max weiter, konnte ihm darüber Auskunft geben, ob sie sich nicht kurz vor Premierenbeginn mit jemandem getroffen und jenen Cognac zu sich genommen hatte, den Kerner im Mageninhalt nachgewiesen hatte. Bei all ihrem Selbstbewusstsein und den vielleicht quälenden Magenbeschwerden konnte er sie sich allein in einer Kneipe, vor einem Schnaps, einfach nicht vorstellen.

Wenn sie sich schon am Mittwoch schlecht gefühlt hatte, wusste vielleicht einer der Finissagegäste Bescheid. Oder ein Kunde, der sie am Donnerstag in ihrer Galerie besucht hatte. Zu dumm, dass sie keinen Kundentermin notiert hatte. An ihre Laufkundschaft wäre wohl nur schwer heranzukommen. Er versuchte sich zu erinnern, welche Anzeichen in ihrer Wohnung für eine Magenverstimmung sprechen konnten. Sabine schwor bei Brechreiz auf Kamillentee und bei Koliken auf Fenchelsamen. In der Wohnung an der Stiftsherrenstraße standen Gunpowdertee, Espressokapseln und Mineralwasser. Nicht sehr magenfreundlich.

Wir werden einen Aufruf an die Bevölkerung veröffentlichen, dachte er. Jeder, der Frau Vondembusche am Mittwoch oder am Donnerstag bis gegen halb acht abends gesehen hat, ist ein möglicher Zeuge für ihr gesundheitliches Befinden. Während er sich einen Text zurechtlegte, fiel ihm ein, dass man unbedingt in den Mülleimer der Galerieküche hätte sehen müssen. Nun, falls Schüller es vergessen hatte, ließ sich das nachholen. Samstags kam die Müllabfuhr nicht. Er ließ den Motor an und fuhr noch einmal zur Galerie.

Die Kollegen hatten ihre Spurensuche abgeschlossen, das polizeiliche Siegel jedoch noch nicht entfernt. Und das war gut so! Als Max bei Schüller anrief und fragte, ob er auch einen Blick in den Abfalleimer geworfen habe, antwortete Ansgar mit einem Kraftausdruck und der Bitte: „Kannst du das übernehmen? Diese modernen Trennsysteme sind so unauffällig, da habe ich doch glatt etwas übersehen! Meine Tochter hatte gestern einen Autounfall. Glücklicherweise nur ein Blechschaden, trotzdem bin ich total von der Rolle. Allein schon die Nachricht …“

„Sei froh, dass nicht mehr passiert ist“, sagte Max. Wie er befürchtet hatte, war der Müllsack unter der Spüle ausgewechselt worden, eine Geruchspatrone hatte auch den letzten Hauch von Abfall vertrieben. So machte er sich seufzend daran, die Gemeinschaftscontainer im Hinterhof des Mehrfamilienhauses zu durchsuchen. Er begann mit der Papiertonne, die vor kurzem geleert worden war, arbeitete sich nach erfolgloser Inspektion durch den ebenfalls sehr übersichtlichen Restmüll, musste an der Biotonne jedoch mit Brechreiz kämpfen. Orangensaft und Croissant waren für seinen Magen offensichtlich eine explosive Mischung. Warum sparten die Leute auch dermaßen mit Zeitungspapier, wenn sie ihre Essensreste einwickelten? Als er mit allerlei fettigen oder glitschigen Substanzen in Berührung kam, musste er an Sabine denken, die ihre Hände sogar beim Abwasch mit Handschuhen schützte. Er hielt einen Moment inne, dann hatte er sich entschieden. Er würde sie an diesem Abend anrufen und ihr vom Tod der Galeristin erzählen. Er stützte seine besudelten Hände auf den Rand der Mülltonne und überlegte, ob Sabine manchmal Angst um ihn hatte. Wenn er spätabends mit dem Auto unterwegs war, verdächtige Personen befragte oder zwielichtige Zeugen, allein in deren Wohnung oder an einem „neutralen" Ort, an Adressen also, die sich als Hinterhalt erweisen konnten. Hatte sie es einfach satt, sich ständig Sorgen machen zu müssen? Bis in die Nacht auf ihn zu warten und das Essen dreimal aufzuwärmen? Konnte ein Mann im Polizeidienst von einer Frau so viel Rücksicht fordern?

Er schloss die Tonne, riss aber schon im nächsten Moment den Deckel wieder auf. Hatte ihm seine Phantasie gerade einen Streich gespielt oder war zwischen all den durchfeuchteten, stinkenden Zeitungspapierklumpen ein Stück Folie mit dem Symbol eines weißlichen Meerestiers zu sehen? Als er an dem Zipfel zerrte, kam ein Plastikbeutel zum Vorschein, der noch übler roch als der ganze Rest. Max überlegte kurz, ob das Plastikzeug korrekterweise nicht in den Gelben Sack gehört hätte, doch er verdrängte seinen Ordnungsfimmel, weil er genau das in der Hand hielt, wonach er suchte: die Verpackung von tiefgefrorenen Jakobsmuscheln, die, dem gammeligen Geruch nach zu urteilen, vor mindestens zwei Tagen aus der Kühlung genommen worden waren. Dass er ihn in Marion Vondembusches Hinterhof fand, war möglicherweise kein Zufall, sondern volle Absicht. Die Polizei sollte ihn finden. Es sollte so wirken, als hätte Frau Vondembusche selbst die Muscheln gekauft und zubereitet.

Er erinnerte sich wieder an die Kostproben, die enge Freunde der Galeristin mitgebracht hatten, wenn sie zu einem Event einlud. Auch Sieglinde hatte gelegentlich etwas zubereitet oder ein exklusives Häppchen aus der Butterhandlung Holstein besorgt. Was wäre leichter, so überlegte er, als ein appetitlich aussehendes Muschelsandwich zu präparieren und den leeren Plastiksack im Hauscontainer zu deponieren, um die Polizei auf die falsche Fährte zu lenken? Im Gelben Sack wäre die Tüte hoffnungslos verschwunden. Dass er sie zwischen den Biomüllwickeln gefunden hatte, sprach für sich. So raffiniert schien das Ganze und war doch so durchsichtig. Sein Fund stimmte Max optimistisch. Mochte der Täter selbst auch keine Spuren hinterlassen haben, falls es auf der Tüte keine Fingerprints von Frau Vondembusche gab und sonst niemand aus der Hausgemeinschaft sich dazu bekannte, dann war damit seine These untermauert. Während er die Plastiktüte verpackte und beschriftete, fuhr ihm der Hoffnungsschimmer durch den Kopf, dass Ansgar in seiner Bestandsaufnahme der Galerie irgendeinen Gegenstand erwähnte, der der Gastgeberin unmöglich gehören konnte und daher einem ihrer Gäste zugeordnet werden musste. Ein billiges Modeschmuckstück, ein vergessener Schal, ein Handy. Den Besitzer würde man ermitteln und von ihm einiges über die restlichen Gäste der Finissage erfahren. Als er gerade über die Theorie nachdachte, der Giftmord sei die klassische Vorgehensweise bei weiblichen Tätern, läutete sein Mobiltelefon. Und was er jetzt von Schüller zu hören bekam, beruhigte seinen Magen wie ein guter Kamillentee. Der Cateringdienst Schlemmer & Co auf der Münzstraße hatte Frau Vondembusche am Mittwochabend mit einem Kalten Buffet beliefert. Ansgar hatte den Lieferschein gefunden. Ein Fischgericht oder Meeresfrüchte waren nicht aufgeführt.

8

Der Direktor der Abteilung für Todesermittlung war mit seinen Kübelpflanzen beschäftigt, als Lückmann vor seiner Haustür aus dem Auto stieg. Nicht ohne Bewunderung beobachtete er seinen Chef, wie er, die Hände durch wattierte Fäustlinge geschützt, einen kräftigen Rhododendron fachmännisch in einen größeren Topf umquartierte. Das Gartentor stand offen, und so ging Max gleich weiter, in der Meinung, er werde bereits ungeduldig erwartet. Auf der Terrasse angekommen, räusperte er sich, und prompt fuhr Sonnhagen herum. „Ah, da sind Sie ja! Nehmen Sie Platz, ich bin sofort ganz Ohr." Damit drückte er die Moorerde um das flache Wurzelgeflecht fest, zauste die Zweige, um ein paar Erdbrösel zu entfernen, und griff dann zur Gießkanne.

„Ich wusste gar nicht, dass Sie einen grünen Daumen haben", sagte Max, und Sonnhagen konterte gut gelaunt: „Alles Übungssache, mein lieber Lückmann."

Auf dem Glastisch warteten Tee und verschiedene Tortenstücke, umschwirrt von hungrigen Wespen. Sie setzten sich, Sonnhagen schenkte ein und hielt Max die Kuchenplatte hin. Da sein Magen noch immer kreiselte, wählte er ein schlankes Stück Blutorangentorte.

Die Terrasse, die sich an der gesamten Rückseite des Doppelhauses entlangzog, wurde durch eine Pergola unerbittlich halbiert. Von nebenan drang heiseres Hundegebell.

„Schön haben Sie es hier", erklärte Max völlig neidlos. Der kleine gemeinsame Garten blieb Sonnhagen offenbar vorenthalten. Jedenfalls schloss Max aus, dass sein Chef den Kinderpool benutzte, der zwar gut zwei Drittel der Fläche einnahm, sich jedoch allenfalls fürs Wassertreten à la Sebastian Kneipp eignete. Als prompt eine Wasser tretende Sabine mit knappen Pants und knackig braun gebrannten Waden auf seiner inneren Kinoleinwand erschien, richtete er den Blick auf seinen Teller aus schwarzem Porzellan. Typischer Männergeschmack!, dachte er. Sonnhagen war noch in seiner Düsseldorfer Zeit geschieden worden und hatte sich in Münster neu eingerichtet. Bei dieser Überlegung fuhr Max die bestürzende Frage durch den Kopf, ob er sein Reihenhaus in Greven überhaupt behalten konnte, wenn Sabine ins Weserbergland zog. Bisher hatten sie beide finanziell zusammengelegt, und das Haus war noch nicht abbezahlt. Verdammt! Sollte er etwa raus aus seiner lieb gewordenen Umgebung, in ein steriles Vorstadtapartment? Schön, auch in seiner Nachbarschaft kläfften Hunde, doch betrachtete er dies als Ersatz für eine Alarmanlage, und irgendwie klangen die Hunde melodischer als der Köter jenseits der Pergola. Wäre das jetzt aus und vorbei? Als hätten die Wespen seine Panik gerochen, peilten sie Max noch aggressiver an. Zum Trösten waren sie wohl kaum gekommen.

„Die Wespen wittern den hohen Blutanteil in Ihrem Stück Orangentorte“, versuchte Sonnhagen zu scherzen. „Aber geben Sie es zu, Issel backt vorzüglich.“

Eine Weile aßen sie, redeten über das wechselhafte Wetter, das ihnen ein weiteres Wochenende verdarb, dann schob Sonnhagen seinen Teller energisch zur Seite, lehnte sich mit verschränkten Armen in seinem Teakholzsessel zurück und war „ganz Ohr“.

Der Fall Schiebach machte den Auftakt. Der Verkauf von Äquinox an Jens Daring war noch immer ein Kapitel für sich. Doch auch die fragwürdige Reaktion der Auszubildenden in der physiotherapeutischen Praxis, die Aussagen der Kindergartenmutter in Steinfurt und des Kunden in Reken zu den Alibis von Schiebachs Söhnen forderten Sonnhagen ein erneutes und sehr berechtigtes Stirnrunzeln ab. Erst hatte man sich an nichts erinnern können, und jetzt dieses blitzartige, bombensichere Wiedererkennen? Hatten die drei Schiebachs etwa Druck gemacht?

Danach ging es weiter zum Tatort Wienburgpark. Die in der Mordnacht abgestürzte Ikone ließ Max aus dem Spiel; sein agnostischer Chef hätte die Geschichte nicht ernst genommen. Falls sich eine Schuld der Familie Lumarenko an Nataschas Tod abzeichnete, war dies kaum ohne Auftragskiller denkbar. Andrej wirkte für einen Mord einfach zu klapprig, die Eltern auf emotionaler Ebene zu labil, um ihre Tochter zu töten, ganz gleich, ob Natascha illegalen Geschäften nachgegangen war oder nicht. Hatte ihr Mörder gewusst, dass sie an diesem Abend mehr Geld bei sich trug als sonst? War, so fuhr es Max durch den Kopf, zwischen Mörder und Opfer eine Abrechnung fällig gewesen, über der sie im Wienburgpark in Streit gerieten? Aber dann gäbe es Abwehr- und Kampfesspuren, während doch alles auf einen überraschenden Überfall aus dem Hinterhalt deutete.

Als Sonnhagen nach ersten Ergebnissen im Fall Vondembusche fragte, befielen Max noch mehr Zweifel. Den Verlust eines Pferdegemäldes zu melden, klang in seinem Hinterkopf mit einem Mal banal. Aber war er nicht ohnehin wegen Kerners Befund herbeordert worden? Und da immerhin gab es etwas zu berichten.

Vergiftetes Muschelfleisch – möglicherweise! Vielleicht auch eine andere Komponente des Schnittchens, die die Katastrophe ausgelöst hatte. Ein Tiefkühlsack, der Jakobsmuscheln enthalten hatte und in der falschen Tonne entsorgt worden war. Wenn Frau Vondembusche ihn in der Hand gehabt hatte, musste es Fingerabdrücke geben. Fehlten jegliche Spuren, dann hatte jemand die Plastikfolie, bevor er sie in die Mülltonne steckte, abgewischt. Das machte niemand, außer er wollte sich nicht verraten.

Sonnhagen hämmerte Notizen in seinen Laptop. „Fragen Sie unbedingt bei den Hausbewohnern nach, ob die Muschelverpackung von dort stammt. Informieren Sie sich bei dem Cateringservice, was ganz genau die Gerichte auf dem Büffet enthielten. Und ob sich jemand an eine entsprechende persönliche Kostprobe erinnert, die nur der Gastgeberin vorbehalten war. Wie sagten Sie noch? Kopfsalat, Mayonnaise und Weißbrot?“

Als Lückmann sein zweigeteiltes Notizbuch aufschlug, um Sonnhagens Auftrag festzuhalten, fiel ihm ein, dass er sich für den Fall Vondembusche eine weitere Kladde anschaffen musste. Diese drohende Inflation an Notizbüchern ärgerte ihn. Halfen vielleicht verschiedene Farben, um die Informationsquellen voneinander zu unterscheiden? Oder wäre es sinnvoll, eine Extra-Kladde mit den jeweiligen Autopsiebefunden anzulegen? Blutbild, Analyse des Magen- und Darminhalts, der Zustand von Hirn, Herzmuskel und Lungen? Irgendwie hatte Kerner schlau gelächelt, als er davon redete. Der machte sich auch seine Gedanken.

„Natürlich“, unterbrach Sonnhagen seine Überlegungen, „sind mögliche Klagen, Reklamationen oder Streitigkeiten aus der Vergangenheit dieses Catering-Betriebs aufschlussreich. Vielleicht hat es früher mal Beschwerden gegeben. Haben Sie schon Hinweise darauf, wie die Firma heißt?“

„Schüller hat für den vergangenen Mittwoch einen Lieferschein von Schlemmer & Co gefunden. Sie haben ihren Standort in der Münzstraße, gleich beim Finanzamt. Morgen früh fahre ich hin.“

Sonnhagen ließ den Blick über den Kinderpool schweifen und

sagte: „Wenn sich im Fall Vondembusche der Verdacht auf Fremdverschulden erhärtet, müssen wir die Ermittlungen umverteilen. Ich würde Frau Züricher aus Wiesbaden zurückrufen und ihr entweder die Akte Schiebach oder die von Frau Lumarenko übergeben. Das dritte Team könnte dann Kettling leiten." Max nickte, während ihm die Tragweite dieser Worte klar wurde. Es würde Sieglinde gewaltig gegen den Strich gehen, den Tod ihrer Freundin nicht selbst aufklären zu können. Doch Sonnhagen hatte Recht. Ihr enges Verhältnis zu der Galeristin verstellte nicht nur ihr die Sicht, sondern auch den Mitgliedern ihres Teams und beeinträchtigte ihr Urteilsvermögen, was den Verwandten- und Bekanntenkreis der alten Dame betraf. Umso inständiger hoffte er jetzt, es könnte bei ihrem Gifttod ein tragischer Unfall vorliegen. Eine fatale Verwechslung wäre für Sieglinde leichter zu verkraften als ein hinterhältiger Mord.

Nachdem auf der Muschelverpackung keine Fingerabdrücke von Frau Vondembusche gefunden worden waren und sämtliche Hausbewohner die im wahrsten Sinn des Wortes anrüchige Plastiktüte von sich wiesen, als hätte sie geräucherte Fledermäuse oder Kamelfüße enthalten, fuhr Max am Montagmorgen zur Münzstraße. Nach Aussagen der Handelskammer und des Gesundheitsamts hatte es gegen die Firma Schlemmer & Co noch nie Anzeigen oder Beschwerden gegeben, dafür aber sechs positive Beurteilungen im Internet, bei denen die Pünktlichkeit des Cateringteams, die Frische der Produkte und ein gutes Preis-Leistungsverhältnis hervorgehoben wurden.

Der Innenhof war leer bis auf einen Smart, der als Logo das Bild eines knallroten Hummers auf der Seitentür trug. Durch die schräg gestellten Fenster im Erdgeschoss drangen Geschirrklappern, das Zischen von heißem Fett und Stimmen, die ein eher junges Team verrieten. Der Eingangsraum war rundum zimtrot gestrichen, mit einer Sitzgruppe aus zierlichen, dunkelbraunen Rattansesseln ausgestattet und mit großen Fotos dekoriert, die offensichtlich in einem japanischen Toprestaurant aufgenommen worden waren. Spiralig geschnittener Rettich, pralle Scallops, effektvoll an violetten Orchideenblüten dressiert, fein gefächerter roher Fisch und Lacktabletts mit knackigen Sushi und Maki. Lückmann, der sich für diese delikaten Häppchen sogar nachts wecken ließe, schluckte energisch an seinem Appetit. Auf dem Empfangstresen lagen Prospekte, die eine bedeutend bodenständigere Nahrungspalette anpriesen. Offenbar setzte man auf regionale Qualität: Aspik vom Schweinebäckchen, Roastbeef vom Emsländer Rind, Wildschweinsalami – frisch von den Pannenstreifen an der Hansalinie, dachte Max in einem Anfall von Polemik, die ihn selbst schockierte. Hatte Sabine Recht, wenn sie manchmal behauptete, sein Humor sei herz- und geschmacklos? Warum nicht auch frisch frisierter Hühnerkamm?, fragte er sich bockig, da näherten sich Schritte im Durchgang zur Küche, und er ließ das Blättchen sinken

Audrey Tautou!, dachte er, als er das Gesicht mit den großen, schokoladenbraunen Augen erblickte. Womöglich besaß sie noch mehr Grübchen als die französische Schauspielerin. Nicht mal sein Dienstausweis konnte ihr verschmitztes Lächeln wegwischen. „Möchten Sie ein Büffet fürs Polizeipräsidium bestellen?"

„Leider nicht", seufzte Max. „Ich bin von der Mordkommission. Ich habe ein paar Fragen." Ihre Augen wurden noch größer, und jetzt füllten sie sich mit Tränen. „Sie kommen wegen Frau Vondembusche?" Als er nickte, fuhr sie fort: „Wenn es tatsächlich Mord war: Wie kann ein so netter Mensch jemanden zu einer derart hinterhältigen Tat aufstacheln? Auch ein Schwerverbrecher hat doch im Hinterkopf eine letzte Hemmschwelle."

„Kannten Sie sie persönlich, Frau …?"

„Miriam Abelding", sie schluckte energisch und reichte ihm die Hand. „Noch vor drei Wochen habe ich dort drüben in der Ecke mit ihr gesessen und das Büffet zusammengestellt. Sie war unsere Kundin seit …, ach, seit ewigen Zeiten."

Max zog sein Notizbuch aus der Tasche, und Frau Abelding wies auf die Sesselgruppe. „Wissen Sie schon, woran sie gestorben ist? In der Zeitung steht heute etwas von Vergiftung. Man munkelt, eine Muschel könne schuld gewesen sein."

„Deshalb bin ich hier."

„Ach, du meine Güte! Aber die Finissage fand doch schon am Mittwoch statt."

„Manche Wirkstoffe haben eine Latenzzeit von mehr als vierundzwanzig Stunden."

„Worauf wollen Sie hinaus? Ihr Kollege, der bei uns angerufen hat, wollte auch schon wissen, ob wir Seafood geliefert haben. Selbst wenn sie daran gestorben wäre, sind wir …"

„Hören Sie …“

„Nein, Sie hören mir zu!“ Ihre eben noch so sanften braunen Augen sprühten vor Zorn, und in ihrer Stimme klangen noch mehr Tränen mit. „Frau Vondembusche aß Meeresfrüchte für ihr Leben gern. Mehrmals hat sie unser Programm Oceanus bestellt. Diesmal wählte sie die Jagdplatte. Schnittchen mit Wildschweinsalami und Rehschinken, Canapés mit Pfifferlingsalat, natürlich ein repräsentatives Käsesortiment und als Nachtisch die Birnentorte ‚Freischütz‘. Falls es Sie interessiert, was der Gag bei dieser Torte ist …?“

„Lieber nicht“, seufzte Max, als er sich an die wie umgepflügt wirkende Masse aus Biskuit, Sahne und bräunlich verfärbtem Obstbrei im Kühlschrank der Galerie erinnerte. Woran lag es bloß, dass ihm neuerdings so viele weibliche Gesprächspartner ihre Gags und Tricks verraten wollten? So reizend er Frau Abelding anfangs auch gefunden hatte, jetzt ging sie ihm auf die Nerven. Warum konnten Geschäftsleute nicht zwischen zweckdienlichen Aussagen und kommerziellem Nutzen unterscheiden?

„Ich weiß, es klingt im Zusammenhang mit einem tragischen Todesfall ziemlich makaber, aber in einem der Tortenstücke ist eine Patronenhülse verborgen“, triumphierte sie. „Wer sie findet, ist der Blaue Bohnenkönig, in Anlehnung an den Kinderspaß, der in Frankreich am sechsten Januar gefeiert wird.“ Ihr kleiner Exkurs hatte ihr den Glanz in die Augen zurückgezaubert und ihre Tränen getrocknet. Sie war eben doch ein Vollprofi.

„Wer hat das Büffet in der Galerie aufgebaut?“

„Meine Kollegin Susanne und ich. Wir sind nur ein Sechs-Frauen-Betrieb, zwei liefern aus, drei arbeiten in der Küche, eine macht die Buchhaltung.“ Ihr Lächeln wirkte gequält. „Ganz schön stressig das Ganze, und die Konkurrenz schläft nicht. Aber glauben Sie mir, wir sind hoch motiviert, und unsere Köchinnen haben internationale Erfahrung. Nie hat es Beschwerden gegeben. Fragen Sie bei der Handelskammer nach, beim Gesundheitsamt. Wenn Sie uns in irgendwas hereinzureiten versuchen … “

„Warum sollte ich, solange es keine Klagen gibt? Aber wenn Sie das Büffet aufgebaut haben, haben Sie doch sicher mit Frau Vondembusche geredet. Ist Ihnen irgendetwas aufgefallen?“

Über ihr hübsches Gesicht zogen Schatten, während sie nachdachte. Früher, dachte er – und im Grunde genoss er diese kurze

Verzögerung, weil sie ihm Gelegenheit gab, sich ihre Augen, den Mund und die zierliche Kurve ihres Halses einzuprägen –, früher hätte man gesagt, ‚sie ließ ihre Gedanken Revue passieren.' Heute wurde nur noch ‚gescrollt'.

„Nein", entschied seine Gesprächspartnerin, „Frau Vondembusche wirkte wie immer. Souverän und routiniert. Das Büffet war für dreißig Personen berechnet. Fünfzig sind dann gekommen, und sie freute sich wie ein Kind bei seiner ersten Geburtstagsparty. Mit zweiundsiebzig Jahren noch solche Events zu organisieren, ist eine Leistung. Als sich dann um die Hälfte mehr als die angemeldeten Gäste zur Tür reindrängten, war sie einfach überwältigt."

„Wir haben in einer versteckten Ecke der Galerie eine Lage Küchenkrepp gefunden. Offenbar hat jemand Rotwein verschüttet. Erinnern Sie sich an einen Gast, der bei Ihnen in der Küche war und nach Küchenpapier gefragt hat?"

Sie nickte. „Gleich zu Beginn der Finissage ist eine Frau gekommen und hat um Krepp gebeten. Ihrem Mann war ein Glas umgefallen."

„Haben Sie diese Frau gesehen?"

„Nein. Ich schnitt gerade die Torte. Ich habe ihr gesagt, sie solle sich einfach bedienen. Die Rolle hing ja an der Wand."

„Könnte sie etwas auf die Theke gelegt haben? Ein Päckchen in Alufolie?"

„Es lagen mehrere Päckchen auf der Theke. Ob noch etwas dazu gekommen ist, weiß ich nicht."

„Diese Frau hat mit Ihnen geredet. Wie wirkte ihre Stimme?"

„Wenn jemand Mordabsichten hegt, kann er seine Stimme verändern, es war eine Frau, mehr weiß ich nicht."

„Alt? Oder eher noch jung? Helle oder dunkle Stimme?"

„Eher hell. Was sagt das schon über das Alter aus?"

„Wie ging es Frau Vondembusche am Donnerstag?"

„Am Donnerstag habe ich sie nicht gesehen. Nur die Künstlerin war in der Galerie. Sie packte ihre Objekte ein und telefonierte mehrmals vom Handy aus. Sie wirkte ein bisschen überfordert."

Als sich Max an die Stehtischchen erinnerte, die am Freitagmorgen noch in der Galerie gestanden hatten, fragte er irritiert: „Waren Sie am Freitag auch noch mal dort?"

„Die Tischchen passten nicht mehr in unseren Lieferwagen. Wir hätten sie am Freitagnachmittag abholen sollen, doch da war die

Tür versiegelt, und in der Nachbarschaft redete man von Mord.“

„Ich hätte noch ein paar Fragen an jene Kollegin, mit der Sie das Büffet aufgebaut haben.“

Frau Abelding sprang auf. „Ich hole sie.“

Die Kollegin Susanne war das genaue Gegenteil: blond, groß und spillerig. Doch in ihrer Aussage ähnelte sie Miriam, als wären die beiden eineiige Zwillinge. Und so entließ Max sie schon bald zurück in die Küche und wandte sich wieder Frau Abelding zu.

„Wie oft erhielten Sie Aufträge von Frau Vondembusche?“

„So alle drei, vier Monate.“

Aus der Küche gellte ein Hilferuf und Miriam schoss in die Höhe wie ein Ausrufungszeichen.

„Eine Frage noch!“ Immerhin war in der Küche nichts explodiert. „War die ausstellende Künstlerin auch schon anwesend, als Sie am Mittwoch das Büffet anlieferten? Wie hieß die Frau eigentlich?“

„Winnie Zeisig“, erwiderte Miriam sichtlich nervös. „Das heißt, eigentlich Winifred, mit einem N. Und Zeisig, wie der Singvogel. Sie kam gegen sechzehn Uhr. Und jetzt müssen Sie mich wirklich entschuldigen.“

Draußen im Hof zog Max das Poster der Finissage aus der Tasche. Eigenartig, dass weder ein Foto der Künstlerin abgedruckt, noch ihr Name genannt wurde. Nur das Motto der Ausstellung, „Die Scharlatane sind unter uns.“, stand dort. Er schrieb den Namen dazu und hatte im selben Augenblick wieder die Mobilés unter der Galeriedecke vor Augen. Eins war als Logo auf dem Poster abgebildet: ovale Scheiben aus rotem und schwarzem Kunststoff in einer dreiteiligen, abwärts gerichteten Spirale. Im Windzug der offenen Tür war mal die rote, mal die schwarze Seite der Kunststoffscheiben zu sehen. Jetzt wurde ihm auch die Bedeutung des Mottos bewusst. „Die Scharlatane sind unter uns.“ Die Mobilés sahen auf die Scharlatane hinunter, das bedeutete: hinunter auf die Gäste. Ganz schön polemisch!

Zum ersten Mal seit vierzehn Tagen sah Max einen Lichtstreifen vor sich, es kam Bewegung in seine Recherchen. Und wenn dieses Hochgefühl mit Frau Abelding zu tun hätte?, fragte er sich in einer fast übermütigen Gedankenschleife. Wenn ihn nicht alles täuschte, hatten sich ihre Blicke beim Abschied sekundenlang ineinander verhakt wie die Zahnrädchen eines perfekt funktionierenden Systems. Sabine musste verdammt aufpassen.

Er rief Winnie Zeisigs Homepage im Internet auf und wählte ihre Handynummer. Natürlich hatte sie vom Tod der Galeristin gehört. „Sie war meine beste Freundin“, sagte sie und drückte ein Schluchzen weg. Auf Lückmanns Frage, wann er mit ihr reden könne, schlug sie ein wenig widerstrebend vor, sich umgehend mit ihm zu treffen. „Ich wohne in Gievenbeck, habe aber zufällig heute Mittag in der Innenstadt zu tun. Können Sie in einer halben Stunde im Café Pablo sein? Ich habe nicht viel Zeit. Aber Sie müssen nicht lange nach mir suchen, ich trage ein pinkfarbenes Kleid.“

Er entdeckte sie an einem der Tische vor der Treppe, die hinauf zum Picasso-Museum führt. Sie sah aus wie Anfang sechzig; ein herber, magerer Typ mit akkurat geschnittenem, hellgrauem Haar. Ein Auftragsmörder, fuhr es ihm durch den Kopf, hätte sie und Frau Vondembusche niemals miteinander verwechselt, selbst wenn er die beiden Frauen nur von Fotos her kannte. Unterschiedlicher als diese beiden konnte man kaum aussehen.

„Meinen Werdegang können Sie auf meiner Website lesen“, begann sie kühl, „was wollen Sie also von mir wissen?“

„Alles über Ihre Freundschaft mit Frau Vondembusche.“

„Das ist schnell erzählt“, sagte sie nicht viel freundlicher und nahm einen Schluck von ihrem Tomatensaft. Die Kellnerin kam zum Tisch, und Max bestellte eine Apfelschorle. „Ich war eine junge Künstlerin, suchte eine Galerie, die meine Arbeiten ausstellen würde, und fand sie auf der Warendorfer Straße. Der Besitzer war der bekannte münstersche Bildhauer Friedrich Vondembusche. Nach seinem Tod hat seine Frau die Galerie allein weitergeführt. Wir kennen uns jetzt schon seit fünfunddreißig Jahren, und wenn es Sie interessiert, wie viele Ausstellungen sie für mich organisiert hat, dann muss ich lange nachdenken.“

„Jedes Mal mit Mobilés?“

„Natürlich nicht. Wie jeder Künstler habe ich verschiedene Phasen durchlaufen, wobei mich die Malerei am wenigsten interessiert. Ich mache Objekte aus allen möglichen Materialien.“ Ihr Blick hatte sich ein wenig entspannt, verdüsterte sich jedoch gleich wieder, als sie fortfuhr: „Ich kann mir einfach nicht vorstellen, wer einen so uneigennützigen, aufrichtigen und liebevollen Menschen wie Marion hinterhältig tötet.“

„Sie waren am Tag vor ihrem Tod mit ihr zusammen. Ist Ihnen

etwas aufgefallen? Nicht nur am Verhalten Ihrer Freundin, sondern auch in der Galerie oder bei den Gästen?“

Sie leerte das Glas mit einem schnellen Schluck, sah den roten Schlieren nach, die an der Innenwand herabrannen, und wenn Max nicht alles täuschte, zitterte ihre Hand, als sie es zur Seite setzte. „Mir fällt es schwer, mich zu erinnern. Zwischen diesem heiteren und für mich so wichtigen Mittwochabend und dem, was nur vierundzwanzig Stunden später geschah, liegen tiefe Schluchten. Es ist wie ein Alptraum.“ Sie hob den Blick. „Sie haben mit diesem Phänomen mehr Erfahrung als ich. Ist es möglich, dass der Schock über eine Todesnachricht …, über einen brutalen Mord, das Gedächtnis derart manipuliert, dass man Dinge verwechselt oder Gesichter vergisst? Sie haben doch oft mit Verwandten oder Freunden von Verbrechensopfern zu tun.“

Er entgegnete, dass natürlich der Schock manche Dinge verwische, die Erinnerung jedoch meistens zurückkehre, wenn man den Betroffenen Zeit zum Nachdenken ließ. „Sagen Sie mir, an was Sie sich erinnern. Die zeitliche Reihenfolge spielt keine Rolle. Versuchen Sie einfach, ruhig nachzudenken.“

„Ich kam gegen vier Uhr in die Galerie. Die Veranstaltung sollte um sieben beginnen, und ich hatte Marion versprochen, ihr zu helfen. Sie hatte ein paar Begrüßungsworte aufgesetzt, denen ich zustimmen sollte. Auch was die Unterhaltung der Gäste anging, konnte sie mich gut brauchen. Wir sind ja ein lang erprobtes Team. Der Lieferwagen des Cateringdienstes stand vor der Tür, die Tabletts wurden hereingetragen, die Getränkekisten waren schon ausgeliefert, und Marion huschte dazwischen herum. Wenn es um ihren normalen Galeriebetrieb ging, besaß sie Nerven aus Stahl, doch die Events trieben ihren Blutdruck in die Höhe. Allerdings nur bis die Gäste auftauchten, von da an war sie wieder die Ruhe selbst. Locker, souverän, witzig. Wahrscheinlich brauchte sie diese Anspannung vorher, um sich herunterzukühlen. Wie bei einem Schauspieler, den das Lampenfieber befällt, und der dann auf der Bühne alles um sich herum vergisst.“

Nach all dem Stress, den sie am Telefon um ihr enges Zeitkorsett veranstaltet hatte, stimmte ihre fast theatralische Redseligkeit Max ein wenig misstrauisch. Ältere Menschen litten zwar leicht unter Kontaktarmut; selbst wenn sie noch so aktiv im Leben standen wie diese Künstlerin. Sie freuten sich, wenn sie einen Zuhörer fanden, der nicht nur neugierig auf ihre Worte war, sondern sie auch zu Protokoll nahm, weil er sie für seine Arbeit dringend brauchte. Doch das änderte nichts daran, dass sie Befindlichkeiten von Frau Vondembusche schilderte, an denen er nur mäßig interessiert war. So wie es aussah, hatten die beiden Frauen am Mittwochnachmittag kaum privat miteinander geredet, sondern die Finissage vorbereitet. Sobald die Gäste eintrafen, hatte Ruhe geherrscht, Friede, Freude, Eierkuchen. Und doch befand sich in diesen Reihen möglicherweise ein Mörder.

„Ist Ihnen am Büffet irgendetwas aufgefallen?"

„Ich weiß, was Sie meinen", nickte sie. „Und falls sie tatsächlich bei meiner Finissage mit Gift in Berührung gekommen ist, empfinde ich das als eine ganz besonders hinterhältige Attacke. Ich fühle mich schuldig … Nein", wehrte sie seinen Einwand ab, „nicht wie Sie meinen. Ich habe keine Ahnung, wer der Täter sein könnte. Aber ich denke, wenn wir dieses Event an einem anderen Tag gehalten hätten, wäre sie ihm vielleicht entkommen."

„Frau Vondembusche machte doch ihre Termine selbst, oder?"

„Ja, natürlich. Exakt drei Monate nach ihrer Eröffnung wurde die Ausstellung wieder abgebaut. Aber was ich sagen wollte …" Sie verstummte, und obwohl Max ihr Zeit ließ, sich ihre Worte zurechtzulegen, folgte nichts mehr nach.

„Was bringt Sie zu der Annahme, ein anderer Termin hätte ihren Tod verhindern können?"

Sie sah ihn an, als spräche er Mongolisch, daher konkretisierte er: „Gab es Gäste, deren Teilnahme sie nicht sehr schätzte und die am Mittwoch gekommen sind?"

„Gesagt hat sie nichts. Auch nicht, als sie und ich am Ende noch ein wenig zusammensaßen. Die Gäste, die *ich* kannte, waren ihr alle sehr sympathisch."

Max notierte sich kurz, dass die Beiträge in der Lokalpresse ihm Aufschluss darüber geben konnten, wie viel Interesse und Aufmerksamkeit die Mobilés gefunden hatten. Frau Zeisig unterbrach seine Gedanken, indem sie sagte: „Marion setzte sich ganz enorm ein, um Künstler zu fördern. Sie ließ Flyer drucken, beauftragte einen Partydienst, verbrachte ganze Tage in der Galerie, um ihre Events vorzubereiten. Sie nahm Rücksicht auf die Vorlieben und Abneigungen ihrer Künstler. Wen sollte sie gekränkt oder benachteiligt haben?"

„Vielleicht eine Abrechnung aus alten Zeiten?“

„So gut kannte ich sie auch wieder nicht.“

„So persönlich war es auch nicht gemeint.“

„Herr Lückmann, wir sahen uns höchstens zweimal im Jahr, das allerdings seit Jahrzehnten. Leider hatten wir jedes Mal nur wenig Gelegenheit, über Privates zu sprechen. Enttäuschungen, Frust, Krankheit, damit schlug sich jeder allein herum.“

Für eine enge Freundschaft, so dachte Max, war das eine erbärmliche Aussage. Soweit er sich erinnerte, hatte Sieglinde die Schatten in Marions Leben durchaus kennen gelernt, vor allem in letzter Zeit. Von zunehmender Einsamkeit war die Rede, von unfähigen „Klecksern“, die ihr die Tür einrannten und ihr dilettantische Arbeiten aufdrängten. Auf einmal verstand er, warum sie alle Handykontakte gelöscht hatte. Auch wenn sie für ihn jetzt hilfreich gewesen wären. Als könnte sie in seinem Kopf lesen, fuhr Frau Zeisig beinahe hitzig fort: „Ich war ihre beste Freundin, weil ich sie *verstand.* Ich“, sie tippte auf das Revers ihres pinkfarbenen Kleides, wo eine mit Türkisen verzierte, silberne Eidechse ins Zittern geriet, „muss nicht auf Verkaufszahlen achten. Meine Mobilés verkaufen sich glänzend. Über all die Loser, die ihr das Leben schwer machten, mussten wir nicht reden. Aber es *gab* sie.“

„Könnten Sie sich auch eine Verwechslung vorstellen?“

„Ein Giftanschlag auf mich?“ Frau Zeisig lachte so schrill, dass die am Nachbartisch Sitzenden ihre Köpfe umwandten. „Ich esse bei Events grundsätzlich nichts. Nicht, dass ich Angst vor Giftmischern hätte, aber diese unmittelbaren Kontakte mit möglichen Käufern sind für mich so eminent wichtig, dass ich mir nicht vorstellen könnte, mit einem Wurstbrot in der Hand über Kunst zu reden. Oder vielleicht mit einem Stück Petersilie zwischen den Schneidezähnen. Ich fände es direkt blasphemisch. Ich trinke auch keinen Alkohol. Ein Glas Wasser, bevor die Chose beginnt, das war's. Mögen die anderen sich amüsieren: Ich arbeite!“

„Und Frau Vondembusche?“

„Sie genehmigte sich einen Schluck Begrüßungssekt. Manchmal nahm sie später eine Kleinigkeit zu sich. Das heißt, wenn etwas übrig geblieben war. Der Partyservice, bei dem sie bestellte, lieferte ja wirklich ganz vorzügliche Sachen.“ Sie legte einen Fünf-Euro-Schein auf den Tisch und griff nach einer Plastiktüte, die auf dem Nachbarsessel lag. „Jetzt muss ich aber los, um diese lausigen

Schuhe umzutauschen. Weil sie nämlich drücken."

Max riss sich aus den Gedanken, die über diese Frau in seinem Hirn zu pulsieren begannen. „Haben Sie beobachtet, dass einer der Finissagegäste Frau Vondembusche ein Geschenk mitbrachte? Etwas Essbares, das nur für sie bestimmt war?"

„Möglich, dass jemand etwas in die Küche gestellt hat. Marion freute sich über Kostproben. Und sie liebte Meeresfrüchte …" Ihr Blick schweifte ins Leere. „Sie denken an eine Attacke aus den eigenen Reihen? Wer brächte so etwas wohl zustande?" Mit einemmal wirkte sie müde. Sie hielt ihre Schuhtasche, als lägen Steine darin.

„Einem der Gäste ist ein Weinglas umgekippt."

„Stimmt", sagte sie. „Es gab ein kleines Missgeschick. Eine Frau lief an mir vorbei in die Küche und besorgte Küchenkrepp."

„Erinnern Sie sich an Einzelheiten?"

„Ach, das war doch kein Malheur. Dieses Paar ist dann auch sehr schnell verschwunden. Die Sache war ihnen wohl peinlich.

„Können Sie die beiden beschreiben?"

„Dann noch eher die Frau: um die dreißig, blond, kurzes Haar, mittelschlank."

„Erinnern Sie sich vielleicht an ihr Parfum?" Max lächelte verlegen. „Ich weiß, das klingt in einem Mordfall ziemlich weit hergeholt. Trotzdem haben uns seltene Düfte manchmal auf die Lösung gebracht. Da ist die Spürnase kein leerer Begriff."

Sie winkte ab. „Wer so lange im Geschäft ist wie ich, hat eine Spürnase für potenzielle Klientel. Das restliche Volk interessiert mich nicht."

„Kannte Frau Vondembusche diese Leute?"

„Das kann ich Ihnen nicht sagen. Einige Teilnehmer hatten Freunde mitgebracht. Unangemeldet. Marion sah das nicht so eng."

„Haben Sie Frau Vondembusche am nächsten Tag gesehen?"

„Nein, sie hatte mir am Mittwochabend einen ihrer Galerieschlüssel überlassen, damit ich meine Objekte abhängen konnte, wann immer ich wollte. Gegen Mittag war ich fertig."

„Und sie hat Ihnen nicht gesagt, warum sie am Donnerstagmorgen nicht kam? Oder nicht kommen konnte?"

„Nein. Es hat mich auch sehr gewundert, weil sie jeden Tag in ihrer Galerie verbrachte, oft sogar die Wochenenden."

„Könnte es sein, dass sie sich schlecht gefühlt hat?"

„Dann hat sie es sich nicht anmerken lassen. Aber bei Events war sie immer etwas … anders als sonst. Nervös, und später dann fast wie gedopt."

„Litt sie an chronischen Magenproblemen?"

„Herr Lückmann, ich habe nie mir ihr gegessen. Nicht bei ihr zu Hause, nicht in der Galerie, nicht mal im Restaurant. Es hat sich nicht ergeben."

„War am Donnerstagmorgen außer Ihnen noch jemand in der Galerie?"

„Gegen zehn Uhr holte der Cateringservice das Geschirr ab. Wir hatten mit den beiden jungen Frauen vereinbart, dass ich um diese Zeit da sein würde."

„Und wo ist der Galerieschlüssel jetzt?"

„Im Briefkasten der Galerie, so wie es abgesprochen war. Haben Sie den Kasten denn nicht überprüft?"

Natürlich hatte Schüller das getan. Auch die Polizei stellt mitunter überflüssige Fragen, dachte Max ernüchtert. Aber dies war der dritte Mordfall innerhalb von zwei Wochen.

„Wie haben Sie von ihrem Tod erfahren?"

Sie senkte den Blick auf die Tischplatte. „Am Samstag stand es in der Zeitung. Ich war wie vor den Kopf geschlagen."

„Wussten Sie von der Karte für die Opernpremiere?" Jetzt, da er sich danach erkundigte, schien es ihm noch merkwürdiger, dass Frau Vondembusche ganz allein in die Vorstellung gegangen sein sollte. Mit einem so großen Bekanntenkreis fand man leicht einen Begleiter. Seine Abmachung mit Schüller fiel ihm wieder ein.

„Ich bin kein großer Opernfan", sagte Frau Zeisig. „Tja, wenn Bach Opern komponiert hätte, würde ich keine einzige versäumen. Aber das hat er leider nicht. Und Händel wird viel zu selten aufgeführt."

Er ging in Richtung Michaelisplatz, als ihm einfiel, dass er sie nach dem verschwundenen Pferdegemälde hätte fragen können. Vielleicht hatte Frau Vondembusche ihr davon erzählt. Er rief sie an, und sie reagierte zunächst genervt, dann allerdings so kooperativ, dass es ihm schwer fiel, ihr diese plötzliche Aufgeschlossenheit abzukaufen. Umso notwendiger war es, darauf einzugehen.

„Ich weiß, wie hartnäckig Polizisten sein können", säuselte sie. „Ich habe zwar keine Ahnung, welches Gemälde Sie meinen, aber in meinem Computer sind viele Werke aus Marions Galerie gespeichert. Besuchen Sie mich doch heute Abend, und wir sehen nach, ob wir fündig werden. Und wenn Sie mit einer Tomatensuppe und selbst gebackenem Brot zufrieden sind, dann kommen Sie ruhig mit leerem Magen. Schokoladenpudding ist auch noch da, dieser unsägliche mit der Sahne oben drauf. Mein Großneffe hat mich am Wochenende erbarmungslos darauf sitzen lassen." Das Wort Tomatensuppe weckte ein leichtes Grummeln in Lückmanns Eingeweiden. Umsonst nannte er seine Bedenken wieder einmal Schneewittchenquark – diesmal in Erinnerung an den vergifteten Apfel der bösen Stiefmutter –, das Unbehagen saß tief. Als Kriminalkommissar an einer Suppe zu verrecken, die von einer engen Freundin des Opfers stammte, wäre ein höchst blamabler Abgang. Da ließ man doch schon im Café seine Tasse nicht aus den Augen. Wie hatte er heute Morgen noch Miriam Abelding belehrt? Manche Substanzen hatten eine Latenzzeit von mehr als vierundzwanzig Stunden.

Winnie Zeisig lebte, nicht weit vom Rüschhaus der Annette von Droste-Hülshoff, in einem ebenerdigen Fachwerkhaus mit gepflegtem Bauerngarten. Sonnenblumen senkten sich über den weißen Zaun, die Kletterrosen an der Hauswand standen noch in voller Blüte, während sich die Blätter der Mauerkatze schon rötlich färbten. Mit leiser Wehmut dachte Max an seinen Minigarten in Greven, dem er, wenn ihn nicht gerade ein Mordfall auf Trab hielt, viel Sorgfalt widmete. Da Sabine sich an ihrem neuen Arbeitsplatz wohl kaum mit einem möblierten Zimmer zufrieden gäbe, sondern eine Wohnung zu versorgen hätte, würde sie nicht nur ihre finanzielle Beteiligung so abrupt zurückziehen wie eine Schnecke ihre Fühler. Und während das Geld knapp wurde, wüchse ihm der Haushalt über den Kopf. Sein ewiger Trübsinn ging ihm auf die Nerven, doch all diese Überlegungen und Berechnungen kehrten ungebeten zurück, besetzten seinen Denkapparat, lähmten sein Konzentrationsvermögen und verdarben ihm den Appetit. Warum fiel es ihm so verdammt schwer, sie loszulassen?

Und wenn sie sich, so fragte er sich erschrocken weiter, an ihrem neuen Arbeitsplatz in jemanden verliebte, der jünger war als er, im Badezimmerspiegel nicht so verhärmt aussah und abends pünktlich nach Hause kam? Zwischen ihnen lagen zwölf Jahre, ein Altersunterschied, den Sabine als Erfahrungsvorsprung geschätzt hatte – damals als sie sich kennen lernten. Noch einmal zwölf Jahre weiter, und diese Differenz wäre vielleicht wie eine Zugbrücke, die sie jederzeit schließen konnte. Wenn sie dann überhaupt noch zusammenwohnten …

Er war sich gar nicht bewusst, den Klingelkopf gedrückt zu haben, und so fuhr er zusammen, als die Haustür aufging. Statt des pinkfarbenen Kleides trug Frau Zeisig schwarze Jeans und einen zitronengelben Sweater. Beides ließ sie bedeutend jugendlicher aussehen als das etwas omahafte Seidenkleid.

„Bevor ich es vergesse", sagte er nach der kurzen Begrüßung, „können Sie sich erinnern, was Frau Vondembusche bei Ihrer Finissage getragen hat?"

Sie standen in dem niedrigen Hausflur, und Max registrierte mit einem kurzen Blick die sechs Nischen, die, knapp einen halben Meter hoch, rechts und links in die Wände eingelassen waren. Die Skulpturen, die sie schmückten, kamen ihm bekannt vor. Sie glichen den Gnomen und Kobolden, die er in Frau Vondembusches Wohnung gesehen hatte: in jenem merkwürdigen Mehrzweckraum mit begehbarer Garderobe, Gästebett und Bügelbrett. Die Skulpturen stammten aus der Hand von Friedrich Vondembusche. Sieglinde hatte ihm einmal einen Katalog gezeigt, stolz darauf, mit der Witwe eines so renommierten Künstlers befreundet zu sein. War dies hier ein Beweis für die von Frau Zeisig reklamierte langjährige Freundschaft mit dem Ehepaar Vondembusche? Sie konnte ihm viel erzählen, jetzt, wo die Galeristin tot war.

„Sie trug eine ihrer unsäglichen Tuniken", beantwortete sie seine Frage. „Unvorteilhaft, aber sehr bequem. Ich sagte Ihnen ja, dass Marion extrem nervös an ihre Events heranging. Das legte sich, sobald die Promis eingetroffen waren, jene Leute, die entweder für ihre Künstler bedeutend waren oder für sie selbst."

„Und wer von diesen Leuten war wichtig für Sie?"

Sie überging seine Frage, worauf er beschloss, sie beim Essen zu wiederholen. Stattdessen sagte sie: „Möchten Sie sich in meiner Galerie ein wenig umsehen, bis die Suppe heiß ist?" Und Lückmann, der dieses Angebot erwartet hatte – jeder Kunstschaffende suggerierte seinem Besucher, sich seine Werke anzusehen –, wanderte gehorsam zwischen allerlei Objekten aus Blech und Kunststoff herum. Mobilés waren in der Tat eine neue Phase in Winnie Zeisigs Schaffen. Aus älterer Zeit gab es ein paar witzige

Plastiken, die sich als Bodendekoration oder für den Garten eigneten, und als er auf die Preisschilder sah, las er Zahlen zwischen Zwei- und Dreistelligkeit. Da seine Gastgeberin in der Küche weiterwerkelte, las er auch die gerahmten Zeitungsausschnitte an den Wänden. Viel Lob, viel Anerkennung, doch kein einziger Artikel über Ausstellungen am Rosenplatz.

Ihre Wohnküche war bedeutend kleiner und dunkler als das Atelier mit seinen bodentiefen Sprossenfenstern. Altmodische Schränke, Elektrogeräte aus der Nachkriegszeit, Schüsseln und Kannen aus angeschlagenem Email gaben ihr ein melancholisches, irgendwie schwerfälliges Flair. Sabine, dachte er unwillkürlich, hätte sehr geschickt mit hübscher Keramik davon abgelenkt, mit einer bunten Obstschale oder ein paar zierlichen Glasgefäßen.

War es Einbildung, oder wurde bei diesem Gedanken seiner Trauer über Sabines Weggang hier und jetzt, und im Handumdrehen die Spitze genommen? Als wäre ein bohrender Schmerz in seinem Innern ganz plötzlich verebbt. Diese neue, überraschend befreiende Erfahrung erinnerte ihn ein wenig an die mit lauwarmem Kamillentee getränkten Tupfer, die ihm seine Mutter früher auf Hautabschürfungen gelegt hatte. Dabei hatte sie ihn im Arm gehalten und leise gesummt. Oh ja, Liebe und Zuneigung hatten viele Gesichter. Es gäbe ein Weiterleben nach Sabine.

Neugierig auf den Rest des Hauses geworden, fragte er, wo er sich die Hände waschen könne, und Frau Zeisig wies ihn in ein kleines, aber hochmodernes und sehr elegantes Bad. Jeder Mensch setzt seine eigenen Präferenzen, dachte er, vielleicht ist ihre museale Küchenausstattung ebenfalls eine Erinnerung an die Kindheit. Dann muss es eine unbeschwerte Kindheit gewesen sein.

Als könnte sie seine Gedanken erraten, empfing sie ihn am Tisch mit den Worten: „Ich habe betont einfach gedeckt. Ich denke, das ist Ihnen auch lieber. Es soll ja ein Arbeitsessen werden. Obwohl ich heute Nachmittag selbst gebackenes Brot versprochen habe, muss ich jetzt gestehen, dass ich zu faul war. Aber die Brötchen sind ganz frisch."

Die Suppe in dem einfachen Aluminiumtopf vor ihm leuchtete zwar blutrot, aber sie duftete verführerisch nach Sommer und Garten, und so ließ er sich zwei Kellen voll in seine Tonschale schöpfen, bediente sich aus dem Brotkorb und trank das Wasser, das Frau Zeisig ihm einschenkte. Den Schokoladenpudding würde er ablehnen. Der hielt sich auch bis zum nächsten Besuch ihres Großneffen.

„Und Ihre Fragen, Herr Lückmann?“

Das Abklopfen auf Honoratioren der münsterschen Kulturszene, die ihr bei ihrer Finissage nützlich sein konnten, erschien ihm peinlich; jetzt, nachdem er ihre bescheidenen Preise kannte. Außerdem kamen die Honoratioren eher zur Eröffnung, wenn die lokalen Medien präsent waren und man sich am folgenden Tag im Fernsehen oder in der Tageszeitung bespiegeln konnte.

Er senkte den Löffel in die aromatisch duftende Suppe, ließ ihre samtige Konsistenz auf der Zunge zergehen und entgegnete: „Frau Vondembusche besaß ein altes Pferdegemälde, weder signiert noch datiert. Nur ein kleines Label gibt als vermutliche Entstehungszeit das achtzehnte Jahrhundert an. Herkunftsland möglicherweise Großbritannien. Sie wollte es einem Experten übergeben.“

„Und was ist daran so bemerkenswert?“

„Am Freitag war es verschwunden. Erinnern Sie sich, dass Sie es am Mittwoch oder Donnerstag gesehen haben?“

„Wenn es fehlt, wird sie es wohl ihrem Experten übergeben haben.“

„Müsste dann nicht eine Quittung existieren?“

„Eigentlich schon. Aber sehen wir doch mal in meinem Computer nach, ob ich es registriert habe. Wenn ich es vor Augen habe, kann ich wahrscheinlich mehr dazu sagen.“

Ihr Arbeitszimmer lag, durch eine Falttür abgetrennt, hinter ihrem Atelier, und Max fragte sich verwundert, wie man in einem so kleinen Gebäude dermaßen viele Zimmer unterbringen konnte. Irgendwo musste die Frau ja auch schlafen. Gemeinsam grasten sie die Einträge über den Bestand der Galerie am Rosenplatz ab, das Pferdebild war nirgends zu finden.

„Es gibt zwei Möglichkeiten“, entschied Frau Zeisig, „entweder hat Marion es ohne Quittung einem Experten anvertraut, oder sie hat es ohne Gutachten verkauft.“

„Oder“, wandte er ein, „jemand hat es gestohlen.“

„Wieso sind Sie so interessiert an dem Bild?“

„Wenn ich das wüsste!“

Sie stellte den Computer ab und schlug ihm so kumpelhaft auf die Schulter, dass er fast in die Knie ging. Diese Frau besaß etwas buchstäblich Umwerfendes. In jungen Jahren hätte sie wahrscheinlich als Marathonläuferin Furore gemacht, groß, zäh und muskulös, wie sie wirkte. „Jetzt trinken wir noch einen Birnengeist, und dann setze ich Sie vor die Tür, Herr Oberkommissar. Mir ist heute in der münsterschen Innenstadt ein Projekt vors innere Auge geraten, das ich noch heute Abend skizzieren möchte. Ein Mobilé, was sonst? Obwohl Marion mir dringend geraten hat, mal was anderes in Angriff zu nehmen."

Falls ihr die münstersche Innenstadt vorm inneren Auge gestanden hatte, konnte dieses Mobilé eigentlich nur aus kleinen Damokles-Schwertern bestehen. Immer mehr alteingesessene, ehemals sehr einflussreiche Geschäfte in der City wurden mit der drohenden Macht der Globalisierung in Form von Bekleidungsriesen oder Fastfoodketten mit magnetischer Wirkung konfrontiert.

An der offenen Haustür wandte Max sich noch einmal um. „Vielen Dank! Nicht nur für die exzellente Suppe, sondern auch für Ihre Recherchen am Computer."

Ihre Antwort war glucksendes Lachen. Der Birnengeist tat seine Wirkung, sie hatte sich zweimal nachgeschenkt, aber sie musste ja nicht mehr Auto fahren.

„Wenn Sie im Präsidium mal Ihre Eingangshalle aufpeppen wollen: Ich habe da einiges im Depot." Ihr Angebot, obwohl natürlich total unrealistisch – bevor Kunst ins Präsidium einkehrte, wäre längst mal ein neuer Bodenbelag in den Büros fällig –, brachte ihn auf eine letzte Frage. Und Fragen zwischen Tür und Angel, zwischen getrunkenem Birnengeist und nicht gegessenem Schokoladenpudding, waren nicht die schlechtesten. Weil die Gastgeberin ein bisschen zu viel getrunken hatte, während der Fragensteller jetzt doch dem Pudding nachtrauerte. „Kennen Sie Sieglinde Züricher?"

Der schon fast geschlossene Türspalt wurde wieder breiter, ihr Gesicht dazwischen wirkte wie ein bleicher Vollmond. „Wer sollte das sein?"

„Ebenfalls die beste Freundin von Frau Vondembusche. Aber man kann ja nicht alle kennen. Als Galeristin hatte sie bestimmt einen großen Freundeskreis."

„Ich fürchte, da bin ich überfragt. Und wie gesagt, wenn Sie mal Ihr Präsidium ein bisschen verschönern wollen …"

„Was glauben Sie, wie viele begabte Zeichner, Maler, Bildhauer es unter der Präsidiumsbelegschaft gibt?", grummelte Max, doch da saß er schon im Auto und genoss das sanfte Aufstoßen des Schlückchens Birnengeist. Dann schluckte er heftiger. Das Gespräch mit Frau Zeisig war im Grunde ein Desaster. Er hatte noch immer keine Ahnung, was Frau Vondembusche am Tag ihrer Ermordung gemacht hatte, wusste nichts über Mahlzeiten, Kundenbesuche oder Telefonate – nada! Ihr Anrufbeantworter gab nichts her, auf ihrem Handy waren sämtliche Kontakte gelöscht, selbst die E-Mails stammten nur aus der letzten Woche und waren entweder rein privater Natur oder unauffällig geschäftsmäßig. Von einer Lithographin, zum Beispiel, die im Veneto lebte und Frau Vondembusche dorthin einlud, bevor im Dezember in Münster ihre Bilder ausgestellt wurden. Nach Mordmotiv klang das nicht, außerdem hätte diese Frau ihren Gast im Veneto viel leichter umbringen können.

Der malende Zahnarzt und Zähne ziehende Pferdemaler Jens Daring fiel ihm wieder ein. Zu Frau Vondembusche unterhielt er höchstwahrscheinlich keine Verbindung, sein Name wäre ihm in ihrem Telefonverzeichnis ins Auge gesprungen. Wo steckte das mysteriöse Pferdebild? Hatte sein Verschwinden damit zu tun, dass sich ein mit mehreren Mordfällen betrauter Oberkommissar dafür interessierte? Dabei war sein Interesse doch nur flüchtig gewesen. So wie man einen Bildband zur Hand nahm und nach kurzem Blättern wieder weglegte, weil er einem zu teuer war.

Am Montagvormittag hatte das Gemälde in der Gewölbenische gestanden, und als Max es entdeckte, legte Frau Vondembusche ein erstaunlich schlechtes Gewissen an den Tag, weil sie sich in all den Jahren nicht daran erinnert hatte. Aber verfolgte jemand, dem eine Finissage ins Haus stand, einen solchen Zufallstreffer sofort weiter? Ihre Events regten sie nicht an, sondern auf, hatte Winnie Zeisig über Marion gesagt. Lag es da nicht näher, dass man eine Expertise erst mal verschob? Und falls man das Gutachten doch sofort in die Wege leitete, würde man das Bild quittieren lassen und die Quittung nicht mit Bergen von Papier zuschütten, sondern griffbereit legen. Und man würde es niemals verkaufen, ohne nicht ein paar Tage über den Preis nachgedacht zu haben. Nein, jemand hatte es heimlich mitgenommen, war höchstwahrscheinlich während der Finissage unbemerkt damit verschwunden. Ein Bild in den Maßen dreißig mal vierzig Zentimeter schluckte jede größere Zeichenmappe.

Wahrscheinlich, dachte Max, verschwende ich zu viel Zeit darauf. Und doch gab es einen Grund, warum es seine Gedanken so hartnäckig besetzt hielt. Der Lichtfuchs auf dem Bild besaß eine verblüffende Ähnlichkeit mit Äquinox: den fast kreisrunden weißen Stern zwischen den Augen erkannte man sogar im Profil, und die halb gestiefelten Hinterbeine sowieso.

9

Am folgenden Morgen fuhr Max ein weiteres Mal nach Drinkel. Unterwegs absolvierte er einen virtuellen Rundgang durch Schiebachs Haus. Nicht lange, und die Bilder von anderen Bauernhöfen im Münsterland mischten sich darunter, liebevoll restaurierte Gehöfte mit schönem, altem Gerät und reichem Baumbestand. Sie überlappten Lückmanns Erinnerungen an das triste Zuhause des Ermordeten sehr schnell. Natürlich konnte man es dem Witwer einer an Krebs verstorbenen Ehefrau nicht verübeln, wenn er die schmerzlichen Erinnerungen tilgte, zumal seine drei Söhne ihm offenbar keinen Rückhalt boten. Dennoch wunderte sich Max, dass er bei seinem ersten Rundgang nichts gesehen hatte, was sich auch nur annähernd als Kinderzimmer eignete. Bei aller Großzügigkeit des Gebäudes gab die Raumaufteilung dies nicht her. Dabei besaß selbst das Zimmer der Lumarenko-Töchter einen gewissen Refugiumscharakter, obwohl Lumarenkos und Waldmanns zu sechst waren und sich mit etwa fünfzig Quadratmetern zufrieden geben mussten. Schiebachs Haus bot schätzungsweise das Dreifache. Der Wohnraum grenzte an eine große Küche, die ihrerseits von einer Art Wirtschaftsraum flankiert wurde, mit altmodischem Kohleherd, Waschmaschine, einer Vorrichtung für Dörrobst und meterweise Vorratsschränken, in denen Kompott und Marmeladen, eingelegte Bohnen und Gurken unter ihrer Staubschicht vergessen worden waren.

Seine Erinnerung führte ihn auch ins Obergeschoss, wo er ein ähnliches Raumangebot fand wie unten. Das Elternschlafzimmer, ein Bad und eine große Rumpelkammer, die jedoch für Kinder nicht geeignet schien, denn von dort führte eine halsbrecherische Treppe zum Dachboden, ohne Geländer und mit wackeligen Gitterrosten. Dunkel schwebte ihm auch eine Werkstatt vor, mit Hobelbank und offenen Metallregalen. Eigenartig!, fuhr es ihm durch den Kopf, wo dem Bauern doch Scheune und Remise zur Verfügung gestanden hatten! Von dem ehemaligen Schweinekofen gar nicht zu reden.

Er parkte seinen Wagen neben der Remise. Das Vorhängeschloss hing noch genauso schief und ramponiert wie bei seinem ersten Besuch, weder im Innern noch auf der Tür hatten Schüller und sein Team frische Fingerspuren gefunden. Die Tür schwang auf, in der Remise war es dämmrig, nur das rückwärtige Sprossenfensterchen warf milchiges Licht herein. Spinnenweben hielten die Ecken besetzt, am Boden klebten die schwärzlich verfärbten Blätter des vergangenen Winters und die halbhohen Metallregale waren blind von Staub. Die Fettringe unter den beiden Ölkännchen waren seit langem angetrocknet, die Lacktöpfe schmierig von verkrusteter Farbe, die ehemals fettigen Lappen bildeten harte Klumpen. Ein Dornröschenschloss für Arme. Umso aufmerksamer registrierte Max die hier aufbewahrten Geräte: sechs verschieden große Schraubenschlüssel in einer Halterung an der Wand, Besen und Schneeschaufel links und rechts der Tür und neben dem Fenster ein alter Baseballschläger. Obwohl sich die Schraubenschlüssel und der Schläger als Tatwaffe geeignet hätten, waren dort weder Haare noch Blut- oder Hautreste nachgewiesen worden. Warum hatte jemand das Türschloss geknackt?

Im Wohnhaus roch es auch jetzt muffig – eine Mischung aus Pfeifentabak und zu lang getragener Wäsche. Ranziges Pflanzenfett war ebenfalls darunter, und wieder einmal rätselte Max über der Entscheidung des Bauern, in diesem nicht gerade verwahrlosten, aber doch wenig ansehnlichen Gebäude eine Gastwirtschaft einzurichten. Musste nicht das Gesundheitsamt eine Bewilligung erteilen? Und wie stand es mit einer Gästetoilette?

In alten Bauernhäusern befand sich im Zwischengeschoss oft die so genannte Upkammer, in früheren Zeiten die bescheidene Bleibe für arme oder alte Verwandte oder für solche, auf die beides zutraf. Am Sterbetag des Bauern hatte Max nur einen flüchtigen Blick hineingeworfen. Schließlich war der Mord draußen geschehen, und nichts im Haus ließ auf Gewaltanwendung oder einen Kampf schließen. In der Küche hatten keine Gläser oder Tassen gestanden, die auf Besuch hindeuteten, und sowohl die Stühle um den Küchentisch als auch die Sitzgruppe im Wohnzimmer zeigten, dass außer dem Hausherrn an diesem Samstagvormittag niemand da gewesen war. Ihr Vater, so hatten die Söhne erklärt, habe das Wohnzimmer nach dem Tod der Mutter nur noch abends zum Fernsehen benutzt. Der Relaxsessel, das Geschenk der drei Brüder zum letzten Weihnachtsfest, stand in der Ecke, mit einem Sitzkissen in altmodischem Häkelüberzug, dessen tiefe Delle ein beeindruckendes Durchhaltevermögen des Hausherrn verriet. Eigenartigerweise war Lückmann die Tragik des Verbrechens erst in vollem Maße aufgegangen, als er dieses Zeugnis vor Augen hatte. Ein Witwer, vorzeitig gealtert, unfreiwilliger Single, wurde leicht zum Opfer falscher Freunde, ob es sich um den Saufkumpan handelte oder die vollreife Annoncenschreiberin, die um ernst gemeinte Zuschriften bat, um dem so gewonnenen neuen Lebensgefährten das Geld aus der Tasche zu ziehen. Er stellte sich vor, wie der Bauer spät in der Nacht ins Schlafzimmer geschlurft war, in sein viel zu großes, klammes Bett, denn klamm und kalt war alles im Haus, jetzt schon, Anfang September. Hosenträger abstreifen, raus aus den gammeligen Galoschen und sich unter der seit ewigen Zeiten nicht mehr frisch bezogenen Bettdecke wegdrehen zur Wand. Dieses Szenario erklärte den Geruch nach ausgiebig getragener Wäsche, und sehr beansprucht wirkte auch das Badezimmer nicht. Noch einmal überlegte Max, wo und wie Schiebach seine Gäste bewirten wollte. Und ob er sie nicht nur deshalb bewirten wollte, weil er seine Einsamkeit nicht mehr ertrug. Doch diese Überlegung verlor schnell an Brisanz, als ihm klar wurde, dass er selbst als Vierzigjähriger seine Einsamkeit ebenfalls schmerzhaft zu spüren bekäme, falls Sabine nur noch am Wochenende … Nein, Sabine war kein Thema, und falls sie nicht mehr wollte: Bitte schön, dort war die Tür!

Die Upkammer im Halbgeschoss zur ersten Etage lag auf der Gartenseite des Bauernhauses und besaß, entsprechend ihrer geringen Deckenhöhe, nur ein kleines Sprossenfenster. Auch jetzt war das schwarze Plastikrollo heruntergezogen und die Luft hing wie eine Glocke; ein stechendes Amalgam aus Kerzenwachs, Lavendel und Mottenpulver, das sofort auf Lückmanns Geruchsnerven zu lasten begann, weil es ihn an das Sterbezimmer seiner Großmutter erinnerte. Nicht, dass seine Nase rebellisch auf penetrante Aromen reagiert hätte, das hatte er sich in seiner Laufbahn als Kripobeamter längst abgewöhnt. Doch dieser spezielle Moder aus religiösen und ätherischen Essenzen irritierte ihn noch immer. Die beklemmende Gegenwart des Vergänglichen und des noch weniger nachvollziehbaren Jenseits hatte ihn seit jeher gefesselt und gleichzeitig abgestoßen. Er tastete nach dem Lichtschalter neben der Tür, einem wackeligen Drehknopf auf einem Glastellerchen, und blickte in das trübe Licht einer von Fliegendreck gesprenkelten Opalglaskuppel unter der Decke. Wer auch immer in letzter Zeit in diesem Zimmer gewesen war, er hatte es stets bei Lampenlicht betrachtet. Das Rollo war seit langem nicht mehr hochgezogen worden, das bewies die dicke Staubschicht in den Falten. Das Mobiliar erschöpfte sich in Schrank und Sessel, Bettgestell und Nachttisch. Auf dem Nachttisch neben dem schmalen Bett unter einer schiefergrauen Tagesdecke standen eine heruntergebrannte Kerze, ein silberfarbenes Kruzifix und ein gerahmtes Foto von Karla Schiebach. Max betrachtete die Kerze genauer und stellte fest, dass in der Kuhle um den Docht kein Staub lag. Der dunkelblaue Polsterstuhl in der Ecke war so schäbig, dass man ihn beim Sperrmüll wahrscheinlich stehen gelassen hätte, und die auf Hochglanz polierte Mahagonifront des Kleiderschranks zeigte viele blind gewordene Stellen. Den Schlüssel hatte man abgezogen, doch als Lückmanns Hand über die Decke des Schranks fuhr, ertastete er ihn an der hintersten Ecke, in einem Nest aus Staubflusen. Er öffnete die Türen und blickte in eine Front aus schwarzen Oberbekleidungsstücken, die über der Kleiderstange hingen wie abgeschossene Raben. Kein einziges von ihnen war auf einem Bügel aufgehängt. Eine solche Schwadron aus Schwarz konnte nur von einer Beerdigung stammen. Doch warum hatte Schiebachs Verwandtschaft die Sachen hier gelassen, anstatt sie wieder in den Koffer zu packen oder auf ihrem Bügel ins Auto zu hängen, wie das normalerweise gehandhabt wurde?

An der Wand über dem Bett reihten sich vergilbte Familienfotos mit Männern in Soldatenuniformen und alten Frauen in gestärkten Schürzen, dazwischen Briefkarten mit gepressten Stiefmütterchen in Herzform und ein Rosenkranz mit großen schwarzen Holzperlen.

Bei der Frage, wann die Kerze zum letzten Mal angezündet worden war, dachte Max wieder an die Ikone der Waldmanns. Ein Pope hatte sie Natascha anvertraut. Wie wertvoll war das Madonnenbild? Aus seiner abendlichen Fachlektüre wusste er inzwischen, dass im zwanzigsten Jahrhundert auf geradezu inflationäre Weise Kopien entstanden waren. Den Ikonen-Experten, von dem Frau Vondembusche gesprochen hatte, würde er nie kennen lernen, weil sie seinen Namen nicht genannt hatte. Er beschloss, Katja um Hilfe zu bitten.

Wieder einmal überlegte er, ob die Todesfälle Schiebach, Lumarenko und Vondembusche in irgendeiner nur vorstellbaren Weise zusammenhängen konnten. Die willkürliche Halbierung seines Notizbuchs fiel ihm wieder ein, und ihm wurde klar, dass die scharfe, systematische Trennung der Fakten möglicherweise dazu führte, dass er nicht nur Übereinstimmungen ignorierte, sondern in seinem Versuch, den Überblick zu behalten, auch Zusammenhänge konstruierte, die in Wirklichkeit gar nicht existierten.

Sah er vor lauter Bäumen den Wald nicht mehr und ignorierte den einzigen verbindenden Fakt?

Ein Bauer wurde erschlagen, dessen Frau vor zwei Jahren an Krebs gestorben war. Fotorahmen und Kruzifix standen an ihrem Bett, die Kerze war erst kürzlich angezündet worden, der Schrank voller Trauerkleidung. Wem diente dieses Zimmer als Andachtsraum? Er dachte wieder an die Testamentsregelung zugunsten der Pfarrgemeinde, die er nur mit einem schweren Fehltritt des Bauern erklären konnte. Genervt blätterte er die Notizbuchseite um und notierte diesen Gedanken.

Eine Ukrainerin wurde umgebracht, und seit der Mordnacht brannte eine Kerze vor ihrer Ikone. In Frau Vondembusches Galerie verschwand ein unbekanntes Pferdebild, und ein Zahnarzt zahlte fünftausend Euro für einen Wallach, der dem gemalten Gaul auffallend ähnelte.

So weit, so inkohärent. Anstatt nach Parallelen zu suchen, wo wahrscheinlich keine waren, schien es Max jetzt doch wieder sinnvoller, die drei Todesfälle streng voneinander getrennt aufzurollen, mit all ihren Hintergründen und Konsequenzen, aus denen heraus sich die jeweilige Tat erklären ließ.

Er begann noch einmal mit der Akte Schiebach und rekapitulierte, dass der Bauer den Hof von seinen Schwiegereltern übernommen hatte. Anton war ein Wirtssohn aus einem Nachbarort, seine Eltern hatten den Gasthausbetrieb Ende der siebziger Jahre eingestellt. Warum, wusste im Dorf niemand mehr, doch in dieser Tatsache lag ein möglicher Grund, warum er jetzt selbst ein Gasthaus hatte eröffnen wollen. Eric, Ludger und Paul waren auf dem Hof aufgewachsen. Wo hatten die drei geschlafen, Hausaufgaben gemacht, bei schlechtem Wetter gespielt? War Schiebach ein guter Vater gewesen, ein treuer Ehemann, ein großzügiger Opa? Wer würde ihm darauf antworten können, außer seinen Söhnen?

Mit einem Mal drückte die stickige Luft in der kleinen Kammer derart auf seinen Brustkorb, dass es ihn nach draußen trieb. Das Rollo hochzuziehen, um das Fenster zu öffnen, wagte er nicht, für den Fall, dass sich noch Fingerabdrücke darauf befanden oder jemand anderer auf den Gedanken kam, für frische Luft zu sorgen, und sich dadurch verriet. Auch drängte ihn sein Instinkt nachzusehen, ob sich vielleicht jemand an den Hofgrenzen herumdrückte, weil er seinen Wagen erkannt hatte. Aus irgendeinem Grund fühlte er sich beobachtet, als hätten die Zimmerwände Augen.

Frau Steer war nirgendwo zu entdecken, wahrscheinlich bediente sie im Hofladen oder versorgte ihren Bruder. Max ging am Haus entlang und öffnete die Tür zum Schweinestall. Unentschlossen schweifte sein Blick über die Wände in fleckigem Kellenputz. Der Geruch, der das Gebäude im Lauf der Jahre imprägniert hatte, war noch wahrnehmbar, und er war eindeutig, hier hatten seit jeher Borstenviecher gehaust. Nicht mal der leichteste Ansatz für Umbauarbeiten war zu sehen. Kein noch so hart gesottener Aussteigernachwuchs würde sich mit dieser unwirtlichen Unterkunft zufrieden geben. Bei dieser Überlegung kam Max wieder die Frage, welchen Teil seines Gehöfts Schiebach hatte umbauen wollen. Wo sollten die Tische seiner Gastwirtschaft stehen?

Natürlich hatten Schüller und seine Mannschaft nicht nur Haus, Remise und Stall durchsucht, sondern vor allem die Scheune, wo der tote Bauer gelegen hatte, mit zur offenen Tür herausragenden Gummistiefeln. Das Ergebnis las sich ernüchternd. Keine Fingerabdrücke an der Tür, keine Fußspuren, die auf einen Kampf hindeuteten, nur jede Menge Blut auf dem Fischgrätmuster des Scheunenbodens. Der Täter hatte Schiebach von hinten erwischt, offenbar ohne jede Vorwarnung und mit einem harten, flachen Gegenstand, der den Durchmesser einer Kinderfaust besaß. Danach hatte er ihn in die Türöffnung geschleift und auf den Rücken gedreht. Die Tatwaffe muss ein alltäglicher Gegenstand sein, überlegte Max, während er sich jetzt dem Hofladen näherte. Etwas, das sich dem suchenden Blick nicht aufdrängt, sich in die Umgebung einfügt, als hätte es schon immer dort gestanden, sich gut reinigen lässt und nicht so eilig zerbricht. Hatten in der Remise ursprünglich mehrere Baseballschläger gestanden? Auf diesem Hof waren drei Jungen großgeworden.

Tilde Steer begleitete gerade einen Kunden zur Tür, man duzte einander und auch das Händeschütteln wirkte vertraut. „Ach, die Polizei schon wieder!“, sagte sie, sobald die Ladentür zugefallen war. Das Strahlen auf ihrem Gesicht war verschwunden, als hätte man ein Streichholz ausgeblasen. „Was kann ich für Sie tun?“

„Sie können mir zwei Fragen beantworten. Wie geht es Ihrem Bruder? Und wo hatten die Schiebach-Kinder drüben ihre Zimmer? In dem Bauernhaus gibt es viel Platz, aber ich finde keinen einzigen Raum, wo die drei geschlafen und gespielt haben könnten."

„Eins nach dem anderen!", sagte sie herablassend, während ihre linke Hand wie geistesabwesend die grobe Wolle der Babysöckchen zu rupfen begann, die in einem Weidenkorb neben der Kasse lagen. „Steht mein Bruder etwa unter Verdacht? Das ist absurd. Meine Antwort auf Ihre Frage heißt: Es geht Robert gut. Vorgestern bin ich mit ihm zum Gottesdienst in die Kirche gegangen. Die Frau des Küsters hatte ihm eine Bodenvase abgekauft und sie neben den Altar gestellt, gefüllt mit Sonnenblumen. Das hat ihm viel Freude gemacht. Was Sie hier im Laden sehen, stammt fast alles von ihm. Es verkauft sich gut, er kann davon leben. Doch selbst wenn er mir auf der Tasche läge, würde das nichts an unserem guten Verhältnis ändern. Mein Mann ist nur am Wochenende da, und Robert hat Bärenkräfte. Wenn jemand mich und die Kinder überfallen würde … " Das Söckchen begann sich aufzuribbeln. Sie stopfte es zuunterst in den Korb.

„Rechnen Sie hier mit Einbrüchen?"

„Das kann man nie ausschließen. Nachdem nebenan niemand mehr wohnt, hätte ich Angst, wenn kein Mann im Haus wäre."

„Wo war Ihr Mann am Samstag, dem 22. August?"

„Als Schiebach ermordet wurde? Da war Hendrik am Vormittag nicht hier. Das habe ich doch schon ausgesagt. Er braucht dringend ein neues Auto, und da hat er sich ein wenig umgesehen."

„Wissen Sie noch genau, wann er zurückkam?"

„Gegen halb drei. Ich habe ihm das Mittagessen aufgewärmt, und unsere Jüngste hat ihm am Küchentisch Gesellschaft geleistet."

„Ihr Mann ist wohl ein sehr liebevoller Vater."

Sie nickte. „Die drei Mädchen sind immer ganz traurig, wenn er montags morgens wieder los muss. Da wird eine Woche lang."

„Wo, sagten Sie, arbeitet Ihr Mann?"

„In Enschede. Heutzutage muss man bereit sein, zu pendeln. Wissen Sie, wie viele Drinkeler täglich hin- und herfahren? Sogar bis ins Ruhrgebiet. Bei den vielen Autobahnbaustellen ist das kein Genuss. Deshalb bleibt mein Mann die Woche über drüben. Er hat ein kleines Apartment dort."

„Wenn der Job angenehm ist, geht's ja noch."

„Interessant ist seine Tätigkeit schon", bekräftigte Frau Steer, „allein wegen der zahlreichen Dienstreisen. Er ist in ganz Norddeutschland und in Holland unterwegs."

„Aha. Und was macht Ihr Mann?"

„Er berät Firmen bei der Einrichtung neuer Softwareprogramme. Eine lohnende Aufgabe." Ihr Lächeln wirkte ein wenig bemüht. Als hätte sie sich ihren Text zurechtgelegt.

„Sagen Sie, Frau Steer: Hatten die Schiebachs ein harmonisches Familienleben?"

„Das kann ich nicht beurteilen. So eng befreundet waren wir nicht. Als seine Frau Krebs bekam, hat man natürlich nachgefragt. Wie es ihr geht, und ob man helfen kann. Obwohl sie auf mich nicht angewiesen waren, weil sich Frau Schiebach sehr aktiv am Pfarrleben beteiligte und sehr beliebt war. Aber auch früher haben wir uns immer gegrüßt, die Kinder durften auf Äquinox reiten …"

„Entschuldigen Sie, wenn ich Sie unterbreche, aber bevor ich es vergesse: Kannten Sie auch Marita Daring?"

Sie nickte: „Ja, die alten Darings haben früher hier gewohnt. Der Sohn ist dann Zahnarzt in Münster geworden. Aber ehrlich, er könnte mich auf dem Prinzipalmarkt anrempeln, ich würde ihn nicht wieder erkennen. Er ist mindestens zehn Jahre älter als ich und ich habe ihn nie mehr gesehen, seitdem er weggezogen ist. Warum fragen Sie?"

Er überging ihren Einwand und kam wieder auf das Kinderzimmer der Schiebachs zu sprechen. Frau Steer zuckte die Schultern. „Ich nehme an, dass die drei bis zum Beginn des Schulalters im Wohnhaus untergebracht waren, später benutzten sie die Kanzel."

„Wie bitte?"

„Ach, herrje", seufzte sie unwillig, „jetzt muss ich wegen Ihnen die Ladentür abschließen. Ich hoffe, es dauert nicht lange. Aber", noch ein unfreundlicher Blick streifte Lückmann, „besitzen Sie überhaupt den Schlüssel von nebenan?"

Als er nickte, fuhr sie ihre Krallen noch weiter aus. „Dürfen Sie das denn? Ihr Kollege von der Spurensicherung hat mir fest versprochen, dass ich den kompletten Schlüsselsatz zurückbekomme, wenn die Ermittlungen abgeschlossen sind."

„Die Ermittlungen sind erst abgeschlossen, wenn der Täter feststeht", konterte Max mit einer Schärfe, die ihn selbst überraschte.

„Bis dahin kann die Polizei kommen, wann und so oft sie will. Wieso besaßen Sie eigentlich einen Schlüsselbund?“

„Das ergab sich in den letzten Wochen so“, sagte sie leichthin. „Wegen des langwierigen Verkaufs von Äquinox und natürlich auch wegen der Umbauarbeiten, die Herr Schiebach plante. Da musste immer jemand erreichbar sei.“ Sie überlegte kurz. „Also ich denke, dass die Söhne ihre Hausaufgaben regelmäßig in der Küche gemacht haben. Genug Platz hat sie ja. Wenn Sie sehen möchten, wo die drei schliefen, zeige ich es Ihnen. Viel Zeit bleibt mir allerdings nicht. Meine Kinder kommen gleich aus der Schule.“

Als Max nickte, führte sie ihn an Schiebachs Scheune vorbei, über die leere Pferdekoppel und an den kümmerlichen Resten eines Gemüsegartens entlang, in dem nur noch das kahle Bohnenspalier aus der Erde ragte. Am Ende der Hofstätte, neben einem schmalen Wassergraben, hinter dem sich Brachland ausdehnte, stand eine kräftige Esche. In ihren Astgabeln war in einer Höhe von etwa zweieinhalb Metern ein Baumhaus verankert.

„Das ist die Kanzel. Na?“, sie warf ihm einen koketten Blick zu, „wollen Sie nicht raufklettern?“

„The Lady first.“ Er machte eine einladende Handbewegung, und zu seiner Überraschung turnte sie die Strickleiter hoch. Er folgte ihr, den Blick auf ihre sportliche Figur gerichtet. Für seinen Geschmack war sie zu eckig gebaut, aber ihre Augen blitzten in einem frischen Hellblau und sie hatte eine gesunde Gesichtsfarbe. Die schwankenden Taue unter seinen Füßen, die faserige Struktur der Seile und ihr leicht säuerlicher Hanfgeruch weckten Erinnerungen an seine eigene Kindheit, obwohl er nie ein Baumhaus besessen hatte. Bei ihm und seinen Freunden musste die schöne Aussicht den Mangel an Bequemlichkeit wettmachen. Er grinste heimlich, als er daran dachte, wie sehr seine Vier Buchstaben schmerzten, wenn sie den ganzen Tag im Wipfel „ihrer“ Walnuss gesessen hatten. Und oft genug hatte der Regen sie heruntergetrieben. Das Baumhaus von Schiebachs Söhnen besaß ein stabiles, mit Teerpappe gedecktes Satteldach, zwei kleine, verglaste Fenster und einen Balkon, in dessen Schwelle die Strickleiter verankert war. Der Innenraum wurde durch eine halbhohe Tür geschützt, und diese Tür durch ein Vorhängeschloss gesichert. Ungeduldig nahm Frau Steer Max den Schlüsselbund aus der Hand, zog einen kleinen Bartschlüssel heraus und schloss auf. Drinnen gähnte staubige

Leere, nur in einer Ecke lagen Ziegelsteine auf einem Stapel schmutziger Wolldecken, und an der gegenüberliegenden Wand lehnten drei hochgestellte Matratzen. In den Winkeln hatte sich welkes Laub gesammelt, die kleinen schwarzen Kotkugeln konnten eigentlich nur von Nagetieren stammen.

„Das ist ja wie im Hilton", ätzte Max.

„Früher sah es hier besser aus. Ich weiß das, weil ich mal mit hochklettern durfte. Ganz im Anfang, als das Haus neu war. Als Eintrittsgeld musste ich drei Flaschen Limonade mitbringen. Die Jungs haben sogar im Winter hier übernachtet. Die Ziegelsteine wurden im Küchenherd aufgeheizt und unter die Wolldecken geschoben. Wie oft habe ich die drei beobachtet, wie sie morgens barfuß durch den Schnee rannten. Natürlich trugen sie wattierte Jacken, aber die Füße waren immer nackt." Die Erinnerung brachte sie zum Lachen.

„Wann wurde das Haus gebaut?"

Sie strich sich das tizianrote Haar hinter die Ohren. „Ich denke mal, Paul war gerade in die Schule gekommen … demnach dürfte es zweiundzwanzig Jahre her sein."

„Und seit wann wird es nicht mehr benutzt?"

„Das kann ich Ihnen nicht sagen." Ihr Blick richtete sich auf ihn, und er sah den Übermut, der in ihrer Iris tanzte. „Solch ein verschwiegenes Hüttchen hat ja auch für Erwachsene seinen Reiz. Wenn jemand ungestört lesen oder schreiben möchte, … oder vielleicht …?", sie grinste unverhohlen.

„Auf einer schmutzigen Wolldecke?", fragte er und dachte: höchste Zeit für einen Themenwechsel. „Woran ist Frau Schiebach eigentlich gestorben."

„War was Gynäkologisches. Im Dorf wurde nur gemunkelt, weil ihr Mann nicht reden wollte. Wenigstens ist es schnell gegangen, ohne dass sie sich lang quälen musste."

„Ist sie in dem kleinen Raum über dem Hochkeller gestorben?"

„In der Upkammer, ja. War ein schwerer Schlag für die Familie. Es kam ja alles so plötzlich. Dass da nichts mehr zu machen war."

„Eine große Beerdigung?"

„Hmm. Karla war beliebt und sehr religiös. Sie dachte sehr … sozial. Von ihr stammte auch die Idee, in meinem Laden Kunsthandwerk von Behinderten auszustellen. Hat aber nicht funktioniert, nur Robert hatte Glück."

„Kam auch viel Verwandtschaft zur Beisetzung?“

„Das kann ich Ihnen nicht sagen. Ich kenne Antons Verwandtschaft nicht. Und von Karlas Familie lebt hier niemand mehr.“

„Eigenartig, dass er nicht wieder geheiratet hat. Mit siebenundfünfzig.“

Sie warf Max einen viel sagenden Blick zu. „Der hätte schon gewollt. Nur war er halt kein Traummann, wie aus dem Katalog einer Partneragentur.“

„Gab es eine Wunschkandidatin?“

Sie nickte. „Die Pflegerin, die Karla in ihren letzten Stunden betreut hat. Sie ist auch zur Beerdigung gekommen, hat Schiebach die Hand gedrückt und ihm tief in die Augen gesehen. Eine Rumänin, schätzungsweise Anfang vierzig. Keine Schönheit, ein bisschen grobknochig, aber unverheiratet. Ich habe beobachtet, wie er ihr im Pfarrsaal gegenübersaß, nur durch die Schüssel mit Plattenkuchen getrennt. Manchmal“, sie lachte selbstgefällig, „kann ich Gedanken lesen. Er hätte sie gern im Haus behalten. Wenn er selbst einmal pflegebedürftig würde, hätte er eine sehr belastbare Kraft an seiner Seite gehabt. Bis zum Sechswochenseelenamt hat er mit seinem Anruf gewartet, nur um dann zu erfahren, dass sie inzwischen geheiratet und gekündigt hatte. Er hat es mir erzählt.“ Sie sah auf die Uhr. „War’s das? Ich müsste meinen kleinen Rabauken langsam mal das Essen warm stellen.“

„Kann ich nachher noch mit Ihrem Bruder sprechen?“

Sie wollte das Baumhaus durch den Einstieg verlassen und drehte sich wieder um. „Was wollen Sie von Robert?“

„Vielleicht hat er etwas bemerkt.“

„Das wüsste ich doch“, entgegnete sie schroff. „Robert erzählt mir alles.“ Sie zögerte. „Seien Sie vorsichtig mit dem, was er Ihnen sagt. Sein Bezug zur Realität ist nicht der allerbeste.“

„Lassen Sie ihn im Laden allein?“

„Warum nicht? Es sind größtenteils seine Sachen, die er verkauft. Und so einfältig ist er nicht, dass er nicht zwei und zwei zusammenzählen könnte. Außerdem“, ein verächtlicher Blick streifte Max, „sind die Leute hier auf dem Land ehrlich. Hier wird niemand übers Ohr gehauen.“ Damit war sie verschwunden.

Aber gemordet wird auf dem Land, dachte Lückmann. Er blieb noch eine Weile da und versuchte herauszufinden, wie lange das Baumhaus nicht mehr benutzt worden war. Ein ideales Versteck!, ging es ihm durch den Kopf. Und war ein Vorhängeschloss nicht der beste Beweis, dass es mal etwas zu verstecken gab? Erst jetzt fiel ihm ein, dass Frau Steer von Umbauarbeiten auf dem Nachbarhof gesprochen hatte. Hatte Schiebach es ihr gesagt oder einer der Söhne? Er musste herausfinden, wie gut sie informiert war.

So eng befreundet waren wir nicht, hatte sie erklärt. Aber Schiebach hatte ihr seinen Zweitschlüssel anvertraut. Max verriegelte das Vorhängeschloss wieder und ließ den Bund in die Tasche gleiten. Jetzt würde er die Schlüssel erst recht behalten.

Als er feststellte, dass hinter der Theke des Hofladens ein Mann saß, ging er hinein. Er las sich mit geheucheltem Interesse durch die Aufkleber der selbst gemachten Marmeladen, seine wahre Aufmerksamkeit gehörte dem Gespräch zwischen Verkäufer und Kundin. Dabei beschlich ihn der Eindruck, dass Robert, denn um ihn handelte es sich tatsächlich, sehr wohl betrogen werden konnte, wenn man ihm nicht über die Schulter schaute. Die Kundin maßregelte ihn wie ein Kind, er solle sich nicht übers Ohr hauen lassen, er beantwortete ihre Ratschläge mit eingezogenem Kopf und undeutlichen, abgehackt klingenden Sätzen. Sein Alter war schwer zu bestimmen, die stahlblauen Augen gaben ihm einen Anflug von Jungenhaftigkeit, doch sein Haar war bereits von grauen Strähnen durchsetzt und schütter.

Die großen, erdfarbenen Tonkrüge, die er herstellte, wirkten etwas plump, die Schalen und Schüsseln fand Max dagegen nicht nur absolut professionell, sondern auch geschmackvoll. Viel lichtes Grün und sattes Kobaltblau, und die Preise waren günstig. Als die Kundin den Laden verließ, griff er nach einer fischförmigen Schale in Jadegrün mit schwarzem Rand, die sich perfekt für Antipasti eignete, und stellte sie auf die Theke. Damit würde er Sabine bei ihrer Rückkehr überraschen. Die Schale war mit acht Euro ausgeschildert, ein niedriger Preis. Vorsichtshalber fragte er nach.

„Steht doch drunter“, sagte der Mann unfreundlich und griff nach einem Stück Zeitungspapier. „Alle Auswärtigen denken automatisch, ich hab sie nicht alle. Aber das belebt das Geschäft.“

„Die letzte Kundin stammte offensichtlich aus Drinkel.“

Er strich zornig die Zeitungsseite glatt. „Ich leide an einem Klumpfuß, im Klartext bedeutet das: Ich humpele wie der Leibhaftige, und zwar von Kindesbeinen an. Aber hier oben“, sein klobiger Zeigefinger mit dem abgekauten Nagel tippte an die Stirn, „bin ich topfit. Ist das klar?“ Seine Stimme kippte ins Weinerliche, und Max war gar nichts mehr klar. Frau Steer hatte ihrem Bruder mangelnden Realitätsbezug nachgesagt. Doch Geisteskranke hatten mitunter lichte Momente. Ein wenig verwirrt bezahlte er das Schälchen. Als er sich an der Tür noch einmal umwandte, hatte Robert auch die restliche Zeitung vor sich ausgebreitet. Offenbar diente sie nicht nur als Verpackungsmaterial, denn er las sie mit erkennbarem Interesse, und diese Beobachtung ließ Max innehalten. Er fühlte sich für dumm verkauft.

„Herr …“, da er den Nachnamen nicht wusste, wickelte er das Schälchen wieder aus. Darunter klebte ein Etikett, auf dem „Robert Schäfer“ stand, mit einem hübschen Logo, aus den Initialen gebildet. Als er den Dienstausweis über die Theke schob, blickte Schäfer ihm mit einem entwaffnenden Lächeln ins Gesicht.

„Reingefallen, was? Hier im Dorf spielen alle meine Komödie mit: der Fliegende Robert mit dem Zwergenhirn. Die Touristen fahren voll darauf ab. Töpferware vom Dorfdeppen? Ist doch putzig! Aber mir entgeht nichts.“

„Herr Schäfer!“ Lückmann war kein Tourist, und er hatte langsam genug von all dem Pseudokarneval. In diesem Ort war ein Mord passiert. „Wenn Sie einen so guten Überblick haben, können Sie mir vielleicht mit einer Auskunft weiterhelfen. Anton Schiebach wollte sein Wohnhaus zu einer Gaststätte umbauen. Ich frage mich, wo man mehr als vier Tische aufstellen könnte. Sein Wohnzimmer ist zu klein, und die Küche verströmt den Charme einer Metzgerei, pflegeleichte Kacheln und jede Menge Messer. Doch jetzt ist Herr Schiebach tot, und ich möchte wissen, wo er diesen Umbau plante und was er dort wirklich eröffnen wollte.“

Bei dem letzten Satz hätte Robert fast den Taschenrechner von der Theke gefegt, so heftig durchfuhr es ihn. Dann humpelte er zur Rückseite des Ladens, öffnete die Hintertür und lauschte angespannt. „Meine Schwester spült schon das Geschirr. Ich kann hier nicht weg, weil sie mir jeden Moment mein Essen bringt. Und wenn ich dann nicht da bin … Gegen fünf übernimmt sie die Kasse, um die Tageseinnahmen abzurechnen. Warten Sie dann drüben vor Schiebachs Haus. Ich zeige Ihnen, was er wirklich plante.“

Max ging hinüber zur Kirche. Wie er dem Prospekt am Bücherstand entnahm, stammte sie ursprünglich aus dem fünfzehnten

Jahrhundert, war jedoch mehrfach umgebaut und renoviert worden. Hier ein Brand, der den Dachstuhl vernichtete, dort ein Sturm, dazu feuchte Mauern und der Holzwurm. All diese Schäden waren mit Spenden der Landadeligen aus der Bauerschaft behoben worden, die ihre Gelder jedoch an bestimmte Baumaßnahmen knüpften. Übrig geblieben war schließlich ein schlichter Innenraum mit nur vagen Anklängen an die spätgotischen Ursprünge, mit Fenstern im Nazarener Stil und einem modernen Taufbecken. In einer kleinen Gnadenkapelle nahe der Eingangstür wurde eine Madonnenstatue verehrt. Im Prospekt widmete man ihr keinen einzigen Satz, obwohl sie mit ihrem verwitterten Lindenholz, den unzähligen Wurmstichen und dem typisch gotischen Knick sehr alt wirkte. Stattdessen wurde das Taufbecken in der gegenüberliegenden Nische als wertvollstes Ausstattungsstück der Kirche gepriesen: Der Entwurf eines jungen Künstlers, der auch gern noch einen Kreuzweg verkauft hätte. Doch das sei erstmal Zukunftsmusik. Manche Kunstschaffenden überspannen den Bogen, dachte Max und legte das Heft zurück. Eine Information zu der Madonna hätte er ohne weiteres mit zwei Euro honoriert, doch für einen Lokalmatador, der aus Messing eine Art abgesägtes Bierfass gehämmert und zum Taufstein deklariert hatte, war ihm der Preis zu hoch. Während er seinen Weg in Richtung Altarraum fortsetzte, fragte er sich, wie wohl der abgelehnte Kreuzweg aussah. Die Alternative bestand aus schlichten Eisenkreuzen, in die die römische Zahl der jeweiligen Station eingeritzt war.

Bei dem Altar handelte es sich um einen einfachen Tisch aus hellem Holz mit zwei barock wirkenden, silbernen Kerzenleuchtern und einem Silberkruzifix in der Mitte. Rechts daneben ragte Schäfers Bodenvase in die Höhe; eins der eher klobigen Exemplare aus schlammfarbenem Ton mit breiten, unregelmäßigen Querrillen.

Lückmann nahm in der zweitvordersten Bankreihe Platz und ließ den Blick schweifen. Dass der Altarraum wenig Gegenständliches besaß, von dem sein Auge abgelenkt wurde, empfand er als wohltuend. Er war kein regelmäßiger Gottesdienstbesucher, allenfalls eine Taufe hätte er gern mal miterlebt, wo er schon seine eigene komplett verschlafen hatte. Allerdings müsste sie seinem Nachwuchs gelten. An Beerdigungen nahm er nur teil, wenn der Verstorbene ein enger Freund oder Verwandter war oder der Mörder unter den Trauernden vermutet werden konnte. Doch er liebte die Stille und kühle Frische einer Kapelle oder einfachen Kirche, wie diese es war. Schön wäre jetzt ein minimalistisches Orgelspiel, dachte er, doch die Drinkeler Kirche besaß keine Verstärkeranlage, und statt der Orgel musste ein kleines Harmonium herhalten. Die Lieder der Sonntagsmesse waren noch auf dem hohen Ständer neben dem Stehpult angezeigt. Max schloss die Augen, spürte dem Gemisch aus Kerzenrauch, Möbelpolitur und verwelkten Blumen nach und widmete sich wieder seinen Überlegungen und Berechnungen.

Ein Raubüberfall auf Schiebach konnte ausgeschlossen werden. Dem Bauern war nichts gestohlen worden. Allerdings besaß er auch keine Reichtümer, selbst Äquinox hatte nicht mehr Qualitäten vorzuweisen als ein schönes Fell und einen eleganten Körperbau. Der Wallach sei kein guter Renner gewesen, hatte zumindest Paul Schiebach behauptet, und bei den Internet-Wettbörsen war sein Name nicht präsent. Vielleicht früher einmal, überlegte Max, verscheuchte den Gedanken jedoch sofort mit der Vermutung, dass Schiebach ihn dann schon viel früher verkauft hätte, anstatt die Nachbarskinder darauf reiten zu lassen.

Der Gedanke an einen Racheakt der drei Söhne ließ sich dagegen nicht so leicht verdrängen. Was sie beruflich erreicht hatten, verdankten sie offenbar allein ihrer Mutter. Sie hatte sie umsorgt und gefördert, so gut es ging. Doch auf dem Sterbebett hatte sie ihren Mann dazu gebracht, den Hof an die Kirchengemeinde zu vererben. Damit hatte sie ihre Kinder benachteiligt, und auch wenn keiner von ihnen Interesse an der Landwirtschaft gezeigt hatte, war Frau Schiebachs Forderung verwunderlich. Warum hatte Anton sein Testament später nicht einfach abgeändert? Fürchtete er wirklich um sein Seelenheil? Noch einmal fragte sich Max, was der Bauer verbrochen haben mochte, um eine so hohe Buße zu entrichten. Er überlegte auch, wen in Drinkel er darauf ansprechen könnte. Das Dorf zählte etwas mehr als dreihundert Haushalte, einen Neuzugang hatte es seit zweieinhalb Jahren nicht mehr gegeben, und bei diesem letzten handelte es sich um eine dreißigjährige Alleinerziehende, die sehr zurückgezogen lebte.

Um eine brauchbare Auskunft über Schiebachs Vergangenheit zu bekommen, musste er eine Vertrauensbasis schaffen, und da standen seine Chancen schlecht. Eine Kneipe, in der er sich unauffällig in eine Ecke verdrücken konnte, um die Gespräche der Dorfbewohner mitzuhören, gab es nicht, und der Supermarkt folgte einem fortschrittlichen Konzept, das wieder an den Tante-Emma-Laden anknüpfte. Offenbar vertraute der Konzern bei seinen Filialen in ländlichen Bereichen auf die kommunikative Kraft der Dorflinde. Ein kreisrunder Thekenbereich mit frischer Ware, von Aalpastete bis Zwiebelwurst, wurde von Wandregalen mit länger haltbaren Artikeln einschließlich Klopapier und Haushaltsreinigern eingeschlossen wie eine Torte von ihrem Verpackungskarton. Der Laden war eng, hellhörig und absolut kein Rückzugsgebiet für einen Kripobeamten, der sich unsichtbar machen wollte. An den Privathäusern zwischen Tür und Angel auf eine Auskunft zu hoffen, schien Max ebenfalls illusorisch. Die Dörfler, geschockt durch das brutale Verbrechen, versiegelten ihre Lippen, weil sie entweder überhaupt nichts wussten oder aber zu viel.

Ob hinter dem Mord ein Streit mit den Dorfbewohnern steckte, war ebenfalls nicht leicht herauszufinden. Möglicherweise kamen die Umbaupläne als Motiv in Betracht, doch außer Tilde Steer, die sich völlig wertfrei gab, und ihrem Bruder, der ihm Informationen versprochen hatte, wollte niemand darüber reden. Dabei gab es zurzeit wenig Gesprächsstoff, die Ernte war eingefahren, das Schützenfest Historie und die Feriengäste machten sich vom Acker. Bauliche Veränderungen betrafen in einem so kleinen Ort jedermann und zwar rund ums Jahr. Natürlich störte es nicht, wenn Wände entfernt oder ein Carport errichtet wurde, das war nicht mal Sache des Bauamts. Ein Gasthaus würde dagegen Unruhe mitbringen, möglicherweise auch Lärm zur Sperrstunde. Der Schiebach-Hof lag zwar an der nördlichen Dorfgrenze, aber Drinkel war nicht groß, und auf dem Land war man in der Regel nicht nur an sternenhelle, sondern auch an totenstille Nächte gewöhnt. Das musste man mögen, aber wenn es jemand mochte, konnte der Verlust dieser lieb gewordenen Lebensqualität Mordgelüste wecken. Die Aussicht, jede Nacht um zwei mit den Fäusten ins Kopfkissen zu hämmern, weil die Zecher endlich Leine zogen und der Wirt dafür keine Verantwortung tragen wollte, war ein guter Nährboden für Zorn und Hass.

Max schreckte aus seinen Betrachtungen auf, als die Kirchentür mit leisem Quietschen geöffnet wurde. Er zwang sich, den Blick nach vorn zu halten, und wartete einfach ab. Hatte ihn jemand beobachtet und suchte jetzt ein Gespräch? Wo hätte man ungestörter reden können als in einer Dorfkirche an einem verschlafenen frühen Dienstagnachmittag? Unterstunde, hatte seine Großmutter diese Tageszeit genannt.

Er spürte die Person eher, als dass er sie hörte, so leise schlich sie heran. Eine leichte Gänsehaut kroch ihm über den Rücken, als er daran dachte, wie heimtückisch der Bauer erschlagen worden war. Niemand außer dem Täter hatte gesehen, wie er bäuchlings und blutüberströmt in seiner Scheune umkippte.

Die Kirchenbesucherin war eine rundliche Frau etwa Mitte vierzig. Ohne von Max Kenntnis zu nehmen, machte sie eine tiefe Kniebeuge vor dem Altar und begann, die Sonnenblumenkerne rund um Schäfers Bodenvase aufzusammeln. Max kehrte zu seinen Überlegungen zurück und stellte die Ermordung von Schiebach noch einmal nach.

Für elf Uhr war der Käufer von Äquinox bestellt. Wenn man Daring glauben konnte, hatte der Termin planmäßig stattgefunden. Frau Steer war nach eigener Auskunft mit dem Putzen ihrer straßenseitigen Fenster beschäftigt und hatte die Ankunft des Pferdekäufers beobachtet, ihn jedoch nicht als Jens Daring identifiziert. Ihr Bruder Robert saß unterdessen im Hofladen. Zeugen für ihren Aufenthaltsort konnten sie beide nicht nennen. Schiebach erkannte Daring vom Küchenfenster aus, kam heraus, um ihn, rechts am Haus entlang, zur Pferdekoppel zu führen, und dort war er stehen geblieben, bis der Zahnarzt mit dem Wallach die Hofeinfahrt verlassen hatte. Er habe, so Darings Aussage, den Blick so nachdenklich über die verwaiste Koppel schweifen lassen, als bereue er seinen Handel. Sein Tod war zwischen zwölf und ein Uhr eingetreten, während Frau Steer Schattenmorellen einkochte. Hätte Daring auf seiner Rückfahrt rein theoretisch dem Mörder begegnen können? Schiebachs Hof lag im Norden, die Straße nach Münster führte an der Kirche vorbei zum südlichen Ortsausgang. Max zog sein Notizbuch heraus und merkte an, dass er klären musste, ob Daring im Ort oder auf der Umgehungsstraße gesehen worden war. Vielleicht erinnerte sich ein Autofahrer an den Pferdetransporter.

Unterdessen hatte die Frau in den ausgeleierten Jeans ihre Ernte abgeschlossen und begutachtete das Ergebnis, als wollte sie die Kerne zählen. Aus dem Augenwinkel heraus beobachtete Max, wie sie in Richtung Ausgang zurückhuschte. Er hoffte auf das Quietschen der Tür, um wieder Ruhe zu haben, doch es blieb still.

Ein kaum merklicher Lufthauch in seinem Nacken ließ ihn so plötzlich herumfahren, dass die Frau ihrerseits erschrak. Sie stand unmittelbar hinter ihm. Ihre linke Hand war zur Faust geschlossen, als enthielte sie nicht Sonnenblumenkerne, sondern Goldnuggets. „Warum erschrecken Sie mich so?“, keuchte sie. „Ich habe Sie vorhin aus dem Hofladen gehen sehen, beim Robert.“ Hastig blickte sie sich um, doch außer ihnen war niemand im Raum, und das Quietschen der Tür hätte jeden Neuankömmling verraten. Daher fuhr sie in normaler Lautstärke fort: „Was immer der Junge Ihnen erzählen wird, er kann gar nichts gesehen haben. Der macht sich nur wichtig. Er ist ein bisschen …“, ihr Zeigefinger drehte sich schraubenartig an der rechten Schläfe.

„Und wer sind Sie?“

„Oh, Entschuldigung!“ Sie wischte sich die freie Hand am Hosenboden ab. Aus mehreren Gründen erinnerte sie Max an eine Maus: flinke, braune Augen, spitze Zähne und seidenweiches, kurzes Haar in Graubraun.

„Gestatten Sie? Anke Trebschuh. Ich wollte nur schnell die abgebrannten Kerzen vor dem Gnadenbild entsorgen und die Sonnenblumenkerne aufsammeln. Das sieht nicht gut aus, und die Meisen freuen sich. Mein Mann ist Küster, ich helfe aus, wo es nötig ist. Alles allein machen kann er ja nicht.“

„Dann waren Sie vorhin drüben im Hofladen und haben mit Robert Schäfer geschimpft?“ Jetzt erkannte er ihre Stimme wieder.

„Na ja, geschimpft!“, meinte sie ausweichend. „Der Junge ist zu gutmütig! Acht Euro für einen Fischteller, an dem er eine halbe Woche gearbeitet hat? Wer bezahlt ihm denn seine Ideen? Schwupps hat ihm jemand das Ding abgekauft, bevor er sich zum doppelten Preis entschließen konnte. Wenn Tilde ihn nicht durchfüttern würde, wäre er längst ein Sozialfall.“

In Lückmanns Rucksack schien sich eine peinliche Beule zu bilden, trotzdem beschloss er, in die Offensive zu gehen. Schließlich war er nicht hergekommen, um den Marktwert handgetöpferter Ware zu diskutieren. Doch so schnell gab sich auch Frau Trebschuh nicht zufrieden. Es freute sie offenbar, dass sie für ihre soziale Ader einen Adressaten gefunden hatte, der nicht aus Drinkel stammte. Und der Kommissar hatte ja Zeit bis um fünf.

„Wissen Sie, was ich für diesen Pott da drüben bezahlen musste?“ Ihr förmlich krakeelender Zeigefinger fuchtelte in Richtung

Bodenvase. „Dreißig Euro! Bei uns Einheimischen langt der Junge zu. Dabei wurde seine Vase aus dem Klingelbeutel finanziert, und er hat sie ruckzuck an einem Wochenende getöpfert. Doch wenn die Touris kommen, geht er in die Knie."

„Warum ist Schäfer ein bisschen …?" Jetzt ließ Max den Zeigefinger ebenfalls an der Schläfe kreisen. „Wenn er als clever genug gilt, die Touristen von den Einheimischen zu unterscheiden und zwei verschiedene Preislisten anzulegen, kann man ihm doch eine gewisse Intelligenz nicht absprechen."

„Er kann den Mord an Anton Schiebach gar nicht beobachtet haben, was immer er Ihnen gleich erzählen wird. Weil er nämlich am Samstagvormittag im Laden war. Und Tilde hat die Fenster vorn zur Straße geputzt."

Als er hörte, wie haargenau man sein Gespräch mit Schäfer abgehört hatte, wurde es Max schwül. War der Hofladen mit Wanzen ausgestattet? Er dachte kurz über die Chance nach, eine Genehmigung für eine Geschäftsdurchsuchung durchzusetzen, ließ den Gedanken aber gleich wieder los, da Frau Trebschuh im Fall einer Verwanzung niemals so unverblümt über den Inhalt seines Gesprächs geredet hätte. Eher war wohl anzunehmen, dass Schäfer geplappert hatte – gegenüber seiner Schwester, gegenüber der Küsterin, gegenüber wem auch immer. Max war sauer, vor allem aber fragte er sich jetzt, wie ernst man die Aussage nehmen durfte, die Schäfer zu den Umbauplänen des Bauern machen wollte. Aber vielleicht ließ sich ja mit einigen Details etwas anfangen. Die Spreu vom Weizen trennen! Mit einem Mal sah er doch eine Vertrauensbasis in greifbarer Nähe, indem er Frau Trebschuhs rätselhaften Informationsreichtum überging und sie behandelte wie eine vertrauenswürdige Ortskundige.

„Gibt es in der Familie Schiebach irgendeine Altlast, die eine Überschreibung des Hofs an die Pfarrei erklären würde?"

Sie betrachtete ihn wie eine Lehrerin, die ihrem Schüler die Note fünf zu schlucken geben muss, streng, aber auch mitfühlend, dann setzte sie sich neben ihn auf die Kirchenbank. „Karla Schiebach", sagte sie, und ihre Stimme nahm einen unangenehm missionarischen Tonfall an, „hat darunter gelitten, dass ihr Mann irgendwann nicht mehr zur Kirche ging. Nur sein Versprechen, den Hof der Pfarrei zu vermachen, hat ihr das Sterben erleichtert. Und ihm fiel diese Testamentsregelung nicht schwer, bei so vielen Jahren, die ihm seine genetische Veranlagung noch garantierte.“

Auch das wusste sie also. Vielleicht ließen sich aus am Altar gesammelten Sonnenblumenkernen geheime Informationen ablesen.

„Was die Drinkeler Kirchengemeinde erbt, ist ja nicht gerade ein Hühnerstall. Ist Ihnen mal irgendetwas zu Ohren gekommen, womit sich diese großzügige Regelung erklären ließe?“

„Ist das ewige Leben nicht Erklärung genug? Wie viele Altarbilder und Glasfenster wurden gestiftet, weil sich jemand sein Seelenheil erkaufen wollte?“ Wenn Max nicht alles täuschte, lag ein Anflug von Spott in ihrer Stimme.

„Und die Söhne verzichteten freiwillig auf ihr Erbe?“

„Die haben ihr Auskommen gefunden. Karla war eine vorbildliche Mutter.“

„Danke, Frau Trebschuh. Wenn Ihnen im Nachhinein noch eine Beobachtung einfällt, rufen Sie mich bitte an. In Drinkel wird doch sicher über Herrn Schiebach geredet. War das auch vor seinem Tod schon der Fall?“

„Ach nee, geredet! Allein diese Wortwahl.“ Wieder die Pädagogenstimme! „Das war doch ein ganz armer Mann. So überraschend schnell wie der seine Frau verloren hat und dann keine neue Partnerin …“

„Er wollte sein Bauernhaus zur Kneipe umbauen?“

„Zu einer Gaststätte, Herr …“, sie zog Lückmanns Visitenkarte, die sie gerade in die Hosentasche geschoben hatte, noch einmal heraus, allerdings nur, um ihn doch wieder mit „Herr Oberkommissar“ anzusprechen. „Und um ehrlich zu sein, ich wäre bei Anton essen gegangen. Hier in Drinkel haben wir ja nicht mal eine Bratwurstbude. Eine gemütliche Deele, wo man sitzen kann, wenn die Küche zu Hause kalt bleiben darf, wäre schon längst fällig gewesen.“

„In der Deele wäre es aber eng geworden.“

Sie winkte ab. „Anton wollte an der Rückseite anbauen. Vorn zur Straße war nur eine Grillhähnchen-Station geplant. Chicken to go, wie man das heute nennt.“

„Hätte er das denn geschafft? Ich meine, die Gäste zu bedienen und den Take-away-Betrieb zu organisieren? So ganz allein?“

„Oh, der Anton war ein ganz Gewiefter! Was meinen Sie, warum sein Jüngster Koch geworden ist?“

„Aber ohne fremde Hilfe?“, insistierte er.

„War ja noch nicht entschieden, ob er eine Hilfe einstellen würde oder sogar mehrere, als Küchenkraft und Bedienung. Also, da gab es schon Bewerbungen."

„Auch aus Osteuropa?"

Ihr Blick wirkte plötzlich fischäugig. „Wie soll ich das wissen? Er ist ja mitten in der Planung gestorben. Dabei existierte angeblich schon die Speisekarte."

Wenn bei Schiebach Bewerbungen eingegangen waren, existierten sie vielleicht noch. Max dachte wieder an die sieben Stapel, auf die er den kompletten Papierkram aus dem Sekretär verteilt hatte. Konkret erinnern konnte er sich nicht, dass jemand auf eine Annonce geantwortet hatte. Umso deutlicher stand ihm der Bauer wieder vorm inneren Kopfkino: labbrige Hosenträger, unordentliches Hemd. Die Erinnerung an seine leblosen, auf den Türsturz der Scheune gerichteten Augen brachte Max auf eine weitere Frage. „Wie finde ich denn hier zum Friedhof?"

„Immer der Nase nach! Oh je," sie schlug sich vor den Mund. „So giftig war das jetzt nicht gemeint. Ich dachte eher an die verwelkten Blumen. Die Leute kümmern sich oft wochenlang nicht darum, und dann fängt es an zu stinken. Wahrscheinlich wollen Sie zum Grab von Karla Schiebach. Also, wenn Sie durchs Kirchenportal herauskommen, drehen Sie sich nach rechts, gehen geradeaus, und schon stehen Sie vor dem schmiedeeisernen Tor. Dann zweimal links abgebogen, und Sie haben die Gruft von Antons Schwiegereltern. Karla war eine geborene Wetering, ihre Familie führte den Hof seit hundertfünfzig Jahren. Leider konnte ihn keiner der Söhne übernehmen, deshalb…", sie unterbrach sich und sah Max bedeutungsvoll an. Nach einem Traumschwiegersohn namens Anton Schiebach klang das nicht unbedingt. „Und was hinderte Karlas Brüder an der Übernahme?", hakte Max nach.

„Der Älteste starb durch einen Unfall, als er siebzehn war. Der Zweite bekam Lungenkrebs, der Dritte ist nach Kanada ausgewandert. Also blieb nur Karla. Und später dann ihr Anton. Aber der verstand nichts von Landwirtschaft." Ein verächtliches Zucken umspielte ihren Mund.

„Lebt von der Familie Wetering noch jemand hier in der Gegend?" Sie schüttelte den Kopf.

„Und in die Gastwirtschaft der Schiebachs wollte sie nicht einheiraten? Wenn ich richtig informiert bin, gab es die bis in die siebziger Jahre."

„Dann wäre der Hof ihrer Eltern endgültig den Bach runtergegangen. Aber jetzt wo Sie fragen, denke ich: Karla wäre auch mit Kopf und Herz Gastronomin geworden. Und vielleicht hätte sie ihren Anton mit einer Kneipe besser an die Kandare bekommen. Über Tote soll man nichts Schlechtes reden, aber der Anton war hinter jeder Schürze her. Manche Männer brauchen so was."

Themenwechsel!, entschied Max. In unmittelbarer Altarnähe von einer reifen Dame auf die Ausschweifungen eines noch Älteren angesprochen zu werden, war nicht nur peinlich, es führte zu nichts. Es sei denn, Frau Trebschuh war die Anaïs Nin von Drinkel. Auch sie selbst hatte die Fehlinvestition ihrer Informationen offenbar registriert, denn sie fuhr in dem neutralen Tonfall einer Fremdenführerin fort: „Unsere ältesten Gräber reichen zurück bis ins achtzehnte Jahrhundert, und die größte Gruft gehört dem alten Droste. Die lassen Sie sich mal nicht entgehen, das ist was ganz Nobles. Die Familie Droste-Schürhoff wohnte drüben in dem großen Waldgebiet. Der letzte männliche Nachkomme ist 1978 durch einen Jagdunfall gestorben. Er war erst achtundzwanzig. Das Haus ist heute ein Golfhotel."

Und dann war sie schneller aus der Kirche, als er sich verabschieden konnte. Eigenartig, dass beim Herausgehen die schwere Holztür nicht gequietscht hat, dachte er noch, im nächsten Moment fiel sein Blick nach links, wo die Madonna stand. Doch was er wirklich sah, war die Kappe eines Schuhs. Ein schwarzer Herrenschuh, der haargenau den Spalt der leicht geöffneten Beichtstuhltür neben der Gnadenkapelle füllte. Mit ein paar Schritten war Max dort, riss die Tür auf, doch die Sitzbank dahinter war leer; der Männerschuh darunter ebenfalls. Als Max das Kirchenportal öffnete, stob kreischend ein halbes Dutzend Kinder auseinander. Saubande!, dachte er wütend. Möglicherweise hatte Sabine doch irgendwo Recht, wenn sie keine Kinder haben wollte. Absolut nervig, diese Blagen!

Andererseits – wenn man sie anständig erzog?

Er war schon auf dem halben Weg zum Friedhof, als er wieder kehrtmachte. Irgendetwas in dem Halbdunkel des Beichtstuhls hatte ihn irritiert. Das Kirchenportal stand noch offen, drinnen war niemand zu sehen, und so schob er schnell die Beichtstuhltür auf, bis das Scharnier knarrte. Auf der Innenseite der halbhohen Tür, die außerhalb von Kirchenschiffen in Norddeutschland Klöntür genannt wurde und auch weniger reumütigen Gesprächen diente, klebte ein Zettel. „Anton, du Schwein! Gib den Löffel ab!“ Die Rückseite trug einen Werbeaufdruck für Amstel-Bier in Form eines quer geteilten Kreises in Rot und Weiß. Von den johlenden Kindern konnte er nicht stammen, zu ihnen passte nur der Jux mit dem Männerschuh. Frau Trebschuh schied ebenfalls aus. Für die Frau eines Küsters galt die Immunität des Gotteshauses, mochte sie draußen auch tratschen. Max nahm Plastikhandschuhe aus der Tasche, zog den Zettel vorsichtig ab und schob auch den Herrenschuh in eine Asservatentüte, von denen er immer einige im Rucksack bereithielt. Danach ging er zum Friedhof.

Das Grab der Droste-Schürhoffs war nicht zu übersehen. Es lag gleich vor Kopf, nur wenige Schritte von dem schmiedeeisernen Tor entfernt; eine hohe, schlanke Pyramide aus poliertem Granit, von zwei trauernden weißen Marmor-Engeln flankiert. Der eine Engel bedeckte seine Augen mit der Hand, der andere hielt sie zum Himmel gerichtet. In dem Granittrog darunter loderte ein Flammenmeer aus organgeroten Begonien, die frisch gegossen waren, in der schmiedeeisernen Laterne brannte eine Kerze. Auf der Pyramide waren nur Männernamen eingraviert: sieben insgesamt, in Goldlettern. Das älteste Todesdatum stammte von Mai 1770, in den beiden Weltkriegen waren mehrere Väter, Söhne, Schwiegersöhne gefallen, der letzte Eintrag ganz unten, vom August 1978, galt Justus von Droste-Schürhoff, im Alter von achtundzwanzig verunglückt. Derselbe Jahrgang wie Anton Schiebach.

Lassen Sie sich das Grab der Droste-Familie nicht entgehen, hatte Frau Trebschuh empfohlen, doch da hatte Max mit seiner Sabine auf dem Pariser Père Lachaise ganz andere Kaliber bewundert. Hand in Hand waren sie bis zum Sarkophag von Abaelard und Héloïse geschlendert, wo Sabine zwei rote Rosen ablegte. Auch diese Erinnerung konnte sich Max vor Augen führen, ohne dass ihn der bereits vertraute Stachel schmerzte. Ging es wieder aufwärts mit ihm, bevor die Trennung akut wurde? Krampfhaft richtete er seinen Blick auf die pompöse Gruft. In einem Weiler wie Drinkel konnte eine Pyramide mit zwei Marmorengeln durchaus Eindruck machen. Doch wer versorgte sie noch immer mit Kerzen? Gab es jemanden hier in der Gegend, der über den Tod des jungen Droste nie hinweggekommen war?

Wollte die Küsterin ihn auf die Gleichaltrigkeit von Droste-Schürhoff und Schiebach aufmerksam machen? Oder sollte er zur Kenntnis nehmen, dass die Pyramide nur männliche Namen trug? Als hätte man die Frauen auf anderen Friedhöfen beerdigt oder in einer Privatkapelle auf eigenem Grund. Jetzt tat es ihm doch Leid, dass er Sabine nicht einschalten konnte. Mit ihr einen privaten Ausflug ins Schloss zu unternehmen, das inzwischen als Golfhotel fungierte, wäre ein Leichtes. Wie hätten sie es genossen, als verliebtes Pärchen umherzustreifen, auf der Suche nach dem passenden Rahmen für die Hochzeit! Um wie vieles glaubwürdiger hätte dieses Szenario gewirkt, als wenn er allein aufkreuzte? Wie viel überzeugender, wenn man familiäre Interessen ins Feld führte anstelle der lästigen Neugier eines Kripobeamten?

Aber vielleicht wusste man im Golfhotel gar nichts über die vormaligen Besitzer. Anke Trebschuh dagegen – so schnell, wie die verschwunden war. Als wollte sie sich den Mund nicht verbrennen. Dabei hatte sie das Gespräch in der Kirche eingefädelt.

Den Grabstein auf der Gruft der Weterings hatte man bereits entfernt, die Erde auf der rechten Hälfte tief ausgehoben, die ausgestochenen Rasensoden bildeten eine gelblich-welke Kraterlandschaft. Erst jetzt erinnerte sich Max, dass im Schaukasten neben der Kirchentür Schiebachs Todesanzeige hing und die Ankündigung seiner Beerdigung für Donnerstagvormittag.

Das Küsterhaus war leicht zu finden. Wie eine Bienenwabe klebte es an dem bedeutend feudaleren Pfarrhaus; hier Münsterländer Sandstein und ein schicker Glasgiebel, dort die Backsteingefache eines altersgebeugten Kottens. Historisch sicher nicht uninteressant!, fuhr es Max durch den Kopf. Vielleicht ein ehemaliger Witwensitz. Aber ließ ein Pfarrer eine Witwe zurück? Er schüttelte den Kopf über seine skurrilen Gedanken und klingelte. Frau Trebschuh öffnete so schnell, als hätte sie jemanden erwartet. Lückmann war es sicher nicht, denn sie starrte ihn an und verzog dann mürrisch den Mund. „Sie schon wieder?“

„Nur eine kurze Frage! Wenn es Ihnen nicht ungelegen kommt!“

„Setzen Sie sich schon mal ins Wohnzimmer. Ich muss das Bügeleisen abstellen.“ Er hörte ihre Tritte auf der Holztreppe, die ins Obergeschoss führte, doch anstatt sich zu setzen, blieb er im Türrahmen stehen. Oben blieb alles still. Als sich ihre Schritte wieder dem Treppenabgang näherten, wechselte er zum Fenster, das sich auf den Kirchplatz öffnete, und sah mit verschränkten Armen hinaus. Frau Trebschuh lehnte sich gegen die Platte der eichenfarbenen Anrichte und sah ihn herausfordernd an.

„Anton Schiebach und Justus Droste-Schürhoff", begann Max ohne lange Einleitung, „waren derselbe Jahrgang. Waren die beiden auch befreundet?"

„Befreundet waren in dieser Gegend viele junge Leute", entgegnete sie ausweichend. Als er schwieg, ergänzte sie: „Mehr oder weniger. Mein Mann ...", sie brach ab und blickte nervös zum Fenster, als wünschte sie sich ihren Mann mit aller Gewalt herbei. Dies war kein angenehmes Gespräch für sie, das spürte Max.

„Ihr Mann gehörte nicht zu dieser Clique?"

„Er war wesentlich jünger. Sie haben ihn immer weggeschickt, wenn er sich ihnen anschließen wollte."

„Gehörte Jens Daring zu der Clique?" Sie nickte.

„Und gingen sie gemeinsam auf die Jagd?"

„Nur Justus besaß einen Jagdschein, doch die anderen wurden gelegentlich eingeladen, bis auf meinen Mann natürlich ... Was wollen Sie damit sagen?"

„Gab es irgendwelche Rivalitäten? Waren die drei vielleicht mal in dasselbe Mädchen verliebt?"

Sie blickte ihn an, und ihre Empörung wirkte gespielt. „Als dieser ... Unfall passierte, war Anton seit vier Jahren verheiratet. Eric war zwei Jahre alt und Ludger unterwegs."

„Wissen Sie Genaueres über diesen Unfall? Wäre es möglich, dass Anton Schiebach oder Jens Daring in ihn verwickelt waren?"

Sie verschränkte die Arme vor der Brust und betrachtete ostentativ das Bild an der Wand gegenüber; eine Reproduktion von Van Goghs Sonnenblumen. „Na ja, wenn Sie so fragen: Möglich wäre es schon."

„Ein Mordanschlag unter guten Freunden?"

„Schiebachs Testamentsregelung spräche dafür. Er hat sich nie etwas zuschulden kommen lassen, kein uneheliches Kind, keine unsauberen Geschäfte. Und dann diese Regelung, nur weil er nicht zur Messe ging. Der Unfall von Justus wurde nie geklärt. Eine Gewehrkugel hatte sich gelöst, nachdem eine defekte Sprosse ihn zu Fall brachte. Dabei war die Leiter gar nicht morsch. Aber man redete auch von Selbstmord. Warum hätte Justus mit entsichertem

Gewehr absteigen sollen? Tja, angeblich war er unglücklich verliebt. Die Mädchen im Dorf schwärmten für ihn. Jede konnte er haben, nur diese Eine ließ ihn stehen. Das war er nicht gewohnt."

„Kennen Sie den Namen dieses Mädchens?"

„Nein."

„Wer könnte mehr über diesen Vorfall wissen?"

„In Drinkel niemand, nachdem jetzt beide Schiebachs tot sind."

„Wer war dabei, als Droste-Schürhoff starb?"

„Angeblich war er allein. Aber Sie müssten doch Zugriff zu den alten Akten haben. Da kreuzen Sie hier auf und stellen mir Fragen, die ich nicht beantworten kann, weil ich damals viel zu jung war. Warum suchen Sie nicht in Ihrem Polizeiarchiv?"

„Wenn der Fall Droste-Schürhoff nicht gelöst werden konnte, nützen mir die alten Akten gar nichts. Auch wenn Sie damals noch jung waren, hat sich vielleicht im Nachhinein eins und eins zusammengereimt? Zog die Familie sofort weg?"

„Nein, nicht sofort. Aber Justus war der einzige männliche Erbe. Ohne ihn ging der Familienname verloren. Das hat die Eltern wohl veranlasst, ihr Anwesen zu verkaufen."

„Seit wann existiert das Golfhotel?"

Sie lachte sarkastisch. „Lieber Herr Kommissar, ich habe keine Zeit fürs Golf Spielen, wäre mir auch zu teuer. Dieses Hotel da drüben, jenseits des Wäldchens, liegt für mich auf einem anderen Stern. Aber ich schätze mal, es existiert seit fünfzehn Jahren. Vorher wurde das Herrenhaus ein Jahr lang umgebaut."

„Danke für Ihre Hilfsbereitschaft", sagte Lückmann, „ich finde allein zur Tür."

10

Tilde glaubt, ich bin in meiner Werkstatt. Ich habe das Radio angelassen.“ Erstaunlich schnell hinkte Robert Schäfer durch die Diele von Schiebachs Bauernhaus zur Klöntür an der Rückseite.

„Heißt das, Ihre Schwester kontrolliert Sie?“ Er nickte düster.

„Und wo liegt Ihre Werkstatt?“

„Im alten Schweinestall. Tilde hält nur noch Hühner und Gänse. Der Brennofen steht gleich nebenan, und im Schuppen ist Platz fürs Brennholz. Ich komme dort sehr gut zurecht.“ Eigenartig trotzig klang das, als müsse man das Gegenteil vermuten.

„Und wo halten Sie sich auf, wenn Sie nicht arbeiten? Entschuldigen Sie meine Neugier.“

Sichtlich unwillig gab Schäfer an, er benutze zum Schlafen das Hinterzimmer des Ladens. Warum, dachte Max verwundert, schläft er nicht im Bauernhaus, in der Upkammer, zum Beispiel? Die Antwort war schnell gefunden. Tildes Kinder sollten den behinderten Onkel so selten wie möglich zu Gesicht bekommen. Sogar vom gemeinsamen Mittagessen wurde er offenbar ausgeschlossen. Doch als er nach dem Alter der Nichten fragte, schmunzelte Schäfer: „Sieben, acht, neun – wie die Orgelpfeifen.“

Die halbhohe Klöntür erinnerte Max wieder an den Aufkleber auf der Tür des Beichtstuhls, doch als Schäfer die Remise anpeilte, wo der alte Traktor stand, verdrängte er den Gedanken. „Warum gehen Sie von hinten an die Remise heran?“

„Ich wollte nachsehen, ob das Fenster noch intakt ist.“ Jetzt, fast drei Stunden nach ihrer Unterredung im Hofladen, artikulierte Schäfer klar und flüssig. Unwillkürlich fragte sich Max, ob der Mann seine Beschränktheit tatsächlich nur spielte oder ob er vielleicht Medikamente bekam. Hatte seine Schwester ihn „gedopt“, damit er der Polizei die „richtigen“ Auskünfte erteilte? Das ließ sich überprüfen. Er brauchte Schäfer nur ein wenig zu provozieren, um Frau Steers fragwürdiger Therapie auf die Schliche zu kommen.

„Haben Sie etwa den Verdacht, jemand könnte den Traktor durchs Fenster entwenden?“, frotzelte er, während ihm Bilder von Marc Chagall durch den Kopf funkten. Was dieser begnadete Maler so alles durch die Luft gewirbelt hatte! „Das Vorhängeschloss hängt noch genauso schief wie vor zehn Tagen.“

„Was ich Ihnen zeigen möchte, passt durch dieses Fenster“, brummte Schäfer. Doch das kleine, dreckige Sprossenquadrat erwies sich als unbeschädigt, und so gingen sie zur Vorderseite der Remise. „Haben Sie den Schlüssel?“

„Ja, sehen Sie denn nicht?“, allmählich wurde Lückmanns Geduldsfaden dünn, „das Vorhängeschloss wurde aufgebrochen. Wir brauchen keinen Schlüssel.“ Sein Zorn richtete sich allerdings weniger gegen Schäfers Begriffsstutzigkeit als gegen die eigene Person und gegen Schüllers Erkennungsdienst. Auf jeden Fall hätte man das Schloss austauschen müssen, solange der Traktor noch dort stand. Das war ein Schnitzer, den er sich noch weniger verzieh als die Tatsache, dass er nicht sofort den Mülleimer in der Galerie überprüft hatte. Unterdessen schraubte Schäfer den Tankdeckel des Traktors ab und griff hinein. „Da soll doch der Deibel …“, murmelte er und langte noch energischer zu. Als er kopfschüttelnd die Hand wieder herauszog, war sie sauber. Kein Wunder!, dachte Max, Schiebach hatte zum letzten Mal vor zwei Jahren getankt. Im August, kurz bevor seine Frau starb. „Ist was nicht in Ordnung?“

Schäfer wirkte wie gebügelt, er stützte sich schwer auf das Metallregal, das die Wand flankierte.

„Was wollten Sie mir denn zeigen?“

Schäfer kratzte sich am Ohr. „Etwas, das jetzt nicht mehr da ist. Schiebach hielt die Umbaupläne im Tank des Traktors versteckt. Es war schon seit langem kein Benzin mehr drin.“

„Hat er Ihnen von dem Versteck erzählt?“

„Nein, ich habe ihn beobachtet. Ich dachte, was rennt der da ewig zwischen Scheune und Remise hin und her, wenn er doch mit dem Traktor gar nicht mehr fährt? Und dann habe ich das Vorhängeschloss geknackt.“

„Sie waren das also! Und was kam bei Ihrem Einbruch heraus?“

Das Ohr juckte weiter. „Einbruch? Das gilt doch nur für Wohnhäuser.“

„Irrtum, Herr Schäfer. Sie haben sich strafbar gemacht. Aber wenn Sie ein bisschen reden, wirkt sich das bestimmt positiv auf das Gerichtsurteil aus. Wann haben Sie das Schloss geknackt?“

„Anfang Juli fing Schiebach an, abends regelmäßig zwischen Remise und Scheune herumzuwuseln. Als er abends mal zur Versammlung des Fußballvereins ging, habe ich nachgesehen.“

„Da hatten Sie aber einen guten Riecher. Ein Griff, und die

Baupläne sind aus dem Tank befreit?“

Er wand sich in seiner Verlegenheit. „Ich wollte doch nur sicherstellen, dass die Bauvorschriften nicht umgangen werden. Da rackert sich meine Schwester mit ihren Bioprodukten ab, hält ihre Hühner nur im Freiland und ringsum wird die Umwelt verschandelt, dass es nur so qualmt.“

„Klar wollten Sie das. Mit Umweltschutz lässt sich einiges entschuldigen, sogar Hausfriedensbruch. Hätte Schiebach die Bauordnung umgangen?“

„Offiziell sollte es eine Gastwirtschaft werden, dafür brauchte er eine Baugenehmigung. Inoffiziell? Er plante eine Art … Amüsierscheune.“

„Sie meinen einen Puff?“ Jetzt war es Max, der sich gebügelt fühlte. Schäfer betrachtete die Kappen seiner ausgelatschten Nikes.

„Und wo sollte dieses Etablissement entstehen?“

„Sag ich ja. In der Scheune.“ Schäfer wurde rot. „Aber ich habe damit nichts zu tun.“

Woher er dann so genau Bescheid wisse?, fragte Max, und Schäfer grinste im vollen Bewusstsein seines Informationsvorsprungs gegenüber den Dorfbewohnern. Als der Bauer Anfang August spät abends Rigipsplatten zur Scheune schleppte, habe ihn das neugierig gemacht. Von seiner Werkstatt hatte er alles genau beobachten können.

„Wer lieferte die Platten?“

„Keine Ahnung. Um das festzustellen, hätte ich ins Badezimmer gehen müssen, das liegt zur Straße. Doch Tilde hält es abends stundenlang besetzt. Keine Ahnung, was sie da treibt.“

„Vielleicht hat Ihre Schwester ebenfalls die Anlieferung der Platten beobachtet.“

Er warf Max einen Blick zu, als nähme er ihn nicht für voll. „Was bei Schiebach vor sich ging, interessierte sie nicht; bis auf die Möglichkeit, ihren Überschuss an Bioprodukten abzusetzen.“

„Also kein gutes nachbarliches Verhältnis?“

Schäfer kratzte sich am Kopf. „Tilde mochte Karla sehr gern. Die war wie eine ältere Schwester für sie. Tilde hat ja nie eine gehabt. Nur einen älteren Bruder, den Dorfdodel.“ Seine betrübte Miene war nicht aufgesetzt, er litt unter seiner Behinderung.

Schiebach hatte also beschlossen, Frau Steer ins Geschäft einzubinden. Zuckerbrot und Peitsche! Wenn sie in seinem Gasthaus ihren finanziellen Schnitt machte, so hatte er wohl spekuliert, würde sie nicht nachhaken. Wusste sie von der testamentarischen Vereinbarung, alles der Kirche zu vermachen?

„Gut! Sie bemerkten also die Aktivitäten an der Scheune und Schiebach hat Ihnen von seinem Puff erzählt?"

„Ich habe ihn darauf angesprochen. Rundheraus", Schäfer kickte einen wie mit der Trennscheibe angesägt wirkenden Ziegelstein durch die Remisentür nach draußen. Er prallte am Kotflügel von Lückmanns Golf ab, aber Max verkniff sich einen Kommentar. Wenn er, anstatt zu stänkern, Schäfer noch ein wenig reden ließe, käme er garantiert weiter als mit einer Anzeige wegen Sachbeschädigung.

Dann stutzte er. Wie kam der Backstein plötzlich in die Traktorgarage? Er betrachtete ihn aus der Nähe, zog Latexhandschuhe an und fuhr über die dunklen Einsprengsel. Sie konnten durchaus von Blutspritzern stammen. Eine der Ecken bildete ein stumpfes Dreieck. Als er ihn kommentarlos in einer Asservatentüte verstaute, glaubte er für ein paar Sekunden Panik in Schäfers Blick zu erkennen. Doch dessen Stimme klang ruhig, während er fortfuhr: „‚Was soll denn aus deiner Scheune werden?', habe ich Anton gefragt, ‚ein Tischtennisraum für Sexualtäter auf Bewährung?' In der Scheune hätte er die Sau rauslassen können. Vorn zur Straße sollte ‚Chicken-Express' stehen, mit einer Neonröhre drüber, hinten ging es raus zu den Séparées. Nobel sollte es werden. Rote Samttapeten und Laminat im Eichenlook."

„Wäre das nicht ziemlich hellhörig geworden? Ich meine, die Sau zwischen dünnen Rigipswänden rauslassen?"

Schäfer beantwortete die Frage mit einem infantilen Prusten. Obwohl er sich die Hand vor den Mund hielt, traf ein Speicheltropfen Max am Kinn, und langsam, aber sicher fand er diese Geschichte widerwärtig. Im Grunde war seine Frage nur rhetorisch gemeint. Schließlich hatte er die billigen Nachtclubs gesehen, die so manchen Grenzbereich der ehemaligen Ostblockländer zur einladenden Shoppingmeile machten – Spirituosen, Zigaretten und Geschlechtskrankheiten zu Dumpingpreisen.

Solarzellen hatte der Bauer aufs Scheunendach montieren lassen, lange konnte es noch nicht her sein, dafür sahen sie zu sauber aus. Hatte denn niemand die Frage gestellt, welch vitalem Vergnügen die alte Hütte zugeführt werden solle? Mit Sicherheit war vom

Land ein Zuschuss gezahlt, als Alternative vielleicht ein Windrad vorgeschlagen worden. Doch bei dem Geknatter konnte man keinen Puff betreiben.

„Wusste Ihre Schwester von dem Nachtclub oder nicht?“

„Eher nicht. Tilde war völlig angetörnt von der Idee, das Gasthaus zu beliefern. Über seine wahren Pläne hat der Bauer nur mich eingeweiht.“

„Und wie hätte der Club heißen sollen? Vielleicht ‚Hahn im Korb‘? Das hätte auf beides gepasst, den Hühnergrill und den Amüsierbetrieb in der Scheune.“

Schäfer nickte mit kindischem Grinsen, und Max beschlich der Verdacht, dass ihm tatsächlich jemand eine Droge verabreicht hatte. Er nahm sich vor, nur noch in ganz kleinen Schritten zu fragen.

„Ein Nachtclub braucht Animierdamen“, gab er zu bedenken. Schäfer strahlte, als wäre die Rede von Holzpferdchen in einem Kinderkarussell, und sofort hakte Max nach: „Woher hätte Herr Schiebach sie bekommen?“

„Damit habe ich nichts zu tun“, wehrte er erschrocken ab. „Das ist illegal, oder?“

„Zwangsprostitution ist verboten“, korrigierte Max, „einen Nachtclub zu betreiben, ist nicht illegal, wenn die Damen an der Bar bedienen, ein Unterhaltungsprogramm bieten und die Kundschaft freiwillig aufs Zimmer begleiten.“

Sein Gegenüber schwieg.

„Und solange sie ihr Geld behalten dürfen, ist es ebenfalls legal. Wie hätte Herr Schiebach das gehandhabt?“

„Keine Ahnung.“ Schäfer wich seinem Blick aus.

„Wollte er Sie dort beschäftigen? Vielleicht als Türsteher?“

Ich fass es nicht!, dachte er, als sein Gesprächspartner stolz nickte. Andererseits war es keine schlechte Idee, Schäfer als Rausschmeißer einzusetzen. Hatte Tilde nicht behauptet, ihr Bruder verfüge über Bärenkräfte? Und wirkte er nicht wie ein Bär mit seiner behaarten Brust in dem weit aufgeknöpften Polohemd? Nicht unbedingt der Typ, dem sich Prostituierte zum Schmusen auf den Schoß setzten, doch durchaus der Kumpel, der ihre aufdringlichen oder zahlungsunwilligen Freier am Kragen packte. Mochte er auch den Deppen spielen, der Mann war nicht dumm, und er setzte sein komödiantisches Talent sehr gezielt ein. Als könnte Schäfer seine Gedanken lesen, sah er sich mit theatralischer Panik um und raunte: „Ich muss jetzt dringend wieder nach drüben. Wenn meine Schwester merkt, dass ich mit Ihnen rede, keift sie mich in Grund und Boden."

„Warum sollte sie das? Sie hat doch auch mit mir geredet. Sie hat mir das Baumhaus gezeigt."

„*Was* hat sie Ihnen gezeigt?" Diesmal war Schäfers Panik nicht gespielt.

„Das Baumhaus oben in der Esche. Wo die Schiebach-Kinder übernachtet haben. Sogar im Winter. Sie wussten nichts davon?"

Schäfers Antwort war ein intensiver Blick auf seine Finger. Dabei ruhten sie ganz locker vorm Bauch: Kein Daumenwirbeln, keine Verkrampfung, der Mann hatte sich im Griff – und dennoch etwas zu verbergen.

„Was hat man dort versteckt?"

„Weiß ich doch nicht."

„Aber man hat dort etwas versteckt."

„Ich war nie oben."

Mit seiner Behinderung schien das auch nur schwer vorstellbar. „Ich schlage vor, wir beenden jetzt unsere Unterhaltung, damit Sie keine Schwierigkeiten mit Ihrer Schwester bekommen. Aber halten Sie sich in den nächsten Tagen bitte zur Verfügung. Das gilt natürlich auch für Ihre Schwester."

Als Schäfer sich entfernte, wirkte sein Gang noch schleppender als sonst. Er war acht Jahre älter als Tilde und wurde herumgeschoben wie ein Domestik. Lückmanns Gedanken streiften kurz die Möglichkeit, dass er der Täter war. Doch welchen Vorteil hätte ihm der Tod des Bauern gebracht? Wen hätte er mit seinen Informationen erpressen können, nachdem das Bordellprojekt nur noch Makulatur war? Es sei denn, noch jemand hatte Interesse an dem ländlichen Puff. Dann handelte es sich um eine heiße Sache, an der auch andere im Dorf beteiligt waren. Der Zettel an der Innentür des Beichtstuhls fiel ihm wieder ein. „Anton, du Schwein, gib den Löffel ab!" Brachte die holländische Bierwerbung auf der Rückseite die Ermittlungen weiter?

Mit der Verlesung von Schiebachs letztem Willen kam sein Hof in den Besitz der Pfarrei, die alle zukünftigen Umbaupläne selbst in die Hand nehmen konnte. Max schätzte, dass die Testamentseröffnung am Donnerstag im Anschluss an die Beerdigung, in Anwesenheit der drei Söhne stattfinden würde, entweder im Wohnhaus des Bauern oder in dem kleinen Versammlungsraum neben der Sakristei. Die Söhne hatten Anspruch auf den Pflichtteil, der wahrscheinlich aus dem Sparguthaben des Bauern gezahlt wurde. Gerne wäre Max bei der Verlesung dabei gewesen, um zu erfahren, ob auch von den Einrichtungsgegenständen etwas an die drei Brüder überging, doch als Kripobeamter hätte er dort gewirkt wie ein Vertreter des Gesundheitsamts beim Leichenschmaus, und privat auftauchen konnte er sowieso nicht. Er dachte auch kurz darüber nach, ob jemand die Baupläne aus dem Traktortank genommen hatte, um das Nachtclub-Projekt auf seinem eigenen Hof zu verwirklichen, doch er verwarf diesen Gedanken wieder, weil er sich lebhaft vorstellen konnte, welch komplizierte Baumaßnahmen die Umwandlung einer Scheune in ein Bordell mit sich brachte. Nicht nur die Wärme- und Schallisolierung wäre aufwändig, auch die Statik erforderte angesichts der intensiven Turnübungen einiges an Erfahrung und Überlegung. Mit Fotovoltaik und Rigips allein war das nicht zu schaffen. Jetzt erinnerte Max sich auch, dass an der Außenwand der Scheune, in der der Bauer gestorben war, mehrere Bretterstapel lehnten. Da die Verpackung aus durchsichtiger Folie intakt war und keinerlei Blutspuren trug, hatte man sie nicht näher untersucht. Tatsache war jedoch, dass Schiebach es ernst gemeint hatte, obwohl er das nötige Kapital nicht besaß und auch keine Hypothek auf seinem Grundstück lastete. Gab es einen Teilhaber, dem seine ländliche Rammelbude dann doch zu primitiv erschienen war, und den die Starrköpfigkeit des Bauern zur Mordswut aufgestachelt hatte? Entweder Schäfer faselte, um sich wichtig zu machen, oder die Pläne waren aus einem anderen Grund so brisant, dass jemand sie weggenommen hatte. Dann enthielten sie mehr als nur die Phantastereien eines einsamen Witwers.

Er kehrte ins Bauernhaus zurück und setzte sich in die große Küche, der er bisher nur wenig Beachtung geschenkt hatte. Schüllers Team war gründlich vorgegangen, hatte die speckigen Kochbücher aus den fünfziger Jahren durchgeblättert, in jede Kaffeetasse geschaut und den Kühlschrank ausgeräumt. Schiebach war ein Fan von Suppen im Tetrapak, Scheiblettenkäse und Fertigpuddings gewesen. Seine Gasthausbesucher wären wahrscheinlich mit einer sehr überschaubaren Speisekarte konfrontiert worden, es sei denn, er hatte bei seinem Sohn einen Intensivkurs absolviert. Die

Schränke waren größtenteils leer, das Geschirr verstaubte auf offenen Holzborden, zwischen toten Fliegen und verendeten Küchenschaben. Sein Blick wanderte in der Küche auf und ab. Ein harter, flacher Gegenstand mit dem Durchmesser einer Kinderfaust hatte den Kopf des Bauern zerschmettert. Ein Fleischklopfer aus Aluminium, zum Beispiel? Lag fest in der Hand und ließ sich gut reinigen. Doch die Halterung für schweres Küchengerät war komplett besetzt, nirgendwo eine Lücke. Ein Kerzenleuchter aus Keramik, wie Schäfer sie verkaufte, kam als Waffe weniger in Frage. Ein heftiger Schlag mit ihm hätte Staub in der Wunde und Splitter auf dem Backsteinboden der Scheune hinterlassen. Die Fugen des Fischgrätenmusters waren so schmal, dass nicht einmal Kinderfinger die winzigen Brösel herauspolken konnten. Auch in der Halterung für Schraubenschlüssel, die Max in der Remise entdeckt hatte, fehlte nichts, und der Baseballschläger links vom Fenster war seit Monaten nicht mehr benutzt worden. Das bewies das staubige, unversehrte Spinnenetz, das den Griff verklebte. Aber wenn es nun einen zweiten Schläger gegeben hatte?

Also noch immer nicht der geringste Hinweis auf den genauen Tathergang! Die mageren Vermutungen aus der Drinkler Bevölkerung und die blassen Angaben über vergleichbare frühere Fälle im Präsidiumsarchiv erinnerten Max an die Abdrücke jener winzigen Vogelkrallen, die Sabine eine Zeitlang als Dekoration ihrer Briefkarten benutzt hatte. Sie hatte das Raster mit einer trockenen Füllfeder in den Karton gestanzt; ein aufwändiges Verfahren mit matrizenartiger Wirkung. Man musste den Briefbogen gegen das Licht halten, um das zarte Muster erkennen zu können. Es solle die Flüchtigkeit des Lebens veranschaulichen, hatte sie damals erklärt. Nun, was seine Ermittlungsarbeit betraf, zog Max jedenfalls scharfe Konturen und kräftige Tinte vor. Ihm fiel ein, dass er Sabine am vergangenen Abend nicht, wie fest vorgenommen, angerufen hatte. Jetzt, im Nachhinein, fand er das gar nicht so schlimm.

Bei dem Gedanken an sein potenzielles Singledasein erinnerte er sich an das Badezimmer im Obergeschoss des Bauernhauses: wie eingemottet, weil lange nicht benutzt. Das bewies zumindest der Duschvorhang mit seinem Pilzbefall. Max ging nach oben und sah sich um. Der Spülkasten der Toilette bot den Ausblick auf sinterterrassenartige Kalkablagerungen, enthielt jedoch nichts außer Wasser. In dem Spiegelschrank über dem Waschbecken dämmerten ein unappetitlicher Rasierpinsel mit eingetrockneten Schaumresten und eine zerfranste Zahnbürste der völligen Unbrauchbarkeit entgegen, die Seife neben dem Kran war schorfig, ein Handtuch gab es nicht. Warum hatte sich Schiebach so gehen lassen, wenn er einen Neubeginn als Gastwirt plante? Die einzige Erklärung für Max lautete, dass er Haare, Haut und Zähne in einem anderen Badezimmer gepflegt oder aber sich morgens und abends an der Pumpe gewaschen hatte. Das gusseiserne Monstrum ragte links vom Hühnerstall aus dem Rasen. Hatte der Bauer eine Freundin gehabt, von der seine Söhne nichts wussten? Hatte er, falls man Schäfers Aussage über die Amüsierscheune glauben konnte, bereits mit einer Prostituierten zusammengelebt, die demnächst seine Reitpferdchen an der Kandare halten sollte?

Als ihm bei dem Gedanken an den Puff der Hühnerstall vor Augen stand, musste er grinsen. Welche Kapriolen die Ermittlungsarbeit doch manchmal schlug! Andererseits hatte er der Hütte bisher nicht mehr geschenkt als einen knappen Blick.

Für diesen verrotteten Verschlag brauchte er keinen Schlüssel. Das Türchen klemmte zwar, aber irgendwann hatte er es aufgehebelt und spähte ins Innere. Das Licht war durch den großen Kirschbaum heruntergedimmt, in dessen Schatten das Federvieh wohl gern gescharrt hatte. Angenehm kühl war es in dieser Ecke des Gartens. Fliegen, Wespen und Pferdebremsen suchten auf der weit abgelegenen Koppel nach neuen Opfern.

Max hatte den Hühnerstall von seiner ersten Besichtigung her nicht so geräumig in Erinnerung, auch die Höhe von zwei Metern beeindruckte ihn jetzt. Der Vorraum enthielt nur eine Reihe von flachen Holzkisten, die früher als Nester dienten. Der Raum dahinter hatte mehr Funktionen zu erfüllen. An der rechten Wand, auf der Höhe eines kleinen Fensters, waren zwei Sitzstangen angebracht, unter denen sich auf halber Raumhöhe eine eingezogene Holzplatte befand – das Kotbrett. Eine Sprossenleiter führte hinunter zu dem mit Stroh ausgelegten Fußboden. Das Stroh wirkte stark zerwühlt, als wäre jemand vor kurzem noch hier gewesen, vielleicht um das Fenster zu öffnen. Die Luft roch frisch.

Schäfer war hier!, fuhr es ihm durch den Kopf. Hatte er ihm etwa eine Komödie vorgespielt, als er vor seinen Augen den Traktortank durchsuchte? Tilde hatte den kompletten Schlüsselsatz aufbewahrt, angeblich um für potenzielle Pferdekäufer bereit zu stehen.

Wassertränke und Futtertrog – jetzt natürlich leer – hatten ihren Platz in der Mitte des vorderen Bereichs, links befand sich eine Art Windfang, durch den die Hühner ins Freie gelangen konnten, rechts an der Wand standen zwei zylindrische Metallbehälter. Ihre Etiketten identifizierten sie als Reservoire für Muschelkalk und eine Futtermischung. Als Max sie anhob und ein wenig bewegte, rumpelte es drinnen. Die Deckel der Behälter klemmten, er musste seine ganze Kraft aufbieten, um den Deckel des ersten aufzustemmen. Neugierig blickte er hinein.

Jemand hatte mehrere Klarsichthüllen, wie man sie zum Abheften von Dokumenten in Aktenordnern benutzte, kopfüber in die Tonne gesteckt. Lückmann zerrte frische Latexhandschuhe aus seinem Rucksack und nahm die prall gefüllten Folien heraus. Die Schrift stammte eindeutig von der Hand des Bauern. Er setzte sich in den Schatten des Kirschbaums, lehnte sich gegen den rauen Stamm, so gut es ging, und zog die Aufzeichnungen heraus.

Schiebach hatte für die letzte Augustwoche einen Bauunternehmer aus Ibbenbüren bestellt, der am Montag nach seiner Ermordung natürlich vergeblich auf dem Hof erschienen war. Sein Arbeitsauftrag lautete: Besichtigung des zukünftigen Bauplatzes und ein Kostenvoranschlag für das Einziehen von Zwischenwänden auf der rundum laufenden Empore, die zu diesem Zweck verstärkt werden musste. Die Einfahrt an der Stirnseite sollte geschlossen und verputzt werden, bevor später linker Hand eine Bar und in der Mitte ein Bühnenpodest gemauert würde, die Bar aus Klinkersteinen, das Podest aus Holz; Schiebach hatte die entsprechende Frontalansicht aufgezeichnet. Einer Bestellliste, die an einen Raumausstatter in Rheine adressiert war, entnahm Max, dass für die Wand hinter dem Bartresen Spiegel vorgesehen waren und davor rote Plüschhocker, darüber ein halbes Dutzend silberne Diskokugeln und daneben Bouquets aus künstlichen Blumen.

Er ließ die Seiten sinken und versuchte sich Schiebachs Bar vorzustellen. Wie hätten die Dorfbewohner die Lärmbelästigung aufgenommen? Von der moralischen Entrüstung ganz zu schweigen. Hätte man den Betrieb zu sabotieren versucht? Mit einer Unterschriftensammlung, die jedoch nur wenig Wirkung zeigen, oder mit dem Ruf nach der Schutzpolizei, die sich nicht mehr als einmal einschalten würde? Bis es zu einer Unterlassungsklage käme, konnten Monate vergehen. Trotzdem erschien Max der Sprung von sittlichen Bedenken zum Mordplan einfach zu groß. Das war ein Spagat, den man selbst in den prüdesten Kreisen kaum schaffte. Nicht der geplante Nachtclub, davon war er jetzt überzeugt, hatte dem Bauern das Genick gebrochen, es musste einen anderen Grund geben. In einer Tausendseelengemeinde mit regelmäßiger Beichtgelegenheit tolerierte man ein Händchenvoll Nutten. Sie verdarben die Jugend nicht, weil sie den Schulbus nicht benutzen durften, und bis der Supermarkt für die jungen, unschuldigen Mütter öffnete, hatten sie sich längst verdrückt.

Bevor er den Hof wieder verließ, kletterte Max noch einmal ins Baumhaus und ließ den Blick durch den Raum wandern. Hatte er irgendwas übersehen, als er mit Frau Steer hier oben war? Die Frau konnte einen ja vielleicht ablenken, mit ihrer dünnen Sommerhose und dem großzügig dekolletierten Top! Als er die Klinkersteine wegräumte und die schmuddeligen Wolldecken auseinander zog, flatterten benutzte Kondome auf den Boden. Max überlegte kurz, ob er sie einsammeln sollte, doch es bestand kein Anlass, das halbe Münsterland auf seine DNA zu überprüfen. Weder Frau Lumarenko noch Anton Schiebach waren in Kontakt mit fremdem Blut gekommen, von einem Sexualdelikt erst recht zu schweigen. Abgerauchte Kippen und Streichhölzer gesellten sich zu den Kondomen – die üblichen Indizien für die ersten Abenteuer von Jugendlichen, wie man sie in jedem Park fand. Als Max die Backsteine in die Hand nahm, war er erstaunt über ihr geringes Gewicht. Wie Bakelit! Hatte Frau Steer nicht gesagt, die Schiebach-Brüder hätten die Steine im Winter im Backofen aufgeheizt, um ihr Deckenlager damit zu wärmen? Dann hatte jemand die echten Steine gegen dieses Plastikzeug ausgetauscht. Er packte sie ein und brachte das Vorhängeschloss wieder an. Dann erneuerte er das polizeiliche Siegel über der Tür.

Ansgar Schüller begutachtete die Plastikbacksteine von allen Seiten und fand in jedem eine winzige Öffnung, die er mit einem Spezialschraubenzieher aufhebelte. Unter jeder Klappe steckten Aluminiumröhrchen, deren weißer, grobkörniger Inhalt keine Frage offen ließ. Kokain, im Gesamtgewicht von dreihundert Gramm, was einem Großhandelspreis von etwa 15000 Euro entsprach. Allerdings war die niederländische Grenze nicht weit, wo man nur die Hälfte bezahlte. Über die Lagerzeit der Droge konnte er keine

Angaben machen. An einem trockenen, kühlen Ort, ohne direkte Sonneneinstrahlung, hielt sie sich unbegrenzt.

Als Max die Klinkerkonstruktion des Bartresens in der Scheune durch den Kopf ging, kannte er auch die Zielgruppe. Wie leicht ließ sich der eine oder andere Ziegel aus dem Gefüge lösen. Den ganzen Vormittag vergrübelte er über Schiebachs Bauplänen. Die Schrift stammte ausschließlich aus der Feder des Bauern, Grundriss und Materiallisten waren mit demselben Kugelschreiber angefertigt, so als wäre alles an einem Wochenende zu Papier gebracht worden.

Max hatte noch nie ein Bordell von innen gesehen, er konnte gut darauf verzichten. Kollegin Sieglinde besaß dagegen einschlägige Erfahrungen, weil sie zwei Jahre bei der Münchener Sitte beschäftigt gewesen war. Sie würde ihn in seinem Urteil bestätigen, dass Schiebachs Puff im Grunde eine Farce war; eine Parodie auf das ländliche Rotlichtmilieu, mit seiner flackernden Neonwerbung und der schablonenhaften Einrichtung, der offenbar ein verstaubter Pornofilm als Vorlage gedient hatte. Wen wollte Schiebach in seiner Scheune „amüsieren“? Die Dorfbewohner hätten sich nicht die Finger verbrannt und fremde Freier wären an der erbärmlichen Hühnerbraterei vorbeigefahren. Nein, das war Operette hoch drei und einzig und allein mit der Absicht erklärbar, der Pfarrgemeinde eins auszuwischen. Ein Gelände, auf dem sich jahrelang ein Bordell befunden hatte – ganz gleich, ob gut besucht oder ein Flop –, würde frommen Menschen wenig Freude machen.

Seine Überzeugung, dass man den Bauern allein wegen des Barbetriebs nicht umgebracht hatte, war jetzt noch gefestigter. Die Moralprediger hätten ihm vielleicht Graffiti an die Wände gesprüht oder seiner Kundschaft die Reifen durchstochen, um das Dorf „sauber“ zu halten. Sein Tod musste andere Gründe haben. Und falls nicht Schiebach, sondern ein Teilhaber das Kokain eingeschleust hatte, konnten sie nach dem Täter lange suchen.

Wie in vielen anderen Kirchengemeinden auch, teilte sich Drinkel den Seelsorger längst mit mehreren Pfarreien, so dass Pfarrer Josef Diekbeck seine Schäfchen nur an bestimmten Tagen besuchte. Die Verlesung von Schiebachs Testament fand nach der Beisetzung im „Gruppenraum“ neben der Sakristei statt. Für die anschließende halbe Stunde bat Max die drei Söhne um eine kurze Unterredung.

Die Dorfgemeinschaft hatte sich schnell, fast fluchtartig zerstreut, was sich einerseits mit dem sintflutähnlichen Regen, zum anderen mit dem Fehlen jeglicher leiblichen Stärkung erklären ließ. Der traditionelle Beerdigungskuchen mit viel Butter, Zimt und Zucker war ein kulinarischer Renner, deshalb durften Angehörige, die nicht zum Imbiss baten, sich nicht wundern, wenn die Trauergemeinde auseinander bröselte wie die trockene Bodenkrume, die sie noch kurz vorher auf den Sargdeckel geworfen hatte. Auch das eine oder andere Gläschen Korn hätte man nicht verschmäht, um die ausgekühlten Knochen zu wärmen.

Eine geistige Stärkung war dagegen verabreicht worden, doch sie ließ, so fand jedenfalls Max, sehr zu wünschen übrig. Den Mord hatte Diekbeck natürlich verurteilt; am offenen Grab und mit einem Wortgewitter, das die Dohlen aus den rundum stehenden Bäumen verscheuchte. Einen feigen Anschlag auf ein reuiges Schaf nannte er ihn, das in die Herde zurückgefunden habe, indem es seine Fehler mit einer großzügigen materiellen Spende büßte. Diese Tat, so hatte er weitergedonnert, solle auf ewig in der Seele des Unholds brennen wie ein Höllenfeuer, im Diesseits wie im Jenseits. Über die rätselhaften Vergehen des Verstorbenen – mehrere also – ließ er sich nicht aus, demnach fielen sie unter das Beichtgeheimnis. „Anton, du Schwein, gib den Löffel ab!" Und wenn der Zettel von Diekbeck selbst stammte? So flink Max seinen Blick auch wandern ließ und seine Ohrmuscheln wie Satellitenschüsseln aufstellte, es hatte kein Getuschel gegeben, nicht mal Augenkontakte, die Dorfbewohner hielten ihre Regenschirme tief, und manch einer sah heimlich auf die Uhr. Wohin auch immer Schiebachs Seele entwichen war, sie hatte es schlechter getroffen als der sprichwörtliche Hund vor der Tür. Und so oft er in früheren Zeiten auch den Regen für seine Rübenäcker herbeigebetet haben mochte, am Morgen seiner Beerdigung entschädigte ihn Petrus für so manches dürre Jahr.

Die Schiebach-Brüder erwarteten Max mit unbeweglichen Mienen. Die Thermoskanne und die Tassen vor ihnen waren unberührt. Max, der gern einen Kaffee genommen hätte, schlug sein Notizbuch auf. „Gibt es schon einen Verdächtigen?", wollte Eric wissen.

„Wir gehen einer ganzen Reihe von Hinweisen nach", gab Max zur Antwort. „Was es ganz konkret gibt, ist eine Sache, die ich mit Ihnen klären möchte. Ihr Vater plante einen, nun sagen wir mal im weitesten Sinne, Vergnügungsbetrieb. Haben Sie das gewusst?"

Die Überraschung der drei wirkte echt. „Was plante mein Vater?“, fragte Eric völlig konsterniert. „Und wo?“

„Einen Nachtclub. In der Scheune, in der er ermordet wurde.“

Paul sackte gegen die Stuhllehne und blies die Backen auf, Ludger schüttelte resolut den Kopf. „Das kann ich mir nicht vorstellen. Mein Vater dachte seit langem darüber nach, eins der Nebengebäude zu vermieten. Sogar auf dem Land werden Vereinslokale knapp, und das Geld konnte er gut brauchen. An einen Puff hat er garantiert nicht gedacht.“

„Wir vermuten, dass es ein ganz spezieller Betrieb werden sollte, ein Umschlagplatz für Kokain.“

Nichts an ihrer versteinerten Mimik ließ erkennen, ob sie von dem Deal wussten. Max beschloss, dem Thema seine Schärfe zu nehmen und abzuwarten, ob sich ihre Maske dadurch lockerte. „Wer in der Umgebung sucht denn ein Vereinslokal?“

„Woher sollen wir das wissen?“, Ludger spielte mit einem Streichholzbriefchen, das er aus der Jackentasche seines schwarzen Anzugs geholt hatte. „Die Numismatiker vielleicht.“

„Die Aussage eines Dorfbewohners“, fuhr Max unbeirrt fort, „bestätigt unsere Vermutung, dass ein Nachtclub geplant war. Und das Rauschgift, das wir im Baumhaus gefunden haben, ist ja wohl kaum als Streumittel für den nächsten Winter gedacht. Mit dreihundert Gramm käme man nicht weit.“

„Welcher Dorfbewohner hat die Aussage gemacht?“, schnarrte Ludger.

„Herr Schiebach“, Lückmanns Stimme kam vergleichsweise auf Samtpfötchen daher, „ich nehme an, dass es Ihnen auch lieber ist, wenn Ihre Informationen vertraulich behandelt werden. Allerdings haben wir einschlägige Unterlagen gefunden, Zeichnungen Ihres Vaters und eine Materialliste. Für den Montag nach seinem Tod war ein Bauunternehmer bestellt.“ Darauf antwortete keiner, und Max hakte nach: „Haben Sie drei davon gewusst?“

Sie schüttelten die Köpfe, dann murmelte Eric etwas von „Alterswahnsinn“, während Paul anfügte: „Unser Vater hätte gar nicht das Geld dafür gehabt. Er konnte ja nicht mal den Hühnerstall wieder in Gang setzen.“

„Hätte es ihm nicht jemand leihen können? Gegen eine beträchtliche Rendite aus dem Geschäft?“

Ludgers Lächeln wirkte wie eingefroren, als er dagegen hielt, niemand würde hunderttausend Euro locker machen, um eine Dorfkneipe mit Koks anzuheizen. „Falls unser Vater nicht haushoch im Lotto gewonnen hat, wüsste ich keine Erklärung für sein Bauvorhaben." Er musterte Lückmann mit unverhohlener Wut, bevor er fortfuhr: „Was Sie unserem Vater unterstellen, ist ungeheuerlich. Er war kein ausgebuffter Unternehmer, sonst sähe sein Hof ein bisschen anders aus, erst recht eignete er sich nicht als Zuhälter. Er hatte zwei linke Hände und konnte überhaupt nicht organisieren. Verstehen Sie?"

„Und wie erklären Sie sich die Rigipsplatten, die Anfang August angeliefert wurden?"

„Wisst ihr was von Rigipsplatten?" Paul wandte sich mit gespieltem Interesse an seine Brüder. Ludger zuckte die Schultern. „Für das Vereinslokal wahrscheinlich. Sonst noch Fragen?" Als Max den Kopf schüttelte, standen er und Paul abrupt, ohne jede Verabschiedung auf und verließen den Raum. Eric blieb sitzen.

„Herr Lückmann!" Es klang, als hätte er ein verstocktes Kind vor sich, „ich leite einen Anstreicherbetrieb. Glauben Sie nicht, dass mein Vater mich gebeten hätte, ein paar meiner Leute auf seine … Baustelle abzukommandieren? Zum Beispiel um die Rigipswände zu weißeln und rote Samttapeten aufzuziehen?" Er stockte, als wollte er noch etwas anfügen, dann lächelte er schmal. „Wird langsam Zeit, dass Sie Ergebnisse präsentieren, finden Sie nicht auch? Was sagt denn der Staatsanwalt dazu?"

Lückmanns Blick folgte ihm durchs Fenster. Er sah, wie erbitterte Worte zwischen den Brüdern gewechselt wurden, bevor die beiden Jüngeren sich auf die Rückbank setzten, und er zählte die Sekunden, bis die Rückleuchten und der Blinker betätigt wurden, während drinnen das Palaver weiterging.

Sobald Erics Wagen verschwunden war, schloss er noch einmal das Wohnhaus auf. Die Ausschreibung für eine Hilfskraft in Schiebachs Gasthausbetrieb war ihm wieder eingefallen. Von Anke Trebschuh wusste er, dass der Bauer eine Küchenhilfe oder Bedienung gesucht hatte. Inwieweit dies der Tarnung des Nachtclubs diente und ob diese Küchenkraft auch in dem Club eine Rolle spielen sollte, stand auf einem anderen Blatt. Jedenfalls vermutete Max, dass Schiebach sowohl sein Stellenangebot als auch die Bewerbungsschreiben unter irgendwelchem Papierkram aufbewahrte. Zwischen den Adressen der Pflegerinnen, die seine Frau betreut hatten, waren sie nicht gewesen, wo also sollte er suchen? Er seufzte unwillkürlich, als er an das Chaos im Haus dachte. Alles wahllos zu horten, ohne jeden Anflug von System und Disziplin, war eine der menschlichen Angewohnheiten, die er am meisten verachtete. Wahrscheinlich flog irgendwo auch noch ein Lottoschein herum, der bei etwas mehr Ordentlichkeit eine sechsstellige Summe eingebracht hätte.

Er setzte sich an den Küchentisch, um eine Strategie auszuklügeln, die ihm nicht den ganzen Nachmittag raubte, stützte den Kopf in die Hände und spürte den Schubladenschlüssel, der sich in seinen Bauch bohrte. Kein Wunder, dachte er verdrossen, wenn mir nicht mal am Wochenende eine Stunde Zeit zum Tennis Spielen bleibt. Vom Schießtraining wird die Wampe nicht weniger! Die Schublade klemmte. Mühsam zerrte er sie um einen Spalt heraus und ertastete einen Wust aus Papier. Es waren zerdrückte Werbeflyer, wie sie häufig den Tageszeitungen beigelegt wurden. Das Jubiläumsangebot eines Möbelhauses, das Reizwäschesortiment einer Kaffeefirma, die Schokoladenhasenparade, mit der der Drinkeler Supermarkt in der Karwoche gelockt hatte. Doch dann geriet seine Hand an festeres Papier. In einem großen Umschlag steckten mehrere handgeschriebene Blätter.

Neues Lesefutter zum Thema Gasthof? Oder über den Nachtclub?

Die Speisekarte, von der Frau Trebschuh geredet hatte, fand er nicht, wohl aber eine Liste mit Spirituosen, die den Barbetrieb komplett abgedeckt hätte. So viel Unternehmergeist hätte Schiebachs Söhne beeindruckt! Doch dann geriet ein Zeitungsausschnitt in seine Hand: es war die Anzeige, in der Schiebach eine „Haushälterin" suchte, und unwillkürlich musste Max grinsen. Doch als er ganz überraschend Natascha Lumarenkos Foto vor sich hatte, verging ihm der Spaß. Es handelte sich um eine Kopie ihres Dienstausweises bei Pflegeleicht und eine kurze Vita, in der nicht nur ihre Tätigkeit als Museumsmitarbeiterin und Fremdenführerin in Kiew, ihre soliden Kenntnisse der deutschen und englischen Sprache, sondern auch ihre Kochkünste hervorgehoben wurden. Max entdeckte sechs weitere Bewerbungen. Diese Frauen waren deutlich jünger als Natascha, ihr Werdegang hörte sich bedeutend unpräziser an. Und während die eine Hälfte mit einer fast mädchenhaften Attraktivität zu punkten versuchte, versprühte die andere einen robusten Zweckoptimismus. Das Einzige, was sie alle miteinander verband, war ihre Herkunft aus Osteuropa. Hatte sich Schiebach für eine von ihnen entschieden? Oder gleich für mehrere? Kommentare gab es auf den Unterlagen nicht. Max schob sie in seinen Rucksack und ließ den Blick nachdenklich über die abgestoßenen Jugendstilkacheln wandern. Da hatte er sich den Kopf darüber zerbrochen, ob zwei völlig unterschiedliche Tatabläufe je miteinander in Verbindung gebracht werden könnten, und hier hatte er eine Verbindung. Schiebach und Lumarenko hatten zumindest diesen Briefwechsel geführt. Allerdings gab es mittlerweile eine dritte Tote.

Marion Vondembusche als Puffmutter?

Nicht nur diese Kombination passte einfach nicht, auch über seinen allgemeinen Gedankenansatz schüttelte er verwundert den Kopf. Eine Ukrainerin suggerierte automatisch die Vermittlung von Prostituierten? Nein, so schwarz-weiß war die Welt nicht, und er selbst, Max, nicht so einfach gestrickt, dass er diesem Verdacht auch nur eine Sekunde länger folgte. Er hatte ja nicht einmal einen Beweis dafür, dass der Bauer Frau Lumarenko eine Anstellung versprochen hatte. Er rieb sich die Augen, die kurzen Nächte machten ihm zu schaffen. Nicht nur im Bett, auch bei all dieser Hirnakrobatik hätte er gern Sabine dabei gehabt, weil sie viel vorurteilsloser an die Dinge heranging.

Er schob den Gedanken beiseite und überlegte, dass rein rechnerisch gedacht, jeder Versuch, die drei Todesopfer auf einen Zähler zu reihen, einen Nenner ergab, der im weitesten Sinne mit Kunstprodukten zu tun hatte. Er schlug sein Notizbuch auf und notierte:

Schiebach verkauft für fünftausend Euro einen prächtigen, aber betagten Wallach an einen Zahnarzt, der damit keine anderen Pläne hat, als ihn zu malen. Ein Hobbykünstler, also.

Natascha Lumarenko arbeitete als Museumsangestellte in Kiew und besitzt eine Ikone, die seit ihrer Ermordung von den Eltern mit einer Kerze ruiniert wird.

Marion Vondembusche hat ein altes Pferdegemälde völlig vergessen, verspricht eine Expertise anfertigen zu lassen, und es verschwindet. Der Lichtfuchs auf dem Bild ähnelt „Äquinox“ auf verblüffende Weise.

Nachdem er Lothar Sonnhagen über seine Entdeckung in Schiebachs Küchenschublade informiert hatte, rief Max bei Waldmanns an, um ihnen auszurichten, er werde in einer halben Stunde noch einmal mit der Dolmetscherin vorbeikommen. Zu seiner Verwunderung nahm niemand ab, der Rufton verhallte ins Leere. Das Wetter verlockte nicht unbedingt zu einem Aufenthalt im Freien, es regnete noch immer wie aus Kübeln, und es hatte merklich abgekühlt. Das machte für ältere Leute und einen vom Raucherhusten geplagten Mittvierziger eigentlich schon den Einkauf im nächsten Supermarkt zum Überlebenstraining. Leicht beunruhigt wählte Max die Handynummer ihrer Nachbarin, die diese ihm bei seinem ersten Besuch überlassen hatte. Die Frau stammte gleichfalls aus der Ukraine und betrieb im Erdgeschoss des Nebenhauses eine Änderungsschneiderei. Ab und zu erledigte sie für Nataschas Familie kleine Botengänge.

„Die sind eigentlich den ganzen Tag zu Hause", entgegnete Frau Nabulko auf seine Anfrage, „aber ich richte ihnen aus, dass Sie angerufen haben. Vielleicht schlafen sie ein bisschen oder sind ein bisschen krank. Und falls es Sie interessiert, Herr Oberkommissar: Heute Vormittag hatten sie Besuch."

„Ist das so ungewöhnlich?" Unwillkürlich dachte Max an die große Zahl sowjetischer Aussiedler, die in Münster nicht so heimisch geworden waren, dass sie auf die Gesellschaft befreundeter Landsleute hätten verzichten wollen.

„Bei denen schon", entgegnete die Nachbarin kryptisch. „Leben sehr zurückgezogen. Andrej immer krank. Und mit dem Besuch hat es Streit gegeben."

„Woran haben Sie das erkannt?"

„Diese Leute – Mann und Frau – waren sehr laut. Dann hat es gepoltert, als wäre etwas umgefallen. Stuhl gegen Wand oder so. Glauben Sie, dass der Streit mit Mord an Natascha zu tun hat?"

„Das kann ich noch nicht sagen", konterte er. „Aber ich wusste gar nicht, dass Sie Frau Lumarenko so gut kannten. Ich meine, weil Sie sie und ihren Mann beim Vornamen nennen."

„Wir wohnen Tür an Tür", gab sie ein wenig spitz zurück, „da ist gute Freundschaft automatisch."

Automatisch!, Lückmann dachte an seine eigenen Nachbarn. Die junge Frau links von ihm nahm Pakete entgegen und hatte sogar mal bei ihm geschellt, weil die Scheinwerfer an seinem Auto noch brannten. Der alte Knacker rechter Hand beschwerte sich dagegen über jedes in seinen Garten herübergewehte Blatt, während sein Dackel jede Nacht den Mond anheulen durfte, als wäre er das Schoßhündchen von Neil Armstrong.

„Haben Sie die Stimmen wieder erkannt? Von früheren Besuchen vielleicht?"

Nein, entgegnete Frau Nabulko. Der Mann habe Ukrainisch gesprochen, so viel sei sicher. Doch um den Streit durch die Zimmerwand zu verstehen, reiche ihr Hörvermögen einfach nicht aus. Max wollte wissen, ob von Nataschas Familie eine Reaktion auf die Attacke der Besucher gekommen sei, und sie gab an, Frau Waldmann habe laut gewimmert und Andrej gebrüllt. „Aber es war schwer zu verstehen."

Als Max nach der Uhrzeit fragte, meinte sie, es sei kurz nach Öffnung ihres Ladens gewesen, also gegen neun. „Ich hatte in der Wohnung etwas vergessen und war in Eile, deshalb habe ich bei Waldmanns nicht nachgesehen, ob alles in Ordnung ist." Er fragte nach einem Zweitschlüssel. „Habe ich", bestätigte sie. „Wenn bei denen niemand aufmacht, kommen Sie einfach zu mir."

Er verständigte Katja, und sie fuhren sofort. Auf ihr Schellen am Klingelbrett rührte sich nichts. Kein Fenster offen, auch die Balkontür zu, dabei lebte die Familie im dritten Stock, die Einbruchsgefahr war also gering, und der Regen hatte endlich der Spätsommersonne Platz gemacht. Wenn mein Schwiegersohn Kette rauchte, dachte Max verwundert, würde ich die Fenster aufreißen, dass es nur so rappelt. Frustriert wandte er sich dem Nachbarhaus zu, um Frau Nabulko um Hilfe zu bitten, als sie auch schon in der offenen Ladentür erschien, das Gesicht kreidebleich, die Hand an der Kehle, als befürchtete sie ein ähnlich grausames Schicksal wie bei ihrer Freundin Natascha. Sie musste sich an der Wand abstützen, während sie Max und Katja ihre furchtbare Entdeckung mitteilte. Beunruhigt durch Lückmanns Anruf, war sie hinaufgegangen zur Wohnung der Lumarenkos – und hatte sofort die Notrufzentrale verständigt. Der Krankenwagen war unterwegs, weshalb sie jetzt bei offener Ladentür wartete, um die Sanitäter ins Haus zu lassen. Andrej sitze oben am Fenster, nicht ansprechbar, betrunken wahrscheinlich, Waldmanns lägen bewusstlos auf ihren Betten. Und dann diese Unordnung! Als hätten die Besucher etwas von ihnen gefordert, das die beiden Alten nicht finden konnten. Direkt übel geworden sei ihr bei all diesem Vandalismus. Sie taumelte vor ihnen die Treppe hoch und ließ sie in die Wohnung, allerdings nicht ohne einen Warnruf durch den Türspalt zu schicken, der an Murmeltiere in hochalpinen Bereichen erinnerte. „Wenn Andrej alkoholisiert ist, kann er sehr gefährlich werden. Vielleicht steckt er ja hinter dem Überfall …"

Max stürzte ins Schlafzimmer der Waldmanns, da erschien auch schon das Notarztteam. „Sofort alle Fenster auf!", hörte er jemanden in Panik rufen. Dann erst sah er die beiden alten Leute mit ihren hochroten Gesichtern wirklich. Er presste die Atemschutzmaske vors Gesicht, die ihm ein Sanitäter in die Hand drückte, sah, dass auch Katja und Frau Nabulko damit versorgt wurden, und ihm fiel ein, dass er unbedingt Handschuhe anziehen musste. Der Latex gab sich diesmal besonders widerspenstig, er spannte und kniff, doch irgendwann passte das verdammte Gummizeug, und Max rannte in die Küche, wo schon ein anderer Sanitäter am Gasherd hantierte. Eine der beiden Muffen, die die Gaszuleitung regulierten, war locker. Als Max sich umwandte, trug man gerade den alten Waldmann aus der Tür. Wenig später folgte seine Frau. Wenn die Gasleitung den ganzen Vormittag über ihren todbringenden Inhalt verströmt hatte, sah es schlecht aus für sie.

Als auch Andrej seinen Weg in die Uniklinik angetreten hatte, wurde es beklemmend still. Frau Nabulko, die über leichtes Kopfweh klagte, war im Krankenwagen mitgefahren, ein Blutbild konnte nicht schaden, Katja fand den Weg allein zum Präsidium.

Ein Glück, dass die Zwillinge bei ihrer Freundin untergebracht sind, dachte Max, sonst hätte es noch mehr Opfer gegeben.

Ein wenig schwindlig war es ihm auch, und da das Kinderzimmer am weitesten von der Küche entfernt war, stellte er sich dort ans Fenster, pumpte Luft in seine Lungen und versuchte, in dem lichten Gold-Grün der Kastanie die Gedanken zu ordnen.

Es fiel ihm erst auf, als er wieder im Wohnzimmer stand: Die Ikone war weg. Nur die Rußspuren an der Wand zwischen den beiden Fenstern waren noch zu sehen; deutliche Zeichen für die schädliche Wirkung, die die Flamme auf das rissige Holz gehabt haben musste. Er hatte sich also nicht getäuscht, als er annahm, das Bild habe, wenn nicht kunsthistorischen, dann wenigstens symbolischen Wert. Die Besucher hatten es mitgenommen.

Waldmanns starben auf der Intensivstation. Was Andrej betraf, so bestand Hoffnung, dass er durchkommen würde. Welchen Schaden die 1,6 Promille im Blut zusätzlich in seinem Gedächtnis angerichtet hatten, stand auf einem anderen Papier. Da würden auch Katjas Übersetzungskünste nichts bewirken. Max befiel der Verdacht, dass die mürrische Verschwiegenheit, mit der Nataschas Mann ihm von Anbeginn seiner Ermittlungen begegnete, reine Berechnung war. Doch so kamen sie nicht weiter. Auch potenzielle Zeugen des Überfalls, wie Frau Nabulko, schaufelten sich ihr Grab, wenn sie mit ihrem Wissen zu sparsam umgingen. Ein paar ungemütliche Sekunden lang überlegte er, ob sich jetzt auch Schäfer in Gefahr befand. Wer außer der Frau des Küsters wusste in Drinkel von seiner Unterredung mit der Polizei? Hatte Tilde Steer Recht, wenn sie ihren Bruder einsperrte? Kontrollierte sie ihn, weil sie Angst um ihn hatte? Dann wusste er über Schiebach Dinge, die er besser nicht in Umlauf brachte. Es ist wie bei einem dieser schönen alten Apothekerschränke, seufzte er. Fünf Dutzend kleine Schubladen. In jeder steckt ein anderes Kraut, doch kein einziges bringt den durchschlagenden Erfolg.

Er gab gerade die Türklinke an Schüllers Team weiter, als ihm noch ein Gedanke kam. Warum hatten die Täter sämtliche Räume, einschließlich Bad und Küche, in ein Trampolin für Irre verwandelt, wenn der gesuchte Gegenstand an der Wand hing? Warum hatten sie die Ikone nicht gleich heruntergerissen und waren getürmt, anstatt so viele Spuren zu hinterlassen?

Also ging er noch einmal zurück. Es gab zwei Antworten auf seine Frage. Die eine lautete: Die Besucher hatten mehr gefordert als nur die Ikone. Die andere hieß: Waldmanns hatten von dem drohenden Besuch gewusst und die Ikone versteckt. Dann befand sie sich noch irgendwo in der Wohnung, und Nataschas Familie hatte geahnt, wem sie ihre Tür öffnete.

Das Zimmer der Zwillinge war das am meisten abgelegene, gleich beim Eingang. Die Besucher hatten es genauso durchwühlt wie die übrigen Räume. Sie hatten die Kleidung der Mädchen aus dem Schrank gezerrt, die Fachböden weggerissen, die Matratzen hochgestellt und das Bücherregal von der Wand gerückt. Und so wäre Max wahrscheinlich gar nicht fündig geworden, wenn ihm angesichts all dieser Furnierbretter nicht die Rigipswände neben Schiebachs Scheune wieder eingefallen wären. Wenn hinter derart dünnen Latten die Liebesnester eines Puffs verschwinden konnten, um wie viel unauffindbarer ließ sich ein frommes, stilles Gemälde verbergen? Er raffte die Kleidungsstücke, die man wahllos wieder in den Schrank gestopft hatte, zur Seite und tastete die Rückwand des Schranks ab. Sie war weiß wie der ganze Schrank, aus dünnem, mit Folie beklebtem Sperrholz. Als er kräftig dagegen drückte, bemerkte er einen leichten Spielraum. Er zog die Rückwand heraus. Sie war nur lose gegen die eigentliche Schrankwand gelehnt, und in diesem Zwischenraum steckte die Ikone.

Er brachte sie in sein Büro, streifte Latexhandschuhe über und drehte sie vorsichtig hin und her. Dann nahm er seinen Anorak vom Haken, breitete ihn auf seiner Schreibtischplatte aus und bettete das Bild mit der Vorderseite nach unten darauf. Vorsichtig tastete er die Rupfenbespannung ab, doch nicht einmal jetzt, ohne Frau Waldmanns bohrenden Blick im Nacken, konnte er entscheiden, ob sich darunter etwas befand. Das Sackleinen federte weich und es knisterte nichts. Obwohl er sich in den letzten anderthalb Wochen ausführlich mit Ikonen beschäftigt und auch viele Abbildungen betrachtet hatte, war dies das erste Exemplar mit einer solchen Bespannung, und es war ihm nicht klar, welchem Zweck sie diente außer jenem, darunter etwas zu verbergen. Die Ungeduld zuckte in seinen Händen, nur mit Mühe konnte er sich beherrschen, zu seinem Klammerentferner zu greifen und den Rupfen zu lösen. Doch als ihm einfiel, dass Schüllers Kollege Bernie Wagner nicht an der Durchsuchung von Lumarenkos Wohnung beteiligt war, brachte er die Ikone in dessen Büro.

Wagner fotografierte sie von vorn und hinten und sicherte die Fingerabdrücke. Dann löste er die Tackernadeln und lüftete das Jutegewebe an einer Ecke. Der Hohlraum war mit einer weichen, weißen Masse ausgefüllt; Zellstoff, wie Max im nächsten Moment erkannte. Der Kollege entfernte den Rupfen vollständig, wobei er jedes Stadium der Verkleidung dokumentierte. Er nahm den Mull weg, und was sie dann vor sich hatten, verschlug ihnen kurz die Sprache.

Der Lesestoff über Ikonen, den Max sich zu Beginn seiner Ermittlungen beschafft hatte, war anschaulich und informativ, das Thema hatte ihn wider Erwarten gefesselt, mit dem Namen Andrej Rubljow verband ihn eine solide Bewunderung. Er fand, dass dieser Mann ruhig noch mehr hätte produzieren können. Leider war er schon über fünfhundert Jahre tot.

Doch man wird nicht über Nacht zum Gutachter. Und so konnte Max nur vermuten, dass die Ikone, die unter dem Rupfen verborgen gewesen war, quasi Rücken an Rücken mit jener Holztafel, die Natascha von dem Popen bekommen hatte, kostbar war, sogar falls es sich um eine Kopie handelte. Als er die beiden Madonnenbilder – kurz ging ihm die ketzerische Bezeichnung „Kunstsandwich“ durch den Kopf – miteinander verglich, schienen die Unterschiede frappierend. Um Farben und Firnis der versteckten Ikone zu schützen, hatte man um ihren Rand eine Leiste befestigt, wodurch der mit Mull ausgefüllte und mit Rupfen bespannte Hohlraum entstanden war. Auch diese Maßnahme deutete daraufhin, dass es sich um eine Kostbarkeit handelte. Das vom Feuer verunstaltete Gegenstück hatte als Schutzschild gedient, ein bemaltes Stück Holz aus einem Bauernhaus oder einer armseligen Kirche, das man vor eine wertvolle Ikone heftete, um diese durch die Grenzkontrollen zu schleusen. Man zeigte es den Zollbeamten und wurde durchgewinkt.

Beide Ikonen zeigten jenen speziellen Madonnentyp, der Hodegetria genannt wird; auf Deutsch Wegführerin. Maria hält Jesus auf dem linken Arm, während ihre rechte Hand auf das Kind weist, dabei blickt sie jedoch weder das Kind noch den Betrachter an, sondern schaut leicht aus dem Bild heraus. Das Kindergesicht wirkt erwachsen, beinahe alt, was man gemeinhin als Hinweis auf die spätere Lebensgeschichte von Jesus wertet. Die ernste, melancholische Miene seiner Mutter lässt sich ebenfalls auf diese Weise erklären, und auch die weiße Papierrolle in der Babyfaust gehört dazu: Jesus, das Wort Gottes.

Eine Erklärung, warum Waldmanns nicht das wertvollere Kunstwerk nach außen gedreht hatten, fand Max damit noch lange nicht. Auch die Vorstellung, was die offene Kerze möglicherweise angerichtet hätte, verscheuchte er. Die Erbin der beschädigten Vorderseite habe sich nicht ausfindig machen lassen, so hatte Waldmanns Erklärung gelautet. Warum hatten sie keine Anzeige in die Zeitung gesetzt, damit sich die Nichte des Popen melden konnte? Hatte Nataschas Familie von der kostbaren Rückseite gewusst und das Juwel mit Absicht geheim gehalten? Dann handelte es sich möglicherweise um Schmuggelware. Auch auf die Frage, ob Natascha allein darüber informiert gewesen war, oder ob sie völlig ahnungslos und in ihrer Hilfsbereitschaft hinterhältig ausgenutzt worden war, fand Max keine Antwort. Und welcher Ganove in Münster konnte von einer Ikone wissen, die in einer unauffälligen Mietwohnung hing? Stand das wertvolle Stück in Zusammenhang mit Nataschas Tod? Hatte sie damit geprahlt? Vielleicht versucht, es zu verkaufen?

Die Ränder der beiden Bilder schlossen absolut bündig, wobei man das wertvollere garantiert nicht in seinen Maßen korrigiert hatte. Das hätte der größte Kunstbanause nicht fertig gebracht. Blieb also nur die Erklärung, dass es sich bei der Vorderseite des Sandwichs tatsächlich um ein billiges Exemplar aus einem Familiennachlass oder einer Kirchenausstattung handelte, das man ohne größere Skrupel absägen konnte.

Hatte Natascha wirklich keine Ahnung von dem wahren Wert gehabt? Hatte sie die Adresse der Nichte des Popen gar nicht verloren? In Kiew hielt sie nicht nur Kontakt zu den städtischen Museen, sondern – im Zuge ihrer Touristenführungen – auch zu Kirchen und Klöstern. Sie galt als kompetent und vertrauenswürdig. Kurz nach der Übernahme des Bildes war sie in den Westen ausgereist. Warum gab eine Akademikerin zwölf Jahre nach dem Fall des Eisernen Vorhangs einen soliden Job auf, um in Münster Büros zu putzen? Woher rekrutierte sich der Freundeskreis ihrer Familie? Wie es schien, hatte sie ihre Wohnung nicht gegen Anschläge schützen können.

Lückmann trug die Ikone in sein eigenes Büro, legte sie wieder auf den Schreibtisch und betrachtete jede Einzelheit. Der enge Faltenwurf der Kleidung war sorgfältig herausgearbeitet, das Blattgold auf Revers, Schleiersaum und Heiligenschein wirkte filigran, wobei der kleine Jesus noch verschwenderischer ausgestattet war als seine Mutter. Die Farben, verblasst und stellenweise abgeblättert, waren in zarten Pastelltönen gehalten. Bei dem Gedanken, was diese Hochglanzfrau mit ihrem irgendwie technisch versiert blickenden Säugling im Arm wohl zu einer Miele mit Knitterschutzprogramm gesagt hätte, musste Max unwillkürlich grinsen. In diesem Moment platzte Katja herein. „Die Uniklinik hat angerufen. Sie bitten uns, morgen früh zu Lumarenko zu kommen. Er ist nicht nur vernehmungsfähig, er möchte sogar reden.“

Max nickte. „Sieh dir das hier an. Das war auf der Rückseite der Ikone versteckt, die bei ihm an der Wand hing.“

Andrej hielt die Augen geschlossen. Noch hatte ihm niemand gesagt, dass seine Schwiegereltern tot waren. Man schonte ihn, bis sein Kreislauf völlig stabil war. Seine beiden Zimmernachbarn ließen den Fernseher laufen, hatten allerdings Kopfhörer eingestöpselt. Max schloss behutsam die Tür, während Katja auf dem Fenstersims Platz nahm und den Ukrainer mit einem sanften „Hallo!" dazu brachte, die Augen zu öffnen. Als sie weiter leise auf ihn einredete, antwortete er mit einem Nicken, danach mit Kopfschütteln.

„Ich habe ihn gefragt, ob er sich schon etwas besser fühlt", fasste Katja den offenbar wenig ergiebigen Dialog zusammen. „Und ob er weiß, wer gestern Morgen den Gas-Anschlag verübt hat."

„Kannten er oder seine Schwiegereltern diese Leute nicht?"

„Nein. Sieht nicht so aus."

„Warum haben sie ihnen dann die Tür aufgemacht?"

Katja gab die Frage weiter, und sofort kam Leben in Andrejs Körper. Ein Schwall Worte sprudelte aus einem Mund, während seine mageren Hände auf der Bettdecke Wanderkarten nachzuzeichnen schienen. In der Übersetzung lautete seine Geschichte so: Vor einer Woche hatte eine Antiquitätenhändlerin telefonisch nachgefragt, ob sie Ikonen zu verkaufen hätten. Andrej hatte keine Ahnung, woher die Frau, die Ukrainisch sprach, wusste, dass sie zwei Ikonen besaßen, das Erbstück des Popen, das noch immer auf seine neue Besitzerin wartete, und ein billig-buntes Exemplar aus dem Besitz von Nataschas Großtante. Andrej hatte ein Geschäft gewittert, die Interessentin für Mittwochabend zu sich nach Hause bestellt und nach dem billigen Madonnenbild gesucht. Als er es nicht fand, hatte er das Exemplar des Popen von der Wand genommen, um zu verhindern, dass die Kunsthändlerin es ihm abzuhandeln versuchte. Doch die Frau war nicht, wie vereinbart, am Mittwochabend gekommen, sondern erst am Donnerstagmorgen, in Begleitung eines Mannes, der Mann schon älter, die Frau ganz jung. Andrej vermutete, dass Natascha ihren Kolleginnen von der Ikone des Popen erzählt hatte, obwohl er bei Max damit massive Zweifel weckte, als der an den internationalen Schmelztiegel ihres Putzteams dachte. Serbinnen, Bulgarinnen, Ukrainerinnen. Was diese Frauen allenfalls verband, waren die ewig gleichen Geschichten von Mann und Kindern, den bescheidenen Komfort, den man sich gönnte, und der neueste Tratsch über die Angestellten, die in den

Büros arbeiteten. Über Nataschas münsterschen Freundeskreis Näheres zu wissen, bestritt Andrej auch jetzt, und nachdem Max sich lebhaft vorstellen konnte, wie gleichgültig die Eheleute miteinander umgegangen waren – hier das unfreiwillig arbeitslos gewordene, körperliche und seelische Wrack, dort die energische Ehefrau, deren größter Wunsch es war, mehr Geld und Ansehen einzuheimsen –, nahm er ihm das ohne weiteres ab. Blieben als Informationsquelle über den Besitz der Ikone immer noch Nataschas Töchter. Zwar schien es Max ziemlich unwahrscheinlich, dass sich Erstklässler über ein Madonnenbild unterhielten, vor dem die Großeltern beteten, doch falls in der Familie darüber diskutiert worden war, hatten die beiden Mädchen vielleicht etwas aufgeschnappt. Hatte man über einen möglichen Verkauf gestritten?

„Katja, frag Andrej, warum er diese Frau und ihren Begleiter in die Wohnung gelassen hat, wenn er gar nichts zu verkaufen hatte." Doch Lumarenko hatte für ihre Frage nur ein resigniertes Kopfschütteln übrig. Das Gespräch hatte ihn sichtlich erschöpft, außerdem erschien in diesem Augenblick ein Arzt, gefolgt von einer Schwester, die die Krankenakte in der Hand hielt.

11

Lückmann nahm gerade seine Regenjacke vom Bügel, um bei seiner Bankfiliale ein paar längst überfällige Dinge zu regeln, als ihm jemand die Bürotür in den Rücken rammte. Unwirsch wandte er sich um und glaubte, ein Gespenst zu sehen, eine schwarzhaarige Furie. „Sieglinde! Was machst du denn hier?“

Sie war es tatsächlich. Das dunkle Haar zerzaust, der Schal halb auf dem Boden, im offenen Schlund ihrer Schultertasche eine Tageszeitung, eine angebrochene Keksrolle und ein achtlos zusammengerollter Knirps. Schwer atmend ließ sie sich auf ihren Schreibtischsessel fallen. So hatte Max sie noch nie erlebt.

„Ich fass es nicht! Ich kann das einfach nicht begreifen! Max, sie war meine beste Freundin! Und jetzt ist sie tot?“

„Trink einen Schluck Wasser!“, versuchte er ihren Aufruhr abzuwiegeln. Tagelang hatte er sich gewünscht, sie säße ihm gegenüber. Jetzt passte es ihm nicht. Hätte sie ihn nicht vorher anrufen können?

„Quatsch! Ich hatte im Zug ein Glas Tee.“

„Hast du nur vorübergehend in Wiesbaden unterbrochen oder bleibst du hier?“

„Natürlich bleibe ich hier! Glaubst du, ich kann mich da unten auch nur eine Sekunde lang konzentrieren? Ich bekomme die Seminarunterlagen per Fax, irgendwann wurstele ich mich da durch, aber das ist jetzt kein Thema. Wie weit seid ihr?“

„Wir stehen noch immer vor einem Rätsel“, gab Max zu. „Und ich finde es … total in Ordnung, dass du zurückgekommen bist. Sobald sich ein Hinweis auf Fremdverschulden ergibt, wird Sonnhagen die Ermittlungsteams umbilden. Ich leite dann den Fall Vondembusche, du und Kettling, ihr kümmert euch um Schiebach und Lumarenko.“ Er stellte fest, dass ihm bestürzend wohl war bei diesem Gedanken. Seine Zusammenarbeit mit Hauptkommissarin Züricher war in letzter Zeit nicht gerade friktionsfrei verlaufen. Zu viele Köche mit verschiedenen Ansichten verdarben nicht nur im Märchen den Brei. Er schämte sich zwar wegen seines Wohlbehagens, verdrängte die Scham jedoch sofort. In eine Mordsache Vondembusche würde Sieglinde zu viel Emotionales einbringen. Wenn sie nur einigermaßen realistisch dachte, musste sie das zugeben.

„Was heißt hier, sobald? Max, hier *liegt* ein Fremdverschulden zugrunde. Marion wäre niemals fahrlässig mit verdorbenen Lebensmitteln umgegangen, erst recht hat sie sich nicht umgebracht.“ Als sie ihre von grauen Fäden durchzogene Mähne mit den Fingern ordnete, registrierte er die vortretenden Adern auf ihren Handrücken. Hände, die zupacken konnten und ohne Antiaging-Creme auskamen. Leicht hatte sie es nicht gehabt in den letzten Jahren. Der alles andere als pflegeleichte Chef, die Trennung von ihrer Tochter, die schon vor dem Abitur in eine Wohngemeinschaft gezogen war und wenig Familiensinn zu zeigen schien, dazu regelmäßige Ehekrisen. „Ich weiß“, gab sie dumpf zurück. „Sonnhagen hält mich für befangen. Das hat er mir schon am Telefon gesagt. Andererseits habe ich einen gewissen Überblick über ihre Kundschaft, über die Künstler, die sie betreute, die städtische Kulturszene, soweit Marion in sie verwickelt war. Warum traut ihr mir nicht zu, dass ich professionell mit diesem Fall umgehen kann?“

„Kommt dir spontan ein Verdacht?“

Sie schüttelte heftig den Kopf, und dann begann sie zu weinen, so elementar und fassungslos, dass Max beschloss, seinen Besuch bei der Bank auf den nächsten Vormittag zu verschieben. Unmöglich konnte er Sieglinde jetzt im Stich lassen. Die Vorstellung, dass ihr vielleicht brisante Dinge über Frau Vondembusche bekannt waren und sie Tränen der Enttäuschung über eine unsolide Freundin weinte, die ein Kapitalverbrechen erklärten, ließ er vorläufig im Hinterkopf. „Lass uns ein paar Schritte machen“, schlug er vor. „Wenn jemand zur Tür reinkommt, denkt er sich alles Mögliche.“

„Soll er doch denken, was er will“, brauste sie auf. „Aber du hast Recht, ich brauche frische Luft. Und einen ordentlichen Kaffee.“ Damit stand sie auf, befreite ihre Tasche von überflüssigem Krempel und ratschte den Reißverschluss zu. Sie entschieden sich für ein kleines Bistro im nahe gelegenen Kreuzviertel, setzten sich in die hinterste Ecke am Fenster und bestellten in selten gewordener Einmütigkeit Milchkaffee und heiße Waffeln mit Ahornsirup.

Was in den Medien über Marions Tod berichtet wurde, kannte Sieglinde bereits. Sie hatte sich die Zeitung nachschicken lassen und die tragische Meldung in einem Wechselbad aus Wut und Trauer gelesen. Dann war die Unruhe unerträglich geworden und sie hatte den Koffer gepackt.

„Sonnhagen ist fast explodiert, als er davon erfuhr“, berichtete sie. „Meine ganze Fortbildung über den Jordan! Es gebe zu wenig Hinweise auf Fremdverschulden, er werde mich zurückrufen, wenn er es für richtig hielte. Aber ich habe da unten eine phantastische Kollegin aus Freiburg kennen gelernt, die volles Verständnis für meine Lage aufbrachte. Sie schickt mir die Unterlagen zu. Wenn man nicht ab und zu Solidarität und Hilfsbereitschaft erleben würde, könnte man über unserer Gesellschaft verrückt werden. Ehrenmorde, Amokläufe in Schulen, Neugeborene in Müllsäcken? Ja, spinnen die hier in Deutschland denn alle?“

„Fühlte sich Marion in letzter Zeit bedroht?“

„Max, wir haben es nicht mit einer zwanzigjährigen Karatekämpferin zu tun. Abgesehen von ihrem krankhaften Misstrauen gegenüber Fremden, war sie geistig fit, aber gesundheitlich nicht mehr gut drauf, und ihr Kundenkreis wurde deutlich kleiner. Wie soll sich eine Zweiundsiebzigjährige da nicht einsam fühlen, oder noch konkreter, schutzlos? Sie dachte daran, eine Bürokraft einzustellen, hatte wohl auch eine Probekandidatin da. Aber diese Frau schien ihr dann doch zu halbseiden.“

„Inwiefern?“

Sie lächelte verlegen. „Es handelte sich um eine Frau aus Osteuropa. Marion bildete sich ein, sie spioniere ihre Galerie aus, um Diebesbanden in die Hände zu arbeiten.“

„Warum hat sie sich nicht jemand anderen gesucht?“

„Weil sie sich von dieser Frau sehr viel versprochen hatte. Eine Kunsthistorikerin, um die vierzig. Weiß der Geier, warum sie ihr gegenüber so misstrauisch wurde.“

„Aber wenn diese Frau in Marions Unterlagen herumgeschnüffelt hat“, gab er zu bedenken, doch sie schüttelte den Kopf. „Wie sollte sie denn? Sie war ja nie allein in der Galerie. In den letzten Monaten wurde Marion richtig schrullig, das hatte schon fast etwas Paranoides. Und teure Bilder besaß sie auch nicht mehr.“

Warum auf dem Poster nicht der Name der Künstlerin angegeben und die Ausstellung „Die Scharlatane sind unter uns“ genannt wurde, konnte Sieglinde sich auch nicht erklären.

„War das nicht ein sehr provokanter Titel?“, hakte Max nach. „Vielleicht hat sich jemand zu Tode beleidigt gefühlt und zugeschlagen.“ So habe sie das gar nicht gesehen, gab Sieglinde zur Antwort. „Ich kenne Winnie Zeisig nicht. Und ich wusste ja, dass ich nicht teilnehmen konnte, wegen meiner Fortbildung in Wiesbaden. Warum sollte ich die Einladung aufbewahren?“ Sie zog ihr Taschentuch heraus. „Wäre ich am vergangenen Donnerstag doch bloß in Münster gewesen. Vielleicht hätte ich Marions Tod verhindern können.“

„Wie denn?“

„Indem ich sie in die Oper begleitete. Sie hatte mich gefragt, ob sie eine zweite Karte besorgen solle, aber ich war ja nicht da.“

„Weißt du von einem Stammlokal, das sie vor Theateraufführungen gern besuchte?“

„Es gibt da ein neues. ‚Da Salvatore‘ in der Hörster Straße. Sie haben eine gute Fisch- und Meeresfrüchtekarte, aber wenn es Marion schon vor der Aufführung übel war …“

„Trotzdem sollten wir dort nachfragen. Vielleicht hat sie nur etwas getrunken. Einen Tee, zum Beispiel.“ Sekundenlang geisterte ihm die Galeristin auch mit einem doppelten Cognac durchs Hirn, doch er verscheuchte das Bild. Wer zeigte sich schon in der Öffentlichkeit allein mit harten Sachen, selbst wenn er heimlich trank? Sieglinde nickte zu seinem Vorschlag. „Hast du irgendeinen Hinweis, was sie an dem Donnerstag gemacht hat?“

„Nichts“, bekannte Lückmann. „Am Vormittag, als Frau Zeisig ihre Mobilés herunternahm und Frau Abelding … ich meine, die Dame vom Cateringservice, die Platten abholte, war sie nicht in der Galerie. Ob jemand sie gesehen oder mit ihr telefoniert hat, können wir nicht feststellen, solange sich dieser Jemand nicht meldet.“ Der Aufruf an die Bevölkerung war herausgeschickt worden, hing in den Linienbussen oder wurde in der Innenstadt per Handzettel verteilt. Noch am vergangenen Nachmittag hatte Max mit den beiden Kolleginnen gesprochen, die die Reaktionen sammelten. Doch außer den typischen hysterischen oder wichtigtuerischen Wortmeldungen war nichts Brauchbares darunter. Sieglinde schüttelte resigniert den Kopf. „Ihrem Cateringservice traue ich einen so hinterhältigen Anschlag einfach nicht zu.“

„Der Mörder könnte unter ihren Gästen gewesen sein.“

Sie geriet offensichtlich in Panik, und er fragte sich, ob ihr vielleicht doch ein konkreter Verdacht gekommen war. Ihre Gedanken nahmen einen anderen Kurs, denn sie sagte hitzig: „Wenn du mich fragst, ermittelst du in die falsche Richtung. Fahr mehr Informationen über den Donnerstag ein.“

„Und was wäre die bessere Richtung am Donnerstag?“ Ihre Kritik wurmte ihn. Umso mehr Genugtuung bereitete ihm der Gedanke, dass man ihm den Fall vielleicht demnächst allein anvertrauen würde.

„Die Opernaufführung“, beharrte sie. „Wen hat Marion kurz vor dem Premierenbeginn getroffen?“

„Manche Giftstoffe brauchen länger als vierundzwanzig Stunden, um einen Menschen unter die Erde zu bringen. Das weißt du doch.“

„Weiß ich“, stimmte sie verdrossen zu. „Trotzdem muss sie dieses Muschelzeug an ihrem Todestag gegessen haben, sonst hätte es sich nicht mehr im Magen befunden.“ Sie wischte einen imaginären Wassertropfen von der kleinen Marmorplatte, an der sie saßen. „Manche ihrer Stammkunden brachten Fingerfood mit, nicht für die Eventgäste, sondern für Marion persönlich. Da war häufig Muschelfleisch darunter, sie schwärmte ja dafür. Aber sie aß es immer noch am selben Abend, weil es so leicht verderblich ist.“ Der Tropfen war nur ein Einsprengsel in der Tischplatte. „Diese Häppchen“, fuhr sie fort, „stammten von guten Freunden. Bei fremdem Fingerfood wäre sie vorsichtig gewesen. Vor allem in letzter Zeit.“

„Hatte sie eine Schwäche für Schnapspralinen?“

„Warum fragst du?“

„Weil sie nach Alkohol roch.“ Was das Blut im Mageninhalt betraf, so hatte Kerner Recht behalten. Es stammte tatsächlich von einem Magengeschwür. Nach dem todbringenden Wirkstoff fahndete der Rechtsmediziner dagegen noch immer. Obwohl er schon einen Schritt weitergekommen war: Tod durch Atemlähmung. In Verbindung mit dem Erbrechen ließ dieser Befund an das Colchicin der Herbstzeitlose denken, die zurzeit mit ihren lila Blüten auf sich aufmerksam machte. Im Frühjahr wurden die Blätter gern mit denen der Maiglöckchen verwechselt, was ebenfalls zu schweren Vergiftungen führte, auch passte die Latenzzeit von zwei bis sechs Stunden. Sieglinde unterbrach seine Gedanken: „Marion schätzte einen trockenen Weißwein, mit harten Drinks habe ich sie nie erlebt.“

„Könnte sie vor der Opernaufführung Besuch gehabt haben, der ihr eine Flasche Hochprozentiges mitbrachte und sie zum gemeinsamen Trinken aufforderte?“ Winnie Zeisig grüßte von weitem.

„Das wäre eine Überlegung wert. Allerdings bezweifle ich, dass sie einer solchen Aufforderung nachgekommen wäre.“ Sie zupfte ihren Seidenschal gerade und sah ihn herausfordernd an. Max ahnte, um was sie ihn bitten würde. Schon fuhr sie fort: „Hältst du mich ständig auf dem Laufenden? Ich werde schweigen wie ein Grab! … Oh!“, sie schlug sich auf den Mund, „das sollte ich nicht sagen! Wenn ich nur daran denke, dass Marion in ein paar Tagen beerdigt wird, könnte ich schon wieder losheulen!“ Ihr Blick wurde flehend. „Versprichst du mir, dass ich über jede neue Entwicklung umgehend informiert werde? Sogar nachts? Das bin ich Marion schuldig, wenn ich schon selbst nichts für sie tun kann.“ Sie starrte an ihm vorbei durchs Fenster, während sie genau jenen Satz sagte, der Max am Morgen durch den Kopf gegangen war: „Drei Morde und ein Überfall mit Todesfolgen innerhalb von knapp drei Wochen. Das gab es noch nie. Und wenn alle drei Fälle miteinander in Verbindung ständen? Das würde bedeuten, dass wir beide doch in dieselbe Richtung ermittelten.“

„Das wäre für mich nicht das größte Übel“, grinste er. „Und Kettling ist schließlich auch noch da.“ Er hat eine neue Freundin, hätte er fast angefügt, doch dies war kein guter Zeitpunkt, um von glücklichen Beziehungen zu schwärmen. Stattdessen sagte er im vollen Bewusstsein der Bedeutungsschwere seiner Worte: „Schiebach und Lumarenko haben einander gekannt.“

Leider verpuffte die Neuigkeit wie ein fehlgezündeter Feuerwerkskörper. Sieglindes innerer Blick blieb bei Marion.

„Anton Schiebach“, setzte er nach, „wurde drei Tage vor Natascha Lumarenko umgebracht und gestern habe ich entdeckt, dass die beiden zumindest in Briefkontakt standen.“

Ihr Blick kehrte zu ihm zurück. „Das bedeutet, dass rein theoretisch Lumarenko Schiebach getötet haben kann. Nicht umgekehrt.“

„Als Einstand in deine Recherchen aber doch keine schlechte Nachricht“, triumphierte er. „Welchen von den beiden Fällen du auch übernimmst, du bekommst einen soliden Verbindungsfaden in die Hand.“ Er spürte, dass sie noch immer keine Bodenhaftung gewonnen hatte, sondern in ihre Trauer eingewickelt blieb wie eine Mumie in ihre geölten Laken – mit dem Unterschied, dass sich ihr Gehirn noch an seinem angestammten Platz befand. „Lass uns weiter über Marion reden“, schlug er geduldig vor, „würdest du ihr unseriöse Geschäfte zutrauen?“

„Du meinst Fälschungen oder Hehlerware? Wozu ein solches Risiko? Sie hätte auch ohne Galerie ihr Auskommen gehabt.“

„Die Einsamkeit zieht falsche Freunde an wie der abgelegene Bauernhof die Wölfe“, wandte er ein und dachte an Schiebach. Konnte sich ein Mann dermaßen aufs Altenteil abgedrängt fühlen, dass er die totale Kehrtwende wählte; eine Wende, die ihn auf skandalöse Weise in den Mittelpunkt seiner Dorfgemeinschaft gerückt hätte? Denn dass in Drinkel niemand von seinen Plänen wusste, ging Max einfach nicht in den Kopf. Von wem der Satz „Anton, du Schwein, gib den Löffel ab!“, stammte, würde sich vielleicht nie klären, doch er ließ an Deutlichkeit nichts zu wünschen übrig. Schiebach hätte in nächster Zeit Termine mit Handwerkern ausgemacht, die nicht unbemerkt geblieben wären. Zumindest Frau Steer hätte ihre Wäsche im Schneckentempo auf die Leine befördert, um den Nachbarhof möglichst lange im Blick zu behalten. Nicht zu vergessen der allwissende Bruder Robert! Erst jetzt wurde ihm bewusst, wie spärlich Frau Trebschuhs Ausbeute an Sonnenblumenkernen gewesen war. Hatte sie nur einen Vorwand gesucht, um mit ihm zu reden, obwohl ihre Spekulationen dann doch recht vage blieben? Sollte er, Max, sich die Zusammenhänge selbst zusammenreimen und, durch die Erwähnung des Jagdunfalls von Droste-Schürhoff alarmiert, im Dorf noch mehr Erkundigungen über dessen Freundesclique einziehen?

Denkbar war auch, dass sie ihm einen Hinweis auf die wahren Hintergründe für Karlas testamentarische Regelung hatte geben wollen, ohne sich den Mund zu verbrennen. Mit einer zum Nachtclub ausgebauten Scheune hätte das Gelände beim Tod des Bauern ein gewaltiges Ärgernis dargestellt, unbrauchbar nicht nur für Einkehrtage, sondern auch für so harmlose Veranstaltungen wie Grillabende der Jungschar oder Kirchenflohmärkte. Nicht mal das Baumhaus mit seinen abgehobenen zwei Metern wäre von dem schlechten Ruf des Bordells verschont geblieben, zumal die Relikte unter den Wolldecken diesen Platz zumindest für konservative Pfarrmitglieder bereits zum Sündenpfuhl machten. Die Klinkersteine mit ihrem brisanten Inhalt hätte man nicht so leicht gefunden. Selbst Ansgar hatte eine scharfe Lupe gebraucht.

Die Kellnerin unterbrach seine Überlegungen, als sie Kaffee und Waffeln zum Tisch brachte. Nachdem serviert war, fragte er Sieglinde, ob sie etwas von einem Pferdebild in Marions Geschäft wisse.

In einer südenglischen Galerie gekauft, angeblich achtzehntes Jahrhundert.

Sie schürzte die Lippen. „Nie gesehen. Was ist so toll daran?“

„Sie wollte es schätzen lassen, und jetzt ist es verschwunden.“

„Wenn es verschwunden ist, hat sie es zum Schätzen weggegeben“, konterte sie fast schroff. „Mach doch nicht aus jeder Mücke einen Elefanten.“ Ihre aufgewühlte Stimmung irritierte ihn, obwohl sie in letzter Zeit zu Ausbrüchen dieser Art tendierte. Hoffentlich nur das Klimakterium und kein Burnout, dachte er, und seine Sympathie für sie kehrte spontan zurück. Leider kam im Schlepptau auch wieder die Erinnerung, wie eng sie mit der Toten befreundet gewesen war. Er selbst, mit der Trennung von Sabine konfrontiert, hatte beschlossen, nur noch rational zu argumentieren und alles Persönliche aus dem Spiel zu lassen. Als Polizist durfte man sich vom Privatleben nicht zum Sklaven machen lassen.

Kämen ihre Recherchen schneller ans Ziel, wenn ein einziger Täter diese drei Morde begangen hatte oder drei Täter jeweils einen? So sehr er auch grübelte, welche Variante ihnen die Arbeit erleichterte und den Ermittlungszeitraum verkürzte, er fand die Lösung nicht. War es zielführender, von mehreren Zugängen her ein einziges gestörtes Hirn zu ergründen oder sich jeweils einen Weg zu drei Individuen zu bahnen? Wie auch immer, sie konnten es sich nicht aussuchen.

Welches Mosaikstückchen konnte überhaupt einen Bauern, eine Reinigungskraft und eine Galeristin miteinander verbinden? Das zweite Opfer hatte sich bei dem ersten um eine Stelle beworben, bei der es möglicherweise um die Mitarbeit in einem zweifelhaften Barbetrieb ging. Die harmlosere Alternative hätte so ausgesehen, dass Natascha Brathähnchen in Fettpapier wickelte oder anspruchslosen Gästen, die lediglich ihren Hunger stillen wollten, Tellergerichte servierte, die jeder Student im ersten Semester hinbekam. Ob es nach ihrer schriftlichen Bewerbung auch zu einem persönlichen Kontakt mit Schiebach gekommen war, blieb offen. Weitere Hinweise, die die Verbrechen klären konnten, waren das an eine unbekannte Adresse weggegebene Pferdebild und eine wertvolle Ikone, die hinter einem Exemplar mit signifikanten Brandspuren verborgen gewesen war. Ansgar Schüller suchte derzeit nach einem vertrauenswürdigen Experten, der den Wert der Hodegetria beurteilen konnte.

Und wenn nun Frau Vondembusches Tod doch auf Unfall oder Selbstmord zurückgeführt würde? Er stutzte. Während Sieglinde über Marions zunehmende Senilität geredet hatte, war ein Satz gefallen, der ihn hellhörig machte. Leider hatte er sich so schnell verflüchtigt wie ein Tropfen Wasser auf einer heißen Herdplatte. Verdammt, was war es nur? Sieglinde unterbrach sein angestrengtes Grübeln, indem sie fragte: „Und wenn Marion das Bild für wertvoll hielt und deshalb versteckt hat?"

„Mir gegenüber gab sie an, keine Ahnung von seinem Wert zu haben. Aber vielleicht hat sie sich später erinnert, woher es stammt. Hast du eine Ahnung, wo sie es eingeschlossen haben könnte?"

Draußen ging ein bärtiger Mann mit einem Pitbull vorbei. Sieglindes Blick folgte ihm eine Weile, als überlegte sie, ob ein Hund dem Misstrauen ihrer Freundin hätte abhelfen können, dann entgegnete sie: „Vor etwa einem halben Jahr hat sie mir anvertraut, wo sie ihre wertvollen Bilder einschloss, bevor ein Event in ihrer Galerie stattfand. Sie hatte nämlich auch Angst vor Dieben. Und da sie einiges in Kommission übernommen hatte, wäre es sehr peinlich gewesen, wenn etwas abhanden gekommen wäre."

„Hast du nicht gerade eben behauptet, sie besäße keine wertvollen Bilder mehr?", warf Max angriffslustig ein.

„In Kommission hatte sie schon einiges. Sie galt als absolut vertrauenswürdig. Allerdings war ihr Freundeskreis ziemlich geschrumpft, ich meine, im Vergleich zu früher."

„Vor einem halben Jahr begann sie also Bilder zu verstecken. War das der Zeitpunkt, an dem ihre … Phobien begannen?"

„So genau kann ich das nicht sagen. Die Veränderung, die mit ihr vorging, habe ich erst nach und nach festgestellt."

„Auf mich wirkte sie sehr engagiert", wandte er ein. „Sie wollte nicht nur eine Freundin nach der Symbolik der roten Steinchen in dem Hufeisen befragen, sie war auch völlig angetörnt, was das Pferdegemälde betraf. Sogar für die Ikone hätte sie einen Experten zur Hand gehabt. Leider hat sie mir den Namen nicht genannt, der könnte uns jetzt sehr nützlich sein."

Sieglinde schüttelte ungläubig den Kopf. „Eine Hufeisenexpertin in Marions Freundeskreis kann ich mir so gar nicht vorstellen." Er spürte die Ironie in ihren Worten und kam sich selbst lächerlich vor mit diesem Beweisstück. Wahrscheinlich hatte es eine der Steer-Töchter auf der Koppel verloren, als sie ein letztes Mal auf Äquinox reiten durfte. Dass die Huflattichblätter Urinflecken hatten, das Eisen jedoch nicht, bewies gar nichts.

„Und ich dachte immer, du hättest einen guten Überblick über Klientel und Künstler.“ Auch sein Tonfall wurde jetzt ätzend.

„Das habe ich auch“, rechtfertigte sie sich. „Aber Marion zog sich aus dem gesellschaftlichen Leben zurück. Wer weiß, wen sie aus ihrem Verteiler gestrichen hat? Oder wer neu hinzugenommen wurde, als Bodyguard, zum Beispiel? Lass mir bitte etwas Zeit. Es war keine angenehme Heimkehr.“

„Hatte sie einen Nachfolger für ihr Geschäft bestimmt?“

„Dazu müsste ich ihr Testament kennen. Jedenfalls hatte sie niemanden, der ihr in der Galerie aushalf.“ Und mit dieser Antwort befreite sie endlich den bohrenden Angelhaken in Lückmanns Hirn. Jetzt wusste er, was ihn vor ein paar Minuten so stutzig gemacht hatte. Bei der Probekandidatin, die Frau Vondembusche nach drei Wochen entlassen hatte, handelte es sich um eine etwa vierzigjährige osteuropäische Kunsthistorikerin.

„Hat sie nie den Namen dieser Frau genannt?“, drängte er. Als Sieglinde verneinte, überflog er die Möglichkeiten, Nataschas Mörder im Umfeld der Galerie zu finden. Er stöhnte stumm, als er an den Wust auf Frau Vondembusches Schreibtisch dachte, doch Papier als Zeuge war wenigstens geduldig, leistete keine Widerworte, wurde nicht aggressiv.

„Musste Marion nicht versuchen, gerade ihre teuren Bilder an den Mann zu bringen, wenn sich ihr Geschäft rentieren sollte? Wie wollte sie Käufer finden, wenn sie ihre Highlights versteckte?“

Sieglinde nickte resigniert. „Vergiss ihre Ängste nicht. Sie kam einfach nicht von der fixen Idee los, jemand könne sie überfallen, ausrauben, verletzen. Sie dachte nicht mehr rational.“

„Und du hast keine Ahnung, wer dieser Jemand sein könnte?“

Sie schüttelte den Kopf.

„Vielleicht ein Freund ihres Mannes?“

„Friedrich ist seit sechzehn Jahren tot. Und sie hat nie davon gesprochen, dass sie noch Kontakt zu seinen Freunden unterhielte.“

„Gerade das könnte ein Grund sein. Jemand, den ihr Mann gefördert hatte, könnte sich von ihr missachtet gefühlt haben. Er hat sie bedroht und, als sie darauf nicht einging, umgebracht.“

„Glaube mir, wenn sie sich vor einer bestimmten Person gefürchtet hätte, dann wüsste ich das. Eben weil ich keine konkreten

Gründe vermutete, habe ich ihr Misstrauen als Senilität abgetan. Das mache ich mir jetzt zum Vorwurf. Wie groß war überhaupt das Pferdebild? Hätte man es leicht stehlen können?“

„Etwa dreißig mal vierzig, im Ebenholzrahmen, verglast, aber nicht allzu schwer.“

„In einer großen Zeichenmappe könnte man so etwas mitgehen lassen“, pflichtete sie ihm bei, und er hakte nach: „Wo befindet sich das Versteck?“

„In der untersten Lade ihres Sideboards. Der Schlüssel liegt im Wandschrank der Gästetoilette, und dessen Schlüssel ... Ach was, wozu alles erklären? Hast du heute Abend Zeit, damit wir zusammen zur Galerie fahren? Ich müsste vorher zu Hause noch einiges regeln. Schließlich war ich länger verreist, und Franz ...“ Ein zweifelnder Blick streifte ihn, dann machte sie eine ungeduldige Handbewegung und fuhr fort: „Aber lassen wir das. Wann könntest du am Rosenplatz sein?“

Er schätzte, dass es acht Uhr würde, bis er Zeit hatte, und schlug ihr vor, anschließend im Kuhviertel eine Kleinigkeit zu essen. „Du hast doch sicher nichts im Kühlschrank, und wenn Franz unterwegs ist, wird er dich nicht vermissen.“

Sie lächelte deprimiert. „So ist es, Max. Franz und ich bräuchten dringend eine Woche Urlaub, um einiges zu bereden. Aber so wie es derzeit aussieht, wird nichts daraus! Seine Vertreterin ist noch immer im Krankenhaus. Glaub mir, das Tierarztleben auf dem Land ist heutzutage kein Spaß mehr.“

Bei diesen Worten fiel ihm der Jagdunfall des jungen Droste-Schürhoff wieder ein. Doch um mehr darüber zu erfahren, lag die Sache einfach zu lange zurück. Die Akte war abgeschlossen, die Familie weggezogen, das Herrenhaus ein Golfhotel. Anton, Jens Daring und Justus galten als gute Freunde, deren Aktivitäten Heinz Trebschuh mit den eifersüchtigen Augen des Außenseiters beobachtet hatte. Er war noch zu klein, um für voll genommen zu werden. Behauptete seine Frau. Was konnte er überhaupt wissen?

Max rechnete nach: 1978 war Sieglinde vierzehn gewesen und in Bad Tölz ins Gymnasium gegangen. Hatte sie damals von einer Karriere als Kriminalbeamtin geträumt? Er selbst, so erinnerte er sich amüsiert, hatte in diesem Alter eine Laufbahn als Tankstellenbesitzer angepeilt. Weil sein Vater vor längeren Autofahrten zu tanken vergaß, und der Spritnachschub regelmäßig zum Familiendrama eskalierte, zählte der Tankwart in seinen Augen zu den zehn wichtigsten Berufen dieser Welt.

Er beschloss, im Archiv des Präsidiums die Unfallakte Droste-Schürhoff herauszusuchen, und ärgerte sich, dass ihm dieser Einfall nicht schon früher gekommen war. Nun gut, dann wäre dies jetzt ein weiteres Begrüßungsgeschenk an Sieglinde, falls sie den Fall Schiebach übernahm. Er sah ihr zu, wie sie zum Zuckerspender griff, sich großzügig bediente und im Kaffee rührte, als wollte sie ihre Gedanken verquirlen. Dann schob sie die Tasse zur Seite und sagte: „Frau Lumarenko arbeitete als Putzfrau im Zentrum Nord. Als was wollte Schiebach sie beschäftigen?"

„Laut Aussage seiner Söhne hat er sein Haus selbst versorgt. Dementsprechend sah es dort aus. Offiziell suchte er eine Betreuung für seine Gäste, während er insgeheim ein Bordell plante, getarnt hinter einem Ausflugslokal. Dass er in Wirklichkeit eine Puffmutter brauchte, wird er den Bewerberinnen nicht sofort eröffnet haben. Übrigens war Frau Lumarenko die Älteste unter ihnen. Sechs weitere Frauen waren es noch."

„Hat sie sich bei Schiebach persönlich vorgestellt?"

„Ich könnte die Nachbarin noch mal explizit fragen, ob Frau Lumarenko bei ihm aufgetaucht ist. Andererseits stand ihr Foto in der Zeitung, das hätte Frau Steer auffallen müssen."

„Hat Frau Steer ein Alibi für Schiebachs Tod?"

Er sagte es ihr und nannte auch den Aufenthaltsort ihres Bruders zur Tatzeit. „Nicht unbedingt wasserdicht. Nur sehe ich weit und breit kein Motiv. Schiebach hat ihr seine Schlüssel anvertraut, damit jemand zur Stelle war, wenn Käufer für das Pferd auftauchten. Ihre Kinder durften auf dem Wallach reiten, und sie kannte das Baumhaus. Das spricht in meinen Augen für eine gute Nachbarschaft. Auch bei der Dorfbevölkerung wusste niemand etwas von Streitigkeiten."

„Und Monsieur Steer?"

„War an jenem Samstagmittag auf Autoschau. Er ist nur an den Wochenenden zu Hause, sonst müsste er täglich hundertzwanzig Kilometer zurücklegen. Deshalb bleibt er unter der Woche in Enschede, wo er als Informatiker arbeitet. Nicht sehr familienfreundlich." Er stützte den Kopf in die Hände und dachte an den Blick aus Schiebachs Schlafzimmer auf den Gemüsegarten des Nachbarhofs. Die Steer war eine attraktive Nummer und ihre Sommerhose definitiv zu durchsichtig. Andererseits nahm er Schiebach die Rolle des Gigolos einfach nicht ab, Bordellpläne hin oder her. Sein verwahrlostes Haus eignete sich nicht als Liebesnest, und in dem Baumhaus war seit Jahren niemand mehr gewesen.

„Ein Bauer“, resümierte er, „verkauft sein altes Pferd für fünftausend Euro. Etwa eine Stunde, nachdem der Käufer weggefahren ist, wird er in seiner Scheune erschlagen, die er in einen Puff verwandeln wollte. Am Nachmittag klettert eine Touristin über das Weidetor, weil sie ein Hufeisen mit Glitzersteinen gesehen hat. Dabei entdeckt sie das Mordopfer. Da der Wert oder die symbolische Bedeutung der Steinchen nicht geklärt werden kann, bringt ein Kripobeamter namens Max Lückmann es zu Marion Vondembusche, die eine Expertin kennt. Dabei findet der umtriebige Max ein rätselhaftes Pferdegemälde, für das ebenfalls eine Expertise versprochen wird. Drei Tage später stirbt auch die Galeristin. Und wenn nun ihre Bürokraft Natascha Lumarenko heißt? Von Marion gefeuert, hat sie sich bei dem Bauern beworben. Und damit schließt sich der Kreis.“

Prompt wurden Sieglindes Augen wieder feucht. „Lass mich doch mal fünf Minuten in Ruhe trauern. Ich habe meine beste Freundin verloren. Für die Fakten bleibt mir noch bis Mitternacht Zeit.“

„Ist Franz den ganzen Abend weg?“, fragte er besorgt, und als sie düster nickte, wurde ihm ihre miserable Lage bewusst. Zu Hause allein über einem Todesfall zu grübeln, während man eigentlich unter erheblichem Erfolgsdruck ein Weiterbildungsseminar hätte besuchen sollen, das war eine harte Nuss. Trotzdem musste er die Gunst der Stunde nutzen, bevor Sieglinde selbst zum Nussknacker griff. Er spießte das letzte Stückchen Waffel auf die Gabel, wischte die Puderzuckerreste aus den Mundwinkeln und sagte kauend: „Nach dem, was wir bisher erfahren konnten, hat Frau Vondembusche keine nahen Verwandten mehr. Wie sieht es mit entfernteren aus?“ Ein Testament hatten sie noch nicht gefunden, doch es schien sehr unwahrscheinlich, dass eine kinderlose, verwitwete Galeristin nicht über ihren Nachlass verfügt hatte. Selbst wenn ihre wertvollsten Bilder in Kommission übernommen waren, hatte die Skulpturensammlung ihren Preis und die Wohnung war Eigentum. Doch mit Familienfehden war nicht zu spaßen.

„Ihre Schwester“, klärte Sieglinde ihn auf, „lebt mit der Familie in Rotenburg an der Wümme. Marion ist öfters hingefahren und hat immer sehr freundlich von ihr geredet, und als Theas Sohn Benjamin in Münster studierte – mein Gott, auch schon wieder neun Jahre her! –, hat sie sich sehr um ihn gekümmert. Zumindest solange, bis seine Freundin Charlotte Campbell ermordet wurde. Du erinnerst dich sicher daran. Zu den Verwandten ihres Mannes stand sie, glaube ich, wesentlich distanzierter, was absolut nichts bedeuten muss. Wenn der Ehemann stirbt, bröseln die Beziehungen zur angeheirateten Familie manchmal recht bald." Sie leerte ihre Tasse mit einem energischen Schluck und gab der Kellnerin ein Zeichen. „Max, ich muss los. All die Viecher, die wir immer noch zu Hause halten, als betrieben wir ein Tierheim, müssen versorgt werden. Wir sehen uns ja heute Abend."

An der Tür blieb sie stehen. „Warum kommst du nicht am Sonntagabend zu mir? Ich koche besser als du, und Franz hat Bereitschaftsdienst. Er übernachtet in seiner Praxis in Handorf."

Sein Blick folgte ihr, während sie mit hängenden Schultern die Straße hinunterging. Ihr Koffer stand noch im Schließfach am Bahnhof. Er war es nicht gewohnt, sie so mutlos zu sehen, jedenfalls nicht auf beruflichem Terrain. Ihre Ehe war ein ewiger Zick-Zack-Kurs, ihre Arbeit liebte sie dagegen ohne Einschränkungen. Arbeit ließ sich wegschließen, in einen Aktenschrank, einen heruntergefahrenen Computer, eine Umhängetasche. Papier war geduldig, und selbst eine wichtige Zeugenvernehmung konnte man auf den nächsten Tag verschieben, ohne dass die Welt gleich unterging. Ob ihr Mann sie betrog? Er kannte Franz von ihren gelegentlichen Einladungen, mal ins Restaurant, mal an den heimischen Esstisch, meistens wenn es etwas zu feiern gab, seltener ohne konkreten Anlass. Auch zu dem pompösen Grillfest, mit dem Sonnhagen vor zwei Jahren seinen Einstand gefeiert hatte, war Sieglindes Mann erschienen. Von großer Statur, mit dunklem Vollbart, lag eine düstere Aura um ihn. Und während Sieglinde ihr „Münchnerisch" bis auf gelegentliches markiges Fluchen abgelegt hatte, schien Züricher seine Exotik zu genießen. Er lege auf Freundschaften keinen großen Wert, hatte sie Max mal anvertraut – damals, als er nach einem Autounfall wochenlang in der Raphaelsklinik lag und sie ihn in jeder Mittagspause besuchte.

Ins Präsidium zurückgekehrt, ging er gleich ins Archiv und suchte die Akte Droste-Schürhoff vom August 1978 heraus. Das

Material war nicht sehr umfangreich und Schürhoffs Tod nach einem dreiwöchigen Ermittlungsverfahren als Unfall deklariert worden. Die Flinte trug nur die Fingerabdrücke des jungen Mannes, auch auf der zerbrochenen Leitersprosse waren nur seine Sohlenabdrücke festzustellen, und es gab keine Hinweise auf Kampf oder Gegenwehr. Die Einschusswunde in der Lunge ließ sich mit der Theorie einer irrtümlich abgegangenen Kugel vereinbaren. Als Justus den Hochsitz, der zum Jagdrevier der Familie gehörte, verließ, war eine Leiterstufe zerbrochen, sein Sturz löste den Schuss aus, er war hilflos verblutet. Natürlich hatte man seine Freunde Anton Schiebach und Jens Daring befragt, doch auch das änderte nichts an der Stichhaltigkeit, mit der Mord und Freitod ausgeschlossen wurden. Justus hatte sein Studium der Betriebswirtschaft mit einem sehr guten Examen beendet und wurde als Hoffnungsträger der Familie von seinen Eltern verwöhnt. Sie schenkten ihm einen Golf GTI und finanzierten ein mehrmonatiges Sprachenstudium in den USA. Seine Verlobte – nachdenklich betrachtete Max das hübsche Gesicht einer schlanken Blondine mit sorgfältig toupiertem Haar – stand kurz vor dem Abschluss ihres Medizinstudiums, die Hochzeit war für das kommende Frühjahr geplant.

Nüchterne Worte, dachte er resigniert, die das Leid einer offensichtlich intakten Familie und die fatale Unsinnigkeit reiner Zufälle nur sehr unzureichend wiedergeben. Wäre der junge Mann in Begleitung seiner Freunde gewesen, hätte er seinen Jagdausflug an einem anderen Tag unternommen, vielleicht die Sprosse anders betreten ... Ihm fiel auf, dass im Protokoll vermerkt war, sein Vater habe ihn gefunden. Da war er schon zwei Stunden tot. Ab wann hatte man ihn vermisst? Der Verdacht beschlich Max, die Akte könnte nicht komplett sein, das hohe Maß an Autorität und die weit reichenden Beziehungen, deren sich die adelige Familie offenbar damals bediente, legte dies nahe, dann verscheuchte er den Gedanken. Er war momentan einfach zu überlastet, um sich noch einen Fall aufzubürden, der mehr als eine Generation zurücklag und dessen Betroffene sich vielleicht nicht mehr ausfindig machen ließen.

In einem plötzlichen Impuls nahm er die Unterlagen trotzdem mit. Es wäre nicht das erste Mal, dass Fakten bei einer zweiten oder dritten Lektüre in einem neuen Licht erschienen. Wenn er ehrlich zu sich selbst war, erhoffte er sich einen Zusammenhang mit Schiebachs Tod. Und wenn er noch aufrichtiger mit sich selbst ins Verhör ging, musste er zugeben, dass er diese Schürfarbeit vor allem leistete, um Sieglinde auf die Schiene zu helfen. Was er selbst an Gedankenfreiheit in den Fall Vondembusche einbrachte, konnte sie kompensieren, wenn sie die Akten Schiebach und Lumarenko aufschlug, ohne sich von jenen blinden Flecken irritieren zu lassen, die ihn in seinen ersten Ermittlungen behindert hatten.

Was hätte ich ohne Katja gemacht?, dachte er dankbar. Ohne ihr flüssiges Dolmetschen, ohne die professionellen Kommentare, mit denen sie ihre Übersetzungen begleitete, ohne ihr Einfühlungsvermögen, was die Familie Lumarenko betraf?

Die Einladung eines Moskauer Gymnasiums, das münsterschen Schülern Sommerferien bei Gasteltern vermittelte, hatte sie auf die Idee gebracht, slawische Sprachen zu studieren. „Wenn du diese Menschen kennen lernst, ihre unglaubliche Gastfreundschaft und Aufgeschlossenheit ...", hatte sie Max vorgeschwärmt. Was hatte sie empfunden, als die alten Waldmanns im Todeskampf auf ihren Betten lagen? Opfer eines brutalen Überfalls in ihrer Wahlheimat Münster? Nicht nur der männliche Besucher hatte Ukrainisch gesprochen, sondern auch seine Begleiterin. Andrej wusste mehr!

12

Als Max gegen zwanzig Uhr die Galerie erreichte, war Sieglinde bereits dort. Sie wandte ihm den Rücken zu, und da er die Tür leise geöffnet hatte, zuckte sie wie unter einem Stromschlag zusammen, als er neben sie trat. „Jetzt kann ich Marions Gefühle nachvollziehen“, sagte sie, vor Schreck schwer atmend. „Am Abend hier ganz allein zu sitzen, wenn man eine wehrlose, alte Frau ist, das muss tatsächlich beängstigend sein.“

„Du bist keine alte Frau“, widersprach er, „wehrlos schon gar nicht. Und sie hätte die Tür abschließen können.“

„Warum sollte sie dann noch hier sitzen?“, widersprach sie streitlustig. „Ihre Buchhaltung konnte sie auch zu Hause erledigen. Schau dir mal dieses Stahlarmband an. Es wäre ein Leichtes gewesen, sie damit zu erschlagen.“

„Sie wurde aber nicht erschlagen! Und wenn du mir jetzt das ominöse Versteck zeigen könntest, wäre ich dir sehr dankbar. Mir steht heute ebenfalls noch einiges an Buchhaltung bevor.“

„Und mir ein Gespräch mit Franz“, lachte Sieglinde erleichtert. „Er hat mir einen Zettel hingelegt, dass er gegen zehn heimkommt. Bis dahin möchte ich wieder zu Hause sein.“ Sie schüttelte den Kopf. „Ach, Max, ich war ein solches Rindvieh mit meiner Eifersucht. Seine Vertreterin, die noch immer in der Klinik liegt, ist verdammt hübsch und zehn Jahre jünger als ich. Und dann hock mal jeden Abend allein zu Hause, wenn der eigene Mann angeblich vor Terminen das Kalenderblatt nicht mehr sieht … Aber genug von diesem Thema! Die Spurensicherung ist ja wohl abgeschlossen, so dass wir neue Fingerabdrücke hinterlassen können. Und jetzt komm mit, ich zeige dir, wo Marion ihre Kostbarkeiten versteckte.“

Ihre Hand fuhr unter einen Stapel Frotteetücher, die auf einem Rollwagen neben dem Waschbecken des Gäste-WCs lagen, und zog einen Schlüssel heraus, mit dem sie das Spiegelschränkchen über dem Waschbecken öffnete. Auf dem Glasregal, neben einem verstaubten Flakon Chanel Nr. 5 und einer Flasche Gesichtswasser, stand ein Tiegel mit Abschminkpads, aus denen Sieglinde einen weiteren Schlüssel ans Tageslicht beförderte und mit diesem zurück in den Ausstellungsraum ging. Es kostete sie einige Mühe, die

Sichtblende am Sockel des Sideboards mit Hilfe eines kleinen Hakens zu lösen, dahinter verbarg sich eine geräumige, abschließbare Lade. Ansgar Schüller hatte die unscheinbare Blende offenbar übersehen, doch daraus konnte ihm niemand einen Strick drehen. Wie viele unauffällige Tapetentüren gab es, doppelte Böden in Koffern oder Bilderrahmen mit brisantem Innenleben? Auch Tatortteams lernten regelmäßig dazu. Und ich, dachte Lückmann, lerne die verschlungenen Strategien einer offenbar paranoiden Frau kennen. Dass sie bei aller Vorsicht ihrem Mörder nicht entkommen konnte, machte den Fall nur deprimierender. Würde er jemals ihr Lächeln vergessen? Sie hatte so aufmerksam und motiviert gewirkt, als er das Pferdebild aus seinem staubigen Versteck zog. Doch wer garantierte ihm, dass ihre Überraschung nicht gespielt war? Warum eine Schätzung versprechen, wo er doch gar keine Kaufabsicht gezeigt hatte?

In der Lade lag ein flacher Karton. Max zog Latexhandschuhe an und nahm den Inhalt vorsichtig heraus. Es war das Pferdebild, aus seinem Rahmen gelöst, von der Glasabdeckung befreit.

Im nächsten Moment segelten Schwarz-Weiß-Fotos auf den Boden. Sie waren eindeutig in ihrer Aussage: zwei Mädchen mit verbundenen Augen, drei junge Männer, die sich darin abwechselten, ihre Opfer festzuhalten, sich an ihnen zu vergehen oder die Vergewaltigungen zu fotografieren. Die Männer waren von verschiedener Statur und Haarfarbe, die Kleidung verriet einen Hang zur Hippiemode. Weit ausgestellte Jeans, Batikhemden oder T-Shirts mit den Konterfeis von Rocksängern.

Auch die beiden Mädchen waren aus unterschiedlichen Blickwinkeln aufgenommen und sie lagen in zwei verschiedenen Zimmern, rücklings auf einer Art Pritsche. Der Hintergrund zeigte weiße Wände, hier ein Stück Zimmerecke, dort den schadhaften Rand einer Fensterbank und jeweils ein Fenster mit herabgelassener, vertikal geführter Jalousie; ein Schauplatz, der am ehesten einem Labor oder Untersuchungszimmer ähnelte. Vielleicht auch eine unbenutzte Wohnung, dachte Max und hörte, wie Sieglinde scharf den Atem einzog. „Verflixt!“, sagte er, „da hat Marion wohl in ein Hornissennest gestochen.“

„Das ist ja furchtbar! Wie kommen solche Bilder hinter das Gemälde? Dort haben sie ja wohl gesteckt, sonst hätte Marion sie nicht mit Bild und Rahmen in dieser Schublade aufbewahrt.“

„Tarnung!" Er zuckte die Achseln.

Inzwischen hatte Sieglinde den Aufkleber an der Rahmenrückseite entdeckt. „Von 1925 stammen diese Aufnahmen garantiert nicht", entschied sie. „Solch ein dünnes Fotopapier gab es damals noch nicht, die Männer trugen keine Jeans, und sieh dir ihre Frisuren an."

„Siebziger oder achtziger Jahre", bestätigte Max, „ich wette, dass Schüller uns einiges dazu sagen wird." Er zog eins der Fotos näher ans Auge.

„Erkennst du jemanden?" In Sieglindes Stimme klang ein Hoffnungsschimmer mit. Max hatte von der Pieke auf bei der münsterschen Polizei gearbeitet, während sie selbst vor fünfzehn Jahren aus dem Münchener Sittendezernat übergewechselt war. Gleich bei ihrem ersten Fall hatte sie Marion kennen gelernt.

Er schüttelte den Kopf. „Kannst du mit der Jahreszahl etwas anfangen?"

„Marions Mann war Jahrgang 1925", entgegnete sie. „Vielleicht hat sie das Bild als Geschenk für ihn gekauft. Er starb im Dezember 1993. Schon vorher, im Oktober 93, hat sie ihr Geschäft zum Rosenplatz verlegt, weil sie die große Galerie an der Warendorfer Straße allein nicht mehr betreiben konnte. Friedrichs Werkstatt befand sich ebenfalls dort. Er war damals schon sehr krank."

„Mal angenommen, sie wusste vorher nichts von den Fotos, warum, denkst du, hat sie den Rahmen geöffnet?"

„Weil er schadhaft war?", überlegte Sieglinde.

„Als ich das Bild am vorletzten Montag in der Hand hatte, war der Rahmen völlig in Ordnung. Allerdings wunderte sich deine Freundin, dass es keine Signatur trägt. Möglicherweise hat sie den Rahmen geöffnet, um auf der Rückseite des Malgrundes einen Hinweis zu finden. Vielleicht hatte sie Sorge, dass der Experte, dem sie es zum Schätzen geben wollte, sie betrog. Das würde zu ihrem krankhaften Misstrauen passen."

„Warum ist sie mit diesen Fotos nicht zur Polizei gegangen?"

„Weil sie einen der Männer kannte? Vielleicht gehörte derjenige sogar zu den Gästen ihrer letzten Finissage. Dann hätten wir ein ganz massives Mordmotiv."

Sieglinde rechnete nach. „Nehmen wir an, diese Männer waren damals zwischen zwanzig und dreißig, demnach müssten sie inzwischen um die sechzig sein. Die beiden Mädchen scheinen mir sehr jung, grob geschätzt zwischen vierzehn und sechzehn, dann sind sie heute Mitte bis Ende vierzig."

„Stellen wir mal die möglichen Szenarios nebeneinander", schlug Max vor und zog einen Schreibblock heran. „Variante eins: Marion wusste über die Fotos und ihre Herkunft Bescheid, hielt sie unter dem Rahmen versteckt und verkramte das Gemälde in der dunkelsten Ecke ihrer Galerie. Nachdem ich es am Montag wieder ans Tageslicht geholt hatte, beschloss sie zu handeln, indem sie die Beteiligten oder einen von ihnen unter Druck setzte. Sie erpresste sie oder ihn. Entweder um sie zu einem Geständnis bei der Polizei zu zwingen oder um Geld herauszuhandeln."

Sieglinde sah von ihren eigenen Notizen hoch. „Selbst ein so schweres Sexualdelikt wie eine Vergewaltigung ist nach zwanzig Jahren verjährt. Wenn das Opfer minderjährig ist, rechnet die Verjährung ab seinem achtzehnten Geburtstag. Mal angenommen, die beiden Mädchen waren fünfzehn, dann war eine Anzeige und Verurteilung nur bis etwa zum Jahr 2000 möglich."

Max nickte. „Vor Gericht konnte Marion diesen Männern nichts mehr anhaben, im Licht der münsterschen Öffentlichkeit schon. Also drohte sie ihnen, sie im Sinne einer moralischen Demontage zu bestrafen."

„Marion tendierte nicht zu Rachefeldzügen", wandte Sieglinde ein. „Sie legte keinen Wert auf Streit und Ärger. Aber wer behauptet denn, dass sie es war, die aktiv wurde? Denkbar wäre auch, dass sie einen der Männer kannte, ohne von der Vergewaltigung zu wissen. Offenbar liegt dieses Verbrechen ja schon eine Weile zurück. Sie erkennt ihn deshalb auf den Fotos nicht, erzählt ihm von dem Pferdegemälde, sagt vielleicht noch, dass sie es taxieren lassen und den Rahmen entfernen will, und der Mann bringt sie um."

Lückmanns Blick streifte wieder die Fotos. „Könnte eins dieser Mädchen mit Marion verwandt sein?"

„Sie hatte keine Verwandtschaft in Münster. Aber was spricht eigentlich dafür, dass diese Fotos in Münster oder in der näheren Umgebung gemacht wurden?"

„Der Tod deiner Freundin spricht dafür. Wenn sie dir gegenüber ihre Situation zu verharmlosen versuchte, muss das nicht bedeuten, dass sie keine zwielichtigen Bekannten hatte. Die Einsamkeit ist keine gute Basis für Menschenkenntnis."

„Marion und ich gingen ehrlich miteinander um, aber sie hatte auch ihren westfälischen Sturkopf. Was ihre Galerie betrifft, bin ich mir jetzt, nachdem sie gestorben ist, nicht mehr so sicher, ob sie immer nur saubere Geschäfte abwickelte."

„Was hast du über die osteuropäische Bürokraft erfahren, die sie wieder auf die Straße gesetzt hat?"

„Nicht viel. Nicht mal den Namen. Marion nannte sie nur ‚die Ukrainerin'."

„Gut, das wäre also die Variante Eins, in der sie seit langem von den Fotos wusste. In der zweiten Variante gehe ich davon aus, dass sie die Fotos erst kürzlich entdeckt hat."

„Auch das ist denkbar. Nehmen wir an, sie war von deinem Interesse an dem Gemälde so angespornt, dass sie tatsächlich beschloss, einen Experten zu beauftragen. Um sich selbst mehr Informationen zu verschaffen, nahm sie den Rahmen herunter und dabei fand sie die Fotos."

„Warum versteckte sie sie anschließend?", hakte Max nach.

„Weil sie irgendjemanden darauf erkannte. Oder sich plötzlich wieder an den früheren Besitzer des Bildes erinnerte."

„Könnte sie mit einem Bekannten über die Fotos geredet haben?"

Sieglinde schüttelte den Kopf. „Marion war ziemlich prüde. Mir gegenüber hätte sie sie bestimmt erwähnt, in ihrem stark gelichteten Freundeskreis eher nicht. Außerdem blieb ihr nur wenig Zeit. Du warst am Montag bei ihr, die Finissage fand am Mittwoch statt. Bei all den Vorbereitungen war kaum Gelegenheit für Telefonate oder Besuche."

Als Max Näheres über den Freundeskreis wissen wollte, gab Sieglinde an, Marion habe nie zur größeren Gästerunde in ihre Wohnung eingeladen, sondern immer nur zu kleinen Büffets in der Galerie. Max, der sich in der Stiftsherrenstraße umgesehen hatte, nickte. Jetzt stellte sich die Frage, warum Frau Vondembusche das Gemälde nicht wieder in seinen Rahmen gesteckt und die Fotos sichergestellt hatte. Er ging noch einen Schritt weiter und überlegte, warum sie nicht versucht hatte, das Bild möglichst schnell zu verkaufen, um es aus ihrer Erinnerung zu verbannen. Hatte sie wirklich nur gezögert, weil sie seinen Wert nicht kannte?

Sieglinde lächelte grimmig: „Irgendwo in ihrer Buchhaltung ist der Name des Vorbesitzers notiert, verlass dich drauf. Ihre Ordnungsliebe hatte etwas von Bienenfleiß. Gleich morgen mache ich mich an die Arbeit. Vielleicht kann ich dir am Abend einen Namen präsentieren."

Weitere Gemälde enthielt die Lade nicht, wohl aber eine schweinslederne Briefmappe mit dem Testament. „Überlass auch das ruhig mir", schlug Sieglinde vor. „Ich kann die Namen, die darin vorkommen, eher einordnen als du. Ich weiß, wen ich frage, wenn ich es nicht kann. Und ich weiß auch, welcher Rechtsanwalt die Abwicklung in die Hand nehmen wird." Max nickte und dachte anerkennend: Vielleicht ist es tatsächlich ein Fehler, sie aus diesem Fall herauszuhalten. Wenn sie erst ein paar Tage Abstand gewonnen hat, geht sie wie ein Profi an die Sache heran.

Sie setzten sich nebeneinander an den Schreibtisch, und während Sieglinde einen Blick auf das Testament warf und es dann kommentarlos in ihrer Umhängetasche verstaute, suchte Max nach einer Lupe und nahm sich die Männer auf den Fotos noch einmal gründlich vor. Sekundenlang verharrte er bei einem kurz rasierten Schädel im Profil, mit markanter Nase, einer dicken Hautfalte im Nacken – ein bulliger Typ. Er versuchte auch die Tätowierung auf dem rechten Unterarm zu entschlüsseln. Es konnte eine Schlange sein oder ein Drache. Ob es Sinn machte, im Archiv von Europol nach Sexualstraftätern aus den Siebzigern mit auffallender Tätowierung zu suchen? Doch das wäre zeitaufwändig und nicht unbedingt von Erfolg gekrönt, solange sich der Schauplatz nicht näher definieren ließ. Tätowierungen konnte man wieder entfernen.

Sein Blick schwenkte zu der Figur des Vergewaltigers, doch sie gab auch jetzt nicht mehr her, als er zuvor gesehen hatte: dunkler, strähniger Pferdeschwanz, lange dünne Beine, ein schmales Gesäß. Er tippte auf eine Körpergröße von mindestens eins achtzig. Der dritte Typ war blond und ebenfalls schlank, aber kleiner als der Pferdeschwanzträger. Er trug ein kurzes, krauses Nackenzöpfchen. Was hatten die beiden Mädchen gesehen, bevor man ihnen die Augen verband? Was hatten sie gehört oder trotz der Augenblende erkennen können? Hatten ihre Eltern keine Anzeige erstattet? Resigniert packten sie ihre Sachen zusammen.

Als Sieglinde erfuhr, dass Max sein Auto am Buddenturm geparkt hatte, schob sie ihr Rad neben ihm her, anstatt in die entgegengesetzte Richtung davonzufahren. Ihr Schweigen verriet ihm, dass sie noch etwas mit ihm zu bereden hatte und nicht wusste, wie sie beginnen sollte. Er fragte sich, ob die Fotos sie ebenso schockiert hatten wie ihn selbst. Zwei Jahre bei der Münchener Sitte hatten ihr viel Erfahrung mit Vergewaltigungsopfern eingebracht. Dachte sie an ihre Tochter oder war es ein anderer Gesprächsstoff, der sie an seiner Seite hielt? Zu seiner Überraschung kam sie ganz unvermittelt zur Sache. „Wie kommst du über die Runden, solange Sabine verreist ist? Ich meine, mit Kochen und Einkaufen?"

Er sagte ihr, dass für drei Wochen vorgesorgt sei. Sie lachte über seinen Vergleich mit den gekochten Stierhoden, doch dann wurde sie ernst. „Hast du eigentlich keine Angst, dass man Sabine in dieser Wellnessfarm abwerben könnte?"

„Wie kommst du darauf?"

Ihr Blick wanderte über die Seitenfront der Observantenkirche, an der sie gerade entlanggingen. „Weil man mir im Bundeskriminalamt ein sehr attraktives Angebot gemacht hat. Aber ich könnte niemals von hier weggehen. Das würde bedeuten, dass ich Franz und Kerstin nur am Wochenende sehen könnte."

„Dein Mann könnte mit nach Wiesbaden ziehen. Tierärzte werden überall gebraucht. Und deine Tochter ist selbständig. Wenn sie ihr Studium in einer anderen Stadt fortsetzen wollte, könntest du das auch nicht verhindern. Man muss loslassen können."

Sie unterbrach ihn beinahe hitzig. „Franz ist vor zehn Jahren nur wegen mir und Kerstin nach Münster gezogen. Ich musste viel Überzeugungsarbeit leisten, bevor er sich dazu entschließen konnte. Ein zweites Mal macht er das nicht." Max erinnerte sich, dass Sieglinde ihre Stelle in Münster als Alleinerziehende angetreten hatte, mit einer Tochter im Einschulungsalter, die ein Kindermädchen brauchte. Er überlegte gerade, ob es sich bei dieser Studentin um eine Japanerin oder Chinesin gehandelt hatte, als sie seine Gedanken unterbrach: „Er lebte gern in Altötting, auch ohne mich. Sogar so gern, dass ich irgendwann krank vor Eifersucht wurde. Auch seine dortige Kollegin war sehr attraktiv und tüchtig. Je deutlicher er mir zu verstehen gab, dass er mich nicht zum Überleben brauchte, desto verbissener musste ich mir beweisen, dass ich Kerstin allein großziehen konnte und abends keinen Partner zum Anlehnen brauchte. Und dann standen wir vor der Alternative: Scheidung oder Neubeginn."

Eine Weile schwiegen sie beide, dann fuhr sie fort: „Falls ich allein nach Wiesbaden zöge, müsste ich mir einen neuen Freundeskreis suchen, mit fremden Kollegen zurechtkommen …"

„Und wenn genau das der Fall bei Sabine wäre?“

Sie blieb stehen. „Das ist nicht dein Ernst!“ Ihre Entrüstung ging ihm wie Honig durch die Kehle. Keine Solidarität mit Sabine, sondern Verständnis für ihn? Ihre Vorbehalte, mit fremden Kollegen zusammenzuarbeiten, trugen wohl auch dazu bei, dass er sich so erleichtert fühlte. Sie tätschelte seinen Arm. „Lass ihr Zeit. Sagtest du nicht, sie habe an ein eigenes Studio gedacht? Möglich, dass sie Angst vor ihrer Selbständigkeit bekommen hat, ihre Kündigung in ihrem alten Institut aber nicht rückgängig machen kann. Da lässt man sich leicht von Angeboten ködern. Vielleicht wartet sie darauf, dass du ihr die Entscheidung abnimmst.“

„Das kann ich nicht!“, protestierte er. „Ich würde niemals darum betteln, dass sie bei mir bleibt, um mir später anhören zu müssen, ich hätte ihr die Karriere vermasselt.“

„Glaub mir, Max, es waren für mich beschissene fünf Jahre hier in Münster, allein und zerfressen von Vorwürfen. Deshalb wünsche ich dir, dass Sabine es sich anders überlegt. Vielleicht kommt sie nicht sofort zurück. Möglich, dass sie das Angebot dieser Klinik annimmt. Aber jede Anstellung ist mit einer Probezeit verbunden. Und dann wird sie verstehen, dass sie zu dir gehört.“ Er wollte einwenden, dass er nach diesem Tag, der so viele neue, ungeklärte Fragen aufgeworfen hatte, nicht auch noch sein Privatleben zur Debatte stellen wollte, doch dann sagte Sieglinde: „Ich habe damals Angst gehabt, Franz könnte seine Entscheidung, wieder mit uns zusammenzuziehen, bereuen. Münster war ihm zu großstädtisch.“ Als er sich ein ironisches Lächeln nicht verkneifen konnte, insistierte sie: „Na ja, verglichen mit Altötting … Und im Ernst: Ihn jetzt noch einmal zu einem Praxiswechsel zu zwingen, wäre unfair. Er ist ja keine zwanzig mehr. In einer Partnerschaft braucht man einander; je älter man wird, desto notwendiger.“

„Sehen wir zu, dass wir die Herkunft dieser Vergewaltigungsfotos klären“, schlug er fast unwirsch vor. Sieglindes Anteilnahme war ihm plötzlich peinlich, und er dachte: Wenn sie jetzt auch noch wissen will, warum Sabine und ich kein Kind haben, dann flippe ich aus.

„Die Kleidung dieser jungen Männer …“, setzte er an, um das Thema zu wechseln, und Sieglinde ergänzte prompt: „Modetrends kehren in regelmäßigen Abständen zurück. Nimm die Schlaghosen, die wieder aktuell geworden sind. Ich weiß noch, dass sie Mitte der

Siebziger trendy waren. Ich war zwölf und wollte unbedingt welche haben. Hab' sie natürlich nicht gekriegt. Nicht mal Jeans."

Als er abrupt stehen blieb, sein Notizbuch herauszog und fieberhaft blätterte, fragte sie: „Fällt dir zu den Siebzigern ein Vorfall ein, der mit dem Münsterland zu tun hat?"

„Nur der tödliche Jagdunfall von Justus Droste-Schürhoff im August 1978, in den Schiebach möglicherweise verwickelt war. Das hat die Frau des Küsters angedeutet, während im Unfallprotokoll nichts von einer Beteiligung Dritter steht. Schiebachs Tod könnte diese Sache in ein neues Licht rücken." Er überlegte kurz. „Während du am Wochenende die Buchhaltung der Galerie durchackerst, lese ich die Akte des Droste-Erben. Der Bauer war zum Zeitpunkt des Unfalls achtundzwanzig. Genauso alt wie Justus und mit ihm dick befreundet. Der Dritte im Bunde war Jens Daring. Er arbeitete schon als Zahnarzt in Münster."

„Jens Daring?", überlegte sie. „Was sagt mir dieser Name?"

„Der Käufer von Äquinox", erinnerte Max, während ihm der Gedanke durch den Kopf ging, wie viel Ähnlichkeit der „Gewittergaul" mit Schiebachs Lichtfuchswallach besaß. Und hatte Daring nicht von einer Bildersammlung seines Vaters erzählt?

Ihm fiel ein, dass er auch dazu Anke Trebschuh befragen konnte. Gut informiert schien sie ja zu sein. Als der junge Schürhoff starb, war sie schätzungsweise fünfzehn oder sechzehn, und wenn ihr etwa gleichaltriger Mann sich damals darüber beklagt hatte, dass die Clique um den Droste-Erben ihn bei ihren Aktivitäten nicht dabeihaben wollte, dann war darüber geredet worden.

„Irgendwelche Verdachtsmomente gegen ihn?", fragte Sieglinde. Inzwischen hatten sie Lückmanns Auto erreicht. Frustriert fischte er das pappige Laub unter den Scheibenwischern weg. Sechs, acht Wochen weiter, und der Eiskratzer wäre fällig. Wie er den Winter hasste! Morgens im Dunkeln wach zu werden und draußen das Scharren der Schneeschaufeln zu hören. Zu wissen, dass es höchste Zeit wurde, selbst Hand an zu legen. Als Hausbesitzer.

„Du meinst Verdachtsmomente gegen Daring aus damaliger Zeit? Nein, bisher nicht. Eine mögliche Mitschuld von Schiebach an Schürhoffs Unfall hat Frau Trebschuh auch nur sehr vage damit begründet, dass der Bauer seinen Hof der Kirchengemeinde vererben musste. Seine Frau zwang ihn dazu, als hätte er eine Todsünde abzubüßen."

„Diese Sünde muss nichts mit seiner Freundesclique zu tun haben“, protestierte sie. „Vielleicht hat er krumme Geschäfte abgewickelt oder seine Frau betrogen.“

„Ich spreche sie noch mal drauf an“, nahm er sich vor, wobei ihn gleichzeitig die eigene Zögerlichkeit ärgerte, die ihm bei seinem Gespräch im Haus der Küsterin das Gehirn blockiert hatte. Richtig abserviert hatte ihn diese Frau. Aber wäre diese Unterredung günstiger für ihn gelaufen, wenn er ihren Mann angetroffen hätte?

„Besitzt denn niemand Jugendfotos von dieser Clique?“ Auch Sieglindes Stimme klang genervt. „Es wäre ja möglich, dass sich auf einem von ihnen ein Grund für Feindseligkeiten erkennen lässt; ein Mädchen zum Beispiel, in das alle drei verliebt waren. Oder böse Streiche, die in blutigen Ernst mündeten.“

„Die drei waren bereits Ende zwanzig“, gab Max zu bedenken, „wir haben es nicht mit unreifen Büllekes zu tun. Schiebach war verheiratet, das zweite Kind unterwegs. Droste-Schürhoff galt als Hoffnungsträger seiner Sippe und Daring arbeitete seit einem Jahr in der Zahnklinik. Aber du hast Recht, Fotos könnten unsere Frage, wie gut die drei wirklich befreundet waren, vielleicht beantworten.“ Ihm war eine brauchbare Quelle eingefallen. An Geburtstagen, Hochzeiten und Taufen nahmen in der Regel auch enge Freunde teil, und es wurde viel fotografiert. Garantiert existierten diese alten Aufnahmen noch, und zum Glück wurden sie in Alben oder Schuhkartons aufbewahrt, anstatt wie heutzutage auf USB-Sticks oder Festplatten.

„Ich schätze, dass wir erst mal Ansgar Schüllers Hilfe bei diesen Aufnahmen brauchen“, Lückmann legte den Rucksack mit dem Fund aus der Sockelschublade auf den Beifahrersitz. „In den Siebzigern ließ man seine Filme im Labor entwickeln. Diese haben kein Datum auf der Rückseite. Demnach hat sie jemand privat bearbeitet. Auch das könnte ein Anhaltspunkt sein.“

Da Lückmann wusste, dass Sieglinde ihre Gäste, selbst wenn es sich, wie in seinem Fall, nur um eine Einzelperson handelte, gern mit einem ausgeklügelten Menü verwöhnte, dachte er beim Samstagsfrühstück über ein geeignetes Mitbringsel nach. Dabei fiel ihm das Teehaus an der Aegidiistraße ein, das Darings Lebensgefährtin

Nora zusammen mit einer befreundeten Slawistin betrieb: Anna Postoi. Ihr Name stand im Telefonbuch.

Von außen wirkten der Laden unscheinbar und die Auslage schlicht. Rund um drei kümmerliche Alpenveilchen, die unter dem spärlichen Lichteinfall ihre langen Hälse reckten, reihten sich abgepackter Tee in grauen und beigefarbenen Lacktüten und Keksmischungen unter Klarsichthüllen. Wie Schneewittchensärge, dachte Max. Doch als er die Glastür öffnete, umwehten ihn die rhythmischen Klänge von Tschaikowskys Nussknackersuite, während ihm eine Duftwolke in die Nase stieg, in der gebrannte Mandeln, Himbeermarmelade und warmer Hefeteig miteinander wetteiferten. Eine bauchige Glastheke hielt verschiedene kleine Kuchen bereit, süße Rouladen und Pasteten, Kekse mit Pistazienguss und Konfitürenfüllung, ferner Pralinen in buntem Stanniol, dünne, ravioliähnliche Teigtäschchen mit einem Innenleben aus Quark oder Frischkäse und natürlich die klassischen Piroggen, die allerdings ein wenig abseits standen, als gehörten sie ins salzige Lager. Dass auch Russisches Brot zum Sortiment gehörte, fand Max dagegen einfallslos. Das gab es schließlich auch bei Rewe. Auf dem Sideboard neben der geätzten Milchglastür, die zum Café führte, standen ein blank polierter Samowar und Geschirr in jenem legendären Kobalt-Dekor, das die letzte Zarenfamilie benutzt hatte. Auch in dem dunklen Holzregal hinter der Theke, in dem Marmeladengläser und Teemischungen in knallbunten Pappdosen angeboten wurden, waren die Teeschalen mit dem lebhaften Netzwerk in Blau und Gold aufgereiht. Eine von ihnen würde er Sabine schenken, falls sie zu ihm zurückkehrte.

In diesem Moment flog die Schwingtür zum Café auf.

„Bin schon da!“, verkündete die blonde, junge Frau gut gelaunt, „was darfs denn sein?“ Noras Freundin?

„Das weiß ich noch nicht“, gab Max zu. „Ein Gastgeschenk für eine Teeliebhaberin. Und dann würde mich interessieren, was eine Kombination aus Tee und Tasse kostet.“

„Oh!“, sie strich sich verlegen das Haar hinters Ohr. Sie hatte ein flächiges, aber sehr hübsches Gesicht mit hohen Wangenknochen und haselnussbraunen Augen, nur der Mund war zu stark geschminkt, der Lippenstift hatte auf den rechten oberen Schneidezahn abgefärbt. Sabine hätte garantiert die Augenbrauen hochgezogen, doch Sabine war nicht da!

„Die Tassen sind nur Dekoration. Meine Aussteuer, von meiner Mutter vor fünfzehn Jahren in Moskau zusammengesucht. Das ist echtes Lomonosov-Porzellan. Falls Sie daran interessiert sind, müssten Sie mal im Internet suchen. Manchmal wird dort das komplette Service angeboten.“

„Sie stammen aus Russland?“

„Meine Mutter“, beharrte sie mit so finsterer Miene, als hätte er eine dunkle Saite ihres Lebens angezupft. Dabei hätte er keine bessere Auskunft erhalten können. Auch wenn Annas Generation beim Fall des Eisernen Vorhangs noch zu jung war, um den Wandel wahrzunehmen, und sie mit dem orthodoxen Christentum oftmals nichts anfangen konnte, keimte in ihm die Hoffnung auf, dass seine Gesprächspartnerin etwas von Ikonen verstand. Als läse sie seine Gedanken, ergänzte sie: „Mein Vater ist Deutscher, ich bin in Münster aufgewachsen. Was allerdings nicht bedeutet, dass meine russische Herkunft mir nicht wichtig ist.“

„Haben Sie Kontakte zur Ukraine, nach Kiew, um exakt zu sein?“

Ihr Blick schweifte ab. Vor dem Schaufenster war ein älteres Paar stehen geblieben und diskutierte die verstaubte Auslage. Auch Max überlegte, warum diese offensichtlich geschäftstüchtige junge Frau keine marktwirksameren Ideen hatte. Ein eigenes Geschäft zu führen, war eine Herausforderung. Teestuben boomten nicht mehr so, dass sie einander Konkurrenz machten. Der eine grün-alternative Shop schloss, ein anderer geriet in die Hände eines Großhändlers, gescheitert an halsbrecherischen Mieten. Verwirrt über seine Ausflüge ins freie Unternehmertum, stopfte Max die Hände in die Taschen. Hatte Sabine nicht von einem Zimmerspringbrunnen geschwärmt, vorn im Eingangsbereich ihres eigenen Studios, gespeist von ayurvedischen Aromen?

Frau Postois Blick kehrte zu ihm zurück. „Warum fragen Sie?

„Weil in Münster mehrere Morde verübt wurden. Unter anderem an einer Ukrainerin.“ Er zögerte, ob er seine Identität aufdecken sollte, und beschloss dann, es vorläufig bei der Rolle des wissbegierigen, beunruhigten Kunden zu belassen.

„Ich habe von dem Fall in der Zeitung gelesen. Echt krass! Das war ja wohl ein durchgeknallter Sexualtäter.“

„Was macht Sie da so sicher?“

„Eine Frau, die abends um halb zehn durch den Wienburgpark

geht? Diese Frau war nicht mehr zwanzig, aber auch keine Oma, und es heißt, dass sie diesen Weg jeden Abend nahm."

„Es liegt aber kein Sexualverbrechen vor. Auch das steht in der Zeitung."

„Vielleicht hat er es versucht?"

Er ließ sich chinesischen Oolongtee abwiegen und in einer rotgoldenen Pappschachtel verstauen, wobei sich das alberne Kräuselband drum herum nicht vermeiden ließ. Noras Freundin bestand darauf. Doch über der Prozedur des Knotens und Kräuselns erfuhr Lückmann mehr über diese Halbrussin, die den Mädchennamen ihrer Mutter angenommen hatte, weil sie Anna Postoi schöner fand als Anna Schleckmann. Max wählte noch eine repräsentative Auswahl aus dem Pralinenangebot und während sie erneut mit Abwiegen und Verpacken beschäftigt war, fragte er: „Kennen Sie zufällig jemanden, der Erfahrung mit Ikonen hat?"

Zu seiner Verblüffung fauchte sie wie ein Pantherweibchen. „Und da kommen Sie ausgerechnet zu mir?"

„Ist das so erstaunlich?", gab er sich arglos und reckte als Begründung die Papiertasche mit dem Logo ihres Ladens in die Höhe; eine vereinfachte Abbildung der Zwiebeltürme des Kreml.

„Ich *könnte* eine Expertin sein! Wenn die Bekannte meines Onkels sich an die Abmachung gehalten hätte."

„An welche Abmachung?"

Sie warf einen hastigen Blick durch die Schwingtür, um sich zu vergewissern, dass ihre Gäste rundum versorgt waren. Der Raum war so gut wie leer. Am Fenster zwei ältere Damen im Dauertratsch und in der äußersten Ecke ein Pärchen, das sich über Teegläser hinweg anhimmelte. Die kleinen Hefekuchen auf dem Teller zwischen ihnen schienen unberührt.

Nachdem sie zwei Teegläser gefüllt und sich mit Max an einen der vorderen Tische gesetzt hatte, schien Anna ihre Gesprächbereitschaft auch schon wieder zu bereuen. „Warum erzähle ich Ihnen meine Geschichte überhaupt?"

„Warum nicht? Versuchen Sie es doch einfach."

„Na schön! Mein Patenonkel war Pope in Moskau. Als er vor acht Jahren an Krebs erkrankte, zog er sich in ein Kloster in Kiew zurück und hoffte auf die Hilfe eines ortansässigen Chirurgen. Leider vergeblich. Kurz vor seinem Tod schrieb er mir, eine gute Freundin in Kiew, Fremdenführerin und Museumsangestellte mit deutschstämmigen Eltern, wolle nach Münster ausreisen und mir seine Ikone mitbringen. ‚Ich habe nicht mehr lange zu leben, Dotschka, ehre die heilige Mutter Maria als Gruß aus der Heimat. Natascha wird sich bei dir melden, sobald sie in Münster angekommen ist'."

Max, der Böses ahnte, stellte sein Teeglas zurück. „Hatten Sie diese Ikone vorher schon mal gesehen?"

„Natürlich kannte ich sie. Sie hing in der Moskauer Wohnung meines Onkels, außerdem steckte ein Foto von ihr in seinem Brief. Mein Onkel hatte das Madonnenbild mit nach Kiew genommen, um täglich vor ihm um einen guten Ausgang der Operation zu beten."

„Ist es üblich, dass man Kerzen davor brennen lässt?"

„Normalerweise schon. Doch diese Ikone hatte einen Brandschaden, der Firnis war sehr schadhaft geworden, dann leidet auch die Farbe darunter."

„Können Sie die Ikone noch etwas näher beschreiben?"

Diesmal setzte sie ihr Teeglas mit einer abrupten Bewegung ab. „Warum wollen Sie das wissen, Herr …?"

„Lückmann. Ich bin kein Experte, sondern nur neugierig, was einen interessanten Einzelfall betrifft. Die Besitzverhältnisse sind nicht ganz eindeutig. Aber reden Sie doch bitte weiter."

„Das werde ich nicht, solange Sie mir nicht erzählen, für welche Behörde Sie arbeiten. Mir ist klar, dass die Ausfuhrbestimmungen in Russland und seinen Nachbarstaaten streng geregelt sind. Kunstwerke brauchen eine Genehmigung und dürfen nicht älter als hundert Jahre sein. Allerdings war die Ikone meines Onkels durch einen Kirchenbrand ziemlich ramponiert."

Als Max einwandte, die Ikone, die er meine, sei weder mit einer Ausfuhrgenehmigung noch mit einer Expertise versehen, und von „ramponiert" könne keine Rede sein, zuckte Anna die Schultern und entgegnete, die Ikone, von der sie rede, sei möglicherweise wertvoller als sie aussehe, doch sei sie nicht als Handelsware, sondern als Erbstück ausgeführt worden. Da er sie schlecht fragen konnte, wie ein Pope in den Besitz eines wertvollen Bildes gelangen könne, schwieg er, doch sie ließ ihm keine Zeit zum Nachdenken. „Wieso interessiert Sie das alles?", wunderte sie sich, und das Klirren des Teelöffels in ihrem Glas übertönte nur schlecht den Zorn in ihrer Stimme. „Sind Sie von der Zollbehörde?"

Als er auch jetzt schwieg, sagte sie etwas versöhnlicher: „Ich kann mir nicht vorstellen, dass mein Onkel, ein korrekter und frommer Priester, irgendwelche Gesetze umgangen hat. Und wenn diese Natascha eine gute Bekannte war: Warum hätte er sie mit illegaler Ware in ernsthafte Schwierigkeiten bringen sollen, wo sie ihm doch solch einen Gefallen tat? Ich meine, eine sperrige Holztafel im Gepäck zu führen, war ja kein Klacks."

Jetzt zog er doch seinen Dienstausweis aus der Tasche. „Die Übernahme der Ikone durch die Bekannte Ihres Onkels könnte der Grund für mehrere Gewaltverbrechen sein."

„Das ist absurd."

„Was hat Ihr Onkel über diese ... Natascha noch gesagt? Schickte er auch ein Foto von ihr? Damit Sie sichergehen konnten, die richtige Ikone und nicht etwa Hehlerware in Empfang zu nehmen?"

„Herr Lückmann, ich wusste, wie die Ikone aussah. Und warum sollte mir mein Onkel Hehlerware schicken? Das sind doch Mafiaphantasien."

„Könnte Ihr Onkel das Opfer von Kunsträubern geworden sein? Trat er vielleicht gutgläubig und ein wenig weltfremd auf? Vielleicht glaubte er, Wohltäter gefunden zu haben, die seine Arztkosten übernahmen oder für ihn beteten. Als Gegenleistung musste er sich bereit erklären, eine Ikone in den Westen zu schmuggeln."

Anna widersprach dieser Theorie energisch und meinte, ihr Onkel sei zwar schwer krank gewesen, aber nicht verwirrt. Das habe sein Brief einwandfrei bewiesen. Handschrift und Wortlaut seien klar und unmissverständlich gewesen. Und er sei auch weder weltfremd noch gutgläubig aufgetreten. „Was meinten Sie eigentlich vorhin mit Gewaltverbrechen?"

„Das erklär ich Ihnen später. Aber nur wenn Sie mir den Rest Ihrer Geschichte erzählen."

Sie starrte ihn aus ihren haselnussbraunen Augen an, als wünschte sie ihn auf den Mond. „Als sich vor sieben Jahren niemand mit der Ikone bei mir meldete, befürchtete ich, mein Onkel hätte die vermaledeite Klinik damit beglückt. Aber heute denke ich, diese Natascha hat sie für sich behalten oder verhökert." Sie war den Tränen nahe. „Mein Onkel ist jetzt schon sechs Jahre tot. Da hatte diese Frau wohl keine Skrupel mehr."

„Und Sie wissen den Nachnamen dieser Frau nicht?"

Sie lachte sarkastisch. „Natascha irgendwas." Und Lückmann, der vermutete, dass der Pope ohnehin nur den Mädchennamen der Kunsthistorikerin kannte, da sie erst kurz vor ihrer Ausreise geheiratet hatte, fragte: „Können Sie morgen ins Polizeipräsidium kommen? Vormittags, nachmittags, wann immer Sie wollen. Ich würde Ihnen gerne etwas zeigen."

„Was denn?" Als sie die Fäuste ballte, fiel ihm auf, wie kräftig ihre Hände waren. Männerhände, ans Zupacken gewöhnt.

„Abwarten!", lächelte er. „Und bringen Sie bitte das Foto mit."

Sie hatten sich auf halb zwölf geeinigt. „Ich hoffe, Sie glauben nicht an Beamtenbestechung", sagte Anna und legte Max eine Schachtel mit Walnusskeksen auf den Schreibtisch. „Aber es ist Sonntag, und Sie sind nur wegen mir hergekommen, stimmts?"

„Arbeitet man nicht auch in Moskau an Sonntagen?", stellte er die Gegenfrage. Als sie die Schultern zuckte, hakte er nach: „Sie fahren doch regelmäßig nach Moskau, um Nachschub für Ihr Geschäft zu besorgen." Sie wollte nicht wissen, woher er diese Information hatte, sondern kniff nur kurz die Augen zusammen und konterte: „Und was wollen Sie mir nun zeigen?"

Lückmann schloss die Schublade auf, in der die Ikone aus Nataschas Wohnung mit der kostbaren Seite nach oben lag. Ein Experte des kunsthistorischen Instituts schätzte, dass es sich um eine Darstellung aus dem späten achtzehnten Jahrhundert handelte. Da man bisher in keinem Museum weltweit einen Hinweis auf das Bild finden konnte, hatte es wohl einem Privatsammler gehört und war in den Wirren des Ostblockzerfalls gestohlen worden. Wahrscheinlich hatte die Madonna eine ziemliche Odyssee auf ihren schmalen Schultern.

Als Max an Annas Blick ablas, dass diese teure Ikone nicht die ihrige war, drehte er die Tafeln um, die ramponierte Vorderseite landete auf dem Tisch, und prompt brach die junge Frau in Tränen aus. „Das ist sie! Woher haben Sie die? Hier, sehen Sie", sie zerrte einen Briefumschlag aus der Tasche und legte das Foto auf den Tisch. Max bat sie auch um den Brief ihres Onkels, den Katja übersetzen würde. Dann berichtete er ihr, dass diese Ikone das sehr viel wertvollere Exemplar verborgen habe, wahrscheinlich um einen Kunstraub zu vertuschen. „Haben Sie das gewusst?"

„Nein, das schwöre ich Ihnen. Glauben Sie mir, wenn ich auch nur einen blassen Schimmer gehabt hätte, hätte ich ganz Münster nach dieser Natascha abgesucht. Allein, damit der Diebstahl aufgeklärt wird."

„Haben Sie in der Wohnung Ihres Onkels die Ikone mal von der Wand genommen?"

„Ja, natürlich", sagte sie. „Mehr als einmal. Diese Rußflecken haben mich abgestoßen. Und gleichzeitig fasziniert, wenn mein Onkel von dem Kirchenbrand erzählte."

„Haben Sie sich dabei auch die Rückseite angesehen?"

Seine Frage brachte sie offensichtlich nicht in Verlegenheit. „Die Rückseite ist fast verkohlt. Das sehen Sie doch selbst."

„Dann gab es damals keine Verkleidung aus Rupfen?"

„Nein, die Rückseite bestand auch damals aus verbranntem Holz."

„Wüssten Sie in Münster einen Händler, der Ikonen anbietet?"

„Vor ein paar Tagen habe ich in der Frauenstraße ein Exemplar entdeckt. Anfang des Monats hätte mein Onkel seinen siebzigsten Geburtstag gefeiert. Da dachte ich mir, ich schulde es ihm, eine andere Ikone zu kaufen und täglich eine Kerze davor anzuzünden. Leider war das Exemplar in dem Antiquitätengeschäft unsäglich kitschig. Außerdem wollte der Händler neunhundert Euro dafür!"

Max überlegte, ob sie ihn dreist belog. Und wenn sie Natascha längst ausfindig gemacht hatte und hinter dem Überfall auf die Waldmanns steckte? Die Suche nach den beiden ominösen Besuchern lief auf vollen Touren, doch die Hinweise tröpfelten nur. Solange Andrej den Sturkopf spielte, kamen sie nicht weiter.

„Wusste der Händler in der Frauenstraße, woher seine Ikone stammte und von wann?"

„Angeblich aus dem frühen neunzehnten Jahrhundert und aus einem Kloster in der Südukraine, das in den zwanziger Jahren aufgelöst wurde. Die Expertise war mit dem Namen Natascha Waldmann unterzeichnet. Aber Natascha heißen viele. Und es handelte sich eindeutig nicht um die Ikone meines Onkels."

Max schrieb sich die Adresse des Händlers auf. Natürlich konnte er absolut nicht sicher sein, dass die Frau, die die Expertise verfasst hatte, identisch mit Natascha Lumarenko war, dennoch schien es ihm, als hätte sein Gespräch mit Anna Postoi einen lang gesuchten Stein ins Rollen gebracht. In den Zeitungsmeldungen war Nataschas Nachname mit L. abgekürzt worden, um die Familie zu schonen. „Das Mordopfer aus dem Wienburgpark heißt Lumarenko, geborene Waldmann", stellte er klar. „Die Frau war Kunsthistorikerin, arbeitete für ein Kiewer Museum und veranstaltete Touristenführungen."

Soll sie doch!, verkündete Annas verdrossene Miene.

„Sie bewarb sich auf das Angebot einer Galerie in der münsterschen Innenstadt hin. Sie leistete dort ihre Probezeit ab, doch dann wurde sie von der Galeristin entlassen. Das Ganze ist etwa zwei Monate her."

„Warum erzählen Sie mir diese Geschichte?"

„Weil auch die Galeristin ermordet wurde."

„Ein seltsamer Zufall", sagte Anna mit vagem Lächeln. „Ich kann Ihnen dazu nichts sagen."

„Falls Ihnen doch etwas einfällt, hier sind mein Dienstanschluss und die E-Mail-Adresse."

Nachdem sie gegangen war, trat er ans Fenster. In demselben Moment, als er sie draußen vor dem Präsidium entdeckte, hob sie den Kopf und suchte die Fensterreihe, hinter der sein Büro lag. Dann griff sie in die Manteltasche, las seine Visitenkarte und riss sie durch. Die Hände in den Taschen vergraben, überquerte sie die Fahrbahn. Max überlegte, wie schwer die Tatsache wiegen mochte, dass sie die Geschäftspartnerin von Darings Freundin Nora war, dann wandte er sich seinem Schreibtisch zu. Manche Überlegungen musste man reifen lassen, bevor sie brauchbar wurden.

Den Nachmittag verbrachte er in Schiebachs Haus, und als er sich schließlich auf den Weg zu Sieglinde machte, fühlte er sich wie das tapfere Schneiderlein. Sieben Fotos auf einen Streich, alle aus den Alben des Bauern. Mit der überraschenden Verbindung zwischen Natascha und Anna Postoi und der Identität des Popen als deren Onkel hielt er weitere Trümpfe in der Hand. Es hatte ihn am Nachmittag einiges an Selbstbeherrschung gekostet, Sieglinde nicht gleich am Ortsrand von Drinkel anzurufen. Doch er wollte ihr Gesicht sehen, wenn sie es erfuhr. Mit Anna war vereinbart, dass man ihre Aussage anhand des Briefs, den ihr der Onkel geschrieben hatte, und der Identität des münsterschen Kunsthändlers überprüfen würde. Bis dahin blieb auch die halb verbrannte Ikone in Lückmanns Schreibtischschublade, da konnte ihre Besitzerin lange protestieren. Nachdem sie sieben Jahre auf das Bild gewartet hatte, kam es auf eine Woche mehr auch nicht an. Was die wertvollere Hälfte des „Sandwichs“ betraf, war eine Umfrage wegen Kunstdiebstahls an Interpol gegangen, um ähnliche Fälle abzurufen, in denen ein teures Objekt hinter einer Billigversion versteckt und über die Landesgrenze geschmuggelt worden war.

Das Haus, in dem Sieglinde und Franz wohnten, hatte für Max auch nach zwei Jahren nichts von seiner Faszination verloren. Es hatte früher Doktor Gross gehört, dem Vorgänger von Sonnhagen und langjährigen, charismatischen Chef der Abteilung für Todesermittlung. Allein das genügte, um dieser Adresse einen unverwechselbaren Stempel aufzudrücken. Dabei handelte es sich um ein Klaustrophobie erzeugendes Häuschen mit kleinen Zimmern, doch hatte Sieglinde nichts geändert außer der Möblierung, die modern und transparent, dem dreistöckigen, sehr verwinkelten Gebäude ausgesprochen gut bekam.

„Es gibt nichts Warmes zu essen“, empfing sie Max an der Tür, „ich war heute Mittag kurz bei Da Salvatore und habe ein paar Antipasti besorgt. Und ich habe mit dem Kellner geredet.“

„Perfekt! Außerdem komme ich nicht primär zum Essen, wie du weißt.“ Er zog seine Notizbücher aus dem Rucksack; das edle, schwarz genarbte aus Leder und die einfache graue Kladde, die er in der Grabbelkiste eines Bürofachgeschäfts gefunden hatte.

„Ich habe mir heute Morgen Marions Fotos angesehen; ich meine jene in eurer Akte, die im Stadttheater von ihrer …, von ihr gemacht wurden.“ Sieglindes Hand, die gerade zwei Teller auf den Tisch setzen wollte, zitterte. „Was für ein elender Tod. Ich hatte das Gefühl, das ist sie gar nicht mehr.“ Sie nahm mit bedeutend festerem Griff zwei Gläser aus der Vitrine. „Komm, wir trinken einen Schluck auf ihr Wohl. Falls sie uns jetzt sehen kann, wo auch immer sie ist, dann wird sie das gut finden.“ Ihre grimmige Entschlossenheit war allerdings nur von kurzer Dauer. Während sie den Weißwein einschenkte, fuhr sie mit einer Stimme, in der Tränen mitklangen, fort: „Diese Flasche hat sie mir zu meinem letzten Geburtstag geschenkt. Ich hätte nie gedacht, dass ich sie mit dir öffne. Ich wollte sie für unser traditionelles Weihnachtstreffen in der Galerie aufbewahren. Am 24. Dezember tranken Marion und ich dort immer ein Glas Wein und tauschten Geschenke aus. Wertvoll mussten sie nicht sein, aber originell.“

Da Max nicht wusste, wie er die Ehre, die ihm da zuteil wurde, kommentieren sollte, genoss er stumm den ersten Schluck und studierte das Etikett auf der Rückseite der Flasche, obwohl ein teurer Wein auf ihn so verunsichernd wirkte wie eine seltene Briefmarke. Bei diesem handelte es sich um eine Cuvée aus Clairette blanche und Rolle; zwei Rebsorten, die man in der Provence nur auf kleinen Flächen anbaute. Und diesen leichten, aber erlesenen Tropfen stellte Sieglinde nun zur Verfügung, um das Gedenken an ihre ermordete Freundin hochzuhalten? Warum teilte sie die Flasche nicht mit ihrem Mann? Weil er Marion nicht gemocht hatte? Er überlegte, wie sinnvoll es wäre, ihn in den nächsten Tagen um seine Einschätzung der Galeristin zu bitten, zumal er nicht sicher war, ob Sieglindes Urteilsvermögen nicht dann und wann durch die berüchtigte rosa Brille beeinträchtigt wurde. Doch dann erinnerte er sich, dass Züricher an den Galerieevents nie teilgenommen hatte, und verwarf den Gedanken.

Er fragte Sieglinde, ob sie in den Unterlagen ihrer Freundin Hinweise auf dubiose Geschäftsabwicklungen gefunden habe, doch sie verneinte und fuhr dann mit verkrampfter Munterkeit fort: „Jetzt essen wir erst mal in Ruhe, und danach gibt es die Bescherung.“ Als Max fragend die Augenbrauen hob, setzte sie mit einem rätselhaften Lächeln hinzu: „Ich habe eine Überraschung für dich. Wie es scheint, sind unsere Recherchen mit der Entdeckung des Pferdegemäldes auf fruchtbarem Boden gelandet.“

„Du meinst, mit deiner Rückkehr nach Münster sind wir endlich auf ergiebiges Gelände gestoßen“, korrigierte er frustriert. Sie schüttelte den Kopf. „Oh nein, Max. Das behaupte ich keineswegs. Wer hat denn das Bild in Marions Galerie entdeckt? Ich hatte davon keine Ahnung. Und ob Marion es nun absichtlich versteckt oder einfach vergessen hat, ändert nichts an der Tatsache, dass wir diese brisanten Fotos in die Hände bekamen.“

„Und wenn ihr Tod mit diesen brisanten Fotos nichts zu tun hat?“

„Ich glaube sehr wohl, dass es eine Verbindung gibt. Ich bin mir sicher, dass sie das Gemälde nicht wegen seines Kaufpreises in der Lade versteckt hielt. Es ist schließlich kein Rubens. Und ich ahne auch, wer der Grund für diese Vorsichtsmaßnahme war. Doch jetzt greif bitte zu. Mir ist schon ganz schlecht vor Hunger.“

Er hätte später nicht sagen können, was er auf seinen Teller lud. Nur dass es frisch und würzig schmeckte und wahrscheinlich reich an Vitaminen und Mineralstoffen war. Sieglinde kannte sich da aus.

„Du warst bei Da Salvatore", hakte er nach und schob den geleerten Teller zur Seite. Längst hatte er entdeckt, dass auf dem Sideboard eine Schüssel mit Tiramisu bereitstand. Als wollte er Max Konkurrenz dabei machen, warf sich der alte Rollo, Sieglindes Golden Retriever, neben ihn auf das abgetretene Parkett, dicht gefolgt von dem Schildpattperser Morton, der neu im Haus war und Lückmanns anderen Knöchel zu wärmen begann, als suchte er einen Verbündeten. Im Nachbarraum, der als Gäste- und Bücherzimmer diente, plapperte ein Papagei und im Bad tourten Goldfische durchs Glas. Sieglindes Pflegekinder!

Er löste den Blick von seinen beiden lebenden Fußmuffs. Irgendwie erinnerten ihn diese devot-schlaffen Fellbündel an Butterfahrten, wie seine Mutter sie gern unternommen hatte, bevor ihre Füße zu streiken begannen. Bei einem dieser Happenings hatte sie sich einen schafswollenen Fußsack mit Heizfunktion aufschwätzen lassen, dessen fragwürdige Stromverkabelung sie auf Grund des mitgelieferten Massagegels fast ins Grab befördert hätte. Doch meistens war sie nur mit harmlosen Wohndecken zurückgekehrt.

„Konnte dir der Kellner im Salvatore weiterhelfen?"

„Ja", sagte Sieglinde, „auch wenn seine Aussage nicht die eigentliche Nachricht dieses Abends ist. Und was ich von ihm über Marion erfuhr, klingt deprimierend. Sie kreuzte etwa eine Viertelstunde vor Beginn der Opernvorstellung dort auf, kippte einen doppelten Cognac hinunter und schlingerte raus wie ein angeschlagenes Flaggschiff. Max", wehrte sie seinen Einwand ab, „das ist nicht ihr Stil. Der Kellner hat sie kaum wieder erkannt."

„Gibt es einen Hinweis, dass sie dort mit jemandem verabredet war? Hatte sie einen Tisch bestellt?"

„Für eine so kurze Zeit macht das keinen Sinn. Es sei denn, dieser Jemand wollte ebenfalls die Aufführung besuchen. Das spräche für meine Theorie, dass ihr Mörder im Opernpublikum zu finden ist."

„Und wie stellst du dir einen Mordanschlag im Theater vor?", unterbrach er sie hitzig. „Dass ihr dieser Jemand in der Warteschlange vor der Garderobe eine Spritze reinjagt?"

„Marion hat nicht an der Garderobe gewartet", entgegnete sie kühl. „Jedenfalls ist dort nach dem Abbruch der Vorstellung kein Kleidungsstück hängen geblieben."

„Ihre Platznachbarinnen kommen auch nicht in Betracht“, ätzte Max weiter. „Als Täterinnen hätten sie wohl kaum den Sanitäter verständigt, sondern wären in der Pause verduftet.“

Sieglinde winkte unwirsch ab und fuhr fort: „Als Marion ihren Cognac bezahlte, war sie allein. Der Kellner erinnert sich deshalb so gut an sie, weil sie ihm fünf Euro Trinkgeld gab. Normalerweise war sie nicht so spendabel.“

„Sie war verwirrt, weil das Gift wirkte“, ergänzte er und Sieglinde nickte. „Aber sie selbst hat es sich garantiert nicht verabreicht. Diese Geschmacklosigkeit, ihren Tod im Stadttheater zu inszenieren, hätte sie niemals besessen. Außerdem war sie misstrauisch und verunsichert, aber noch lange nicht lebensmüde.“

„Sagtest du nicht, das Salvatore existiere noch nicht lange? Wieso kannte der Kellner sie so gut?“

„Es wurde im April eröffnet. Marion geht einmal im Monat in die Oper, und sie haben dort nur einen Kellner. An harte Sachen konnte er sich bisher bei ihr nicht erinnern.“

„Und deine eigentliche Neuigkeit?“, wollte er wissen, obwohl es ihm in den Fingern kribbelte, sein eigenes As aus dem Ärmel zu ziehen.

„Ich habe den Kaufvertrag des Pferdebildes gefunden. Allerdings musste ich weit zurückgreifen: bis zum September 1993. Marions Ordnungsliebe ist vorbildlich, und sie kaufte oder verkaufte nicht jeden Tag. Im Oktober 1993 wurde die Galerie an der Warendorfer Straße aufgelöst und das Bild geriet in Vergessenheit. Max?“ Sie blickte ihn bedeutungsvoll an. „Der Name im Kaufvertrag ist zwischen uns schon mal gefallen: eine Frau.“

„Das Bild gehörte einer Frau?“ Er spürte die Enttäuschung wie eine beißende Säure. Eine Frau hatte die skandalösen Vergewaltigungsfotos in dem Bilderrahmen versteckt? Nein, unmöglich, die Sache musste anders gelaufen sein. Garantiert hatte die Besitzerin nichts von den Aufnahmen gewusst. „Wie heißt sie?“

„Marita Daring. Kannst du mit dem Namen etwas anfangen?“

Und ob Lückmann das konnte! Er erinnerte sich sehr genau an Jens Darings Klage, seine Mutter habe nach dem Tod des Vaters dessen komplette Bildersammlung verhökert. Fragte sich nur, ob sein Sterbedatum in etwa mit dem Verkaufstermin übereinstimmte. „Wann genau hat Marion das Bild gekauft?“

„Am 18. September 1993. Es war kurz vor Friedrichs achtundsechzigstem Geburtstag, er wusste schon von seiner unheilbaren Krebserkrankung. Vielleicht kam das Geschenk bei ihm nicht gut an und Marion wollte deshalb nicht mehr daran erinnert werden. Erst sechzehn Jahre später zog ein scharfsichtiger Kriminalkommissar es unbarmherzig aus seiner staubigen Ecke.“ Sie runzelte die Stirn. „Was wolltest du in Marions Galerie? Ihr etwas abkaufen?“

Erst jetzt wurde Max klar, dass er dieses Vorhaben nicht mehr einlösen konnte. Selbst wenn die Galerie weiter bestehen würde: Ohne ihre Besitzerin wäre sie für ihn keine Adresse mehr.

„Ich habe sie wegen jenes Hufeisens aus Messing um Rat gefragt, das ein Touristenehepaar etwa fünf Stunden nach Schiebachs Ermordung auf seiner Koppel gefunden hatte. Das habe ich dir doch schon erzählt. Weil es kleine rote Steine statt Nägeln besaß, bat ich deine Freundin, deren Wert zu schätzen.“

„Die Beschreibung klingt nach einem Kinderspielzeug. Hat es die Größe eines normalen Hufeisens?“ Als Max nickte, fuhr sie fort: „Wolltest du heute nicht bei Schiebach nach Fotos suchen?“

Sie gab ihm das ersehnte Stichwort. Er zog die Fotos, die er im Wohnzimmerschrank des Bauern gefunden hatte, aus dem Rucksack. Sie stammten aus Alben der alten Sorte: Seidenpapier mit einem Muster aus Spinnennetzen zwischen den dunkelbraunen Kartonseiten, die Fotos mit weißem Stift beschriftet. Garantiert hatten Schüllers Mitarbeiter darin geblättert, doch wie sollte man Hinweise finden, wenn man den entscheidenden Anhaltspunkt nicht kannte?

„Hier!“ Max zeigte auf das Tattoo am Unterarm des Bauern. Schiebach hielt den etwa zweijährigen Eric in die Höhe, dabei war der Hemdärmel hochgerutscht. „Und sieh dir das hier an.“ Der Bauer im Profil auf seinem Hochzeitsfoto, er lächelte Karla zu, und seine markante Nase, die eigenartige Falte im Nacken – das passte. Sieglinde rückte ihr Weinglas weg, um Platz für die nächsten Fotos zu machen. Sie breitete auch die Aufnahmen von der Vergewaltigung auf dem Tisch aus wie eine teuflische Patience.

„Schiebach ist als Einziger deutlich zu erkennen – dieser Idiot. Die beiden anderen waren vorsichtiger: nur Rückenansicht oder mit abgewandtem Gesicht. Dies hier könnte er ebenfalls sein. Sieh dir die Nackenfalte an.“ Sie hatte Recht. Der Sexualtäter auf dem letzten Foto stand mit dem Rücken zur Kamera. Doch der bullige

Nacken war gut zu sehen Der junge blonde Mann, der diesmal das Opfer – es war das dunkelhaarige Mädchen – gewaltsam festhielt, hatte das Gesicht weggedreht. Außer seinem Nackenzöpfchen war nichts zu erkennen.

Gemeinsam beugten sie sich über mehrere Gruppenaufnahmen, die die Hochzeit von Anton und Karla zeigten, doch sie wurden nicht so fündig, wie sie es sich gewünscht hätten. Die eine oder andere schwache Ähnlichkeit mit den Sexattentätern, mehr nicht. Auch die beiden Mädchen waren inmitten der Festgäste nicht zu erkennen.

Wie krass die unmittelbare Nachbarschaft dieser beiden Szenarios doch ist, dachte Lückmann voller Abscheu. Hier Karla, die strahlende Braut mit ihrem unschuldig weißen Schleier, der ihre Weiblichkeit verhüllt wie die einer Novizin, dort eine Hochzeitsnacht wie vom Satan inszeniert. Und ihr Mann ist daran beteiligt! Die verzweifelte Abwehrhaltung der beiden so erbärmlich entblößten Opfer hätte keine deutlicheren Worte sprechen können.

Lückmanns Blick glitt noch einmal über den Hintergrund der Fotos. Das Ambiente deutete auf ein Untersuchungszimmer oder eine leer stehende Wohnung hin, kahl und irgendwie unfertig das Ganze. Keine Möbel außer den beiden Pritschen, zumindest soweit der jeweilige Blickwinkel das erkennen ließ. Jalousien machten die Räume so uneinsehbar, dass die Männer sich unbeobachtet fühlen konnten.

„Wenn wir doch nur herausfänden, wer die beiden Mädchen sind“, sagte Sieglinde. „Wo sie heute leben und wie es ihnen nach dieser furchtbaren Sache ergangen ist. Bestimmt haben die Eltern Anzeige erstattet, aber finde mal eine Akte, die vor über dreißig Jahren angelegt wurde, lange vor der Computer-Ära.“

„Das ändert nichts an der Tatsache, dass diese Fotos hinter einem Bild steckten, das Marita Daring an Marion Vondembusche verkauft hat. Warum war ihr Sohn Jens so sauer, als er von dem Handel erfuhr? Und warum zahlt er fünftausend Euro für einen Gaul, um ihn lediglich zu malen?“

„Aus Nostalgie“, schlug Sieglinde vor. „Sagtest du nicht, Äquinox habe viel Ähnlichkeit mit dem Tier auf dem Gemälde?“

„Wo befindet sich diese verdammte Wohnung!“, stöhnte er genervt. Sieglinde nickte trübsinnig: „Dass diese Aufnahmen hinter einem Bilderrahmen zu finden waren, der Darings Eltern gehörte, ist tatsächlich eigenartig. Trotzdem müssen sie nicht in Münster entstanden sein; nicht mal im Münsterland. Vielleicht waren diese drei jungen Männer zusammen zu einer Feier eingeladen, einem runden Geburtstag, einer Hochzeit. In einem abgelegenen Raum ist es dann zu dem Verbrechen gekommen. Mit dem richtigen Alkoholpegel verlieren manche Leute auch noch den letzten Rest an Kontrolle.“

„Karla Schiebach“, überlegte Max, „könnte von der Vergewaltigung gewusst haben. Sie ist ihrem Mann auf die Schliche gekommen und hat ihn gezwungen, das Testament zugunsten der Pfarrei zu verfassen.“

„Auch Frau Trebschuh vermutet, dass das Testament der Hinweis auf eine schwere Schuld von Schiebach sein könnte. Sie tippt auf eine Beteiligung von Schiebach an Droste-Schürhofs Unfall. Wie auch immer, es bleibt die Frage, warum der Bauer es nach Karlas Tod nicht geändert hat.“

„Das zeigt, wie schuldig er sich fühlte. Bei der Beerdigung hat der Pfarrer gleich mehrere Fehler ins Feld geführt, für die Schiebach großzügig gebüßt habe.“

Sieglinde hob die Augenbrauen. „Großzügig war er in der Tat! Wenn die Pfarrei es schafft, das Gelände als Baugrund zu verkaufen, ist der geplante Puff kein Handikap mehr. Hauptsache, sie kriegen ihr Geld.“

„Anton, du Schwein, gib den Löffel ab!“, sagte Max.

„Was?“ Sieglinde hätte fast ihr Weinglas umgestoßen, Max berichtete ihr von dem Aufkleber an der Beichtstuhltür.

„Wenn er wegen dieser Vergewaltigung ermordet wurde, dann verstehe ich nicht, warum sich der Täter so viel Zeit gelassen hat.“

„Du kennst Drinkel noch nicht“, sagte er und genoss seinen mühsam erworbenen Informationsvorsprung, „aber du wirst es kennen lernen. Irgendjemand in diesem wortkargen Nest suchte seit langem einen günstigen Moment, Schiebach aus dem Weg zu räumen, ohne den Verdacht auf sich zu lenken. Da kommt ihm das geplante Bordell sehr gelegen. Als Täter kann leicht ein radikaler Fundi aus der Pfarrei unter Verdacht geraten, während in Wahrheit die Vergewaltigung der Mädchen gerächt wird.“

„Karla war mit Marita befreundet. Wir sollten Jens Daring mal auf den Zahn fühlen, inwieweit er informiert ist … oder beteiligt?“

„Das wird er mühelos über sich ergehen lassen“, witzelte Max,

„schließlich versteht er etwas von Anästhesie. Ich halte es für dringlicher, mit Anke Trebschuh zu reden. Ich wette, ihr Mann ist in seiner Jugend der Dreierclique um Droste-Schürhoff auf den Fersen gewesen wie ein Spürhund.“ Er sah auf die Uhr. „Gleich morgen früh fahre ich wieder ins Dorf. Je nachdem, was das Gespräch ergibt, knöpfe ich mir anschließend auch Daring vor. Notfalls in der Sprechstunde.“

„Warum hat er das Pferdebild nicht zurückgekauft?“

„Wahrscheinlich wusste Frau Daring nicht mehr, an wen sie die einzelnen Bilder weggegeben hatte. Marion hat vielleicht nur dieses eine bekommen, oder, wenn es mehrere waren, die anderen Exemplare weiterverkauft. Schiebach haben wir identifiziert. Wer die beiden anderen auf den Fotos sind, werden wir vielleicht nie erfahren. Gut möglich, dass auch die beiden Mädchen sie nicht kannten, weil sie Opfer einer in Bierlaune abgeschlossenen Wette wurden. Widerwärtig, aber nicht unrealistisch.“

„Jedenfalls waren es Freunde von Schiebach“, entschied Max. „Einer muss sich auf den anderen verlassen können; Solidarität von der miesesten Sorte. Wenn da nur einer auspackt, riskiert er Kopf und Kragen. Auf der Leiter zum Hochsitz, beispielsweise.“

Sieglinde lächelte schmal. „Wir haben nicht den geringsten Beweis, dass die anderen Täter aus Drinkel stammten. Schiebach ist der Einzige, den wir erkannt haben. Eine Familienfeier, ein Ausflug mit seinem Fußballverein, der zur Sauftour ausartet, ein Viehmarkt mit anschließendem geselligem Abend – nenn mir einen einzigen Anlass im größeren Kreis, der nicht die Gelegenheit böte, zwei junge Mädchen flachzulegen, vorausgesetzt man übersteigt die nötige Hemmschwelle und findet einen verschwiegenen Ort.“

Prompt kehrten Lückmanns Gedanken noch einmal zu Schiebachs Haus zurück: karamellfarbene Raufaser, Tapete mit Blümchenmuster, Linoleum. Zwei fast identische Zimmer mit hell gestrichenen Wänden, Parkett und Jalousien vor den Fenstern hatte er dort nicht gefunden. „Frau Trebschuh kennt vielleicht noch die Adresse des jungen Daring in Münster, als er dort Zahnmedizin studierte.“

„Ein Zimmer im Studentenheim als Schauplatz einer Vergewaltigung?“ Sieglindes Stimme verriet eine ordentliche Portion Skepsis.

„In den Siebzigern waren Wohngemeinschaften sehr beliebt.“

Die Teller klirrten ungewohnt hart, als Sieglinde sie zusammenstellte, und Max streifte kurz die Möglichkeit, dass er ein Tabu angerührt hatte. Sieglindes Tochter Kerstin hatte noch in Schulzeiten das Elternhaus verlassen, um in einer Wohngemeinschaft einem völlig unrealistischen Männerschwarm nachzujagen.

„Was steht morgen sonst noch an?" Ihre steinerne Miene ersparte ihm die lästige Entschuldigung. Er folgte ihr in die Küche und rezitierte das Programm des nächsten Tages: „Kettling befragt am Vormittag einen Antiquitätenhändler in der Frauenstraße. Der Mann hat vor kurzem eine Ikone gekauft, die früher in einem Kloster in der Ukraine hing. Angeblich!" Während Sieglinde die Spüle mit heißem, schaumigem Wasser füllte, setzte er hinzu: „Die Expertise lautet auf den Namen Natascha Waldmann. Sehr optimistisch bin ich zwar nicht, dass uns das weiterhilft, andererseits scheint der Ikonenmarkt in Münster nicht sehr reich bestückt zu sein."

„Woraus schließt du das?"

„Die Information über den Antiquitätenhändler stammt von jener Halbrussin, die zusammen mit Darings Freundin Nora Heller ein Teehaus betreibt. Während sie mir die Teedose einpackte, haben wir geredet, und als das Gespräch auf Ikonen kam, wurde sie fuchsteufelswild. Sie behauptet, die Erbin der verkohlten Vorderseite des Ikonen-Sandwichs zu sein, das wir in Lumarenkos Wohnung gefunden haben. Weil die angekündigte Überbringerin sich auch nach sieben Jahren nicht bei ihr blicken ließ, wollte sie als Ersatz ein anderes Madonnenbild kaufen, musste jedoch lange suchen, bis sie eins fand." Er zögerte kurz, bevor er fortfuhr: „Frau Postoi sagte, die einzige Ikone, die der Händler im Angebot hatte – die mit der englischsprachigen Expertise –, sei ihr reichlich überteuert erschienen. Vielleicht erfährt Kettling von dem Händler mehr über die Frau, die sie ihm verkauft hat. Allerdings kann es sich bei Natascha Waldmann auch um eine Verwandte von Frau Lumarenko handeln. Die Expertise war nicht datiert."

Als sie die von ihm abgetrockneten Gläser gegen das Lampenlicht hielt, fühlte er Frust, doch dann merkte er, dass sie in dem spiegelnden Widerschein lediglich einen neuen Gedankenansatz suchte, denn sie fragte ganz unvermittelt nach dem Ahnsitz der Droste-Schürhoffs. „Warst du schon dort?"

Max verneinte. Dass man ihm in dem Golfhotel Auskunft geben konnte, erschien ihm fraglich. Nach dem tragischen Jagdunfall war die Familie weg gezogen, das Gelände wurde verpachtet, das Haus komplett umgebaut. Annett Strothe, eine Freundin der jüngsten Tochter der Schürhoffs, leitete es zusammen mit ihrem Mann.

„Vielleicht besitzt sie Aufnahmen aus der Zeit vor dem Umbau. Es gibt immer Nostalgiker. Falls sie im Foyer oder im Restaurant hängen, wäre das sehr aufschlussreich, was ihr Verhältnis zu der Familie und ihre Einstellung zu dem Unfall des Sohnes betrifft."

Wieder erntete sie ein Kopfschütteln. Das Haus war bis auf die Außenmauern entkernt worden. Da waren Reminiszenzen an die alte Familiengeschichte ziemlich unwahrscheinlich.

Sieglinde war anderer Meinung. „Warum zeigen wir den Hotelbesitzern nicht die Fotos von der Vergewaltigung? Auch wenn wir die Opfer wegretuschieren, sind sie noch immer drastisch und schockierend, und deshalb vielleicht sehr aufschlussreich."

Als Max sein Gesicht verzog, setzte sie nach: „Der junge Droste ist nicht in seinem Elternhaus umgekommen, sondern auf einem Hochsitz, und der Unfall liegt drei Jahrzehnte zurück. Stell dir mal vor, die Freundin der Tochter erkennt ihn auf diesen Fotos wieder."

„Und das sagt sie uns auch prompt? Diese Geschichte ist verjährt und vergessen, alte Seilschaften sind es meist nicht. Wenn Frau Strothe mit Carolin Droste-Schürhoff befreundet ist, wird sie den Mund halten. Es kann sowieso niemand mehr belangt werden."

„Ich möchte, dass du mit Frau Strothe redest", beharrte sie. „Leg ihr die Fotos vor. Falls sie deine Fragen nicht beantwortet, kannst du vielleicht zwischen den Zeilen ihrer Aussage lesen. Wenn sie in Drinkel aufgewachsen ist, kennt sie die Dorfgeschichten."

„Okay. Dann fahr ich hin." So lahm wie Lückmanns Vorschlag ursprünglich auch geklungen hatte, am folgenden Morgen machte er sich sehr motiviert auf den Weg – sein letzter Einsatz für die Mordsache Schiebach. Sonnhagen hatte mit sofortiger Wirkung die Teams geteilt. Wie ein Stafettenläufer würde Max das Holz an Sieglinde übergeben, nachdem er noch einmal mit Anke Trebschuh geredet hatte. Sieglinde hatte dieser Aufgabenverteilung zugestimmt, als sie erfuhr, dass seine bisher wichtigsten Informationen von der Frau des Küsters stammten, die ihre Gesprächsbereitschaft glatt auf die Flatline reduzierte, wenn sie mit einem neuen Gesicht konfrontiert wurde. Ganz im Gegensatz zu Andrej Lumarenko, den Sieglinde am frühen Abend besuchen wollte. Dessen Erinnerungsvermögen war noch immer getrübt, doch Max sah einen Hoffnungsschimmer, indem man den Mann mit einem neuen attraktiven weiblichen Gesicht konfrontierte. Schließlich hatte auch Katja ihn aus seiner Reserve locken können.

Am Abend würde man sich im Meetingraum zusammensetzen, um die bisherigen Fakten zu sondieren. Drei Wochen waren seit dem Mord in Drinkel vergangen, Waldmanns und Natascha waren beerdigt worden, die Beisetzung von Marion Vondembusche stand für den kommenden Mittwochvormittag auf dem Plan. Sieglinde erwartete eine große Trauerfeier. Mochte sich der Freundes- und Kundenkreis auch verkleinert haben, die Verwandtschaft aus Rotenburg an der Wümme und all die Neugierigen und Sensationslüsternen würden für beträchtliches Gedränge in der Trauerhalle und auf dem Zentralfriedhof sorgen. Bei diesem Gedanken fuhr Max eine Frage durch den Kopf, die er unbedingt Anke Trebschuh stellen musste. Sie oder ihr Mann konnten ihm bestimmt Auskunft darüber geben, wie groß die Beteiligung an der Beisetzung von Justus Droste-Schürhoff gewesen war. Ein tragischer Unfall weckte Mitleid und Solidarität, jeder Verdacht auf ein Verbrechen hätte die Leute zu Hause gehalten.

Marion hatte ihrer Schwester die Wohnung vererbt und ihrem Patenkind Benjamin einiges an Bargeld und Wertpapieren. Die Bilder in der Galerie gingen, so weit sie Marion gehörten, an enge Freunde – Winnie Zeisig gehörte nicht dazu –, während Sieglinde die erotische Statuettensammlung ihres Mannes erhielt. Unwillkürlich sah Max das Haus der Zürichers an der Gasselstiege vor sich. Auf den Simsen der Sprossenfenster, in den Regalen und Nischen würden Vondembusches Plastiken gut zur Geltung kommen. Doch daran dachte Sieglinde ganz bestimmt nicht. Die Beerdigung ihrer besten Freundin stellte sie auf eine harte emotionale Probe.

Irgendwann, in ein paar Wochen, vielleicht sogar erst nach Monaten, überlegte Max frustriert, versammeln wir uns wieder im großen Meetingraum. Die Stimmung ist schlecht, weil alle nur denkbaren Ressourcen ausgeschöpft sind und unsere Akten mit weniger Blättern rascheln als die Bäume draußen. Bis dahin ist es nasskalt und nebelig geworden, wie es sich für das herbstliche Münsterland gehört. Die Winterjacke hängt bereit, nach Schal und Handschuhen muss erst noch gekramt werden, aber man hat sich bereits an dieser grauen Unzeit von Ende Oktober bis Anfang März leid gedacht. Nicht mal Weihnachten und Neujahr, so ließ er seine trübsinnigen Gedanken ungehindert weiterschlittern, wären ein Highlight, wenn er die Feiertage ohne Sabine verbringen musste.

Und wenn wir die drei Fälle schon bald abschließen können?, meldeten ein paar auf unverbesserlichen Optimismus gepolte Neuronen in seinem Hirn. Er stellte sich diesen denkwürdigen Abend vor: mit allen, die an den Ermittlungen beteiligt waren. Am oberen Tischende Lothar Sonnhagen, wie er die drei Akten schloss, um sie an die Staatsanwaltschaft weiterzugeben. „Gratulation, Kollegen! Nehmt ein paar Tage Urlaub, ihr habt sie verdient. Wer weiß, ob ich euch nicht schon bald wieder brauche? Der Teufel schläft nicht." Lückmanns letzter Urlaub mit Sabine lag zwei Jahre zurück, und Last-Minute-Angebote gab es genug.

Doch wenn Sabine ihre Stelle in der Wellnessklinik bis dahin angetreten hatte, war ein Urlaub erstmal illusorisch. Dann würde er allein fahren. Wie er sich ja überhaupt bis dahin ans Alleinsein gewöhnt hätte. Als seine Gedanken von dem Angebot der Wellnessklinik zu den gescheiterten Bewerbungen von Frau Lumarenko wechselten, nahm er seine Aggressivität ein wenig zurück. Erst bei Marion Vondembusche und dann bei Bauer Schiebach abgeblitzt? Die Frau konnte einem Leid tun. Um zig Nebenjobs kämpfen zu müssen, weil der Mann keine Arbeit fand und die Eltern von ihrer Rente nichts hergeben wollten, war ein hartes Schicksal. Möglicherweise war sie mit ihrer letzten Bewerbung an ihren Mörder geraten. Warum sonst hätte er ihr Handy verschwinden lassen sollen? Lückmann war gespannt, was Thomas am Abend von seinem Gespräch mit dem Antiquitätenhändler mitbrächte. Vielleicht konnte der Mann die Frau, die die Ikone angeboten hatte, anhand eines Fotos als Natascha Lumarenko identifizieren. Vielleicht hatte sie ihm eine Handynummer oder ihre Adresse angegeben, für den Fall, dass ein interessierter Kunde Näheres über die Ikone wissen wollte. Womöglich hatte sie von sich erzählt und dabei irgendetwas ausgeplaudert, das Andrej jetzt hartnäckig verschwieg. Hatte sie weitere Ikonen in Aussicht gestellt, die den rätselhaften Überfall auf die Waldmanns erklären würden? Natürlich schrieb das Leben nicht nur irrwitzige Achterbahnen, sondern auch Schienenstränge, die nebeneinander herliefen und lange Zeit die Richtung nicht änderten, weil sie auf keine Weiche trafen. In einem plötzlichen Stimmungswandel pfiff Max vor sich hin. Dass ausgerechnet Anna Postoi, die Geschäftspartnerin von Darings Freundin Nora, eine plausible Erklärung für Frau Lumarenkos Tod liefern sollte, erschien ihm zwar bizarr, dennoch bauten sich in seinem Hinterkopf Schönwetterwolken auf, weil er die Hoffnung, die Mordserie könne mit einem Streich gelöst werden, nicht aufgeben mochte. Mit Anna war Bewegung in ihre Recherchen gekommen, und zwar vehement.

Auch die Verbindung zwischen Daring und Schiebach bekam jetzt insofern mehr Biss, als der Zahnarzt nicht irgendein Pferd gekauft hatte, sondern Äquinox, der dem „Gewittergaul“ auf jenem Gemälde auffallend ähnelte, das seinem Vater gehört und die brisanten Fotos beherbergt hatte. Seine Mutter war engagiertes Mitglied der Drinkeler Pfarrei und eng befreundet mit Karla Schiebach gewesen, die ihrem Mann ein Testament abgerungen hatte, als müsste er für eine Todsünde büßen.

Der Kaufpreis für den „Gewittergaul“ hatte sechshundert Mark betragen, woraus Max schloss, dass es sich bei dem Maler lediglich um einen englischen Lokalmatador handelte.

Und wenn er selbst das Corpus Delicti erwarb, sobald der Fall abgeschlossen war? Er überlegte, wie viel er für das Bild auszugeben bereit war. So unrühmlich seine Vergangenheit auch war, es faszinierte ihn und passte in sein Haus. Neben dem zerknautschen Ledersessel seines Vaters, rechts vom Fenster, würde es den kleinen Raum beherrschen wie ein absoluter „Eyecatcher“, und als solcher war es ihm ja auch ins Auge gesprungen.

Als er feststellte, dass er zu schnell fuhr, nahm er das Tempo zurück und drosselte auch seinen überschäumenden Optimismus. Dass die Mordfälle Schiebach und Vondembusche über den Fotos von der Vergewaltigung einander näher gerückt waren, stimmte ihn zwar zuversichtlich, doch die Akte Lumarenko war wohl ein anderes Kaliber. Er musste unbedingt Tilde Steer das Passbild aus dem Dienstausweis zeigen und sie fragen, ob sie die Ukrainerin auf Schiebachs Hof gesehen hatte. Bei dieser Überlegung fielen ihm Sieglindes Worte ein, Frau Lumarenko habe sich bei Marion Vondembusche vorgestellt. Was sprach dagegen, dass sie nicht auch Anton Schiebach ihren schriftlichen Lebenslauf höchstpersönlich vorbei gebracht hatte? Dann hatte Schiebach mit Natascha geredet. War es zum Streit gekommen, weil er ihr unterstellt hatte, sie könne ihm Mädchen für seinen Club besorgen? Oder hatte sie versucht, ihm behilflich zu sein, und war dadurch an ihren Mörder geraten?

Er setzte den Blinker und nahm die Abzweigung von der Schnellstraße zum Golfhotel. An der Kreuzung musste er zwei Traktoren mit Rüben auf dem Anhänger vorbei lassen, die dicht hintereinander und in aufreizender Gemächlichkeit in Richtung Drinkel fuhren. Das Dorf lag zwei Kilometer südlich, der fünfhundert Meter lange Weg zum Hotel führte nach Norden.

Er zwängte sein Auto zwischen zwei Cabrios der Luxusklasse. Der Parkplatz war voll. Das Münsterland hatte noch einmal einen prächtigen Spätsommertag erwischt, mit kobaltblauem Himmel über goldfarbenem Laub. Beides schmerzte Lückmann in den Augen, was ihn wiederum daran erinnerte, wie selten er in letzter Zeit an die frische Luft gekommen war. Auch dies schob er ohne jeden Skrupel Sabine in die Schuhe. Nicht mal den Markt auf dem Domplatz hatte er an den letzten zwei Samstagen besucht. Bloß wegen ihrer Kühltruhenverpflegung! Was hatte sie sich bloß dabei gedacht? Kaum kam er abends zur Haustür herein, in der Vorfreude auf ein deftiges Wurstbrot und ein kühles Bier, als ihm auch schon die Kühlbox auf dem Küchentresen ins Auge stach, die er morgens schlaftrunken aus dem Eis geholt hatte. Wenn sie wenigstens ein Zettelchen draufgeklebt hätte: Lieber Max, guten Appetit, ich liebe dich! Die Plastikdosen verbreiteten die Stimmung eines Leichenschauhauses. Hätte sie nicht Tomatensoße verwenden können? Nein, das hätte ihn an Blut erinnert. Blattspinat mochte er nicht und Grünkohl, den er zwar gerne aß, allerdings nicht tiefgekühlt, gab es frühestens zum ersten Frost. Der Inhalt war auch gar nicht das Problem. Es waren einfach diese milchig-halbdurchsichtigen Plastikdosen, deren Anblick ihm den Magen umdrehte und die Zunge pelzig machte. Er warf im Vorbeigehen einen Blick auf die Speisekarten des Golfhotels: ziemlich happig alle beide!

Über das junge, schon recht dicht gewachsene Wäldchen, das sich links an den Parkplatz anschloss, trug eine warme Brise Geräusche und Stimmen herüber; ausgelassene Stimmen, die jugendlich klangen. In Lückmann konnten sie keinen Neid wecken. Nicht dass er den Sport missachtete, im Gegenteil. Er liebte seine Tennismatches, träumte seit ewigen Zeiten illusorisch vom Schwimmbecken im eigenen Keller und konnte sich in fortgeschrittenem Alter auch problemlos als Golfer vorstellen. Außerdem war er als Polizeibeamter dazu verpflichtet, fit zu bleiben. Doch wenn junge Menschen, von Beruf Sohn oder Tochter wohlhabender Eltern, am

Montagmorgen nichts anderes zu tun hatten, als mit ihren Elektrocaddies durchs Gelände zu ziehen, um sich anschließend bei einem Sektfrühstück zu erholen, dessen Gegenwert einer vierköpfigen Familie für die halbe Woche reichen musste, dann empfand er Verachtung.

Auch das Gebäude interessierte ihn lediglich, was die Überreste seines ehemaligen Innenlebens betraf. Am äußeren Erscheinungsbild hatte man nicht viel geändert, das wusste Max aus einem Bildband über alte Herrenhäuser des Münsterlandes. Noch immer zierte das phantasievolle Wappen der Droste-Schürhoffs – ein nach Luft schnappender Fisch zwischen zwei Lilienzweigen – die klassizistische Sandsteinfassade. Hinzu gekommen war nur eine Fünf-Sterne-Messingtafel mit dem schnörkeligen Namenszug Golfhotel Fasanengrund. Wahrscheinlich war Annett Strothe, die Besitzerin, bei Schürhoffs ein- und ausgegangen und hatte den früheren Verhältnissen ihren Tribut erwiesen. Trotz der Modernisierungsmaßnahmen, die die Räume zwangsläufig erlebt hatten, war Lückmann optimistisch, auf Zeugen der Vergangenheit zu stoßen. Wer sich einer Familienchronik nicht persönlich stellen musste, weil es sich nicht um seine eigene Sippe handelte, ging in der Regel locker damit um, putzte sein Image nicht nur mit heiteren Anekdoten auf, sondern flocht auch tragische Ereignisse ein. Möglicherweise gab es noch Kontakte zwischen Annett Strothe und Carolin Droste-Schürhoff. Max hatte Justus' jüngere Schwester in Berlin-Charlottenburg ausgekundschaftet, die Eltern hatten sich in Malaga niedergelassen, die ältere Schwester Marisa in die USA geheiratet.

Das Entree befand sich in dem niedrigen Mittelteil des dreiflügeligen Gebäudes. Rechts und links ragten die ausladenden dreistöckigen Seitentrakte mit ihren hohen Sprossenfenstern auf, abgerundet durch jeweils ein Dachgeschoss mit eleganten Fledermausgauben. Das Haus war nicht mehr als Gräftenhof angelegt, der alte Brückensteg fehlte. Offenbar hatte man den Wassergraben zugeschüttet, um mehr Parkplätze zu schaffen.

Wäre die Fassade auch in ihrem Original belassen worden, wenn Justus aus einem der Frontfenster gestürzt wäre? War es wirklich ein Unfall oder doch vielleicht Selbstmord? Insofern bewegte Max auch die Frage, ob es den Hochsitz noch gab, auf dem der junge Mann zu Tode gekommen war, und ob Annett Strothe irgendetwas zu der Theorie der schadhaften Holzsprosse sagen konnte. Daring und Schiebach hatten für die Todeszeit ein wasserdichtes Alibi vorweisen können, über ihre Aktivitäten am Tag davor hatte man sie nicht befragt. Aber konnte jemand über eine defekte Stufe hochklettern, ohne dass diese sofort zusammenbrach? Laut Unfallprotokoll hatte Justus mit dem Gesicht nach unten auf der Erde gelegen, war also beim Abstieg gestürzt. Konnte eine einzige Sprosse morsch werden? Hatte sie jemand angesägt? Oder war die Leiter beim Abstieg von zwei Personen benutzt worden und unter dem doppelten Gewicht gebrochen? Warum, so grübelte Lückmann weiter, hatte man vor einunddreißig Jahren den Hochsitz nicht genauer auf Spuren überprüft? Er dachte auch wieder darüber nach, warum Justus erst so spät gefunden wurde, mindestens zwei Stunden nach seinem Tod. Hatte die Familie ihn zwar vermisst, aber nicht gewusst, wo sie nach ihm suchen sollte?

13

Die automatische Glastür glitt auseinander, und Lückmann betrat eine überraschend kleine, sehr intime Lobby mit stuckverzierter Decke. Sechs zierliche, dezent geblümte Zweiersofas mit niedrigen Beistelltischchen aus Mahagoni füllten den Raum, bordeauxrote Textiltapeten, goldgerahmte Porträts in Öl und glänzendes Parkett, im Kassettenmuster verlegt, verliehen ihm eine gediegene Behaglichkeit. Das Geschäftsmäßige eines gut frequentierten Komforthotels fehlte trotzdem nicht. Fast wäre Max mit einer Kellnerin in knöchellanger, dunkelgrüner Bistroschürze kollidiert, die ein Tablett mit Grappagläsern zu der Tür eines angrenzenden Raums brachte, über der „Hochsitz" stand. Unwillkürlich schluckte er. Hätte man keinen anderen Namen finden können?

An der linken Wand erstreckte sich die Rezeption in schwarzem Granit. Auf der Theke, neben einer milchweißen, konisch geformten Vase mit gelben Callablüten, stand eine Tafel aus dunkel lackiertem Holz, die Beschriftung im Gelb der Callas: Sie befinden sich jenseits der Stressgrenze. Seien Sie unser Gast und überlassen Sie uns Ihre Sorgen; ein Slogan, der Max an die unglaubwürdigen Werbespots von Lebensversicherungen denken ließ. Auch die junge Frau hinter der Theke trug Blassgelb. Sie strahlte ihn an, und ihr Lächeln blieb auch noch ungetrübt, als sie seinen Dienstausweis erkannte. „Was kann ich für Sie tun?"

„Ich hätte gern Frau Strothe gesprochen."

„Momentchen, ich frag gerade mal nach." Ihr Lächeln richtete sich auf den Telefonhörer, als könnte sie ihre Ansprechpartnerin sehen, und Lückmann dachte: Gutes Betriebsklima!

Während er wartete, versuchte sein inneres Auge, das Foyer in alte Zeiten zurückzuversetzen. Die Droste-Schürhoffs gehörten zum münsterländischen Adel, hatten jedoch nie politischen oder wirtschaftlichen Einfluss ausgeübt. Große Ländereien, viele Kinder, die eine oder andere Militärlaufbahn und ein paar Kleriker – darauf belief es sich. In der Vorära des Automobils hatte der niedrige Mitteltrakt wahrscheinlich als Kutscheneinfahrt gedient, die man später dann mit Sandsteinmauern schloss. Für die Autos der Hoteliersfamilie war eine Remise errichtet worden. Max erinnerte sich, vom Parkplatz aus ein offenes, schmuckloses Backsteingebäude in der Art eines Carports gesehen zu haben, in dem eine Mercedes-Limousine stand. Die Porträts an den Wänden der Lobby zeigten wohl die früheren Kutschenbesitzer. Gepuderte Perücken, Jabots oder Schleifen und kiloweise Schmuck. Gerade als Max sich einem Bild näherte, das schätzungsweise aus dem ersten Drittel des vergangenen Jahrhunderts stammte und einen brillanten Art-Déco-Maler verriet, tippte ihm jemand hart und knöchern auf die Schulter. „Hier entlang, bitte!“ Die Stimme gehörte einem schon älteren Mann in einer weinroten Livree mit silbernen Tressen, der offensichtlich seine Gesichtszüge bei Christopher Lee ausgeliehen hatte. Er klang auf theatralische Weise feindselig, so wie man einem aufdringlichen Wanderprediger die Tür zum Hinterausgang weisen würde. Der Weg führte durch einen unscheinbaren, engen Korridor, der eher Wirtschaftsräume vermuten ließ als die Verwaltungsbüros. An einer der Türen klopfte Lückmanns Begleiter, der ein aufdringliches Herrenparfum benutzte, kurz und stieß die Tür auf. „Nehmen Sie Platz!“

Max folgte der Einladung, auch wenn sie nur einem harten Stapelstuhl galt, der vor einem Schreibtisch mit Computer und Drucker stand, und fühlte sich prompt wie in einem Praxis- oder Kanzleizimmer dritter Klasse. Doch er schämte sich sofort für seine Überheblichkeit und sah sich um, solange ihm die Zwanglosigkeit dazu noch gegeben war. Rechter Hand gab es eine Verbindungstür, hinter der lebhaft getuschelt wurde. Obwohl er die Worte nicht verstehen konnte, hatte er das sichere Gefühl, dass es sein Besuch war, der dieses Rededuell ausgelöst hatte. Man überlegt sich eine Strategie, und das ist besser als aalglatt abserviert zu werden, dachte er gerade, als sich die Tür öffnete und eine Frau hereinkam. Etwa Mitte fünfzig, klein, grazil, und sehr attraktiv. Typ Kleopatra. Trapezförmige Haartracht, dunkel mit grauen, seidenfeinen Fäden, und große, schwarz geschminkte Augen. Sie hielt die Visitenkarte in der Hand, die Max dem Hausdiener mitgegeben hatte. Sie schüttelte ihm hastig die Hand und bat ihn, wieder Platz zu nehmen. „Annett Strothe. Was kann ich für Sie tun, Herr Lückmann?“

„Haben Sie einen Moment Zeit?“ Als sie abweisend die Schultern zuckte, zog Max die Fotos von der Vergewaltigung aus ihrer Klarsichthülle und breitete sie auf der Schreibtischplatte aus. Er hatte die Bilder am Morgen gescannt und so geschwärzt, dass man nur die drei Männer und die wenigen Details des Schauplatzes sah.

„Dann müssen wir uns kurz fassen. Es geht um zwei Mädchen.“

Frau Strothes Reaktion übertraf alle Erwartungen, die er auf der Herfahrt vor seinem inneren Auge entworfen hatte. Sie schlug die Hände vor den Mund und sagte stockend: „Das … gibt es doch nicht! Woher kommen diese … Bilder? Und die Mädchen …“

Max nutzte ihr blankes Entsetzen. „Wie heißen die beiden?“

Sie holte energisch Luft und ließ ihre Hände sinken. „Das Ganze ist über dreißig Jahre her.“

„Trotzdem erinnern Sie sich. Kennen Sie die beiden?“

Sie nickte schwach. „Die eine hieß Mechthild. Mein Gott, die Sache ist damals wie ein Lauffeuer durchs ganze Dorf gegangen.“

„Und wie hieß die andere?“

„Viola. Sie und Mechthild waren ein Herz und eine Seele. Ein halbes Jahr später hat Viola sich umgebracht. So hieß es damals. Sie war schwanger. Aber die Eltern … so was von bigott! Die Mädchen hätten therapeutische Hilfe gebraucht. Stattdessen hat man sie zum Beichten geschickt.“

„Ist die Vergewaltigung hier im Dorf passiert?“

„Nein, in Münster. Aber fragen Sie mich nicht nach diesen Männern. Ich habe keine Ahnung.“

„Wie Sie sehen, haben wir die Opfer wegretuschiert. Trotzdem wissen Sie, wer gemeint ist. Aber wie kommen Sie auf Münster?“

„Sie waren in Münster im Kino und zum Eis essen. Die Augenbinde konnte nicht alles verdecken. Zumindest nicht, als sie im Auto verschleppt wurden. Die Wohnung lag in der Nähe.“

„Einen Mann haben wir identifiziert. Anhand seiner Tätowierung.“

„Die hat er dann doch wegmachen lassen.“

Sie hatte sich verplappert. Sekundenlang starrte sie Lückmann an, als würde sie ihn am liebsten in Stücke reißen. Er versuchte sich zu erinnern, ob Professor Kerner, als er Schiebach obduzierte, Spuren einer länger zurückliegenden, stümperhaften Hautbehandlung am rechten Unterarm zu Protokoll gegeben hatte. Das ließ sich nachprüfen.

„Dann reden wir also von demselben Mann.“

„Nur Viola hatte die Tätowierung erkannt. Liebe Güte, dieser … Mann und seine Frau haben ihre drei Jungs ordentlich erzogen, die Frau hat alles getan, um die Familie intakt zu halten, dann bekam sie Krebs; als wollte Gott Haus und Hof bestrafen.“ Max hätte am liebsten eingewandt, dass Anton seine Frau erst vor zwei Jahren verloren hatte – was tragisch genug war, doch als Entschuldigung für eine Straftat, die über dreißig Jahre zurücklag, weither geholt. Als er Frau Strothe fragte, ob sie von Schiebachs Bordellplänen wisse, runzelte sie die Stirn und meinte, es habe im Dorf Gerüchte um einen Hähnchengrill gegeben.

„Obwohl er sicher kein Schmuckstück für Drinkel gewesen wäre, es war von einem roten Neonschriftzug über der Haustür die Rede, hätte ich damit leben können. Nicht jeder Tourist kann sich unsere Restaurantpreise leisten, das mag sich Anton überlegt haben, als er seine Grillstation in Angriff nahm. Wir Dörfler sind toleranter und weltoffener als gemeinhin angenommen." Ein schwer zu deutendes Lächeln spielte um ihren Mund, während Max an die Borniertheit von Eltern dachte, die ihre Töchter zum Beichten schickten anstatt eine Psychologin einzuschalten.

„Nicht, dass Viola in Vergessenheit geraten wäre", fuhr sie hastig fort, „ihr Grab in Altenberge versinkt angeblich noch immer unter Blumen. Trotzdem ist Gras über die Sache gewachsen. Wenn Sie mich fragen, hat sich Anton in diese ekelhafte Sache hineinziehen lassen. Der war nicht so …"

„Hineinziehen lassen von wem?"

„Von den beiden anderen Männern." Entgegen ihrer ursprünglichen Aussage schien Frau Strothe gut informiert zu sein, doch Max verwarf seinen Plan, einen Blick in eins ihrer Hotelzimmer zu werfen. Schon draußen, auf dem Vorplatz, waren ihm beträchtliche Zweifel gekommen. Der Ahnsitz der Droste-Schürhoffs kam als Schauplatz der Vergewaltigung nicht in Frage. Auch nicht das abgelegenste Zimmer. Die Zimmerdecken auf den Fotos waren bedeutend niedriger. Wie in einem Neubau.

„Sagt Ihnen der Name Daring etwas?"

Sie zog die Stirn in Falten. „Schon, aber in diesem Zusammenhang …? Die Darings wohnten lange Zeit in einem Kotten am Südrand von Drinkel. Er war Immobilienmakler und Kunstsammler, sie stellte Westfalenstoffe im Blau-Druck-Verfahren her. Jens, ihr einziger Sohn, hat in Münster studiert. Lassen Sie mich nachrechnen. Zum Zeitpunkt dieser Tragödie", ihr Blick streifte die Fotos, „müsste er Ende zwanzig gewesen sein. Wahrscheinlich praktizierte er damals schon als Zahnarzt. Sie meinen doch nicht etwa …?"

„Haben Sie eine Ahnung, wo er in Münster gewohnt hat?“

„Mein lieber Herr Kommissar“, jetzt lächelte sie amüsiert, „da kann ich Ihnen beim besten Willen nicht weiterhelfen. Damals kannte ich bereits meinen Mann, wenig später haben wir geheiratet und danach in einem Hotel in Osnabrück gearbeitet. Ich hatte keine Augen für andere junge Männer, ich war total verliebt. Warum fragen Sie Herrn Daring nicht selbst?“

„Haben Sie noch Kontakt zur Familie Droste-Schürhoff?“

„Mit Carolin telefoniere ich gelegentlich. Sie sagt mir, wie das Wetter in Charlottenburg ist, ich jammere über den westfälischen Dauerregen. Die preußische Streusandbüchse hat ja immer Sonne. Dafür können wir auf unserem Golfgelände mit einem Rasen aufwarten, den Sie nicht mal in der Grafschaft Kent finden. Und selbst bei Regenwetter findet unser Clubhaus viel Zuspruch. Dann wird eben gefachsimpelt und gut gespeist. Auch so hält man sich die Stammkundschaft.“

Sie weicht mir aus, dachte Lückmann, ich komme mit Fragen zu einem brutalen Sexualdelikt und sie lobt die Infrastruktur ihrer Hotelanlage. Als entwickelte sie eine Strategie, um unangenehme Fragen abzuwimmeln, über den verunglückten Hauserben, zum Beispiel. Er beschloss, seine Informationen noch gezielter einzufahren, so lange ihm ihre Gesprächsbereitschaft erhalten blieb.

„Erinnern Sie sich an die Beerdigung von Justus Droste-Schürhoff?“

Ihr werbewirksames Lächeln erstarb. „Natürlich. Wie könnte man einen solchen Tag vergessen?“

„Ich denke weniger an die religiöse Feier als an die Trauergäste.“

„Ich verstehe nicht.“

„Haben Bewohner aus Drinkel teilgenommen?“

Sie schüttelte leicht den Kopf; eine fragende Gebärde, und Max half nach: „Die Schiebachs, zum Beispiel? Die Darings?“

„Die waren ganz bestimmt da. Die Söhne waren eng befreundet.“

„Aber ganz genau erinnern Sie sich nicht.“

„Bei den vielen Menschen?“

„Und die Eltern von … Mechthild?“

„Worauf wollen Sie hinaus?“

„Sagen Sie mir einfach, was Sie wissen. Das genaue Datum der

Vergewaltigung, zum Beispiel.“

„Natürlich hat sich auch dieses Datum in den Köpfen eingebrannt.“ In wessen Köpfen?, fragte sich Max, doch er zog es vor, sie weiterreden zu lassen. Dieses explosive Fragenfeuerwerk, das manche Kollegen zu Vernehmungen einsetzten, hatte ihn noch nie überzeugt, wenn es um potenzielle Zeugen ging.

„Es passierte 1978, in der Karwoche“, fuhr sie leise fort. „Die Mädels waren erst fünfzehn. Eine Tragödie, das Ganze.“

„Waren Sie mit den beiden befreundet?“

„Nein, Carolin und ich, wir waren damals schon dreiundzwanzig. Wir hatten beide einen festen Freund. Gerade deshalb hat es uns ja so erschüttert, dass diese jungen Dinger solch bestialischen Kerlen in die Hände gerieten. Viola wohnte in Altenberge, ihrem Vater gehörte dort eine Apotheke. Deshalb hatte sie ja auch den Zugriff auf Salzsäure, … zumindest wurde das damals … erzählt.“

„Erinnern Sie sich noch, wann das war?“

„Der Selbstmord? Erfahren habe ich davon erst viel später. Violas Eltern hatten sich völlig zurückgezogen. Gerüchte brauchen ihre Zeit, um in Umlauf zu kommen, umso hartnäckiger halten sie sich dann.“

Als er den Familiennamen wissen wollte, stieß er auf Widerstand. „Hören Sie, Herr Lückmann, wenn Sie meine persönlichen Erinnerungen hören wollen, ist das in Ordnung, doch wenn es Sie interessiert, was die beiden Familien damals empfunden haben, was sie richtig oder falsch gemacht haben, dann kann ich nur sagen: Fragen Sie dort. Bei Viola dürfte es schwierig werden. Aber Tilde lebt ja noch.“

Eine Adrenalinwelle durchfuhr Max. Mechthild … Tilde? Als er wissen wollte, ob Tilde Steer, geborene Schäfer, gemeint sei, bestätigte Frau Strothe seine Vermutung, indem sie sekundenlang die Augen schloss.

„Wie haben Sie persönlich von dem Verbrechen erfahren?“

„Das weiß ich nicht mehr. Ich war damals noch auf der Hotelfachschule in Münster und habe dort auch gewohnt. Über die Ostertage bin ich bestimmt zu meinen Eltern nach Drinkel gefahren. Doch ich bezweifle, dass die Sache schon so schnell publik wurde. Tut mir Leid, ich kann Ihnen nicht mehr dazu sagen.“ Sie verschränkte die Hände auf der Schreibtischplatte und nahm ihn fest ins Visier. Doch so leicht gab Max sich nicht geschlagen.

„Wäre es denkbar, dass die Mädchen ein Abenteuer suchten?“

„Warum wurden ihnen dann die Augen verbunden?“, konterte sie scharf.

„Das spräche für Täter aus dem eigenen Dorf.“

„Dann sehen Sie sich doch mal diese Fotos an. Was hat das denn hier“, ihr spitzer Fingernagel tippte auf eins der Bilder, „mit Abenteuer zu tun? Sie sind ein Sadist!“

„Wir müssen manchmal Fragen stellen, die sadistisch wirken“, räumte er ein, und sie nickte herausfordernd. „So wie manche Staatsanwälte“, sagte sie mit bitterem Lachen, „die bei Sexualdelikten dem Opfer gerne unterstellen, es habe seinen Peiniger herausgefordert.“

Sie hatte Recht, sein Verdacht wirkte deplatziert, er hatte ihn im Grunde nur geäußert, um von Frau Strothe mehr über die Mädchen zu erfahren. Entsprechend scharf hatte die Hotelbesitzerin dann ja auch protestiert.

„Anton Schiebach wurde vor drei Wochen brutal erschlagen.“

„Ich weiß, Herr Kommissar, aber ich weiß auch, dass zwischen diesem Mord und dem Sexualverbrechen einunddreißig Jahre liegen.“

„Rache verjährt nicht! Sie sagen, die Vergewaltigung passierte im Frühjahr 1978. Im August kam Droste-Schürhoff ums Leben.“

„Wollen Sie damit andeuten, dass ein Zusammenhang mit der Vergewaltigung bestehen könnte? Vielleicht auch eine Verbindung zwischen dem Mord an Schiebach und dem Jagdunfall? Er wurde nie ganz geklärt, da haben Sie Recht.“

„Wir wissen noch nicht, ob es Zusammenhänge und Verbindungen gibt.“

„Ach, und weil Sie in der Sache Schiebach im Dunkeln tappen, kramen Sie alte Ungereimtheiten aus? Warum, glauben Sie denn, wurde der Jagdunfall nicht aufgeklärt?“ Ihre anfängliche Umgänglichkeit war verflogen, obwohl nur ihre Stimme verriet, dass dieses Gespräch an ihren Nerven zerrte. Gestik und Mimik hatte sie unter Kontrolle.

„Ist das nicht ein Totalversagen Ihrer Kollegen?“, fuhr sie fort. „Nein, nicht Ihr persönliches. Vor einunddreißig Jahren haben Sie noch die Holzbank in der Hauptschule gedrückt, stimmt's?“

„Es gibt Aussagen, dass Justus Droste-Schürhoff als ‚Womanizer‘ galt, wie man heute sagen würde. Er sah gut aus, fuhr ein tolles Auto."

Sie verdrehte die Augen. „Das hat Ihnen Anke Trebschuh erzählt, wollen wir wetten? Die war damals doch viel zu klein, dieses Stubenküken. Glauben Sie mir: Ich kannte Justus wirklich. Ich hätte ihn heiraten können. Seine Eltern wären glücklich gewesen. Doch ich fand ihn langweilig und streberhaft."

„An dem Abend, als der Unfall geschah …"

„War ich nicht in Drinkel. Und vielleicht können wir das Gespräch jetzt beenden. Montags morgens weiß ich hier im Haus manchmal nicht, wo mir der Kopf steht, so viel ist zu erledigen. Sie wissen, wo Sie Tilde Steer finden? Und lassen Sie sich noch etwas gesagt sein: Es war ein Riesenglück für sie, dass sie Hendrik geheiratet hat. Er hat sie aus ihrem Trauma herausgeholt. Es hat Jahre gedauert, bis sie endlich schwanger wurde. Aber die beiden sind glücklich und haben drei tolle Kinder."

Zugegeben, Lückmann besaß nicht viel Erfahrung mit Vergewaltigungsopfern, doch das Wenige, was er wusste, sagte ihm, dass sie eher ängstlich auftraten als herausfordernd. Besagten nicht manche Statistiken sogar, dass sie besonders gefährdet waren, noch einmal missbraucht zu werden, weil sie Triebtäter durch ihre Unsicherheit auf sich aufmerksam machten? Er rief sich ins Gedächtnis, wie selbstbewusst Frau Steer am Mordtag mit ihm und seinen Kollegen geredet hatte. Und war da nicht eine Spur Genugtuung über Schiebachs Tod gewesen? Sehr geschockt hatte sie jedenfalls nicht gewirkt, nur besorgt, was die Sicherheit ihrer Töchter anging, obwohl kein Raubmord vorlag.

Später, als er sich allein mit ihr unterhalten hatte, hatte sie ihn anzumachen versucht, mit ihrer dämlichen Marmelade und ihren Kindern. „Meine kleinen Rabauken!" Wahrscheinlich bezirzte sie auch Briefträger und Tiefkühllieferanten. Doch bei ihm stand weder das Wetter der nächsten Tage zur Debatte noch die neueste Eiskreation, sondern ein Mord in unmittelbarer Nachbarschaft. Dass er auf den albernen Flirt mit ihr reingefallen war, ärgerte ihn noch jetzt.

War sie doch das kleine Luder gewesen, das den verheirateten Jungbauern von nebenan in ihr Netz zog? Und die arglose Viola mit ins Verderben riss? Er verscheuchte den Gedanken. Vielleicht lagen die Verhältnisse genau anders herum, dann bestand sein Dilemma darin, dass Viola die femme fatale war, was jedoch im

Nachhinein weder hinterfragt noch eingeschätzt werden konnte.

Er fuhr nicht sofort zum Hof der Steers, sondern kehrte ins Präsidium zurück und sah das Datum der Ostertage im Jahr 1978 nach. Dann suchte er im Archiv die Anzeige gegen Unbekannt heraus, die die Eltern der beiden vergewaltigten Mädchen, wohl in konzertierter Aktion, erstattet hatten. Jetzt, wo er Namen und Datum kannte, kam er schnell ans Ziel.

Die Akte war am 6. April angelegt worden, der Vorfall selbst am Gründonnerstag, dem 23. März, passiert. Viola Hisskamp und Mechthild Schäfer waren von Drinkel aus nach Münster gefahren, um sich die Nachmittagsvorstellung im Apollo-Kino anzusehen und anschließend mit einer Eistüte durch die Promenade zu schlendern. Laut ihrer Aussage hatten sie den Bus genommen, Zeugen gab es dafür nicht. Es wurde schon dämmrig, und Viola hatte gedrängt, früher nach Hause zu fahren. Keine von beiden erinnerte sich, auf welchem Abschnitt der etwa sechseinhalb Kilometer langen Allee rund um die münstersche Altstadt sie sich gerade aufhielten, als ein Geräusch hinter ihnen sie aufschreckte und sie von zwei Männer aus dem Hinterhalt gepackt wurden. Mechthild hatte um sich getreten, Viola geschrien, dann hatten sie beide nichts mehr sehen können, weil ihnen ein schwarzes Tuch um den Kopf geknotet wurde. Da niemand, kein Spaziergänger, Radfahrer oder Anrainer, etwas bemerkt hatte, musste es sich um ein sehr einsames Stück der Promenade handeln. In einem Kleinbus hatte ein dritter Mann am Steuer gewartet. Nach kurzer, halsbrecherischer Fahrt, ohne Ampelstopp oder enges Einparken, waren die Mädchen in eine Wohnung gezerrt worden, die im Erdgeschoss lag. Man hatte sie in zwei verschiedene Zimmer gebracht, dort ausgezogen und auf eine harte Pritsche gestoßen.

Als Max die weiteren Fragen und Antworten zum Tathergang überflog, schämte er sich wegen seines Verdachts, die beiden Teenager hätten die jungen Männer provoziert. Zumal auch ihre Kleidung im Protokoll dokumentiert war: keine Spur von Miniröckchen und Spaghettiträgern. Die Temperaturen hätten dieses Outfit auch gar nicht erlaubt. Im Weiterlesen fand er eine Bestätigung, dass die Täter sich nicht im selben Raum an den Mädchen vergangen hatten, sondern gleichzeitig, in zwei Nachbarräumen. Demnach verfügte die Wohnung über mindestens zwei Zimmer und lag nahe der Altstadt. Sie befand sich im Erdgeschoss und hatte direkten Zugang zu einem Hof, wo die Männer den Kleinbus geparkt hatten.

An der Haustür des Küster-Ehepaars klebte ein Zettel: „Bin in der Kirche, Anke.“ Max fand sie in Begleitung einer alten, sehr kleinen Frau, die ein geblümtes Kopftuch trug und verhuscht wirkte. Die beiden polierten die Kniebänke, und das Kirchenschiff roch nach Fichtennadeln wie eine gigantische Schaumwanne. Während das Mütterchen weiterwuselte, legte Frau Trebschuh den Lappen weg. Max fragte sie nach dem Sterbedatum des alten Herrn Daring, um die zeitliche Übereinstimmung mit dem Kaufvertrag für das Pferdegemälde zu überprüfen. Sie musste nicht lange nachdenken.

„Im August 1993 war's. Gestern habe ich noch zu meinem Mann gesagt: Philipp Daring ist jetzt auch schon sechzehn Jahre tot. Die Zeit rennt uns davon, es ist direkt beängstigend.“

„Fällt Ihnen etwas ein, wenn Sie an die Beerdigung denken?“

Sie zuckte die Achseln. „War keine große Beisetzung. Ich meine, früher war sowieso alles anders hier. Da zog man mit dem Sarg durchs ganze Dorf. Das macht man schon lange nicht mehr. Meine Oma war die Letzte. Aber bei Philipp Daring kam noch dazu, dass er und seine Frau nicht viele Freunde hatten. Daran lag es wohl, dass nur ich mit ihr hinter dem Sarg hergegangen bin.“

„Der Sohn ist nicht zur Beerdigung gekommen? Wo er doch in Münster wohnt?“

„Der tauchte erst zwei Monate später auf. Hatte wohl mit der Kirche nichts am Hut. Es gab auch keinen Beerdigungskuchen. Den hätte man im Pfarrhof ja spielend leicht auftischen können. Frau Daring ist vom Friedhof direkt nach Hause gegangen. Irgendwie traurig, das Ganze. Auch das Sechswochenseelenamt musste sie allein absitzen. Aber so ist das eben auf dem Land. Wenn man sich nicht am Gemeindeleben beteiligt, rächt sich das. Dass er seine Geschäfte in Münster betrieb, war ja kein Wunder, aber hätte sie ihren Ausstellungsraum nicht hier bei uns einrichten können? Hätte dem Dorf doch gut getan! Das sieht man ja an Tildes Hofladen! Aber nein, die Darings kamen nur abends und zum Wochenende her und suchten ihre Kundschaft in Münster.“

„Eigenartig!“, wunderte sich Max. „Mir ist zu Ohren gekommen, dass Marita Daring eine sehr aktive Rolle in der Pfarrgemeinde spielte.“

„Früher schon“, entgegnete seine Gesprächspartnerin schmallippig, „aber als ein Einrichtungsgeschäft in Münster ihr ein attraktives Angebot machte, war ihr der Stoffdruck wichtiger als die Gemeindearbeit. Sie hielt sich eben für kreativ, wollte Selbstverwirklichung.“ Ihr Blick schweifte so nachdenklich über die schlichten, mattgrauen Kirchenfenster, als überlegte sie gerade, sich auf Glasmalerei zu verlegen.

„Wären auch andere Gründe denkbar?“

Sie wand sich in ihrem offensichtlichen Konflikt zwischen Diskretion und dem Pflichtbewusstsein, der Polizei zu helfen, und Max hakte schnell nach: „Erinnern Sie sich noch ganz genau, wann Frau Daring ihre Mitarbeit in der Pfarrei aufgegeben hat?“

„Um offen zu sein, es wurde ihr nahe gelegt.“

„Was hatte sie denn verbrochen?“

„Es hat ein Gespräch mit dem Pfarrer gegeben, über dessen Inhalt man nichts weiß.“

Zu dessen Inhalt man sich aber eine Menge denken kann!, korrigierte Max im Stillen. Zumindest falls der Verdacht bestand, ihr Sohn sei ebenfalls an der Vergewaltigung beteiligt gewesen.

„Und wann hat dieses … Gespräch stattgefunden?“

„Keine Ahnung. Ihr Mann lebte damals noch.“

„Könnte dieses … Gespräch der Grund sein, warum niemand zu seiner Beerdigung kam?“

Sie zuckte die Schultern. Die Dorfgemeinschaft hatte die Ohren jedenfalls weit offen gehalten, um das Schicksal der Witwe weiter zu verfolgen. „Mitte Oktober tauchte Jens auf, einen Steinmetz aus Münster im Schlepptau. Das Grab wurde fertig gemacht – eine pflegeleichte Granitplatte, die man mit dem Handfeger sauber halten kann –, dann musste der Kotten geräumt werden, weil Frau Daring sich in einem Heim angemeldet hatte. Sie war ja auch schon fünfundsiebzig. Beim Ausräumen hat es zwischen Mutter und Sohn einen Riesenkrach gegeben. Es ging wohl ums Testament.“

Genauer gesagt, überlegte Max, ging es um die Gemäldesammlung, die Frau Daring verkauft hatte. Der „Gewittergaul“ unwiederbringlich verschwunden! Er erinnerte sich, dass die Kate am Südrand des Dorfes stand, da mussten die Drinkeler ja Lauscher wie Satellitenschüsseln haben.

Warum hatte Jens Daring ihm von der Bildersammlung erzählt?

Wollte er ausbaldowern, ob man bei der Polizei von den Fotos wusste, weil die neue Besitzerin den Rahmen gewechselt und den Skandal entdeckt hatte? Kannte er Frau Vondembusche, und wusste er, dass sie mit einer Polizeibeamtin befreundet war? Er ging sein Gespräch mit der Galeristin noch einmal durch, dachte über ihre Verwunderung angesichts der fehlenden Signatur nach und über ihren Vorschlag, das Gemälde schätzen zu lassen. Der alte Daring war Sammler, sein Sohn Hobbymaler. Hatte er den „Gewittergaul" nicht zurückkaufen können, weil er ihn nicht gefunden hatte und schlecht auf allen Vieren durch die staubigen Ecken der Galerie kriechen konnte? Wenn er gezielt danach gefragt hätte, wäre er in Teufels Küche geraten –, falls Marion von den Fotos wusste.

Lückmanns vorsichtiges Fazit lautete: Daring und Marion Vondembusche hatten einander gekannt, auch wenn der Name Jens Daring weder in ihrem Adressbuch noch in der Kundenkartei existierte. Dann wurde er vielleicht unter einem Spitznamen geführt. Er rief Hilly Türmer, die Sekretärin und Gute Seele der Mordkommission, an und bat sie, die Telefonnummern des Zahnarztes, und zwar Handy, Festnetz und Praxisanschluss, die sämtlich im Amtlichen Telefonbuch aufgeführt waren, mit den Eintragungen in Marion Vondembusches Telefonregister zu vergleichen. Danach fuhr er in die schmale Stichstraße, an die die Grundstücke von Schiebach und Steer grenzten, ihre Wohnhäuser nur etwa zwanzig Meter voneinander entfernt. Er stieg nicht sofort aus, sondern ließ die beiden eng benachbarten Hofanlagen auf sich wirken, wobei er ungeduldig aufs Lenkrad trommelte. Die fatale Verbindung zwischen Anton Schiebach und Tilde Steer war ihm ganz plötzlich vors Auge geraten wie ein gähnender Abgrund. War der Jungbauer, dessen Frau das zweite Kind erwartete, tatsächlich in der münsterschen Promenade auf widerliche Pirsch gegangen? Hatte er gewusst, dass Tilde und ihre Freundin dort unterwegs waren? Hatte sie, das fünfzehnjährige Nachbarskind, ihm von dem geplanten Kinobesuch erzählt? Ihn vielleicht gebeten, sie und Viola mit in die Stadt zu nehmen? Als er daran dachte, dass die Kinder von Frau Steer auf Äquinox geritten hatten, wurde ihm heiß. Was hatte sich diese Frau dabei gedacht, ihre kleinen Töchter einem Menschen anzuvertrauen, der seine Triebe nicht unter Kontrolle hatte? Wollte sie Schiebach herausfordern, um Beweise gegen ihn zu sammeln? Und warum hatten weder er noch seine Frau Karla oder sonst jemand aus der Gemeinde die Witwe Daring zum Friedhof begleitet? Warum das Verbot des Pfarrers, ihre Mitarbeit in der Gemeinde fortzusetzen? Wenn eine Dorfgemeinschaft, allen voran der Geistliche, jemanden so unbarmherzig aus ihrer Mitte vertrieb, mussten die Gründe schwerwiegend sein.

Das Funksprechgerät riss Max aus seinen Spekulationen: Es war Hilly. Eilig machte er sich Notizen. Die auf Darings Privathaus zugelassene Festnetznummer stimmte bei Frau Vondembusche mit einem gewissen Bodo überein. Als ihn ein Blick auf die Uhr belehrte, dass der Zahnarzt wahrscheinlich gerade Mittagspause machte, rief er Sieglinde an und bat sie, Daring, zu Hause oder an seinem Arbeitsplatz, nach seinem Alibi für jene Zeiträume zu fragen, in denen Marion und Natascha gestorben waren. Was Schiebachs Todesdatum betraf, war Daring aus dem Schneider, zumindest seine Lebensgefährtin hielt ihm in diesem Punkt den Steigbügel. Doch Frau Lumarenko war spätabends gestorben, als seine Praxis längst geschlossen war. Auch am Mittwochabend, als Marion möglicherweise zum ersten Mal mit den kontaminierten Muscheln in Berührung gekommen war, hatte Daring keine Sprechstunde gehalten, genauso wenig wie am Donnerstagabend, als sie in der Oper starb. Und wenn er ein alter Freund des Ehepaars Vondembusche war, kannte er Marions Essgewohnheiten.

Beim Näherkommen entdeckte Max Tilde Steer, die im Vorgarten Unkraut zupfte. Er überlegte kurz, ob sie sein Telefongespräch mit Sieglinde gehört habe konnte, wegen der sommerlichen Temperaturen war sein Wagenfenster heruntergedreht. Dann entdeckte er die kleinen Kopfhörer in ihren Ohren und den MP3-Player am Gürtel. Sie trug anthrazitfarbene, prall enge Jeans mit Goldkettchen am Fußschlitz, und ihr Sweatshirt besaß einen so genannten Carmenausschnitt, der ihre weiblichen Reize großzügig zur Geltung brachte. Wieder fragte er sich, wie unschuldig sie damals wirklich gewesen war. Ihre Eltern hatten lange mit einer Anzeige gewartet. Hatten sie es einfach nicht fassen können, dass Anton ein Sexualtäter war? Nur Viola hatte seine Tätowierung erkannt, von Tilde war kein Wort gekommen, das Schiebach belastete. Ging man auf so wackeligem Eis gegen den eigenen Nachbarn vor?

Als Max am Gartentor erschien, fuhr Frau Steer hoch und ihr

Blick verhärtete sich. „Sie schon wieder? Meine Kinder sitzen beim Mittagessen. Muss das ausgerechnet jetzt sein?“

„Ich mache es ganz kurz.“

In der Diele schnupperte er. Meine Güte, wie hungrig er war! Musste es ausgerechnet hier und jetzt so gut riechen? Er brauchte nicht lange, um dem Duft einen Namen zu geben. Kalfsvleeskroketten! Diese niederländische Spezialität aus Kalbfleischwürfeln, Bechamelsoße und Panade hatte seine Großmutter beherrscht wie eine Haubenköchin, immer war es zu wenig gewesen. „Oma, gibt es morgen neue?“, hatten er und seine Schwester Corinna in seltener Einmütigkeit gebettelt, doch öfter als einmal die Woche hatte sie sich die Mühe nicht gemacht.

„Das Lieblingsessen Ihres Mannes?“

„Wie kommen Sie darauf? Heute ist Montag. Hendrik ist schon um sechs Uhr los gefahren.“ Stimmengemurmel in der Küche ließ sie abrupt verstummen, dann sagte sie mit einem schnell hingeworfenen Lächeln: „Meine Töchter haben ganz überraschend drei Klassenkameraden mitgebracht. Gehen sie schon mal ins Wohnzimmer, ich werfe nur schnell einen Blick auf meine kleinen Rabauken.“

Der Wohnraum war schick möbliert, weder im verkrampft rustikalen Eichenlook, noch mit billigem Furnier. Egal, wie viel es gekostet hatte, die Einrichtung verriet Geschmack, aber keine Renommiersucht. Das Sofa roch nach Büffelleder, der Esstisch hätte aus einem alten Kloster stammen können. Nicht ganz neidlos ließ Max die herrlich genarbte und speckige Tischplatte auf sich wirken. Offensichtlich verdiente Hendrik Steer in den Niederlanden so viel, dass es sich rechtfertigte, wenn er nur am Wochenende nach Hause kam. Tilde genoss den Überraschungseffekt, setzte sich Max gegenüber und schlug kess die Beine übereinander. „Was gibt es Neues?“

Er legte ihr Nataschas Passbild hin. „Haben Sie diese Frau schon einmal gesehen?“

Sie kniff die Augen zusammen und schüttelte dann den Kopf. „Wo sollte das gewesen sein? Hier im Ort? Also, ich halte mich viel im Vorgarten auf und gehe auch regelmäßig zum Supermarkt. An dieses Gesicht erinnere ich mich nicht.“ Sie griff zu der Holzbox in der Tischmitte. „Rauchen Sie?“ Als Max dankend ablehnte, zündete sie sich eine Zigarette an und inhalierte, den

Blick wieder auf den Couchtisch gesenkt. Das Passbild war in der Zeitung abgedruckt worden. Warum fragte sie nicht, weshalb er es ihr zeigte? Er steckte es wieder ein, atmete flach durch und fuhr so locker wie möglich fort: „Was mich eigentlich herführt, ist ein Vorfall, der schon länger zurückliegt und dennoch bei Ihnen sehr unangenehme Erinnerungen wecken wird. Es tut mir Leid, aber wie Sie wissen, ermitteln wir in drei Mordfällen. Da bleibt die eine oder andere unvermeidliche Frage an mögliche Zeugen nicht aus." Abrupt legte sie die Zigarette im Ascher ab und straffte den Rücken. „Bitte, fragen Sie!" Ihre Stimme klang ruhig, doch zwischen den Augenbrauen bildete sich eine steile Falte, die ihr wahrscheinlich gar nicht bewusst war. Ihr Blick heftete sich auf seine Hände, während er die Klarsichtfolie mit den überarbeiteten Fotos aus der Tasche zog. Weder Tilde Steer noch ihre Freundin waren zu erkennen. Trotzdem hoffte er, dass der Schock nicht allzu groß wäre. Wie oft mochten ihre Alpträume zurückkehren, wenn der Ehemann über Nacht in Enschede blieb? Ihre Aussage, sie sei froh über die ständige Anwesenheit ihres Bruders – in diesem ansonsten reinen Frauenhaus, wie er jetzt nachträglich rekapitulierte –, ging ihm durch den Kopf. Doch auch die Besuche ihrer kleinen Töchter auf Schiebachs Pferdekoppel hatte er nicht vergessen. Hatten die Kinder solange darum gebettelt, bis sie ihre Zweifel beiseite schob? War der Vorschlag etwa von ihr selbst gekommen, um Schiebach aufs Glatteis zu führen? Vom Schweinestall, wo ihr Bruder arbeitete, war die Koppel frei zu überblicken.

„Der Vorfall, den ich meine, hat sich laut Aussage einer Person, die hier im Ort lebt, im März 1978 zugetragen. Würden Sie sich die Aufnahmen bitte ansehen und mir sagen, was Sie dazu wissen?"

Das erste Foto zeigte Schiebach im Profil und den Mann mit dem blonden Nackenzöpfchen mit dem Rücken zur Kamera. Frau Steer schlug die Hände vor den Mund. „Oh, mein Gott, warum zeigen Sie mir das? Was soll das jetzt noch? Ich habe doch damals schon alles gesagt."

„Wir müssen diese schlimme Geschichte nicht komplett wieder aufrollen. Ich habe mir die Anzeige Ihrer Eltern gegen Unbekannt angesehen. Wer waren die drei Männer?"

Ihr Mund zuckte vor Ekel. „Das weiß ich bis heute nicht. Sie haben Viola und mich von hinten angefallen, uns ein schwarzes Tuch vor die Augen gezurrt und in einen Kleinbus gestoßen. Was dann passierte, haben Sie ja selbst gesehen. Dieses und die anderen Fotos haben ursprünglich ja alles gezeigt. Alles! Bevor Sie sich darüber hergemacht haben!“ Sie fegte die Aufnahme vom Tisch und tastete nach ihrer Zigarette, ohne den Blick von Max zu lassen.

„Wie sind Sie nach dem Überfall nach Hause men?“ Klang seine Stimme mitfühlend genug, um sie weiter am Reden zu halten?

Sie zuckte die Schultern. „Wie schon? Sie haben uns die Klamotten angezogen, uns wieder in den Kleinbus verfrachtet ...“

„Dann wussten die Männer, wo Sie wohnten?“

„Sie hatten wohl meinen Schülerausweis gefunden. Sie mussten uns ja wieder loswerden. Am Friedhof haben sie uns rausgesetzt.“

„Immer noch mit verbundenen Augen?“

„Klar, sonst hätten wir sie ja erkannt.“

„Ihre Freundin wohnte aber doch in Altenberge.“

Sie lachte zynisch. „Die Kerle hatten schließlich kein Taxiunternehmen!“

„Waren Ihre Eltern zu Hause?“

„Nein, sie blieben über Nacht weg. Meine Großmutter wurde achtzig, und sie schliefen im Gästehaus des Altersheims. Viola übernachtete bei mir. Deshalb dieser Ausflug nach Münster. Wir hätten am frühen Morgen nach Hause kommen können, es war niemand da, um uns zu kontrollieren.“

„Wusste im Dorf jemand von Ihrem Ausflug?“

Sie schüttelte den Kopf. „Ich denke mal, es war ein fataler Zufall. Diese Männer kämmten die dunkle Promenade nach leichten Opfern durch.“

„Ihre Freundin hat sich umgebracht.“

„Darüber komme ich heute noch nicht hinweg.“

„Stimmt es, dass sie schwanger geworden war?“

„Ja, stimmt. Ich habe es durch meine Eltern erfahren, und sie von Violas Familie. Deshalb wohl auch ihre Kurzschlussreaktion. Wo sollte sie denn hin mit dem Kind?“

„Heißt das: Sie haben Ihre Freundin nie wieder gesehen?“

„Sobald ihre Eltern von der Schwangerschaft wussten, schotteten sie Viola völlig ab. Genauso gut hätten sie sie ins Kloster schicken können. Meine Eltern waren allerdings auch nicht besser, nur um ihren guten Ruf besorgt! Jeder Kontakt mit Viola wurde mir strikt verboten. Als machte die eine Familie die andere verantwortlich für das, was passiert war. Sie haben uns kein Wort geglaubt."

„Entschuldigen Sie die Frage: Wie haben Sie diesen Schock überwunden?"

Sie zog verbissen an ihrer Zigarette. „Das hat Jahre gedauert. Können Sie sich ein Dorf in den Siebzigern vorstellen? Nirgendwo ein Platz, um Freunde zu treffen. Und dann auch noch Münster vor der Tür, mit den Studenten, mit Drogen, Sex und Alkohol, das reinste Gomorrha. Dort lebten nur langhaarige Affen!" Sie streifte die Zigarette ab, obwohl sich noch gar keine neue Asche gebildet hatte.

„Wie kommen Sie ausgerechnet auf Studenten?"

„Münster ist eine Studentenstadt!"

„Gingen Sie dort zur Schule?"

„Nein, in Greven. Mein letztes Jahr. Ich musste den Hof übernehmen, obwohl ich die Jüngere war."

Prompt nahm Max seinen Befragungseifer etwas zurück. Diese Frau hatte zusätzlich zu ihrem eigenen Vergewaltigungstrauma auch noch den älteren Bruder mit durchgezogen. Er beschloss sich kurz zu fassen, nur ein paar Dinge musste er noch erfahren.

„Noch eine Frage zu der Vergewaltigung, konkret zu dem Punkt, als die Männer Sie hier in Drinkel raussetzten. Woran erinnern Sie sich?"

„In der Kirche brannte Licht. Gründonnerstagsmesse. Den alten Männern aus dem Dorf haben sie die Füße gewaschen. Um uns hat sich kein Aas gekümmert. Wie wir da gestanden haben, in der Kälte, verschwitzt und dreckig. Wir haben uns so geekelt …"

„Vom Friedhof bis hierher, zum Hof, war es ein ganzes Stück."

„Keine Ahnung, wie wir das geschafft haben. Wir haben um die Wette geheult, versucht, die Blutungen zu stillen. Es war furchtbar. Aber hysterische Eltern, die einen ausfragen, was passiert ist, hätten alles nur schlimmer gemacht. Die denken doch nur an ihr eigenes Nervenkostüm."

„Und als Sie später zum Nachdenken kamen?"

„Als ich endlich zum Nachdenken kam, war Viola tot. Danach mochte ich nicht mehr nachdenken."

„Erinnern Sie sich an die Beerdigung?"

„Es gab keine große Beerdigung. Engster Familienkreis, wie es so schön heißt."

„Wie haben Sie erfahren, dass sie gestorben war?"

„Ihre Eltern haben es meinen gesagt. Ich wollte nichts davon hören. Ich wollte nicht wahrhaben, dass Viola …“ Sie vergrub das Gesicht in den Händen.

„Ich kann Ihre Verbitterung verstehen. Ist von dem Kind irgendwann mal die Rede gewesen?“

„Es gab kein Kind! Hören Sie doch endlich auf!“ Ihre Stimme klang, als redete sie in ein Kissen.

„Damals konnte man noch keine DNA-Analyse machen. Wie hätte man den Vater zur Rechenschaft ziehen können?“

Als sie den Kopf schüttelte, als wollte sie den Teufel persönlich vertreiben, irritierte Max die Heftigkeit dieser Bewegung. Möglich, dass böse Erinnerungen über einen Menschen hereinbrachen wie ein tektonisches Beben, aber Tilde Steer hatte ihre Freundin vor drei Jahrzehnten verloren. Sie war glücklich verheiratet, hatte eine eigene Familie. Er beschloss, zu sachlichen Fragen zurückzukehren.

„Sie konnten damals in der Wohnung nicht viel sehen. Haben Sie vielleicht einen markanten Geruch festgestellt?“

„Pfeifentabak, Leder, Schweiß, Bier …“ Sie krauste die Nase, als hinge dieser scharfe Cocktail wie ein Glocke um sie herum. „Aber das habe ich damals schon alles auf dem Revier ausgesagt. Ich verstehe wirklich nicht, warum Sie jetzt damit kommen.“

„Einer der Täter trug eine auffällige Tätowierung“, insistierte Lückmann. „Sieht aus wie eine Schlange oder ein Drache.“

„Ich habe die Augen zugekniffen, trotz der Binde. Wissen Sie, wie man sich fühlt, wenn da irgend so ein stinkender Kerl über einen wegzieht. Falls es Sie interessiert: Ich war noch Jungfrau.“

„Vierzehn Tage haben Ihre Eltern mit der Anzeige gewartet. Warum so lange?“

„Weil ich zuerst nichts gesagt habe. Ich wollte mit der Sache allein fertig werden. Aber ich habe mich gefühlt wie in einem Tunnel ohne Licht am Ende. Allein kam ich da nicht raus.“

„Hatten Sie keinen Kontakt mit Ihrer Freundin?“

Sie wischte sich die Augen. „Wir haben telefoniert, heimlich. Viola ging es ja noch dreckiger als mir. Bei ihr hatte diese Sauerei ja auch noch Folgen.“ Sie zerdrückte die Kippe zu einem erbärmlichen Wurm. „Aber ich kapiere wirklich nicht, warum Sie als Leiter der Mordermittlungen auf einmal diese alte Geschichte wieder auskramen.“

„Weil wir Anton Schiebach in Verdacht haben, an Ihrer Vergewaltigung beteiligt gewesen zu sein."

Sie lachte schrill. „Was? Den hätte ich dreimal gegen den Wind gerochen. Der stank ewig nach Schweinestall."

„Und die Tätowierung am Unterarm?"

„So was hatten damals viele junge Männer. Viola kannte Schiebach nicht. Wie hätte sie entscheiden können, ob er es war?"

„Und wenn Sie sich das Profil auf dem Foto ansehen?"

Sie schüttelte den Kopf. „Das ist Anton nicht."

„Sowohl aus dem Protokoll als auch aus den Fotos geht hervor, dass alle Täter sich an Ihnen beiden vergangen haben. Erinnern Sie sich nur an einen einzigen?"

Sie schluckte hart. „War das nicht genug? Und noch mal: Anton war nicht beteiligt. Der hätte sich niemals getraut, wir waren doch Nachbarn. Nein, Herr Oberkommissar, was Anton betrifft, tappen Sie völlig im Dunkeln. Tut mir Leid für Ihre Recherchen und für Viola, aber diese Vergewaltigungsgeschichte hat mit Ihren Mordermittlungen überhaupt nichts zu tun."

Zurück im Büro, musste Max die Schreibtischlampe einschalten. Obwohl es erst halb neun war, dämmerte es; ein untrügliches Zeichen für die fortgeschrittene Jahreszeit. Die Spätsommersonne war schon am Mittag von einer undurchdringlichen Wolkendecke geschluckt worden. Der gedämpfte Widerschein der Tischleuchte auf den dunklen Fensterscheiben erinnerte Max an die Rosenkranzandachten, in die man ihn als Knirps im Oktober geschickt hatte. Da hatte draußen schon um sieben Uhr Dunkelheit geherrscht. Er hatte wieder den bitteren Geruch von nassem Herbstlaub in der Nase, das Kollern herabfallender Kastanien im Ohr und fühlte die pappige Schwere der Blätter, die unter seinen Schuhen klumpten. Bei der Heimkehr dann Oma mit dem Aufnehmer: Kannste nicht aufpassen, dummer Jung? In dem von monotonem Gemurmel und kriechender Kälte beherrschten Kirchenschiff hatte er regelmäßig die letzte Bank genommen und sich im erstbesten Moment gleich wieder verdrückt, das stumpfe Bild der neugotischen Buntglasfenster vor Augen, die bei Schönwetter die Sonnenstrahlen in Spektralfarben auf die Bodenfliesen schickten, an diesen Herbstabenden jedoch alle Lebendigkeit wegsaugten. Um Zeit zu schinden, hatte er sich die Auslage des Fernsehladens am Kirchplatz angesehen und die Speisekarte der Pizzeria nebenan. Beim Frisör gab es nur

Wella-Werbung, doch die am Bordstein geparkten Autos waren dankbare Objekte. Eine halbe Stunde musste er überbrücken, die Hände in den Taschen vergraben, bis aus dem offenen Portal dottergelbes Licht und der Nachhall des Orgelspiels fielen. Jungfrau, ich dich grüße … Auf dem Weg zum Besprechungsraum überlegte er, ob diese lange vergessenen Bilder im Zuge seiner Besuche der Drinkeler Kirche wieder so lebendig geworden waren.

Sonnhagen traf als Letzter ein, schloss die Tür energisch hinter sich und nahm am Kopfende Platz. Er knallte seine Akten effektvoll auf die Platte und ließ den Blick durch die Runde schweifen. Sieglinde und Ansgar waren erst vor wenigen Minuten eingetroffen, Kettling schon länger da. Doch Thomas hatte den Blick so konzentriert auf seine Notizen gerichtet, dass Max es nicht wagte, ihn anzusprechen. Das zentrale Meeting musste sorgfältig vorbereitet werden, und dies war ein ereignisreicher Tag gewesen. Er spürte es an der verhaltenen Spannung seiner Kollegen, während sein eigenes Notizbuch ihm förmlich in der Tasche zu brennen schien. Die Identität der vergewaltigten Mädchen war ebenso geklärt wie – wenn auch nur im weitesten Sinne – der Schauplatz. Wichtig war auch, dass Tilde Steer Schiebachs Beteiligung vehement abstritt, was alle möglichen Gründe haben konnte. Dass er auf den Fotos zu erkennen war, stand für Max außer Zweifel. Sein Blick streifte das untere Tischende, wo Schüllers Assistentin Cornelia Hanflang und Hilly Türmer saßen. Hilly hielt Block und Kugelschreiber bereit, um zu protokollieren. Max lächelte ihr zu. Darings Identifizierung als ein Bekannter von Marion mit dem Spitznamen Bodo war ein weiterer Volltreffer, der die Tischrunde aufmischen würde.

„Wer beginnt?“, fragte Sonnhagen. Thomas ließ die Hand hochschnellen wie ein Musterschüler. Erst jetzt fiel Max auf, dass er seine Krücke abgelegt hatte. Umso besser, dann würde man ihn in die mobile Ermittlungsarbeit einplanen können. Darings Villa, die Wohnung, in der die Vergewaltigung verübt worden war, Lumarenkos Krankenzimmer und immer wieder Drinkel, – der Bewegungsradius schrieb einen herausfordernd großen Kreis.

Kettling ließ sein Notizbuch geschlossen, während er seine neuesten Ergebnisse bekannt gab. Der Antiquitätenhändler in der Frauenstraße hatte das Foto im Dienstausweis von Natascha Lumarenko ohne langes Zögern mit jener Person verbunden, die ihm vor etwa vier Wochen eine Madonnenikone samt Expertise in englischer Sprache offerierte. Das Bild stand noch immer im Geschäft. Er hatte die geforderten sechshundert Euro gezahlt, in der Meinung, ein Schnäppchen zu machen. Nur auf Kettlings hartnäckiges Nachfragen hin hatte der Mann jene Festnetznummer herausgerückt, die die Ukrainerin ihm genannt hatte, falls ein Kunde nähere Informationen wünschte.

„Dieser Anschluss wurde am 1. September abgemeldet und war nie im Telefonbuch aufgeführt. Doch ich habe den ehemaligen Teilnehmer bei der Telekom ausfindig gemacht. Es handelt sich nicht um eine Frau, schon gar nicht um eine Ukrainerin, sondern um Dr. Jens Daring."

Diese Neuigkeit schlug ein wie eine Bombe.

„Das gibt es doch nicht!", protestierten Max und Sieglinde im Duett. Kettling lächelte verlegen, aber auch geschmeichelt angesichts dieser Ovationen. Jawohl, er konnte eine kleine Sensation auftischen. „Ich habe selbst auch an einen Irrtum geglaubt und noch mal in dem Antiquariat angerufen. Der Händler war sich völlig sicher. Das heißt: Frau Lumarenko hat ihm eine Geheimnummer von Dr. Daring gegeben."

„Frau Lumarenko arbeitete als Reinigungskraft", warf Sieglinde ein. „Möglich, dass sie auch bei Daring angestellt war, die Telefonnummer an seinem Apparat gesehen und weitergegeben hat, um nicht behelligt zu werden. Vielleicht befürchtete sie Reklamationen, weil die Ikone ihr Geld nicht wert war."

„Obwohl der Händler meinte, der Preis sei fair?" Ansgar Schüllers Stimme klang skeptisch.

„Anna Postoi hielt sie für minderwertig", warf Lückmann ein. „Und es war die einzige Ikone, die der Mann im Angebot hatte."

Thomas zuckte die Schultern, während Sonnhagen nach seiner Lesebrille griff und die Akte Schiebach durchzublättern begann. „Haben wir damit auch die Adresse der Wohnung, zu der diese Festnetznummer gehörte?"

„Genau das ist der Knackpunkt", sagte Kettling. „Jens Daring steht im münsterschen Telefonbuch gleich mit drei Nummern, einmal Handy, zweimal Festnetz, und mit Adressen, die wir bereits kennen: seine Praxis an der Herz-Jesu-Kirche, sein Privathaus in Wolbeck. Die vierte Nummer, diejenige, die ich von dem Antiquitätenhändler bekam, gehört eher in den Innenstadtbereich. Kreuzviertel, Nordviertel, Kuhviertel. Sie beginnt mit einer Vier."

Als Sonnhagen wissen wollte, ob sich noch jemand für die Ikone in Antiquitätengeschäft interessiert habe, musste Kettling passen. Damit kam Lückmanns Unterredung mit Anna Postoi auf den Tisch, der rechtmäßigen Eigentümerin der halb verbrannten Ikone in Nataschas Wohnung. Katja hatte den Brief des Popen übersetzt und festgestellt, dass Annas Aussage in diesem Punkt richtig war. Die Herkunft des rückseitigen, bedeutend wertvoller wirkenden Exemplars war damit natürlich nicht geklärt. Zurzeit befand es sich zur Überprüfung im Recklinghauser Ikonenmuseum. Max räusperte sich kurz und fuhr fort: „Es überrascht mich genauso wie euch, dass diese Telefonnummer eine Verbindung zwischen Frau Lumarenko und Dr. Daring herstellt. Auch wenn sie sich wahrscheinlich ziemlich unspektakulär damit erklären lässt, dass Lumarenko für den Zahnarzt eine Wohnung putzte, von der wir nichts wissen. Das lässt sich leicht ändern, indem wir ihn fragen."

„Das können wir leider nicht", warf Sieglinde ein, und ihre betretene Miene ließ keinen Zweifel offen, in welchem Dilemma sie sich befanden. „Daring ist am Samstag früh für eine Woche nach Teneriffa abgereist. Laut der Aussage, die ich heute Mittag von Nora Heller bekommen habe, hat er nicht mal sein Handy mitgenommen. Er wollte absolute Funkstille, um völlig zu entspannen." Als Max protestieren wollte, setzte sie nach: „Es hätte am Freitagabend nicht den geringsten Grund gegeben, ihn in Münster festzuhalten. Nach unserem damaligen Sachstand kannte er von den drei Opfern nur Anton Schiebach, und was dessen Tod betrifft, hat er uns ein Alibi vorgelegt, an dem nicht zu rütteln ist. Seine Lebensgefährtin …"

„Seit heute Mittag kennen wir den Spitznamen für Jens Daring", konterte Max verdrossen. „Er ist als ‚Bodo' im privaten Telefonbuch von Marion Vondembusche verzeichnet. Und da sie ihn bei seinem Spitznamen nennt, können wir annehmen, dass sie ihn recht gut kannte."

„Frau Züricher", Sonnhagens Stimme klang scharf, „haben Sie eine Bestätigung der Fluggesellschaft, dass Daring seinen Flug angetreten hat?"

„Es handelt sich um die Air Berlin", klärte Sieglinde ihn auf. „Die Maschine geht um fünf Uhr fünf von Münster-Osnabrück und landet um acht Uhr vierzig in Teneriffa Süd. Wie Sie sehen, bin ich sofort aktiv geworden, um Nora Hellers Aussage zu überprüfen.

Für einen Einblick in die Passagierliste hatte ich bisher nicht den geringsten Anlass."

„Dann holen Sie das morgen früh nach!" Sonnhagen stand auf. „Ich veranlasse umgehend, dass Dr. Jens Daring alias Bodo von unseren spanischen Kollegen in Teneriffa ausfindig gemacht und überwacht wird. Fahren Sie in Ihrem Bericht fort, Lückmann. Und Sie, Hilly, sorgen bitte dafür, dass ich noch heute Abend das komplette Protokoll dieses Meetings auf meinen Tisch bekomme."

Hilly nickte, und Max redete weiter, sobald sich Sonnhagens fester Schritt über den Korridor entfernt hatte: „Wir wissen jetzt auch, dass das Pferdegemälde, hinter dem die brisanten Fotos steckten, von Bodos Mutter, Marita Daring, an die Galerie Vondembusche verkauft wurde. Das war im September 1993, kurz nachdem Philipp Daring gestorben war und seine Witwe die Bildersammlung erbte. Ab sofort ist dies für uns keine unauffällige Transaktion mehr, sondern eine Geschäftsbeziehung zwischen Marion Vondembusche und der Mutter eines ihrer Bekannten. Dass sich dieser Bekannte über den Verkauf auch sechzehn Jahre später sehr verärgert zeigt, sogar gegenüber der Polizei, macht die Sache nur undurchsichtiger. Jammert er um den Verlust eines Stücks bemalter Leinwand, oder fürchtet er um die pornographische Fotosammlung, die dahinter steckte?"

„Wie eng war Frau Vondembusches Kontakt zu ‚Bodo'?", wollte Schüller von Thomas wissen.

„Ich habe mir gleich heute Mittag von der Telekom alle Gespräche faxen lassen, die sie in den vergangenen zwei Monaten auf ihrem Handy und den beiden Festnetzanschlüssen geführt hat. Mit Bodo hat sie drei Tage vor ihrem Tod telefoniert, am Montagabend von der Galerie aus. Gesprächsdauer etwa zwanzig Minuten."

„Hat Marion den Namen Bodo in deiner Gegenwart nie erwähnt?", wunderte sich Max, und Sieglinde lächelte schmal. „Vielleicht hätten wir über Zahnarztbesuche reden sollen. Aber wer schneidet dieses leidige Thema schon freiwillig an?" Sie überlegte. „Sie hat mir bei ihren Events den einen oder anderen Gast vorgestellt, aber an die Namen Bodo oder Dr. Daring erinnere ich mich nicht."

„Falls es sich um eine engere oder schon länger zurückreichende Bekanntschaft handelt", warf Kettling ein, „können wir annehmen, dass Daring über Frau Vondembusches Gewohnheiten und Vorlieben informiert war. Einschließlich dieser verdammten Muschelschnittchen."

„Was für'n Muschelschnittchen?", wollte Cornelia naserümpfend wissen, worauf ihr Hilly die genaue Zusammensetzung des Canapés aufzählte und Lückmanns Magen zu kreiseln begann. Er lenkte sich mit einem Gedankenexperiment ab, das ihm auf einer der Überlandfahrten der vergangenen Tage eingefallen war, während WDR 2 Ulli Bögershausens „It could have been" spielte. Welches Szenario, so hatte er überlegt, hätte sich entwickelt, wenn Marions Mann unter günstigeren Umständen – nicht vom Krebs zermürbt, sondern an der Geschichte des „Gewittergauls" lebhaft interessiert – die fatalen Fotos schon 1993 entdeckt hätte? Wäre Bodo von seinem Freund Vondembusche als einer der drei Sittlichkeitsverbrecher identifiziert und angezeigt worden? Aber vielleicht war er ja nicht beteiligt gewesen. Oder Marion hatte den Zahnarzt erst viel später kennen gelernt. Über Kunstgeschäfte, zum Beispiel. Hatte Daring vielleicht um Marion, die um zwölf Jahre Ältere, geworben und war abgewiesen worden? Und hätte Anton Schiebach sich damals, 1993, aus der Verantwortung ziehen können, weil Viola und Justus tot waren und Tilde behauptete, seine Tätowierung nicht gesehen zu haben? In diesem Fall bliebe als Informantin immer noch Frau Strothe. Erst jetzt, Stunden nach seinem Gespräch mit der Hotelbesitzerin, stieg in Max der Verdacht auf, sie hätte ihm längst nicht alles gesagt. Selbst am Geschehen völlig unbeteiligte Zeugen gaben sich oft wortkarg, umso erfindungsreicher mussten die Fragen der Polizei ausfallen. Doch da man die persönlichen Verhältnisse meist nicht kannte, war die Gratwanderung zwischen Effizienz und Diskretion schwierig.

Als der Radiomoderator von WDR 2, offensichtlich ein melancholischer Typ, als Nächstes den Green Day-Titel „Wake me up when September ends" folgen ließ, hatte Lückmann laut lachen müssen. Schön wär's, den Rest des Monats einfach zu verpennen, bis Sherlock Holmes die drei Fälle auf gewohnt geniale Art geklärt und Sabine ihre Koffer für die Rückreise gepackt hatte. Sofort war er wieder nachdenklich geworden. Ein paar Mal hatte er versucht, sie anzurufen. Zugegeben, es war immer spätabends gewesen, aber sie wusste doch, dass ihm die Arbeit bis über beide Ohren stand. Kein einziges Gespräch hatte sie entgegengenommen, und die Sprachbox benutzen mochte er nicht. Es war auch nicht so, dass er sich Sorgen um sie machte. Franziska war eine erfahrene Reiseredakteurin. Die Wahrscheinlichkeit, dass die beiden in eine Gletscherspalte oder einen tiefen Bergsee gestürzt waren, schien im Weserbergland gering. Aber Sabine ihrerseits machte sich offenbar keine Sorgen um ihn, und das kränkte ihn. Wie oft war er viel zu schnell unterwegs, ohne kugelsichere Weste und mit mehr Restalkohol im Blut, als gut für ihn war. Dazu das maue Essen, Abend für Abend. Ganze drei Kilo hatte er schon abgenommen, allerdings war er nicht bereit, dieses Übergewicht auf seinen Bauch zurückzubitten.

Die Stimmen der Tischrunde drängten sich in sein Bewusstsein, ernüchtert ließ er sein Gedankenexperiment fallen. Rein spekulative Zeitreisen, und wenn es sich nur um ein paar Jahre handelte, waren bei Mordrecherchen wenig hilfreich. Natürlich gab es um Jahrzehnte verzögerte Rachefeldzüge, doch die meisten Delikte wurden kurzfristig geplant, wenn nicht sogar im Affekt verübt. Da hatte sich hier und dort etwas zusammengebraut: eine ungerechte Testamentsregelung, der Seitensprung des Ehepartners oder eine massive Drohung, die die eigene Existenz ernsthaft in Frage stellte – irgendetwas ließ die Nerven ausrasten. Der Frust, der die Katastrophe auslöste, überdauerte nur in seltenen Fällen mehrere Generationen, wie zählebiges Unkraut oder schwarzer Schimmel in schlecht geputzten Fugen.

In diesem Moment platzte Sonnhagen mit zufriedener Miene herein. Demnach hatte er die spanischen Kollegen auf Teneriffa ordentlich „angespitzt“. Unternehmungslustig raschelte er mit den Papieren an seinem Platz. Je mehr Informationen hereinkamen, desto dichter webte sich das Netz. Ein Faden knüpfte sich an den nächsten, bis das Ganze stabil wurde und sich zu einem engen Muster schloss. Mitten drin die Beute, auf die sie alle gewartet hatten. „Reden Sie ruhig weiter“, forderte er Max auf, was zur Folge hatte, dass sich dieser wie ein Laiendarsteller fühlte. Sonnhagens unerwartet schnelle, fulminante Rückkehr hatte ihn aus dem Konzept gebracht.

„Falls Frau Vondembusche das Bild sofort zur Expertise weitergegeben und eine andere Person die Fotos gefunden und ihr diskret zurückgebracht hat“, gab er Kettlings zuletzt vorgebrachten Bedenken Recht, „ist ein Zusammenhang zwischen ihrer Ermordung und der Sexualstraftat von 1978 ziemlich unwahrscheinlich. Aber ich bin mir sicher, dass sie das Bild selbst aus dem Rahmen nehmen wollte. Die Frage, wer sonst noch davon wusste, bleibt natürlich offen."

Als Nächstes ging es um Darings Alibis zu den Todeszeitpunkten von Lumarenko und Vondembusche. „Gibt es Zeugen, die seine Aussage bestätigen können?" Sonnhagen klang spitz, doch Sieglinde erlaubte sich nicht mal ein Wimpernzucken. „Für den Abend des 25. August, als Frau Lumarenko starb, konnte Nora Heller eine Einladung zu den Aaseeterrassen vorweisen, und ihre Aussage stimmt. Der Geschäftsführer hatte um zwanzig Uhr einen Zwölfertisch auf den Namen Jens Daring notiert."

„Unter elf Gästen wird sich ja wohl einer befinden, der den Zahnarzt persönlich kennt und sein Alibi bestätigen kann", ätzte Schüller. „Sonst müssen wir davon ausgehen, dass Daring das Rumpelstilzchen als Gastgeber geschickt hat, um ein Alibi zu bekommen." Niemand lachte. „Je später der Abend, desto blöder die Witze", ließ sich Kettling vernehmen, während Sonnhagen schnaubte: „Bitte weiter in der Tagesordnung!" und Sieglinde ihren Bericht fortsetzte. Am Mittwochnachmittag, als Frau Vondembusche ihre Finissage vorbereitete, saß der Zahnarzt mit mehreren Konabiturienten des Paulinums im Café Grotemeyer, um das vierzigste Abiturjubiläum im kommenden März zu organisieren. Gegen sieben Uhr hatte er sich mit Nora getroffen, weil sie Schuhe brauchte. Auch das ließ sich nachprüfen. Um viertel vor acht hatte Daring mit einer Kreditkarte bezahlt.

Während die Tischrunde darüber debattierte, ob der Zahnarzt damit tatsächlich aus dem Schneider war, stieg in Lückmanns Hirn eine Strategie auf, wiegte sich in all ihren verlockenden Möglichkeiten wie eine Seeanemone im Sog der Meeresströmung, um schließlich vor seinem inneren Auge anzuhalten. Doch der Plan funktionierte nur, solange sich Daring nicht in Münster aufhielt. Seine ehemalige Abiturklasse plante ihr rundes „Farbenfest"? Da wäre es ein Leichtes, Nora Heller um mehrere, möglichst verschiedene Aufnahmen aus seiner Abiturientenzeit zu bitten, unter dem Vorwand, das Vorbereitungsgremium benötige sie für eine groß angelegte Fotocollage. Unter Garantie wurde das Farbenfest von den Ehemaligen mehrerer Jahrgänge organisiert, so dass auch ein etwas jüngerer Absolvent den Weg zu Frau Heller übernehmen konnte. Er selbst kam nicht in Frage, weil Nora ihn kannte. Auch

Sieglinde hatte mit ihr gesprochen. Da war die Erinnerung sogar noch frischer. Cornelia schien ihm definitiv zu jung … Aber Hilly passte. Sie ging auf die fünfundsechzig zu, sah jedoch jünger aus, so dass sie problemlos als Schulfreundin des sechzigjährigen Zahnarztes durchging.

„Jemand fährt morgen zu Darings Lebensgefährtin und findet die Wohnung zu diesem abgemeldeten Telefonanschluss heraus. Kuhviertel, Kreuzviertel, Nordviertel." Sonnhagen klappte seine Akten zu. „Morgen Abend hätte ich gern ein Ergebnis."

„Sorry! Wir sind leider noch nicht fertig!" Lückmanns Stimme drang nur bruchstückhaft durch das plötzlich einsetzende Scharren der Stühle. „Es geht um meine heutigen Unterredungen mit Tilde Steer und Annett Strothe vom Golfhotel." Er blickte in die Runde, dankbar dafür, dass sich alle wieder setzten und Ruhe einkehrte. Sogar Sonnhagen nahm wieder Platz, wenn auch etwas unwirsch.

„Wir haben heute Morgen die Identität der beiden Opfer der Vergewaltigung klären können." Max nannte die Namen. Das Aufsehen, auf das er dabei stieß, versöhnte ihn mit diesem ewig langen Arbeitstag, der noch immer nicht zu Ende war.

„Das sagst du erst jetzt?", protestierte Kettling. „Da sitzen wir zwei Stunden zusammen, und der Knaller kommt auf den Tisch, während wir schon im Türrahmen stehen?"

„Keine Sorge, ich hätte euch nicht gehen lassen ohne diese Fakten. Und ihr hattet ja selbst auch gute Neuigkeiten. Was die Vergewaltigung betrifft, gibt es in Frau Steers Aussage einen Widerspruch zu den Informationen, die ich im Golfhotel bekam. Tilde Steer schließt Anton Schiebach als Täter ganz entschieden aus. Doch das nehme ich ihr nicht ab. Wenn ihre Freundin trotz Augenblende die Tätowierung gesehen hat, warum dann nicht sie?"

„Kannte sie die beiden anderen Männer?", wollte Cornelia wissen.

„Sie hat angeblich niemanden erkannt. Und sie hatte es auch nur mit einem Vergewaltiger zu tun."

„Aber auf den Fotos …", warf Schüller ein.

„Sie hat die Augen zugemacht. Sie wollte nichts sehen."

„Warum sollte Frau Steer einen Straftäter decken, der sich an ihrer Freundin vergangen hat?", beharrte Cornelia. „Selbst wenn er ein Nachbar ist."

„Diese Frage stelle ich mir auch! Vielleicht gab es zwischen den beiden Höfen mehr als die herkömmliche Nachbarschaftshilfe."

Kettling grinste anzüglich. „Eine Beteiligung von Frau Steer an dem geplanten Nachtclub?"

„Möglich. Aber jetzt, wo er tot ist, kann sie ihn doch wegen der Vergewaltigung anzeigen. Selbst wenn die Straftat verjährt ist, würde vielleicht jemand entlastet, der bis heute in Drinkel unter Verdacht steht. "

„Dass sie ihn deckt, könnte mit seinem Tod zu tun haben", schlug Cornelia vor. „Wenn Frau Steer aussagte, dass auch Schiebach sie vergewaltigt hätte, gäbe sie euch damit ein massives Mordmotiv in die Hand."

„Warum hätte sie erst nach über dreißig Jahren zuschlagen sollen?" Kettlings Stimme verriet noch mehr Skepsis.

„Der Nachtclub war das gefundene Fressen", lächelte Max grimmig. „Offiziell wusste keiner der Drinkeler, was da geplant war. Doch wenn man gezielt nachhakte, waren einige erstaunlich gut im Bilde. Jeder im Dorf käme als Schiebachs Mörder in Frage, allen voran die Schäfchen der Pfarrgemeinde. So mag es sich zumindest der Täter ausgerechnet haben."

„Wie lautet Frau Steers Alibi für den Zeitpunkt, als Schiebach starb?"

„Sie hat die straßenseitigen Fenster geputzt und anschließend Marmelade eingekocht. Auch die Küche führt zur Straße. Ihr Bruder saß im Hofladen. Er war übrigens der Einzige, der unaufgefordert über den Nachtclub geredet hat. Er wusste angeblich auch, wo die Baupläne versteckt lagen. Aber dort waren sie nicht mehr. Weggeflogen zum Hühnerstall."

„Gibt es Hinweise, dass Schäfer in dem Puff beschäftigt werden sollte?", fragte Schüller.

„Er behauptet, als Türsteher."

„Noch mal zurück zu Frau Steer", meldete sich Sonnhagen zu Wort. „Nach Ihren Informationen, Lückmann, war die Nachbarschaft zu Schiebach unbelastet, wenn nicht sogar freundschaftlich. Sie bewahrte seine Schlüssel auf, und wenn ich mich nicht irre, hat sie ihre drei Töchter rübergelassen, wenn sie auf seinem Pferd reiten wollten. Wie vereinbaren Sie das mit Ihrem Verdacht, er habe sich an dieser Frau vergangen?"

„Es klingt krass, aber möglicherweise hat sie die Kinder als Lockvögel benutzt. Vielleicht suchte sie schon viel früher eine

Gelegenheit, ihn als Sexualtäter zu überführen. Vergessen Sie nicht", wehrte er Sonnhagens Einwand ab, „dass sie vom Obergeschoss ihres Hauses alles im Blick hat: nach hinten raus Schiebachs Koppel, den Gemüsegarten und die Scheune, zur Straße hin Hofeinfahrt und Remise. Als der Mord geschah, befanden sie und ihr Bruder sich beide zufällig auf der straßenseitigen Hälfte."

„Warum hat sie ihn nicht vor einunddreißig Jahren in ihrer Anzeige gegen Unbekannt als Sexualtäter überführt? Sogar Sie haben Schiebach doch auf den Fotos erkannt." Sonnhagens Stimme polterte. Kein Zweifel, man war müde und die Nerven lagen blank.

„Erstens: Frau Steer hat die Fotos heute zum ersten Mal gesehen. Ihr Schock war echt. Und zweitens: Können Sie sich in eine Dorfgemeinschaft in den Siebzigern zurückversetzen? Ich bin auf dem Land aufgewachsen, Jahrgang 68. Ich kenne die Verhältnisse. Der Jungbauer vom Nachbarhof solide verheiratet, die Frau in der Kirche aktiv und zum zweiten Mal schwanger? Und dann behauptet die eigene Tochter von ihm vergewaltigt worden zu sein? Noch dazu, wo die Sache nicht in Drinkel, sondern in Münster passierte?" Diese verdammte Wohnung!, dachte er und fühlte sich zum Umfallen müde. Selten hatte ein Mordfall so an seinen Nerven gezerrt. Nur wenn sie herausfanden, wo diese elende Sache passiert war, kamen sie der Lösung näher. Doch dann hatten sie vielleicht die Aufklärung aller drei Fälle auf dem Tisch.

Auf dem Flur klopfte er Sieglinde auf die Schulter. „Dieses Farbenfest ist unsere einzige Chance, Nora Heller ein paar Jugendfotos von Daring zu entlocken. Hilly soll sich als seine Mitabiturientin ausgeben und sich ein paar Bilder heraussuchen lassen. Die vergleichen wir mit den Aufnahmen von der Vergewaltigung."

„Klingt gut!", sie lächelte resigniert. „Rede mit Hilly. Und komm gut nach Hause. Gibt es Neuigkeiten von Sabine?"

„Nichts", sagte er, und sein Entschluss, auf ihrer Sprachbox eine Aufforderung zum Rückruf zu hinterlassen, stand damit fest. Dieses drückende Schweigen konnte nicht ewig anhalten.

14

Junge, die war vielleicht misstrauisch!“ Hilly ließ sich auf der Schreibtischkante nieder und schlug die Beine übereinander. Ihre eleganten Pumps erinnerten Max daran, dass der Stadtbummel, den Nora mit ihrem Zahnarzt unternommen haben wollte, noch nicht geklärt war. Der Kassenbon trug neunzehn Uhr fünfzig als Aufdruck und bei dem Artikel handelte es sich um Herrenschuhe. Sonnhagens spanische Mustertruppe auf Teneriffa hatte auch noch nicht geantwortet. Bei der Vorstellung, Darings Unterkunft auf der stark frequentierten Ferieninsel sei gar nicht nachprüfbar, weil er dort als Gast eines abgeschirmt lebenden Privatpatienten untergeschlüpft war, verspürte Max ein bescheidenes Triumphgefühl. Was Sonnhagen sich einschenkte, musste er auch austrinken.

Auf dem Weg nach Wolbeck, so berichtete Hilly, seien ihr Zweifel gekommen, ob sie sich nicht besser bei Frau Heller anmelden solle. Doch die Gefahr, dass sie die Fotos bereits am Telefon verweigerte, weil sie ihren Freund nicht um Erlaubnis bitten konnte, war beträchtlich. Und stellte Angriff nicht ohnehin die beste Verteidigung dar?

„Sie hörte sich meine Bitte an und bat mich ins Haus. Aber dann ging’s auch schon los: einen Personalausweis? Hatte ich nicht. Gottlob kam sie nicht auf den Einfall, meinen Führerschein zu verlangen. Woher ich Jens denn kenne? Aus seiner Parallelklasse!, sagte ich. Und dann prasselten die Fragen nur so auf mich ein. Wie diese Fotocollage denn aussehen solle? Vielleicht wie ein Stammbaum? Die Musterschüler oben, gleich beim Klassenlehrer, der im Wipfel thronte, die Nieten weiter unten, im ausladenden Geäst, wo viel Platz war? Müsse man die Fotos dann nicht zerschneiden, was ja schade sei? Und wo, bitte schön, ihr Jens seinen Platz bekäme? Ob er ein guter Schüler gewesen sei? Meine Herren, da wurde mir schwül. Gerade rechtzeitig fiel mir ein, dass ich ihr gesagt hatte, ich stamme aus der Parallelklasse. Also habe ich von seinen Leistungen im Klassen übergreifenden Mannschaftssport geschwärmt. Ich meine, wenn der Mann sich für fünf Mille ein Pferd anschafft, kann er so ganz unsportlich nicht sein.“

„Er hat Äquinox nicht gekauft, um ihn zu reiten. Er will ihn malen“, stellte Max klar. „Wahrscheinlich hättest du besser von seinen

Erfolgen bei Zeichenwettbewerben geschwärmt." Sein Einwand verschlug Hilly sekundenlang die Sprache. Sie machte runde Kinderaugen, in denen Max alle möglichen Objekte widergespiegelt sah, die ebenfalls für fünftausend Euro zu haben waren, vom Flugticket rund um die Erde über die ausladende Sitzlandschaft bis zum komplett eingerichteten Fitnessraum – eine Apfelbaumwiese samt Pferd war garantiert nicht dabei.

„Hier habt ihr eure Fotos", sagte sie seufzend. „Frau Heller war auf einmal sehr spendabel, schleppte die Alben herbei und ließ mich auswählen. Dadurch bekam ich auch Aufnahmen aus Darings Studentenzeit. Als ich auf die Idee kam, sie zu scannen, damit Frau Heller sie nicht aus der Hand zu geben brauchte, war ihre Welt wieder in Ordnung. Sie bot mir sogar Kaffee an, aber ich habe dankend abgelehnt, aus Sorge, ich könnte mich zum Schluss doch noch verplappern."

Die Fotos – meist Gruppenaufnahmen – zeigten Daring sowohl im Profil als auch von vorn und hinten. Sie ließen keinen Zweifel offen: Er war der mittelgroße, mittelschlanke Täter mit dem krausen Blondhaarzöpfchen, der sowohl Tilde als auch Viola missbraucht hatte. Seine Intellektuellenbrille mit den kleinen, ovalen Gläsern im Nickelrahmen trug er wahrscheinlich schon lange nicht mehr. Auf den Fotos identifizierte sie ihn mit unbarmherziger Ausschließlichkeit.

„Es gibt noch eine saftige Überraschung für euch", Hilly lächelte zufrieden. „Als ich mich von Frau Heller verabschiedete, habe ich sie wie beiläufig gefragt, ob Jens die Wohnung aus seiner Studentenzeit noch besitze. Das war für sie wohl der schlagende Beweis, dass ich ihn kenne. Sie bat mich redselig wieder herein, doch mir war das Gespräch im Türrahmen lieber. Schließlich wollte ich die Wohnung nicht mieten oder kaufen. ‚Im Kuhviertel lag sie doch, oder?', frage ich. Und sie korrigiert mich: ‚Nein, im Kreuzviertel. Aber löchern Sie mich bitte nicht wegen der Adresse. Ich bin nie dort gewesen, weil sie seit ewigen Zeiten vermietet ist. Jetzt will Jens sie verkaufen. Sind Sie interessiert?' Ich habe nur herzlich gelacht und gesagt, ein Penthouse im Kreuzviertel sei für mein Sekretärinnengehalt wohl eine Nummer zu dick.

‚Ach', sagt sie daraufhin, ‚so teuer ist sie gar nicht. Sie liegt im Erdgeschoss und nebenan ist eine Kneipe. Das mag nicht jeder. Aber sie hat zwei Zimmer, ist gut geschnitten und topp gepflegt.'"

„Na, wunderbar!“, freute sich Max. „Dann schicke ich Schuster gleich mal ins Katasteramt. Vielleicht können wir Sonnhagen noch heute Abend seinen Herzenswunsch erfüllen und ihm die Adresse auf dem Silbertablett präsentieren. Der Durchsuchungsbefehl dürfte nur eine Frage der Zeit sein.“

In der Tür stieß Hilly mit Sieglinde zusammen, und Max sah sich ein weiteres Mal mit einem Phantom konfrontiert. Sieglinde sackte auf ihren Drehsessel und strich die zerzausten Haare im Nacken zusammen; eine Geste, die Max unangenehm an Darings Pferdeschwänzchen erinnerte. Als könnte seine Kollegin Gedanken lesen, stöhnte sie: „Dieser Lump ist uns durch die Lappen gegangen.“

Er wartete, obwohl ihm die Erklärung auf den Lippen brannte. „Nicht genug damit, dass er den Morgenflug der Air Berlin gar nicht gebucht hatte, es gab am ganzen Samstag und Sonntag auch keinen Privatflug nach Teneriffa. Verstehst du? Entweder hat Daring seine Nora getäuscht oder das Täubchen weiß, dass er von irgendeinem Acker aus gestartet ist. Wenn ich nicht herausfinde, wo, macht Sonnhagen Bouletten aus mir.“

Noras Ahnungslosigkeit hatte echt geklungen. Nur so viel wusste sie: Jens wohnte immer bei einem langjährigen Privatpatienten, der auf Teneriffa eine Zwölfzimmervilla mit kleinem Operationsraum besaß. „Ein ehemaliger Bariton der Städtischen Bühnen. Der Mann hat einen echten Zahntick, nur Jens darf ihn behandeln. Die Reichen müssen verrückt sein.“ Doch als Sieglinde die Adresse des Künstlers wissen wollte, musste Nora passen. „Jens fährt zwar zwei-, dreimal im Jahr dorthin, doch glauben Sie etwa, er würde mich mitnehmen?“ Obwohl ihr Lächeln ziemlich theatralisch wirkte, musste Sieglinde ihr auch dies abnehmen.

„Wahrscheinlich ist er gar nicht abgeflogen“, mutmaßte Max. „Aber wo steckt er? Die Wohnung im Kreuzviertel bleibt ab sofort tabu.“ Die Bootshäuser entlang der Werse fielen ihm ein, und das Foto, auf dem Daring mit seinem Paddelboot zu sehen war. Begann Mitte September nicht allmählich das Einmotten? Sein Optimismus verlor ein bisschen an Tempo, als ihm bewusst wurde, dass Bootshäuser noch schwieriger zu überprüfen waren als Privatjets. Sieglinde hatte Recht. Wenn Daring seine Praxis wegen Urlaub geschlossen, seine Freundin bezüglich des Reiseziels hinters Licht geführt und seine Zelte irgendwo in Münster aufgeschlagen hatte, dann brauchte die Mordkommission einen Maulwurf mit Schaufel.

15

Gegen elf Uhr überbrachte Hilly die Mitteilung aus der Klinik, der Patient Lumarenko sei wieder vernehmungsfähig, also entschloss sich Max zu einem Überraschungsbesuch bei dem Ukrainer. Während Katja und er im Korridor auf die Stationsschwester warteten, wurde an einem der mit kleinen Sitzgruppen ausgestatteten Fenster, die den Patienten eine halbwegs abgeschirmte Unterhaltung mit Besuchern ermöglichten, ein leises fremdsprachiges Handytelefonat geführt, in dem offenbar weder Fragen noch Einwände des Gesprächspartners geduldet wurden – ein verbales Maschinengewehrfeuer mit Schalldämpfer. „Ukrainisch", formten Katjas lautlose Lippen, während sie Max zur Seite zog. Doch Max hatte den Mann, der ihnen den Rücken zuwandte, lang genug gesehen, um ihn sich einzuprägen. Groß, mager, mit kurz rasiertem Schädel und Ring im Ohr. Warum geht er zum Telefonieren nicht ins Treppenhaus?, wunderte er sich, doch als er die konzentrierte Anspannung in Katjas Gesicht sah, verdrängte er die Frage. Im nächsten Moment klappte der Mann sein Handy zu und steuerte in sichtlicher Eile an ihnen vorbei, dem Stationsausgang zu.

„Was hat er gesagt?"

„Es ging um eine Ikone. Vielleicht um *die* Ikone, was weiß ich?"

„Hat er Namen genannt?"

„Nur den Namen Lumarenko. Er sagte seinem Gesprächspartner, Andrej habe Scheiße gebaut, entschuldige die unflätige Wortwahl, ich zitiere nur den O-Ton."

„Sei nicht so zimperlich. Glaubst du vielleicht, Ganoven unterhielten sich mit Goethe-Zitaten?"

„Leck mich!", grinste Katja „Aber warte, es geht noch weiter. Er hat sich mit seinem Gesprächsteilnehmer für heute Abend, halb neun, an einem Ort verabredet, der ‚Feuervogel' heißt. Wahrscheinlich eine Bar oder ein Restaurant. Ich schlage vor, wir gehen hin, sofern wir die Adresse finden." Sie wandte sich abrupt um und wäre fast von einer Schwester gerammt worden, die gerade mit ihrem Medikamententablett aus dem Stützpunkt kam; eine jener strammen westfälischen Eichen, die Heinrich Heine als „sentimental" bezeichnet hatte. Diese Frau hatte ihr Gefühlsleben allerdings im Griff. „Ist der Kerl etwa noch immer da?“, blaffte sie, im nächsten Moment stutzte sie. „Sie sind von der Kripo, oder?“

„Wer ist *der Kerl*?“

„Ein Besucher für Herrn Lumarenko, dabei ist Besuch strengstens untersagt. Wir mussten ihn zum Gehen nötigen, so sehr hat er unseren Patienten auf die Palme gebracht. Dabei kommt der arme Mensch gerade erst wieder zu sich.“ Ihre stattliche Oberweite wogte vor Zorn. „Jetzt sagen Sie mir bitte nicht, dass Sie auch zu ihm wollen.“

„Sie haben mich doch bestellt“, erinnerte Lückmann. „Aber keine Sorge, wir schalten auf Schonprogramm. Herr Lumarenko ist doch vernehmungsfähig, oder?“

„Vor einer halben Stunde war er es noch. Jetzt kann ich für nichts mehr garantieren. Wie kann man einen Schwerkranken dermaßen aus der Spur bringen!“

„Was meinen Sie damit?“

Sie setzte das Tablett ab und verschränkte die Arme vor der Brust. „Seine Infusion musste ausgewechselt werden. Und was sieht meine Kollegin, als sie ins Zimmer kommt? Einen Patienten, der röchelt, einen Besucher, der ihn bedroht und zwar auf der Bettkante sitzend. Andere bringen Blumen mit, was zu Lesen oder ein Fläschchen Hohes C, aber dieser Mensch sät Streit und Ärger, und das bei einem Schwerkranken, der fast seine ganze Familie verloren hat.“ In ihre Augen trat ein neugieriges Glitzern. „Haben Ihre Ermittlungen Sie eigentlich schon weitergebracht?“

„Wir sind gut unterwegs“, wich Max ihrer Neugier aus, worauf sie sich ihr Tablett schnappte und in Lumarenkos Zimmer verschwand. Zwei Minuten später winkte sie. „Aber nichts, was ihn aufregt! Sonst hetzte ich Ihnen den Stationsarzt auf den Hals.“

Andrej lehnte in seinen Kissen. Er betrachtete seine Besucher, als sähe er sie zum ersten Mal, die Wahrnehmungsfähigkeit kehrte offenbar nur wellenartig zurück. Doch die Angst in seinen Augen war hellwach. Was hatte sein streitlustiger Landsmann hier gesucht? Wer hatte diesen Menschen darüber informiert, dass Lumarenko wieder ansprechbar war, wenn sogar die Polizei es erst seit einer halbe Stunde wusste? Max tippte Katja auf die Schulter. „Frag ihn, ob seine Frau in Darings Apartment im Kreuzviertel geputzt hat, und was er über die eigenartige Doppelikone in seiner eigenen Wohnung weiß. Ich bin gleich wieder da.“

Im Stützpunkt fand Lückmann eine junge Schwester vor. Der grauhaarige Haudegen war noch mit den Medikamenten unterwegs. So macht man sich die Klientel gefügig, dachte er grimmig. Hier ein Schlafpülverchen, dort ein Antischmerz-Spritzchen oder ein besänftigendes Klistier – der pharmazeutische Maulkorb. Der nächste Gedanke durchfuhr ihn wie eine scharfe Säure. Und wenn der Anschlag auf die Waldmanns hier auf der Station seine Fortsetzung fand? Wie leicht wurde es Besuchern gemacht, vergiftete Pralinen oder den berüchtigten Schneewittchen-Apfel auf den Nachttisch zu legen? Er beschloss, für Lumarenko eine polizeiliche Bewachung rund um die Uhr zu beantragen.

„Ach, lassen Sie Ihren Ausweis mal stecken." Die Schwester, schön wie Penelope Cruz in „Alles über meine Mutter", blinzelte kokett. „Wir kennen Sie hier so gut, dass wir uns wie in einer Kliniksoap fühlen. Vor allem, wenn so üble Typen wie Herrn Lumarenkos Besucher hier auftauchen."

„Haben Sie ihn vorher schon mal gesehen, Schwester …?"

„Claudia. Schon gestern wurde meine Kollegin von ihm angepöbelt. Er wollte unbedingt zu ihm, aber sie hat ihn nicht gelassen. Besuchsverbot! Da wurde er frech. Stationsschwester Ulrike hat es dann auf ihre eigene Weise geregelt." Sie seufzte. „Doch manchmal geht es auch schief. Da tauchen hier Leute auf und versuchen, Lynchjustiz zu betreiben."

„Überprüfen Sie, was die Besucher mitbringen?" Max, der selbst seit fast zehn Jahren nicht mehr in einer Klinik gelegen hatte und nur das Chaos am Krankenbett seiner Mutter kannte – Zeitschriftenstapel wie beim Frisör, Kosmetikartikel, die sie sonst nie benutzte, und tonnenweise Blumen –, besaß keinen klaren Überblick, was ein Mann am Krankenbett benötigte.

„Was?" Sie starrte ihn halb belustigt, halb entsetzt an. „Da könnten wir ja gleich einen Nacktscanner einführen. Aber mal im Ernst: Topfpflanzen sind verboten, wegen der Bakterien im Humus, Alkoholika werden auch gleich einkassiert, und um auch Sexfilme draußen zu lassen, putzen unsere Reinigungskräfte jeden Morgen ein neues harmloses Heimatfilmchen in die Fernsehschirme." Sie lachte verschmitzt. „Obwohl es manchen Opas ganz gut täte, noch mal richtig Spaß zu haben."

„Hatte Herr Lumarenkos Besucher heute etwas mitgebracht?"

Sie verzog ihr hübsches Gesicht. „Vielleicht eine vergiftete

Schokoladentafel im Schuh? Was weiß ich?“

„Würden Sie bei ihm mal nachsehen?“

„Sie meinen im Ernst, ich soll den Spind durchgrabbeln?“

„Hören Sie, seine Eltern sind an dem Überfall gestorben, und wenn die Töchter nicht in der Schule gewesen wären …“

Stationsschwester Ulrike, die gerade von ihrem Medikamentenmarathon zurückkehrte, löste das Problem auf ihre eigene resolute Art. Sie öffnete Lumarenkos Spind- und Nachttischtüren, wobei sie sich trotz ihrer üppigen Maße reckte und bückte wie ein Schlangenmensch. Der Ukrainer protestierte nicht, sondern hielt die Augen geschlossen und konzentrierte sich auf Katjas nächste Frage. Vielleicht war er von den Kliniken seiner Heimat ganz andere Kontrollen gewöhnt.

„Hier! Stecken Sie es ein, Herr Lückmann. Er darf es sowieso nicht essen.“ Die Schwester hatte ein mausgraues Lacktütchen aus der Schublade gezogen. Die Zwiebeltürme des Kreml prangten darauf, darunter stand in schnörkeligen Lettern Champagnertrüffel. Max betastete es vorsichtig und fühlte kleine Kugeln, hart wie Munition. Den Champagner sollte man wohl dazu trinken.

Katja und er besprachen das Ergebnis ihrer Unterredung gleich auf dem Flur der Station, für den Fall, dass sich Ungereimtheiten ergaben oder Fragen offen blieben, die nur Lumarenko beantworten konnte. „Er hat von sich aus zu sprechen begonnen“, sagte sie und blätterte ihren Notizblock um ein paar Seiten zurück. „Es ging um den Stein, der auf dem Grab von Natascha und ihren Eltern stehen soll. Merkwürdig, dass er mir davon erzählt. Als gäbe es keine dringlicheren Probleme.“

„Wer kümmert sich darum?“, fragte Max, und auch er dachte: Warum diese Eile?

„Andrejs Schwester aus Kiew. Heute Morgen war sie mit dem Popen bei Lumarenko. Und es war dieses Gespräch, das ihn so fertig gemacht hat; nicht der Freund, der gerade eben gegangen ist. Der kam nur, um ihn zu trösten. Offenbar begreift Andrej erst jetzt, dass außer seinen Töchtern niemand mehr lebt. Auch dass die Beerdigung ohne ihn stattfand, macht ihm sehr zu schaffen.“ Sie sah aus dem Fenster. „Irgendwie tut er mir Leid.“

„Hat er über die beiden Ikonen geredet?“

„Nur über das verbrannte Bild. Und Neuigkeiten waren nicht dabei. Der schwerkranke Pope in Kiew, Natascha als Überbringerin der Ikone, die verloren gegangene Adresse der Nichte …“

„Bevor das kriminelle Paar in ihrer Wohnung aufkreuzte, haben er oder Nataschas Eltern die Doppelikone versteckt. Er muss mehr darüber wissen.“

„Er behauptet, am frühen Morgen einen Anruf von einem Unbekannten bekommen zu haben, der ihm drohte, der rechtmäßige Besitzer werde das Bild mit Gewalt holen. Da der Pope aber seine Nichte, und folglich eine Besitzer*in* genannt hatte, wurde Andrej misstrauisch und brachte es in Sicherheit.“

„Warum hat er den beiden Besuchern die Tür aufgemacht?“

„Das hat Mütterchen Waldmann getan“, sagte Katja. „Als es schellte, dachte sie, es wäre die Nachbarin, Frau Nabulko, die die Einkäufe für sie erledigt.“

„Frau Nabulko hat den Wohnungsschlüssel, sie musste nicht schellen. Irgendwas stimmt da nicht.“

„Dann hat Frau Waldmann sich eben geirrt. Jedenfalls glaube ich nicht, dass Andrej lügt.“ Katjas Stimme klang sanft, und Max dachte wütend: Da macht ihr ein Mann traurige Hundeaugen und sie geht ihm voll auf den Leim. Damit stand seine weitere Vorgehensweise fest: Er würde umgehend ein Phantombild des Krankenhausbesuchers anfertigen lassen und sowohl Frau Nabulko als auch Anna Postoi damit konfrontieren. Das graue Lacktütchen von Lumarenkos Nachttisch stammte aus ihrem Teegeschäft.

„Wusste Andrej etwas von den Nebenjobs seiner Frau?“

„Sie hat ihm mal von einer Wohnung im Kreuzviertel erzählt, in der sie zweimal pro Monat sauber machte, obwohl es im Grunde gar nichts zu putzen gebe, weil sich dort niemand aufhielte. Zwei Schlafzimmer, Bad und Küche, alles merkwürdig steril. Jalousien vor den Fenstern, verschlossene Einbauschränke, die beiden Bettgestelle nicht bezogen, Kühlschrank und Badezimmerregal leer, kein Kleidungsstück an der Garderobe.“ Sie konsultierte ihre Notizen und fuhr dann fort: „Den Schlüssel verwahrte der Kneipenwirt nebenan und das Geld fürs Putzen lag immer auf dem Küchentresen. Sie zahlten gut, sagt Andrej.“

„Das klingt ja beinahe wie eine Beschreibung jener Wohnung, in der die beiden Mädchen vergewaltigt wurden“, sagte Max. „Unter Garantie gibt es dort auch eine Hofeinfahrt, damit der Kneipenwirt die Getränkelieferungen entgegennehmen kann.“

„Max, die Vergewaltigung liegt einunddreißig Jahre zurück.

Wer weiß, ob das Haus noch steht?“

„Trotzdem!“, knurrte er. „Wenn man herausbekäme, wie die Kneipe heißt.“

„Das dürfte schwierig werden“, wandte Katja ein. „Das Kreuzviertel ist ja nicht gerade eine gastronomische Diaspora.“

Max fuhr zum Präsidium und stellte Ansgar das graue Lacktütchen auf den Schreibtisch. Der wunderte sich. „Nanu? Pralinen für den Staatsanwalt?“

„Ich brauche eine toxikologische Analyse des Inhalts.“

Er wartete Schüllers Einwand, das könne Wochen dauern, gar nicht erst ab, sondern machte sich noch einmal auf den Weg zum Golfhotel. Er legte die Fotos von der Vergewaltigung und die Aufnahmen, die den Abiturienten Jens Daring zeigten, vor Frau Strothe aus wie eine Patience. Sie zuckte zurück. „Welche Information erwarten Sie von mir?“

„Wer der junge Mann mit dem blonden Nackenzöpfchen ist, wissen wir jetzt: Dr. Jens Daring, alias Bodo.“

Sie verglich die Fotos und meinte ausweichend: „Eine gewisse Ähnlichkeit ist da.“

„Kennen Sie auch den Mann mit dem dunklen Pferdeschwanz?“ Als sie schwieg, setzte er nach: „Sie können seinen Namen ruhig nennen. Er ist seit einunddreißig Jahren tot.“

„Sie haben Recht. Es ist Justus.“ Sie schnippte ein unsichtbares Staubkörnchen von ihrer Schreibtischplatte. „Dass er in diese schlimme Sache hineingeraten ist, hat ihn später hart getroffen. Vor allem als das Gerücht die Runde machte, Viola sei schwanger geworden. Er wollte zur Polizei gehen, dazu ist es nicht mehr gekommen.“

„Wir haben es mit drei Tätern zu tun“, rekapitulierte Max. „Anton Schiebach hat sich in das Verbrechen hineinziehen lassen, so lautet zumindest Ihre Einschätzung. Er war solide verheiratet, das zweite Kind unterwegs. Justus Droste-Schürhoff wurde, so vermuten Sie, ebenfalls zum willenlosen Mittäter. Wie wir wissen, hätte auch er bald heiraten sollen; ein Mädchen aus gutem Hause mit viel versprechender Karriere. Könnten Sie sich vorstellen, wer diese abscheuliche Geschichte angezettelt hat?“

„Nein, das kann ich nicht. Ich sagte Ihnen schon, dass Justus schüchtern, beinahe verklemmt war, die Verlobung hatten seine

Eltern für ihn arrangiert. Auch Anton war ein braver Junge, der froh sein konnte, dass er in den Wetering-Hof eingeheiratet hatte. Keiner von beiden hätte sich an den Mädchen vergangen."

„Dann war es also Darings Idee?"

„Um diese Frage zu beantworten, kenne ich ihn nicht gut genug. Er lebte seit Beginn seines Studiums in Münster. Ihm gehörte eine Wohnung dort. Aber was heißt das schon?"

„Was wissen Sie über den Unfall von Justus? Er stürzte auf der Leiter zum Hochsitz. Warum?"

„Er ist gestolpert, weil er alkoholisiert war. Zu Hause wurde er knapp gehalten, aber seine Freunde wussten von seiner Abhängigkeit. Sie stellten ihm regelmäßig Whisky auf den Hochsitz, und er betrank sich da oben."

„Mal angenommen, eine der Stufen war angesägt. Wer könnte da nachgeholfen haben?"

„Keine Ahnung. Und wenn sie manipuliert war: Warum ist er dann nicht schon beim Hinaufsteigen gestürzt?"

„Die Erklärung haben Sie gerade selbst geliefert. Er hatte sich mit Whisky betrunken, die angesägte Stufe tat ein Übriges."

„Warum hätten seine besten Freunde die Stufe ansägen sollen?"

„Weil Droste-Schürhoff sich der Polizei stellen wollte? Er hätte seine Komplizen mit verraten."

Sie sah ihn fast flehend an. „Die Vergewaltigung ist verjährt, Herr Kommissar. Unser Dorf wird nie zur Ruhe kommen, wenn die Polizei ständig in alten Wunden bohrt. Wir", sie senkte den Blick auf ihre rosa gelackten Fingernägel. „müssen auch an unsere Stammkundschaft denken. Unser Hotel verschafft den Drinkelern sichere Arbeitsplätze. Wenn die Golfspieler ausbleiben …"

„Wäre ein Nachtclub für Ihre Golfer nicht abschreckender gewesen als ein Sexualverbrechen, das nicht im Dorf verübt wurde und dreißig Jahre zurückliegt?"

„Ich weiß von keinem Nachtclub. Anton plante eine kleine Imbissstube mit Hausmannskost." Sie lächelte so mitleidig, als sähe sie den Gastraum vor sich. Eine Konkurrenz für den „Hochsitz" oder die „Jagdstube" ihres Fünfsternehotels, wo die Kreationen zweier Haubenköche serviert wurden, hätte Antons Kartoffelpufferklitsche in der Tat nicht dargestellt.

„Die Vergewaltigung ist verjährt, der Mord an Droste-Schürhoff dagegen nicht", wandte er ein. „Könnte er bei der Vergewaltigung ebenfalls alkoholisiert gewesen sein?“

„Vermutlich. Anders wäre ein so brutales Vorgehen bei ihm nicht vorstellbar.“

„Wenn er betrunken war“, entschied Max, „stammen die Fotos nicht von ihm. In den Siebzigern stellten die Kameras wesentlich höhere Ansprüche an ihre Benutzer. Die Aufnahmen wirken für die damaligen Verhältnisse ziemlich professionell und absolut scharf. Außerdem wurden sie in einem Privatlabor entwickelt.“

Ihr Finger klopfte ungeduldig auf die Tischplatte. „Daring hatte damals eine Kamera mit allen Raffinessen. Er entwickelte auch selbst. Fragen Sie ihn.“

„Sie scheinen ihn doch ganz gut gekannt zu haben.“

„Ich wiederhole nur das, was man im Dorf über Jens Daring erzählte. Nur Gutes, versteht sich. Und wenn Sie mich jetzt entschuldigen … Soll ich unseren Hausdiener rufen, oder finden Sie allein zum Ausgang?“

Natürlich suchte sich Max lieber selbst den Weg nach draußen, anstatt von Christopher Lee eskortiert zu werden. Die engen, winkeligen Korridore hatten es ihm angetan. Wie Herzkranzgefäße schlangen sie sich um den inneren Kern des ehemaligen Gutshauses, der offensichtlich nicht so stark renoviert worden war, wie er anfänglich gedacht hatte. Und hier fand er auch Fotos des alten Herrenhauses. Er warf einen Blick in den Bankettsaal, der sein altertümliches Flair von einem facettenreichen Kristallluster, resedagrünen Stofftapeten mit goldfarbener Paspelierung und einem spiegelblanken Parkett in Kassettenoptik bezog, und sah sich gerade den angrenzenden, holzgetäfelten Raum an, der wie geschaffen für kleinere Familienfeiern war und früher wohl als Bibliothek gedient hatte, als sich hinter einer geschlossenen Tür auf der anderen Flurseite ein heftiger Streit entlud. „Dieser Idiot!“ tobte eine Männerstimme, „macht sich genau in diesem Moment dünne! Ausgerechnet nach Teneriffa! Noch verdächtiger geht es doch gar nicht.“

„Er kann Anton nicht umgebracht haben“ – Frau Strothes Stimme – „Er war um halb eins noch nicht zu Hause, wie er gegenüber der Polizei behauptet hat, sondern mit dir auf dem Golfplatz. Du bist sein Zeuge, oder?“

„Bin ich nicht“, sagte der Mann barsch. „Ich will mit Antons Tod nichts zu tun haben. Wenn die Polizei Jens unter Druck setzt, sagt er aus, dass ich damals die Sprosse zum Hochsitz angesägt habe."

„Rede doch nicht so laut! Hier haben die Wände Ohren! Und warum sollte Jens dich verraten?"

„Damit sie ihn laufen lassen."

„Es war damals höchstens versuchte Körperverletzung", beschwichtigte sie ihn. „Wenn Justus nicht so viel getrunken hätte, wäre die Kugel nicht losgegangen. Und warum hat er mich nicht in Ruhe gelassen?" Der Rest war Getuschel, dann herrschte beredtes Schweigen. Als Max nach kurzem Klopfen die Tür öffnete, fuhr Frau Strothe mit einem erstickten Schrei herum.

„Was machen Sie denn noch hier?"

„Wollen Sie mir den Herrn nicht vorstellen?", fragte er statt einer Antwort.

„Das ist mein Mann", fauchte sie. Den Kommissar vorzustellen, hielt sie offenbar für genauso überflüssig wie dieser selbst.

„Herr Strothe, Sie wissen offenbar, wo wir Dr. Daring in Teneriffa finden können."

„Nein, das weiß ich nicht. Keine Ahnung."

„Aber Sie sind über seine Abreise informiert?"

„Dr. Daring sagte für das vergangene Wochenende seine Teilnahme an einem Golfturnier unseres Hotels ab, vielmehr ließ er uns durch seine Lebensgefährtin ausrichten, dass er einen Behandlungstermin in Teneriffa wahrnehmen müsse."

„Dann kommen wir zu Ihrer anderen Aussage. An jenem Samstagmittag, als Anton Schiebach ermordet wurde, waren Sie mit Dr. Daring hier im Hotel? Bis gegen halb eins? Ist das richtig?" Strothe nickte.

„Er hatte ein Pferd im Anhänger?"

„Ich habe keinen Anhänger gesehen."

„Darf ich fragen, wo Sie vorher waren, zwischen halb elf und halb eins?"

„Warum müssen Sie das wissen?"

„Im Augenblick stelle ich die Fragen, Herr Strothe. Wusste Anton Schiebach, dass Sie den Tod von Justus Droste-Schürhoff verschuldet haben?"

„Erstens", erwiderte Strothe mit schneidender Stimme, „habe ich seinen Tod nicht verschuldet, sondern allenfalls seinen tödlichen Unfall provoziert, und auch nur deshalb, weil Droste-Schürhoff meine Frau, das heißt meine damalige Verlobte, auf unerträgliche Weise belästigte. Jedermann im Dorf wusste, dass er die Mädchen als sein Eigentum betrachtete. Sexuelle Belästigung“, er lachte zynisch, „ist nach zehn Jahren verjährt, ein dummer Streich unter Jugendlichen wird dagegen bis in alle Ewigkeit verfolgt?“

„Hat irgendjemand Sie und Daring an jenem Samstagmittag hier, im Hotel, gesehen?“

„Nein. Wir hatten im Bankettsaal eine Geschlossene Gesellschaft mit zweihundert Gästen. Selbst das Personal vom Clubhaus wurde zum Servieren abgezogen und das Gelände für Besucher gesperrt, weil einige der Herrschaften am frühen Abend ein Turnier im kleinen Rahmen austragen wollten. Jens blieb eine knappe Stunde bei mir, um sich die Anlage anzusehen. Er plante den Wechsel von seinem Club zu unserem.“

Noch auf dem Weg zum Auto hatte Max das bemühte Lächeln des Hotelbesitzers vor Augen. Er genoss die Adrenalinwelle in seinen Adern. In die Drinkeler Ermittlungen war ein erfrischender Luftzug geraten. Immer mehr Informationslücken schlossen sich. Im Präsidium angekommen, ließ er bei den Technikern das Phantombild des Besuchers an Lumarenkos Krankenbett anfertigen und registrierte zufrieden, dass bereits ein uniformierter Kollege zur Bewachung des Ukrainers eingeteilt worden war.

Anna wog Minipralinen ab, als Max das Phantombild mit den Worten „Haben Sie diesen Mann schon mal gesehen?“ auf ihre Theke legte. Er hatte Gleichgültigkeit befürchtet, allenfalls den wenig motivierten Versuch, sich an einen seltenen Gast zu erinnern. Zu seiner Überraschung wurde Anna puterrot.

„Es gibt einen Mann, der diesem hier sehr ähnlich sieht.“ Sie strich sich nervös das blonde Haar hinters Ohr. „Ein merkwürdiger Typ. Er schickt mir Blumen, sitzt stundenlang nebenan, im Café, und wenn ich abends abschließe, geht er mir nach.“

„Und?“ Max zog die Augenbrauen hoch, „kein Interesse?“

„Ich mag ihn nicht. Er ist mir … unheimlich.“

„Wie heißt er?“

„Oleg Protopkin.“

„Haben Sie eine Ahnung, was er von Beruf ist?“

„In Kiew arbeitete er als Chemiker. Jedenfalls hat er mir das beim ersten Mal erzählt, damals, bevor er sich an meine Fersen hängte.“

„Und seit wann verfolgt er Sie?“

„Angefangen hat es vor einem halben Jahr. Ich hatte das Schaufenster mit drei Fabergé-Eiern dekoriert. Er kam rein und wollte unbedingt eins kaufen.“ Ihr Blick flackerte. „Aber warum muss die Polizei das alles wissen? Ist er gefährlich?“

„Wahrscheinlich liegt eine Verwechslung vor. Wir suchen jemanden, deshalb muss die Polizei Routinefragen stellen. Wenn der Mann Ihnen lästig wird, können Sie ihn bei der Polizei anzeigen.“ Als Anna ihm ein Glas Tee anbot, verabschiedete Max sich mit freundlichem Lächeln. Vielleicht ein anderes Mal! Er musste das Phantombild auch noch Frau Nabulko zeigen und anschließend im Feuervogel anrufen, ob ein Tisch für Oleg Protopkin bestellt war. Obwohl es garantiert nicht sein richtiger Nachname ist, dachte er verdrossen, bis ihm einfiel, dass Andrejs Adressbuch im Präsidium lag. Dass die Lumarenkos gleich mit zwei Olegs befreundet – oder verfeindet – waren, widersprach trotz der recht großen in Münster ansässigen Gemeinde ehemaliger Sowjetbürger den Regeln der statistischen Wahrscheinlichkeit.

„Ja, dieser Mann war hier“, bestätigte Frau Nabulko und verlieh ihren Worten Nachdruck, indem sie mit dem Zeigefinger auf das Phantombild tippte. „Ein Freund von Andrej, so behauptete er. Vor zwei Tagen hat er mich um den Wohnungsschlüssel gebeten, um da oben aufzuräumen. Das Chaos sei ja wahrscheinlich noch nicht beseitigt, und die Spurensicherung der Polizei habe alles bestimmt noch verschlimmert. Aber für Andrej, so meinte er, wäre es besser, bei seiner Entlassung aus dem Krankenhaus nicht sofort an den Tod seiner Schwiegereltern erinnert zu werden. Ich hatte bisher keine Zeit, für Ordnung zu sorgen. Mein Geschäft wartet nicht, und habe ich nicht genug für die Waldmanns getan?“

In seinem Büro blätterte Max gemeinsam mit Katja das Adressenverzeichnis der Lumarenkos durch. Das meiste war in Kyrillisch geschrieben, der Name Oleg tauchte nirgendwo auf.

Doch selbst die Polizei hat manchmal Glück, dachte er etwa zwei Stunden später, als er und Katja vom Kellner des Feuervogels zu ihren Plätzen geführt wurden. Am Tisch hinter ihnen, gestikulierend und nicht gerade leise, saß Oleg mit einer Frau. Das große Lokal war nur mäßig besetzt, und so gruppierte man, um lange Wege zu vermeiden, die dünn gesäten Gäste rund um die Schwingtür zur Küche. Vielleicht versuchte man auch menschliche Wärme zu vermitteln, denn draußen blies ein scharfer Wind.

Max, der eine schummrige Bar erwartet hatte, registrierte überrascht die heitere folkloristische Einrichtung. Bequeme, lederbezogene Bänke, hellgrün gestrichene Holzpaneele, bauchige Keramiktischlampen, die mit ihrer bunten Bemalung an überdimensionierte Ostereier erinnerten. Die spießigen Gardinen wurden durch die Kleidung des Kellners wettgemacht, der nicht in Don Kosaken-Tracht herumlief, sondern mit schwarzer Hose, weißem Hemd und weinrotem Satingilet. Oleg und seine Begleiterin bedienten sich an der Sakusska-Tafel, dem traditionellen Vorspeisenbüffet, das in einer Ecke aufgebaut war. Die Vielfalt an Fischhäppchen und eingelegtem Gemüse, Pasteten und Piroggen wirkte verführerisch, doch Max dachte an die drei Kilo, die er glücklich abgespeckt hatte, und so bestellte er nach Katjas Vorbild einen Teller Borschtsch, zu dem nicht nur das gewünschte Bier, sondern auch ein doppelter Wodka „aufs Haus“ gebracht wurde.

Olegs Begleiterin war eine teuer gekleidete, ziemlich verblühte Schönheit mit platinblond gefärbtem, toupiertem Haar und aufdringlichem Parfum. Zu dezent geschminkt, um in den Ruch einer Prostituierten zu kommen, zu alt, um als Edel-Callgirl durchzugehen. Eher der Typ der frustrierten Spekulantengattin, dachte Max. Ihr hungriger Blick saugte sich an den scharf geschnittenen Gesichtszügen ihres Tischgenossen fest, während sie mit ihrem diamantengespickten Ring spielte. Katja, die bei etwas stärkerem Zurücklehnen Olegs Hinterkopf hätte berühren können, hob die Augenbrauen. Nach Geturtel klang die Unterhaltung nicht. Schon wieder ging es um eine Ikone.

Max senkte den Kopf über seinen aromatisch duftenden Suppenteller und beobachtete aus den Augenwinkeln, wie Oleg mit einer Scheckkarte bezahlte. Der Ober half ihm und seiner Begleiterin in die Mäntel, der rote Filzvorhang am Windfang schlug hinter den beiden zusammen und Katja klappte ihren Notizblock auf.

„Mit der allergrößten Vorsicht würde ich sagen: Oleg, der übrigens von seiner Begleiterin wirklich so genannt wurde und offenbar Ukrainer ist, arbeitet nicht als Chemiker, sondern als Kunstfälscher. Dazu muss man wissen, dass beim Zusammenbruch der Sowjetunion wertvolle Kulturgüter verloren gingen. Gestohlen aus Museen, Kirchen oder Galerien. Man fand Maler, die sie kopierten, schmuggelte die Fälschungen in den Westen und bot sie dort als

Originale an. Seit den achtziger Jahren ist das Interesse an Ikonen rasant gestiegen, private Sammler zahlten Phantasiepreise. Doch es fehlte an Experten, um die Spreu vom Weizen zu trennen. Noch heute sind gute Kopien extrem schwer vom Original zu unterscheiden, obwohl die Kundschaft misstrauischer geworden ist und besser unterrichtet."

„Ich weiß", nickte Max. Nicht umsonst hatte er an seinen einsamen Abenden eine Menge gelernt. Doch Katja berichtete schon weiter. „Hinter der verkokelten Ikone in Lumarenkos Wohnung steckt angeblich ein Original. Oleg sollte es stehlen, kopieren und die Fälschungen verkaufen. In dem Gespräch gerade eben hat er seiner Begleiterin gestanden, dass das Original verschwunden ist." Lückmann grinste, doch dann wurde er nachdenklich.

„Warum hat er so lange gewartet, bevor er Kontakt zu Lumarenko aufnahm? Die Familie wohnt seit über sechs Jahren in Münster, und wenn die Aussage von Anna Postoi stimmt, lebt auch er schon mindestens ein halbes Jahr hier. Ich wette, er steckt hinter dem Überfall auf die Waldmanns, und Andrej schweigt, weil er Angst vor ihm hat. Nehmen wir mal an, Oleg entdeckt in der Frauenstraße das Erbstück von Nataschas Großtante, bekommt von dem Antiquitätenhändler Nataschas Telefonnummer, die allerdings zu Darings Wohnung im Kreuzviertel gehört. Als sich dort niemand meldet, weil die Wohnung kaum benutzt wird, das wissen wir von Andrej, geht er dem Namen auf der Expertise nach: Natascha Waldmann. Seine Schlussfolgerung lautet: Wenn diese Natascha mit Ikonen handelt, besitzt sie noch mehr. Er kundschaftet ihre Familie aus und ruft Andrej an, der total verängstigt reagiert, weil seine Frau inzwischen ermordet wurde. Die Ikone des Popen kann er gerade noch rechtzeitig verstecken. Ob er geahnt hat, was für eine Kostbarkeit sich auf ihrer Rückseite versteckte, bleibt fürs Erste offen."

„Vielleicht kannte Oleg den Popen. Er kennt auch dessen Nichte Anna Postoi. Er stellt ihr nach."

„Wie das?" Katja setzte ihr Bierglas ab, Max erklärte es ihr und fragte dann: „Konntest du heraushören, woher seine Tischgefährtin stammt?"

„Sie sprach Ukrainisch mit deutschem Akzent. Sie hat fünf Kopien bei Oleg in Auftrag gegeben, achttausend Euro das Stück. Und sie war fuchsteufelswild, weil das Original verschwunden ist."

„Da kann sie lange herumteufeln“, knurrte Max. „Die Experten in Recklinghausen haben heute geantwortet. Das Holz der Ikone stammt aus dem achtzehnten Jahrhundert. Das ergab die dendrochronologische Analyse. In dieser Zeit wurden auch die Farben aufgetragen. Selbst als Kopie hat dieses Bild einen Schätzwert von etwa achtzigtausend Euro.“

„Wissen die Recklinghäuser auch, wo das Bild gestohlen wurde?“

„Da hilft uns Interpol hoffentlich weiter. Wenn wir jetzt Namen nennen können, kommt hoffentlich Tempo in die Sache. Da fällt mir ein: Ist der Name des Moskauer Popen in dem Gespräch gefallen? Ich meine den Onkel von Anna Postoi.“

Katja verneinte und fuhr dann fort: „Warum wurde Natascha ermordet, wenn sie nur die Ikone des Popen mitnehmen sollte und in diesen Kunstraub nicht verwickelt war?“

„Falls sie nur den Auftrag bekam, seine Ikone zu überbringen, stellt sich die Frage, ob der Pope sie arglistig in die Falle tappen ließ. Möglich ist aber auch, dass er in Kiew einen Menschen fand, der ihm anbot, sein Bild fachmännisch zu verpacken, und diese Gelegenheit nutzte, um Diebesgut dahinter zu verstecken.“

„Ihr solltet euch nicht zu sehr in diese Ikonen-Geschichte verrennen“, gab Katja zu bedenken. „Vielleicht hat Frau Lumarenko in Darings Wohnung im Kreuzviertel irgendetwas entdeckt, das sie besser nicht gesehen hätte.“

„Der Durchsuchungsbefehl für die Wohnung ist beantragt. Jetzt müssen wir sie nur noch finden. Morgen früh machen sich Thomas und Sieglinde auf die Suche.“

Was niemand anfangs so recht geglaubt hatte, schälte sich immer mehr zur Gewissheit heraus: Die drei Mordfälle standen in einer – wenn auch noch ziemlich vagen – Verbindung zueinander. Und Sieglindes enge Freundschaft mit Marion erwies sich einmal mehr als hilfreich, nachdem sie Bodos Korrespondenz mit Friedrich Vondembusche entdeckt hatte. „Er scheint Marion sehr gern gehabt zu haben“, hatte sie zu Max gesagt. „Die Grüße, die er jedes Mal an sie ausrichten ließ, sind sehr persönlich gehalten. Ich würde sagen, verliebt.“

„Hier wird noch nicht serviert! Ist doch erst elf!“ Der Wirt in der Kneipe neben Darings Erdgeschosswohnung war ein bulliger Typ mit rot gesprenkeltem Gesicht und ungepflegten Zähnen. Max fragte ihn nach dem Schlüssel zur Nachbarwohnung, doch er hatte ihn nicht mehr. „Da wird nicht mehr geputzt, seitdem diese Russenschlampe ihr Fett abgekriegt hat“, blaffte er, worauf Hölters, Lückmanns uniformierter Kollege, den Mann in eine Ecke abdrängte und fragte, inwiefern die Ukrainerin seinen Gastronomiebetrieb denn so empfindlich gestört habe? Mit dem Fensterleder vielleicht, oder dem Staubwedel? Nein, kam es kleinlaut zurück, doch Ausländer im Haus, wenn auch nur stundenweise und als Reinigungskräfte, seien nicht hinnehmbar. „Meine Bedienung ist reindeutsch. Wie mich dieser Gedanke genervt hat, die Frau könnte irgendwann den Schlüssel nicht mehr zurückbringen, sondern ihre Mafiabande damit beglücken? Ich hatte doch die volle Verantwortung. Bin ich erleichtert, dass die Sache ein Ende hat!“

„Ein tragisches Ende, finden Sie nicht?“

„Sie tun ja so, als wäre sie hier im Treppenhaus erwürgt worden.“

„Erdrosselt“, korrigierte Max trocken.

„Ihr Bullen wisst sowieso alles besser“, blaffte der Mann. „Jedenfalls ist dies ein anständiges Haus. Und soll ich Ihnen noch was sagen? Meine Frau geht nicht mal um sieben Uhr abends durch den Wienburgpark. Dabei ist sie eine Schönheit.“

Aber mit Blindheit geschlagen, dachte Max. „Wer hat den Schlüssel bei Ihnen abgeholt?“

Der Wirt rieb sich das Doppelkinn. „Der Mieter.“

„Wie heißt er?“

„Keine Ahnung. Bin ich der Mann vom Einwohnermeldeamt?“

„Können Sie ihn beschreiben?“

„Durchschnittsvisage, mittelgroß, mittelalt.“ Ein Bierlaster kurvte in den engen Hof, die Fahrertür knallte, dann rumpelten Fässer auf dem Asphaltboden. Der Wirt wurde unruhig.

„Moment noch! War die Wohnung schon immer vermietet?“, fragte Lückmann.

„Kann ich nicht sagen, ich habe die Kneipe erst vor einem Jahr übernommen. Da wohnte der Typ schon nebenan.“

Hölters knackte Darings Wohnungstür mit einem Dietrich, sie sahen sich rasch um, und als sie feststellten, dass niemand zu Hause war, machte sich Hölters auf den Rückweg. Max betrachtete die beiden Zimmer mit einem Gefühl des Ekels, als hinge der Geruch nach Sperma noch in der Luft. Dabei wirkte die Einrichtung so steril wie in einem Untersuchungsraum: in der Mitte jeweils eine Liege, Tisch und Stuhl vorm Fenster und deckenhohe Wandschränke in weißem Schleiflack. Hier also war es passiert, auf diesen Bettgestellen, die jetzt klinisch saubere, akkurat gebügelte Laken verhüllten. Der Brandfleck im Parkett und die so eigenartig abgebrochene Ecke der Fensterbank, die auf den Fotos zu erkennen waren, identifizierten die Wohnung eindeutig als den Schauplatz des Verbrechens. Hinter den blinden Augen jalousiegeschützter Fenster, an denen der Autoverkehr vorbeilärmte, und im zusätzlichen Schutz der Geräuschkulisse aus dem angrenzenden Gastraum hatten die Täter die beiden Mädchen nicht knebeln müssen. Niemand hätte ihr Schreien gehört. Lückmanns Blick wanderte über die Raufasertapete. Das hochgeklappte Bügelbrett hatte damals noch nicht an der Wand gestanden, und auch die Kunstdrucke waren auf den Fotos nicht zu sehen. Lag es daran, dass sowohl Frau Vondembusches Pferdegemälde als auch die verbrannte Ikone der Lumarenkos als Versteck für hochbrisantes Material gedient hatten, jedenfalls griffen Lückmanns Hände fast automatisch nach dem ersten der insgesamt acht Bilderrahmen, die sämtlich Frauenporträts zeigten. Einige kamen ihm bekannt vor: Renoir, Macke, Dürer. Er löste die Rahmen Stück für Stück. Hinter jedem der Kunstdrucke klemmten kleine Kuverts, in denen ein weißes, geruchloses Pulver steckte, körnig wie Salzkristalle. Schon wieder Kokain? Lediglich Dürers „Venezianerin" musste nicht den dubiosen Briefkasten spielen. Als Max dieses Porträt genauer unter die Lupe nahm, erkannte er, dass es frisch gerahmt war. Alle anderen Drucke fielen durch leicht gewellte Passepartouts auf, unter deren Rändern sich Staubpartikel gesammelt hatten. Im Gegenzug gab es bei ihnen keine Fingerabdrücke auf dem Glas, während der Dürer von Prints nur so strotzte. Natascha erschien vor Lückmanns innerem Auge, wie sie die Bilder eins nach dem anderen abstaubte, sie zurechtrückte, damit sie gerade hingen … bis die „Venezianerin" vom Nagel fiel. Wenn sie das Bild zum Rahmen gebracht hatte, waren ihre Fingerabdrücke und die des Glasers darauf, während sie beim Putzen wahrscheinlich Gummihandschuhe getragen hatte. Max packte das Bild ein, nahm auch die kleinen Briefkuverts mit, versiegelte die Wohnung und fuhr ins Präsidium. Diesmal konnte Schüller ihm schneller Auskunft geben als bei der Giftanalyse, die im Übrigen ergebnislos verlaufen war – die Champagnertrüffel, die Oleg seinem Freund Andrej ins Krankenhaus mitgebracht hatte, enthielten nicht mal Champagner. In den Briefkuverts befand sich Kokainhydrochlorid. Alles in allem stolze dreihundert Gramm.

In Lückmanns Büro wartete eine Kollegin von der Wache Nord. „Wir haben eine Meldung, die euch interessieren könnte", sagte sie und reichte ihm ein Blatt Papier. „Die Kollegen vom Spätdienst haben gestern Abend einen Anruf aus Handorf erhalten. Da es nach Einbruch aussah, wurde eine Streife hingeschickt. Aber lies selbst."

Max setzte sich, legte den Zettel, auf dem Sieglinde ihm mitteilte, sie sei von Sonnhagen nun doch zu Marions Beerdigung freigestellt worden, zur Seite und nahm sich das Protokoll aus Handorf vor.

Um einundzwanzig Uhr fünfzig hatte die Besitzerin eines der Bootshäuser an der Handorfer Werse, das sie für die Wintermonate rüsten wollte, bei ihrem Nachbarn einen schwachen Lichtschein bemerkt. Sie vermutete einen Einbrecher oder Obdachlosen, weil der rechtmäßige Eigentümer, ein münsterscher Zahnarzt, schon seit längerem nicht mehr aufgetaucht war. Er habe sein Paddelboot verkauft und lasse das Häuschen verrotten. Als die Kollegen von der Streife eintrafen, konnten sie kein Licht bemerken, auf ihr Rütteln an der Tür kam keine Antwort, die Tür ließ sich nicht öffnen, und das kleine Sprossenfenster erlaubte nur einen sehr beschränkten Überblick. Doch die Gegenstände, die der Taschenlampenkegel erfasste, wirkten unbenutzt und der staubige Holzboden zeigte keine Fußabdrücke. Daher waren sie ohne Ergebnis wieder abgezogen, lediglich einen eigenartigen süß-fauligen Geruch in der Nase, den sie dem Niedrigwasser der Werse anlasteten. Dieser verdammte trockene Sommer, dachte auch Max grimmig. Er überflog gerade die Aussage der Frau, sie habe auch Räucherstäbchen gerochen, und musste unwillkürlich grinsen, weil der Einfall, gegen stinkende Gewässer mit Esoterikkram zu Felde zu ziehen, zu Sabine gepasst hätte, als Sieglinde zur Tür hereinstürmte. Sie ließ sich auf ihren Schreibtischsessel fallen und stützte das Kinn auf die Fäuste. „Fehlanzeige auf der ganzen Linie!", stöhnte sie. „Jens Daring ist auf keiner einzigen Passagierliste nach Teneriffa vermerkt und einen Privatjet seines Patienten können wir auch vergessen, jedenfalls in Deutschland."

„Warst du nicht auf der Beerdigung deiner Freundin?“

„Natürlich war ich da. Sonnhagen hat mich sofort danach abgefangen. Aber er hat ja Recht! Wenn ich Marions Mörder finden will, ist mein Platz hier am Schreibtisch. Marion liegt für mich nicht unter all diesen bombastischen Kränzen, sie ist hier!“ Sie klopfte auf ihre linke Brustkorbhälfte, dass es dröhnte. „Aber die Reden waren gut. Das ging unter die Haut! Ich wusste gar nicht, dass sie noch so viele Freunde hatte: Susanne, David, Deborah, und wie sie alle hießen. Toll, wie viele junge Künstler sie noch betreut und ermutigt hat. Weißt du, dass ihr Geschäftslokal bestehen bleibt? Sie hat eine Nachfolgerin bestimmt, die in ihrem Sinne weiterarbeiten wird. Wenn auch mit anderen Mitteln.“

„Lass mich raten: Winnie Zeisig.“

„Ach, die doch nicht! Die Galerie wird bis Anfang Januar zu einem Szenetreff umgebaut. Die Erben von Marions Bildern haben gemeinsam den Mietvertrag übernommen. Die Bilder bleiben hängen, und in dem Klostergewölbe kann man demnächst ganz romantisch essen, unter der Regie von Miriam Abelding. Der Name des Restaurants steht auch schon fest: ‚Chez Marion‘.“

Statt eines Kommentars wedelte Max mit dem Protokoll über die vergangene Nacht. „Sieh dir das hier mal an! Inzwischen fahre ich nach Drinkel. Ich muss noch einmal mit Tilde Steer reden. Mir geht einfach nicht in den Kopf, dass sie nicht mal den Verdacht hegt, Schiebach könnte an der Vergewaltigung beteiligt gewesen sein. Wir haben ihn eindeutig auf den Fotos identifiziert, und sie weiß nicht, dass es der Nachbarssohn war?“

Das Gespräch mit Frau Strothe ging ihm wieder durch den Kopf. Tilde, hatte sie erklärt, habe großes Glück gehabt, als Hendrik Steer sie heiratete. Er habe sie aus ihrem Trauma befreit. Selbst dann habe es noch Jahre gedauert, bevor sie schwanger wurde. Von einem fremden Sexualstraftäter vergewaltigt zu werden, war schlimm, aber jahrelang Tür an Tür mit ihm zu leben, erschien ihm einfach unerträglich. Tilde Steer hatte auch noch ihre Töchter zu ihm rübergelassen? War die Frau vielleicht nicht normal? Doch es gab eine Erklärung für ihr Tun. Warum sonst hätte ihr Bruder so ausdrücklich betonen sollen, dass Schiebach ihn als Türsteher einstellen wollte? Schäfer hatte das Vertrauen seines Nachbarn. Was sprach dagegen, dass Frau Steer ihren Bruder benutzt hatte, um Beweismaterial gegen ihn zu sammeln?

„Als ich Ihnen am Montag die Fotos zeigte, war das ein Schock für Sie. Sie sagten aus, die Täter nicht erkannt zu haben. Hat sich an dieser Einschätzung inzwischen etwas geändert?“

„Das ist keine Einschätzung, sondern eine Tatsache.“ Frau Steers Stimme klang rau. Sie hatte Max wieder ins Wohnzimmer geführt und gefragt, ob sie Kaffee machen solle. Als er dankend ablehnte, warf sie einen nachdenklichen Blick zur Tür, als hätte sie selbst dringend ein Stimulans nötig, setzte sich dann aber aufs Sofa und begann mit fahrigen Bewegungen zu rauchen. Im Haus war es still.

„Ist Ihnen nie ein Verdacht gekommen, wer es gewesen sein könnte? Auch später nicht?“

Sie schüttelte den Kopf. „Ich habe die Erinnerung daran aber auch sofort verjagt, sobald sie nur entfernt auftauchte. Sonst wäre mir speiübel geworden. Mein Mann musste im Bett verdammt viel Geduld mit mir haben, das kann ich Ihnen flüstern.“

„Hatten Sie keine Freunde hier im Dorf?“

„Ich hatte nur Viola.“ Ihre Nasenflügel bebten, während sie an ihrer Zigarette zog. „Wir hingen zusammen wie die Kletten. Niemand konnte sie mir ersetzen.“

„Das ist bitter“, bestätigte er. „Aber wenn ich richtig informiert bin, ist auch Annett Strothe in Drinkel aufgewachsen. Hatten Sie keinen Kontakt miteinander?“

„Die fühlte sich als was Besseres, weil sie bei Droste-Schürhoffs ein- und ausging. Meinen Bruder und mich hat sie behandelt wie die Dorftölpel.“

„Und Anke Trebschuh?“

Sie verdrehte die Augen. „Die hing doch ständig mit ihrem Heinzi rum. Die wussten mit dreizehn schon, dass sie mal heiraten würden. Er trug ihr immer die Schultasche, schrecklich!“

„Gut, Frau Steer“, Max klappte sein Notizbuch zu. „Das wärs dann.“

16

Sie wickelte sich enger in die Wolldecke, legte den Kopf auf die Knie und stellte sich vor, durch einen Tunnel zu rasen. Tunnel faszinierten sie, vor allem wenn sie im Zug saß. Der plötzliche Sog, der peitschende Schlag aufs Ohr, der psychedelisch flackernde Widerschein in den dunklen Scheiben, das gab ihr den richtigen Kick. Das Tageslicht traf sie jedes Mal wie ein Augenaufschlag nach einem tiefen Traum. „Morgen früh, wenn Gott will …“

Morgen früh musste sie ihn wegbringen. Er roch. Bis sieben Uhr blieb es jetzt morgens schon dunkel, sie konnte sich Zeit lassen. Das Aufspritzen des Wassers, wenn sie den schweren Müllsack versenkte, würde nur ein paar Enten verscheuchen. Niemand würde die großen Kreise sehen, wenn sie sich bis in die Flussmitte ausbreiteten, niemand die verräterischen Luftblasen bemerken, die aus der verzurrten Öffnung aufstiegen. Hier draußen war kein Mensch. Alle Bootshäuser waren eingemottet und verrammelt, außerdem blieb selten jemand über Nacht. Nur die Nachbarin rumorte noch wie ein Igel vorm Winterschlaf.

Wenn es nach ihm gegangen wäre, läge er jetzt in seinem warmen Bett, unter der rotseidenen Daunendecke, die Lederpantoffeln akkurat davor, der Wecker gestellt, die Fernbedienung fürs Frühstücksfernsehen griffbereit auf dem Nachttisch.

Es konnte nicht immer nach seinem Willen gehen.

Im Bootshaus war es kalt. Obwohl heute ein besonders scharfer Wind ging, war das Fenster den ganzen Tag lang offen geblieben, damit sich der süßlich-faulige Geruch verzog. Jetzt brannte das letzte Räucherstäbchen herunter. Ohne Sandelholz, Weihrauch und Zypresse nähme der Gestank überhand. Ewig bliebe er ihr in der Nase, würde ständig mit dem Essen geschluckt, hinge in den Kleidern. Selbst wenn sie das feuchte Küchenhandtuch vor Nase und Mund hielt, drängte er sich in ihre Schleimhäute. Seit Sonntagabend lag er hier, allein gelassen wie ein von der Autobahn in die Böschung geschleuderter Fuchs. Sie musste schließlich sein Haus versorgen, Äquinox füttern und die Fragen an der Haustür beantworten. Nach alten Fotoalben, zum Beispiel. Die Frau, die behauptete, seine Schulfreundin zu sein, roch drei Meilen gegen den Wind nach Polizei. Schon am Samstag hatte sie der Bullenbeamtin von

Jens' Tischbestellung am Aasee und von den Schuhen erzählt, die er mit ihr gekauft hatte. Suchte man etwa nach ihm? Und was, wenn die Polizei auf Teneriffa nach ihm zu fahnden begann …?

Ihr Blick wanderte über das massige, leblose Bündel quer vor der Eingangstür. Nie hätte sie gedacht, dass er keinen Widerstand leisten würde, als sie ihm den Messerblock auf den Schädel schlug. Hatte er sich nicht sogar leicht nach hinten geneigt, ihr entgegen? Sie war nicht geschlichen, er hatte ihre Schritte hören können. Alles war fair gelaufen, sie spielte immer mit offenen Karten. Lege deine Arme um mich, Prinzessin. Seine Prinzessin war dreißig Jahre jünger. War ihm nie ein Argwohn gekommen? Kein Verdacht, warum sie ihn nicht an sich heranließ? Mit ihren zwei vermurksten Ehen hatte sie sich jederzeit glaubwürdig herausreden können. „Gib mir eine Schonfrist, Jens. Ich brauche noch etwas Abstand." Wie wahr! Ihr Plan war noch nicht reif gewesen. Bis zum vergangenen Wochenende nicht.

Als er sich an der Spülenkante festklammerte, hatte sie noch einmal zugeschlagen. Während er stürzte, hatte sie befürchtet, er würde sie ansehen, flehend, bettelnd, anklagend. Doch sein Blick glitt zur Seite, orientierungslos, vielleicht auch fassungslos, als könne er nicht glauben, was mit ihm passierte. Wer ihm das antat.

Glücklicherweise hatte er nur wenig geblutet, so dass sie ihn ein paar Stunden lang neben sich ertrug. An dem Geruch von geronnenem Blut wäre sie erstickt, die Verwesung war eine Frage der Gewöhnung, der Reifung, des Haut Goût. Antons Schädel, dagegen! Krampfhaft hatte sie über die Fotos mit den verschmierten Schädelfragmenten hinweggesehen. Woher Jens sich diese Aufnahmen besorgt hatte, war ihr schleierhaft. Hatte er Zugang zu Polizeiakten?

Schiebach hätte genauso gut ihr Vater sein können, sein Tod war daher nur konsequent. Auch wenn sie nicht wusste, auf wessen Konto er ging. Die Gene von Justus wären ihr noch am liebsten gewesen, die Rolle des weiblichen Gutsherrenbastards hätte sie gern gespielt, obwohl sie nach Fernsehsoap klang. Als junger Mann sah er verdammt besser aus als die beiden Bauernrüpel Jens und Anton. Zu dumm, dass niemand wusste, wer hinter dem Jagdunfall steckte. Dann hätte sie noch eine vierte Mordvariante ausprobieren können, phantasiereich, wie sie war. Den Tod von Droste-Schürhoff hätte sie gerne gerächt.

Ein paar Tage lang hatte sie der Gedanke beschäftigt, ob Jens mit Schiebachs Tod zu tun hatte. Nicht mittags um halb eins, sondern erst um zwei hatte er am 22. August vor dem Haus geparkt, den verdammten Klappergaul im Anhänger. Irgendein mieser Deal um die Ausbaupläne auf Schiebachs Hof war bei dem Pferdekauf im Spiel gewesen, denn Jens war im Grunde geizig. Seine Kokainsucht erlaubte ihm keine Extratouren.

Doch dann war Anton tot und sein Ausbauplan Makulatur.

Sie griff nach dem silbernen Medaillon, das ständig um ihren Hals hing, mit einem Foto so eindimensional wie die Vorstellung, die sie von ihrer Mutter hatte. Viola besaß weder Stimme noch Geruch. Sie bestand lediglich aus einem sechzehnjährigen, ovalen, vage lächelnden Gesicht. Daran änderten auch die anderen Fotos nichts, die man ihr gezeigt hatte, denn auf diesen Bildern war ihre Mutter noch jünger, fast noch ein Kind. Und sie war immer nur am Bildrand zu sehen oder halb verdeckt durch Freunde oder Familienangehörige. Als hätte sie nie dazu gehört.

Sie wiegte sich wieder im Takt des Schlaflieds und fühlte sich dabei unendlich leicht, aber auch ein bisschen müde. Meine lieben Toten, dachte sie stolz, oder sollte ich ‚meine toten Lieben' sagen? Drei waren es summa summarum, wie ihr Stiefvater gesagt hätte. Nicht alle auf einen Streich natürlich, aber jeder mit seinem ganz speziellen Abgang, auf ihn zugeschnitten wie ein Maßanzug. Ihr Blick streifte die Spüle, die leere Champagnerflasche und die beiden Gläser hoben sich im Schein des Räucherstäbchens nur schemenhaft ab. „Auf unseren ersten Sommer!", hatte Jens gesagt und sein Glas in einem Zug geleert. Sie selbst mochte Champagner nicht, seine metallisch-herbe Note erinnerte sie an Medizin. Das Gift der Herbstzeitlose wäre geschmacklich darin völlig untergegangen und weniger riskant gewesen als der Schlag mit dem Messerblock. Doch Gift war als Tötungsart bereits abgehakt. Zu jedem Opfer musste sie sich etwas Neues einfallen lassen, das war mühsam, doch es war ihr Markenzeichen. Andere Mehrfachtäter wählten immer dieselbe Waffe, dieselbe Methode – wie stillos. Wieder andere drapierten ihre Toten, legten ihnen eine Maske aufs Gesicht, drückten ihnen Blumen in die starren Hände, flochten ihnen Zöpfe. Eine besonders einfallsreiche Täterin hatte das beste Stück ihres toten Mannes mit Lametta behängt. Sie, Nora, hatte nie über rituelle Dekorationen nachgedacht, sondern lediglich versucht, für jedes

Opfer ein eigenes Szenario zu finden. Der Messerblock passte zu dem eitlen Hobby-Koch, der mit seinen Messern reiste wie Napoleon mit seinem Feldbett. Jetzt lag der Holzklotz mit im Müllsack, damit er Jens schnell in sein nasses Grab hinabzog und dafür sorgte, dass seine Leiche nirgendwo angeschwemmt wurde. Wasserleichen waren unappetitlich, schon wegen der Gase. Mordopfer hatten attraktiv auszusehen, weshalb sie Natascha ja auch geschminkt hatte; ziemlich nuttig, doch das passte zu dieser Frau. Um das Aussehen der Galeristin hatte sie sich dagegen nicht sorgen müssen. Die alte Schachtel war herausgeputzt, als hätte sie ein Date mit dem Dirigenten.

In keinem ihrer Morde hatte sie aus niedrigen materiellen Instinkten gehandelt – dieses Argument musste sie unbedingt im Gedächtnis behalten, falls sie wider Erwarten vor Gericht gezerrt wurde. Und wenn ihr ein Gutachter Unzurechnungsfähigkeit bescheinigte, bedingt durch ihren von Daring aufgezwungenen Drogenkonsum – eine Linie Kokain war Bedingung, damit der Alte seine Pranken auf sie hatte legen dürfen, obwohl sie es nie zum Äußersten kommen ließ –, würden ihr ein paar Jahre gestrichen. Falls man sie dennoch zu fünfzehn Jahren verurteilte, wäre sie bei der Entlassung so alt wie derzeit ihre Mutter. Was wäre Viola heute? Die Mutter einer zweimal Geschiedenen, die ihre besten Jahre damit vertrödelt hatte, herauszufinden, wer ihr Vater war.

Nein, sie hatte nie zu ihrem persönlichen Vorteil getötet, sondern deshalb, weil die Opfer ihre Rechte verletzten. Das Recht, nicht auf diese beschissene Welt kommen zu müssen, hatte Daring ihr verweigert. Weil er ihr Vater war. Das Recht, ihren Vater zu töten, wollte Vondembusche, diese laszive, alte Kuh, ihr streitig machen, indem sie die alte Freundschaft wieder aufzufrischen versuchte. Aber Jens gehörte nur ihr, Nora! Marions obszöne Skulpturen standen sogar in seinem Schlafzimmer. Was für eine Geschmacklosigkeit ihr, Nora, gegenüber, die ihre Existenz einem widerlichen Sexualverbrechen zu verdanken hatte.

Die Lumarenko wiederum hatte ihren Tod ihrer Raffgier zu verdanken. Vor etwa sechs Wochen, als Nora in der Wohnung im Kreuzviertel ihren Drogenvorrat auffüllen wollte, hatte sie entdeckt, dass eins der Frauenporträts an der Wand frisch gerahmt worden war, ausgerechnet Dürers Venezianerin; ihr Lieblingsbild. Natürlich fehlte das Briefkuvert auf der Rückseite. Steer kam nicht in

Frage, der besorgte das Kokain, wenn er auf Tour ging, rechnete korrekt ab und stand selbst auf Marihuana. Der Betreiber der Kneipe nebenan verwahrte zwar den Wohnungsschlüssel, doch er war ein Rechtsradikaler und hätte sich mit Rauschmitteln von „Niggern“ oder „asiatischen Reisfressern“ niemals abgegeben. Demnach konnte es nur Natascha gewesen sein, sie und ihre ukrainische Mafia. Bei dem Gedanken, dass ihr jemand den sauteuren Koks klaute, war in Noras Hirn eine Sicherung durchgebrannt. Ohne Koks ertrug sie Jens nicht, und sie musste ihn an sich heranlassen, damit er im geeigneten Moment seine verdiente Strafe bekam. In einer so ernsten Lage hatte es nur eins gegeben: vorbeugen, bevor noch mehr Kuverts verschwanden. Hatte Natascha sie nicht um weitere Nebenjobs angebettelt? Nora hatte sie mit verstellter Stimme angerufen, und da das Gespräch von Geräuschen untermalt wurde, wie sie zu später Stunde in Grünanlagen herrschen, war schnell klar geworden, dass die Ukrainerin auf ihrem Heimweg immer den Wienburgpark durchquerte; kriminologisch gesehen die Direttissima zum Obduktionstisch. Doch Noras attraktives Angebot eines Kurierdienstes – fünfhundert Euro bei selbst gewählten Arbeitszeiten und einem anständigen Auto – war auf überraschende Skepsis gestoßen. Die geforderte Kaution konnte nicht schuld sein, denn am Abend ihres Todes steckten wesentlich mehr als dreihundert Euro in Nataschas Portemonnaie. Nora hatte es eingesteckt, um die Polizei auf die Fährte eines Raubmords zu schicken, und das Geld an eine Organisation überwiesen, die Kinderheime in der Dritten Welt mit Barbiepuppen belieferte.

Das Räucherstäbchen verglomm mit einem leisen Zischen, die endgültige Dunkelheit jagte ihr einen Schauer über den Rücken. Auch der üble Geruch würde zurückkehren. Aber Licht zu machen, war riskant. Vor drei Stunden war die Nachbarin herangeschlichen und hatte mit schriller Stimme „Hallo!“ gerufen, „ist da jemand?“ Hatte hörbar geschnüffelt, obwohl man draußen bestimmt noch nichts roch. Trotzdem hatte Nora das Fenster geschlossen, sobald die Alte wieder davongeschlurft war. Danach hatte sie den leblosen, massigen Körper, der bis dahin neben ihr auf dem Boden lag, zur Tür geschleift. Der schwere, unförmige Sack verhinderte, dass jemand die Tür mit Gewalt öffnete.

Wenig später dann Männerstimmen. „Aufmachen! Polizei!“ Sie hatten ihr nicht mehr als ein müdes Lächeln entlockt. Sie konnte nicht aufmachen, weil ihr Liebster die Tür verbarrikadierte. Sie hörte, wie die Männer zur Rückseite der Hütte polterten, dann fiel ein gebündelter Lichtschein durchs Fenster. Doch Nora hatte sich längst in die Kochnische verzogen, auch Jens konnten sie nicht sehen. Sein Körper verschwamm mit der Dunkelheit wie ein verendeter Wal am nächtlichen Strand. Den Sack am Morgen zum Bootssteg zu schleifen, würde sie viel Kraft kosten.

„Mach dir keine Sorgen!“, hatte sie zu Jens gesagt, als das Foto von Schiebachs Leiche in der Zeitung erschien und die Polizei in Wolbeck an der Haustür schellte. „Auch wenn du vielleicht der Letzte warst, der mit ihm gesprochen hat, ich decke dich.“ Für ihre falsche Aussage gegenüber dem Oberkommissar hatte Jens sich ungewollt, aber genial revanchiert, indem er ihr die Idee für die drei Muschelsandwichs lieferte. Woher wusste er so gut Bescheid über die Neigungen seiner alten Jugendliebe, wenn er sie Jahrzehnte lang nicht gesehen hatte? Und wie er sie genervt hatte, mit seinen sentimentalen Gewissensbissen. „Ob ich sie mal anrufe? Was rätst du mir, Nora? Auf jedem ihrer Galerieevents bin ich gewesen, aber sie hat mich nie erkannt. Will sie mich nicht wieder erkennen? Sie ist seit langem Witwe, keine gute Partie, ihre Galerie läuft nicht besonders, aber sie ist eine interessante Frau, klug und gebildet. Wir könnten uns noch ein paar schöne Jährchen machen.“

Seine Worte wirkten wie eine Ohrfeige. Sie hatte den Blick unter ihren Lidern verborgen, während ihr Warnsystem zu schrillen begann.

Keine Ahnung, was ich dir raten soll, Jens! Aber sie hat kein Recht auf dich, solange ich mit dir noch nicht fertig bin. Und wenn ich fertig bin, wird sie keine Freude mehr an dir haben. Du stehst auf meiner Opferliste, weil du meine Mutter flachgelegt hast. Hättest du dich mit der Anderen begnügt und dich, als meine Mutter vergewaltigt wurde, aufs Fotografieren beschränkt, gäbe es mich nicht. Viola hätte einen netten Jungen geheiratet und Kinder gekriegt, die anders aussähen als ich. Als ich dir gegenübertrat, vor einem Dreivierteljahr, bei meiner Bewerbung als Praxishelferin, wusste ich sofort Bescheid. Weder Schiebach noch dieser Gutshoferbe war mein Vater. Ich habe deinen Mund mit der auffallend schmalen Oberlippe und der eingekerbten Unterlippe geerbt. Du in deiner verdammten Eitelkeit hast diese Ähnlichkeit zwischen uns glatt übersehen, hältst deinen Mund wahrscheinlich für sinnlich, aber ich hasse meinen Mund, hasse mich insgesamt, dieses Zufallsprodukt eines Gründonnerstags. Viola wollte nur ein Eis essen. Als sie nach Hause kam, war sie nicht mehr sie selbst.

Wie ich euch drei ausgekundschaftet habe? Auf der jahrelangen Suche nach dem Vergewaltiger meiner fünfzehnjährigen Mutter, die mich nicht abtreiben ließ, weil ihre Eltern sie eingesperrt hielten, stieß ich endlich auf die alte Anzeige gegen Unbekannt. Einunddreißig Jahre her, das Ganze, seit neun Jahren verjährt. Aber nicht vergessen! Mechthild Schäfer hieß das andere Opfer, wohnhaft in Drinkel. Es dauerte ein bisschen, sie ausfindig zu machen, weil sie verheiratet ist. Der Mann an der Kasse des Dorfladens hieß Robert Schäfer, wir haben ein bisschen geredet, und schon wusste ich, dass ich an meinem Ziel angekommen war. Seine Schwester war nicht unbedingt erfreut, mich zu sehen, und mauerte zuerst gewaltig, aber ich habe nicht locker gelassen, bis sie Namen nannte und auch von dem angeblichen Jagdunfall erzählte. ‚Warum nur eine Anzeige gegen Unbekannt, wenn Sie diese Dreckskerle kannten?‘, frage ich, worauf sie die Schultern zuckt und sagt, was den Bauern vom Nachbarhof beträfe, hätten ihre Eltern ihr nicht geglaubt. Ihre Aussage gegen den adeligen Schnösel wäre ohnehin chancenlos gewesen und den Zahnarzt hätte sie nie zuvor gesehen. ‚Obwohl seine Eltern damals in Drinkel wohnten?‘ habe ich gefragt. Da sagt diese Frau, die die beste Freundin meiner Mutter war: „Gehen Sie jetzt bitte. Es kann nämlich auch sein, dass ich mich in meinen Erinnerungen täusche.“ Dabei hätte sie genauso gut schwanger werden und sich nach der Geburt ihres Bastards umbringen können. Ich bin auch nicht sofort weggegangen, sondern habe mir den Bauern vom Nachbarhof angesehen und anschließend im Golfhotel nach einem Foto von Justus Droste-Schürhoff gefragt, um endlich herauszufinden, wer denn nun mein Vater war. Weder dem einen noch dem anderen sehe ich auch nur im Geringsten ähnlich. Mein Besuch im Hotel und im Dorf hat viel Staub aufgewirbelt, richtig froh waren sie, dass ich als Racheengel aufkreuzte. Wer auch immer Schiebach erschlagen hat, kann jetzt den Verdacht ohne weiteres auf mich lenken. Bei der alten Schachtel in der Galerie am Rosenplatz bin ich viel vorsichtiger ans Werk gegangen.

Als die „alte Schachtel“ am Montag vor ihrem Tod anrief, hatte Jens sich zum Reden ins Atelier verzogen. Es ging um ein Pferdebild, das ihn lebhaft zu interessieren schien. Doch die Galeristin schien abzuwiegeln. Danach wuselte er den ganzen Abend herum wie ein Trüffelschwein, zog Schubladen auf, wälzte Alben, wie auf der Suche nach Liebesbriefen und alten Fotos. Als Nora ihm helfen wollte, verscheuchte er sie, als wäre sie eine räudige Katze. Jetzt kannte sie ihn noch besser: Ihr Jens stand auf reife Frauen mit Übergewicht, Cellulitis und einem Hang zu erotischem Kitsch.

In bester Stimmung hatte sie ihn zur Finissage begleitet, die drei in Alufolie gewickelten Sandwichs in der Tasche. Doch Jens war frustriert: kein spontanes Wiedererkennen bei Marion? Nicht mal ein Zögern von der Länge eines Wimpernschlags? Nachdem Nora die Schnittchen, unter dem Vorwand, mit einer Lage Küchenkrepp den Inhalt eines umgestürzten Weinglases aufzuwischen, in die Küche geschmuggelt hatte, war er, gekränkt wie ein alternder Clown in einer gelangweilten Manege, ihrem Vorschlag gefolgt, diese schnöselige Galeriegesellschaft zu verlassen und in der Innenstadt Schuhe zu kaufen. Später bei einem Glas Wein und Tapas am Spiekerhof heuchelt sie Bewunderung: „Erzähl mir von Marion! Sie sieht jung aus für ihr Alter.“ Und Jens hält, ohne es zu ahnen, einen Nachruf auf die große Liebe seines Lebens …

Sie schraubte die rot-goldene Pappdose auf, in der Anna ihre Tees verkaufte, legte den Taschenspiegel und das kleine Messer, die darin steckten, auf den Boden, schüttete aus einer zweiten identischen Dose etwas Kokain auf die Spiegelfläche und zerkleinerte das grobkörnige Pulver langsam, fast andächtig, bis es die Konsistenz von Puder angenommen hatte. In einer dritten Dose, diesmal blau-silbern, bewahrte sie zu Hause das Gift der Herbstzeitlose auf, das hochwirksame Colchicin, das ursprünglich Jens zugedacht, dann jedoch bei Marion Vondembusche zum Einsatz gekommen war. Sie hatte die Pflanzen auf der Wiese hinter der Villa geerntet und die Teedose mit dem hochwirksamen Gemisch aus Samen, fein gehackter Zwiebel und akribisch zerkleinerten Blütenblättern aufs Küchenbord gestellt. Jens trank niemals Tee. Als er vor ein paar Tagen, in weinerlichem Gedenken seiner toten Marion die Rumflasche umklammernd, doch danach verlangte, hatte sie ihn mit einem kräftigen Schuss Sarkasmus darauf hingewiesen, dass Tee aus Herbstzeitlosen für alte Gäule gefährlich werden könne. Er hatte die Augen leicht zusammengekniffen und ebenso zweideutig erklärt, ein kluger Bauernzossen lasse sich von einem windigen

Giftpflänzchen nicht hinters Licht führen. Da hatte Nora die Krallen ausgefahren. „Fünftausend Euro hast du für den Bauernzossen gezahlt! Was hätte man mit dem Geld alles machen können?“

Und er: „Was denn? Vielleicht eine Karibikkreuzfahrt, auf der ich eine Einzelkabine für dich berappen kann?“

Das brachte sie auf die Lösung. Die Praxishelferinnen hatten ihr am Freitagabend den plötzlichen Notfall auf Teneriffa sofort geglaubt. Schließlich teilte sie Jens immer die Termine zu. Sogar die penetrante Hauptkommissarin hatte ihr die Geschichte von dem münsterschen Exbariton mit privatem OP in seiner Ferienvilla auf den Kanaren abgenommen. Nora lachte sich jetzt noch schlapp, wenn sie sich die verbiesterten Nachfragen der Polizei bei den Luftlinien ausmalte. Ab morgen früh wäre die neueste Adresse von Jens noch viel schwerer zu überprüfen: Wersegrund Nord-Nordwest, je nachdem wie die Strömung ging.

Sie strich das Kokain zusammen und zog die Linie durch ein eng gerolltes Stück Papier in die Nase. Dann schloss sie die Augen, wiegte sich im Takt ihres Kinderlieds, strich die Wolldecke glatt und legte sich darauf. Nein, erst noch mal aufstehen und Wasser heiß machen für den Tee zum Einschlafen. Die unebenen Dielenbretter drückten gegen Schulterblätter und Beckenknochen. Morgen früh, wenn Gott will ... Ach was, sie konnte hier bleiben, solange sie wollte. Die Bootshäuser rundum waren eingemottet, und der Geruch würde sich bald legen. Auch die dusselige Kuh von nebenan würde sich nicht wieder blicken lassen – vor dem nächsten Frühjahr lief hier gar nichts mehr.

Sie öffnete das Fenster, auch wenn sie noch mehr frieren würde, weil sie die Decke nicht mehr um sich wickeln konnte. Damit ihr wärmer wurde, malte sie sich ein Lagerfeuer aus. Der goldene Schein, die Schatten, die die Flammen auf die Wände warfen, die wohlige Wärme, die ihrem ewigen, fast krankhaften Frösteln ein Ende setzte. Mit ihren Pflegeeltern hatte sie manchmal Ausflüge zum Dortmund-Ems-Kanal gemacht. Vor der Rückfahrt gab es ein zünftiges Feuer mit Grillwürstchen und Backkartoffeln, die die Kinder zubereiten durften. Gelegentlich war etwas in die Glut getropft und hatte bedrohlich gezischt, der würzige Geruch bekam etwas Beißendes, die Luft wurde zu Rauch, der in den Augen tränte. Sengende Hitze, wenn man bei den Löschversuchen zu nahe kam, Warnungen wegen der leicht brennbaren Kleidung …

Wasser war die einzige Rettung – eimerweise, flussweise, ozeanweise – immer und überall. Obwohl es draußen noch dunkel war, stand sie auf wie ferngesteuert. Jetzt oder nie! Sie schleifte die Leiche von der Tür weg, schloss auf und spähte hinaus. Im Osten zeigte sich unterhalb der kompakten Wolkenwand ein orangeroter Streifen, die Bootsstege lagen noch im Dunkeln, die Werse floss träge wie anthrazitfarbenes Öl. Nicht mal die Vögel waren wach, die Stille drückte in den Ohren wie Watte.

Der Fluss schluckte die Leiche wie ein riesiger Piranha. Sie sah die spitzen Zähne, die sie zermahlten, als führe sie durch einen Reißwolf. Der Müllsack blähte sich wie ein Ballon, doch der schwere Messerblock zog den Körper schnell nach unten. Perfekt! Es würde dauern, bis man die Tatwaffe fand, und der Fund würde Rätsel aufgeben. Der begnadete Hobbykoch Jens, erschlagen mit seinem Lieblingsspielzeug. Das Wasser zog weite Kreise, Luftblasen stiegen in ihrer Mitte auf, lautlos und seltsam schleimig, wie in einem Stummfilm über die Ursuppe.

Sie fuhr hoch. Aus der Kochecke drang ein Lichtschein, orangefarben und flackernder als der schwache Schimmer, den normalerweise die Glühbirne über dem Gaskocher verbreitete. Es knisterte, kleine Wölkchen, die in der Dunkelheit rauchgrau aussahen, kräuselten sich, knäuelten sich auf sie zu, als wollten sie sie einhüllen und wärmen. Nora starrte sie an und in ihrem Kopf begannen Dutzende von Dominosteinen umzustürzen, gefolgt von immer weiteren, ein rasender Wirbel von weißen Punkten auf schwarzem Grund. Der Luftzug des offenen Fensters saugte die Wölkchen in den Raum. Sie quollen auf, gingen einander aus dem Weg, um neuen Wölkchen Platz zu machen. Doch warum roch sie den Rauch nicht? Sie taumelte hoch, stolperte zur Tür, doch ihre Zehen bohrten sich in den schweren Plastiksack, der quer davor lag. Wieso war er noch hier? Sie hatte ihn doch weggebracht, zum Wasser. Der unerwartete Anprall brachte sie aus dem Gleichgewicht, sie knallte mit dem Kopf gegen das Türblatt und fiel auf die Leiche. Ein gewaltiges Fauchen erfasste den Raum wie mit einer Riesenhand, die Wolldecke fing Feuer, die Synthetikgardinen am Fenster knisterten wie Wunderkerzen, die Teerpappe auf dem Dach verschmorte in einer Welle aus erstickendem Qualm, der eilig durchs Fenster hereindrängte, als suchte er Spielkameraden. Und als wollte jedes Requisit dieser maroden Hütte seinen Beitrag zu dem gigantischen Schauspiel leisten, gab auch die Gaskartusche, erhitzt bis zum Glühen, ihren Widerstand auf. Die Hütte explodierte mit dem Knall eines makabren Feuerwerks, ihre dünnen Bretter stoben durcheinander wie Mikadostäbchen, gefolgt von einem meterhohen Funkenflug.

Die Feuerwehr konnte ein Übergreifen auf die Nachbargrundstücke verhindern. Im Morgengrauen rückte die Spurensicherung an.

Daring war nicht der erste Zahnarzt, der mit einem Gebissschema zu seiner eigenen Identifizierung beitrug. Da er seine Rechnungen übersichtlich aufbewahrte, wurde der zuständige Kollege noch im Lauf des folgenden Tages ermittelt. Nur das weibliche Brandopfer, das über ihn gekippt war, gab Rätsel auf. In diesem Fall konnte Darings Zahnarzt nicht weiterhelfen. Erst ein paar Telefonanrufe später wusste Max, um wen es sich bei der Toten handelte. Er hätte es sich denken können.

„Daring ist weder an einer Rauchgasvergiftung gestorben noch lebendig verbrannt. Sein Schädel weist in Scheitelhöhe nicht nur einen Riss, sondern auch einen Berstungsbruch auf, der mit Sicherheit tödlich war. Die Blutungen dürften massiv gewesen sein. Der erste Schlag auf den Hinterkopf hat ihn wahrscheinlich bewusstlos gemacht, daher das Fehlen jeglicher Kampfesspuren. Schließlich war er ein kräftiger Mann. Die Frau ist wahrscheinlich erstickt. Haben Sie schon Hinweise auf die Brandursache?“

Max nickte. Brandstiftung konnte ausgeschlossen werden, nichts sprach für einen Brandbeschleuniger, dafür deutete einiges auf ein durchgeschmortes Kabel hin, zumal das Feuer in der Kochnische ausgebrochen war. Das sprach für Unachtsamkeit.

„Gibt es andere Hinweise auf Fremdverschulden?“ Kerner nahm die Röntgenaufnahmen und schob sie in einen Umschlag.

„Daring“, erinnerte Lückmann ihn, „lag quer vor der Türschwelle, Nora Heller ist über ihn gefallen. Wenn noch jemand im Bootshaus gewesen wäre, müsste es eine dritte Leiche geben, das Fenster ist als Fluchtweg zu klein. Es sei denn, der Täter konnte vor dem Brand entkommen und hat Nora Heller bewusstlos geschlagen. Was sie betrifft,“ Max hielt ein Medaillon in die Höhe „ist dies ein neuer Anhaltspunkt für ihre Identität. In dem Medaillon kräuseln sich die Reste eines Fotos. Mal sehen, was die Kollegen von der Technik da noch isolieren können.“

Ein erfolgreicher Tag sieht anders aus, dachte er frustriert und erinnerte sich daran, mit wie viel Optimismus er anfänglich geglaubt hatte, die Mordfälle Schiebach und Lumarenko während Sabines Abwesenheit aufzuklären. Nicht genug damit, dass er ihrer Rückkehr am Samstag mit immer größerem Unbehagen entgegensah, lagen die Mordakten weiter auf seinem Schreibtisch, und auch für den neuesten Fall kam vorläufig kein plausibles Motiv in Sicht, außer einem möglichen Beziehungsdrama zwischen Daring und Heller. Doch längst nicht alle Paare trompeteten ihre Konflikte zum Fenster heraus. Darings Villa lag einsam, und die Nachbarin in der Bootshausanlage ließ auf den Zahnarzt und seine Lebensgefährtin nichts kommen. Nur ihnen zuliebe habe sie am Abend vor der Brandnacht die Polizei gerufen. Die Jahreszeit sei mal wieder reif für obdachloses Gelichter. Es wäre nicht das erste Bootshaus, das durch blanke Dummheit abgefackelt wurde.

Ob die Bootshäuser eine Bodenklappe zum Wasser besäßen, wollte Max von ihr wissen.

„Sie meinen, der Täter könne über die Werse entkommen sein? Dr. Daring besaß denselben Haustyp wie ich. Und mein Bootshaus hat keinen Auslass zum Wasser."

Aber noch hatte Max nicht alle Quellen ausgeschöpft, um das Verhältnis der beiden Toten zueinander genauer zu definieren.

Draußen, neben dem Praxiseingang, klebte eine Mitteilung, die Sprechstunde sei bis auf weiteres abgesagt. Drinnen warteten Darings Assistentinnen auf ihre Vernehmung durch Max. Die Ältere der beiden erinnerte ihn an eine Wespenkönigin, schwarze Metallbrille, glattes, weizenblondes Haar, im Nacken zum Pferdeschwanz gestrafft, ein eng geschnallter Gürtel über der braunen Steghose. Ihre jüngere Kollegin trug Schwarz, nur das dunkle, kurze Haar war mit zyklamroten Strähnchen aufgepeppt. Auch ihre Augen wirkten vom Weinen rot-verquollen, während die eisblaue Iris der „Wespe" den Kommissar herausfordernd fixierte. Er legte sein Notizbuch auf die Tischplatte und zog den Drehsessel näher. Wie es schien, diente der kleine Raum als Pausenzimmer: Mikrowelle, Wasserkocher, Kühlschrank und auf der Fensterbank eine Kaffeemaschine, die in regelmäßigen Intervallen ihren Inhalt in die Kanne fauchte.

„Gab es in letzter Zeit Ärger? Vielleicht durch einen unzufriedenen Patienten? Hat jemand Dr. Daring bedroht?“ Die Antwort der Blonden war ein verblüfftes Kopfschütteln. „Wenn ich richtig verstanden habe, wurden im Bootshaus zwei Tote gefunden. Dr. Daring selbst und die Schlampe, die ihn auf dem Gewissen …“ Das wilde Aufschluchzen der Kollegin schnitt ihr das Wort ab.

„Hat er mal durchblicken lassen, dass es Streit mit Frau Heller gab?“

„Über Privates redete unser Doktor eigentlich nie. Und er wirkte immer ausgeglichen, egal wie zu Hause die Stimmung war.“

„Woher wissen Sie dann, wie die Stimmung war?“

„In welcher Beziehung herrscht schon immer ein Azorenhoch?“

„Redete Frau Heller über ihr Privatleben?“

„Dazu hatte sie kaum Gelegenheit, jedenfalls nicht in unserer Gegenwart.“

Als Max wissen wollte, in welcher Funktion Nora Heller in Darings Privathaus eingezogen sei, setzte sich die Blonde ihm gegenüber und verschränkte die Hände auf dem Tisch. „Unser Chef verfügte seit ein paar Monaten in seiner Villa über einen Behandlungsraum, in dem er Eingriffe vornehmen konnte, die eine stärkere Anästhesie verlangen. Manche Patienten wünschen sich dafür eine wohnlichere Atmosphäre, als sie hier in der Praxis herrscht. Außerdem müssten wir einen Ruheraum einrichten, und unser Platz ist ziemlich beengt. Deshalb suchte der Chef ab Jahresbeginn per Zeitungsanzeige eine Assistentin für diesen heimischen Arbeitsbereich und den damit verbundenen Schreibkram. Unter den Bewerberinnen war auch Nora Heller, und der Chef entschied sich für sie.“ Sie schürzte die Lippen. „Keine Ahnung, welchen Narren der Doktor an ihr gefressen hatte.“

„Mir gegenüber“, wundert sich Max, „erzählte Dr. Daring, seine Lebensgefährtin sei an einem Teegeschäft beteiligt.“

„Klar. Diese Privatpatienten wurden nicht über die Bücher abgewickelt. Was hätte er Ihnen also sagen sollen? Noras Freundin betrieb einen Teeladen. Möglich, dass sie am Gewinn beteiligt war. Bedient hat sie dort nie.“

„Haben Sie mit ihr in der Praxis zusammengearbeitet?“

„Nur in den drei Monaten ihrer Probezeit. Anfang Mai übernahm sie den Innendienst. So nennen wir die Termine in der Villa.“

„Deutete während Ihrer Zusammenarbeit irgendetwas daraufhin, dass sie und Dr. Daring bereits vorher in einem … näheren Verhältnis zueinander gestanden hatten?“

„Sie meinen, sie könnte eine Verwandte gewesen sein? Oder die Tochter von Freunden? Dieser Eindruck ist mir nicht gekommen.“

„Also keine Vertraulichkeiten zwischen den beiden oder Gesprächsthemen wie unter Verwandten oder Freunden üblich?“

Ihre dünnen Augenbrauen zogen sich kurz in die Höhe „Sie könnte seine Geliebte gewesen sein? Das glaube ich nicht. Nora hatte gegenüber dem Chef immer einen leicht katzigen Unterton. Da war so eine Gereiztheit, die es bis dahin in unserem Team nicht gegeben hatte. Überhaupt war sie ein schwieriger Charakter.“

„Inwiefern?“

„Sie hatte einen richtigen Sozialtick. Jedes zweite Wort von ihr lautete unfair, unsolidarisch, sklavisch. Deshalb fanden wir die Lösung mit dem Innendienst so angenehm. Leute wie sie machen das Betriebsklima kaputt.“ Ihre Kollegin nickte grimmig.

„Galt Frau Hellers Kritik auch Dr. Daring?“

„Nein, sie meinte das ganz generell.“

„In dieser Woche hielt der Doktor keine Sprechstunde ab?“

„Stimmt“, sagte die Dunkelhaarige. „Einer seiner Privapatienten hatte eine Behandlung vereinbart. Dafür wollte er sich ein paar Tage Zeit nehmen.“

„Ein ehemaliger Bariton der Städtischen Bühnen, zum Beispiel?“

„Kann schon sein!“, sagte sie. „Was nicht auf der Gesundheitskarte steht, entzieht sich in der Regel unserer Kenntnis. Mit offenem Mund reden die Patienten nicht sehr deutlich.“ Ihr Lächeln hatte einen Anflug von Feinseligkeit. Vielleicht war unter den Patienten auch der eine oder andere attraktive Sopran.

„Hat Dr. Daring möglicherweise durchblicken lassen, dass diese Sonderbehandlung Anfang der Woche nicht in Münster stattfand?“

Sie wandte sich an ihre Kollegin: „Hat er?“

„Der Kalender für die Extratermine liegt bei ihm zu Hause“, klärte ihn die Blonde auf. „Am besten sehen Sie selbst nach.“

„Seit wann wohnte Frau Heller fest bei ihm?“

„Das hat sie uns nicht erzählt“, sagte die Schwarzhaarige überraschend giftig, „und es hätte uns auch nicht interessiert.“

„Wie geht es jetzt weiter? Ich meine, mit der Praxis?“

„Der Chef arbeitete seit einem halben Jahr mit einem Partner zusammen. Dr. Gerloff. Er wird jetzt wohl allein weitermachen.“

„Hatte er Pläne für die Zeit nach seiner Pensionierung?“

Jetzt lächelte die Blonde biestig. „Daraus wird wohl nichts.“ Sofort spiegelte sich Betroffenheit in ihrer Miene. „Nein, so etwas sollte ich nicht sagen. Dr. Daring war ein angenehmer Chef, hatte immer ein offenes Ohr für seine Mitarbeiter. Dass es so mit ihm gekommen ist … Aber wie heißt es so schön: Auch Mörder haben kurze Beine.“

„Könnte sich Frau Heller selbst getötet haben, nachdem sie ihn umgebracht hatte?“

Das triumphierende Lächeln kehrte zurück. „Garantiert nicht. Ihre Geldgier hat sie in die eigene Falle gelockt.“

Äquinox graste auf seiner Apfelbaumwiese. Beim Anblick des vierbeinigen Vollwaisen fühlte Lückmann Mitleid. Gab es Tieraltersheime? Wer kümmerte sich in Zukunft um ihn? Anna Postoi war laut Aussage ihrer Eltern vor drei Tagen nach Moskau abgereist, das Teehaus blieb bis Ende des Monats geschlossen.

Beim Betreten der Villa empfand er wieder die Skrupel eines Voyeurs wider Willen. Daran änderte auch Sieglindes Angebot nichts, ihm die halbe Arbeit abzunehmen. Mit unschlüssigem Schritt nahm er die Treppe nach oben. Daring und Heller hatten getrennte Schlafzimmer benutzt, vielleicht weil der eine zum Stein Erweichen schnarchte, während die andere bis nach Mitternacht vorm Fernseher saß. Möglicherweise waren sie ja gar kein Liebespaar gewesen, sondern durch eine Zweckgemeinschaft verknüpft wie in einer WG. Er sah sich nur flüchtig um, weil Schüller den Computer bereits ins Präsidium gebracht hatte, und die Schlafräume keine Schränke enthielten, in denen sich aufschlussreiche Dokumente vermuten ließen. Man bediente sich aus einer begehbaren Garderobe, die, ebenso wie das geräumige Bad, die beiden Schlafzimmer miteinander verband. In einem Arbeitsraum im Erdgeschoss entdeckte Max mehrere Ordner und trug sie zum Tisch am Fenster. Penibel sortiert, fand er Kontoauszüge, Versicherungspolicen und den Kalender für die Sondertermine. Für den Wochenbeginn gab es keinen Eintrag. Schließlich entdeckte er auch Darings Testament. Das Haus war nur gemietet, seine gesamte Einrichtung ging an ein Patenkind, der Gegenwert einiger Aktien an ein Waisenhaus in Bangladesh. Nora erhielt nichts. Bei dieser Entdeckung wurde Max klar, dass er noch immer viel zu wenig über Frau Heller wusste, auch wenn seit heute Morgen kein Zweifel mehr daran bestand, dass sie die Täterin war.

Die Frage, was, außer ihrem Job, eine junge Frau dazu brachte, mit einem Mann zusammenzuleben, der doppelt so alt war wie sie selbst, ließ ihn nicht los. Dass sie diesen Mann heimtückisch erschlagen hatte, machte die Sache nicht übersichtlicher, auch nicht, wenn Max alle nur denkbaren Gründe in Betracht zog. Sie reichten von Geldgier über Eifersucht bis hin zu sexueller Frustration. Er wog sie gründlich gegeneinander ab, bis ihm eine weitere Möglichkeit in den Sinn kam. Und wenn Nora Heller Kontakt zu Daring aufgenommen hatte, weil es eine offene Rechnung gab? Wer wusste denn, wer oder was dieses ungleiche Paar zusammengeführt hatte? Die leichte Familienähnlichkeit und der Partnerlook, den sie bei seinem ersten Besuch in der Villa getragen hatten, fielen ihm wieder ein. Als wollten die beiden mit aller Gewalt Einmütigkeit und Harmonie demonstrieren. Und warum hatte Daring so ausdrücklich betont, dass Nora noch nicht lange in seinem Haus lebte? Hatte er verhindern wollen, dass Max sie in die Befragung einbezog?

Während er grübelte und keine Antwort fand, kam Sieglinde zur Tür herein. Er gab ihr das Testament zum Lesen.

Sie untermauerte seine Meinung mit der Frage „Warum hätte Daring seine Assistentin begünstigen sollen? Die beiden waren nicht verheiratet, kannten sich nicht einmal lange. Vielleicht war sie genauso vermögend wie er."

„Sie selbst scheint kein Testament hinterlassen zu haben, aber sie war ja auch noch jung. Warum wurde sie zur Mörderin?"

Sie hob überrascht den Kopf. „Was macht dich da so sicher?"

„Seit heute haben wir den Beweis, dass Nora Heller die Täterin ist. Als die Hütte explodierte, ist die Eingangstür samt Rahmen herausgeflogen. Sie lag fünfzig Meter weiter im Gebüsch. Sie war von innen abgeschlossen und der Schlüssel steckte noch. Die Unmenge an Fingerabdrücken auf ihm und auf der Innenklinke stammt ausschließlich von Frau Heller. Sie hat verzweifelt versucht wegzukommen."

In einem Anflug von Mitgefühl schloss Sieglinde sekundenlang die Augen, doch dann runzelte sie die Stirn: „Woher hast du Nora Hellers Fingerabdrücke?"

Er lächelte matt. „Sie hat Darings alte Fotos aus den Alben herausgesucht und Hilly übergeben. Alles was nicht von Hilly stammte, konnte ich Frau Heller zuschreiben.“

„Beide Leichen versperrten die Eingangstür“, überlegte sie, „und das Fenster kommt als Fluchtweg nicht in Betracht, da passt nicht mal ein Fünfjähriger durch. Aber wenn es nun einen Auslass zum Wasser gab? Der Täter könnte durch die Werse entkommen sein.“

„Laut Aussage der Nachbarin gab es keinen Auslass, das hat auch Ansgar bestätigt. Das Haus stand etwa drei Meter vom Ufer entfernt, nur der Steg führte zum Wasser.“

„Warum ist sie nach dem Mord an Daring nicht sofort verschwunden?“

„Vermutlich ist er am Sonntag gestorben, die Nachbarin hat ihn morgens zum letzten Mal gesehen. Und da er nicht verreist war … Vielleicht hat Nora ihre Tat bereut und ist deshalb als Totenwache bei ihm geblieben.“

Das Behandlungszimmer befand sich im Untergeschoss; ein großer, rechteckiger Raum, dessen zwei Fenster auf Grund der Hanglage des Hauses auf den Garten führten. Farblich dominierte zartes Grün, nur der Behandlungsstuhl trug steriles Weiß. Im benachbarten Minibad standen ein repräsentatives Sortiment an Novitäten aus dem Bereich der Mundhygiene und erfrischende Lotions. Ihr Anblick machte Lückmann sekundenlang nervös, dann hatte er sich wieder gefangen. Nachdem Sabine auf seine Rückrufappelle nicht geantwortet hatte, musste er die gefürchtete Aussprache wohl oder übel am heimischen Tisch austragen. Doch danach wäre Zapfenstreich. Sabines Kleiderschrankhälfte würde er in den Keller schaffen, die Türen abmontieren und den Korpus als Vorratsregal benutzen. Über ihre Pflanzenkübel auf der Terrasse würde sich die Nachbarin freuen. Sie hatte bereits gefragt, ob diese hübsche Terrakotta frostbeständig sei und wo man sie bekäme.

So konnte niemand mit ihm umspringen. Auch Sabine nicht!

Noras Sekretär stand im Wintergarten, bot einen entspannenden Ausblick auf die von herbstlichen Blättern gesprenkelte Apfelbaumwiese und war ein zierliches Chippendalemöbel mit passendem Sessel und einem Kunstdruck an der Wand darüber. Das Profil eines lesenden jungen Mädchens. Fast zuckten Max die Finger, um nachzusehen, ob auch hinter diesem Rahmen Rauschgift versteckt war. Doch im selben Moment entdeckte Sieglinde in einem der kleinen Fächer Noras Pass, und als sie ihren Mädchennamen vorlas, trat Stille ein.

„Hissmann! Das also war der Grund, weshalb sie zu ihm zog und ihn dann tötete“, sagte Max nach einer Weile. „Allerdings muss sie gegen ihn mehr in der Hand gehabt haben als einen bloßen Verdacht. Wie ich ihn einschätze, hätte Daring ihre Behauptung – und mehr konnte sie ihm nicht auftischen, solange sie keinen Vaterschaftstest machen ließ – vom Tisch gefegt und das Mädel vor die Tür gesetzt.“

Sie suchten bis kurz vor Mitternacht, sahen jede Schublade, jedes Innenfach durch, blätterten in Büchern und Fotoalben, bevor Max seine haarsträubende Theorie ein letztes Mal strapazierte und das Frauenporträt von der Wand über Noras Sekretär herunternahm. „Franz Eybl: Lesendes Mädchen“, stand auf der Rückseite. Der Rahmen war mit schlecht sitzendem Klebeband verschlossen. Jemand hatte ihn in letzter Zeit und in großer Eile geöffnet; die alten Streifen hatten sich nicht vollständig entfernen lassen.

„Sie muss Daring im Schlaf eine Schleimhautprobe entnommen haben. Den Test kannst du im Internet bestellen, und ein heimlich durchgeführter ist zumindest in Österreich straffrei.“ Inzwischen saßen Max und Sieglinde am Küchentisch der Villa, jeder ein alkoholfreies Bier und einen Hamburger vor sich. Die Küchenuhr hackte die Sekunden wie ein Metronom, draußen peitschte der Regen gegen die Scheiben. Keiner von beiden fühlte sich motiviert nach Hause zu fahren, obwohl das leere Haus die Behaglichkeit eines Mausoleums verströmte.

„Gibt es magnetische Schwingungen, die Vater und Tochter einander zuordnen?“

„Quatsch!“, sagte Sieglinde und grub ihre Zähne hungrig in das weiche Brötchen. „Da sind allenfalls genetische Übereinstimmungen ins Spiel gekommen. Aber selbst die …“

„Wie ist Nora der Verdacht gekommen, Daring könne ihr Vater sein? Laut Aussage seiner beiden Assistentinnen hat sie drei Monate in seiner Praxis gearbeitet und ständig für Stunk gesorgt, bevor sie die Assistenz in der Villa übernahm. Steckte eine Strategie dahinter oder ein hormonelles Chaos?“

„Jemand muss ihr den entscheidenden Hinweis gesteckt haben. Weshalb hätte sie sich sonst ausgerechnet bei Daring beworben? Dieses halbe Jahr genügte ihr, um ihre Herkunft zu klären.“

„Und Daring hat sie eingestellt, weil die Vater-Tochter-Chemie stimmte? Unbewusst, natürlich, sonst wäre er dieses Risiko nicht eingegangen.“

Sieglinde stand auf, um sich an der Spüle die Hände zu waschen, dabei fiel ihr Blick auf eine fischförmige Keramikschale, die auf dem offenen Bord stand, resedagrün mit schwarzem Rand. „Hast du nicht genau die gleiche im Büro?“

Max musste nicht aufstehen, um die Ähnlichkeit zu erkennen. „Klar! Sie stammt aus Schäfers Hofladen. Merkwürdig! Wie kommt sie ausgerechnet in dieses Haus?“

„Es gibt zwei Möglichkeiten. Daring kaufte sie, als er mal wieder in Drinkel war. Oder Nora Heller hat sich nicht nur Schiebachs Hof angesehen, sondern auch den Laden der Steers. Aber bei welcher Gelegenheit? Um Äquinox zu begutachten?“

„Mir gegenüber hat sie behauptet, das Pferd nie gesehen zu haben, bevor Daring es kaufte. Ich fahre morgen noch mal zu Steers.“ Eine vage Hoffnung keimte in ihm auf, dass jetzt, wo sich die Karten neu gemischt hatten – Daring tot, Nora Heller die Täterin, es gab keine andere Erklärung –, auch die anderen Mordfälle gelöst würden. Ob Schiebachs Mörder zum Baseballschläger oder zum Schraubenschlüssel gegriffen hatte, würde sich klären, sobald man das Beweisstück fand. Im Umkreis seines Hofs, zum Beispiel.

Sie standen schon an der Küchentür, fertig zum Heimweg, den sie aus verschiedenen Gründen vor sich hergeschoben hatten wie unlösbare Schulaufgaben. An Sieglindes Geländewagen blinkte seit neuestem das Mäusekino am Armaturenbrett, ohne dass die Werkstatt eine Erklärung fand. Max wiederum dachte an sein dunkles, kaltes Haus, das sich am Samstagabend mit eisigem Schweigen, Streit und Türenknallen füllen würde, und alles in seinem Innern sträubte sich gegen diese böse Vorahnung. Doch als er dann an die Essensboxen dachte, die weiterhin seine Tiefkühltruhe besetzten wie falsche Goldbarren ein insolventes Bankinstitut, kam ihm sehr versöhnlich die Möglichkeit in den Sinn, Sabine bei ihrer Rückkehr mit einem exquisiten Menü zu überraschen. Vielleicht war ja noch nicht alles zwischen ihnen verloren. Vielleicht gehörte exerzitienartiges Schweigen zu den Regeln einer Wellnessfarm. Unwillkürlich wanderte sein Blick über Darings eng gefülltes Kochbuchregal. Zwei Bände hatten sich leicht vorgeschoben, als hätte jemand sie mit Gewalt hineinzuzwängen versucht. Max trat näher und las die

Titel auf den Buchrücken. Beide in gleicher Aufmachung, kulinarische Geschwister derselben Serie. „Kalte Büffets" hieß das türkisfarbene, „Seafood" die rosa Version. Als er sie herauszog, sah er die als Lesezeichen eingelegten Kassenbelege, unter anderem über fünfhundert Gramm Jakobsmuscheln, doch viel aufschlussreicher waren die Rezepte, die sie markierten: Jakobsmuscheln in Weißwein gegart, und Seafood-Sandwichs nach amerikanischer Art mit Estragonmayonnaise und Römersalat. Er blätterte weitere Lesezeichen auf, wobei ihm Sieglinde über die Schulter sah. Was sie jetzt vor sich hatten, waren Wegbeschreibungen durch den Wienburgpark; Skizzen, die den Tatort einbezogen, und mehrere Alternativen für eine Durchquerung zu Fuß. Auch die Handynummern von Marion und Natascha waren dokumentiert.

Als Max nachprüfte, warum sich die beiden Kochbücher nicht an ihren Platz zurückschieben ließen, entdeckte er eine blausilberne Pappdose, wie Anna sie in ihrem Laden verkaufte. Der fein gehäckselte Inhalt stammte von Pflanzen, hatte einen leicht violetten Touch, jedoch keinen Duft. Er erinnerte Max wieder an seine Skrupel, als er in der Bahnhofsblumenhandlung die hochgiftige Herbstzeitlose für Constanze aussuchte. Er tütete die Dose ein, und dabei kam ihm eine weitere brauchbare Adresse in den Sinn: Darings Tiefkühltruhe. Sie stand im Keller wie die meisten Tiefkühltruhen, war geräumig und proppevoll. Erst als ihre Finger gefrosteten Garnelen ähnelten, fanden Max und Sieglinde den Klarsichtbeutel, prall gefüllt mit Jacobsmuscheln. Die Originalverpackung fehlte. Max tütete eine Muschel ein. Mit etwas Glück und noch mehr Hartnäckigkeit würde man in Kerners Institut die Zugehörigkeit zu dem Gegenstück aus Marions Mageninhalt feststellen können. Auch Muscheln besaßen ihre Herkunftsgeschichte. Manche stammten aus dem Mittelmeer, andere von beiden Seiten des Atlantiks, für Lebensmittelchemiker nicht nur nach ihrer Art unterscheidbar, sondern auch nach Spuren der Wasserbeschaffenheit in ihrem Fanggebiet. Und überhaupt: Warum tütete jemand Meeresfrüchte um, wenn die Verpackung das Ablaufdatum und weitere nützliche Verbraucherangaben enthielt?

17

Nein", erklärte Tilde Steer, „diese Frau habe ich noch nie gesehen."

„Ihr Mädchenname lautet Hisskamp. Nora Heller, geborene Hisskamp."

Ihre Antwort war ein irritiertes Stirnrunzeln, dann sagte sie: „Glauben Sie mir, Viola hätte sich gemeldet, wenn sie das Kind bekommen hätte. Ich war ihre beste Freundin. Sie hat nie wieder von sich hören lassen."

„Ihre Eltern hatten jeden Kontakt unterbunden, das sagten Sie doch selbst."

„Ach, da hätte es doch Möglichkeiten gegeben."

„Wann haben Sie von ihrem Selbstmord erfahren?"

„Das weiß ich nicht mehr! Irgendwann im Herbst."

„Viola Hisskamp ist am 30. Dezember 1978 gestorben. Waren Sie nie an ihrem Grab?"

„Nein, das habe ich nicht geschafft. Kann auch sein, dass in meiner Erinnerung einiges durcheinander geht. Der Unfall von Droste-Schürhoff passierte jedenfalls im August, aber das Ganze ist schon so lange her. Kann ich jetzt zurück in die Küche? Das Essen brennt mir an."

Und wenn sie in Droste-Schürhoff verliebt gewesen war?, überlegte Max. Drei Männer, die über sie herfielen wie die Hunnen, darunter einer, den sie geduldet hätte? Und der dann unter ungeklärten Bedingungen starb? Droste-Schürhoffs Todesdatum war ihr im Gedächtnis haften geblieben, Violas nicht.

„Nur eine Frage noch. Haben Nora Hisskamp oder Jens Daring in Ihrem Hofladen eingekauft? Die Keramikschale, die in ihrer Küche steht, ist eindeutig ein Entwurf Ihres Bruders."

„Dann reden Sie mit meinem Bruder. Doch ich sage Ihnen gleich: Robert ist zwar hilfsbereit, aber nicht sehr zuverlässig. Glauben Sie ihm nicht alles, was er sagt."

„Und Sie wussten wirklich nichts von Anton Schiebachs Plänen? Dass er einen Puff eröffnen wollte?"

„Nein, wusste ich nicht."

„Und von dem Kokain, das jemand in den Ziegelsteinen oben im Baumhaus versteckt hat?"

„Was habe ich mit dem Baumhaus zu tun? Es gehört Schiebach."

„Ihr Bruder wusste Bescheid."

„Ich sage ja, reden Sie mit Robert. Er ist drüben im Laden."

Aber glauben Sie ihm nicht alles!, murrte Max im Stillen. Er stand schon am Hauseingang, als sich die Küchentür einen Spalt öffnete. Eine der Töchter verschwand in dem lang gestreckten Flur. Der Duft nach Rouladen drang heraus, doch zu ihm gesellte sich jetzt eine klagende Kinderstimme aus der Runde, die um den Küchentisch saß. Lückmann ließ die Klinke wieder los.

„Papa? Wann bringst du mir endlich mein Hufeisen zurück?"

Die Antwort ließ nicht auf sich warten: „Diese roten Steinchen sind schwer zu bekommen, Mareike, das weißt du doch."

Mareike begann zu schluchzen. „Das hast du mir schon letzte Woche gesagt!" Energische kleine Fäuste schienen gegen einen strammen Männerbauch zu trommeln. Nach harmonischem Familienleben sah das nicht aus, auch wenn der Zankapfel nur ein Kinderspielzeug war. Bevor Frau Steer ihn daran hindern konnte, hatte Max die Küchentür aufgeschoben. Am Tisch, ihm den Rücken zugewandt, saß ein Mann, um die fünfzig, mit welligem Haar im so genannten Salz- und Pfeffer-Farbton. Mareike, ein draller, etwa achtjähriger Blondschopf, hatte beide Fäuste auf die Tischplatte aufgepflanzt und funkelte ihren Vater streitlustig an.

„Hallo Mareike", sagte Max. „Seit wann fehlt das Hufeisen?"

Steer fuhr herum und sprang auf. „Was erlauben Sie sich?" Er wurde knallrot und die Ader an seiner linken Schläfe schwoll an. „Wer sind Sie überhaupt?"

„Hendrik", Tilde Steers Stimme zitterte, „lass das bitte jetzt. Ich erklär es dir später."

Mareike dagegen schien bei dem fremden Besucher kompetente Hilfe zu wittern. Wie Recht sie damit hatte! Max hätte ihr genau erklären können, in welchem Regal der Asservatenkammer ihr goldfarbenes Hufeisen gelandet war, nachdem Eva Schrader aus Kaiserswerth es ihm ausgehändigt hatte. Noch immer fehlte das achte Steinchen, dennoch wäre die Wiedersehensfreude bestimmt sehr groß. Leider, so erklärte Max dem Kind stumm, darf ich es dir nicht verraten, weil dein Papa dann innerhalb der nächsten zehn Sekunden verduftet. Fluchtgefahr, nennt man das. Doch keine Sorge, dein Hufeisen bekommst du zurück.

Unterdessen hatte Mareike ein Stück Papier aus ihrer Jeanstasche hervorgezerrt. „Das Hufeisen fehlt nicht“, erklärte sie. „Ich habe es meinem Papa zum Reparieren mitgegeben. Und genau wie mein Papa schreibe ich alle Termine auf. Wann ich etwas weggegeben habe. Und wann ich es zurückbekam. Morgen ist es genau vier Wochen her, dass ich dem Papa das Hufeisen zum Reparieren gegeben habe.“

„Steht die Uhrzeit dabei?“

Sie nickte stolz. „In der Schule werde ich auch immer gelobt, weil ich nie etwas vergesse. Es war am 22. August um zehn Uhr.“

Nicht nur das Datum war für Lückmann ein Geschenk des Himmels, auch den Papierfetzen in Mareikes Hand kassierte er schleunigst ein. Auf der Rückseite stand ein Werbespruch für Amstel-Bier, mit haargenau demselben Logo wie auf dem Zettel, der an der Beichtstuhltür geklebt hatte. Jetzt brauchten sie nur noch eine Schriftprobe von Hendrik Steer. Am Samstag, dem 22. August, hatte er also auf Schiebachs Koppel ein Hufeisen aus goldfarbenem Messing verloren, in das rote Steinchen eingelassen waren. Eins fehlte. Damit war es unverwechselbar.

Der Schlag in seinen Magen traf ihn so abrupt, dass ihm übel wurde. Wie ein Büffel stürmte Steer zur Haustür, ein Motor wurde gestartet, Reifen quietschten … Vergeblich blickte Max den staubigen Weg hinunter, der zur Umgehungsstraße führte, nach Münster, in die Niederlande, ins sichere Versteck vor der Polizei. Dann griff er zum Handy und gab die Fahndung heraus. Zu dumm, dass er bei seiner Ankunft den Wagen übersehen, sich den Typ und das Kennzeichen nicht gemerkt hatte. Wütend kickte er einen groben Kiesel in die Böschung, dabei fiel ihm Robert wieder ein. Tilde würde sich vorläufig draußen nicht blicken lassen, doch Robert hatte keine Ahnung, was hier soeben vorgefallen war. Er würde ihm antworten, wenn er die Fragen nur vorsichtig genug formulierte. Robert hatte garantiert Angst vor seinem Schwager.

Im Hofladen roch es nach kaltem Erbseneintopf. Auf einem der Regale stand ein Teller mit angetrockneten, grün-braunen Schlieren.

„Oh, der Herr Kommissar!“, beflissen legte Robert die Zeitung beiseite. „Ich habe seit neuestem Binsenstühle im Angebot, hundertfünfzig Euro, das Stück. Alle sechs zum Sonderpreis.“

„Ich bräuchte eher ein neues Auto. Aber da können Sie mir wohl kaum helfen, oder?“

„Ich mit meinem Hinkefuß?“, kicherte Robert. „Aber mein Schwager fährt einen ganz heißen Schlitten.“

„Hört sich gut an. Hat er ihn ganz neu?“

„Nee, den fährt er seit einem Jahr und ist voll zufrieden.“

Dann war Steer zur Todeszeit des Bauern Schiebach wahrscheinlich nicht auf Autoschau gewesen? Sehr gut!

„Mich nimmt er ja nie mit“, klagte Schäfer. „Ich sabbere ihm zuviel, behauptet er. Doch wenn er kommt oder wegfährt, hört sich das verdammt gut an. So wie gerade eben. Dieser Kavaliersstart!“

„Das Modell wissen Sie nicht zufällig?“

„Warum sollte ich nicht? Ist ein Pajero. Second Hand, aber flitzen tut er wie der Rentierschlitten des Weihnachtsmanns.“

„Dieser Stuhl ist echt bequem“, Lückmann testete die Rückenlehne, dabei fuhr er fort: „Was ich schon immer wissen wollte: Gibt es bei den Niederländern auch Wunschkennzeichen? Der Wagen Ihres Schwagers ist doch sicher drüben, in Enschede, zugelassen.“ Er nickte automatisch nach links, bis ihm einfiel, dass er falsch herum saß und Holland rechts von ihm lag.

„Wunschkennzeichen? Sie meinen Initialen, Geburtstag oder“, wieder kicherte er, „das Datum der vorverlegten Hochzeitsnacht?“

„Genau.“

„Keine Ahnung. Hendrik hat ein deutsches Kennzeichen. Tildes Initialen und der Geburtstag und -monat seiner jüngsten Tochter.“

„Das nenn ich einen vorbildlichen Familienvater! Lauten die Initialen auf Mechthild oder Tilde?“

„Tilde, natürlich, sonst ginge der Gag ja verloren: ST – TS 210.“

„Echt witzig!“, nur mit Mühe rang Max sich selbst ein Grinsen ab, während er das Handy ans Ohr riss, um die Nummer durchzugeben. Der Stress, Steer noch rechtzeitig zu stoppen, bevor er samt Rentierschlitten in einem konspirativen Kamin verschwand, zerrte an seinen Nerven. „Schiebachs Umbaupläne im Hühnerstall zu verstecken, das war nicht zufällig Ihr Einfall, oder?“ Er klappte das Handy wieder zu.

„Da gehören sie doch hin.“

„Das nächste Mal kriegen Sie eine saftige Anzeige wegen der Beseitigung von Beweismitteln.

Robert grinste frech. „Es gibt kein nächstes Mal, Anton ist tot. Sein Gelände gehört ab sofort der Pfarrei.“

Inzwischen war es zehn Uhr abends, Sieglinde und Max saßen im Büro und lasen Steers Aussage. Am frühen Nachmittag hatte es auf seinem Hof eine Hausdurchsuchung gegeben, danach setzten immer mehr Informationssteinchen das Puzzle von Tildes Mann zusammen. Als ein Mietvertrag für eine Garage nicht weit von Darings Wohnung entdeckt wurde, hatte sich Kettling mit mehreren Schlüsseln, die sich im Garderobenschrank der Steers befanden, auf den Weg dorthin gemacht. Seine Antwort ließ nicht lange auf sich warten: Steer hatte Darings Wohnung gemietet und er besaß auch Zugriff auf die geräumigen, abschließbaren Einbauschränke. Dort hielt er alles versteckt, was nur den geringsten Aufschluss auf seine Arbeit in Enschede hätte geben können. Nun ja, dachte Max, Männern ist der Reinemacherummel ein Graus. Er selbst bildete da keine Ausnahme. Doch dass jemand beim Anrücken der Putzfrau nicht mal einen Papierschnitzel hinterließ, ging ihm nicht in den Kopf. Hatte Nataschas Arbeit dort nur eine Vertuschungsfunktion gehabt, indem sie nach außen hin den Eindruck des bewohnt Seins weckte, drinnen dagegen regelmäßig alle Fingerabdrücke beseitigte? Musste sie sterben, weil sie eins der Frauenporträts neu hatte rahmen lassen?

Für ein Exemplar in Steers Schlüsselsortiment hatte Kettling absolut keine Verwendung finden können, doch Max kam der kurze Bartschlüssel irgendwoher bekannt vor. Er suchte Schiebachs Schlüsselbund heraus und entdeckte den Doppelgänger. Er gehörte zum Baumhaus, wo Steer, wie sich anhand von Abrechnungen herausstellte, gegen eine monatliche Miete von zweihundert Euro, die er auf Schiebachs Sparbuch einzahlte, weiteres Kokain lagerte. Zu seiner Kundschaft gehörte nicht nur Schiebach, der sich einen regen Drogenhandel in seinem Nachtclub erhofft hatte, sondern auch Daring. Als Gegenleistung für den völlig überzogenen Preis für Äquinox hatte der Zahnarzt sich eine saftige Teilhabe am Kokainverkauf ausgerechnet.

Am Samstagmorgen gestand Hendrik Steer, dass die Abwicklung seiner Drogentransaktionen ihm in letzter Zeit über den Kopf gewachsen sei, weil Schiebach im Dorf ein zunehmendes Risiko darstellte. Immer öfter musste er Robert ausschicken, um dem Bauern nachzuspionieren. Nie war ihm der Zeitpunkt, den verhassten Nachbarn aus dem Weg zu räumen, günstiger erschienen als in jenen unruhigen Tagen Mitte August, während Gerüchte und Verdächtigungen bezüglich eines geplanten Puffs das Dorf unterwanderten, als wäre eine Seuche ausgebrochen. Und so hatte er zu einem der beiden Baseballschläger gegriffen, die, wie er von Robert wusste, in der aufgebrochenen Remise am Fenster lehnten, und die Tatwaffe in der Ems entsorgt.

Das Faxgerät meldete ein Schreiben, Sieglinde zog die Blätter aus dem Fangkorb und überflog sie. „Der Ikonendiebstahl scheint aufgeklärt zu sein. Der Täter ist für die Interpolfahndung kein Unbekannter, und er hat Hehler im Westen."

„Einer von ihnen heißt Oleg Protopkin", ergänzte Max.

Gegen Mittag nahmen sie ihn in Telgte fest. Wie die gestohlene Ikone in Lumarenkos Wohnung geraten war, erfuhr Max erst in einem langen Geduldsspiel aus Fragen und Antworten.

Vor etwa sieben Jahren hatte ein reicher Geschäftsmann dem Restaurator Pjotr Illegin in Kiew eine Ikone zur Reinigung anvertraut. Illegin genoss einen untadeligen Ruf, seine Raubkopien kannten dagegen nur wenige Eingeweihte, die Namen seiner Hehler im Westen noch weit weniger. Dann starb der Geschäftsmann überraschend, niemand wusste von dem Auftrag, und so täuschte Illegin einen Einbruch in der Villa vor, um die Polizei auf die falsche Fährte zu locken. Zur selben Zeit erfuhr er, dass eine Bekannte von ihm, die Museumsangestellte Natascha Lumarenko, mit ihrer Familie nach Münster ausreisen wolle und die Ikone eines befreundeten Popen im Gepäck mit sich führe, nichts Kostbares, sondern ein halb verbranntes Erbstück, allerdings von beträchtlichem ideellem Wert. Da einer von Illegins Handlangern im Münsterland wohnte, sah er eine Chance, seine Diebesbeute in den Westen zu schmuggeln, und ließ Natascha ausrichten, er könne die Ikone des Popen transportfähig verpacken. Natascha, schwanger und überfordert von dem Mammutumzug, nahm sein Angebot dankbar an und versprach, ihm gleich nach ihrer Ankunft ihre neue Adresse in Münster zu übermitteln. Illegin heftete die beiden Ikonen Rücken an Rücken, wobei er das Madonnenbild des Popen ohne jeden Skrupel verkleinerte und auf die Hälfte der Holzstärke abhobelte. Um die teure Ikone klebte er einen dünnen Rand, der sich leicht wieder entfernen ließ, polsterte den Hohlraum mit Gaze und schützte ihn zusätzlich mit einer Lage aus festem Sackleinen. In Münster angekommen, ließ Natascha nichts mehr von sich hören.

Umsonst machte sich Illegins Komplize Oleg Protopkin auf die Suche. Im Telefonbuch kam ihr Name nicht vor, und da Pjotr nur ihren Mädchennamen wusste und die alten Waldmanns offenbar keinerlei Kontakte zu ihren Landsleuten in der neuen Heimat knüpften, blieb die Familie unauffindbar. Illegin jagte Oleg durch Museen und Kunsthandlungen, trieb ihn an, in der christlich-orthodoxen Gemeinde, in einschlägigen Restaurants und Geschäften nach Natascha zu fragen, doch er besaß kein Foto von ihr, und so ließ sie sich nirgendwo auskundschaften.

Erst vor einem halben Jahr erfuhr Oleg zufällig von Nachbarn, dass zu der Kindergartengruppe ihres Sohnes fünfjährige Zwillinge gehörten, deren Eltern und Großeltern aus Kiew stammten. Er brachte die Adresse in Erfahrung und machte sich mit kleinen Gefälligkeiten zum Freund der Familie. Hoch erfreut luden die Waldmanns ihn ein, und so entdeckte er die Ikone im Wohnzimmer, hinter der das Diebesgut verborgen war. Wie ein Panther um die reiche Beute, schlich er bei seinen Besuchen umher, immer in der Hoffnung, sie in einem unbewachten Moment in seinen Besitz zu bringen. Umsonst. Andrej hockte ständig neben dem Bild, als kenne er die Vorgeschichte. Nicht mal Olegs Angebot, die verkohlte Ikone in seiner Werkstatt gründlich zu überarbeiten, stieß auf dankbare Ohren, so dass er glaubte, auch das Bild des Popen sei in Wirklichkeit gestohlen. Sein Misstrauen wurde noch massiver, als Natascha ihm vor ein paar Wochen ein Briefchen mit Kokain zusteckte, mit dem Auftrag, es für sie zu verkaufen. Als wäre er ein Dealer! Er schenkte das Zeug einer drogenabhängigen Landsmännin, die ihn gelegentlich begleitete, weil ein Pärchen unauffälliger wirkte. Und dann beobachtete er, wie Natascha mit einem sorgfältig verpackten Bild ein Antiquitätengeschäft ansteuerte. Doch auf seine Frage hin zeigte ihm der Ladenbesitzer nur ein billiges Exemplar, das den geforderten Preis nicht wert war. Als kurz darauf die Nachricht von Nataschas Ermordung in der Zeitung stand, beschloss Oleg, dass die Zeit für den Überfall auf Lumarenkos Wohnung gekommen war. Wieder heuerte er die drogenabhängige Bekannte an. Doch die Doppelikone war verschwunden.

Am Samstagabend maß Lückmann gerade zwischen dem Fenster und dem Ohrensessel seines Vaters den Hängeplatz für den „Gewittergaul“ aus, als vor der Haustür ein Auto hupte. Er hechtete nach unten und zog Sabine in seine Arme. Franziska setzte den Koffer und eine Sektflasche auf den Boden. „Prost, ihr beiden, macht's gut!" Die Flasche knallte beim Öffnen wie ein Feuerwerkskörper. Der Inhalt schäumte über den Küchentresen, doch Max wischte ihn nicht weg. „Dass du wieder da bist!" Als Sabine auf einen Barkocker sackte und protestierte: „Ich sollte das Zeug nicht trinken", setzte er die Gläser wieder ab. Erst jetzt fiel ihm auf, wie blass und dünn sie war. Hatte sie, anstatt an Designer-Büffets zu schlemmen, eine handfeste Magersucht ausgebrütet?

„Ist dir übel oder hast du Schmerzen?" Sie lächelte schwach und hustete ein wenig. Mimi mit dem eiskalten Händchen. Tuberkulose war wieder im Vormarsch. Hans Castorp vom „Zauberberg" spukte Max durch den Kopf. Das Sanatorium zwar erste Sahne, doch die Bewohner starben wie die Fliegen, den „blauen Heinrich" neben sich auf dem Nachttisch. Sabines langes Schweigen, das ewig abgeschaltete Handy. Was hatte sie ihm bloß verheimlicht?

„Setz dich", sagte sie überraschend energisch. „Die Sache ist ganz harmlos oder sagen wir mal, ganz natürlich." Ihre Augen leuchteten. „Schon auf der Fahrt zur Schranker-Klinik vor drei Wochen fühlte ich mich so … extra. Franziska fährt ganz schön zackig. Aber das war's dann nicht. Nur das überraschende Angebot der Klinik, ihren Kosmetiksalon zu übernehmen, konnte mich für ein paar Tage ablenken. Max … ich habe gründlich darüber nachgedacht. Es wäre eine tolle Alternative zum eigenen Studio gewesen." Sie griff nach seiner Hand. „Jetzt lass doch die Ohren nicht so hängen! Wir beide hätten das in den Griff gekriegt, ehrlich! Wie viele Paare sehen sich nur am Wochenende und genießen die gemeinsame Zeit umso intensiver! Doch bevor ich meine Entscheidung fällte, habe ich mir sicherheitshalber einen Test besorgt. Die Übelkeit war einfach nicht mehr zu ignorieren. Auch Franziska war total dafür, dass ich mir Klarheit verschaffe, ehe ich unterschreibe – ja, und dann …" Sie suchte nach einem Taschentuch. „Deshalb meine hartnäckige Funkstille. Ich musste mich erst mal an den Gedanken gewöhnen, bevor ich dir Bescheid sage." Und als er es noch immer nicht begriff, strahlte sie plötzlich: „Hey! Willkommen zu dritt! Anfang Mai ist es so weit."

Wir drei!, dachte er. Dann zog er Sabine so vorsichtig in die Arme, als wäre sie zerbrechlich wie eine Tasse aus Lomonosov-Porzellan.

DANK

Auch dieser zehnte Kriminalroman wäre ohne die engagierte Hilfe und das Interesse meiner Familie und meines Freundeskreises nicht entstanden.

Ganz gleich, ob es um die Kompetenz in medizinischen, forensischen oder technischen Fragen ging, um Gedankenabfolgen oder ganz einfach um die Neugier auf einen neuen Fall mit Max Lückmann und Sieglinde Züricher, das Schreiben hat wieder einmal so viel Spaß gemacht, dass aus einer ersten Idee ein druckfertiges Manuskript werden konnte.

Es gibt also viele, denen ich danken möchte: Allen voran meinem Mann Hans-Friedrich, der nicht nur mit grundlegender Erfahrung im Lektoratswesen, sondern auch mit bewundernswerter Ausdauer mein Manuskript gelesen hat. Immer und immer wieder, wie es eben sein muss.

Auch meine Töchter Alexa und Angela haben mich ermuntert, dieses Romanprojekt zu realisieren. Und meine münstersche Familie, insbesondere Klaus und Ursel, hilft mit Auskünften, Zeichnungen oder Fotos weiter, wenn ich gerade in Wien bin.

Ein sehr herzliches Dankeschön geht an Dr. Ursula Heckel und das Lektoratsteam des Waxmann Verlags. Auch hier war wieder Geduld, Kompetenz und Kreativität am Werk.

Doch auch dem Münsterland schulde ich viele Anregungen. Diese herbe und gleichzeitig so erholsam wirkende Landschaft mit ihren Pättkes, den behäbigen Bauerngehöften und idyllisch-verschlossenen Wasserburgen hat mich bestimmt nicht zum letzten Mal auf die Idee zu einem rätselhaften Mordfall gebracht. Die Täter lauern nicht nur an der Scheunentür.